btb

In guter Gesellschaft
Ein alter, alkoholkranker Mann wird schwer verletzt in der Ausnüchterungszelle gefunden. Hat die Polizei ihn misshandelt? Kriminaldirektor Lars Johansson, neu auf diesem Posten, hält das Ganze zunächst für einen Routinejob. Erst allmählich wird ihm klar, dass es Elemente bei der Stockholmer Polizei gibt, die nicht nur brandgefährlich sind, sondern auch über einen gewaltigen Einfluss verfügen.

Die Profiteure
Eine junge Frau wurde in ihrem Stockholmer Apartment brutal ermordet. Als die Polizei eintrifft, erwartet sie ein ungewöhnliches Szenario: Ein Nachbar hält den vermeintlichen Täter im Hinterzimmer seines kleinen Lebensmittelladens gefangen. Doch war er wirklich der Mörder? Den ermittelnden Polizisten Lewin, Johansson und Jarnebring kommen Zweifel...

Autor
Leif GW Persson ist einer der führenden Krimiautoren Schwedens. Darüber hinaus ist er der schwedischen Öffentlichkeit als Kriminologe und Berater der obersten Polizeibehörde seit Jahren bekannt. Seine Kriminalromane um Kommissar Lars M. Johannson und die Stockholmer Polizeibehörden zählen zu den erfolgreichsten des Landes. Persson wurde mehrmals mit dem Schwedischen Krimipreis ausgezeichnet und feierte nach Jahren der schriftstellerischen Abstinenz mit »Zwischen der Sehnsucht des Sommers und der Kälte des Winters« im Jahre 2002 ein triumphales Comeback. Er stand damit monatelang auf Platz eins der schwedischen Bestsellerliste.

Leif GW Persson bei btb
Zwischen der Sehnsucht des Sommers und der Kälte des Winters. Roman (73195)
Eine andere Zeit, ein anderes Leben. Roman (73656)
Mörderische Idylle. Roman (btb-HC 75170)

Leif GW Persson

In guter Gesellschaft
Die Profiteure

Zwei Romane in einem Band

btb

Die schwedische Originalausgabe von »In guter Gesellschaft«
erschien 1982 unter dem Titel »Samhällsbärarna«,
die Originalausgabe von »Die Profiteure« erschien 1979
unter dem Titel »Profitörerna« bei Pirat Förlaget, Stockholm.

Verlagsgruppe Random House FSC-DEU-0100
Das für dieses Buch verwendete FSC-zertifizierte Papier *Munken Print*
liefert Arctic Paper Munkedals AB, Schweden.

Einmalige Sonderausgabe Juli 2007
In guter Gesellschaft
Copyright © 1982 by Leif GW Persson
Copyright © der deutschsprachigen Ausgabe 2005
by btb Verlag in der Verlagsgruppe Random House GmbH, München
Die Profiteure
Copyright © 1979 by Leif GW Persson
Copyright © der deutschsprachigen Ausgabe 2006
by btb Verlag in der Verlagsgruppe Random House GmbH, München
Published by agreement with Salomonsson Agency
Umschlaggestaltung: Design Team München
Umschlagmotiv: Getty-Images
Satz: Uhl+Massopust, Aalen
Druck und Einband: Clausen & Bosse, Leck
MM · Herstellung: BB
Printed in Germany
ISBN 978-3-442-73660-7

www.btb-verlag.de

In guter Gesellschaft

*Aus dem Schwedischen
von Gabriele Haefs*

Sie spannten ihn auf ein Karrenrad, die Nabe bohrte sich in sein Kreuz, sein Nacken hing über den eisernen Rand. Seine Arme und Beine hatten sie mit einem Axtstiel zerschlagen und kunstfertig mit den groben Speichen verflochten. Sicherheitshalber hatten sie seine Handgelenke und Fußknöchel mit Riemen aus ungegerbtem Leder festgebunden. Endlich hatten sie dann das Rad auf einen mindestens fünfzehn Ellen langen Eichenpfosten gespießt und ihn auf diese Weise gen Himmel gehoben.

Dort ruhte er nun. Zwischen Himmel und Erde, wie lange schon, wusste er nicht. Über sich sah er den vom Wind zerfetzten Herbsthimmel, wo die Sonne bereits tief stand, obwohl es noch nicht einmal Mittagszeit war. Unter ihm die schwarze Scholle. Frisch gepflügt mit gewundenen Furchen. Von hier oben sah es aus, als zögen Kolonnen von fetten Schnecken dahin. Was er da sah, waren sicher ihre Rücken.

Natürlich musste es wehgetan haben, aber das spürte er nicht. In seinem Körper gab es nur den Frieden, den das Wissen um die höchste Gerechtigkeit schenkt. Deshalb hob er auch seinen Blick zum Himmel und sagte – mit so lauter und deutlicher Stimme, dass die Wachen unten am Feuer erschrocken zusammenfuhren und zu ihm hochblickten: »Mein Gott. Ich, Michael Kohlhaas, danke dir dafür, dass ich mein Recht erhalten habe.«

Er senkte die Augen wieder. Auch die Schnecken waren stehen geblieben, aber keine wagte es, ihn anzusehen.

Schwedischer Herbst

1

Unsere Zeit kennt die Gnade nicht.

Er lag ordentlich im Bett, die Kante des Bettbezugs klemmte unter seinem Kinn, und seine Arme ruhten auf der Decke. Es war ein durchaus behaglicher Raum, kein typisches Krankenhauszimmer. Klein und hell, gepflegt und eben erst gelüftet, Textilien und Bettwäsche in milden Gelb- und Grautönen. Ein Nachttisch aus hellem Eichenfurnier. Das Einzige, was das Bild im Grunde störte, waren der Mann im Bett und eine überaus nichts sagende Lithographie an der Wand.

Sein Gesicht war geschwollen, großporig und überzogen von einem feinmaschigen Netz aus Adern und Gefäßen. Zwischen Augenbrauen und Wangenknochen befand sich ein kräftiger Bluterguss, dessen Ausläufer sich bis zur Augenhöhle zogen. Außerdem hatte er eine hässliche Wunde an der linken Schläfe, Schrammen auf dem Nasenrücken und blaue Flecken an den Armen.

Die Krankenschwester, von der Johansson ins Zimmer geführt worden war, hatte gesagt, der Patient sei bei Bewusstsein. Wenn das stimmte, ließ er sich jedenfalls nichts anmerken. Er lag unbeweglich da, und sein verschlossenes Gesicht trotzte allen Annäherungsversuchen. Nach einer halben Stunde beschloss Johansson aufzugeben. Gegen

Ende hatte er vor allem schweigend auf seinem Stuhl neben dem Bett gesessen. *Das ist doch keine Arbeit für einen Polizeidirektor.* Deshalb erhob er sich vorsichtig. Griff nach dem Tonbandgerät, das er auf die Bettdecke gelegt hatte, und bückte sich nach seiner Aktentasche auf dem Boden.

Plötzlich bewegte sich der Mann im Bett. Er ballte die linke Faust, und im spaltbreit geöffneten Auge war ein leichtes Funkeln zu ahnen. Johansson beugte sich über ihn.

»Wer hat dich zusammengeschlagen?« *Falsch*, dachte er. Falsche Frage. Hat irgendwer dich zusammengeschlagen, hätte er fragen sollen.

Aber jetzt war es geschehen. Außerdem reagierte der Mann. Er fasste nach der Bettdecke und versuchte, den Kopf zu heben. Und dann kam es. Mit schwacher und unsicherer Stimme, aber doch deutlich.

»Björneborger ... Björneborger Marsch.« Dann sank sein Kopf zurück auf das Kissen.

2

Erst gegen Abend fingen die Autos an, auf den Verkehrsadern in die Stadt hinein Schlangen zu bilden. Eine sich windende Blechkarawane, in der die aktiven, wohlangepassten Mitbürger zufälligerweise mitwirkten. Alle, die eine Muschel von einem Muslim unterscheiden konnten, alle, die Laub harken und ein Boot für den Winter auflegen konnten. Es war Sonntag, der achte September, und der Ausklang eines ruhigen Wochenendes.

In der Stadt geblieben waren die anderen. Jene, denen ihr Videogerät lieber war als der Altweibersommer, jene, die an solche Dinge keinen Gedanken verschwendeten, und jene, die keine Wahl hatten. Geblieben waren Gauner, Säufer, Junkies und alle anderen, die nur Ärger machten. Geblieben waren genügend Polizisten, Sozialarbeiter, Ärzte und Krankenschwestern, um der großen Mehrheit alle Sorgen zu ersparen.

Es war auch für die Polizei ein ruhiges Wochenende gewesen. Im Laufe des Sonntags waren zweihunderteinundzwanzig Vergehen gemeldet worden. Nur halb so viel wie normal, und auch keine besonders auffälligen Dinge; fünfzehn Körperverletzungen, zehn Raubüberfälle, neun Handtaschendiebstähle, etwa fünfzig Einbrüche und ansonsten einfache Klauereien. Die insgesamt tausenddreißig Polizisten, die in diesen vierundzwanzig Stunden Dienst gehabt hatten, brauchten sich also nicht an ihrem Kaffee zu verschlucken.

In der Zentrale der Stockholmer Polizei konnte man in aller Ruhe die Aufgaben an die Kollegen draußen im Feld verteilen, und es herrschte kein Mangel an unbelegten Zellen im Polizeihauptquartier Kronoberg und in den einzelnen Wachdistrikten. Nur etwa hundert Festnahmen hatte es gegeben, zumeist Betrunkene und alte Bekannte. Dass einer davon an diesem Tag gleich zweimal festgenommen wurde, konnte die Arbeit auch nicht merklich beeinträchtigen. Umso weniger, als er zunächst im ersten Wachdistrikt in der Nähe der Zentrale Mittagsschlaf gehalten und danach im WD 4 draußen bei Farsta sein Nachtquartier bezogen hatte. Zehn Stunden später und fast ein Dutzend Kilometer von dort entfernt.

»Überaus ruhig«, fasste der Wachhabende in der Zentrale die Lage zusammen, als die Nachtredaktion der großen Abendzeitung ihn anrief, um sich nach Vorfällen zu erkundigen, über die es sich zu schreiben lohnen könnte.

»Ruhig und friedlich«, bestätigte sein Kollege von der Kriminalabteilung, dem zehn Minuten später dieselbe Frage gestellt wurde. Er konnte nur von zwei Dingen berichten, und das waren höchstens Spaltenfüller. Es ging um Ionnis, 13, und Sirka-Lisa, 19.

Ersterer war übers Wochenende nach Stockholm gekommen, um seinen Vater zu besuchen. Die Eltern waren geschieden, und Ionnis wohnte bei seiner Mutter in Eskilstuna. Am Samstagvormittag klingelte der Junge an der väterlichen Tür in Tensta, dort aber war niemand daheim. Um seine Mutter nicht unnötig zu beunruhigen, hatte er sich einmal rund um die Uhr in der Stadt herumgetrieben, dann hatte er sich in die U-Bahn zum Östermalmstorg gesetzt, um zum Hauptbahnhof zu fahren und von dort den Zug nach Hause zu nehmen. Leider war er im selben Wagen gelandet wie ein achtzehn Jahre alter Kung-Fu-Spezialist, der fast doppelt so groß war wie Ionnis. Zwischen Östermalmstorg und Hauptbahnhof waren dem dreizehnjährigen »Kanacken« überzeugende Beweise für die Fertigkeiten seines Reisegenossen geliefert geworden. Mit nur einem Tritt hatte er beide Hoden des Jungen zertreten, obwohl der »Wagen so verdammt gewackelt hatte, dass es scheißschwer war, im Gleichgewicht zu bleiben.«

Jetzt lag Ionnis im St.-Görans-Krankenhaus. Der Täter saß im Arrest, und beide Eltern waren unterrichtet. Die des Täters, nicht die von Ionnis. Die hatte man noch nicht erreichen können.

Sirka-Lisa arbeitete seit einigen Monaten in einem Altenheim in den südlichen Vororten. Als »Pottmieze«, wie der Wachhabende in der Bereitschaft sich auszudrücken beliebte. Am Sonntagnachmittag hatte sie offenbar – und aus unklaren Gründen – einen nervösen Zusammenbruch erlitten und einen Rollstuhl mit einer achtzigjährigen Frau in hohem Tempo die Treppe hinuntergeschoben. Bei der ersten Vernehmung gab sie an, sie sehne »sich nach ihrem einjährigen Sohn und habe es satt, lauter undankbare alte Idioten durch die Gegend zu fahren, die durchaus nicht zu alt und zu krank sind, um mitten in der Nacht ihre Klingel zu betätigen«.

Jetzt lag ihr Opfer in seinem Bett. Zugepflastert, ansonsten aber fast so gut in Schuss wie zuvor. Sirka-Lisa saß im Arrest, und die Heimleitung war im Bilde.

Ionnis, 13, und Sirka-Lisa, 19. Aber kein Wort von Nils Rune Nilsson, 66. Sinnlos betrunken war er in die Obhut einer fünfköpfigen Streife geraten. Aber da er nicht viel Arbeit machte und Nilsson nur einer von vielen Betrunkenen war, die an diesem Abend festgenommen wurden, fand das niemand weiter beachtlich.

3

In gewissen Situationen zählt der Augenblick. Draußen war schöner September. Früher Herbst vom Feinsten, mit klarer Sonne und schneidender Luft. Alles zusammen – dass das Wetter Kontur annahm, dass er zuerst sein Büro und jetzt auch noch das Krankenhaus hatte verlassen können – wirkte auf Johansson dermaßen belebend, dass er beschloss, zu Fuß ins Polizeigebäude auf der anderen Seite der Brücke zurückzukehren. Glück hatte er noch dazu. Auf halbem Weg begegnete ihm eine Frau seines Alters, die mit geradem Rücken und hocherhobenem Haupt energisch ausschritt. Außerdem lächelte sie ihn im Vorübergehen an. Sie würden sich zwar niemals wiedersehen, aber manchmal zählt eben der Augenblick, und das hier war so ein Fall.

Dieses Gefühl hielt für den restlichen Weg an, obwohl er die letzten Meter im Schatten der braun glasierten Fassade des riesigen Polizeigebäudes zurücklegen musste. Als er gerade den Eingang durchschreiten wollte ... (die Fernsehkamera über den Glastüren hatte ihn bereits eingefangen. Möglicherweise hatte der Computer, der die Kamera lenkte, auch registriert, dass dieser Besuch durchaus seine Ordnung hatte, Polizeidirektor Lars M. Johansson, derzeitiger Chef des Landeskriminalamts und M wie Martin, kehrte ins Vaterhaus zurück), ... als er gerade den Eingang durchschreiten wollte, überlegte er sich die Sache noch einmal anders. Machte auf dem Absatz kehrt und begab sich zum

U-Bahn-Schacht beim Rathaus. Nach Hause. Damit er seine Ruhe haben würde und nachdenken könnte.

Johansson wohnte auf Söder. In der Wollmar Yxkullsgata in einer viel zu großen Vierzimmerwohnung, wo er vor einigen Jahren nach seiner Scheidung von Gattin und zwei Kindern einsam zurückgeblieben war. Die ersten Jahre waren nicht nur einsam gewesen. Vor allem hatten sie sich durch ein ansehnliches Bohèmeleben ausgezeichnet. Jetzt dagegen war alles anders. In Johanssons Leben herrschten Sitte und Ordnung, und seine Wohnung war so gepflegt wie die Räumlichkeiten der Sicherheitspolizei an dem Tag, da der zuständige Parlamentsausschuss zu seinem alljährlichen Besuch anrücken würde.

Mit diesem Zustand war er zufrieden, und er hatte gelernt, seine Sehnsüchte zu vergessen. Inzwischen betrachtete er seinen Ordnungssinn, seine persönliche Ordnungsliebe, als beste Garantie gegen einen Rückfall in die Leibeigenschaft, die historisch gesehen das einzige Erbe seiner Sippe gewesen war. Es waren böse Zeiten, und sie würden auch nicht besser werden, davon war er absolut überzeugt, aber er selbst stand da wie eine norrländische Fichte, und so durfte er sich ab und zu sogar einen persönlichen Dispens von seinen Pflichten gönnen. Um einer Frau zuzulächeln, die er noch niemals gesehen hatte und die ihm niemals wieder begegnen würde. Um mit seinem Vater und seinen Brüdern auf Elchjagd zu gehen. Oder mit alten Kollegen einen zu trinken und allerlei Lügenmärchen aufzutischen.

Zu Hause herrschte wie fast immer Friede. Als Erstes stellte er das Telefon aus. Dann kochte er sich eine Kanne Kaffee und zog sich in sein Arbeitszimmer zurück. Mit Kaffee, einem großen Becher, einem Block mit kariertem Papier, einem kleinen Tonbandgerät und den Notizen, die er sich gemacht hatte, ehe er ins Krankenhaus gegangen war. Die folgenden Stunden verbrachte Johansson mit seinen Gedanken. Seine Schlussfolgerungen verteilte er auf Block und Tonbandgerät, und ungefähr zum Zeitpunkt, da seine Kollegen ihre Schreibtische in dem einige Kilometer entfernten großen Haus verließen, wusste er, wie er in dieser Ermittlung vorgehen wollte. Er schaltete das Telefon ein und führte in rascher Folge drei Telefongespräche. Dann schaltete er es wieder aus. Stand auf und ging in die Küche. Vier Stunden hatte es gedauert, und er fühlte sich noch immer dermaßen wohl in seiner Haut, dass er kurz überlegte, ob hier ein Grund für einen Dispens vorliege, ob er zum Beispiel ein Schnäpschen zum Essen trinken dürfe, aber da es mitten in der Woche war, beschloss er, davon abzusehen.

Er wärmte die Reste der Elchklopse auf, die seine gute Mutter ihm bei seinem letzten Besuch im Elternhaus mitgegeben hatte. Er trank ein alkoholarmes Bier und kochte sich neuen Kaffee, mit dem er sich dann ins Wohnzimmer zu Fernseher und Neunuhrnachrichten begab. Nach einer Stunde schaltete er den Fernseher aus. Ging in die Küche und spülte. Als er damit fertig war, ging er zu Bett, und schon um elf Uhr schlief er tief und fest. Einsam, nicht in den Schlaf gewiegt. Auf dem Rücken, die Hände über der Brust gefaltet.

4

»Darf man fragen, worum es hier geht?«

Wesslén war lang, mager, gut angezogen und gut aussehend. Sein Gesicht war braun gebrannt und schärfer gezeichnet, als man es von einem Kriminalkommissar eigentlich verlangen konnte. Vor allem war er für seine Pünktlichkeit bekannt. Halb neun hatte man abgemacht, um Punkt halb neun saß er in Johanssons Zimmer im Besuchersessel.

»Sicher«, sagte Johansson. Beugte sich über seinen

Schreibtisch und reichte dem Besucher zwei Bögen Papier. Die Frucht seiner gestrigen Gedankenarbeit, von seiner Sekretärin eben noch ins Reine geschrieben.

»Du hast doch sicher von Onkel Nisse gehört«, sagte er dann. Wesslén nickte, ohne zu antworten. »Das hier ist eine Zusammenfassung unserer bisherigen Kenntnisse. Ich habe es selbst verfasst. Lies erst mal und sag dann, was du meinst.«

Wesslén nickte und las. Johanssons Aktennotiz bestand aus zehn Punkten. Aufgestellt in chronologischer Reihenfolge unter der kurzen Überschrift: »*Nils* Rune Nilsson. Zusammenfassung des bekannten Handlungsverlaufs.«

1. Sonntag, 8. September, gegen 21.30: Eine Busstreife vom WD 1 greift den Rentner *Nils* Rune Nilsson sinnlos betrunken vor der Klara Norra Kyrkogata 21 auf. Er wird den Vorschriften gemäß ins Arrestlokal vom WD 1 in der Bryggargata verbracht. Bei seiner Festnahme weist er keine sichtbaren Verletzungen auf.

2. Am selben Abend um 22.05 wird Nilsson im WD 1 in Arrest genommen. Bei der Durchsuchung weist er keine sichtbaren Verletzungen auf.

3. Am selben Abend um 22.15, 22.30 und 22.45 wird Nilssons Arrestzelle inspiziert. Nach Aussage des stellvertretenden Wachhabenden lag Nilsson ca. anderthalb Meter von der Zellentür entfernt auf der Seite. Dort konnte er durch das Glasfenster in der Zellentür sehr gut gesehen werden. Er blieb in dieser Stellung liegen und atmete ruhig und gleichmäßig. Der Wärter sah deshalb keinen Grund, die Zelle zu betreten und Nilsson zu untersuchen.

4. Am selben Abend um 23.00 entdeckt der Wärter in Nilssons Gesicht große Wunden, ansonsten aber liegt er – »nach Erinnerung des Wärters« – in derselben Haltung an derselben Stelle auf dem Zellenboden.

5. Am selben Abend um ca. 23.05 wird vom stellvertretenden Wachhabenden ein Krankenwagen gerufen. Nilsson ist bewusstlos und liegt noch in der Zelle, als er um 23.30 vom Krankenwagen abgeholt und ins Krankenhaus Sabbatsberg gebracht wird. Der Wachhabende hatte folgende Maßnahmen angeordnet: a) Nilsson wurde an der Stelle in der Zelle fotografiert, wo er verletzt aufgefunden worden war. b) Die Zelle wurde fotografiert. c) Der Wachhabende hat die Zelle inspiziert, um festzustellen, ob es »möglicherweise Spuren gibt, die eine Erklärung für die vorliegenden Tatsachen liefern könnten«. Er hat jedoch nichts Bemerkenswertes entdeckt.
Nachdem Nilsson abgeholt worden war, hat der Wachhabende in Erwartung der technischen Untersuchung die Zelle abschließen und versiegeln lassen. Danach hat er gegen 23.50 seinen Vorgesetzten informiert. Dieser hat den Vorfall am Montag, dem 9. September, um 00.30 dem wachhabenden Kommissar bei der Kriminalpolizei gemeldet. Am selben Tag um 08.30 wurde der Fall der Abteilung Gewalt überlassen, die sich sofort an die Ermittlungen gemacht hat.

6. Am Montag, dem 9. September, hat am Vormittag Personal von der technischen Abteilung die Zelle untersucht. Des Weiteren hat Personal von der Abteilung Gewalt vormittags und nachmittags Vernehmungen durchgeführt mit 1) den fünf Streifenpolizisten, die Nilsson festgenommen hatten, 2) dem stellvertretenden Wachhabenden im Arrest, 3) dem zivilen Wärter, der die Aufsicht über Nilsson hatte.

Es wurde außerdem mit dem Arzt der Station in Sabbatsberg gesprochen, wo Nilsson behandelt wird. Bei diesem Arzt wurde ein medizinisches Gutachten über Nilssons Verletzungen bestellt. Schließlich wurde versucht, Nilsson zu den Vorfällen zu vernehmen, was jedoch nicht möglich war, da er nicht zu vollem Bewusstsein gelangte.

7. Am Dienstag, dem 10. September, gegen 08.30 hat das ermittelnde Personal der Abteilung Gewalt seine Ergebnisse dem Abteilungsleiter vorgetragen. Dieser hatte seinerseits am selben Tag gegen 09.30 den Chef der Kriminalabteilung informiert, welcher daraufhin entschied, eine Voruntersuchung sei nicht einzuleiten, »da die bereits durchgeführten Ermittlungen keinen Grund zur Annahme ergeben, dass wir es hier mit einem Verbrechen zu tun haben«. Die Ermittlungen der Abteilung Gewalt wurden am selben Tag mit dem Ergebnis abgeschlossen, dass »Nilsson vermutlich auf Grund seines stark berauschten Zustands in der Zelle gestürzt ist und sich dabei verletzt hat«.

8. Am Dienstag, dem 10. September, gegen 09.00 wurde Nilssons nächste Angehörige, eine Tochter, 32, durch das Krankenhauspersonal telefonisch von den Vorfällen unterrichtet. Am selben Vormittag hat sie ihren Vater im Krankenhaus besucht, dort hat sie auch mit dem Stationsarzt gesprochen, der ihr zu einer Anzeige riet, da seiner Meinung nach ihr Vater misshandelt worden sei. Die Massenmedien haben offenbar gleichzeitig von allem erfahren, aus der großen Aufmerksamkeit zu schließen, die dem Vorfall in den Nachrichtensendungen in Radio und Fernsehen am Dienstagabend zuteil wurde.

9. Am Mittwoch, dem 11. September, gegen 08.00 beschließt der Oberstaatsanwalt von Stockholm, eine Voruntersuchung einzuleiten, um zu ermitteln, ob ein Verbrechen vorliegt. Vom Landespolizeichef verlangt er am selben Vormittag, das Landeskriminalamt solle Personal bereitstellen, was bewilligt wird. Die Voruntersuchung ist bereits eingeleitet worden, und der Unterzeichnete, Podi Lars Johansson, hat Nilsson um 13.30 im Krankenhaus Sabbatsberg besucht. Nilsson war jedoch nicht bei vollem Bewusstsein und konnte keine für die Ermittlungen hilfreichen Auskünfte geben.

10. Am Donnerstag, dem 12. September, um 07.30, als diese Zeilen hier geschrieben werden, scheint noch keine Anzeige von Seiten der Tochter vorzuliegen.

Wesslén hatte aufgehört zu lesen. Er nickte nachdenklich und sah Johansson an.

»Eins verstehe ich nicht«, sagte er. »Das mit dem Gutachten des Stationsarztes. Was steht da drin?«

Johansson musterte Wesslén mit zufriedener Miene, gab aber keine Antwort.

»Ja«, sagte Wesslén und nahm abermals Anlauf. »Wenn wir nun davon ausgehen, dass Nilsson sich diese Verletzungen selber zugezogen hat. Und dann schreibst du hier ... unter Punkt acht ... dass derselbe Herr Doktor, der dieses Gutachten über Nilssons Verletzungen ausgestellt hat, der Tochter rät, Anzeige zu erstatten, weil ihr Vater misshandelt worden sei. Was steht in diesem Gutachten?«

Jetzt wirkte Johansson noch zufriedener. Fast fröhlich. Feierlich schaute er auf seine Armbanduhr.

»Wir haben Donnerstag, den zwölften September, null acht fünfundvierzig, und es ist fast achtundvierzig Stunden her, dass die Kollegen in Stockholm beschlossen haben, Onkel Nisse sei gestürzt und habe sich dabei verletzt ... und in einigen Stunden wird es drei volle Tage her sein, dass dieselben Kollegen ein Gutachten von seinem Arzt angefordert haben. Aber ...«, Johansson legte eine Kunstpause ein, »... ein Gutachten haben wir nicht, aus dem schlichten Grund, dass unser Freund, der Doktor, noch keins zu Papier gebracht hat.« Er nickte Wesslén nachdrücklich zu.

»Ja, wenn das so ist«, sagte Wesslén. Er wirkte ein wenig besorgt, und sein freundliches Nicken war einer eher seitlichen Bewegung gewichen.

»Genau so«, sagte Johansson, der langsam in Fahrt kam. »Ich habe wie blöd gesucht, konnte aber nichts finden. Also hab ich den Kerl angerufen ... den Arzt, meine ich ... und der hatte zwar schon angefangen zu schreiben, aber am Dienstagvormittag ruft dann die Abteilung Gewalt an und teilt mit, das sei einfach ein Unglücksfall gewesen und die Ermittlungen würden eingestellt. Ungefähr eine halbe Stunde ehe die Tochter beim Doktor anklopft.« Johansson lachte zufrieden. »Ich würde ja gern wissen, ob die abends ferngesehen haben ... die von der Abteilung Gewalt, meine ich.«

Wesslén hatte offenbar ferngesehen. Die Bilder von Nils Rune Nilsson, das Interview mit dem Stationsarzt und mit Nilssons Tochter. Er zog seine mageren Schultern hoch wie eine nass gewordene Krähe.

»Himmel, ja«, sagte er. »Lustig ist das bestimmt nicht.«

»Nix«, sagte Johansson. »Ich nehme an, dass sie sich nicht gerade totgelacht haben. Und jetzt haben wir einen erstklassigen Skandal am Hals. Was machen wir da? Hier hast du alle verfügbaren Unterlagen.« Johansson schnappte sich eine rote Plastikmappe, die auf dem Schreibtisch lag, und schob sie zu Wesslén hinüber. »Die Namen sämtlicher Beteiligten ... ich kann dir bei den Vernehmungen helfen, wenn es so weit ist. Können wir morgen um acht weiterreden?«

»Sicher.« Wesslén war aufgestanden und schloss nachdenklich seine langen knochigen Finger um die Mappe.

»Das ist so gut wie aufgeklärt.« Er lächelte den Papieren zu, die er in der rechten Hand hielt.
»Noch etwas«, sagte Johansson. »Ich dachte, Jansson könnte helfen.«
»Drogenjansson?« Wesslén war mit der Hand auf der Klinke in der Tür stehen geblieben.
»Mordjansson«, sagte Johansson. Er blickte Wesslén abwartend an.
»Ach so.« Wesslén nickte leicht. Wenn er überrascht war, dann zeigte er es nicht. »Ich vermute, du hast einen guten Grund.«
»Aber sicher«, Johansson zögerte. *Das hier ist nicht leicht*, dachte er. »Möglicherweise einen personalpolitischen.«
Wesslén nickte langsam. Er machte ein ernstes Gesicht.
»Das ist gut genug.« Jetzt sah er Johansson an. »Und außerdem ist es ja nicht die Welt.«

5

Nicht Drogenjansson. Mordjansson.

An diesem Donnerstagmorgen – am Tag nach dem Krankenhausbesuch, der Begegnung auf der Brücke und anderen Dingen – war Lars M. Johansson wie üblich um halb sechs aufgewacht. Anders als an den meisten anderen Tagen war er absolut ausgeruht und in bester Stimmung. Tatkraft durchströmte jeden Kubikzentimeter seines schweren Körpers. Er duschte und dachte sogar, als er sich im Badezimmerspiegel betrachtete, abgenommen zu haben. Er verzehrte ein ausgiebiges Frühstück und las in den Morgenzeitungen über sich selbst (»Die Polizei leitet neue Ermittlungen ein«), dann zog er sich ungewöhnlich sorgfältig an.

Um zehn nach sieben schloss er die Tür hinter sich und ging raschen Schrittes zur U-Bahn-Station Mariatorg. Von hinten und wenn nicht seine langen Beine in einem gewissen Widerspruch zum groben Oberkörper gestanden hätten, sah er fast aus wie ein eifriger Bär auf der ersten Blaubeersuche der Saison. Die einzige Wolke an seinem blauen Himmel war Mordjansson. Nicht Drogenjansson, obwohl der doch eigentlich den größeren Grund zur Besorgnis geben müsste. An Nils Rune Nilsson, 66, »Onkel Nisse«, wie er in den Abendzeitungen geheißen hatte, verschwendete er nicht einen einzigen Gedanken.

Wie immer errang er einen guten zweiten Platz. Seine Sekretärin war schon zur Stelle in ihrem kleinen Zimmer vor seinem großen. Nur am ersten Tag war er ihr zuvorgekommen, und ziemlich bald war ihm aufgegangen, dass sie sich den Gewohnheiten ihres neuen Chefs angepasst hatte und jetzt eine halbe Stunde früher zur Arbeit erschien als sonst und als es ihre Pflicht wäre.

Da ihm das ein schlechtes Gewissen bereitete, hatte er die Sache ihr gegenüber zur Sprache gebracht. Er wusste, dass sie allein stehend war, ein Kind im Kindergarten hatte und einen um einiges weiteren Weg zur Arbeit als er. Sie brauche wirklich nicht seinetwegen mitten in der Nacht aufzustehen. Aber sie hatte darauf beharrt, und erst nach allerlei Überredungsversuchen hatten sie sich darauf geeinigt, dass sie dann eben früher nach Hause geht. Ob sie das wirklich tat, war unklar. Jetzt zerbrach er sich nicht mehr den Kopf darüber.

»Guten Morgen.« Johansson deutete eine Verbeugung in Richtung ihres Schreibtisches an und erhielt als Antwort ein Nicken und ein Lächeln. »Fünf Dinge ... kannst du das hier ins Reine schreiben.« Er zog seine Notizen aus der Aktentasche. »Ich brauche das in einer Stunde, wenn Wesslén kommt. Und fünf Kopien. Versuch, Jansson zu erreichen. Ich möchte so schnell wie möglich mit ihm sprechen.«

»Drogenjansson?«

»Mordjansson. Nicht Drogenjansson. Und so schnell wie möglich.« Johansson machte ein entschlossenes Gesicht.

Sie nickte und runzelte besorgt die Stirn. *Reinschrift, Kopien, Mordjansson.*

»Mal sehen ...«, Johansson fuhr sich mit der Hand übers Kinn. »Das waren ...«

»Drei.« Sie schaute von ihrem Block hoch.

»Genau«, sagte Johansson. »Und dann brauche ich ein Musiklexikon und eine Aufnahme vom Björneborger Marsch. Auf Kassette.«

Nichts schien seine Sekretärin überraschen zu können. Sie nickte einfach. Legte Block und Kugelschreiber hin und griff zur Liste mit den internen Telefonnummern. Johansson zog hinter sich die Tür zu und setzte sich an seinen Schreibtisch.

Während er auf Wesslén wartete, rief Johansson den Oberstaatsanwalt an, einen kleinen, dynamischen Mann von angelsächsischem Äußeren. Nach Aussage des Landespolizeichefs, eines alten Juristen vom Obersten Gericht, der von der ganz lässigen Sorte und außerdem einen halben Meter größer war, sah er aus wie sein eigener Kalfaktor. Aber das konnte ja egal sein. Er war zweifellos ein Mann, der wusste, wie man eine Gelegenheit beim Schopf ergreift. Deshalb hatte er auch, sobald ihm klar geworden war, welcher Sturm sich in den Massenmedien zusammenbraute, die Ermittlungen im Fall »Onkel Nisse« angeordnet, höchstpersönlich die Ermittlungsleitung übernommen und die Unterstützung vom Landeskriminalamt angefordert. Außerdem hielt er sich morgens um Viertel vor acht in seinem Dienstzimmer auf. Ebenso enthusiastisch und beredt wie ein Coach vom Cambridger Achter.

»Wie geht's, Johansson?«

»Prima Leben«, heuchelte Johansson. »Hier sind alle auf den Beinen. Ich habe Wesslén abgestellt ... den Chef der Betrugsabteilung. Und Jansson, einen alten Gewaltermittler ... mit zwanzig Jahren Erfahrung. Und zwei Mann aus unserer Ermittlungsabteilung.« *Ging man so vor, wenn man Kühlschränke verkaufen wollte?*

»Aha.« Der Oberstaatsanwalt hörte sich nicht überzeugt an. »Und du meinst, das reicht?«

Idiot, dachte Johansson, sagte es aber nicht.

»Das wird die Zukunft zeigen«, antwortete er gelassen und mit einer Spur Ångermanländisch in der Stimme. »Im Notfall muss ich andere Termine absagen.«

»Aha. Das ist hervorragend.« Jetzt klang er ein wenig beruhigt.

»Doch«, sagte Johansson mit tönender Stimme. »Solchen Dingen müssen wir auf den Grund gehen.« Das war ein Zitat des Landespolizeichefs aus einem Interview in einer großen Morgenzeitung. Johansson fiel ein, dass er über die Wortwahl nachgedacht hatte.

»... ich werde das Ganze beaufsichtigen. Und bestimmte Vernehmungen leiten.«

»Ja, aber das ist doch ganz hervorragend.« Der Oberstaatsanwalt hatte plötzlich eine Wärme in der Stimme, die nicht oft zu hören war, wenn er eins seiner seltenen Plädoyers hielt. »Du glaubst, du kannst das schaffen?«

»Natürlich«, sagte Johansson. »Ich werde wohl einige Besprechungen ansetzen müssen, aber da hilft ja nun mal nichts.«

Eine Viertelstunde, nachdem Wesslén gegangen war, traf Jansson ein.

Mordjansson, Kriminalinspektor Jansson, war ein dicklicher älterer Mann mit grauem Anzug und traurigen grauen Augen. Unruhigen Augen, die Johansson folgten, als dieser zwischen den Papieren auf seinem Schreibtisch herumwühlte. Er verbreitete einen leichten Biergeruch, und es lag sicher nicht an einer Erkältung, dass der von stark riechenden Mentholtabletten überlagert wurde. Johansson, der seine Unruhe verstand und auch sonst ein Mann mit sechs offenen Sinnen war, gab sich alle Mühe, einen beruhigenden Eindruck zu machen.

»Hast du schon von Onkel Nisse gehört?«, fragte er.

»Meinst du den aus der Zeitung?« Jetzt lag in Janssons Augen eher Überraschung als Unruhe.

»Ja«, sagte Johansson. Sein fester grauer Blick fixierte den wässrigen des Kollegen auf der anderen Seite vom Schreibtisch. »Mir ist die Ermittlung übertragen worden, und ich habe sie Wesslén aufgedrückt, und jetzt wollte ich dich um deine Hilfe bitten.«

»Ja, sicher.« Jansson war deutlich überrascht. Das hörte man. Mit so was hatte er um neun Uhr morgens nicht gerechnet.

»Eine Anzahl von Kollegen wird in den Massenmedien kritisiert ...«

»Ja, hab ich gelesen.« Jansson beugte sich in seinem Sessel vor.

»Ich habe hier eine Namensliste. Und noch andere Unterlagen über den Hintergrund.« Johansson schob Jansson einige mit Büroklammern aneinander geheftete A-4-Seiten hin. »Sieh mal nach, ob du was Interessantes über sie herausfinden kannst. Ob sie schon mal in solche Vorfälle verwickelt waren. Aber diskret.« Er nickte, um das zu betonen. »Sieh unsere Register durch. Das alles muss unter uns bleiben. Wesslén kümmert sich um die Außenwelt. Bleib mit ihm in Kontakt.«

»Wie viel Zeit hab ich?«

»Es hat keine Wahnsinnseile. Eine Woche.« *So was darf nicht zu schnell gehen,* dachte Johansson. Es galt, den Takt der Ermittlungen Onkel Nisses massenmedialem Wert anzupassen.

»Ich werde sehen, was ich tun kann.« Jansson faltete die Papiere zusammen und verstaute sie in seiner Jackentasche.

Er erhob sich mit einiger Mühe aus Johanssons Designersessel, ganz Leder und Metall, nickte und schaute zur Tür hinüber.

»Ja«, sagte Johansson abschließend. »Dann sind wir uns also einig.« Er hatte das vage Gefühl, dass sein Besucher dankbar aussah. Dankbar und konzentrierter als sonst. Wenn das stimmte, mochte das gut sein, war aber nicht nur angenehm.

Termine konnte er absagen, und er tat es gern. Aber an diesem Tag musste er auf die Mittagspause verzichten, und das ärgerte ihn, da es donnerstags in der Polizeikantine hervorragende Erbsen mit reichlich Speck gab.

»Ich muss in der Stadt etwas erledigen«, sagte er zu seiner Sekretärin. »Ich bin nach der Mittagspause wieder da. Geschäfte.«

6

Drogenjansson. Nicht Mordjansson. Oder auch Nils Rune Nilsson, 66. Das waren die Gründe, aus denen Johansson die hervorragende Erbsensuppe in der Kantine verpasste und sich stattdessen nach Östermalm begeben musste. Man konnte über Mordjansson sagen, was man wollte, und das taten ja auch viele, aber hier traf ihn wirklich keine Schuld.

Johansson stieg am Östermalmstorg aus – die Umstände hatten ihn zu einem fanatischen U-Bahn-Fahrer werden lassen – und ging bei schönem Septemberwetter zu Fuß durch die Storgata. Vom meteorologischen Überschwang des Vortags konnte zwar nicht die Rede sein, aber das Wetter war doch gut genug. Es war Wetter für einen klaren Kopf, ohne dass man sich den Arsch abfror, und das war doch das Beste. Er bog bei der Grevgata nach rechts ab und hatte weiterhin Rückenwind. Wenn man so wollte, ging es bergab, aber er neigte nicht zu solchen Vergleichen, und außerdem sollte niemand unbesehen verurteilt werden.

Die Adresse lag in der Nähe des Strandväg, und das Haus war ebenso standesgemäß, wie es die Gerüchte immer behaupteten. Ein altes Patrizierhaus aus der Jahrhundertwende, das in ein Bürogebäude umgewandelt worden war, sicher nicht gratis. Das Vestibül war holzgetäfelt, hatte Marmorboden und eine hohe Stuckdecke. Links prangten die Namensschilder der Mieter, und ein dicker roter Teppich zeigte den Weg zum Fahrstuhl. AS AKILLEUS hauste im obersten Stock, offenbar ganz allein. Das Namensschild war aus rostfreiem Stahl, die Schrift AS AKILLEUS in bankmäßigen Versalien zum Relief erhoben. Darunter die kurze, schnöde Mitteilung, »Vermittlung, Finanzierung, Verwaltung«. Johansson kam sich vor wie der Vetter vom Lande, als er den Fahrstuhl betrat.

»Johansson«, sagte Johansson. »Ich bin mit Direktor Waltin verabredet.«

Die Sekretärin war von der gleichen neutralen Freundlichkeit wie die seine, obwohl sie teurer aussah. Vermutlich, um nicht zu sehr von den Ledermöbeln, den chinesischen Teppichen und den Holzschnitten an der Wand abzustechen. Ging man vom Büro aus, konnte kein Zweifel bestehen, dass bei Akilleus die Geschäfte des Jahrhunderts gemacht wurden.

»Einen Moment, ich sage eben Bescheid. Würden Sie sich so lange setzen?«

Was hatte er schon für eine Wahl? Johansson ließ sich in einen riesigen Ohrensessel sinken und gab sich alle Mühe, mit seiner Umgebung zu verschmelzen. Auf dem Tisch neben ihm verriet ein Stapel Reklamebroschüren in mattem Mehrfarbdruck, um was für ein Unternehmen es sich hier handelte.

»WO HABEN SIE IHRE SCHWACHE STELLE?« Johansson dachte über die Frage nach und musterte einen kräftigen, nackten Männerfuß, der den Umschlag zierte. Übergewicht, dachte er. An seinen Füßen gab es nichts auszusetzen. Die hatten ihm während seiner ersten Jahre bei der Truppe gute Dienste geleistet, und wenn das hier eine Fußpflegeklinik wäre, hätten sie einen anderen Innenarchitekten anheuern müssen.

»Waltin.«

Der Mann vor ihm war in seinem Alter, pflegte sich aber, anders als er selbst, lautlos zu bewegen und geschmackvoll zu kleiden.

»Johansson«, sagte Johansson. Er stand auf und nahm die ihm hingestreckte Hand. »Ja, wir waren wohl verabredet.«

Waltin bedauerte, dass Johansson hatte warten müssen. Leider sei er bei einem Termin in der Stadt aufgehalten worden. Johansson nickte und lehnte der Reihe nach Kaffee und Zigaretten ab. *Erbsensuppe gibt's hier wohl nicht?*

»Möchtest du dich mal umsehen?«, fragte Waltin.

»Ja«, sagte Johansson. »Wenn sich das machen lässt.«

Natürlich ließ sich das machen. Johansson war doch der oberste Chef von AS AKILLEUS. Wenn auch nur zufällig, reine Formsache gewissermaßen.

Dieses eine Mal schienen die Gerüchte durchaus zuzutreffen, und in diesem besonderen Fall war das vielleicht gar nicht so gut. Die Räumlichkeiten waren ebenso teuer und elegant eingerichtet, wie behauptet wurde. Es gab nicht nur eine eigene Sauna, das hatte Johansson ja schon gewusst, sondern einen ganzen Wellnessbereich mit Sauna, Duschraum, Solarium und Gymnastikhalle. Es gab auch ein Rechenzentrum mit der neuesten Generation an Elektronik und Angestellten, die gleichermaßen durchtrainiert und begabt wirkten.

»Tja«, sagte Johansson. »Wirklich nicht schlecht.«

»Nein«, stimmte Waltin zu und biss einem langen Zigarillo energisch die Spitze ab. »Eine hervorragende Geschäftsidee. Von der Ähre bis zur Stulle sozusagen. Wir decken die ganze Kette ab und sind derzeit auf dem Markt ziemlich allein damit. Vermittlung, Finanzierung, Verwaltung ... und jede erdenkliche juristische und finanzielle Beratung. Normalerweise wird das auf mehrere Hände verteilt, aber wir hier bei Akilleus können fertige Pakete liefern.«

»Ja«, sagte Johansson. *Was hätte er auch sonst sagen sollen?*

»Es reicht wirklich, eine gute Idee zu haben. Wir haben schon mehrere solcher Projekte gelandet. Unter anderem eine verdammt witzige Geschichte.« Waltin kniff die Augen zusammen und zeigte seine weißen Zähne. »Einwegsärge aus Pappe. Da haben wir Patentfragen und Finanzierung geklärt, wir haben einen Hersteller gefunden ... in Småland natürlich. Einfach alles. Hervorragende Idee.«

»Einwegsärge?«

»Ja, sicher.« Waltin wirkte fast enthusiastisch. »Ist doch ein typischer Einwegartikel. Sieht genau aus wie Holz ... Edelholz, Fichte, polierte Eiche. Du kannst haben, was du willst. Senkt die Bestattungskosten derzeit um zwanzig Prozent.«

»Es läuft also gut«, sagte Johansson.

»Besser als gut.« Waltin nickte bestätigend, effizient und geschäftsmäßig. »Wir haben im ersten Geschäftsjahr ein Netto von dreieinhalb bei einem Totalumsatz von knapp fünfzig Brutto. Die Hälfte auf Finanzseite. Wir haben einen irren Coup gelandet und konnten vom vierten AP-Fonds zu einem Diskont plus eins leihen. Und das haben wir scheibchenweise zu einem Diskont plus zwanzig platziert.«

»Nicht schlecht«, sagte Johansson. Im Grunde hatte er nur eins kapiert, dass nämlich seine Frage nicht beantwortet worden war.

»Du denkst an die anderen Aktivitäten?«, Waltin zwinkerte ihm vertraulich zu.

»Ja«, sagte Johansson. »Die hatte ich wohl eher im Kopf.«
»Gehen wir zu mir«, entschied sein Gastgeber.

Die Geschäfte liefen hervorragend. Das hätte jedes Kind begriffen. Sogar Johansson. Was die polizeidienstliche Nachrichtenarbeit anging, besaß Waltin einen »durchaus begründeten Optimismus«, der übrigens von der Analysegruppe des Unternehmens geteilt wurde. AS AKILLEUS hatte bereits in mehreren brisanten Branchen wichtige Kontakte aufbauen können, und jetzt hatten sie allerlei Haken ausgelegt. Mit dicken Ködern, und wenn einer anbiss, wären sie bereit.

»Wir haben einen richtig dicken Fisch im Visier«, erzählte Waltin. »Einen Gemeinderat, der einen Schulneubau zu vergeben hat. Dreißig Millionen, und er will nur zwei Mille schwarz. Der war es übrigens, den ich vorhin getroffen habe. Wir müssen doch feilschen ... damit es überzeugend wirkt.« Waltin lächelte zu dieser Erklärung. »Harte Zeiten. Wenig Spielraum.«

»Jaa«, sagte Johansson. »Es sieht ein bisschen düster aus. Wie läuft es denn mit Jansson? Drogenjansson?«

»Hervorragend«, sagte Waltin, senkte die Stimme und beugte sich vor. »Wir haben am Montag seine Wohnung versorgt. Wir haben schon feststellen können, dass es funktioniert. Hervorragende Klangqualität. Gute Empfangsbedingungen.« Jetzt lächelte er wieder. »Seinen Dienstwagen haben wir schon vorige Woche erledigt, wie du weißt.«

»Ja«, sagte Johansson. »Das habe ich gehört. Aber da ist noch etwas«, er nickte Waltin mit ernster Miene zu, »das mir Sorgen macht. Onkel Nisse. Hast du von dem gehört?«

»Nils Rune Nilsson.« Waltin wechselte sofort von der Geschäfts- auf die Sozialberatermiene über. »Lass hören«, sagte er freundlich. »Wir sind doch dazu da, uns um Sorgen zu kümmern.«

Bei AS AKILLEUS wurde Zeitung gelesen. Ein »Mitarbeiter« war ausschließlich mit Medienüberwachung befasst und schaffte sehr viel mehr als nur die Wirtschaftsblätter. Nils Rune Nilsson war durchaus bekannt. Eine brisante Ermittlung. Wie immer, wenn die Massenmedien über die Truppe und die Kollegen herfielen. Waltin begriff das Problem. Er wusste jedoch nicht, ob es »sein Bier« war.

»Wir sollen uns mit Nachrichtentätigkeit, Infiltration, Provokation, innerer Sicherheit und Organisationsschutz befassen, mit Korruption in der Truppe ... aber hier weiß ich nicht so recht.« Waltin sah Johansson unverwandt an. »Wenn ich es richtig verstanden habe, ist das doch eine Lappalie. Ein Suffkopp, dem die Kollegen von der Streife eins auf die Mütze gegeben haben. Falls das überhaupt stimmt. Es heißt doch, er sei gestürzt.« Waltin zuckte seine maßgeschneiderten Schultern.

»Sicher«, sagte Johansson. »Ich dachte aber, du könntest dich mal umhören, ob da irgendwas dahintersteckt.« Waltins Augen leuchteten plötzlich interessiert auf.

»Du meinst, es könnte sich um eine Verschwörung gegen die Truppe handeln«, sagte er langsam. »Du hast nicht zufällig ...«

»Halt«, sagte Johansson und hob abwehrend die Hand. »Ich habe nicht mal einen begründeten Verdacht gegen die Kollegen, denen die Zeitungen ans Leder wollen. Und noch weniger gegen irgendwen sonst. Aber ich habe ein Problem. Ich kann nicht bei den Kollegen rumlaufen und fragen, ob sie irgendeinen Scheiß zu erzählen haben ... über die betreffenden Kollegen. Schon gar nicht, falls Nilsson doch von selbst gestürzt ist. Aber du kannst das. Ich will, dass du für mich die Ohren offen hältst.«

»Natürlich kann ich das.« Waltin nickte wohlwollend. »Sicher. Aber ich fürchte, es ist die falsche Sozialgruppe.« Wieder lächelte er. »Wir arbeiten hier ja nicht gerade mit Ordnungsproblemen.«

»Es reicht, wenn du zuhörst«, sagte Johansson. »Dann brauche ich mir nicht einige Tausend von eurem tollen Netto auszuleihen und einen Privatdetektiv anzuheuern.«

»Keine Ursache«, sagte Waltin und breitete in einer Geste der Großzügigkeit die Hände aus. »Was hältst du denn von den modernen Ermittlungsmethoden? Du selbst bist als Ermittler doch eher von der alten Schule, hab ich gehört. Habt ihr euch früher verkleidet?«

»Nicht dass ich wüsste.« Johansson überlegte. »Einmal sollte Jarnebring ... der Kollege also ... einen Würstchenverkäufer spielen, weil beim Eisstadion Johanneshov irgendein Trottel herumgelaufen ist und mit dem Schwanz gewedelt hat, aber Jarnebring hat sich geweigert und mit der Gewerkschaft gedroht. Deshalb wurde nichts aus der Sache.«

»Neue Zeiten, neue Verbrechen ... das erheischt neue Methoden.« Waltin sah aus wie einer, der weiß, wovon er redet.

»Kann schon sein«, sagte Johansson und stand auf. »Aber wir haben ihn doch erwischt. Am nächsten Tag und ganz ohne Bauchladen.«

7

Als er zurückkam, wartete schon die Belohnung auf ihn. Mit der leisen Andeutung eines selbstzufriedenen Lächelns, doch schon das war ungewöhnlich, überreichte seine Sekretärin Johansson zwei wertvolle Dinge: eine Kassette und einen dicken Band in einem grünen Umschlag mit dem verheißungsvollen Titel *Die große Welt der Musik*.

»Deshalb hat es so lange gedauert.« Sie tippte zur Erklärung auf das Musiklexikon. »Hier unten haben sie doch nichts, und in der Bibliothek werden Nachschlagewerke nicht ausgeliehen. Da musste ich es kaufen. Die Quittung liegt drin.«

»Hier unten« war die Bibliothek des Polizeigebäudes.

Eine im Verhältnis zur Besucherfrequenz unerklärlich geräumige Lokalität in den inneren Regionen des Hauses, die als Aufbewahrungsort für tonnenweise Schriften von gelinde gesagt unterschiedlichstem Bezug zur Polizeiarbeit genutzt wurde.

»Sag das nicht«, sagte Johansson und wiegte den grünen Leinenband in der Hand. »Ich war vorige Woche da. Die hatten sowohl Hornblower als auch die Katzenjammerkids in Prachtausgabe.«

Sie schaute ihn fragend an.

»Aber sicher doch«, sagte Johansson fröhlich. »Von beidem sämtliche Bände. Halbleinen und überhaupt. Ein Geschenk an die Polizei von einem pensionierten Seekapitän in Mölndal. Der Bibliothekar hat mir die Schenkungsurkunde gezeigt. Da stand, dass der Spender dem Wellenbrecher, der sich stark und unverdrossen der Schändlichkeit unserer Zeit in den Weg stellt, seine Dankbarkeit erweisen wolle. Vermutlich ein Verrückter.« Johansson lachte.

Jetzt war sie wieder wie sonst. Neutral freundlich, aber nicht überrascht.

»Ein Musiklexikon hatten sie jedenfalls nicht.«

»Was dich im Kampf gegen das Verbrechen jedoch nicht behindert hat.«

Johansson war so froh, dass es ihm anzusehen war.

Hier müssen wir nun innehalten. Müssen den Bericht unterbrechen und eine Erklärung nachschieben. Johanssons deutliche Freude könnte sonst seltsam und albern wirken und von ihm als Person ein falsches Bild zeichnen. Über den Polizeidirektor Lars Martin Johansson können wir denken, was wir wollen, aber albern ist er auf keinen Fall. Kindisch? Wenn man unter »kindisch« versteht, dass er – zumindest in gewissen Punkten – sein kindliches Gemüt behalten hat und es in seltenen Fällen auch im Dienst auslebt. Personen mit kindlichem Gemüt sind aber nicht kindisch.

Das Problem mit Johansson ist eher umgekehrt. Dass ein äußerlicher Betrachter ihn für sympathischer halten kann, als er es in Wirklichkeit ist. Mehr als ein Mensch ist schmerzlich eines Besseren belehrt worden. Um seine derzeitige Freude zu verstehen, muss man etwas über seine Herkunft wissen. Außerdem muss man sich klar machen, dass er durchaus fähig ist, für seine Sekretärin den Affen zu spielen. Dass er zum Beispiel die selbstverständliche Tatsache entdeckt hat, wie gut sich sein großer, grober Körper und seine bisweilen fast karikaturhafte norrländische Erscheinung mit einem etwas polternden und kindischen Verhalten vertragen. Na gut.

Lars Martin Johansson war sein gesamtes erwachsenes Leben bei der Stockholmer Polizei gewesen. Er hatte, um einen abgegriffenen Ausdruck zu verwenden, »sich in der Truppe nach oben patrouilliert«. Seine ersten dienstlichen Schritte hatte er übrigens im Viertel Gamla Klara in der Stockholmer City gemacht, und zwar zu der Zeit, als dort noch die Zeitungsredaktionen saßen und »Klara« in Polizeikreisen ein Begriff war. Landesweit bekannt wegen der unwahrscheinlichen Mengen an »Suff und Scherereien«, die dort florierten, und andere Zusammenhänge sollten wir hier ignorieren.

Sein ganzes erwachsenes Leben hindurch Polizist. Zumindest rein formal. Die letzten sieben Jahre betrachtete er selbst als Exil, und das, obwohl man doch eigentlich von einer Karriere sprechen konnte. Zu viele und zu lange Jahre. Zuerst als Leiter einer Ortsabteilung, dann als Abteilungsdirektor im Personalbüro der Landespolizeileitung; ganz hinten im Tross der Polizeiarmee, und dort beschäftigt mit Gehaltsfragen, Dienstordnungen und Einsatzbereichen. Und ach so weit entfernt vom Frontdienst der fünfzehn Jahre davor. Bei Streife, Diebstahlbekämpfung, Drogen und Ermittlung.

Er hatte eine freiwillige Entscheidung getroffen – was immer das sein mag – und an Gründen, warum er den Posten, für den er empfohlen worden war, erhalten hatte, könnten wir mehrere nennen. Dass er als überaus hervorragender Polizist gegolten hatte und dass sein Leumund und seine Meritenliste tadellos waren, hatte vermutlich keine so große Rolle gespielt. Entscheidend war wohl eher seine lange Gewerkschaftserfahrung gewesen. Im Hinblick auf die Stelle, auf die er sich beworben hatte und die er dann bekam, war das doch verständlich und logisch. Der Klatsch, er sei als Kriminalpolizist einfach zu tüchtig gewesen und derart störenden und tief greifenden Wahrheiten auf die Spur gekommen, dass er einfach hatte befördert werden müssen, lässt sich klarerweise mit guten Gründen zurückweisen. Klatsch ist eine Mischung aus mehr Bosheit denn Wahrheit.

Aber egal. Sieben Jahre sind eine lange Zeit, wenn man mit sich und seinem Leben nicht zufrieden ist. Was anfangs wie ein ausgeglichenes, friedliches und sogar privilegiertes Dasein wirken mag, kann sehr rasch zu einer Tundra trostloser Einförmigkeit werden. Unter der Voraussetzung, dass man kein waschechter Karrieremensch ist. Und in der Lage, sich die Sache anders zu überlegen.

Den Posten als Chef vom Landeskriminalamt hatte er im Sommer erhalten. Es handelte sich um eine Vertretungsstelle für sechs Monate, und die Art des Polizeidienstes war mit seiner vorangegangenen Beschäftigung durchaus zu vergleichen. Das Landeskriminalamt hatte nahezu dreihundert Angestellte, und Johansson war eher Personalchef als irgendetwas anderes. Aber auf dem Papier war er doch mehr. Er war der Chef einer Polizeitruppe, die jede Kriminalabteilung jedes größeren Polizeidistrikts im Land aussehen ließ wie ein dörfliches Bürgermeisteramt aus der Zeit der Jahrhundertwende. Wenn man nicht hinter die glänzende Fassade schaute.

Johansson war der Chef, und die ganze Zeit über hatte er polizeidienstliche Befugnisse besessen. Auch wenn er in der Personalabteilung Papiere sortierte. Und wenn die rein kriminalistische Arbeit eigentlich von anderen als dem Chef erledigt werden sollte. Klar gesagt worden war das nicht. Im Gegenteil, und das war es, worum es im Fall Johansson vor allem ging. Um die Chance ... die Hoffnung, doch noch mal ein richtiger Polizist sein zu dürfen. Die magischen Worte aussprechen zu dürfen: »*Kommen Sie bitte mit.*« Wieder ins eigentliche Leben zurückzukehren.

Sympathisch? Alle, die wissen, worum es hier geht, wissen, dass es nicht darum geht.

Jetzt hält er die Eintrittskarte in der Hand, und möglicherweise können wir es als Ironie des Schicksals betrachten, dass die erste polizeiliche Ermittlung nach diesen langen Jahren ein paar Kollegen im ersten Wachdistrikt gilt. Der nach der Umorganisation der Stockholmer Polizei den Namen WD 1 bekam, und von dem Gamla Klara nur einen kleinen Teil ausmacht.

Es ist halb drei am Donnerstagnachmittag, als Lars M. Johansson behutsam, fast zärtlich, Tonbandgerät, Kassette und Musiklexikon auf seinem großen Schreibtisch abstellt. Sie sind die grundlegenden Bestandteile des Traums, der ihn bereits einen ganzen Tag lang verfolgt. Der Traum von der umjubelten Heimkehr. Der verlorene Sohn kommt ins Haus des Vaters zurück. Verkleidet als Bettler, aber sowie er die Tür durchschritten hat, lässt er seine jämmerlichen Lumpen fallen und tritt hervor in der strahlenden Tracht des Erlösers: Palmwedel und Weihrauch, Hörner und Becken, *die detektivische Großtat.*

Die Einladung liegt auf seinem Tisch. Sie ist auf ihn persönlich ausgestellt. Sein Terminkalender ist für den ganzen Nachmittag weiß wie Schnee, kein Besuch, keine Arbeitsgruppe, keine Besprechung. Nichts, was ihn praktisch oder theoretisch daran hindern könnte, sofort einzutreten. Was aber macht er?

Er geht hinunter in die Schwimmhalle des Polizeigebäudes. Zuerst setzt er sich in die Cafeteria. Isst ein Krabbenbrot mit Mayonnaise und trinkt eine große Tasse Kaffee. Bisher ist seinem Verhalten nichts anzumerken. Möglicherweise hat er sich einen ungünstigen Moment ausgesucht. Erst als er sich die Mayonnaise aus den Mundwinkeln wischt und vom Tisch aufsteht, fängt er an, sich seltsam zu betragen. Denn nun steuert er die Schwimmhalle an, schwimmt tausend Meter und verbringt fast eine Stunde in der Sauna.

Die Erklärung liegt nicht darin, dass er religiös wäre und wir es hier mit einer handfesten symbolischen Läuterung zu tun hätten. Er ist auch kein fanatischer Sportler oder zumindest ein begeisterter Schwimmer. Durchaus nicht. Sein Oberkörper, der sich im Laufe der Jahre mehr und mehr dem eines Seehunds angeglichen hat, wurde am gedeckten Tisch geformt, nicht im Becken. Die Badehose hat er von einem Kollegen geliehen, und in diesem Teil des Hauses ist er ein so seltener Gast, dass sich die übliche Clique von badenden Chefspersonen bei seinem Erscheinen in der Sauna fragt, ob er verkatert ist. Erst gegen fünf – als er ganz sicher ist, dass seine Sekretärin und die meisten anderen auf seinem Gang Feierabend gemacht haben – kehrt er in sein Zimmer zurück.

Das kann wirklich ganz und gar unerklärlich erscheinen. Unter der Voraussetzung, dass man nichts über seine Kindheit und vor allem nichts über die Weihnachtsfeste seiner Kindheit weiß.

8

Johansson war auf einem Hof in der Nähe von Näsåker am Ångermanälv geboren und aufgewachsen. Mit Vater, Mutter und sechs älteren Geschwistern, darunter drei Brüder. Aber trotz ihrer Menge waren die Geschwister altersmäßig dicht beisammen, und vom verwöhnten Dasein eines Nachkömmlings konnte keine Rede sein. Lars M. verbrachte seine Kindheit vor allem damit, die Angriffe seiner Geschwister zu überleben. Und wenn schon nicht im Sinne Darwins, dann doch immerhin in übertragener Bedeutung.

Am Schlimmsten war das alles zu Weihnachten. Dem Fest der Liebe. Am frühen Morgen ging es in der Küche los. Da standen sein Vater und die drei älteren Brüder herum und trafen die letzten Vorbereitungen für die Jagd auf den Weihnachtshasen. Sie klirrten mit den Gewehren, der Schweißhund, der zur Feier des Tages ins Haus durfte, bellte eifrig und eine überdrehte Mutter entdeckte, dass die »Mannsbilder« bereits den halben Weihnachtsschinken als Brotbelag verzehrt hatten. Wenn der Vater dann seinen obligatorischen Weihnachtsschnaps erhalten hatte, ging's los. Ohne Lars. Denn Rotzgören konnte man nicht in den Wald mitnehmen. Das hatte der zweitälteste Bruder ihm bereits am Vorabend erklärt.

Es stand das Angebot der Mutter und der vor Eifer geröteten Schwestern, bei den häuslichen Weihnachtsvorbereitungen zu helfen. Das lehnte er in der Regel ab. Stattdessen drehte er eine Runde über den Hof. Redete mit den Hunden, die im Hundehof hinter der Scheune zurückgelassen worden waren, und stellte sich vor, dass er gerade zu diesem Weihnachtsfest von seinem lieben Opa ein eigenes Gewehr bekommen würde, wonach es mit der Weihnachtsjagd richtig losgehen könnte.

Zum Essen waren die anderen dann wieder da. Mit Hasen, Gewehren und Geschichten. Etwas später traf die Verwandtschaft ein. Die Großeltern und ab und zu auch der Onkel, ein Junggeselle, der Abenteurer der Familie, der in einem Hotelzimmer in Chicago von einem echten Neger ausgeraubt worden war.

Wenn sie sich dann endlich zum obligatorischen Weihnachtsschmaus an den Tisch setzten, hob sich die Nacht schwarz wie eine frisch geteerte Tür vom weißen Schnee ab. Käse, Hering und Sülze. Schinken, Laugenfisch und Weihnachtsgrütze. Weihnachtsschnaps für Großvater, Vater, Onkel und den ältesten Bruder, der im Frühling von zu Hause ausziehen würde. Damit war er übrigens während Lars M.s gesamter Kindheit beschäftigt.

Wenn sein Onkel dann sagte, er werde mal schnell im Stall vorbeischauen und nachsehen, was die Tiere so machten, damit der Vater das nicht noch erledigen müsse, ehe der Weihnachtsmann kam, dann näherte er sich endlich. Der kritische Augenblick, in dem es galt, ganz schnell die eigenen Weihnachtsgeschenke vor schnelleren, längeren und stärkeren Fingern zu retten. Das gelang ihm nur selten. An einem seiner ersten Weihnachtsfeste – er erinnerte sich nicht selbst daran, sondern hatte es als lustige Anekdote erzählt bekommen – hatte er versucht, ungeöffnete Pakete in die relative Einsamkeit seines Zimmers zu schmuggeln. Das hatte unter seinen Nächsten großes Erstaunen und eine nicht geringe Unruhe ausgelöst, und er selbst hatte auch in erwachsenem Alter keine Lust gehabt zu erklären, was der Anlass gewesen sein mochte.

In ihm hatte sich nämlich die intensive Sehnsucht entwickelt und festgesetzt, irgendwann einmal seine Überraschungen ganz allein genießen zu dürfen, und diese Möglichkeit wollte er sich nicht entgehen lassen. Nicht jetzt, da er Polizeidirektor war und der bestausgerüsteten Kriminalabteilung des Landes vorstand.

Zuerst sorgfältige Vorbereitungen. Die Tür ganz fest zumachen. Sich davon überzeugen, dass die Direktleitung ausgeschaltet war und die Telefonzentrale keine Gespräche auf der anderen durchstellte. Danach ließ er sich hinter dem Schreibtisch nieder. Er machte es sich bequem und rückte die Schreibtischlampe so zurecht, dass sie mit dem hellen Septembernachmittag hinter seinem Fenster harmonierte und gleichzeitig ausreichend Licht lieferte. *Zuerst die Literatur,* dachte er. Eigentlich hätte er eine krumme Pfeife und ein Rauchjackett brauchen können, aber da er nicht rauchte, musste es ohne gehen. Moderne Kriminalbeamte saßen in Hemdsärmeln da, und jetzt – in feierlicher Einsamkeit und eigentlich schon nach Feierabend – war es absolut zulässig, dass sogar eine Chefsperson den Schlips lockerte und die Manschetten umkrempelte.

Björneborger, Björneborger, dachte Johansson und schlug das dicke Buch auf. Björling, Björling, Björling, Björling ... hier müsste es doch stehen. Oder genauer gesagt, hätte es stehen müssen. Nach dem letzten Björling und vor Blacher, Boris, deutscher Komponist. Aber da stand eben nichts. Johansson drehte das dicke Buch um und betrachtete verstimmt den grünen Umschlag.

Also musste er einen neuen Versuch machen. Märsche? Ja, da stand es. »Zu den bekanntesten Märschen gehören folgende ...« Er stand als Nr. 2 hinter »Alte Kameraden«, begleitet von der kurzen Notiz: »1860/Finnland/Pacius«.

Jetzt wird's heiß, dachte Johansson. Schnell weiter zu P wie Pacius, dem »Vater der finnischen Musik«. Offenbar ein fleißiger Mann, der jede Menge Töne auf dem Gewissen hatte. Aber kein Wort mehr über den Björneborger Marsch. Vermutlich keins seiner bedeutenderen Werke, dachte Johansson.

Vielleicht könnten ein paar Marschklänge die Schuppen von seinen Augen blasen? Johansson schob die Kassette ein und drückte auf den Startknopf, doch anstelle von scheppernden Becken und dröhnenden Hörnern hörte er die Stimme seiner Sekretärin. Sie klang überaus fröhlich, als sie verkündete: »Hier kommt der Björneborger Marsch in einer Einspielung des Musikkorps der Königlichen Leibgarde.« *Hatte sie denn kein Vertrauen zu seinem musikalischen Gehör?*

Egal. Jetzt kam es. Eine für Johanssons Geschmack leicht zögerliche Einleitung, dann wurde es rasch schneller. Die Töne liefen an den Wänden seines Zimmers um die Wette, und er ertappte sich dabei, wie er mit den Fingern auf seinem Schreibtisch den Takt schlug. Danach dachte er lange nach. Er schaute aus dem Fenster. Nicht das gleiche Wetter wie am Vortag. Heute war der Nachmittagshimmel grau und bewölkt. Auch nicht die gleiche Stimmung. Er verspürte jetzt eine leise Düsterkeit, die sich in seinem ganzen Körper ausbreitete. *Aufgeben wäre eine Schande,* dachte er, ließ das Band zurücklaufen und hörte den Marsch noch einmal. Und noch einmal. Und noch ...

»Träume sind Schäume« sollte doch eine Garantie dafür sein, dass sie nicht in Stücke gehen können. Diesmal traf das nicht zu.

Wenn Johansson eine verfeinertere Seele wäre – wie immer sich das bei seiner Kindheit hätte ergeben sollen –, dann hätte er es vermutlich dabei bewenden lassen, nach dem sechsten Hören leise und entspannt das Gerät auszuschalten, nachdenklich zu nicken und in Gedanken festzustellen, dass sich das Menschenleben oft als Jagd nach dem Wind erweist.

Das tat er aber nicht. Plötzlich schlug er mit dem rechten Zeigefinger zu, und der Marsch riss jäh mitten im Stück ab. Johansson starrte das Tonbandgerät wütend an und sagte laut und deutlich und ohne den geringsten norrländischen Akzent:

»Verdammt noch mal, ich versteh hier keinen Scheißton.«

Dann fuhr er nach Hause, um in Ruhe nachdenken zu können.

9

»Die Trauernden. Oder sollten wir sagen, die Auserlesenen. Von den Massenmedien.« Wesslén blätterte in seinem blauen Ordner und reichte Johansson dann einen Zettel. »Die Namen hast du schon mal gesehen.«

Es war eine Liste mit den vollständigen Namen, Personenkennnummern, Adressen, Diensträngen, Dienstjahren und derzeitigen Posten von sieben Personen. Alles Männer, der älteste war fünfunddreißig, der jüngste einundzwanzig, sechs Polizisten und ein zivilangestellter Gefängniswärter.

»Die Streife, die Nilsson aufgelesen hat, der Wachhabende vom WD 1 am fraglichen Abend, und der Wärter, der sich um Nilsson gekümmert hat. In genau dieser Reihenfolge«, erklärte Wesslén.

»Berg, Borg, Mikkelson, Orrvik und Åström«, las Johansson vor.

»Ja, das sind die Kollegen von der Streife«, sagte Wesslén. »Berg ist der Gruppenchef. Er ist Polizeiinspektor. Borg ist sein Chauffeur. Polizeiassistent und irgendeine Art von Unterchef, wenn ich das richtig verstanden habe. Die anderen sind ebenfalls Polizeiassistenten. Mikkelson scheint übrigens der Jüngste in der Truppe zu sein. Hier in Stockholm wenigstens. Gerade einundzwanzig, der reinste Knabe. Berg und Borg. Kann man sich leicht merken.« Wesslén nickte.

»Berg und Borg«, wiederholte Johansson. »Wie Bill und Bull aus dem Kinderbuch.«

»Genauso werden sie von den Kollegen auch genannt«, teilte Wesslén mit. »Es scheint sich um ehrbare Mannen ohne Furcht und Tadel zu handeln. Ich habe im Register nachgesehen, ob einer von ihnen schon mal Ärger hatte ...

mit der Polizei.« Wesslén schien belustigt. »Aber gegen keinen liegt auch nur das Geringste vor. Und hier hast du ihre Zeugnisse und dienstlichen Meriten. Nichts Überragendes, aber durch und durch solide Ware.« Er löste einige Blätter aus dem Ordner und reichte sie Johansson.

»Ich vermute, die hast du von Jansson?« Johansson kniff die Augen zusammen und blätterte pflichtschuldigst.

»Nein«, sagte Wesslén. »Herr Jansson ist spurlos verschwunden. Ich hab sie von meinem Mädel.«

Wesléns »Mädel« war weder seine Tochter noch seine Frau noch seine Freundin, sondern die Abteilungssekretärin. Wesslén hatte zwar eine Tochter, aber die war erst drei. Noch dazu hatte er sie mit einer Lebensgefährtin, die fünfzehn Jahre jünger war als er. Die beiden waren ein beliebtes Gesprächsthema unter den Kollegen.

»Sie wollte nachsehen, ob sie noch mehr findet.«

»Sehr gut«, sagte Johansson. »Und dann haben wir ja noch Jansson. Der ist sicher auf eine heiße Spur gestoßen. Wie sieht es mit den beiden anderen aus? Dem Wachhabenden und dem Wärter?«

»Genauso.« Wesslén konsultierte seinen blauen Ordner. »Nicht ein Schatten. Jedenfalls nicht in unserem hervorragenden Register.«

»Hm, dann nicht«, sagte Johansson. »Ich glaube, wir sollten versuchen, uns nächste Woche mit diesen vortrefflichen Kollegen zu verabreden. Das könnte doch eine aufbauende Wirkung haben.« Er dachte an die AS AKILLEUS und fühlte sich gar nicht wohl in seiner Haut. Warum, wusste er nicht.

»Dann haben wir das Opfer.« Wesslén schien sich überaus wohl in seiner Haut zu fühlen. Er war groß und in sich zusammengesunken, energisch und abwartend, ernst und belustigt, alles in einer verwirrenden Mischung. Vor allem schien er sich zu amüsieren. »Ein paar persönliche Daten und Auszüge aus dem Polizeiregister«, erklärte er und fischte noch weitere Blätter aus seinem blauen Ordner.

»Ja, das sehe ich«, sagte Johansson. Er begriff auch. Das hatte er schon getan, ehe er Onkel Nisse im Krankenhaus aufgesucht hatte. Er hatte es bereits den allerersten Zeitungsberichten entnommen, obwohl man sich alle Mühe gegeben hatte, um genau das zu verhindern.

Geliebtes Kind hat viele Namen, und ein Mensch ist wie sein Registerauszug. Aus den Unterlagen in Johanssons Hand ging hervor, dass der Rentner Nils Rune Nilsson sechsundsechzig Jahre alt war und am Heiligen Abend Geburtstag hatte. Ehe er offiziell in Rente gegangen war, hatte man ihn lange krankgeschrieben, was er davor getan hatte, war unbekannt. Ansonsten war er allein stehend und hatte eine zweiunddreißigjährige Tochter. Auch sie allein stehend.

Inzwischen war Nils Rune Nilsson bei einem ansehnlichen Teil der schwedischen Bevölkerung zu Onkel Nisse geworden. Bei Sozialbehörden und Polizei lief er unter anderen Namen und Bezeichnungen. So war er Mitglied des großen Kollektivs, das zusammenfassend und dienstintern als »unsere schwierigere Klientel« tituliert wurde. Wollte man sich an die Öffentlichkeit wenden und objektiv und sozial sein – und keine Ausdrücke verwenden, die noch rascher verfielen als die Klientel selbst –, konnte man zum Beispiel von Betreuungskonsumenten sprechen. Und hier war nicht die Rede von irgendeinem hergelaufenen Feld-, Wald- und Wiesenkonsumenten. Nils Rune Nilsson war der wahre Traum eines jeden Sozialarbeiters.

Wollte man sich präziser ausdrücken, konnte man ihn auch den Untergruppen »ältere Randgruppenmitglieder«, »ältere allein stehende Männer mit Alkoholproblemen«, »obdachlose Männer« (wenngleich diesem Exemplar im Moment eine so genannte Zuweisungswohnung zur Verfügung stand) oder vielleicht einfach »alte Kerle« zuordnen. Und alle wussten genau, was gemeint war. Jemand wie Onkel Nisse. »Unsere Opas«, wie ein jüngerer, strahlender Sozialchef mit dem Gehalt von zwei Bankdirektoren und einem hoch entwickelten Solidaritätsgefühl auf einer Sozialfürsorgekonferenz gesagt hatte, wo Johansson als Vertreter der Polizei zugegen gewesen war.

Wesslén konnte offenbar Gedanken lesen.

»Er scheint zur A-Mannschaft zu gehören, wie man bei der Krankenkasse sagt«, erklärte er, während Johansson las.

»Ja«, sagte Johansson und nickte. »Ein geliebtes Kind hat viele Namen. Bodensatz, Dreck, Asoziale, Berber, Suffköppe ... wie wir bei der Polizei sagen.«

Wesslén nickte, gab aber keine Antwort. Er wirkte jetzt weniger amüsiert als zuvor. Ein wenig unlustig fast, wie das leicht passieren kann, wenn man an die vielen Trinker, Junkies und Sozialfälle denkt. Flohstichige Arbeitsverweigerer, die den anständigen Menschen das Leben vergällen. Aber natürlich. Vielleicht trog ja einfach sein Aussehen. Lang und mager, wie er war. Mit dem Gesicht eines Tabakindianers.

Johansson vertiefte sich wieder in seine Lektüre. Er war erst bis zur Mitte des Registerauszugs gelangt, aber auch das war eine Leistung, denn der war fast so lang wie Onkel Nisse selbst. Zugleich machte es nicht den Anschein, als bekleide er eine höhere Position in der Aktiengesellschaft Schwedische Verbrechen.

Die ersten Eintragungen reichten zurück in die Zeit vor dem Zweiten Weltkrieg, die letzte hatte kaum ein Jahr auf dem Buckel. Eine lange kriminelle Karriere, die in den Kellerregionen des Verbrechertums begonnen hatte, um immer weiter nach unten zu führen. Schon 1937 hatte Nils Rune Nilsson offenbar Gefahr im Verzug gewittert und sich mit Hilfe von zwei Befehlsverweigerungen und einer unerlaubten Entfernung von der Truppe aus dem Militär werfen lassen. Das hatte ihm sechzig Tage Arrest eingebracht.

In den fünfziger Jahren spiegelte seine Laufbahn den wachsenden Wohlstand und vor allem den Siegeszug des

Automobilismus wider. In Nisses Fall durch etliche Fälle von Trunkenheit am Steuer, die mit unerlaubter Teilnahme am Straßenverkehr wechselten, weil ihm der Führerschein abgenommen worden war. Nach der ersten Haft von einem Monat.

Dann einige kleine Diebstähle, einmal grober Unfug, eine leichte Körperverletzung, Gewalt gegen Beamte im Dienst, Beleidigung von Beamten im Dienst und eine fast unglaubliche Serie von »Trunkenheit und Erregung öffentlichen Ärgernisses«, die erst um die Mitte der siebziger Jahre herum abriss, weil diese Vergehen hinfort nicht mehr als Vergehen galten. Sie waren Relikte aus alten Zeiten, in denen auch Trunkenheit, anders als heute, noch ein Verbrechen war. Etwas, für das man einfach eingebuchtet wurde.

Und dann plötzlich ... als Johansson das Ende schon kannte und das Blatt sinken lassen wollte. Da sah er es. *Leuchtend wie ein Winterapfel im Kartoffelkoben.* Beihilfe zu schwerem Raubüberfall. Zweieinhalb Jahre Haft. Vor vier Jahren.

Johansson musste das noch mal lesen; Trunkenheit und Erregung öffentlichen Ärgernisses, Trunkenheit und Ärgernis, Trunkenheit und Ärgernis ... kleine Diebstähle, Beschädigung fremden Eigentums, kleine Diebstähle, Beschädigung fremden Eigentums, Beihilfe zu schwerem Raubüberfall ... Bußgelder, Bußgelder, Bußgelder ... zweieinhalb Jahre Haft.

»Ja, verdammt«, sagte Johansson nachdenklich.

»Ja«, stimmte Wesslén zu, der natürlich Gedanken lesen konnte. »Am Ende hat er offenbar sozialen Ehrgeiz entwickelt.«

»Was war das für ein Vergehen?«, fragte Johansson. Das ging nämlich aus dem Registerauszug nicht hervor. Dort standen nur die strafrechtliche Bezeichnung und die Folgen.

»Schon komisch«, sagte Wesslén. Jetzt war er wieder der Alte. »Ich habe mir sogar einen Mikrofilm mit der ursprünglichen Anzeige geben lassen. Aber da stehen nur ein paar Zeilen. Die im Grunde nichts verraten. Ich habe die gesamte Akte bestellt, aber die ist noch nicht eingetroffen.«

»Ja«, sagte Johansson. *Du hättest mal die Weihnachtsfeste meiner Kindheit miterleben sollen.* Die hätten dir gefallen.

»... aber offenbar scheint Onkel Nisse sich an einem bewaffneten Überfall auf die Hauptfiliale der Skandinaviska Bank am Sergels Torg beteiligt zu haben. Vor viereinhalb Jahren.«

»Waaas«, rief Johansson. Seine Überraschung war so echt, dass das W richtiggehend knisterte. Er hatte sich eine Geschichte im Suff vorgestellt, die ausgeartet war. Eine Flasche Villa-Franca und ein Portemonnaie. Vielleicht ein Holzschuh auf den Kopf, weil das Opfer sich zur Wehr setzte. Aber doch nicht die Hauptfiliale der SE-Bank. Das widersprach allen Axiomen der Polizeiarbeit.

»Bist du ganz sicher?« *Auch im Computerregister konnte es zu Fehlern kommen.* Das war nicht oft der Fall, aber es kam vor, und das wusste Johansson nur zu gut.

Wesslén zuckte mit den Schultern. Zum wievielten Mal er das tat, hatte Johansson vergessen.

»Es steht nun mal so da. Wir werden es ja sehen, wenn ich die Akten bekomme. Was immer das mit der Sache zu tun haben mag. Mit unserer Ermittlung, meine ich.« Er zuckte mit den Schultern.

Ehe sie sich trennten, beschlossen sie ihr weiteres Vorgehen. Genauer gesagt, Wessléns weiteres Vorgehen, denn Johansson wollte sich vom Dienst davonstehlen und nach Ångermanland heimfahren, um Elche zu jagen. *Dafür ist man schließlich Chef.*

Wesslén dagegen wollte das Wochenende nutzen. Onkel Nisses Arzt in Sabbatsberg aufsuchen, mit Nilssons Tochter reden, falls er ihrer habhaft werden konnte. Er hatte bereits erfolglos versucht, sie anzurufen. Vielleicht saß sie in der

Redaktion des »Expressen« und tischte Erinnerungen an ihre glückliche Kindheit auf? Und er wollte Nils Rune Nilsson selbst vernehmen. Falls der nun ansprechbar wäre.

»Viel Glück«, sagte Johansson. »Du hast meinen Zettel gesehen?«

Sicher. Wesslén hatte Johanssons Erinnerungsnotiz an den Besuch im Krankenhaus gelesen. Außerdem hatte er offenbar das Musiklexikon registriert.

»Du hast keine Ahnung, was er gemeint haben kann?« Wesslén schielte zu dem grünen Leinenband rüber, der im Regal hinter Johanssons Schreibtisch lag.

»Nix«, sagte Johansson. »Vielleicht war es ein Codewort, damals beim Banküberfall. Frag ihn doch selber. Bestimmt kriegen wir eine Belohnung, die wir uns teilen können.«

»Sicher«, stimmte Wesslén zu. Wand sich aus dem Sessel, nickte kurz und verschwand so unmerklich wie ein ungewöhnlich langer und magerer Geist aus der Flasche.

Während Wessléns gehetzter Schatten durch die langen Gänge des Polizeigebäudes verschwindet und Jansson Gott weiß was unternimmt – in seinem Zimmer ist er jedenfalls nicht – packt der Chef vons Ganze, Polizeidirektor Lars Martin Johansson, seine Sachen zusammen, verabschiedet sich höflich von seiner Sekretärin und fährt dann mit dem Fahrstuhl in den Keller und die Tiefgarage des Polizeigebäudes. Dort steht das Auto, das er ausgeliehen hat. Ein ganz normaler grüner Volvo, der ihn hoffentlich, ein toller Chauffeur ist Johansson nämlich nicht, ohne Missgeschicke in eine bessere und redlichere Welt befördern wird.

10

Und er gelangte dorthin. Zum Sumpfgelände am Fluss, siebenhundert Kilometer nördlich vom großen Polizeigebäude auf Kungsholmen in Stockholm. Gleich oberhalb des Flussufers, wo Tannen und Kiefern mit gespreizten Wurzeln Front gegen die trägen Wassermassen machten. Dort war er aufgewachsen. Genauer gesagt, oben auf dem Hügel. Mehrere hundert Meter weiter oben, aber sehr viel weniger weit weg als die roten Wälder von Ådalen, die sich in weiter Ferne blau und diesig mit Gottes Himmel vereinten.

An just dieser Stelle hatte er schon oft gesessen. Auf einem Felsvorsprung, umgeben von Birken und einigen versoffenen Tannen. Wogende Büschel aus starrem Gras, Himbeersträucher, wo der Boden einigermaßen trocken ist.

Morgennebel hatte es gegeben. Ganz still und nicht allzu kalt. Im Rucksack hatte er eine stählerne Thermoskanne Kaffee, Würfelzucker und Graubrot mit Kalbssülze. Seine Mutter war mitten in der grauen Septembernacht aufgestanden, hatte für ihn, seinen Vater und seine Brüder Brote geschmiert und Kaffee gekocht. Alles eine Geste aus dem guten Leben, das ihm bisweilen gehörte.

Um kurz vor sieben an diesem magischen Samstagmorgen oberhalb des Ångermanälvs näherte er sich der zufälligen, aber logischen Vollendung. Ein grober Elchbulle, ein Zehnender, glitt aus dem Dunst. Blieb stehen, spitzte die langen Ohren und schnaubte vorsichtig in Richtung von Lars M. Der hatte den Gewehrlauf auf den schwarzen, zottigen Bug gerichtet. Dann drückte er ab. Erst nach dem Schuss merkte er, dass sein Herz schneller klopfte als sonst, und aus irgendeinem Grund musste er an die Frau denken, die ihm auf der Barnhusbrücke begegnet war.

Ein Lächeln und ein Zehnender in nur einer Woche, dachte er zufrieden. Du bist kein Polizist, Johansson. Du bist Wanderer und Jäger, und das hier ist das Jahr der Gnade.

11

Nils Rune Nilsson hatte eine zweiunddreißigjährige Tochter, mit der Wesslén sich schrecklich gern unterhalten hätte. Der Grund war einfach und selbstverständlich. Sie war offenbar der letzte Mensch, der mit Nilsson zu tun gehabt hatte, ehe er unten in Klara aufgegriffen worden war. Jedenfalls war sie der letzte Mensch, von dem sie wussten, dass er mit Nilsson zu tun gehabt hatte.

Den Interviews der Tochter in Zeitungen, Radio und Fernsehen zufolge hatte der Vater am Sonntagabend bei ihr gegessen. Danach hatten sie ferngesehen, und gegen neun war er dann aufgebrochen. Er war nicht betrunken gewesen und hatte sofort nach Hause gehen wollen, um in den eigenen vier Wänden weiter fernzusehen.

Soweit Tochter und Massenmedien.

Da die Tochter in der Vulcanusgata unterhalb der Sankt Eriksbrücke wohnte, Nilsson dagegen in der Drejargata oben in Birkastan, nur einige Blocks weiter also, fand Wesslén das alles gelinde gesagt seltsam. Falls denn die Tochter die Wahrheit sagte. Und unter der Voraussetzung, dass der Vater sie nicht belogen und die Massenmedien nicht alles in den falschen Hals bekommen hatten.

Es ergab keinen Sinn.

Auf der einen Seite ein nüchterner oder jedenfalls nicht betrunkener Nils Rune Nilsson, der gegen neun Uhr abends die Vulcanusgata verlässt, um sich direkt nach Hause in die Drejargata zu begeben. Ein Spaziergang von vielleicht fünfhundert Metern und höchstens zehn Minuten, falls man langsam geht. Wesslén hatte das auf dem Stadtplan nachgemessen.

Auf der anderen Seite und offenbar unwiderlegbar ein sinnlos betrunkener Nilsson, der abends gegen halb zehn vor der Klara Norra Kyrkogata 21 aufgelesen wird. Ein Weg von anderthalb Kilometern in die entgegengesetzte Richtung.

Hier gab es ein Fragezeichen, das Wesslén klären wollte, und zu diesem Zweck hatte er versucht, die Tochter zu erreichen. Ihre Nummer besaß er, und er hatte den ganzen Donnerstag über bis spätabends immer wieder angerufen. Keine Antwort. Schon am Donnerstagvormittag hatte er ihre Nummer am Arbeitsplatz herauszufinden versucht, da sie um diese Zeit doch sicher dort anzutreffen sein würde, aber offenbar hatte sie keinen. Blieb noch die Möglichkeit, sie zu Hause aufzusuchen, und da die Sache ja doch sensibel war, beschloss er, das persönlich zu erledigen.

Eine hervorragende Ermittlung in diesen Zeiten der Einsparung, dachte Wesslén, als er auf dem Weg vom Polizeigebäude in die Vulcanusgata über die Sankt Eriksbrücke ging. Sowohl die Wohnung von Nilssons Tochter als auch das Krankenhaus Sabbatsberg (wo er in zwei Stunden den Stationsarzt und mit etwas Glück auch Nilsson selbst sprechen würde), die Adresse, wo man Nilsson aufgegriffen hatte, und die Arrestzelle des WD 1, in die er von der Streife dann gebracht worden war, das alles war von den Büros des Landeskriminalamts auf Kungsholmen zu Fuß zu erreichen. Außerdem war das Wetter gut, und wie Johansson bewegte er sich gern. Ihm jedoch wurden keine Blicke schöner Frauen zuteil, und sein Gehirn war mit dienstlicheren Gedanken befasst, als sie Johansson normalerweise beschäftigten.

Wesslén hatte nämlich eine Theorie zu der Frage, warum er die Tochter nicht erreichen konnte. Im Hinblick auf das Wenige, was er über sie wusste, ließ diese Theorie sich am einfachsten als Vorurteil beschreiben: Der Apfel fällt nicht weit vom Pferd.

Eine hervorragende Arbeitshypothese, dachte Wesslén. Leider fand sie keinen Platz unter den eher allgemein gehaltenen Dienstvorschriften über die Bedeutung objektiver und vorurteilsfreier Arbeit, aber er selbst hatte sie nur selten revidieren müssen.

Als er dann die Gegend sah, in der die Tochter wohnte,

kamen ihm jedoch Zweifel. Das müssen wir zugeben. Eine Oase mitten in der Millionenstadt. So nah und doch so fern dem lärmenden Verkehr oben auf der Brücke. Ein kleiner Park oberhalb der Eisenbahnlinie beim Klara Strand. Eine ruhige und stille Straße, eingerahmt von kleinen gepflegten Wohnhäusern des beginnenden zwanzigsten Jahrhunderts. Sorgfältig, aber in moderner Farbgebung renoviert. Glatte Sandsteinfassaden in Ocker, Rosa, Pistazie und Hellgrau. Steile Ziegeldächer. Am grünen vierstöckigen Haus, in dem die Tochter wohnte, war über der Tür sogar ein weißer Kalksteinfries angebracht. Zwei kleine, fette, Trompete spielende Kinder zu beiden Seiten der Hausnummer. Wesslén musterte sie missmutig.

Aufgeben wäre eine Schande, dachte er dann und betrat das Haus. Links an der Wand hing im Metallrahmen hinter Glas die übliche Liste der Mietparteien. Es waren offenbar keine großen Wohnungen, sondern solche mit höchstens einem oder zwei Zimmern. Für jede Etage vier Namen. Nilssons Tochter wohnte zwei Treppen hoch. Außerdem war ihr Name mit anderen Buchstaben geschrieben als die der übrigen Hausbewohner, was darauf hinweisen konnte, dass sie erst später eingezogen war.

Wesslén ging die Treppe hoch, obwohl es einen Fahrstuhl gab. Hier schienen vor allem ältere Menschen zu wohnen, aus den vielen verschnörkelten Messingschildern zu schließen und aus den vielen Türen, die mit Gucklöchern, stählernem Einbruchschutz und zusätzlichen Sicherheitsschlössern versehen waren.

Als Wesslén die Tür der Tochter sah, hob sich seine Stimmung ein wenig. Da gab es mehrere Dinge, die dem Gesamteindruck der Umgebung widersprachen und zugleich seine Theorie stärkten. Zum einen hing hier kein Messingschild, sondern ein handgeschriebenes Stück Pappe, das mit Heftzwecken direkt an der Tür befestigt war. Noch besser. Der Briefschlitz wies deutliche Einbruchspuren auf, und die

Türklinke baumelte lose herab. Hervorragend. Unten an der Tür waren ohne jeden Zweifel Trittspuren zu sehen. Ränder von Gummisohlen und helle Risse im dunklen Holz.

Wäre es eine normale Bude in irgendeinem Vorort gewesen, wo die Türen aus geleimtem Furnier bestehen und nicht wie hier aus massiver gebeizter Eiche, dann hätte die Tür Löcher gehabt. Eventuell ausgebessert mit Moltofill, aber jedenfalls etwas, das auch einen normalen Menschen stutzig gemacht hätte. *Hier ist ein geübter Blick vonnöten,* dachte Wesslén zufrieden.

Wäre Wesslén ein normaler Besucher gewesen, dann wäre er jetzt vor die Tür getreten und hätte geklingelt. Das tat er aber nicht. Er machte etwas, das zwar übel ist, doch leider in gewissen Kreisen unserer Gesellschaft immer wieder vorkommt. Unter Kriminalpolizisten und Einbrechern zum Beispiel.

Er schlich sich an die Tür und legte das Ohr daran. Lauschte, hörte aber nichts. Nun bückte er sich vorsichtig und hob die Klappe am Briefschlitz. Schaute hinein und horchte. Keine Fußmatte, keine Zeitung, keine Post. Nur ein brauner Korkteppich. Und nichts zu hören. Keine Stimmen oder andere menschlichen Geräusche. Nicht einmal das leise Brummen eines Kühlschranks, das man ab und zu vor ähnlich geschnittenen Wohnungen hört. Er lauschte eine halbe Minute, aber noch immer war nichts zu hören.

Weiterhin gebückt, hob er die linke Hand und drückte auf die Klingel. *Und jetzt?* Noch immer nichts zu hören. Das änderte sich erst, als er sich erhob.

Er drückte pflichtschuldig einige weitere Male auf den Klingelknopf, dann zog er einen Briefumschlag aus seiner Jacke. Einen weißen Umschlag, den er sicherheitshalber eingesteckt hatte. Der Umschlag enthielt einen Vordruck für Personen, die nicht in ihrer Wohnung waren, das waren sie übrigens fast nie, und die gebeten wurden, sich bei der Polizei zu melden. In diesem besonderen Fall wurde Nils

Rune Nilssons Tochter gebeten, sich an Kriminalkommissar Wesslén zu wenden. Adresse und Dienstnummer waren angegeben. Sicherheitshalber war auch seine Privatnummer vermerkt, für den Fall, dass sie die Mitteilung erst nach Büroschluss fand. Das war nicht üblich, aber anders als für Johansson war für Wesslén diese Ermittlung dringlich, und da er ohnehin, ebenfalls anders als Johansson, mit Dienstrang und allem im Telefonbuch stand, spielte es auch keine Rolle. Vorsichtig ließ er den weißen Umschlag durch den Briefschlitz fallen und sah zu seiner Überraschung, dass er überaus sichtbar auf dem braunen Korkteppich landete. Und das, obwohl es doch dunkel in der Wohnung war.

Zeit für den nächsten Schritt, dachte Wesslén.

Er musterte kritisch die anderen Türen und ging danach einen Stock höher. In der Wohnung, die über derjenigen der Tochter lag, fand er das Gesuchte: ein ordentliches Messingschild mit Vor- und Nachnamen des Bewohners. Einen Vornamen, der annehmen ließ, dass der Bewohner das richtige Alter hatte. Außerdem war die Tür mit Guckloch, Stahlschutz und Sicherheitsschloss versehen, dazu mit zwei Schildern am Türrahmen, die verkündeten, dass die Wohnung überwacht werde und Reklameboten, Vertreter und schnöde Bettler sich die Mühe sparen könnten.

Perfekt, dachte Wesslén, und da er all das nicht war, klingelte er. Kurz, höflich, aber zugleich energisch. *Hier wohnt ein pensionierter Versicherungsinspektor von über siebzig,* dachte er. Ein entschiedener Mann mit klaren Ansichten, der die Nachbarn genau im Auge behält und mit Vornamen Harald heißt. Letzteres ging aus dem Türschild hervor. Ein Ehrenmann, der sich nicht davor fürchtet, der Polizei behilflich zu sein, und der jedes Jahr zu Weihnachten eine Prachtausgabe vom Jahrbuch der Polizei kauft, um ...

»Worum geht es?« Eine barsche Stimme erklang so plötzlich hinter der Tür, dass Wesslén zusammenfuhr.

»Kriminalpolizei«, sagte er höflich.

»Haben Sie einen Ausweis?«, fragte die Stimme.

»Ja, natürlich«, sagte Wesslén und suchte in seiner inneren Jackentasche nach seiner Brieftasche.

»Halten Sie den hoch, damit ich ihn sehen kann.« Die Stimme klang überaus befehlsgewohnt.

Wesslén tat, wie ihm geheißen, und das Klirren der Sicherheitskette auf der anderen Seite der Tür ließ darauf schließen, dass ihm geglaubt wurde. Die Tür wurde sperrangelweit aufgerissen, und vor ihm stand ein energischer grauhaariger Herr von Mitte siebzig in einer langen Strickjacke mit Gürtel, dazu Flanellhosen und ein Stock mit Gummizwinge.

»Kommissar Wesslén. Ich wollte Sie um einen Gefallen bitten.«

»Kommen Sie rein.« Der Energische nickte kurz und ging vor ihm her in die enge Diele.

Obwohl Wesslén sich in gewissen Situation so geschmeidig bewegen konnte wie ein Wiesel, hätte er fast zwei Säbel von der Wand gerissen, die über Kreuz an der Wand zum Wohnzimmer hingen.

Er wollte ihm gern behilflich sein. Tatsache war, dass er in seinem Beruf viel mit der Polizei zu tun gehabt hatte. Vor seiner Pensionierung vor etwa fünf Jahren, als Versicherungsinspektor bei der Skandia. Wesslén nickte stumm und brachte sein Begehr vor. Hatte der Herr möglicherweise in letzter Zeit Frau Nilsson gesehen?

»Die Schlampe!« Leider hatte er sie noch am selben Morgen gesehen. Er wäre wirklich dankbar, wenn die Polizei genügend Zivilcourage zeigte, sich die und ihren kriminellen Verlobten ebenso energisch vorzunehmen, wie sie es ja offenbar mit ihrem saufenden Vater gemacht hatte.

»Ehre solchen Männern«, fügte der Inspektor a.D. noch hinzu.

Wesslén hatte eine wache Ahnung, welche Männer gemeint waren, und begnügte sich mit einem neutralen Nicken.

»Feste, Lärm im Suff, Dreck. Ich habe mich in den sechs Monaten, in denen sie hier jetzt wohnt, schon dreimal beim Vermieter beschwert. Vandalismus im Treppenhaus ... erst am Sonntag hat der Verlobte versucht, die Tür einzutreten.«

»Ach?« *Jetzt wird es heiß*, dachte Wesslén.

O ja. Zuerst die übliche lärmende Zecherei den ganzen Nachmittag. Er hatte mit dem Stock aufs Parkett geklopft. Er zeigte auf die schwarzen Abdrücke der Gummizwinge. Dann war es erst richtig losgegangen. Irgendwann während der Fernsehnachrichten. Lärm und Geschrei im Treppenhaus, da hatte er seine Tür geöffnet und sich das angehört. Gerade rechtzeitig, um mitzubekommen, dass die Tür unten zugeschlagen wurde und der Verlobte darauf losmarschierte. Danach waren sie verschwunden.

»Sie?«, fragte Wesslén. *Irgendwann so gegen acht*, dachte er.

»Der Verlobte und ein älterer Penner, den ich noch nie gesehen habe«, erklärte der Grauhaarige. »Ich habe vom Fenster aus gesehen, wie sie gekommen sind, und aus den Zeitungen habe ich erfahren, dass es sich um ihren Vater gehandelt haben muss. Ja, ja, der Apfel fällt nicht weit vom Pferd, wie man so sagt.« Er nickte Wesslén nachdrücklich zu.

»Ja, ja«, sagte Wesslén. »Sie wissen nicht zufällig ...«

»Seltsam, dass Sie den Verlobten nicht auch festgenommen haben«, fiel ihm sein Gastgeber ins Wort. »Aber na ja.« Er zwinkerte konspiratorisch. »Ach, so ist das ... um den geht es Ihnen eigentlich.«

»Gewissermaßen«, stimmte Wesslén zu. »Sie wissen nicht zufällig, wie er heißt?«

»Nein, aber seine Autonummer habe ich notiert. Moment mal.« Er erhob sich mit einer gewissen Mühe aus seinem Sessel, in dem er mit ausgestrecktem rechten Bein gesessen hatte, und humpelte zu einer Schreibtischplatte aus Mahagonifurnier. »Ich habe sie hinten auf meine Visitenkarte geschrieben. Die können Sie behalten. Die Nummer stimmt übrigens noch. Ich wohne hier seit dreißig Jahren. Gerade richtig für einen Junggesellen.«

»Nette Wohnung.« Wesslén war aufgestanden und hatte die Karte eingesteckt. Er schaute sich mit beifälligen Blicken in dem bräunlichen und übermöblierten Zimmer um.

»Ja«, stimmte der Grauhaarige zu. »Wenn man nur die da unten loswerden könnte.«

»Wir werden sehen, was sich machen lässt.« Wesslén gab sich alle Mühe, umgänglich und dienstwillig auszusehen. »Ich muss mich wirklich bedanken.« Er wühlte in seiner Jackentasche. »Hier ist meine Karte. Rufen Sie bitte an, wenn was sein sollte.«

»Herr Kriminalkommissar.« Der Versicherungsinspektor a. D. nickte beifällig. »Ich bringe Sie zur Tür.«

»Danke«, sagte Wesslén, »aber das ...«

»Keine Ursache.« Sein Gastgeber humpelte vor ihm her in die Diele. »Hier hab ich übrigens etwas, das Sie interessieren wird.«

Er zeigte mit dem Stock auf ein Bücherregal aus dunkler furnierter Eiche, das die Wand bedeckte.

»Das Jahrbuch der Polizei. Alle Jahrgänge. Kauf ich mir immer zu Weihnachen.«

Wesslén nickte beifällig zum obersten Regalfach hoch. *Du bist ein Genie, Wesslén,* dachte er.

»Sie sind ein Bücherfreund, Herr Versicherungsinspektor.«

»Nennen Sie mich Harald.« Er streckte eine ruhige Greisenhand aus. »Ich bin ja wohl der Ältere.«

»Gunnar«, sagte Wesslén höflich. Fast hätte er Sherlock gesagt.

Unten blieb er noch einmal vor der Tür der Tochter stehen. Horchte, bückte sich und schaute durch den Briefschlitz. Derselbe braune Korkteppich, aber kein weißer Umschlag. Vorsichtig richtete er sich auf und ging.

<u>12</u>

Auf Sonnenschein folgt Regen. War Wessléns Besuch in der Vulcanusgata ein Erfolg gewesen, wurde seine Begegnung mit Nilssons Stationsarzt zum Fiasko. Ein sensibler Mensch als Wesslén hätte wohl noch härtere Worte benutzt und von einer zwischenmenschlichen Katastrophe gesprochen.

Zuerst hatte er über eine Viertelstunde warten müssen, obwohl sie eine Uhrzeit vereinbart hatten. Das belustigte Lächeln der Krankenschwester, von der er zum Wartezimmer des Arztes geführt worden war, hatte ihm klar gemacht, dass er vermutlich ohne Not dort herumsaß. Dass er auf jemanden wartete, der nicht sonderlich viel zu tun hatte, aber das Wartenlassen als Umgangsform verstand.

Als man ihn endlich vorgelassen hatte, war natürlich von Anfang an alles schief gegangen. Auf der anderen Seite vom Schreibtisch saß ein Mann, der die Polizei nicht schätzte. Als Individuen, als Gruppe, als Beruf, einfach als Rasse. Wesslén wusste nicht, warum, spürte es aber ganz stark, und dieses Gefühl hatte ihn noch nie getrogen. Es war genau wie zuvor bei Nilssons Tochter. Der er noch nie begegnet war.

Der Stationsarzt war ein adretter kleiner Mann von Mitte dreißig. Er hatte sich hinter einem leeren Schreibtisch verschanzt, der nicht groß genug war, um bedeutendere Papierhaufen zu dulden, ohne seinen Status zu verlieren. Der Arzt hatte dunkle, sorgsam gekämmte Haare, trug eine rahmenlose Brille und den üblichen weißen Kittel. Ein adretter kleiner Mann, fast pedantisch, mit kleinen, abgemessenen Bewegungen. Wesslén seinerseits gab sich alle Mühe, es ihm nachzutun, und da er, anders als der Arzt, großzügige äußerliche Voraussetzungen hatte, wirkte er so herzlich wie ein katholischer Geistlicher, der soeben den Küster beim Versuch erwischt hat, ein Beichtkind zu verführen.

Zuerst erklärte er den Grund seines Besuchs. Genau und umständlich, denn das gehörte zu seiner Taktik. Der neuen Taktik, die er im Wartezimmer entworfen und die er umzusetzen beschlossen hatte, sowie er vom Arzt begrüßt worden war. Der ließ sich nicht lumpen. Er ließ sich im Sessel zurücksinken, stützte die Ellbogen auf die Armlehnen und formte aus seinen Fingerspitzen ein Dach. *Geck*, dachte Wesslén. Selbst schuld.

»Ich habe Ihre Kommentare in den Massenmedien gelesen, und da verstehe ich eins nicht so recht«, sagte Wesslén gelassen.

»Ach? Und was?« Jetzt ließ er die Hände sinken, aber sein Tonfall sagte alles.

»Also. Wenn ich das, was Sie gesagt haben, mit den Gesprächen vergleiche, die Sie am Montag mit unseren Ermittlern geführt haben.« Wesslén ließ die Papiere auf seinen Knien rascheln.

»Jetzt muss ich Sie doch bitten, sich etwas klarer auszudrücken, Herr Kommissar.« Die Wangen des Arztes färbten sich.

»Kriminalinspektor Lewin ... der Sie am Montag aufgesucht hat ... ist der Meinung, Sie hätten eine präliminare Aussage gemacht ... eine mündliche Aussage während dieses Gesprächs ... die sich deutlich von dem unterscheidet, was Sie später über die Entstehung von Nilssons Wunden gesagt haben.«

»Ich verstehe nicht, wie er zu diesem Eindruck gelangt sein kann.« Jetzt stützte er die Ellbogen auf den Schreibtisch und fixierte Wesslén.

»Er sagt ... ich zitiere«, sagte Wesslén, und da sein Gedächtnis hervorragend war, zitierte er eher, als dass er aus Johanssons Aufzeichnungen über dessen Besuch bei Onkel Nisse vorlas, nicht einmal aus Lewins Bericht, den er in der Eile nicht hatte finden können. Von der anderen Schreibtischseite her war das ja nicht zu erkennen. »Ich zitiere ... dass Sie nach der ersten Untersuchung nicht sagen können ... jedenfalls nicht mit Sicherheit ... ob Nilssons Verletzungen von anderer Seite verursacht wurden oder von ihm selbst, indem er zum Beispiel gegen eine Tür oder zu Boden gefallen ist.« Wesslén schlug sicherheitshalber den Ordner wieder zu, ehe er seinen Widersacher auf der anderen Schreibtischseite musterte.

»Soll das ein Zitat sein?« Die Stimme klang spöttisch.

»Sehen Sie selbst.« Wesslén schlug den Ordner wieder auf, suchte Lewins Aktennotiz heraus und reichte sie rüber.

»Sie meinen also, dass Sie das nicht gesagt haben?« *Hoffentlich hat Lewin das Band noch.*

Aber auch der Arzt besaß ein gutes Gedächtnis. Dass sein Gespräch mit Lewin auf Band aufgenommen worden war, wusste er offenbar genau. Und wenn nicht, stand das auf dem Zettel, den er gerade las. Er ließ sich Zeit, ehe er ihn zurückgab, und jetzt war er wieder er selbst. Die leichte Röte auf Wangen und Ohrläppchen verschwand, und seine Fingerspitzen hatten wieder zueinander gefunden. »Für einen Laien mag das einfach wirken.« Zurückgelehnt und die Finger zu einem Dach gespitzt. »Ich habe diesem Kriminalinspektor gegenüber ausdrücklich betont ...«

»Lewin.« *Spiel hier kein Theater,* dachte Wesslén.

»Lewin, ja. Ich habe ausdrücklich betont, dass ich bisher nur einen kurzen Blick auf den Patienten werfen konnte. Wir kamen auch überein, er und ich ... wie wichtig eine ordentliche gerichtsmedizinische Untersuchung wäre, und wir beschlossen, dass ich ein Gutachten schreibe.« Er blickte Wesslén nachsichtig an.

»Jaa«, sagte Wesslén.

»Ja.« Der Arzt räusperte sich. »Ich bin jetzt fertig damit und wollte es gleich nach dem Wochenende abschicken. Falls es noch benötigt wird. Die Ermittlungen sind doch eingestellt worden, wenn ich das richtig verstanden habe.« Noch ein Räuspern und ein Themenwechsel. »Und Sie«, er musterte Wesslén belustigt, »Sie scheinen ja einen eigenen Arzt zu haben. Es war doch gerade erst einer in ihrem Auftrag hier und hat ihn sich angesehen. Nicht dass ich Probleme damit hätte.«

»Auf Wunsch des Oberstaatsanwalts von Stockholm. Ich sollte vielleicht etwas klarstellen.« Wesslén räusperte sich ebenfalls. »Es war ein Vertreter der Gerichtsmedizin in Solna. Er steht nicht im Dienst der Polizei ... sondern hilft uns in Übereinstimmung mit geltenden Gesetzen und Vorschriften und ist selbstverständlich ganz und gar unabhängig von der Polizei.«

»Eine Art Aushilfe, ja«, erklärte der Arzt rasch und zufrieden. »Wie dem auch sei. Meine spätere Einschätzung ...« Jetzt starrte er seinen Besucher an, um klarzustellen, dass der hier nicht der Vernehmungsleiter war. Eher ein schwieriger Patient. »Meine ursprüngliche Einschätzung diente als Grundlage einer teilweise veränderten und überzeugenderen Schlussfolgerung. Nämlich dass aller Wahrscheinlichkeit nach Nilssons Verletzungen durch Gewaltanwendung entstanden sind, der er von Seiten einer anderen Person ausgesetzt war. Und dass hier nicht die Rede sein kann von selbst verursachten, sturzbedingten Verletzungen.«

»Ich wäre Ihnen sehr verbunden ...« Wesslén platzierte seine Worte genüsslich und genau, »wenn Sie mir eine Kopie des Gutachtens, das Sie Anfang nächster Woche an die Polizei zu schicken gedenken, zukommen lassen könnten.« *Dann hab ich immerhin dein Wochenende ruiniert,* dachte er.

Der Arzt nickte kurz. Selbstverständlich.

»Könnte ich wohl den Patienten sehen?«, fragte Wesslén.

Konnte er. Der Stationsarzt sah so zufrieden aus, als er ihn zu Nilssons Zimmer lotste, dass Wesslén sich dazu gratulierte, keine Kommentare über die gerichtsmedizinischen Qualifikationen des Doktors abgegeben zu haben. *Und ihr eigener Arzt war ja sowieso schon dort gewesen.*

Der Besuch bei Onkel Nisse war ebenso angenehm wie das Gespräch mit dem, der die Verantwortung für seine Behandlung trug. Und es wurde zu einem Punktsieg für Letzteren.

Ob Nilsson bewusstlos war oder einfach schlief, konnte Wesslén nicht erkennen. Der Stationsarzt erklärte, er schlafe, habe aber auch in wachem Zustand kein Bewusstsein für das, was um ihn herum geschehe. Deshalb gebe es keinen polizeilich relevanten Grund, ihn zu wecken. Einen medizinischen schon gar nicht. Also standen sie beide stumm neben dem Bett und sahen den Mann an.

»Na? Was meinen Sie, Herr Kommissar?« Der Arzt blickte ihn säuerlich an. »Sieht er aus wie einer, der umgekippt ist und sich ein paar Schrammen zugezogen hat?«

Nein, dachte Wesslén. Das tut er wahrlich nicht. Aber er sagte es nicht.

»Ich bin kein Arzt.« Er nickte dem Doktor kurz zu.

13

Am Morgen hatte Wesslén seinen Tag genau geplant. Nach dem Besuch im Krankenhaus hatte er seine Tochter aus dem Kindergarten abholen wollen. Das tat er nicht. Er fuhr mit dem Taxi vom Krankenhaus zum Polizeigebäude. Obwohl es in Gehweite lag und gutes Wetter war und man in Zeiten der Einsparung lebte.

Als er in seine Abteilung stürzte, war es schon zwei Uhr nachmittags, und nur einige wenige der Personen ganz oben in der Hierarchie waren noch an ihrem Arbeitsplatz. Die Übrigen waren nach dem Mittagessen zu allerlei Arbeitsgruppen, Besprechungen, Sitzungen und so genannten externen Terminen davongeeilt.

Nach erhabenem Vorbild. Der Chef vons Ganze, wenn auch nur vertretungsweise, war bereits um neun Uhr morgens zur Elchjagd aufgebrochen. Jetzt war er bereits auf der Höhe von Sundsvall und quälte sein geliehenes Fahrzeug weit über dessen Fähigkeiten und die geltenden Geschwindigkeitsbegrenzungen hinaus über die Europastraße 4. Außerdem hatte er hervorragende Laune. Anders als Wesslén, der schon ziemlich verärgert war, bis er endlich Hilfe fand. Und zwar von der Abteilungssekretärin, die ihre Hilfsbereitschaft mit dem abteilungseigenen Aspi teilen musste.

»Stell fest, wem dieses Auto gehört.« Er reichte der Sekretärin, die vom Aspi eifersüchtig beäugt wurde, die Visitenkarte des Versicherungsinspektors mit der Autonummer.

»Besorg das Foto vom Besitzer ... und dann kannst du«, er wendete sich an den Aspi, »zum Inhaber dieser Visitenkarte fahren, ihn von mir grüßen, ihm das Foto zeigen und fragen, ob es der Richtige ist. Aber ruf vorher an und frag, ob ihm das recht ist.« Der Aspi nickte glücklich.

»Du kannst den Abteilungswagen nehmen.« Wesslén nickte zum Schlüsselschrank an der Wand rüber. »Du hast doch einen Führerschein?« Jetzt sah der andere verletzt aus. Offenbar hatte er einen.

»Na gut«, sagte Wesslén. »Wenn es der Richtige ist, dann will ich alles über ihn wissen. Und in frühestens zwei Stunden ruft ihr bei mir zu Hause an und berichtet. Es darf auch später sein. Ist das klar?«

Die Miene des Aspi erweckte nicht gerade Vertrauen.

»Ich wollte nur wissen ... dieser Richtige, wer ist das?«

»Kann dir ja wohl egal sein«, sagte Wesslén kurz. »Grüß einfach von mir und frag, ob es der Richtige ist. Frag, ob das der Verlobte von Frau Nilsson ist.«

»Komm jetzt«, sagte die Sekretärin entschieden und packte ihren Gehilfen am Arm. »Wir können doch nicht den ganzen Tag verquatschen.«

Und nun noch ein Taxi. Wesslén schaute auf seine Armbanduhr. Halb drei. Da Freitag war, nahm er sich eins auf der Straße. »Norra Stationsgata«, sagte er kurz, ehe er sich neben den Fahrer zwängte.

Und er wurde in die Norra Stationsgata gefahren. Genauer gesagt zu dem Kindergarten, den seine Tochter besuchte und der im ganzen Land für seine schlechte Luft bekannt war. All die Abgase der großen Verkehrsader draußen trübten die kindlichen Gemüter der Kleinen und schwärzten ihre zarten Lungen. Wesslén fand das gar nicht komisch. Er hatte seiner Tochter wegen mit dem Rauchen aufgehört und konnte sich noch immer schrecklich ärgern, wenn seine Mitbewohnerin ein seltenes Mal zur Zigarette griff.

Aber man merkte es ihr wirklich nicht an. Sie sah ebenso gesund und strahlend aus wie die Kinder in der Babykostwerbung.

Die dreijährige Tochter war Wessléns Augenstern. Was immer das sein mochte. Sie hatte ihn nämlich danach gefragt, und als er sich die Sache genauer überlegt hatte, man musste die Fragen kleiner Kinder ja schließlich ernst nehmen, war ihm aufgegangen, dass er keine Ahnung hatte. Bei genauerem Nachdenken klang es auch gar nicht mehr angenehm. Eher nach einer Art Geschwulst.

»Das ist jemand, den man schrecklich lieb hat«, erklärte er.

Sie hatte die Frage offenbar schon vergessen und war darin vertieft, eine Kautabakdose auf dem Bürgersteig mit Tritten zu bearbeiten.

Abgesehen davon, dass er keine Ahnung hatte, war der Nachmittag ein Erfolg. Sie gingen zusammen spazieren.

Schauten im Tiergeschäft vorbei und kauften Vogelfutter für die Vögel und Larven für die Fische. Sie bekam zwei Tüten, die sie selbst trug. Dann kauften sie Lebensmittel, und sie war schon müde und wollte in ihrem Wagen sitzen. Als sie den Vanadisväg erreichten – akzeptable Entfernung zum Polizeigebäude, falls man wie Wesslén ein schneller und beweglicher Mann in den besten mittleren Jahren war – schlief sie bereits. Sie saß in sich zusammengesunken in ihrer Karre, den Kopf auf der Brust, die Mütze auf Dreiviertel und die Hände um die Vogelfuttertüte gefaltet.

Du bist ein glücklicher Mann, dachte Wesslén, als er Kind und Tüten in den engen Fahrstuhl bugsierte.

Seine Mitbewohnerin, die Mutter des Kindes, war zu Hause, offenbar schon seit einer ganzen Weile. Das war nicht weiter erstaunlich, denn sie war Betriebswirtin und Abteilungsleiterin bei einer größeren Computerfirma. Eine typische Polizistengattin war sie wahrlich nicht, aber andererseits waren sie ja auch nicht verheiratet. Ein Kriminalkommissar von siebenundvierzig, der mit einer Betriebswirtin von zweiunddreißig zusammenlebte. Fünfzehn Jahre jünger und doppelt so hohes Gehalt. Vor allem wenn man alle Zuwendungen mitzählte, die zum Gehalt dazukamen. Es war keine sonderlich überzeugende Kombination, und wenn es überhaupt funktionierte, beruhte das wohl darauf, dass sie einander nach vier Jahren des Zusammenlebens noch immer ganz außerordentlich liebten. Das nähere Umfeld staunte und war zugleich peinlich berührt.

An diesem Tag war ihr nichts von all dem anzumerken. Sie war mit Küchenputz beschäftigt und ging so in dieser Aufgabe auf, dass sie die Küche eher abzureißen schien. *Essensgäste.* Das Freitagsritual.

»Willkommen, willkommen«, sagte sie fröhlich. Sie küsste ihre Tochter auf die Stirn, befreite sie gleichzeitig von ihrem Overall und schaffte es auch noch, Wesslén mit der

Hand über Wange und Kinn zu streichen. »Ich dachte schon, ich müsste euch vermisst melden.«

»Es war einfach zu viel los.« Wesslén lächelte sie an.

»Wir haben Essen für alle Vögel und Fische gekauft«, fiel die Tochter ihm freudestrahlend ins Wort. »Hurra, hurra.«

»Und die Sachen für mich?« Sie schaute Wesslén fragend an.

»Sicher«, sagte der. »Alles. Und jetzt bin ich total pleite.«

»Ich kann dir was leihen. Hier hat ein Irrer angerufen. Meine Schuld, ich wollte ja unbedingt, dass wir im Telefonbuch stehen. Er heißt Harald und behauptet, es sei unser Mann.«

»Ich hab ihm unsere Nummer gegeben«, gestand Wesslén schuldbewusst.

»Dann musst du mit ihm reden. Das ist er bestimmt wieder.« Das Telefon in der Diele klang ungewöhnlich dringend.

»Wesslén«, sagte Wesslén und klemmte sich den Hörer zwischen Kinn und Schulter, während er gleichzeitig den Plastikbehälter mit den Larven zu öffnen versuchte, den seine Tochter ihm auffordernd hinhielt.

»Harald hier«, verkündete am anderen Ende der Leitung eine Lautsprecherstimme.

Wesslén stöhnte in Gedanken.

»Hallo, hallo«, sagte er lahm. »Ist was passiert?«

»Dein junger Wachtmeister war vor einer halben Stunde hier und hat mir ein Foto gezeigt.« Er senkte die Stimme. »Es ist unser Mann.«

Vermutlich hält er die Hand um den Hörer, dachte Wesslén. Mitten in seiner übermöblierten Einsamkeit zwischen Säbeln, Jahrbüchern, Familienfotos und Herrenmöbeln.

»Hervorragend«, sagte er herzlich. »Dann danke ich dir sehr für deine Hilfe.«

»Keine Ursache, wirklich gar keine Ursache.« Jetzt hatte

er wieder sein altes Stimmvolumen erreicht. »Wenn mir noch mehr einfällt, melde ich mich.«

»Ja«, sagte Wesslén. »Dafür wäre ich sehr dankbar. Ich hab leider gerade einen dringenden Einsatz und muss nach Ångermanland fahren.« *Hatte Johansson nicht dorthin gewollt?*

»Aber Montag bin ich wieder da, falls etwas sein sollte.«

»Gute Reise«, polterte Harald. »Grüß die Lappen.«

Sein Aspi war nicht viel besser. Wesslén hatte kaum den Hörer aufgelegt, schon rief er an. Ebenso aufgeregt wie sein Vorgänger, wenn auch nicht ganz so laut.

»Ich habe alle Informationen beschafft«, keuchte er. »Es scheint sich um eine ziemlich vorbelastete Person zu handeln. Er ist aus Långbro entwichen. Dieser psychiatrischen Klinik«, erklärte er. »Aus der geschlossenen Abteilung, deshalb wird er gesucht.« Sein Tonfall ließ keinen Zweifel aufkommen, wie er über solche Leute dachte.

»Was du nicht sagst«, sagte Wesslén mit pädagogischem Ernst. »Ist Sonja da?« Sonja war die Abteilungssekretärin.

War sie offenbar. Das hörte Wesslén an der enttäuschten Stimme. Aber der Junge hatte immerhin Recht gehabt. Die Sekretärin konnte bestätigen, dass der Betreffende in die geschlossene Abteilung der psychiatrischen Klinik Långbro eingewiesen worden und vor vierzehn Tagen beim Ausgang verschwunden war. Weshalb er seither polizeilich gesucht wurde.

Vorbelastet war er außerdem. Ihrem Tonfall konnte er anhören, dass die Vorbelastung teilweise wie erwartet war, teilweise aber auch so schwer, dass man sich lieber nicht an einem Freitagnachmittag um kurz vor fünf telefonisch darüber verbreitete.

»Wenn er gesucht wird, dann wird er auch gefasst«, sagte Wesslén. »Du könntest mir nicht zufällig einen letzten Gefallen tun, ehe du für heute nach Hause gehst?« Er bemühte sich um den angemessenen flehenden Ton.

»Doch«, sagte sie kurz.
»Wenn du kurz bei der Ermittlung anrufen könntest. Grüß von mir und frag, ob sie den Versuch machen könnten, den Kerl zu schnappen. Und wenn ihnen das gelungen ist ... dann sollen sie mich anrufen.«
»Doch«, sagte sie. »Weil du's bist.« Jetzt klang ihre Stimme ein wenig sanfter. »Unser Junior will auch noch ein Wort mit dir wechseln.«
»Ich dachte, ich könnte losfahren und Ausschau nach ihm halten, wenn du willst.« Er gab sich alle Mühe, dienstlich und korrekt zu klingen, aber das gelang ihm nicht so recht. »Ich hab die Adresse hier. Wallingata.«
Wesslén seufzte in Gedanken.
»Nett von dir«, sagte er. »Ich danke dir, aber ich hab schon die Ermittlung darum gebeten, besser, die machen das.«
Einer ist enttäuscht, und eine kommt zu spät nach Hause, dachte er und legte auf.

14

Am Samstagmorgen um halb acht klingelte im Schlafzimmer von Wesslén das Telefon. Er war seit einer Viertelstunde wach. Er lag noch im Bett und fragte sich, wie er seine Tochter weghieven könnte, ohne sie zu wecken. Seine Mitbewohnerin lag nämlich auf der anderen Seite, aber auch sie schlief, und so war von ihr keine Hilfe zu erwarten. Obwohl sie die konkrete Ursache der unsittlichen Pläne war, die ihm durchs Gehirn jagten.
»Wesslén.« Es war schwer, leise zu sprechen, ohne zu flüstern.
»Jarnebring, Ermittlung.« Eine abgehackte, energische Stimme. »Wir haben deinen Alten. Er sitzt unten in Stockholm auf der Wache.«
»Bin in einer Viertelstunde da«, sagte Wesslén leise. Er

war schon dabei, aus dem Bett zu steigen. Seine Pläne von vorhin hatte er soeben verworfen.

»Wär gut«, sagte die Stimme. »Wir warten hier zu viert.«

Zu viert, dachte Wesslén, als er mit dem Fahrstuhl aus der Garage einen Stock höher in die Wache fuhr. Wie war das denn zu verstehen? Zwei Männer von der Streife und ein Festgenommener, das macht drei. Nicht vier.

Auf dieser Wache hatte er vor vielen Jahren als Chef gesessen. Damals war er ein in die Jahre gekommener Junggeselle ohne sonderlich dringende Freizeitbeschäftigungen oder familiäre Verpflichtungen gewesen. Aber natürlich kannte ihn hier niemand mehr. Das Personal wurde regelmäßig ausgetauscht, und die meisten waren hierhin befohlen worden. So wohl auch der mäßig enthusiastische Kollege hinterm Empfangstresen.

»Ich bin mit einem gewissen Jarnebring verabredet«, sagte Wesslén. *Jarnebring?* Der Name kam ihm bekannt vor, aber er konnte ihn nicht unterbringen.

»Und wer bist du?«, fragte der Kollege. Er sah sauer aus und war schlecht rasiert.

»Wesslén, Landeskrim«, sagte Wesslén und zog seinen Ausweis hervor.

»Aha«, der Kollege hinterm Tresen warf einen zerstreuten Blick darauf, machte zwei Schritte in Richtung der inneren Gemächer und brüllte:

»Jaaarnis ... Besuch für dich. Und scheiß auf die Wurst. Die gehört der Bereitschaft.«

»Schick ihn rein.« Eine wütende Stimme von weither.

Vermutlich aus der Küche. Wesslén war mit den Räumlichkeiten durchaus vertraut.

15

Am Küchentisch saß ein großer, grober Kerl von Mitte vierzig, mit klobigen breiten Schultern, die an seinen Ohren anfingen und erst bei den behaarten Handgelenken zu enden schienen. Er hatte sich mit Kaffee, Broten und der Morgenzeitung versehen und auf den Stuhl neben seinen militärisch grünen Parka gefläzt.

Wesslén wusste auf den ersten Blick, wen er vor sich hatte. Er sah hier die eine Hälfte des in den siebziger Jahren berüchtigten Duos der zentralen Ermittlungsabteilung. Den Muskelprotz. Die größere und stärkere Hälfte. Die andere war Wessléns jetziger Chef, Polizeidirektor Lars Martin Johansson, der auch nicht gerade klein war. In seinem Fall aber handelte es sich eher um Übergewicht als um rohe Kräfte. *Johansson und Jarnebring*, dachte Wesslén. Bill und Bull.

»Setz dich«, sagte Muskelpaket freundlich, aber gebieterisch und ohne von seiner Zeitung aufzublicken.

Wesslén nahm brav ihm gegenüber Platz.

»Wir haben ihn uns vor einer Stunde geholt.« Jarnebring legte die Zeitung zusammen und schaute Wesslén aus seinen dunklen Augen an. Gut verschanzt hinter den kräftigen, geschwungenen Augenbrauen und ohne auch nur den Anflug von Lachfältchen in den Augenwinkeln.

Kann ich mir denken. Wesslén nickte höflich.

»Wo habt ihr ihn gefunden?«

»Ähhh.« Ein irritiertes Schnauben. »Er war bei sich zu Hause. Unten in der Wallingata.« Er zog ein schwarzes Notizbuch aus seiner grünen Jacke und blätterte mit einer Hand darin herum. »Ein ganz normaler Scheißalki in einer ganz normalen Scheißalkibutze. Wir haben ihn in den Arrest gesteckt.«

»Und alles ging ruhig und gesittet vor sich?« Wessléns Stimme klang leicht und unbeschwert, obwohl ihm durchaus nicht so zu Mute war.

»Was glaubst du denn?« Jetzt lächelte er Wesslén zufrieden an. »Ich und Molin waren da ... der Kollege, mit dem ich zusammen fahre. So ein kleiner Scheißer. Den hätte doch jede Kindergartentante einsammeln können. Er sieht aus wie das, was hervorgekrochen kommt, wenn man einen Stein umdreht. Aber ich bin ja gar nicht so ... der Landeskrim helf ich doch gern.« Wieder dieses Grinsen.

»Dafür sind wir auch sehr dankbar«, sagte Wesslén. »Ich sollte mich wohl mal mit ihm unterhalten.« Er erhob sich und schob den Stuhl unter den Tisch.

»Tu das.« Noch ein zufriedenes Nicken. »Allerdings gibt es eine Komplikation.«

»Was denn?«, fragte Wesslén abwartend. *Vier*, dachte er.

»Er hatte Damenbesuch. Die Herrschaften schliefen gerade, als wir angeklopft haben. Zwischen all den leeren Gläsern und Kotzehaufen.«

»Ach«, sagte Wesslén. »Irgendeine Bekannte?« *Ei verflucht,* dachte er, obwohl er sonst niemals fluchte.

»Kann ich mir nicht vorstellen.« Jarnebring sah Wesslén belustigt an. »Wir haben sie auch mitgenommen. Sitzt ebenfalls da draußen. Natürlich in einem Zimmer für sich, zusammen mit einem der Mädels von der Bereitschaft.« Jetzt war er dermaßen zufrieden mit sich, dass er Wesslén zuzwinkerte.

»Aha. Und wer ist sie nun?« Wesslén ließ seinen großen Kollegen nicht aus den Augen.

»Das wollte sie nicht verraten.« Jarnebring zuckte mit den Schultern. »Und da sie keine Papiere bei sich hatte ... und sie war ziemlich aufsässig ... und da sie mit einem Typen zusammen war, der gesucht wird ... in so einem typischen Schlupfwinkel mit allerlei Diebesgut ... da haben wir sie eben mitgenommen.« Er hatte beim Reden an seinen Fingern abgezählt. Jetzt hielt er eine ansehnliche Pranke mit vier gespreizten Fingern hoch.

Aha, dachte Wesslén. So war das also. Zwei und zwei

macht vier. Er wusste Bescheid und brauchte nicht zu fragen.

»Also«, sagte Jarnebring jetzt. »Wie gesagt, das haben wir gemacht, und das entspricht absolut jeder auch nur vorstellbaren Scheißregel. Und im Moment verschafft der Kollege sich alle Infos über sie.«

Wesslén nickte schweigend. Er dachte an die Zeitungen und daran, dass er sich am Wochenende vielleicht auch auf die Elchjagd verlegen sollte.

»Und er sitzt also da draußen?« Er schaute zum Verhörzimmer der Wache rüber.

»Allerdings ...« Jarnebring schien Wessléns Frage nicht gehört zu haben, »werde ich das Gefühl nicht los, dass ich die Dame schon mal irgendwo gesehen habe.«

»Kann ich mir vorstellen.« Wesslén sah keinen Grund, hier noch länger dankbar zu sein.

»... sie erinnert mich eigentlich an die Tochter von diesem Ehrenmann Onkel Nisse ... die am Sonntag im Fernsehen war. Aber natürlich ... sie erinnert mich auch an eine alte Nutte, die ich mal gesehen habe.« Er schaute Wesslén unverwandt ins Gesicht. »Ich habe sie sogar gefragt, ob sie Nilsson heißt. Aber sie hat die Antwort verweigert, und da mussten wir ihre Personalien doch überprüfen.«

»Schreib einen Zettel.« Wesslén nickte kurz. *Idiot*, dachte er.

Der Apfel fällt bekanntlich nicht sonderlich weit vom Pferd. In gewissen Kreisen fällt er sogar so dicht daneben, dass Blutsbande und juristische Formalitäten davon zerschmettert werden. »Der Verlobte«, »der angehende Schwiegersohn«, wenn er das überhaupt war, schien in allen wichtigen Punkten eine Kopie von Onkel Nisse zu sein. Alkohol hilft ja angeblich beim Verbrüdern, aber wir dürfen auch seine bemerkenswerte Fähigkeit nicht übersehen, Brüder auf die Dauer gleichzumachen, sogar rein äußerlich.

Er war um einiges jünger als Onkel Nisse. Immerhin. Und anders als beim Original konnte man hier noch immer ahnen, wie er früher ausgesehen hatte; schlank und gut gebaut mit blauen Augen und hellen, offenen Zügen. Bald würde man diese Details vernachlässigen können, vorausgesetzt, er lebte noch so lange. Ein Suffkopp mittleren Alters von dreiunddreißig Jahren mit leeren Augen, Zuckungen im Gesicht, magerem, zitterndem Körper und bebenden Händen. Prima Ware für die gesundheitsbehördlichen Plakatkampagnen, die vor dem Fluch des Alkohols warnen, und ebenso jämmerlich wie angekündigt. Vor einer guten Stunde hatten Jarnebring und Molin seinen Stein umgedreht. Nun war er hervorgekrochen und schaute aus zusammengekniffenen Augen ins Sonnenlicht.

In den vierzehn Tagen seit seiner Flucht aus der Psychiatrie hatte er sozusagen im Vorbeigehen sein betrübliches Vorstrafenregister dadurch erweitern können, dass er in einem alten Auto durch die Gegend gefahren war, welches zwar ihm gehörte, aber durchaus nicht von ihm hätte gefahren werden dürfen, nicht einmal dann, wenn er zufällig nüchtern gewesen wäre. Offenbar hatte er auch genügend gestohlenen Kram angesammelt, um eine Anklage wegen Hehlerei zu rechtfertigen. Aber während seiner Zeit in Freiheit, so nennt man es doch, hatte er vor allem in Essig gelegen.

Deshalb machte er auch keinen besonderen Krach. Im Gegenteil, er beantwortete Wessléns Fragen nach bestem Wissen und unterstützt von einem Gedächtnis von der Leistungsfähigkeit eines verwitterten Lattenzauns. Das brauchte seine Zeit, und zuerst waren Kaffee und Zigaretten angesagt. Er wollte nichts essen, und Kaffee rührte er niemals an. Zigaretten dagegen rauchte er. Den ersten Zug führte er sich mit Hilfe beider Hände zu Gemüte.

Sein Bericht sah ungefähr so aus:
Er kannte Nilsson und Tochter schon seit etlichen Jahren.

»Zehn vielleicht.« Mit der Tochter »hatte er was am Laufen«, Nilsson sah er nur sporadisch. Zuletzt am Sonntag vor einer Woche. Da hatten sie bei der Tochter zu Hause gezecht, nach einer Weile aber hatte es Krach gegeben, und er und Nilsson waren aus der Wohnung verschwunden. Es war übrigens die Tochter, die den Vater vor die Tür gesetzt hatte, und da er selbst für Letzteren eingetreten war, hatte er ihm Gesellschaft leisten müssen.

Um welche Uhrzeit?

Das wusste er nicht mehr, aber es war irgendwann am Abend gewesen. Nilsson und er hatten sich dann in die Stadt begeben. Beim Norra Bantorg hatten sich ihre Wege getrennt, nachdem sie ein Café zu betreten versucht hatten, das leider geschlossen war. An eine Schlägerei zwischen ihm und Nilsson konnte er sich nicht erinnern. Nilsson war »scheißblau« gewesen und »mehrmals auf die Fresse gefallen«. Er selbst hatte ebenfalls »kräftig einen im Tee«, aber doch nicht ganz so schlimm, und am Ende hatte er es satt, immer wieder stehen bleiben und seinem älteren Kumpel auf die Beine helfen zu müssen. Er hatte ihn ganz einfach seinem Schicksal überlassen, und wohin Nilsson dann gegangen war, da hatte er wirklich keine Ahnung. Ebenso wenig, wie er wusste, was er selbst unternommen hatte. Vermutlich war er nach Hause in die Wallingata gegangen.

Nein. Für das alles konnte er keine Zeugen nennen. Abgesehen von Nilsson natürlich.

Das Gespräch dauerte etwas über eine Stunde, mit Zigaretten, Kaffeeresten und einem von der Wache ausgeliehenen Verhörzeugen. In dieser Zeit versuchte Wesslén, nicht an die Tochter zu denken. Auch wenn das Verhör mit ihrem Bekannten auf seine Weise hervorragend gelaufen war und er sie nun mit guten Gründen zur Vernehmung holen konnte, wollte er lieber nicht an diesen Fall denken.

Deshalb registrierte er mit gemischten Gefühlen, dass sie auf ihn wartete, als er das Verhörzimmer verließ. Zusammen mit einem anderen Menschen, dem er auch nicht unbedingt begegnen wollte, nämlich Jarnebring in seinem grünen Parka. Sie saßen nebeneinander auf der Bank im Wartezimmer der Wache und schienen sich hervorragend zu verstehen.

»Frau Nilsson würde gern mit Kommissar Wesslén sprechen.« Jarnebring lächelte seine neue Freundin verständnisinnig an und verbeugte sich ironisch vor Wesslén.

Als Wesslén sein Gespräch mit Nils Rune Nilssons Tochter beendet hatte, wollte er zuerst nach Hause fahren. Doch da er Sinn fürs Praktische hatte und sich ohnehin schon im Haus aufhielt, schaute er im Archiv der Kriminalabteilung vorbei, um sich die Personalakte ihres Vaters aushändigen zu lassen. Eigentlich hatte er sie in seine Aktentasche stecken und mit nach Hause nehmen wollen, was nicht gerade legal gewesen wäre, aber sie war um einiges dicker als erwartet. Deshalb ging er auf sein Zimmer damit, und als er erst einmal mit dem Lesen angefangen hatte, blieb er sitzen.

Was die Tochter gesagt hatte? Nichts von Interesse. Im Grunde bestätigte sie, was ihr Nachbar, der Versicherungsinspektor, und ihr »Verlobter« Wesslén bereits erzählt hatten. Von den unwesentlichen Abweichungen mal abgesehen, die sich immer einstellen, weil der Mensch sich in einem so vorteilhaften Licht darstellen möchte wie nur eben möglich. Wie sie aussah, war eigentlich unwichtig. Weil sie einerseits in unserem Zusammenhang eine Nebenrolle spielt und ihr Aussehen und ihre Kleidung von gelinde gesagt zweitrangiger Bedeutung sind. Andererseits können alle, die solche Details interessieren, sich die Sache aus den Beschreibungen der ihr nahe stehenden Personen sicher zusammenreimen.

Wesslén selbst konzentrierte sich während der Vernehmung auf vier verschiedene Tatsachen, von denen jedoch keine in seinem Vernehmungsprotokoll notiert wurde.
– Dass sie im selben Jahr geboren worden war wie Wessléns Mitbewohnerin. Ansonsten gab es keine Ähnlichkeiten.
– Dass sie die angebotene Zigarette mit der Begründung abgelehnt hatte, schon eine ganze Packung erhalten zu haben.
– Dass sie, ihrem Atem nach zu urteilen, erst vor sehr kurzer Zeit Bier und möglicherweise auch Schnaps getrunken hatte.
– Dass sie aus freien Stücken und ohne die geringste Andeutung von Seiten Wessléns die Missverständnisse bedauert hatte, zu denen es zwischen ihr und dem Kollegen Jarnebring leider gekommen war. Anfangs, wohlgemerkt. Jetzt herrschte Friede Freude Eierkuchen.

Zwischen den letzten drei Beobachtungen könnte man möglicherweise einen Zusammenhang finden, aber das wurde nicht erwähnt.

Zwei grüne Ordner und ein brauner. Der braune war der älteste und hatte schon Risse im Rücken. Er war zwei Jahre vor Ausbruch des Zweiten Weltkriegs anlässlich von Nilssons militärischen Sünden angelegt worden. Vermutlich konnte er auch eine Erklärung dafür liefern, was Nilsson zu Johansson gesagt hatte, als der ihn im Krankenhaus aufgesucht hatte. Eine plausible Erklärung, wie Wesslén mit einer gewissen Zufriedenheit annahm.

Der erste grüne Ordner enthielt nichts Interessantes. Eine Litanei vom Bodensatz der Gesellschaft, und wer mag sich so was schon anhören?

Nummer zwei war ein wenig besser. Er setzte um die Mitte der siebziger Jahre ein und ließ noch genügend Platz für den Fall, dass Nilsson in seiner kriminellen Karriere weitere Meriten ansammeln würde. Gegen Ende gab es ein dickes Voruntersuchungsprotokoll über seine Rolle im Raubüberfall auf die Hauptfiliale der SE-Bank am Sergels Torg. Dem Vorsatzblatt war zu entnehmen, dass Nilsson, *Nils Rune*, just von jenem Mann als Helfer auserkoren worden war, mit dem Wesslén vor einer guten Stunde gesprochen hatte. Dem »Verlobten«. Dem »Schwiegersohn in spe«.

Natürlich stutzte Wesslén, als er das sah. Für ihn kam das überraschend. In den folgenden zehn Minuten las er konzentriert. Als er mit der Darstellung des Banküberfalls fertig war, schüttelte er mit einem mitleidigen Lächeln den Kopf. Er ließ alles auf seinem Zimmer liegen. Nahm seine Aktentasche und fuhr nach Hause. Die Aktentasche war leer, abgesehen von zwei von Johanssons Illusionen, und da er sie selbst zerschlagen hatte, nahmen sie fast keinen Platz in Anspruch, und da es nicht seine eigenen waren, trug er schwer genug an ihnen.

16

»Jetzt gehen wir alle nach Skansen«, sagte Wesslén zu seiner Mitbewohnerin und zu seiner Tochter, sobald er im Vanadisväg zur Tür hereingekommen war. »Aber zuerst wird gegessen.« Samstag und endlich Wochenende für ihn und seine Familie.

Großes Glück übrigens, dass es Männer wie Kommissar Wesslén gibt. Fleißige, ehrliche Männer, die den Kommissarslehrgang glänzend absolviert und die Beförderung schon in der Tasche haben. Männer, die durch ihr emsiges Tun die Bürokratie zusammenhalten, ihre Existenz garantieren und ganz allgemein die Entwicklung voranbringen.

Ein trockener und langweiliger Patron? Ganz und gar nicht. Eine ruhige und bedächtige Person mit einem großen Schatz an Humor und Wärme. Es macht doch nichts, dass er damit nicht großtut und seine nüchterne Erscheinung erst im Laufe der Zeit erkennen lässt, wer er wirklich ist.

So ganz anders als sein Chef. Der notorische Johansson mit seinen gewerkschaftlichen Meriten und einem nur selten genutzten Parteibuch als den sichtbarsten Gründen für seine Karriere. Natürlich spielt er seine Rolle geschickt und macht das offenbar schon seit längerer Zeit. Erfahren wie er ist in der Kunst, umsichtig und brutal zugleich zu sein.

Alle wesentlichen Unterschiede zwischen den beiden werden deutlich genug, wenn man sie an diesem Samstagnachmittag, dem vierzehnten September im Jahr der Gnade, gleichzeitig beobachten kann.

Vor dem Bärengraben in Skansen beugen sich Wesslén und seine Mitbewohnerin über die dreijährige Tochter. Die Kleine weint, weil ihr Eis zu den Braunbären hinuntergefallen ist, und das hatte sie nun wirklich nicht gewollt. Jetzt wird sie von ihren Eltern getröstet. Wesslén trägt grün karierte Hosen, eine halblange Wildlederjacke und ein am Hals offenes Hemd. Er sieht sportlich und jugendlich aus, und er teilt wirklich die Trauer seiner Tochter, auch wenn es ihm schwer fällt, nicht laut zu lachen. Seine Mitbewohnerin trägt einen Tweedrock und einen dazu passenden Pullover, und niemand, der sie sieht, könnte auf den Gedanken kommen, dass sie eine Altersgenossin von Nils Rune Nilssons Wrack von Tochter ist. Das kleine Kind zwischen den beiden ist so hellhäutig und bezaubernd, wie Nilssons »Schwiegersohn« es bestenfalls gewesen sein kann, als er drei Jahre alt und neu auf der Welt war. Und nicht das psychotische Wrack, dem im Krankenhaus Långbro gerade sicherheitshalber eine doppelte Dosis Heminevrin verpasst wird, während Wesslén zum Kiosk geht, um eine neue Waffel Vanille und Erdbeer zu erstehen.

Vergleichen wir das nun mit Johansson, siebenhundert Kilometer nördlich von Skansen.

Er steht auf dem elterlichen Hof in der Scheune und häutet einen ungewöhnlich kräftigen Elchbullen, den er mit dem Hydrauliklift des Waldtraktors an den Beinen aufgehängt hat. Er hat sich die Ärmel hochgekrempelt und ist bis zu den Ellenbogen mit Blut bespritzt. Sogar Wesslén – ein Stadtkind, dem es noch immer ein schlechtes Gewissen bereitet, dass er in frühester Jugend ein Eichhörnchen mit einem Stein beworfen hat – würde sehen können, dass er das hier nicht zum ersten Mal macht.

Um Johansson hat sich ungefähr die Hälfte des primitiven Stammes versammelt, der seine Familie bildet. Der alternde Vater hat sich auf Saatgutsäcke neben die Tür gesetzt. Tabak hängt in seinen Mundwinkeln, und seine Miene ist nachdenklich, was daher rührt, dass er den oberen Teil vom Gebiss festzusaugen versucht. Er hat einen steifen Rücken und wässrige Augen, aber noch hat er die Lage im Griff. Neben ihm stehen seine beiden ältesten Söhne. In Blaumann, Lederwesten und weit nach hinten geschobenen Schirmmützen. Beide grinsen zufrieden, ohne in irgendeine besondere Richtung zu schauen. Auch Johanssons alte Mutter hat sich herbeilocken lassen. Sie hält die Arme vor ihrer mageren Brust verschränkt, und das könnte als Unmut gedeutet werden, wüsste man nicht, dass sie eben erst dem Hausvater die begehrte Schnapsflasche überreicht hat und einfach nicht weiß, wohin mit den Händen.

»Das war ein fetter Teufel«, sagt Papa Johansson nachdenklich und reicht die Flasche an den Sohn weiter, der bei dieser Gelegenheit die Hauptrolle spielt. Der Sohn grinst zufrieden, wischt sich an seinen Hosenbeinen das Blut ab und trinkt einen gurgelnden Schluck. Dann nickt er und versetzt dem abgehackten und blutigen Elchkopf auf dem Zementboden einen Tritt.

»Verdammt fescher Kleiderständer.«

An Nils Rune Nilsson verschwendet er nicht einen einzigen Gedanken. Er denkt vielmehr an die graue Elchzunge, die zwischen den klaffenden Kiefern hervorbaumelt. *Gekochte Elchzunge mit Kartoffelpüree,* denkt er hungrig. Besser, er schneidet sie sofort heraus, ehe seine gierigen Brüder zulangen können.

17

Am folgenden Montag kam es im großen Polizeigebäude auf Kungsholmen zur Wiedervereinigung aller Verbrechensbekämpfer. Johanssons und seiner Sekretärin zum Beispiel. Oder – was in unserem Zusammenhang wichtiger ist – Johanssons und Wessléns.

Null acht null null morgens in Johanssons Zimmer war abgemacht worden, und es wäre so geschehen, wäre es nach Wesslén gegangen. Um fünf vor acht verließ er sein Zimmer ein Geschoss tiefer und ging zum Fahrstuhl. Wessléns Pünktlichkeit war sprichwörtlich – unter unhöflichen Kollegen hieß er nur Fräulein Uhr –, und daran wollte er auch nichts ändern. Schon gar nicht an diesem Tag, da es einem schusseligen Vorgesetzten zwei zerstörte Illusionen zu überreichen galt.

Aber über den Fahrstuhl hatte er keine Macht. Deshalb blieb er fast eine Viertelstunde zwischen zwei Stockwerken hängen und erschien schließlich mit klaren Stresssymptomen bei Johansson. Um null acht null neun und unwiderruflich verspätet.

»Ich bin ein wenig zu spät«, sagte er zu seiner Entschuldigung. »Ich habe eine Viertelstunde im Fahrstuhl festgesteckt. Dreizehn Minuten«, korrigierte er sich nach einem raschen Blick auf seine Armbanduhr.

Hättest auch noch fünf Minuten da hängen bleiben können, dachte Johansson. Er stand im Zimmer der Sekretärin und hatte den kritischen Moment in seinem Bericht erreicht. Den alles entscheidenden Moment, als er den Elch im Dickicht nur ahnen kann und doch beschließt aufzustehen, um besser schießen zu können. Seine Sekretärin scheint übrigens ebenso hingerissen wie er, und einen kurzen Augenblick lang schwebt ihm vor, sie unter Umständen zu fragen, ob sie irgendwann mal mitkommen möchte. Um sich den Ort des Geschehens anzusehen sozusagen. Aber von einer Reise nach Näsåker konnte gar nicht die Rede sein. Frauen waren auf der Jagd verboten. Sie brachten nur Unglück und konnten den Mund nicht halten, wenn es drauf ankam. Das hatte Papa Evert ihm schon als kleinem Jungen erzählt.

Es fehlte nur noch das Ende der Geschichte. Er hatte keine Lust, Wesslén zuliebe noch einmal von vorne anzufangen. *Wenn der nicht pünktlich sein konnte, war das ja wohl sein Problem.*

Jetzt saßen sie jedenfalls wie üblich in Johanssons Zimmer. Johansson hinter seinem großen Schreibtisch und Wesslén im Besuchersessel. Schon voll damit beschäftigt, in seinem blauen Ordner zu botanisieren.

»Shoot«, sagte Johansson, der bei Kollegen in den USA auf Studienreise gewesen war und sich im Fernsehen liebend gern Krimis anschaute.

Wesslén nickte kurz und berichtete dann von seinen Unternehmungen am Wochenende. Ein Fernsehbulle war er nun wirklich nicht, aber er hätte sicher ein guter Dozent werden können. Vor allem jetzt, wo er mit sich zufrieden war. Punkt um Punkt und in richtiger zeitlicher Reihenfolge schilderte er seine Taten. Zwischen zwei Punkten schob er Johansson immer neue Unterlagen hin. Kopien seiner eigenen penibel ausgeführten Notizen; das Gespräch mit dem Versicherungsinspektor a.D., der Besuch beim Arzt, der kurze Blick auf den Patienten und die Vernehmungen, die er am Tag drauf mit dem Verlobten und mit Nilssons Tochter geführt hatte.

Das »Beste« hatte er sich aufgespart. Die wahrscheinliche

Erklärung für Nilssons Äußerung im Krankenbett und seine eigenen Entdeckungen, was den Banküberfall anging. Seine Erfahrungen mit Johanssons altem Busenfreund Jarnebring tat er ebenfalls leichthin ab. *Warum hätte er seine Ansichten über diese dubiose Gestalt äußern sollen?* Der würde hoffentlich in dieser Ermittlung nicht mehr auftauchen, und Polizisten durften nicht schlecht über Polizisten sprechen. Das taten schon so viele andere.

Deshalb begnügte er sich damit, kurz darauf hinzuweisen, dass der Verlobte und die Tochter von den Kriminalinspektoren Jarnebring und Molin von der zentralen Fahndungsstelle Stockholm in der Wohnung des gesuchten Verlobten aufgefunden worden waren, und dass auch die Tochter mit auf die Wache gekommen war, aus mehreren und, soweit er das beurteilen konnte, triftigen Gründen.

»Ein verdammt tüchtiger Polizist«, stellte Johansson mit warmer Stimme fest.

»Entschuldige«, sagte Wesslén, dem es komisch vorkam, dass er in der dritten Person angesprochen wurde.

»Jarnebring«, erklärte Johansson ungeduldig. »Tüchtiger Ermittler. Er und ich sind in den muntern Siebzigern einige Jahre zusammen Streife gefahren. Wir haben uns seit dem Frühlingsfest nicht mehr gesehen. Ich sage dir«, Johansson nickte Wesslén nachdrücklich zu. »Den sollten wir hier im Landeskriminalamt haben. Dann würde Schwung in den Laden kommen.«

Gott behüte, dachte Wesslén. Aber das sagte er nicht. Er beschränkte sich darauf, mit neutraler Miene in seine Unterlagen zu schauen.

»Interessant, was du da sagst«, fügte Johansson hinzu, zufrieden im Sessel zurückgelehnt und die Hände im Nacken verschränkt. »Das ergibt doch ein etwas anderes Bild, als es die Massenmedien vermitteln. Wird die Gewerkschaft freuen.«

Was immer das mit der Sache zu tun haben mag, dachte

Wesslén. Die »Gewerkschaft« war die fachliche Organisation der Stockholmer Polizei und quengelte schon herum. Am Donnerstag der vergangenen Woche hatte sich unten in der Kantine einer ihrer Ombudsleute auf Wesslén gestürzt. Es war eine flüchtige Begegnung gewesen, doch er hatte noch fragen können, ob Wesslén eine Ahnung habe, wie lange die Schikanen gegen die Mitglieder noch weitergehen würden.

»Was immer das mit der Sache zu tun haben mag ... an und für sich.« Der Polizeidirektor auf der anderen Seite des Tisches schien laut nachzudenken.

»... aber das macht mir wirklich keine Sorgen«, fügte er hinzu. Wesslén nickte abwartend. Er hatte einen angenehmen Verdacht, was den Inhalt von Johanssons Überlegungen anging.

»... er war offenbar sinnlos betrunken und ist zusammen mit seinem unglückseligen Eidam durch die Gegend getorkelt, ehe er aufgegriffen wurde ... und da ist es ja nicht ganz unvorstellbar, dass der Eidam ihn abgeknutscht hat ... oder vielleicht auch die Tochter ... aber ...«

Wieder nickte Wesslén.

»Der Arsch sieht aus wie durch die Mangel gedreht. Du hast ihn doch gesehen. Oder was?« Johansson starrte Wesslén an, als sei es dessen Fehler, dass Nilsson so aussah. Wesslén begnügte sich mit einem Nicken. Das wievielte es war, wusste er schon gar nicht mehr.

»Aber die Kollegen, die ihn eingesackt haben, der Wachhabende beim Bezirk und der Wärter im Arrest bezeugen, dass er keine sichtbaren Verletzungen hatte. Nicht bei seiner Festnahme ... nicht als er in die Zelle gebracht wurde ... nicht bei den ersten beiden Inspektionen. Aber um dreiundzwanzig Uhr. Eine Viertelstunde später. Nachdem er die ganze Zeit eingeschlossen und allein in seiner Zelle gelegen hat. Da sieht er plötzlich grauenhaft aus.« Johansson knallte mit der Faust auf die Schreibunterlage.

Abermals richtig, dachte Wesslén und erwartete das Ergebnis seines Verdachts.

Das war der springende Punkt, des Pudels Kern. Der Zeitpunkt, zu dem Nilssons Verletzungen entdeckt worden waren.

Wenn diese Aussagen stimmten, dann waren die Tochter, der Verlobte und alle aus dem Kreis denkbarer Täter, die keinen Zugang zu den Arrestzellen hatten, exkulpiert. Vermutlich auch jene, von denen er festgenommen worden war, und der Wärter, bei dem er eingecheckt hatte. Natürlich nur, wenn keiner von ihnen sich die Mühe gemacht hatte, die Zelle später am Abend aufzusuchen und ihm eins in die Fresse zu hauen.

Das erschien andererseits weder logisch noch praktisch. Man schlägt doch in der Regel dann zu, wenn man wütend wird. Ein Polizist wird in der Regel wütend, wenn er in die Enge getrieben wird. Genau wie alle anderen Menschen. Also bei einer Festnahme, bei einer Durchsuchung, die ja ziemlich anstrengend sein kann, oder bei allen anderen Gelegenheiten, wenn sich jemand handgreiflich zur Wehr setzt.

Johansson fasste das alles auf seine eigene besondere Weise zusammen.

»Wer verdammt kann denn so bescheuert sein, sich über einen alten Suffkopp herzumachen, der weggetreten in seiner Zelle liegt. In einem Haus, wo es von Sozialarbeitern und anderen düsteren Gestalten nur so wimmelt?« Er schaute Wesslén fragend an.

»Ich meine«, fügte er dann hinzu und kratzte sich mit der rechten Hand am Kinn. »Wenn die Typen von der Streife ihn zusammengeschlagen hätten, dann wäre das doch in aller Ruhe unterwegs geschehen ... und wenn sie dermaßen zugelangt haben, müssten sie doch ein paar kleine Gegenanzeigen wegen gewalttätigen Widerstands und Gewalt gegen

Beamte im Dienst erstatten und überhaupt. So haben wir das jedenfalls zu meiner Zeit gehalten.«

Herrgott, dachte Wesslén.

»Aber solche Anzeigen liegen nicht vor.« Abermals schlug Johansson auf seine Schreibunterlage ein. »Und wenn der alte Arsch so ausgesehen hätte, wie er jetzt aussieht, hätte der Wachhabende doch einen Höllenlärm veranstalten müssen, als er dort abgeliefert wurde.« Johansson redete sich in Rage. »Sonst wäre er es doch, der später mit dem schwarzen Peter dasäße. Der Opa lag doch verdammt noch mal im Sterben. Jedenfalls sah er so aus.« Er schüttelte den Kopf.

»Und die von der Streife hätten das auch machen müssen«, fügte Wesslén hinzu. »Wenn der schon so zugerichtet war, als sie ihn erwischt haben.«

»Genau«, sagte Johansson nachdrücklich. »It doesn't make sense, ganz einfach.«

»Was hältst du denn für möglich?«, fragte Wesslén vorsichtig. Englisch verstand er nämlich als Ermittler der Betrugsabteilung notgedrungen, und anders als Johansson hatte er Abitur und ein Jurastudium absolviert. Letzteres abends und in erwachsenem Alter.

»Wenn ich ihn nicht gesehen hätte, würde ich sagen, dass er gestürzt ist und sich dabei verletzt hat. Das wäre das einzig Logische.« Johansson schüttelte den Kopf. »Aber ich habe ihn nun mal gesehen ... und da kann ich das einfach nicht glauben.«

»Jaa?« Wesslén wollte noch mehr hören. Das war deutlich.

»Wir müssen feststellen, ob es in den Zellen Falltüren gibt.« Johansson grinste. »Der Täter ist vielleicht durchs Lüftungsventil eingestiegen. Zwischen Viertel vor elf und elf. Spaß beiseite.« Er setzte sich gerade. »Ich mach einen Vorschlag. Nämlich dass du und ich heute Abend zum WD 1 fahren und uns den Schauplatz ansehen.«

Überaus origineller Vorschlag, dachte Wesslén. Er hatte das nach dem Mittagessen erledigen wollen.

»Bist du nach dem Mittagessen schon beschäftigt?«, fragte er vorsichtig. Er dachte an seine Mitbewohnerin, seine Tochter und die gemütlichen Abende in der behaglichen Wohnung im Vanadisväg.

»Na ja«, sagte Johansson. »Ich dachte, wir könnten das heute Abend machen, wenn es ein bisschen Action gibt. Außerdem hab ich mich informiert. Heute Abend hat derselbe Typ Dienst wie an dem Abend, als Nilsson festgenommen wurde, und auch im Arrest ist derselbe Wärter. Was hältst du von zehn Uhr?«

»Punkt zweiundzwanzig null null vor dem WD 1«, sagte Wesslén. *Dann kann ich wenigstens zu Hause die Nachrichten sehen,* dachte er.

»Gut«, sagte Johansson. »Und du ... versuch, pünktlich zu sein.« Er grinste Wesslén an. »Hast du sonst noch was?«

»Zweierlei«, sagte Wesslén gelassen. Er verspürte eine gewisse Befriedigung. Nicht zuletzt nach Johanssons letzter Äußerung.

»Lass hören«, sagte Johansson umgänglich, ließ sich wieder im Sessel zurücksinken und verschränkte die Hände im Nacken.

18

Wesslén vertrat die Auffassung, dass auch Illusionen feste und geordnete Formen annehmen sollten. Das galt ganz allgemein und nicht nur, wie in diesem Fall, wenn es Verirrungen von Leuten betraf, die es besser wissen müssten. Deshalb ging er die Sache Punkt für Punkt und in chronologischer Reihenfolge durch.

Zuerst fand er eine Erklärung, eine plausible Erklärung für Nils Rune Nilssons seltsame Äußerung Johansson gegenüber im Krankenhaus Sabbatsberg am Mittwochnachmittag des elften September. Dieser geheimnisvolle »Björneborger«, der offenbar einen fantasiebegabten Polizeidirektor dazu veranlasst hatte, die arg gebeutelte Kasse des Landeskriminalamts mit an die zweihundertfünfzig Kronen für den Ankauf eines größeren Musiklexikons zu belasten. Aber Letzteres sagte er nicht, denn er wusste nicht recht, wie es sich mit dem Bezahlen verhielt. Wesslén brachte harte Tatsachen vor. Andeutungen waren nicht sein Metier.

Der Fall war der, dass er bei der Lektüre von Nils Rune Nilssons Personalakte mehrere interessante Entdeckungen gemacht hatte, die Nilssons Hintergrund und sein früheres Leben betrafen. Unter anderem war ihm aufgefallen, dass Nilsson kein normaler Wehrpflichtiger gewesen war. Er hatte eine Ausbildung als Regimentsmusiker gemacht und war bei seiner unehrenhaften Entlassung Musikkorporal bei der Königlichen Leibgarde in Stockholm gewesen. Er spielte außerdem verschiedene Instrumente. Vor allem Blasinstrumente, dazu Klavier, Akkordeon und Geige.

Mehrere Eintragungen bezogen sich auf Verstöße gegen die lokale Gesetzgebung. Genauer gesagt hatte er sich auf die Art von Bettelei verlegt, die in gewissen Kreisen unter der Bezeichnung Straßenmusik läuft. Zwei von den vielen Diebstählen, für die er während der fünfziger Jahre verurteilt worden war, hatte er offenbar in Zusammenhang mit einem Engagement als Musiker in einem Hotel in Avesta begangen.

»Diebstahl eines grünen Borsalinos und eines Paares Galoschen aus der Hotelgarderobe«, teilte Wesslén mit, die Nase in den Unterlagen vergraben.

»Der Kerl ist ganz einfach Musiker«, fasste er zusammen. »Einen richtigen Beruf scheint er nie gehabt zu haben. Er ist als Musiker ausgebildet und hat sich hauptsächlich davon ernährt ... jaa, und natürlich von Sozialhilfe«, fügte er pedantisch hinzu.

Johansson nickte nachdenklich, sah aber nicht gerade beschämt aus.

»Was er da über den Björneborger Marsch gesagt hat ...« Wesslén bedachte seinen irregeleiteten Chef mit einem auffordernden Blick, »ist ihm wahrscheinlich in diesem Moment einfach so durch den Kopf gegangen. Du sagst doch selbst, dass er total weggetreten war. – Ich glaube jedenfalls nicht, dass er sich was Besonderes dabei gedacht hat«, fügte er entschieden hinzu. »Etwas, das für unsere Ermittlung von Bedeutung sein könnte.«

Johansson zuckte mit den Schultern.

»Weggetreten hin oder her«, sagte er vage. »Vielleicht hast du ja Recht. Ich dachte, er wollte mir etwas mitteilen. Den Eindruck hatte ich eben. Hast du sonst noch was?«

»Den Banküberfall«, sagte Wesslén. »Ich möchte dringend dazu raten, dass wir uns den ansehen, ehe wir diese Diskussion fortsetzen.« *Manche lernen's nie*, dachte er.

19

An einem ungewöhnlich kalten und windigen Frühlingstag im Mai hatten Nils Rune Nilsson und sein angehender Schwiegersohn die Hauptfiliale der SE-Bank am Sergels Torg überfallen. Es gab unterschiedliche Versionen über den Handlungsverlauf, und Onkel Nisses Version hatte niemand glauben mögen. Die war einfach zu fantastisch. Also hatte das Gericht sich der Darstellung der Polizei und des Schwiegersohns angeschlossen. Während des Verhörs hatte der sich nämlich als überaus hart gesottener und verschlagener Verbrecher entpuppt. Auch Nilsson wurde jedoch an den Ohren genommen. In seiner Urteilsbegründung erklärte das Gericht, es sehe »keinen Grund, Nilssons Bericht über den Tathergang Glauben zu schenken«. Und entsprechend war das Urteil ausgefallen.

Das Gericht hatte keinen Grund gesehen, Wesslén sah das anders. Er war davon überzeugt, dass Nilsson die Wahrheit gesagt hatte, und wer Wessléns unheimlich klarsichtiges Vermögen kennt, die Wirklichkeit hinter nebulösen Vorgängen zu erahnen, wird sich ihm anschließen.

Ungefähr so war die Sache also laut Nilsson verlaufen:

An einem »richtig miesen Mittwoch« hatte er am U-Bahn-Eingang bei der Rådmansgata Klarinette gespielt, als plötzlich der Eidam aufgetaucht war. Nilssons Lage ist kritisch. Er hat zwar gedroht, geschnaubt und mit dem Fuß aufgestampft wie ein Besessener, aber er ist fast noch immer so arm wie vorhin, als er hier eingetroffen ist. Er hat Krämpfe in Fingern, Füßen und Knien. Der letzte Schluck Wermut ist zur Neige gegangen, als er sich an »Mood Indigo« gemacht hat, und vom roten Samtboden der Klarinettenhülle grinsen ihn die kleinen Münzen höhnisch an. Kapital, das einfach nicht ausreicht für die Flasche Wermut, die er braucht, um bis zum nächsten Tag zu überleben. Außerdem wird in einer knappen Stunde der Alkoholladen schließen, und danach steigen die Preise um hundert Prozent.

Doch nun erscheint der Schwiegersohn wie ein Retter in der Not. Mitten in »There have to be changes made«. Sie werden eine Bank überfallen, und der Junge hat alle nötigen Hilfsmittel bei sich.

Gesagt, getan, und Not kennt kein Gebot. Der Eidam ist tatendurstig und keinesfalls betrunkener als Nilsson. Und hier gilt es, sich zu beeilen, damit man nachher noch in den Alkoholladen gehen kann. Onkel Nisse packt zusammen und läuft mit seinem Kumpan den Sveaväg hoch. In Richtung Sergels Torg, wo geeignete Banken liegen.

Erst bei der Hamngata finden sie eine, die noch geöffnet hat. Das gewaltige Monument für den Mammon, das die SE-Bank fünfzehn Jahre zuvor errichtet hat und das in seiner Eigenschaft als Hauptfiliale erst um achtzehn Uhr schließt. Jetzt dreht der Schwiegersohn eine kurze Erkundungsrunde, kehrt zurück und erteilt Instruktionen. Er wird hineingehen und die Bank ausrauben – er zeigt zur Erklärung auf die riesige Marmorhalle, die sich hinter den Glastüren ausbreitet –, während Nilsson draußen Schmiere steht. Danach getrennter Rückzug und Treffen am üblichen Ort, dem Pissoir am Odenplan, wo die Beute in aller Ruhe geteilt werden kann.

»Heute Abend weiß ich zwei, die wild zechen werden«, sagt er aufmunternd und verschwindet durch die Glastüren, während Nilsson mit der Klarinettenhülle unterm Arm und dem Scharfblick eines uralten Adlers Stellung bezieht.

Was in der Bank dann wirklich geschehen ist, bleibt unklar. Hier gibt es aus natürlichen Gründen keinen Zugang über Nilssons hervorragende Darstellung. Der Eidam aber ist offenbar vor dem Wechselschalter gelandet. Dem Staatsanwalt zufolge war das auch so geplant. Gleich nach der Tat wollten die Täter sich ins Ausland begeben und sich natürlich unnötige Wechselmanöver ersparen. Die Behauptung der Verteidigung, die Nerven seines Mandanten hätten versagt, weshalb er sich die einzige Kasse ohne Warteschlange ausgesucht habe, wird von ebenjenem Mandanten empört bestritten, vom Staatsanwalt lächerlich gemacht und am Ende vom Gericht zurückgewiesen.

Egal. Jedenfalls ist es so, dass er nicht weniger als dreihundertzwanzigtausend Kronen in diversen Währungen an sich reißt. Vor allem Dollar und D-Mark, geht man nach dem Wert, und einen ansehnlichen Stapel Lire, geht man nach der Quantität.

Der Volontär in der Bank, der sein Opfer wurde, gab während der Hauptverhandlung an, schon als Kind nervös gewesen zu sein und es nun für angebracht zu halten, sich einen anderen Job zu suchen. Am Vortag hatte er einen Vortrag gehört zum Thema, wie Bankpersonal sich bei Überfällen schützen kann. Nachts hatte er wach gelegen und war am Tag des Überfalls von Magenschmerzen gequält worden. Und so hatte er schon eine halbe Stunde vor Feierabend mit der Abrechnung angefangen und das gesamte Kapital vor sich ausgebreitet, als der Bankräuber mit einer Strickmütze über dem Gesicht, mit drohendem Revolver und ausgestreckter Papiertüte vor ihm auftauchte.

Seine einzige Erinnerung an den Überfall besteht übrigens in dem, was der Schutzbeauftragte der Bank am Ende des Vortrags gesagt hatte.

»Versucht nicht, den Helden zu spielen. Tut, was der Bankräuber sagt. Und löst erst Alarm aus, wenn ihr in Sicherheit seid.«

Diese Ratschläge hat er befolgt. Als der Bankräuber mit voll gestopfter Tüte davonläuft, lässt der Kassierer sich zu Boden fallen und geht in Deckung. Leider landet er viel zu weit vom Alarmknopf entfernt und brüllt deshalb aus voller Kehle:

»Überfall, Hilfe, Hiiilfe!«

Seine Rufe werden von etwa zwanzig Kollegen gehört, die gleichzeitig auf sämtliche in der Bank befindlichen Alarmknöpfe drücken.

Das Alarmsystem der Bank ist direkt mit der Einsatzzentrale der Stockholmer Polizei verbunden. Sekunden vorher sitzen alle in schöner Ruhe hinter ihren Kaffeetassen und bewundern das stabile Verkehrschaos, das sich um diese Zeit immer auf den Fernsehschirmen und Planungstischen der Zentrale abspielt.

Und dann reißt Beelzebub persönlich sich los.

Überfall auf die Hauptfiliale der SE-Bank, und alle, die das Piepsen der Alarmknöpfe vernehmen, begreifen, dass sich ein Jahrhundertverbrechen ereignet. Der dritte, wenn auch reichlich verspätete Teil der Trilogie, die mit dem Drama am Norrmalmstorg gestartet und mit dem Terroranschlag auf die Botschaft der BRD fortgesetzt worden war.

Alle Einsatzkräfte, und das sind wirklich nicht wenige, werden hingeschickt, und schon nach einer Minute drängen sich mit heulenden Sirenen und peitschendem Blaulicht die schwarzweißen Fahrzeuge vor der Bank.

Onkel Nisse, denn wir können uns jetzt wieder seinen Beobachtungen zuwenden, begreift, dass »etwas schief gelaufen ist«. Er schaut durch die Glastüren, um den Eidam zu warnen, kann ihn aber in der aufgewühlten Menschenmenge auf der anderen Seite nicht entdecken. Außerdem wird er vom Einsatzleiter der ersten Streife vor Ort, der sich offenbar um seine Sicherheit sorgt, fortkomplimentiert.

»Verpiss dich, du mieser Suffkopp, eh dir der Arsch weggeschossen wird«, rät er fürsorglich, worauf Nilsson es für sinnvoller hält, sich unter die ein Stück weit entfernten Zuschauer zu mischen.

Der Bankräuber wird von der Ordnungsmacht relativ schnell identifiziert, obwohl so viele Leute unterwegs sind. Ein Grund kann sein, dass er die Bank als Einziger mit einer Mütze über dem Gesicht und einem riesigen Revolver in der rechten Hand verlässt. Einem Revolver von der bekannten Marke Buffalo Bill; silberner Kunststoff und ein roter Kolben aus demselben Material.

Trotz dieses Hilfsmittels wird er rasch entwaffnet. Das knappe Dutzend, das ihn festnimmt, schlägt ihn mit Knüppeln platt wie eine Flunder und versieht ihn mit Handschellen. Danach wird er durch die wachsende Zuschauermenge getragen, der sich auch sein Kumpan angeschlossen hat.

Obwohl der Eidam nicht in bester Verfassung ist, kann er noch einen scharfen Tadel loswerden, als er an seinem nachlässigen Gehilfen vorübergeschleppt wird.

»Nennt man das Schmiere stehen?«, schreit er Onkel Nisse empört an. Das wird von drei Streifen gehört, insgesamt sechs Mann, die soeben eingetroffen sind und die Lage durchschaut haben. Wie ein Mann machen sie sich über

Onkel Nisse her. Entreißen ihm das Maschinengewehrfutteral mit der Klarinette, schlagen ihn mit weihnachtsschinkengroßen Händen platt wie eine Flunder und versehen ihn mit Handschellen.

Johansson hatte sich Wessléns Darstellung aufmerksam angehört. Er verzog keine Miene und sah am Ende fast schwermütig aus.

»Süßer Jesus«, stöhnte er. Ein tiefer Seufzer bildete den Abschluss.

20

Zwei zerbrochene Illusionen mochten angehen. Er hatte sie nicht so ernst genommen. Schlimmer waren die Auskünfte, die seiner harrten, nachdem Wesslén gegangen war.

Zuerst eine Personalbesprechung. Die Vertreter der verschiedenen Abteilungen und der diversen Dienstkategorien. Dazu die üblichen Gewerkschaftsvertreter und zwei ranghohe Abgesandte der Arbeitgeberseite, der Landespolizeileitung.

Bei Menschen, die nicht der Polizei angehörten, war Johansson oft auf die Auffassung gestoßen, die Polizei sei eine ganz besondere Organisation, mit übergeordnetem Ziel und militärischer Befehlsordnung und durchsäuert von unerschütterlichem Korpsgeist. Polizisten hielten zusammen, taten, wie ihnen geheißen, und zogen ihr Handeln niemals in Zweifel. Jedenfalls verhielten sie sich mehr oder weniger so. Kam immer drauf an, worum es gerade ging.

Ab und zu wurde versucht, ihn zu Diskussionen über diese Ansichten zu verleiten. Bei Konferenzen und Treffen von Bürokraten, Forschern und Politikern, wo er immer häufiger landete. Manchmal geschah es sogar in seinem sporadischen Sozialleben. Aber nur selten ging es von anderen Polizisten aus.

Meistens schwieg er dann, und wenn ihm Fragen gestellt wurden, gelang es ihm in der Regel, sie mit einem Scherz abzutun. Einige waren ihm unangenehm, ob man sich nie überlege, was man da *eigentlich* mache zum Beispiel, während ihm andere übertrieben, falsch oder einfach albern vorkamen. Außerdem wusste er nur wenig darüber, wie es in anderen Bereichen des Verwaltungsapparats zuging. *Und illoyal wollte er ja auch nicht sein.*

Seit Johansson jedoch beim Landeskriminalamt gelandet war, hatte er sich bei dem Wunsch ertappt, alle Polizeikritiker mal einzuladen und ihnen zu zeigen, wie es so zugehen konnte. Er selbst war niemals irgendwo gewesen, wo es dermaßen starke Gegensätze gegeben hätte. Nun hatte er niemals anderswo gearbeitet als bei der Polizei. Hier aber herrschten Konflikte, die mit der Struktur zu tun hatten, es gab persönliche und private Fehden und ein gerüttelt Maß an Überheblichkeit und allgemeiner schwedischer Missgunst. Sogar ideologische Gegensätze, was ansonsten bei der Polizei nur selten vorkam. Sie durchsetzten die Abteilung in allen nur denkbaren Längen und Breiten, sie verliefen längs, sie überkreuzten sich, und sie liefen quer. In düsteren Momenten sah er darin das einzige Netzwerk, das die Organisation noch zusammenhielt. Genau wie in seiner Ehe, in den Jahren, ehe sie endgültig auseinander gebrochen war.

Von verborgenen Gegensätzen konnte hier nicht die Rede sein. Obwohl man sich lange Zeit alle Mühe gegeben hatte, sie zu verstecken, da man doch keine Hoffnung mehr hegte, sie jemals bereinigen zu können. Jetzt hatten sie ein solches Ausmaß angenommen, dass man sich regelmäßig in den Massenmedien darüber informieren konnte.

Es waren unter anderem diese Streitigkeiten, die ihm seinen neuen Posten eingebracht hatten. Er war nicht zum Chef des Landeskriminalamts ernannt worden, um »den Ermittler zu spielen«. Es war sein rasch erworbener Ruf, über ungewöhnliche personalpolitische Fähigkeiten zu verfügen, der ihn in die Löwengrube geführt hatte. Jedenfalls so lange, bis jemand gefunden sein würde, der sich Magengeschwüre einzuhandeln bereit war und gleichzeitig die erwünschten juristischen Qualifikationen besaß. Der eigentliche Chef war übrigens unfreiwillig krankgeschrieben und wartete auf seine vorzeitige Pensionierung.

Die Besprechung dieses Tages war typisch. Es wurde nicht einmal der Versuch gemacht, irgendwelche Gegensätze aufzulösen oder zu überbrücken. Es ging nur darum, Dampf abzulassen, und er war hier der oberste Kesselhüter. Auf seiner Liste standen vier Punkte. Allesamt vom selben Kaliber.

Die Abteilungen Betrug und Wirtschaftskriminalität waren aneinander geraten. Das war der erste Punkt. Der Betrug behauptete, die Wirtschaft picke sich die Rosinen aus dem Verbrechenskuchen. Die großen, spektakulären Fälle konnten lange Dienstreisen in allerlei ausländische Steuerparadiese erfordern, begleitet von beifälligen Reportagen in den Massenmedien und netten Lohnerhöhungen. Der Betrug dagegen war Abstellplatz für vagabundierende Hotelbetrüger in abgelegten Fliegeruniformen, alternde Heiratsschwindler und konkursbedrohte Direktoren, die ihr Büro in der Hosentasche hatten.

Bei der Wirtschaft fand man das gut und richtig so. Leider konnte es noch immer vorkommen, dass irgendein wichtiger Fall aus Versehen bei den »Gaunern« landete, was sofort gesellschaftliche Rechte beschnitt. Und das musste man doch zu vermeiden suchen.

Deshalb wollten beide Abteilungen andere und klare Vorschriften dafür, wo ihr Verantwortungsbereich endete, und beide Seiten liefen knallrot an, als sie hörten, wo die anderen die Grenze zu ziehen gedachten.

»Dann sind wir uns also einig, dass wir diesen Punkt der Leitung vortragen?« Lars M. versuchte, beiden Abteilungsvertretern gleichzeitig ins Gesicht zu blicken. Wessléns Stellvertreter – Wesslén selbst hatte offenbar Nils Rune Nilsson als Entschuldigung angeführt – und dem Chef der Wirtschaftskriminalität. Ihm wurde ein zweifaches vergrätztes Nicken zuteil.

»Und dass der Landespolizeichef und mindestens zwei Vertreter der Leitung anwesend sein müssen.« Nun ein Blick auf die beiden Abteilungschefs, die für die Polizeileitung dort saßen. Wieder zweifaches Nicken. Förmlich und natürlich ganz und gar neutral.

»Einer von jedem politischen Block«, erklärte der Gewerkschaftsvertreter.

»Ja«, sagte Johansson mit schwerem, zustimmendem Nicken. »Das ist doch klar. – Dann zum nächsten Punkt«, fügte er hinzu.

In der Nachrichtenabteilung war man stocksauer auf die so genannten freien Ermittlergruppen. Die neueste Errungenschaft eines kriminalistischen Apparats, der in jeder Hinsicht die Sicherheitsorganisationen der Großmächte nachzuahmen versuchte. Das Prinzip hatte man gratis von deren kleinen schwedischen Bruder Säpo übernommen. Woher auch sonst?

Die »freien Ermittler« waren Gruppen von Polizisten, die außerhalb des Polizeigebäudes und in äußerster Geheimhaltung operierten. Zumindest was die Ambitionen anging. Um denen in größtmöglichem Maße entgegenzukommen, waren als Deckmantel für die Versuche dieser Gruppen, das organisierte Verbrechen zu infiltrieren, normale Firmen gegründet worden. Man hatte natürlich auch alle übrigen Requisiten erhalten. Kreditkarten, Dienstwagen und Büros mit Ledermöbeln. Sogar mit Sauna, wurde behauptet, falls man diesem Klatsch glauben mochte. Und im Fall von AS AKILLEUS musste man das wohl. Johansson hatte es mit eigenen Augen gesehen.

Jetzt verlangte die Nachrichtenabteilung, diese Aktivitäten direkt und mit vollem Einblicksrecht unterstellt zu bekommen. Böse Zungen behaupteten nämlich, man verfüge dort nicht nur über Saunen. Infiltration, Ermittlung und Nachrichtenarbeit seien inzwischen ganz und gar reiner Geschäftemacherei untergeordnet. Und es hieß, dass die Geschäfte wirklich florierten, wenn auch leider auf der falschen Seite vom Strafgesetz. »Sichere Tipps« wiesen sogar darauf hin, dass einer oder mehrere freie Ermittler auf »die andere Seite rübergekauft worden« seien.

Glaub ich gern, dachte Lars M.

»Dann sind wir uns also einig, dass wir diesen Punkt der Leitung vortragen.« Er schaute gleichzeitig den Chef der Nachrichtenabteilung und den obersten Ombudsmann an.

»Ja«, sagte der Nachrichtenchef. »Aber es dürfen keine Politikschwätzer dabei sein, sonst geht das in der ganzen Stadt rum.« Wütend musterte er den Bürochef, dem die Kanzlei der Polizeileitung unterstand. »Es ist lebensgefährlich, über solche Dinge zu sprechen«, sagte er mit roten Wangen. »Dann kann das ganze Dässäng doch platzen.«

»Der Aufbau«, übersetzte Lars M. für den Gerichtsassessor, der direkt von der juristischen Abteilung gekommen war, um der neuen Errungenschaft ein angemessen formales Aussehen zu verleihen.

»Das geht aus den geltenden Diskretionsregeln hervor«, sagte der Jurist und jetzige Bürochef zu seinem ungekämmten Kollegen vom Fabrikboden.

»Und die sind so verdammt geheim, dass nicht mal ich sie zu sehen kriege.« Jetzt beugte sich der Chef der Nachrichtenabteilung mit verschränkten Armen über den Tisch, als bereite er sich auf ein sofortiges und handgreifliches Eingreifen vor.

»Wenden wir uns dem nächsten Punkt zu«, sagte Lars M. ungerührt und ließ seine Blicke über die Tafelrunde schweifen.

Der Kommissar, der in seiner Abteilung das Amt des Vertrauensmannes bekleidete, hatte beim Ombudsmann der juristischen Abteilung eine Mordkommission wegen Dienstvereitelung angezeigt. Der Konflikt zwischen ihm und seinem Personal war in derselben Woche entstanden, da er seinen Dienst angetreten hatte, und was das Fass nun zum Überlaufen gebracht hatte, war eine Ermittlung im oberen Norrland gewesen, zu der die betreffende, aus vier Ermittlern bestehende Gruppe abkommandiert worden war. Da sie aus finanziellen Gründen nicht hatten fliegen und aus denselben Gründen auch keinen Mietwagen hatten benutzen dürfen, hatten sie ihre klugen Köpfe zusammengesteckt und waren »gemäß Vorschrift und auf die billigste Weise« gereist. Mit Hilfe des schwedischen Eisenbahnfahrplans, allerlei Verspätungen und diversen Hinweisen auf die »zugelassene Arbeitszeit im Hinblick auf Einsätze, die Übernachtungen außerhalb des Wohnortes erfordern« war ihnen dreierlei geglückt: Sie hatten zwei Tage für die Reise zum Tatort gebraucht, sie hatten achthundert Kronen Reisekosten gespart, und sie hatten dreitausend an Überstunden abgerechnet.

Aber sie waren angekommen. Sie hatten sich im örtlichen Hotel einquartiert und mit ihrem alten Fanclub um die Wette gestrahlt. Mit den vernarbten Veteranen aus den Kriminalredaktionen des Landes, die sich noch einmal unter den Fahnen versammelt hatten – wie üblich in der Hotelbar – um den Lesern die neuesten und unvermeidlichen Nachrichten vom Schauplatz zukommen zu lassen. Die Berichte am folgenden Tag waren ungeheuer ausführlich gewesen, auch wenn die Leiche kaum Erwähnung gefunden hatte.

»Der Kerl muss ganz einfach weg«, sagte der ergrauende Kommissar, der die Abteilung Gewalt leitete, und starrte Polizeidirektor Lars M. Johansson an, damit gar kein Zweifel aufkam, wer hier als Henker fungieren sollte.

»Du warst doch selbst mal Polizist, Martin. Du weißt, worum es hier geht.«

Genau derselbe Blick wie vor fünfzehn Jahren. Als Johansson Kriminalassistent beim Landeskriminalamt gewesen war, hatte dieser Typ ihn in »Martin« umtaufen lassen, da er in seiner Abteilung schon einen Lars Johansson hatte.

»Wir sind uns einig, dass die Gewerkschaft alle Punkte der Leitung vorträgt«, sagte Lars M. mit der Logik eines Tauben. »Gehen wir zum nächsten weiter.«

Der nächste Punkt war der letzte Punkt. Für dieses Mal, heißt das. Der Müll, der »Sonstiges« genannt wurde und der aus allen übrigen Anzeigen bestand, die in letzer Zeit die Abteilung überschattet hatten. Falls das nun auf einen Hagelsturm hinweisen mochte.

Im Moment waren acht Mann beim Justizombudsmann angezeigt. Neben den vieren vom Mord, die ihre Anzeige dem Kollegen Personalbetreuer verdankten, waren noch vier weitere betroffen. Erstens war derselbe Personalbetreuer von drei Zeitungslesern angezeigt worden, die »voller Bestürzung« und so weiter und so weiter von »seinem Versuch, die wichtige Arbeit der Polizei zu sabotieren« erfahren hatten. Zweitens waren zwei Ermittler von der Abteilung Wirtschaftskriminalität angezeigt worden, weil sie einem Bankdirektor, der in einer großen Schwindelaffäre vernommen worden war, »unhöflich« gekommen seien. Die Anzeige war vom Anwalt der Bank erstattet worden. Drittens war der Chef der Drogenfahndung angezeigt worden, wegen Ungesetzlichkeiten im Rahmen seiner Tätigkeit. Angeblich hatte er ohne juristische Handhabe die Telefone einer seiner Abteilungen anzapfen lassen.

Aber auch die Polizei war betroffen. Zwei Ermittler von der allgemeinen Fahndung waren Gegenstand einer Voruntersuchung in einem so genannten Disziplinarverfahren. Hier ging es um die schon grundlegendere Unhöflichkeit, dass man jemandem die Fresse poliert hatte. Der Fall war dem Bezirksstaatsanwalt übertragen worden, und in Erwartung der Ermittlungen waren sie von Chefseite schon mal zusammengestaucht worden. Ein dritter Kollege war in den Schlagzeilen gelandet. Er war nämlich wegen Misshandlung und grober Bedrohung seiner ehemaligen Gattin festgenommen worden. Jetzt befand er sich auf freiem Fuß, würde aber sicher demnächst verurteilt und aus dem Dienst entlassen werden. Bis auf weiteres war er krankgeschrieben.

Und so weiter und so weiter. Johansson dankte seinem Glücksstern, dass die Teilnehmer der Besprechung nichts über die geheimen Ermittlungen wussten, welche die freie Ermittlungsgruppe und Aktiengesellschaft Akilleus gegen einen der Stützpfeiler der Drogenabteilung des Landeskriminalamts durchführte. Es würde sicher früh genug Schlagzeilen und Leitartikel wegen dieser Angelegenheit geben.

»Wir müssen der unseriösen Kritik an der Polizei ein Ende bereiten.« Johansson nickte nachdrücklich und schaute alle Anwesenden gleichzeitig an. »Sind wir uns einig, dass die Gewerkschaft diesen Punkt der Leitung gegenüber energisch vertreten wird?« Er ließ seinen Blick in die Runde schweifen und erhielt als Antwort düsteres und entschiedenes Nicken.

Endlich einig, dachte er. Wie ein Mann.

Er aß in der Kantine des Polizeigebäudes zu Mittag. Es gab Kochwurst mit gedämpftem Gemüse. Die Wurst war nur halb gar, und das Gemüse war von einer Haut überzogen.

21

Eine sinnlose Besprechung. Eine betrübliche Mahlzeit. Jetzt wartete noch das, was ihm am allerwenigsten zusagte. Jeden Montag nach dem Mittagessen musste er dafür sorgen, dass

Spitzel und Spione des Landeskriminalamts für ihre Bemühungen belohnt wurden. »Auszahlung besonderer Gewährsleute und Infiltratoren«, wie es in den ausführlichen Richtlinien hieß.

Jeden Montag nach dem Mittagessen kamen die Abteilungschefs mit ihren Lohnlisten, um sich seine Unterschrift zu holen. Wenn es um größere Summen als zweitausend ging, mussten sie ihm die Sache vortragen. Anfangs hatte er sich über die große Anzahl von Beträgen zwischen neunzehnhundert und zweitausend geärgert. Jetzt war er nur noch dankbar dafür.

Auch für die Erstattung galten präzise Regeln. Die so genannten Tippgelder waren in drei Erstattungskategorien eingeteilt. A, B und C. Außerdem wurde das Risiko beurteilt. Auch da gab es drei Niveaus. 1, 2 und 3.

Ein A-1-Tipp, »von sehr hohem Wert für die Polizei«, der »wesentliche Risiken für den Gewährsmann« mit sich brachte – wurde mit zehntausend Kronen belohnt, während ein schnöder C 3:a (»von Interesse für die Polizei«, aber »ohne sonderliches Risiko für den Gewährsmann«) schon für einen Hunderter zu haben war.

Natürlich gab es auch Möglichkeiten, die üblichen Erstattungsverfahren zu umgehen. Die waren in einem speziellen Abschnitt aufgeführt, »Besondere Fälle«, und dort musste der Bürochef, Johanssons Vorgesetzter, seine Unterschrift leisten. Bisher war ihm so ein Fall noch nicht untergekommen, aber er wusste von den anderen, dass »Sonderfälle« nicht gratis waren. In der Regel wurde dafür ein Tausender bezahlt, aber insgesamt waren es mehrere zehntausend Kronen, die jede Woche seinen Schreibtisch passierten, auf dem Weg zurück ins organisierte Verbrechen und zu seinen vielen Interessenten.

Die Infiltratoren bildeten eine feinere Kategorie als die normalen Gewährsleute. Was der Informant am Stück oder in Scheiben verkaufte, lieferte der Infiltrator serienweise und auf laufende Rechnung. Normalerweise wurde von Mal zu Mal bezahlt, aber einige wollten lieber einen festen Monatslohn, und schon in der ersten Woche hatte Johansson feststellen können, dass mindestens zwei von ihnen um einiges mehr verdienten als er selbst. Brutto.

Alle sonstigen Zahlungen wurden bar und ohne Quittung geleistet. Es war ein Geschäft, das nur den Polizisten und seinen Kontakt was anging. Der »Kontakt« war zumeist ein zerstochener Junkie, der für einige Hunderter seine Kumpels verkaufte. Oder für ein Schulterklopfen und einen geflüsterten Hinweis an den Staatsanwalt, wenn der Junkie selber an die Reihe kam. Wenn er sich einigermaßen gut machte, wurden ihm Dienstgrad und Gehaltsklasse eines »Infiltrators« zugebilligt. Oft kam es vor, dass ausländische Gangster aus dem Mittelbau des organisierten Verbrechens zwei Fliegen mit einer Klappe schlugen. Sie lieferten einen Konkurrenten ans Messer und bekamen von der Polizei ein Trinkgeld für ihre Bemühungen.

Die Abteilungschefs fanden sich nacheinander in der Reihenfolge der Abteilungsnummern ein, lieferten ihre Listen mit Verfahrensnummer und Betrag ab, ließen sich seinen Krähenfuß druntersetzen und verschwanden wieder. Eine Ausnahme war die Drogenabteilung. Johansson hatte ausgerechnet, dass sie so viel Geld ausgab wie alle anderen neun Abteilungen zusammen. Sie stand auch für fast alle größeren Zahlungen und für Dinge, die zuerst bewilligt werden mussten. Deshalb kam die Droge zuletzt an die Reihe. Das war praktisch, und die anderen brauchten nicht zu warten. Der Kollege, der sich um die »externen Kontakte« der Drogenabteilung kümmerte, war Kommissar und Leiter der abteilungseigenen Ermittlungsgruppe. Ganz allgemein – und um ihn nicht mit Mordjansson zu verwechseln – lief er unter der Bezeichnung Drogenjansson.

Am vergangenen Montag hatte Drogenjansson Johansson mehrere Angelegenheiten vorgetragen, und das hatte fast zwei Stunden gedauert. Johansson war ungewöhnlich pedantisch, aber der Kollege behielt seine gute Laune und beschrieb die Lage ganz ausführlich. Während Drogenjansson und Johansson mit Zahlen jonglierten, brachen zwei Angestellte von AS AKILLEUS draußen in Huddinge in Drogenjanssons Haus ein, doch da er davon nichts wusste, konnte es der Stimmung in Johanssons Zimmer keinen Abbruch tun.

Die beiden Vertreter von AS AKILLEUS hatten Glück gehabt. Sie hatten die elektronischen Abhörgeräte rascher anbringen können als erwartet (das Telefon war bereits angeschlossen, darum brauchten sie sich keine Sorgen zu machen), und sie hatten Zeit für eine informelle und überaus diskrete Hausdurchsuchung. Im Keller fanden sie ein »recht raffiniertes Versteck«, das genau fünfzig Prozent der Beträge enthielt, die dem Kollegen Jansson im vergangenen Monat ausgehändigt worden waren. Dazu zwanzig Gramm Heroin.

Woher Letzteres stammte, war unklar. Es gehörte jedenfalls nicht dem Landeskriminalamt. Alle Drogen, die von dort geliefert wurden, waren nämlich mit einem »garantiert ungefährlichen« Aufspürelement markiert, das zur Identifizierung und für die technische Beweisführung benutzt wurde.

An diesem Tag brauchte es nicht so lange zu dauern. Woher die Drogen kamen, würde er wohl noch erfahren, und bis auf weiteres musste er sich mit dem Wissen begnügen, dass Drogenjansson offenbar auf traditioneller fifty-fifty-Basis arbeitete.

Johansson bekam die Liste, musterte sie, seufzte und fing an, seine Unterschrift an den Rand zu setzen.

»Du siehst sauer aus, Johan.« Der Kollege musterte ihn belustigt.

»Dieser Arsch ...« Johansson stöhnte und zeigte auf einen fünfstelligen Betrag, den er schon einmal gesehen hatte,

»der verdient verdammt noch mal mehr als ich und bezahlt keine Steuern.«

»Ja, ja«, Drogenjansson zuckte mit den Schultern und war noch immer guter Laune. »Aber du hast immerhin Kündigungsschutz.«

Johansson schaute von seinen Papieren auf, ohne zu antworten.

»Na gut ...« Jetzt wurde er sehr schnell ernst. »Dieser Typ ist sein Gewicht in Gold wert«, erklärte er. »Wenn alles gut geht, lassen wir am Wochenende einen Transport von zwei Kilo hochgehen.«

»Hm«, murmelte Johansson. Ihm fiel es leichter, seine Maske beizubehalten, wenn er unzufrieden war. »Hier ist die Liste«, sagte er und gab sie zurück.

»Ich verstehe ja, wie dir zu Mute ist.« Der Kollege blieb mit der Hand an der Türklinke stehen. »Anfangs ging es mir genauso. Einfach übel ... dieses ganze Geld, das wir für Drogen ausgeben. Aber es geht nicht anders.« Er schüttelte nachdenklich den Kopf.

Johansson nickte. *Er verstand das alles nur zu gut.*

»Jetzt geh ich nach Hause. Ich muss heute Nacht noch arbeiten.« Johansson zog seinen Mantel an, und der Blick, mit dem er seine Sekretärin bedachte, duldete keinen Widerspruch.

Wie üblich lächelte sie nur. Neutral und freundlich.

22

Johansson stieg am Mariatorg aus der U-Bahn, aber statt nach Hause zu gehen, wie er es seiner Sekretärin erzählt hatte, schaute er in einem kleinen Plattenladen in der Hornsgata vorbei.

Der war an sich nicht viel größer als ein Loch in der Wand,

aber über dem Eingang hing ein beeindruckendes Schild, und das war ihm eingefallen, als er eine Viertelstunde zuvor aus dem Untergrund herausgeschüttelt worden war. Das Schild war schön gemalt, goldene und silberne Buchstaben auf dunkelblauem Hintergrund, der offenbar einen Sternenhimmel darstellen sollte. »Scheibenprofis« stand in Gold ganz oben. »Wir wissen alles über Musik«, hieß es dann silbern, und das Wort »alles« wurde von einem goldenen Kometen getragen, der Körper unter dem s und der Schweif beim a. Ein Schild, das mindestens so Vertrauen erweckend war wie das, was er einige Tage zuvor in einem Eingang auf Östermalm gesehen hatte. Wenn auch auf andere Weise.

Johansson machte die Tür auf und trat ein, zum hellen Klimpern metallener Glöckchen, die an einem Strang hinter der Tür hingen. Jenseits des Tresens, der die wenigen Quadratmeter teilte und mit Kopfhörern versehen war, stand ein junger Mann von alltäglichem Äußeren. Er trug eine Hose mit Leopardenmuster. Seinen Oberkörper zierte ein wütend rotes T-Shirt mit einem schwarzen Kreuz und dem Aufdruck »Aldo Moro – no more«. Er trug einen Ring im linken Ohr und einen karottenrot gefärbten Schopf. Nur der Zauberstab fehlte, aber der steckte vermutlich zusammengeklappt in seiner Hosentasche.

Die Wände waren mit Plattencovern geschmückt, und die Personen darauf standen dem Inhaber offenbar nahe, sie trugen enge Ledersachen, Metallclips und Ketten, ihre Augen waren schwarz und anklagend. Außerdem hing in der Luft ein leichter, aber unverkennbarer Duft, der Johansson veranlasste, sich zu gratulieren, weil die lokalen Drogenangelegenheiten nun von der Stockholmer Polizei betreut wurden und nicht mehr vom Landeskriminalamt.

Daneben, dachte er. Hier gibt es keine Märsche.

»Jaa«, sagte der Karottenrote abwartend und vertrieb diskret eine Rauchschliere, die unter dem Tresen hervorgeschwebt war.

»Sind Sie hier der Musikprofi?«, fragte Johansson.

»Ja.« Der andere nickte.

»Ich habe eine Frage«, sagte Johansson. »Über Märsche. Verstehen Sie was von Märschen?«

»Alles«, gab der Profi gelassen zurück.

»Björneborger«, sagte Johansson kryptisch. *Vielleicht endlich mal jemand, der irgendetwas weiß,* dachte er.

»Finnisch. Fredrik Pacius, 1860.« Der Experte pfiff gelassen die ersten Takte und schaute seinen Kunden an. »Sie möchten natürlich die Einspielung des Polizeiorchesters.«

Verdammt, dachte Johansson.

»Das sieht man also?«, fragte er.

»Und wie«, antwortete der Profi nachdrücklich.

»Ich wollte sie gar nicht kaufen«, erklärte Johansson. »Ich habe nur eine Frage.«

Der junge Händler machte ein skeptisches Gesicht. Johansson schaute diskret zu der leichten Rauchschliere hinüber, um den anderen zu einem Entschluss zu ermuntern.

»Okay«, sagte der. »Geschäft. Was möchten Sie wissen?«

»Ob dieser Marsch in Ihnen irgendwelche Assoziationen zur Polizei weckt ... egal welche«, fügte er hinzu.

Der Experte überlegte sehr sorgfältig. Das war ihm anzusehen. Am Ende schüttelte er den Kopf.

»Nein«, sagte er. »Es gibt keine. Das ist ganz einfach ein Militärmarsch.«

»Na gut«, sagte Johansson. *Dann kann ich das endlich abschreiben,* dachte er. »Danke für die Hilfe.«

»Keine Ursache.« Der Ladenbesitzer hob abwehrend die Hand. »Es ist doch das pure Vergnügen, mit dem Herrn Kriminalkommissar Geschäfte zu machen.«

Da irrst du dich aber, dachte Polizeidirektor Lars Martin Johansson, als er die Tür hinter sich zuzog und hinaus auf die Straße ging.

Als er seine Wohnung verließ, war es halb zehn abends. Nach dem Abendessen war er eingeschlafen, und in der Zwischenzeit hatte endgültig der Herbst eingesetzt. Draußen war es schwarz, und der Wind trieb ihm den Regen ins Gesicht. Er schlug den Mantelkragen hoch und steuerte den U-Bahn-Eingang am Mariatorg an.

23

Im ersten Wachdistrikt arbeiten an die fünfhundert Polizisten. Die meisten bei der Ordnung, aber im Haus gibt es auch eine Kriminalabteilung und eine lokale Ermittlungsstelle. Gerüchten zufolge handelt es sich um die größte Polizeistation der Welt, aber das ist bestimmt nicht wahr. Nicht einmal, wenn man unter Welt die USA und Westeuropa versteht.

Egal. Groß ist das Haus jedenfalls und trotz seiner Größe schwer zu finden, wenn man nicht weiß, wo man suchen soll. Der Distrikt nimmt fast die Hälfte eines ansehnlichen Bürokomplexes unten beim Hauptbahnhof ein, aber der Eingang liegt in einer Querstraße, und das Leuchtschild mit dem Staatswappen und der Inschrift POLIZEI über der Tür ist diskret und leicht zu übersehen. Auch sonst gibt das Gebäude keinen Hinweis darauf, was sich in seinem Inneren verbirgt. Nur eine anonym verputzte Fassade in Braun, die über den engen Straßen aufragt.

Ein Gutes hat die Verstaatlichung des Polizeiwesens immerhin gebracht. Es ist viel leichter zu finden als in alten Zeiten. Wenn man es erst einmal gefunden hat, heißt das. Früher sahen manche Polizeigebäude winzig aus, aber beim Übergang zum System der zentralen Leitung hat man für die ganze Blase rechte Winkel und gerade Gänge gekauft. Wer sich heutzutage auf einer Wache verirren will, muss schon nach Malmö oder in die Walachei fahren. Dort haben Prioritätenlisten und die ewige Konjunkturkrise geholfen, strenges Schmiedeeisen und Respekt heischende Steinportale ebenso zu bewahren wie prachtvolle Treppenhäuser und zugige Zellen mit vergitterten Fenstern.

Die Arrestzellen im WD 1 liegen auf der Rückseite des Hauses. Sie blicken auf die enge Sackgasse, die an die Bahnsteige des Hauptbahnhofs grenzt und nur in die Tiefgarage des Wachdistrikts führt. Das ist auch der Weg, den man normalerweise nimmt, wenn man festgenommen wurde oder unter polizeilicher Obhut steht; mit dem Fahrstuhl von der Tiefgarage zum Arrest im ersten Stock.

Es ist absolut nicht leicht, die Lokalitäten zu beschreiben. Vereinfacht könnte man sagen, dass sie ein H darstellen, wobei die Empfangsabteilung, die Durchsuchungskammer und die Verhörzimmer im Querbalken des H untergebracht sind, während die Zellen in den vertikalen Balken liegen. Insgesamt gibt es einundfünfzig Zellen, vierzig für Männer, acht für Frauen und drei für jegliches Geschlecht, solange man so viele Läuse hat, dass es vom Personal gleich bei der Anlieferung entdeckt wird. Ansonsten sehen alle Zellen gleich aus.

Im Fahrstuhl glotzt das übliche Fernsehauge von der Decke, und der Empfangsraum gleich an der Tür hält sich an schwedische Polizeistandards der Siebziger. Ein großer kahler Raum mit einigen soliden, fest in der Wand verankerten Holzbänken. Die Durchsuchungsnischen in bequemer Reichweite. Hier gibt es nicht einen einzigen losen Gegenstand, mit dem man Schädel einschlagen könnte.

Die verglaste Zwischenwand hinten markiert die Grenze zum Personalrevier. Dahinter befinden sich einige kleinere Räume für den Wachhabenden und seine Gehilfen, es gibt Schreibtische, Stühle, Computer und Hausfernsehen. Was unbedingt vorhanden sein muss, ist vorhanden, sonst aber nichts.

Wesslén hatte sich unter das Schild mit der Aufschrift POLIZEI gestellt, und als Johansson ihn sah, wusste er, dass er sich verspätet hatte. Wie sehr, war ihm egal. Es war kein Wetter für Formalitäten.

24

Der stellvertretende Wachhabende saß allein in seinem Zimmer. Er schaute auf, als sie hereinkamen, und ließ seine Abendzeitung sinken. Ein ganz normaler schwedischer Polizist von Mitte dreißig mit blonden Haaren und blaugrauen Augen. Die Ärmel seines Uniformhemdes hatte er hochgekrempelt, in der Brusttasche steckte ein Kugelschreiber der Behörde. Das konnte Johansson sehen, obwohl nur wenige Zentimeter vom blauen Kunststoffschaft herausragten.

»Wir kennen uns ja schon«, sagte Johansson und streckte eine feuchte Faust aus. *Weiß der Teufel woher.* »Das hier ist Kollege Wesslén.« Er nickte zu seinem Begleiter hinüber.

»Ich war als Aspi bei dir in der Ermittlung.« Der Mann sah so glücklich aus, als er das sagte, dass Johansson wirklich peinlich berührt war. Und jetzt fiel es ihm wieder ein. *Netter Typ.*

»Ja, ja«, sagte er und schaute sich, um abzulenken, in dem leeren Raum um. »Hier ist ja der Bär los.«

»Liegt am Wetter.« Der Wachhabende nickte höflich zu Wesslén rüber. »Die Kollegen versammeln sich ums Lagerfeuer, und die Gauner hocken zu Hause vor der Glotze. Bitte, setzt euch doch.« Er zeigte auf zwei freie Stühle, deren Platzierung andeutete, dass ihr Besuch erwartet worden war.

Wenn hier irgendjemand irgendeinen Scheiß veranstaltet hat, dann jedenfalls nicht du, dachte Johansson. Dazu bist du viel zu nett.

Ihr Besuch war gut vorbereitet worden. Das war deutlich. Aus dem Bücherregal hinter sich zog der Wachhabende eine Thermoskanne mit Kaffee, Plastikbecher und eine Karte der Räumlichkeiten.

»Wir haben einundfünfzig Zellen. Drei Läuselöcher.« Er zeigte mit dem Finger auf das H im Plan.

»Je einer«, fragte Wesslén, der seit Jahren schon keine Festnahme mehr miterlebt hatte. In seiner Abteilung schrieb man Briefe, wenn man mit jemandem sprechen wollte.

Ja. Sie versuchten, Einzelzimmer zu vergeben. Wenn die Zellen nicht reichten, musste man die Leute eben rascher wieder rausschmeißen. Schlimmstenfalls wurden sie in einen anderen Distrikt gefahren.

»Aber es kommt vor.« Er nickte zur Skizze rüber. »An Lohntagen und am Monatsende.« Jetzt lächelte er.

»Und bei Länderspielen«, sagte Johansson glücklich. Er hatte seinen feuchten Mantel abgelegt, der Kaffee wärmte, und alte Erinnerungen drängten sich auf.

»Na ja.« Der jüngere Kollege machte ein skeptisches Gesicht. »Dann passiert eher weniger«, sagte er und schien sich dafür entschuldigen zu wollen, dass Sportübertragungen im Fernsehen auf der Straße für Frieden sorgten.

»Du hast keinen genauen Plan von den Zellen«, fiel Wesslén ihm ins Wort. Er hatte schon einen auf dem Tisch liegen sehen, und anders als Johansson wollte er nach Hause. Auf keinen Fall wollte er in irgendeine Diskussion über die wütenden Fanscharen der Fußballclubs verwickelt werden.

Die Zellen waren alle gleich. Rechteckig und knapp neun Quadratmeter groß. Man betrat sie durch zwei robuste Stahlblechtüren. Eine äußere, rein metallene, und eine innere mit verglastem Oberteil. Armiertes Glas, das von außen den Einblick ermöglichte und von innen spiegelte. Man konnte sich darin betrachten, sie einzuschlagen dagegen war unmöglich. An der einen Wand gab es eine Holzpritsche; zwei Dezimeter über dem Boden und mit sanft abgerundeten Kanten. Auch die ließ sich nicht bewegen, obwohl ihr die Beine fehlten. Es war einfach eine Scheibe, die aus der Wand herausragte.

In die Decke war eine Lampe eingelassen, in die Wand ein Lüftungsventil und ein Knopf für die Alarmglocke. Im Winkel zwischen Boden und Wand ein Abfluss. Alle Öffnungen waren verdeckt und der Alarmknopf versenkt. Es gab nur glatte Oberflächen und keine losen oder hervorstehenden Gegenstände.

Mit Plastik ausgekleidete Kartons, die hart und weich genug waren. Sozial und funktional für jene, die bewusstlos oder von Sinnen waren. Nahezu unmöglich, sich zu verletzen, wenn man so betrunken war, dass man nicht einmal still liegen konnte. Hoffnungslos, etwas abreißen zu wollen, wenn man nicht drei Meter groß, stark wie ein Bär und mit Stahlkrallen ausgestattet war. Und außerdem praktisch. Für jene, die Blut, Exkremente, Läuse, Kotze, Urin und ganz normalen Dreck der Bewohner herausspülen mussten.

Gnadenlose kleine Kartons, wenn man keine andere Lösung sah, als sich etwas anzutun: Keine Haken oder Vorsprünge, die stark genug waren, um eine Schlinge zum Erhängen zu tragen. Kein Blech am Fenster, keine scharfen Kanten, um sich die Pulsadern aufzuschlitzen. Nicht einmal genug Platz, um Anlauf zu nehmen, wenn man mit dem Kopf gegen die Wand rennen wollte.

»Die, in der Nilsson gelegen hat, steht leer«, erklärte der Wachhabende. »Ich dachte, ihr wolltet euch die vielleicht mal ansehen.«

Johansson nickte nachdenklich. *Ein jeglich Ding hat seine Zeit*, dachte er.

»Du kannst vielleicht eure Routinemaßnahmen beschreiben. Was macht ihr mit den ganzen Säufern, die ihr reinkriegt?«

In den Papieren, die Wesslén eine Woche zuvor von Johansson erhalten hatte, waren dem mehrere Seiten gewidmet. Ausführlich beschrieben vom Ermittler der Abteilung Gewalt. *Aber er war ja auf Elchjagd gewesen.*

Die Routinemaßnahmen waren ebenso schlicht und klar wie die Räumlichkeiten. Zuerst wurde die Klientel im Empfangsraum sortiert. Mit Hilfe der Arrestwärter versuchte der Wachhabende, die auszusuchen, die zu krank oder zu jung waren, um hier aufgenommen werden zu dürfen.

»Aber in der Regel haben die Kollegen das schon bei der Festnahme erledigt.« Er zuckte mit den Schultern. »Ich muss aber trotzdem noch jede Menge aufnehmen, die in den Krankenhäusern unerwünscht sind ... und die Ausnüchterungszellen sind ja immer überfüllt.«

»Gut«, sagte Johansson zufrieden. *Wie immer das zu verstehen sein soll*, dachte Wesslén.

»... und dann?«

Zuerst wurde ein Arrestformular ausgefüllt. Jedem wurde ein solches in die Hand gedrückt. Wenn es besonders viel zu notieren gab, dann wurde noch eine zusätzliche Aktennotiz verfasst. Wer eingeliefert worden war, ob er das überhaupt verraten wollte oder konnte, Ort, Zeit, Umstände, eventuelle Verletzungen und so weiter.

Danach kam die Durchsuchung – »das heißt, das lief ja im Handumdrehen« – und dann ging es in die Zelle. Für diesen Teil des Ablaufs waren fast immer die Wärter selbst verantwortlich, aber wenn es zu beschwerlich wurde, konnten die »Kollegen«, also die Polizisten, hilfreich einspringen.

»Wir versuchen, den Betrieb reibungslos aufrechtzuerhalten«, erklärte der Wachhabende und fuhr sich mit der Hand durch die blonden Haare. »Wenn es zu viel wird, können sie aber reinkommen und uns behilflich sein.«

»In der Zelle?«, fragte Wesslén.

Die wurde jede Viertelstunde kontrolliert. Einer der Wärter war hauptsächlich mit dieser Aufgabe beschäftigt.

»Und sowie man einigermaßen nüchtern ist, fliegt man wieder raus«, sagte Johansson.

»Ja, dann wird man freigelassen, ja«, korrigierte der Wachhabende. »Falls man nichts angestellt hat und zum Verhör muss.«

»Ja, dann«, sagte Johansson. Er sprang auf und klatschte in die Hände. »Hast du sonst noch Fragen?« Er sah Wesslén an.

»Nein«, sagte Wesslén korrekt. »Ich glaube, ich habe verstanden.«

»Der Arrestwärter – der zivilangestellte. Ist der hier?« Johansson schien nicht zugehört zu haben. Der Wachhabende nickte.

»Ich hol ihn.«

»Tu das«, sagte Johansson. »Dann versuchen wir eine Rekonstruktion.«

25

In seiner Zeit bei der Kriminalpolizei hatte Wesslén eine immense Anzahl von Anekdoten zum immer selben Thema gehört: Lars Martin Johanssons großartige Fähigkeiten als Kriminalpolizist und Ermittler. Dass die Anekdoten, wie alle anderen Schwänke, ziemliche Übertreibungen und auch glatte Lügen enthielten, hatte er vorausgesehen und für selbstverständlich gehalten. Sie konnten gar nicht wahr sein, aus dem einfachen Grund, dass Johansson dann ausgestopft in einer eigenen Vitrine unten im Polizeimuseum stehen müsste, und das tat er nachweislich nicht. Er war bis auf weiteres Chef des Landeskriminalamts.

Trotz seiner gemäßigten Erwartungen und obwohl er durchaus Rücksicht auf Johanssons lange Abwesenheit aus dem praktischen Leben genommen hatte, war er nun bitter enttäuscht. Das Wenige, was er Kriminalpolizist Johansson hatte tun sehen, hatte ihn höchstens überrascht. Vor allem hatte es ihn beunruhigt und sogar beängstigt, wenn er nicht wusste, ob Johansson ernst war oder mehr oder weniger gelungene Scherze machte. Johansson wirkte wie ein geschickter und praktisch veranlagter Personalchef. Dafür hatte Wesslén in diesen Monaten beim Landeskriminalamt etliche Beispiele erlebt. Außerdem war er ein guter Sitzungsleiter. Das hatte Wesslén ebenfalls beobachten können, auch wenn nicht ganz klar war, warum er das fand. Und er war bereit, ihm noch ein Lob zu zollen. Als Regisseur schien Johansson gar nicht schlecht zu sein.

Gemeinsam mit dem stellvertretenden Wachhabenden, dem Arrestwärter und Wesslén selbst spielte er am Abend des achten September auf. Überaus überzeugend, das musste Wesslén zugeben, obwohl Nilsson und die Streife, die ihn festgenommen hatte, fehlten. Und obwohl die Zellen an diesem Abend absolut menschenleer waren, als Folge des Wolkenbruchs, der draußen vor den Fenstern des Dienstzimmers herunterprasselte.

Aber es war trotzdem sinnvoll, alles am Schauplatz und in Anwesenheit von zumindest einem der Beteiligten nachzuvollziehen. Als Wirklichkeitsbeschreibung hatte das Stück nur einen Fehler. Regie führten zwei Personen, die ein direktes und persönliches Interesse daran hatten, ihm eine ganz bestimmte Rolle und keine andere zuzuweisen.

Sonntag, achter September, gegen zehn Uhr abends. Empfangsraum im Arrest des WD 1. Es war ein ruhiger Tag gewesen, gefolgt von einem ruhigen Abend, aber um zehn Uhr ging es plötzlich los, und dann wurde es hektisch. Innerhalb kürzester Zeit wurden drei Festnahmen abgeliefert. Einer, dem Trunkenheit am Steuer vorgeworfen wurde und der immer wieder erklärte, er habe »doch nur ein kleines Lightbier getrunken«. Dann vom Hauptbahnhof ein Krachschläger in Handschellen, der darauf beharrte, er habe den Zug nach Katrineholm nehmen wollen. Und einer, der einfach nur sinnlos betrunken war.

Der Wachhabende versuchte, in seinen Papieren Ordnung zu schaffen, während das halbe Dutzend Kollegen, das die drei Festnahmen gebracht hatte, im Raum Ordnung zu schaffen versuchte. Zwei der vier Arrestwachen hielten den sinnlos Betrunkenen fest, während sie seine Taschen durchsuchten, eine Kollegin verstaute deren Inhalt in einer Plastiktüte. Der vierte Arrestwärter zeichnete sich durch Abwesenheit aus.

Dann erschien als Vierter Nils Rune Nilsson. Genauer gesagt wurde er von zwei Kollegen hereingetragen, während ein dritter die Türen aufhielt.

»Ich schaute auf, um zu sehen, was die nun schon wieder für eine Überraschung hatten«, erklärte der Wachhabende mit mattem Lächeln. »Also habe ich gesehen, wie sie den Fahrstuhl verließen. Berg und Mikkelson trugen ihn, und Orrvik hielt die Türen auf.«

Könnte stimmen, dachte Wesslén, obwohl er für Erinnerungsbilder nicht viel übrig hatte, auch nicht, wenn sie von Kollegen stammten. Borg war Fahrer und hatte vermutlich im Bus gesessen. Und Åström hatte ihm offenbar Gesellschaft geleistet. Während der Chef der Streife und der Jüngste die Tragerei übernommen hatten. Und Orrvik die Türen aufgehalten hatte. Das war plausibel.

Nilsson war auf eine Holzbank gesetzt worden. Er war ungewöhnlich ruhig und still – aber eben sternhagelvoll – und blieb brav sitzen, während Berg anfing, die Formulare auszufüllen. Nilssons wenige Habseligkeiten hatten sie offenbar schon im Bus an sich genommen, deshalb brauchte ihnen nur die Tüte hingehalten zu werden. Das erledigte der Arrestwärter, der auch die Aufsicht über die Zellen gehabt hatte.

Der stellvertretende Wachhabende hatte ihn sich angeschaut. Er sah aus wie ein echter alter Säufer, war total verdreckt und stank so, wie es nicht anders zu erwarten war.

Aber er wies keine nennenswerten Verletzungen auf. Da war der Wärter sich ganz sicher.

»Wie genau hast du hingeschaut?«, fragte Wesslén.

»Ja ...« Der andere zuckte mit den Schultern. »Wie immer ... wir stellen fest, ob sie eine Zuckerkarte haben ... also Diabetes ... oder Herzfehler ... oder so was. Oder ob sie bluten oder ein Bein gebrochen haben ... aber wir nehmen natürlich keine ärztliche Untersuchung vor, das kannst du dir ja vorstellen.«

Wesslén nickte. Das konnte er sich vorstellen. Das würde sogar der JO sich vorstellen können, wenn er sich die Mühe machte, an einem ungewöhnlich hektischen Abend hier vorbeizuschauen.

Kaum hatten sie festgestellt, dass es Nilsson nicht schlechter ging als den meisten anderen, wurde er in die Zelle getragen. Von nun an war der Arrestwärter für ihn zuständig. Er zeigte, wie er und Berg geholfen hatten, Nilsson auf die Beine zu ziehen. Mikkelson und Orrvik hatten sich rechtzeitig verdrückt. Wohin, das wusste niemand.

»Die haben sicher einen Kaffee getrunken«, nahm der Wachhabende an. Egal. Der Arrestwärter und Berg wanderten, Nilsson zwischen sich, zu der ihnen angewiesenen Zelle. Jetzt musste der Wärter Nilsson darstellen. Ein junger Mann von vielleicht fünfundzwanzig mit dunklem Schnurrbart und blassen Augen, der sich gern nützlich machte. *Ungewöhnlich gelenkig ist er außerdem,* dachte Johansson, als er und Wesslén den Jungen die dreißig Schritte durch den Gang zur Zelle führten.

»Na gut«, sagte Johansson und ließ sein Handgelenk los. »Und was passiert jetzt?«

Dann hatte der Wärter die beiden Türen aufgeschlossen, während Berg Nilsson festgehalten hatte. Danach hatten sie ihn gemeinsam in der Zelle abgelegt.

»Zwei Meter zur Seite. Wenn sie so blau sind, legen wir sie auf den Boden, damit sie nicht von der Pritsche fallen. Die ist ja genauso hart. Wir haben ihn auf die Seite gelegt«, fügte er hinzu. »Das ist wichtig ... wenn sie auf dem Rücken liegen, können sie an ihrer eigenen Kotze ersticken.« Er sah zuerst Johansson und dann Wesslén an.

»Uh«, murmelte Johansson zustimmend. Er ging in die Zelle, bückte sich und schlug mit den Fingerknöcheln auf den Boden. Dann richtete er sich wieder auf. Sah sich genau um. Ging zur Querwand und fuhr mit der Handfläche darüber.

»Okay«, sagte er und schaute den Wärter an, der weiterhin zusammen mit Wesslén in der Tür stand. »Wer von euch hat ihm dann eine gescheuert?«

»Nein, nein.« Der Wärter schüttelte erschrocken den Kopf. »Nein, verdammt. So war das nicht.« Jetzt schaute er Wesslén an, flehend. »Der Alte war doch total weg ... weit weg ... der war wie ein Paket.« Er blickte nervös zu Johansson rüber.

»Das hier ist dein Nebenjob, was«, sagte Johansson und betrachtete seine Schuhe. Dann lehnte er sich an die Wand.

»Jaa.« Der Wärter war verwirrt. »Ich studiere Jura. Ich jobbe vor allem an den Wochenenden und im Sommer.«

»Aha«, sagte Johansson unergründlich und vertiefte sich in die Betrachtung der Decke.

Was soll das hier eigentlich, fragte Wesslén sich.

»Zeig mal, wie ihr das gemacht habt.« Johansson starrte dem Wärter in die Augen.

»Was?« Der hatte nicht verstanden.

»Was ihr gemacht habt ... wie ihr Nilsson hier abgelegt habt.«

»Ja ... also«, der andere war noch immer verwirrt. »Wir haben ihn ungefähr hierhin gelegt.« Er blieb mitten im Zimmer stehen und zeigte zu Boden. »Auf die Seite.«

Johansson nickte. *Weiter.*

»Jaaa ... und dann hab ich noch mal nachgesehen, ob er auch wirklich richtig liegt ... und dann sind wir raus und haben abgeschlossen. Ich habe abgeschlossen.«

»Aha«, sagte Johansson. »Dann gehen wir jetzt wieder raus.«

Dreimal hatte der Wärter nach Nilsson gesehen. Jede Viertelstunde durch das Einweglas in der oberen Türhälfte. Er musste die äußere Tür öffnen und das Ganze vorführen. Und jedes Mal lag Nilsson in derselben Stellung an derselben Stelle. Er schien zu schlafen. Beim dritten Mal aber hatte er diese großen Wunden im Gesicht. Das hatte der Wärter deutlich sehen können.

»Und du hast keine Ahnung, wo er die herhaben könnte?«, fragte Johansson langsam.

»Nein, natürlich nicht. Das ist ein Mysterium.« Jetzt waren die blassen Augen nur noch verängstigt, und er setzte Hände und Schultern ein, um Johansson von seiner Unschuld zu überzeugen.

»Das ist ein Mysterium«, wiederholte er. »Er ist offenbar aufgestanden und dann gefallen, als ich gerade nicht hingeschaut habe.« Er schüttelte den Kopf.

»Das klären wir schon«, sagte Johansson. Plötzlich lächelte er und klopfte dem gelenkigen Wärter auf den Rücken. »Mach dir da keine Sorgen, Alter. Wie läuft denn das Studium? Jura ... das muss doch die pure Hölle sein.« Er lachte zufrieden.

Jarnebring, dachte Wesslén. Zuerst den Leuten eine Heidenangst machen. Und dann plötzlich den Jovialen spielen. Eitel Sonnenschein und frohe Miene. Und wie dankbar sie dann sind. Er schielte zu dem hoch gewachsenen Johansson und dem um einiges kleineren Wärter hinüber. Man könnte meinen, sie hätten zusammen im Lotto gewonnen. Und dass der Benjamin der Firma erstmals hatte mitmachen dürfen. Wer hier wer war, daran konnte kein Zweifel bestehen.

»Er lügt«, sagte Johansson und nickte Wesslén zu. Sie waren auf der Straße vor dem Eingang, wo sie sich zwei Stunden vorher getroffen hatten, stehen geblieben.

»Wer?«, fragte Wesslén überrascht. »Der Wachhabende?«

»Nix«, sagte Johansson und schüttelte den Kopf in seinem hochgeschlagenen Mantelkragen. »Der ist in Ordnung. Nett und sympathisch. Ist vor ewigen Zeiten mit mir und Jarnebring Streife gefahren. Der könnte keiner Fliege was zu Leide tun.«

Stöhn, dachte Wesslén, aber das sagte er nicht.

»Du glaubst also, der Wärter hat Nilsson geschlagen?« Wesslén bemühte sich trotz des Wetters um einen neutralen und freundlichen Tonfall.

»Das hab ich nicht gesagt«, sagte Johansson. »Ich weiß nur, dass er lügt.«

»Woher weißt du das denn?« Wesslén sah die Legende im Trenchcoat abwartend an. *Du solltest mal Diät halten*, dachte er.

»Das spüre ich«, sagte Johansson und zuckte mit den Schultern. »Wir hören voneinander.« Er lächelte und nickte.

Gegen alle Gewohnheiten fuhr Johansson mit einem Taxi nach Hause. Es regnete noch immer, und das musste die Polizei sich leisten können. Er stieg aus in den Regen, um zu bezahlen. Ging schon seit einigen Jahren nicht mehr anders, wenn er etwas aus den Hosentaschen ziehen wollte. Plötzlich kam ihm eine Idee. *So muss es sein*, dachte er. Zerstreut schaute er die gelbe Quittung in seiner Hand an. Wie üblich hatte der Fahrer vergessen, die Fahrstrecke einzutragen, aber jetzt war es zu spät, denn die roten Rücklichter verschwanden schon um die Straßenecke. Außerdem war es egal. Er zahlte ja selber die Spesen aus.

26

Am Dienstag erhielt Johansson mit der ersten Post zwei verschiedene ärztliche Gutachten. Das erste war am Vortag im gerichtsmedizinischen Institut von Solna ausgestellt worden, von einem Dozenten der Gerichtsmedizin, der Nils Rune Nilsson drei Tage zuvor untersucht hatte.

Das Gutachten war wohltuend klar und kurz. Es bestand aus fünfzehn dass-Sätzen, von denen zehn in normalem Schwedisch Nilssons Verletzungen beschrieben und die abschließenden fünf die Schlüsse des Dozenten darauf, wie und wann die Verletzungen entstanden sein mussten. Johansson las es mit großem Interesse und nickte einige Male zustimmend. Unter anderem, weil das Gutachten seine Überlegungen vom vergangenen Abend stützte.

Gutachten Nummer zwei war am Freitag, dem dreizehnten September, im Krankenhaus Sabbatsberg ausgestellt worden, und wenn Wesslén seine Begegnung mit dem unterschreibenden Stationsarzt korrekt wiedergegeben hatte, dann war es offenbar vordatiert worden.

Auch war dieses Gutachten nicht so leicht zu verstehen wie das andere. Der Stationsarzt brauchte mehr als doppelt so viele Seiten wie sein Kollege von der Gerichtsmedizin und eine ansehnliche Menge Latein. Außerdem mischte er Beschreibungen und Schlussfolgerungen auf eine Weise, die Johansson gereizt knurren ließ. Und das Schlimmste: was dort stand, konnte Johanssons eigenen Verdacht absolut nicht erhärten.

Legte man die beiden Gutachten nebeneinander, mochten sie auf den ersten Blick ziemlich ähnlich aussehen, aber die genauere Lektüre ergab mindestens zwei entscheidende Unterschiede und offenbarte möglicherweise die Tatsache, dass die Medizin doch nicht die exakte Wissenschaft war, für die viele ihrer Vertreter sie gerne ausgaben.

Nilsson hatte Verletzungen im Gesicht, wie Johansson

selber gesehen hatte. Ebenso welche im Nacken. Das ging aus den Röntgenbildern hervor und zeigte sich außerdem bei genauerem Hinsehen. Dann hatte er blaue Flecken an den Armen. Die Verletzungen in Gesicht und Nacken waren die wichtigsten. Nicht zuletzt, wenn man sich für eine so nebensächliche Frage wie Nilssons Befinden interessierte.

Über all diese Verletzungen äußerte sich der Gerichtsmediziner für einen Wissenschaftler ausgesprochen kategorisch. Die Wunde auf der Stirn, die Verletzungen im Nacken und die blauen Flecken an den Armen waren älteren Datums als die prachtvollen Schrammen, die Johansson, der Arrestwärter und alle anderen bemerkt hatten. Und die wirklich nur ein Blinder hätte übersehen können.

Dass es sich so verhielt, ging für den Gerichtsmediziner aus mehreren Dingen hervor. Es ließ sich belegen anhand der Röntgenaufnahmen, durch eine mikroskopische Untersuchung des Heilungsverlaufs und vor allem durch die Tatsache, dass die Verfärbungen an Armen und Nacken eine andere und »ältere« Farbe aufwiesen.

Der Stationsarzt überging das schweigend. Las man sein Gutachten flüchtig, konnte man zum Schluss gelangen, dass seiner Ansicht nach alle Verletzungen bei derselben Gelegenheit entstanden waren.

Die Verletzungen im Gesicht, dachte Johansson. Da haben wir den springenden Punkt.

Der Gerichtsmediziner schrieb nur von einer. »Dass Nilsson klare Zeichen von Gewaltanwendung gegen die linke Wange erkennen lässt, unter anderem einen Bruch des linken Jochbeins und einen der linken Augenhöhlenwand, mit der Folge von Blutergüssen und Schrammen im ganzen Gesicht sowie Schwellungen um beide Augen herum.«

Ein Schlag aufs linke Auge, der gleich zwei Veilchen verursachte?

Der Gerichtsmediziner hielt das schlicht für selbstverständlich: »Dass Nilssons Alkoholkonsum zu einem geringeren Blutgerinnungsfaktor geführt hat, im Vergleich zum Blut gesunder Menschen, was dazu führt, dass er bereits bei der Konfrontation mit verhältnismäßig geringer Gewalt deutlich stärkere Blutergüsse davontragen kann als gesunde Personen.«

Und dann der Schluss: »Dass es unmöglich ist, mit einiger Wahrscheinlichkeit zu entscheiden, ob die Verletzungen durch einen Sturz, durch einen Schlag oder auf andere Weise entstanden sind, dass es aber keinen Grund zur Annahme gibt, sie seien nicht durch einen Sturz verursacht worden.«

Eins, unentschieden, zwei, dachte Johansson.

Aber nicht der Stationsarzt. Er hielt Nilssons Gesichtsverletzungen für »vermutlich durch einen oder zwei Schläge verursacht« und erklärte, das Wesen der Verletzungen spreche gegen die Annahme, sie könnten durch einen Sturz gegen eine Fläche wie eine Wand oder einen Boden entstanden sein.

Woher willst du das wissen, du Arsch, dachte Johansson gereizt. Du warst ja wohl nicht dabei, als er auf die Schnauze gefallen ist.

»Genauso hab ich mir das gedacht«, sagte Johansson. »Das ist mir gestern Abend beim Nachhausekommen aufgegangen. Seine Verletzungen sind natürlich nicht alle gleich alt.«

Wesslén nickte nachdenklich, gab aber keine Antwort. Er hatte die Gutachten ebenfalls gelesen. Und ihm war schon vor mehreren Tagen derselbe Gedanke gekommen wie Johansson, doch da er das für selbstverständlich gehalten hatte, war es ihm nicht der Mühe wert erschienen, sich damit großzutun.

»Die Wunde in der Stirn«, sagte er skeptisch. »Die hätten sie notieren müssen, als er eingeliefert wurde.«

»Sicher.« Johansson nickte überzeugt. »Aber das war ihnen sicher egal, so wie er sonst aussah.«

Wesslén zuckte mit den Schultern.

»Und die blauen Flecken an den Armen«, sagte Johansson jetzt mit plötzlicher Wut. »Von denen dieser Arsch im Sabb...«, er fegte mit dem Arm über die Papiere auf seinem Tisch, »... behauptet, es seien Abwehrverletzungen, die Nilsson sich zugezogen hat, um sich vor Schlägen zu schützen. Kein Scheißwort darüber, dass er sich offenbar schon eine ganze Woche geschützt hat... ehe er eins in die Fresse bekam.«

Wesslén zuckte mit den Schultern.

»Was schlägst du vor?«, fragte er und zupfte an den Bügelfalten seiner grauen Flanellhose.

»Man kann ja nicht jedem Suffkopp, den man einbuchtet, die Ärmel aufkrempeln, um nach blauen Flecken zu suchen«, erklärte Johansson stur.

»Schlag was vor«, sagte Wesslén.

»Wir schreiben den Scheiß ab«, entschied Johansson. »Ehe wir uns ganz und gar lächerlich machen. Nur weil die Zeitungen den Verstand verloren haben, brauchen wir ja den Sinn für Verhältnismäßigkeiten nicht ganz zu verlieren.«

Wesslén nickte abwesend. Er schien nicht zugehört zu haben.

»Eins versteh ich allerdings nicht«, sagte er langsam.

»Jaa?«

»Gestern warst du überzeugt, dass der Arrestwärter lügt.«

»Sicher«, sagte Johansson. »Das glaub ich noch immer. Aber ich weiß verdammt noch mal nicht, worin seine Lüge besteht.«

»Aber er lügt«, sagte Wesslén und gestattete sich ein kleines Lächeln, das mit etwas bösem Willen durchaus als spöttisch aufgefasst werden konnte.

»Aber süßer Jesus...«, Johansson stöhnte. »Hier haben wir einen alten Alki, der möglicherweise... ich sage, möglicherweise... vielleicht... merk dir das... eins auf die Fresse gekriegt hat. Aber ebenso gut kann er gestürzt sein und sich dabei verletzt haben. Und deshalb sollen wir jetzt Himmel und Erde in Bewegung setzen und ...«

»Wenn ich das alles richtig verstanden habe«, sagte Wesslén gelassen und ohne die Stimme zu heben, »dann ist es nicht unsere Aufgabe, solche Schlüsse zu ziehen.« *Jetzt siehst du aus wie Jarnebring*, dachte er.

»Nix«, sagte Johansson, der jetzt rot um die Ohren war. »Und wenn du beweisen kannst, dass ihm eins auf die Mütze gegeben wurde, dann guten Appetit.«

Wesslén zuckte mit den Schultern. Er wusste ebenso gut wie Johansson – und wie alle anderen, die überhaupt etwas wussten – dass er das eben nicht konnte. Außerdem hatte es ja vielleicht niemals einen Schlag gegeben. Nilsson war vielleicht gestürzt und hatte sich dabei verletzt. *Vielleicht, vielleicht.*

»Mach einen Vorschlag.« Er sah Johansson an und nickte auffordernd.

»Wir schreiben die Sache ab«, sagte Johansson. »Hab ich das nicht schon gesagt? Aber zuerst ...« Er hob die Hand, ehe Wesslén etwas sagen konnte, »müssen wir mit den Jungs von der Streife sprechen. Sonst haben wir sofort den JO am Hals.«

Wie gut, dass der dich nicht hören kann, dachte Wesslén. Aber du hast natürlich Recht. Wie immer das möglich ist.

»Ich kann nur Mikkelson erreichen«, sagte er. »Der kommt nach der Mittagspause her. Sie haben gerade dienstfrei, und die anderen scheinen nicht zu Hause zu sein. Jedenfalls geht von denen keiner ans Telefon.«

»Dann nehmen wir uns erst mal Mikkelson vor«, sagte Johansson großzügig. »Und die anderen eben morgen. Das ist jetzt scheißeilig. Um eins?« Er blickte Wesslén fragend an, und der nickte. »Dann kann ich auch dabei sein. Um ein Uhr bei mir. –

Kannst du für mich den Oberstaatsanwalt anrufen?«,

brüllte er dann durch die geschlossene Tür seiner Sekretärin zu.

27

Falls der Oberstaatsanwalt mit dem Gutachten des Gerichtsmediziners zufrieden war, zeigte er das jedenfalls nicht so deutlich wie Johansson. Und der Appetit schien ihn verlassen zu haben, obwohl er und Johansson ihre übliche Beratung in ein ruhiges und stilles Restaurant verlegt hatten, das in angenehmer Entfernung vom Polizeigebäude lag und für seinen Mittagstisch verdientermaßen bekannt war.

»Das ist eine Soße«, murmelte er und stocherte mit der Gabel im Gemüse auf seinem Teller herum. »Da wird man in den Zeitungen wohl gekreuzigt werden.« Er schaute Johansson missmutig an. »Und die Gewerkschaft setzt mir auch schon zu …«, jammerte er, »aber eigentlich sind es doch die anderen, die verfolgt werden.«

»Mmhmm«, sagte Johansson, den Mund voll köstlicher überbackener Ravioli. Er schluckte energisch. Leute, die mit vollem Mund redeten, konnte er nicht ausstehen. »Mach dir wegen der Gewerkschaft keine Sorgen. Mit denen kann ich reden, wenn du willst«, bot er großzügig an und wischte sich mit der Serviette die Mundwinkel ab.

»Ihr seid so gut wie fertig, sagst du.« Der Staatsanwalt dachte laut. »Meinst du, wir könnten die Sache zum Wochenende abschließen?«

»Nein«, sagte Johansson energisch und füllte erneut seinen Teller. »Das hier ist nur zu deiner Information. Ich finde, wir sollten damit warten. Nilsson wird bald nur noch auf den hinteren Seiten auftauchen, und die Öffentlichkeit hat andere Sorgen. Dann machen wir's.«

»Wann?« Der Staatsanwalt ließ sein Besteck sinken und schaute Johansson an.

»Zum nächsten Wochenende vielleicht. In zehn Tagen.« Er nickte nachdrücklich.

»Bis dahin sind du und ich von deinen Kollegen schon beim JO verklagt worden.«

»Nix«, sagte Johansson und schüttelte heftig den Kopf. »Mit denen werde ich schon fertig. Mach dir keine Sorgen.«

»Hm«, sagte der Ankläger, schien mit Johanssons Angebot aber nicht unzufrieden. Offenbar waren ihm seine gewerkschaftlichen Meriten bekannt.

»Ja, du warst ja Ombudsmann bei der Polizeigewerkschaft, glaube ich ...«

»Nur einen Sommer lang. Urlaubsvertretung, vor vielen Jahren.« Johansson lächelte abwehrend.

»Ja, ja.« Der Staatsanwalt spießte ein Radieschen auf und musterte es kritisch.

»Ich habe eine Idee«, sagte Johansson und beugte sich über den Tisch. »Was sagst du dazu ...«

Er brauchte eine Viertelstunde, um den Staatsanwalt zu überreden, aber als sie sich nach dem Kaffee trennten, schien der Staatsanwalt fast schon gute Laune zu haben.

28

Mikkelson wartete schon im Zimmer der Sekretärin, als Johansson vom Mittagessen zurückkam. Und er hatte offenbar nicht alleine warten müssen. Schon auf dem Gang hörte Johansson fröhliche Stimmen, und als er durch die Tür schaute, wirkte seine kühle und beherrschte Sekretärin rosig und ertappt, obwohl zwischen ihr und dem Besucher der ganze Schreibtisch stand.

Ach ja, dachte Johansson. So hast du mit einundzwanzig nicht ausgesehen.

Mikkelson hatte an diesem Tag dienstfrei. Er hatte seine kurze Lederjacke über den Sessel gehängt und erfreute sein

Publikum mit kreideweißem T-Shirt und schwellenden Muskeln an sonnengebräunten Armen. Als Johansson ihn sah, wurde ihm schmerzlich bewusst, dass er selbst ein großes Bier getrunken und zwei große Teller Ravioli gegessen hatte, obwohl der Oberstaatsanwalt den Beweis für die Existenz von Gemüsetellern und Mineralwasser angetreten war.

»Du bist also Mikkelson«, sagte Johansson und streckte die Hand aus.

Mikkelson sprang auf, lächelte und packte Johanssons ausgestreckte Hand. *Einer von diesen apfelfrischen Jugendlichen aus der Bioreklame, die sich ihre Cola durch die kreideweißen Zähne gießt.* Johansson schielte diskret zu seinem Gürtel hinunter, konnte ihn aber nicht entdecken.

»Der bin ich«, bestätigte der Athlet.

»Das war sicher nicht so leicht, als du zur Schule gegangen bist«, sagte Johansson und kratzte sich den Nacken. Polizeianwärter wurden von den älteren Kollegen als Füchse bezeichnet, und der Fuchs im schwedischen Märchen heißt nun mal Mikkel.

»Fuchs stimmt doch immer noch«, sagte Mikkelson und lachte. Er schien keine schlimmen Folgen davongetragen zu haben.

»Und aus Ångermanland kommst du auch noch«, sagte Johansson. *Sympathischer Typ.*

»Aus Kramfors ... ja, aus der Nähe, aber da bin ich zur Schule gegangen.« Jetzt machte er ein überraschtes Gesicht.

»Näsåker«, sagte Johansson kurz. »Hier haben wir Kommissar Wesslén.« Er nickte zu seinem größeren und um einiges schlankeren Kollegen hinüber, der jetzt als lebender Beweis in der Tür stand, dass die Uhr just in diesem Moment dreizehn null null zeigte. »Also gehen wir zu mir.«

Mikkelson arbeitete seit seiner Anstellung als Polizeiassistent im WD 1. Die ganze Zeit bei der Streife, wo Berg der Chef war, und fast immer in derselben Besatzung. Er,

Berg, Borg, Orrvik und Åström. Es konnte passieren, dass sie kurzfristig Verstärkung durch irgendeinen Aspi erhielten, aber im Prinzip waren sie zu fünft. Obwohl eigentlich acht vorgeschrieben waren.

»Gute Jungs. Tolle Truppe.« Er blickte Johansson und Wesslén aus seinen kornblumenblauen Augen an. »Ich arbeite seit dem Frühling mit ihnen zusammen.«

»Es gefällt dir also in Stockholm«, sagte Wesslén.

»Na ja, was heißt schon gefallen.« Jetzt klang er ein wenig unsicher. »Ist eine verdammt harte Szene, und man kriegt Sachen zu sehen, da hat man nachher wirklich Angst im Dunkeln. Aber es sind nette Jungs.« Er nickte energisch. »Und dann wohnt meine Freundin hier. Und man kriegt leicht eine Stelle.«

Nette Jungs, Freundin und leicht eine Stelle kriegen, dachte Johansson. Drei überzeugende Gründe, um in Stockholm zur Polizei zu gehen und nicht im Kramfors.

Am Sonntag, dem achten September, hatten sie ihren Dienst abends um neun angetreten. Pünktlich um einundzwanzig null null war ihr achtsitziger Dodge aus der Garage des WD 1 gerollt und nach links in Richtung Hauptbahnhof abgebogen. Dort hatten sie einen Blick in die Halle geworfen, ohne etwas Besonderes zu finden. Danach waren sie weiter in das Viertel auf der anderen Seite der Vasagata gefahren.

»Beim Nachtdienst fangen wir immer da an«, erklärte er. »Wenn über Funk nichts Besonderes gemeldet wird, meine ich. Zuerst einen Blick in den Hauptbahnhof und dann eine Runde um den Sergels Torg.«

»Aha«, Johansson nickte. Er konnte verstehen, warum sie das machten.

»Ja, und an diesem Abend kommen wir also nach Klara Norra, und da sehen wir ein betrunkenes Mannsbild auf dem Bürgersteig herumtorkeln ... Nilsson, meine ich ... und da halten wir und lesen ihn auf.«

»Hier machen wir eine Pause«, sagte Wesslén. »Das ist jetzt wichtig.«

Um ungefähr einundzwanzig Uhr dreißig hatte Borg, der am Steuer saß, oder Berg neben ihm oder beide – das wusste Mikkelson nicht so genau – eine sinnlos betrunkene Mannsperson vor der Adresse Klara Norra Kyrkogata 21 beobachtet. Sie hielten an. Mikkelson, der hinter Berg saß, und Berg stiegen aus und trugen den Mann in den Bus.

»Er war total weggetreten.« Mikkelson nickte ernst. »Als ich ihn sah, wäre er fast vor den Bus gefallen.«

Völlig unzurechnungsfähig, aber nicht krank, sondern betrunken. Und nicht jung oder betrunken genug, um im Krankenhaus oder von der Ausnüchterungsstation aufgenommen zu werden. Berg hatte entschieden, ihn zum WD 1 zu bringen.

»Kein Widerstand? Ihr musstet ihn nicht hart anfassen?« Johansson musterte seinen jungen Kollegen forschend.

»Nein, nein«, versicherte der nachdrücklich. »Der war einfach weit weg. Er hat nichts gesagt und nichts getan. Wir konnten ihn in den Wagen heben, ich und Berg.«

»Und dann«, sagte Johansson.

Dann hatten sie ihn direkt zum Arrest in den WD 1 gefahren. Knapp zweihundert Meter Luftlinie weiter, mit dem Auto nur wenig länger. »Höchstens fünf Minuten.«

»Und dann?«, fragte Wesslén.

Mikkelson und Berg hatten ihn in die Arrestabteilung gebracht. Mit dem Fahrstuhl. Orrvik war mitgegangen und hatte die Türen offen gehalten. Berg hatte die Papiere ausgefüllt, und als Mikkelson und Orrvik kapiert hatten, dass das seine Zeit brauchen würde, waren sie schnell einen Kaffee trinken gegangen.

»War mein erster, seit ich von zu Hause weggefahren bin, und ich brauchte wirklich einen.« Er lächelte wieder und schaute sie aus seinen ehrlichen blauen Augen an.

»Ja«, sagte Johansson. »Das wär's dann ja wohl. Tut mir Leid, dass wir deinen freien Tag gestört haben.«

»Macht nichts.« Der andere schüttelte abwehrend den Kopf und stand auf.

»Sagt mal...« Er schaute zuerst Johansson und dann Wesslén fragend an.

»Raus damit«, sagte Johansson und lächelte aufmunternd.

»Also...« Jetzt wirkte das Lächeln gezwungen. »Ich wüsste gern, wie lang das so weitergehen soll. Das ist die Hölle«, sagte er heftig. »Ich mach euch ja keine Vorwürfe, ihr macht sicher nur euren Job, aber... tja, meine Freundin, wisst ihr...« Johansson wusste nicht. *Weiter.*

»Sie arbeitet in einer Bank, und da wird eben geredet. Na ja, in den Zeitungen standen zwar keine Namen, aber scheußlich ist es trotzdem. Man wird doch verurteilt.« Er schaute sie wütend an.

»Ich verstehe dich.« Johansson nickte mit allem Mitgefühl, dessen sein schwerer Körper fähig war. »Mach dir keine Sorgen.«

»Ach ja«, sagte Wesslén, als sich die Tür hinter ihrem Vernehmungsopfer schloss. »Was für ein Glück, dass es brave und rücksichtsvolle Manschettenverbrecher gibt.«

»Ja«, sagte Johansson. »Und Banditen im Fischgrätanzug, damit wenigstens die Kollegen von der Wirtschaft in den Zeitungen als Helden dastehen.« Plötzlich fiel ihm etwas ein. »Hast du eigentlich Jansson mal gesehen? Mordjansson, deinen Assistenten?«

»Nein«, sagte Wesslén mit mildem Lächeln. »Eins von den Mädels will ihn am Donnerstag erspäht haben. Seither nic wicdcr.« Er schüttelte den Kopf.

»Der ist sicher zu Ermittlungen unterwegs«, sagte Johansson leichthin. »Ja... ja.«

29

Am Dienstagabend musste Johansson etwas für sein Gehalt als Polizeidirektor tun. Zusammen mit vier weiteren Personen fuhr er umher und besuchte die Arrestzellen der Stadt. Der Vorsitzende der Gesellschaft war Professor für Gerichtsmedizin und internationale Kapazität in der Kategorie »durch Gewaltanwendung verursachte Verletzungen«. Zwei waren Assistenten des Professors und trotz ihres jungen Alters schon promoviert. Der vierte war ein Kollege von Johansson, Polizeidirektor und verantwortlich für ordnungspolizeiliche Fragen in den Polizeidistrikten von Stockholm.

Zuerst WD 1, dann WD 2 und endlich WD 3. Als sie die Sache endlich beendet hatten, war es schon späte Nacht. Die Besuche verliefen nach einem bestimmten Muster. Überall suchten sie sich Fälle heraus, in denen die Festgenommenen bei ihrer Einlieferung »keine sichtbaren Verletzungen« aufgewiesen hatten. Danach wurden sie in ihren Zellen besucht, um zu überprüfen, ob ihr Aussehen mit der Behauptung übereinstimmte.

Im WD 1 befanden sich zehn Festgenommene. Acht ohne sichtbare Verletzungen, wie behauptet wurde. Mit gewissen Erwartungen begab sich Johansson zur ersten Zelle. Gefolgt von seinen vier Begleitern sowie dem Wachhabenden und dem stellvertretenden Wachhabenden.

Der Festgenommene war ein Mann von Mitte zwanzig. Er lag in Embryonalstellung auf der Holzpritsche und hörte und sah sie nicht, als sie hereinkamen. Seine Haare waren von Kotze verklebt, aber vor allem hatte er sich auf seinen Pullover erbrochen, der durchaus nicht so weiß war wie das Hemd, das Johansson früher an diesem Tag gesehen hatte. Seine Arme waren mit Tätowierungen, mit alten blauen Flecken, neuen blauen Flecken und Kratzern geschmückt. Aber es gab keine Einstichspuren, weder in der linken noch in der rechten Armbeuge.

Der Professor ging vor ihm in die Hocke. Vorsichtig legte er ihm die Hand unter den Kopf und hob ihn zu sich hoch. Der Patient riss den Mund auf wie ein Fisch mit schlechten Zähnen und einem vergessenen Priem zwischen der Oberlippe und dem roten, entzündeten Zahnfleisch. Aber er bewegte sich nicht. Kniff nur die Augen noch fester zusammen, als sie vom Deckenlicht getroffen wurden.

»Notieren«, sagte der Arzt und hielt den Assistenten die rechte Hand das Mannes hin. Zwei Fingerknöchel waren zerschrammt und blutig.

»Scheint in eine Schlägerei verwickelt gewesen zu sein, der Knabe«, sagte der stellvertretende Wachhabende schuldbewusst. »Das war schlampig von uns.«

»Vor allem hat er wohl Prügel kassiert«, stellte der Professor fest und zeigte mit dem Zeigefinger auf eine leichte Rötung unter dem zugekniffenen linken Auge. »Morgen wird er die Sonne nicht erblicken. Damit jedenfalls nicht.«

Der Wachhabende beugte sich vor, um es besser erkennen zu können.

»Ich sehe nichts«, sagte er unsicher.

»Hier«, sagte der Professor und streckte abermals seinen sorgfältig manikürten Finger aus. »Jetzt ist es nur eine leichte Rötung, aber morgen wird da ein prachtvolles Veilchen prangen.«

»Ach so ... ja, man hätte wohl Medizin studieren sollen.« Der Wachhabende trat verstimmt von einem Fuß auf den anderen und sah Johansson düster an.

»Wir machen ein Foto«, entschied der Professor. »Dann kommen wir morgen früh, ehe er entlassen wird, zurück und sehen ihn uns noch einmal an. So was macht sich gut im Unterricht.« Er lächelte freundlich und akademisch in die Runde.

Erfolg, dachte Johansson, als sie losfuhren. Drei von acht, denen »sichtbare Verletzungen« fehlten, hatten doch welche gehabt. Bei einigen erkannte man das sofort, und wenn man sich die Person ansah, begriff man auch, warum die Verletzungen nicht notiert worden waren. Man machte sich ja auch keine Sorgen wegen zerbrochener Dachziegel, wenn das ganze Dach eingestürzt war.

Es sei denn, man war Polizeidirektor und Jurist, natürlich.

»Das hier ist einfach unerklärlich«, quengelte der vom Rücksitz. »Ein klarer Verstoß gegen die Vorschriften.«

»So verdammt komisch finde ich das nicht«, sagte Johansson zufrieden. »Ich habe in eurer hervorragenden Statistik gesehen, dass ihr im vorigen Jahr dreißigtausend Betrunkene festgenommen habt. Und fast ebenso viele andere.«

»Ziemlich viele landen ja sofort in Ausnüchterungszelle und Krankenhaus«, sagte der andere stur.

»Zweitausenddreihundertundsiebzehn im vergangenen Jahr«, sagte Johansson zufrieden. »Sieben Komma sieben Prozent also.« Das hatte er nachmittags gelesen. »Fragt doch mal, ob ihr nicht was vom Budget der Gesundheitssysteme abbekommt.« Er lachte so zufrieden, dass er fast in den Wagen vor ihnen gefahren wäre, als er in die Birger Jarlsgata abbiegen wollte.

Gewisse Mängel in der Buchführung. Die Telefone der Stockholmer Polizei funktionierten jedoch einwandfrei. Als sie später in der Nacht beim WD 3 ankamen, fanden sie Formulare vor, die irgendein Kollege des Gerichtsmediziners offenbar in einem Stadium akuter Kontrollneurose ausgefüllt hatte.

»Eingerissene Nagelhaut am linken Ringfinger. Ansonsten o.B.«, las Johansson und musterte das menschliche Wrack, das schlafend auf dem Boden lag.

»Ich glaube, wir können jetzt Schluss machen«, sagte der Professor mit freundlichem Lächeln.

30

Polizei, Polizei, Polizei ... Auf dem Gang vor Johanssons Zimmer warteten vier Prachtexemplare. Zwei von ihnen hatten die Arme vor der Brust verschränkt und fixierten den Eingang zur drei Meter entfernten Garderobe. Einer wippte auf Zehenspitzen hin und her, sein Blick ging ins Leere. Der vierte hatte sich auf einem Stuhl niedergelassen. Er saß vornübergebeugt mit geradem Oberkörper da, die Ellbogen auf die Knie gestützt, die Hände gefaltet. Als er Johansson sah, sprang er sofort auf und schloss sich den anderen an. Alle wirkten reichlich sauer, das war ihren Gesichtern anzusehen, und sie schienen nur auf die passende Gelegenheit zu warten, um ihrem kollektiven Ärger Luft zu machen.

Gedrückte Stimmung, fasste Johansson zusammen. Das sah man auch Wesslén an, der den vieren Gesellschaft leistete. Er hielt sich bewusst in Distanz zur Gruppe auf, schwieg, und sein mageres Gesicht zeigte das Profil eines Kriminalkommissars. Sonst nichts. Eine Stunde zuvor hatte er angerufen und gefragt, ob Johansson dabei sein wollte. Wesslén hatte endlich die gesuchten Kollegen erreicht, die unter Protest versprochen hatten, sich zu einem Gespräch einzufinden. Sie hatten nämlich noch immer dienstfrei und mussten erst wieder um zwölf zur Schicht.

Johansson hatte schon Schlimmeres erlebt. Er nickte allen freundlich zu.

»Konferenzvernehmung?« Er schaute Wesslén fragend an, und der nickte kurz. Ihm war es doch egal.

»Kaffee für sechs. Wir sitzen im kleinen Besprechungszimmer.« Seine Sekretärin wachte hinter ihrem Schreibtisch. Heute sah sie wieder normal aus und bestätigte die Bestellung mit ihrem neutralen Standardlächeln. Mikkelsons Kollegen waren offenbar nicht so charmant wie er.

»Setzt euch erst mal. Ich häng mich nur schnell auf. Die dritte Tür.« Johansson zeigte den Gang entlang.

Konferenzvernehmung. Alle auf einmal. Das hatte er in der U-Bahn beschlossen. Und es sollte nur eine klärende Besprechung werden. Schließlich bestand gegen keinen ein Verdacht.

Johansson war praktisch veranlagt. Wenn Onkel Nisse gefallen war und sich dabei verletzt hatte, bestand kein Grund, die Streifenmänner einen nach dem anderen zu verhören. Das würde dann nur zu noch mehr Irritationen und sauren Gesichtern führen. Wenn andererseits einer von ihnen Onkel Nisse geschlagen hatte, aber dafür gäbe es ja noch andere Kandidaten, dann würde aller Erfahrung nach der Täter nicht gerade zusammenbrechen und alles zugeben, sobald man ihn nur unter vier Augen danach fragte. Und wenn einer von ihnen irgendetwas gehört oder gesehen haben sollte, so schien jedenfalls keiner bereit, darüber zu reden. Die Abteilung Gewalt in Stockholm hatte sie am vergangenen Montag vernommen, mit dem üblichen Ergebnis: Jeder wusste nur, dass keiner von ihnen etwas Verbotenes getan hatte.

Größere Widersprüche in ihren Aussagen konnte er auch nicht erwarten. Nicht jetzt, da sie mehr als eine Woche Zeit gehabt hatten, sich auf eine gemeinsame Version zu einigen. Was Johansson erhoffen konnte, waren nur die natürlichen und erwartbaren Abweichungen. Die keine wertvollen Hinweise ergaben, sondern alles nur noch weiter durcheinander brachten.

Vorausgesetzt natürlich, dass irgendeiner irgendetwas getan hatte. Vermutlich aber lag die Sache einfach so, dass sie allesamt unschuldig waren. Praktisch wäre das noch dazu.

Deshalb also diese Konferenz. Bestenfalls würde sie etwas über die Befragten als Menschen und Personen aussagen, ohne dass die das selbst tun müssten. Das wusste er aus Erfahrung, und er hatte es auch in einem Kurs für höhere Polizeibeamte von einer Psychologin gehört.

Der Konferenztisch war von der neuen personalfreundlichen Art. Ein Viereck aus heller Eiche mit abgerundeten Ecken. Kein runder Tisch, das wäre zu intim, aber auch keiner der alten, dunkel gebeizten rechtwinkligen Kolosse, die man noch immer im Gericht und bei der Staatsanwaltschaft finden konnte. Die Landespolizeileitung ging mit der Zeit, mit insgesamt drei Gruppen für Arbeitsklima- und Inneneinrichtungsfragen. Und in der Gruppe, die für Tische, Stühle, Vorhänge und Topfblumen zuständig war, stand sogar eine Frau an der Spitze.

Wesslén saß am Querende und verschanzte sich hinter Tonbandgerät und Notizblock. Im Hinblick auf die Verhandlungen war das nicht sonderlich diplomatisch, aber es schenkte Johansson immerhin hervorragende Kompromissmöglichkeiten.

»Ich glaube, wir scheißen aufs Tonbandgerät.« Johansson ließ sich am anderen Querende auf den Stuhl sinken, der für ihn freigehalten worden war. »Wesslén, du kannst vielleicht stattdessen ein Protokoll schreiben.« Das hatte er die ganze Zeit vorgehabt, aber wer nicht an solche Situationen gewöhnt war, fasste das vielleicht als Nettigkeit auf.

Eine Thermoskanne mit Kaffee und Plastikbecher standen schon auf dem Tisch. *Wie immer sie das in so kurzer Zeit geschafft haben mochte.*

»Ich konnte leider keine Plätzchen mehr besorgen.« Johansson drehte den Verschluss von der Thermoskanne. »Aber das macht ja vielleicht nichts.« Er grinste die anderen an. *Das hatte gesessen.* Vier große starke Kollegen, die vermutlich ein Jahresabo für die Scheibenhanteln unten im polizeieigenen Trainingsraum hatten.

»Du darfst uns nicht missverstehen, Johansson, aber ...« Das war Borg. Nummer zwei der Gruppe, der sich offenbar dem Rudelwolf Berg gegenüber Freiheiten herausnehmen konnte. Sie ähnelten einander wie ein Ei dem anderen, zwei ungewöhnlich große Eier, mit eng anliegenden Sporthemden, Jeans und abweisend übereinander geschlagenen Armen. Aber jetzt hatte einer von ihnen das Visier heruntergelassen und sprach ihn direkt an.

»Halt«, sagte Johansson. »Ich weiß schon Bescheid. Darauf kommen wir noch. Jetzt gibt es Kaffee. Und dann will ich wissen, was am vorigen Sonntag passiert ist. Du, Berg, bist hier der Chef ... du weißt es vermutlich am besten. Und du hast am meisten gesehen. Also fang du an.«

Darauf musste er natürlich anspringen. Und sei es nur, um seinen Fahrer in die Schranken zu weisen. Ihr habt doch keine Ahnung, Jungs, dachte Johansson zufrieden.

Berg war mit fünfunddreißig der Älteste, und er war auch der Dienstälteste. Polizeiinspektor. Chef der Gruppe auf Grund seiner dienstlichen Meriten. Vermutlich wäre er es auch sonst gewesen. Wenn es sich um eine Gaunerbande gehandelt hätte, zum Beispiel. Ein grober, großer Kerl mit dunklem, kantigem Gesicht und dunklen, wachsamen Augen. Aber kein übermächtiger Widersacher. Körper, Gesicht und Augen waren ein wenig zu deutlich. Gestik und Mimik verrieten ihn. *Strenger, humorloser Gauner,* dachte Johansson. Aber keine Intuition, kein Gefühl, keine wirkliche Begabung.

In der Sache konnte Berg die Aussage, die sein Benjamin am Vortag gemacht hatte, nur bestätigen. Zuerst der Bahnhof. Dann die übliche Runde durch die City. Ein sinnlos betrunkener Nilsson, der fast vor den Bus gefallen wäre. Berg und Mikkelson steigen aus und legen ihn hinein. Rascher Entschluss und los. Direkt zur Wache.

»Ihr hattet Feuer unterm Hintern«, stellte Johansson fest. *Und du hast sicherheitshalber bereits mit Mikkelson telefoniert,* dachte er.

»Ja.« Berg nickte ernst. »Es war doch das Beste, das möglichst schnell hinter sich zu bringen. Ist ja nicht gerade ...«

»Ja, und dann stank er wie die Pest«, fiel Borg ihm grinsend ins Wort.

Johansson schaute Borg fragend an. *Wieder,* dachte er. Das ist das zweite Mal innerhalb von zwei Minuten.

»Ja, also ...« Borg rührte in seiner Kaffeetasse, obwohl er gar keinen Zucker genommen hatte. »... er hatte also exkremiert.« Borg nickte verlegen in Richtung des korrekten Wesslén.

»Sich voll geschissen nämlich«, übersetzte Åström. Um einiges jünger und dünner als seine beiden Chefs. Der große, durchtrainierte Typ, der seine Chance sah, sich am Gespräch zu beteiligen.

»Hat er das denn im Bus gemacht?«, wollte Johansson wissen.

»Keine Ahnung.« Berg blockte ab. »Ich wollte den Abend nicht mit Wagenwaschen anfangen.«

»Nein«, sagte Johansson langsam. »Kann ich verstehen.«

Berg und Mikkelson hatten ihn in den Arrest getragen. Bewusstlos, aber nicht sonderlich schwer. Sie hätten ihn ja gern mit langen Zangen angefasst, aber da sie keine hatten, mussten sie es auf die normale Weise machen. Ein Mann auf jeder Seite, ein Arm um seinen Rücken gelegt. Nilssons Arm um seine Schultern und die Hand ums Handgelenk. Orrvik hielt die Türen auf.

»Das war aber auch nötig«, fügte Orrvik hilfsbereit hinzu. Wenn Borg eine Kopie von Berg war, ließ Orrvik sich mit Åström vergleichen. Groß, schmal, durchtrainiert mit blonden, ziemlich schütteren Haaren und blassen Augen.

»... die Leute haben doch keine Ahnung, was für eine Hölle es ist, so einen Alten zu schleppen ... raus und rein und rauf und runter.«

Johansson nickte nachdenklich und zustimmend. Auch hier saß ein Mann, der kaum jemals etwas anderes getan hatte, als Säufer zu wuchten.

»Obwohl es ja keinen Widerstand gibt oder so«, fügte Berg hinzu.

Berg hatte den Zettel selbst geschrieben. Er hatte den Eingriff beschlossen. Die Durchsuchung war eigentlich schon geschehen, und sie brauchten die Sachen nur noch in die Tüte zu stecken. Das Wenige, das bei Nilsson zu finden war, hatten sie ihm schon im Bus abgenommen.

»Vor allem, um sich davon zu überzeugen, dass er keine Flasche oder irgendetwas hatte, womit er sich verletzen konnte«, erklärte Berg. »Messer und so was haben eher Jüngere. Vor Opas hat man doch keine Angst.«

»Es gibt verdammt viele Messer und anderen Scheiß, wenn ich das richtig verstanden habe.« Johansson schüttelte teilnahmsvoll den Kopf. »Das fing schon zu meiner Zeit an.«

Die Wanderung von der Rezeption in den Arrest. Jetzt waren es Berg und ein Wärter, die einen noch immer schweigenden und sinnlos betrunkenen Nilsson schleppten. Ein kurzer Spazierweg. Der Wärter hielt die Tür auf. Danach legten sie Nilsson gemeinsam auf den Boden. Freundlich und vorsichtig und in stabiler Seitenlage.

»Der da«, Berg nickte zu Orrvik hinüber, »und Junior waren Kaffee trinken.« Er zuckte mit den Schultern, sah aber zum ersten Mal nicht gerade unzufrieden aus.

»Jaa.« Berg ließ sich auf dem Stuhl zurücksinken und schaute Johansson aus seinen dunklen Augen fragend an. »Und ich bin dann gegangen und hab mir die Hände gewaschen.«

Johansson nickte abwartend. *Na los*, dachte er.

»... aber nicht, weil ich ihm eine gescheuert hätte.« Berg musterte seine breiten Hände. »Sondern weil er genauso schmutzig war wie alle, die wir zusammenfegen, damit anständige Leute nicht drüberfallen.«

Wieder nickte Johansson.

»Ja.« Berg nickte energisch, aber ohne jemanden anzusehen. »Wenn jemand glaubt, ich hätte einem Opa, der sich fast schon selbst umgebracht hatte, eine reingehauen ... dann sagt das mehr über diesen Menschen als über mich.«

»Hattet ihr schon früher mit Nilsson zu tun?« Das war Wesslén. Ein korrekter und markant geschnittener Kommissar Wesslén, der die Gefragten einen nach dem anderen ansah.

Wussten sie offenbar nicht. Johansson registrierte zweifelndes Kopfschütteln bei Orrvik und Åström und ein schon energischeres bei Borg. Berg schien nachzudenken.

»Nicht in letzter Zeit. So viel ich weiß, jedenfalls.« Jetzt schüttelte auch Berg den Kopf. »Kann aber sein, dass es schon mal passiert ist. Nilsson ist ja wohl schon seit Jahren dabei. Ich kann dir sagen ...«, jetzt wandte er sich an Wesslén, »an manchen Tagen schnappen wir vielleicht fünf ... zehn solche wie Nilsson. Im Sommer, wenn wir in der U-Bahn und in den Parks aufräumen. Wir könnten glatt einen Anhänger für den Bus brauchen. Dabei ist das doch eigentlich gar nicht unsere Aufgabe.«

»Na«, sagte Johansson und sah Wesslén an. Ihre Besucher hatten sie soeben verlassen. »Was meinst du?« Wesslén zuckte mit den Schultern.

»Mikkelson hat ihnen offenbar erzählt, was wir ihn gefragt haben.« Er lächelte auf seine ironische Weise. »Aber damit mussten wir ja rechnen.«

»Sicher«, sagte Johansson.

»Jaa. Was kann man sonst noch sagen.« Wesslén machte einen fast belustigten Eindruck. »Ehrlich gesagt, hatte ich plötzlich den Eindruck, dass sie genauso unschuldig sind, wie sie behaupten. Korrekt, ein wenig einfältig. Sicher nicht lustig, an sie zu geraten, wenn man falsch geparkt hat.« Er lächelte säuerlich. »Ich glaube nicht, dass sie gern auf einen Strafzettel verzichten.«

»Nein«, sagte Johansson. »Da kann ich dir zustimmen.« *Aber das war doch noch nicht alles.* Nur wusste er nicht, was fehlte.

»Und wenn nicht.« Wesslén zuckte mit den Schultern. »Was können wir schon machen. Nicht schuldig«, erklärte er. Packte die Armlehne seines Stuhls und faltete seinen langen Körper auseinander.

Gut, dachte Johansson. Dann müssen wir nur noch dafür sorgen, dass so viele wie möglich das kapieren.

31

Es hatte eine Woche gedauert, aber jetzt war es so weit. Johansson war mit dieser Entwicklung alles andere als unzufrieden. Natürlich waren ihm zwei fantasieanregende Schlagzeilen genommen worden, aber was er stattdessen bekommen hatte, war auf Dauer wohl besser. Ausnahmen von der Wirklichkeit sind nichts, worauf man ein Leben aufbauen kann. So sah er nämlich Nilssons verwirrte Äußerung auf dem Krankenbett und den traurigen Banküberfall, an dem Nilsson sich früher beteiligt hatte. Wie ein stolzer Zehnender oder ein Lächeln auf einer Brücke. *Irgendwo dazwischen.*

Die Wahrheit würde er vermutlich niemals erfahren – sie ließ sich einfach nicht hieb- und stichfest einfordern –, aber ganz hoffnungslos war er auch nicht. Es sah aus, als sei eine grobe und andauernde Misshandlung auf höchstens einen Schlag reduziert worden. Musste man die Aussage des Gerichtsmediziners nicht so deuten? Zweifellos, und hier sprach vieles dafür, dass es ein Fall war, ein Unfall, den man einfach nicht einem einzelnen Polizisten zur Last legen konnte. Und auch nicht der Organisation.

Und wenn es diesen Schlag nun gegeben hatte? Dann würde er niemals beweisen können, wer geschlagen hatte.

Nilsson selbst würde in diesem Leben wohl kaum mehr eine Aussage machen. Das glaubte weder der Gerichtsmediziner noch der Stationsarzt, in dieser Hinsicht stimmten sie immerhin überein.

Aber gut, wenn es diesen Schlag gegeben hatte. War der ihm verpasst worden, ehe er von der Polizei aufgegriffen worden war? Nicht anzunehmen. War es passiert, ehe er im Arrest eingetroffen war? Auch nicht anzunehmen. Wenn es passiert war, dann aller Wahrscheinlichkeit nach im Arrest. Aber wer hatte ihn dann geschlagen? Der Wärter oder Berg oder beide? Oder irgendein Unbekannter, der in Nilssons Zelle eingedrungen war?

Hatte es sich so abgespielt, würde es auf ewig verborgen bleiben, und dann wäre es doch besser, wenn alle ungeschoren davonkämen, auch der Schuldige, als wenn mehrere Unschuldige leiden müssten. Was spielte das für Nilsson überhaupt für eine Rolle? Es war eine überaus zufällige und belanglose Klimaveränderung in einer sehr langen Hölle.

Johansson glaubte an die Sturztheorie. Genauer gesagt: Er hatte sich dafür entschieden. Obwohl er die geschlossene Schale gesehen hatte, die Nilssons Zelle gewesen war. Und nun galt es, so viele wie möglich von seiner Ansicht zu überzeugen.

Wie konnte er das bewerkstelligen?

Zuerst war da die Aussage des Gerichtsmediziners, was die Entstehung von Nilssons Verletzungen anging. Ein Sturz? Ein Unfall? Durchaus möglich, meinte der Fachmann. Der es doch wissen musste.

Die kleine Untersuchung, die er und der Professor in der vergangenen Nacht durchgeführt hatten. Die ließ jede Menge Zweifel an der Verbrechenstheorie zu. Ohne die Polizei zu verteidigen. Im Gegenteil. Zugleich verteilte sie die Schuld auf ein ganzes System. Nicht auf einen einzelnen Menschen. Sie erheischte auch keinerlei Maßnahmen, die diesem System das Rückgrat brechen könnten, einem System, von dem er doch auch ein kleiner Teil war. Ein kollektives Zusammenfahren, allgemeines Geschrei in den Zeitungen, neue und »verbesserte« Anweisungen für die »Durchsuchung von aufgegriffenen und festgenommenen Personen«. Eine Zeit der Unruhe, das war unvermeidlich, aber schon bald würde die Wirklichkeit außerhalb des Polizeigebäudes wieder in ihren alten Trott, mit dem alle umgehen konnten, zurückfallen. Herrgott. Allein in Stockholm gab es doch zwanzigtausend Nilssons.

Ein kleiner Tritt vors Schienbein der Kollegen in Stockholm, die es ein wenig zu eilig damit hatten, Untersuchungen für beendet zu erklären. Das musste man sich gönnen, es war unvermeidlich und notwendig für die weitere Existenz des Systems. Die Anzeigen häuften sich ja schon auf dem Schreibtisch des JO, und im Gespräch mit dem Oberstaatsanwalt hatte der angedeutet, dass sich der JO selbst darum kümmern solle. In etwa einem halben Jahr wäre dann ein Statement denkbar, in dem der JO erklären könnte, er sei »erstaunt darüber, wie der Fall in der einführenden Phase behandelt worden« sei, in dem er aber zugleich »keinen Grund für weitere Maßnahmen oder Abmahnungen über die bereits erlassenen hinaus« sehen mochte. Nichts, das irgendeinen Kollegen um Brot oder Ehre bringen würde.

In einer Woche, zum nächsten Wochenende zum Beispiel, könnte die Zeit gekommen sein, das Ganze abzuschreiben. Bis dahin musste er im Verborgenen darauf hinwirken, dass der Einstellungsentschluss, »da kein Verbrechen nachweisbar« – er zweifelte noch, ob er es wagen würde, sich in dieser Weise auszudrücken – so allgemeine Akzeptanz finden würde wie überhaupt nur möglich.

So machen wir es. Das ist das Beste für alle Beteiligten, entschied Johansson.

Zuerst sprach er mit dem Oberstaatsanwalt, fasste kurz das Ergebnis seiner kleinen Untersuchung zusammen und schilderte, wie er den Fall ansonsten sah. Wir übertreiben nicht, wenn wir behaupten, dass der Staatsanwalt zufrieden war. Er war sogar so zufrieden, dass er sich viel weniger vorsichtig ausdrückte. An und für sich machte das ja nichts, da er nur mit Johansson telefonierte und niemand hören konnte, was er sagte. Aber dennoch.

»Eine überaus elegante Lösung, Johansson«, sagte der Oberstaatsanwalt.

Dann sprach er mit Wesslén. Sie beschlossen, dass Wesslén das Vernehmungsprotokoll ins Reine schreiben und für den Rest einen Entwurf machen sollte. Und dann würden sie sich einen Tag später treffen und sich über die endgültige Fassung einigen.

»Und dann kannst du zu deinen Schelmen zurückkehren«, sagte Johansson.

Danach versuchte er, Jansson zu erreichen, aber der war noch immer verschwunden, weshalb er seine Sekretärin bat, ihm einen Zettel auf den Tisch zu legen, der ihn für den nächsten Morgen zur abschließenden Besprechung bat.

Jansson war eigentlich seine einzige noch verbleibende Sorge. Was sollte er jetzt mit dem anstellen? Eine Woche könnte er ihn mit seinen Bierdosen und Flaschen wohl noch in Ruhe lassen – bis die Voruntersuchung veröffentlicht sein würde –, aber danach würde er sich ernsthaft an Janssons Versetzung machen müssen.

Der Onkel Nisse der Abteilung, dachte Johansson. An den anderen Jansson, Drogenjansson, wollte er gar nicht erst denken.

Am Ende, ehe er nach Hause ging, machte er noch etwas. Etwas, das er noch vor wenigen Jahren kaum für möglich gehalten hätte. Aber das war, ehe er in den Dienst der höheren

Ziele getreten war. Egal. Er unterhielt sich vertraulich mit einer zuverlässigen Kraft bei der Informationsabteilung der Landespolizeileitung. Einem hervorragenden Mann mit guten Kontakten zu den Massenmedien, der sicher dafür sorgen würde, dass Johanssons vertrauliche Mitteilungen sehr bald die Runde machten.

U-Bahn vom Rathaus zum Mariatorg. Gekochte Elchzunge mit Kartoffelpüree und ein Schnaps auf Dispens. Johansson war guten Mutes, aber müde. Schon um zehn Uhr schlief er tief. Einsam, nicht in den Schlummer gewiegt. Auf dem Rücken, die Hände über der Brust gefaltet.

32

Donnerstag, neunzehnter September, morgens. Ein pünktlicher Wesslén, womit er gerechnet hatte, aber kein Jansson. Wesslén brachte die sorgfältig ins Reine geschriebenen Protokolle sämtlicher Vernehmungen; vom Stationsarzt, von Nilssons Tochter und von dem Mann, welcher der Einfachheit halber der »Schwiegersohn« genannt wurde. Dann Wessléns und Johanssons Gespräche mit dem stellvertretenden Wachhabenden, dem Arrestwärter, Mikkelson und der restlichen Streife. Und nicht zuletzt wartete er auch noch mit wohl durchdachten Ansichten auf, die sich im Wesentlichen mit Johanssons eigenen deckten.

Jansson glänzte durch Abwesenheit.

Du, Wesslén, dachte Johansson, du bist ein pünktlicher, genauer, begabter und hart arbeitender Kriminalpolizist. Du siehst sogar gut aus. Deine Kollegen nennen dich Fräulein Uhr. Jansson ist ein altes Wrack, das heimlich säuft und nie hinter seinem Schreibtisch anzutreffen ist. Wie nennen wir ihn?

Jetzt stand er immerhin in der Tür. Ein energisches Klopfen gegen die Tür, und da stand er. Grau und übergewichtig und so durch und durch nüchtern in Mienenspiel und Bewegungen, dass er mehr als sonst intus haben musste. Um fünf vor neun am Donnerstagmorgen.

»Setz dich«, sagte Johansson und zeigte auf den freien Stuhl neben Wesslén. Scheißegal, dachte er. Bald sind wir dich los.

»Ich komme ein wenig zu spät«, sagte Jansson und spielte an einem braunen Ordner herum, den er unter den Arm geklemmt hatte. »Die üblichen Busprobleme.«

Du kannst mir viel erzählen, dachte Johansson. Der hausinternen Adressenliste zufolge hauste Jansson in der Inedalsgata, vierhundert Meter von seinem Zimmer im Landeskriminalamt entfernt.

»Und was hast du herausgefunden?«, fragte er freundlich. »Wesslén und ich haben uns schon ein wenig unterhalten. Wir sind zu der Auffassung gelangt, dass der Fall abgeschrieben werden sollte. Kurz gesagt ...«

»Geht es darum, was heute Morgen in der Zeitung stand?«, fiel Jansson ihm ins Wort.

»So ungefähr«, sagte Johansson leichthin.

»Ja«, sagte Jansson. »Dann sollte ich vielleicht erzählen, was ich herausgefunden habe.«

»Bitte sehr.« Johansson nickte. *Fünf Minuten,* dachte er. Das macht ja wirklich keinen Unterschied mehr.

Jansson hatte eine ganze Menge herausgefunden. Unter anderem alles, was Wesslén Johansson eine Woche zuvor erzählt hatte. Dass gegen die betroffenen Kollegen in den Polizeiregistern rein gar nichts vorlag.

»Das hatten wir uns schon gedacht«, sagte Johansson nachdenklich. *Was hätte er auch sonst sagen sollen?*

»Dann habe ich mich bei den Kollegen unten in Stockholm umgehört«, sagte Jansson.

Wieder nickte Johansson. *Das war aber wirklich nicht deine Aufgabe,* dachte er. Aber Scheiß drauf.

»Und was sagen die so?«

Nur Gutes. Berg und sein Kommando waren nicht nur dem Ruf nach außergewöhnlich ehrgeizig. Es gab auch Zahlen, die das belegten. Im laufenden Jahr, wie schon in früheren Jahren, hatten sie aus den unterschiedlichsten Gründen zahllose Festnahmen vorgenommen: Leute, die betrunken am Steuer gesessen hatten, die einfach so betrunken gewesen waren, Taschendiebe, Leute, die auf der Straße Schlägereien angefangen hatten, und solche, die eigentlich immer lieb und nett waren, nur nicht im aktuellen Augenblick. Einbrecher, Junkies und Betrüger. Die ganze Palette eben.

Sie galten als richtig altmodische »Jäger und Sammler«, fleißig wie eine Biberkolonie. Streng, unbestechlich und nicht so verhandlungsbereit wie ein Großteil ihrer Kollegen. Die Ersten, die sich zu Sondereinsätzen freiwillig meldeten. Die Letzten, die sich verzogen, wenn etwas Unangenehmes passiert war. Eifrig, pedantisch, pingelig. Eine richtige Streife der klassischen Art in einer Zeit, in der viel zu viele innerhalb der Truppe sich so ihre Gedanken über den Job machten, sich um die Zeiten nicht scherten, nicht auf die Uniform achteten und ungekämmt herumliefen.

»Wenn ich das richtig gesehen habe, liegen die bei fünf bis zehn Festnahmen pro Schicht«, erzählte Jansson und blickte von seinem Ordner hoch. »Das muss doch ziemlich einzigartig sein.«

»Jung und ehrgeizig«, sagte Johansson beifällig.

»Offenbar«, sagte Jansson. »Ein Kollege von der Droge in Stockholm behauptet, sie hätten in diesem und im vergangenen Jahr schon mehr Drogenfestnahmen gehabt als er und seine Abteilung, und dabei sind die vierzig Mann.«

»Sieh an«, sagte Johansson. Worauf willst du eigentlich hinaus?, dachte er.

»Also«, sagte Jansson und nickte vor sich hin. »Sie beschlagnahmen natürlich nicht groß ... meistens erwischen sie eher Straßendealer und so was. Aber trotzdem.«

»Hmhm«, sagte Johansson und nickte.

»Scheinen in der ganzen Region Festnahmen zu haben. Von Väsby in Uppland bis nach unten nach Huddinge und Södertälje.« Janssons funkelnde Augen waren unveränderlich traurig, wässrig und grau.

»Sie riskieren offenbar auch einiges«, sagte er dann. »Seit Januar haben sie zwanzig Anzeigen gegen diverse Personen wegen Gewalt gegen Beamte im Dienst, Bedrohung und gewaltsamen Widerstands eingereicht. Im vergangenen Sommer wurde Berg auf Grund seiner hervorragenden Einsatzbereitschaft in der Personalzeitung lobend erwähnt. Offenbar hatte er den Kollegen Borg davor gerettet, bei einem Einsatz in einer Wohnung erschossen zu werden.«

Worauf willst du eigentlich hinaus, dachte Johansson.

»Ich habe mich auch in der Disziplinarabteilung von Stockholm erkundigt.« Er nickte zuerst Johansson und dann Wesslén zu.

»Und was sagen die?« Johansson faltete die Hände vor seinem Bauch.

»So allerlei.« Jansson nickte. Eher an sich selbst gerichtet, wie es aussah. »Wie die Herren wissen, gibt es in Stockholm ungefähr dreitausendfünfhundert Kollegen ... und an die zweitausend bei der Ordnung.«

Komm zur Sache. Wesslén war offenbar ebenfalls über die Personalsituation informiert, wenn man von seinem verschlossenen Gesicht und seinem kurzen Nicken ausgehen durfte.

»Bisher sind im Jahr ... bis zum ersten September sind fünfundachtzig Anzeigen gegen Kollegen eingegangen, die sich angeblich im Dienst diverse Übergriffe haben zu Schulden kommen lassen. Scheint normal zu sein.« Jansson nickte dem Ordner auf seinen Knien zu.

»Jaaa«, sagte Johansson.

»Ja eben.« Jansson fuhr sich mit dem Handrücken über sein nässendes rechtes Auge. »Sechs Anzeigen gegen Berg und die ganze Streife in diesem Jahr. Und dieser Jüngling Mikkelson hat sich noch eine eigene eingefangen. Und dann gab es eine Routineuntersuchung gegen Orrvik, weil er im Sommer in einem Treppenhaus einen Schuss abgefeuert hat. Das war, als Berg Borg das Leben gerettet hat«, erklärte Jansson. »Das macht also acht Anzeigen von fünfundachtzig. Gegen fünf Kollegen von etwa dreitausendfünfhundert.«

Ach so, dachte Johansson. *Darauf wolltest du also hinaus.*

»In ihren Unterlagen steht aber nichts davon«, sagte er.

»Nein«, sagte Jansson. »Das ist nie der Fall, wenn die Ermittlungen lieber eingestellt werden sollen.«

Lieber eingestellt werden sollen, dachte Johansson. *Was für eine Scheißwortwahl.*

»Ja, ja«, sagte er. »Dass du und ich und Wesslén hinter unseren Schreibtischen nicht so viele Anzeigen sammeln können, ist ja vielleicht kein Wunder.«

»Nein«, sagte Jansson. »Das ist klar. Aber es sind trotzdem zu viele.«

»Worum geht es denn dabei?« Johansson bemühte sich, Ruhe und Interesse auszustrahlen, obwohl Jansson sich einen besseren Zeitpunkt hätte aussuchen können, um seine wissenschaftlichen Erkenntnisse vorzutragen.

»Wenn wir mit diesem Jahr anfangen«, sagte Jansson ungerührt und suchte zwischen seinen Papieren herum, »im vorigen Jahr waren es ungefähr gleich viele. Hier.« Er reichte Johansson einige Unterlagen. »Ich habe eine Aufstellung gemacht«, erklärte er. »Aber ich habe keine Kopien.« Er zog ein Papiertaschentuch aus seinem zerknitterten grauen Anzug und schnäuzte sich laut und deutlich. »Ich komm mit diesem neuen Kopierapparat einfach nicht zurecht.« Er nickte Wesslén traurig zu.

33

Anzeigen bei der Disziplinarabteilung der Stockholmer Polizeidistrikte im Zeitraum 01-01-09-01, betr. Berg, *JN* Erik, Polizeiinspektor, Borg, *Ulf* Robert, Polizeiassistent, Mikkelson, *Tommy,* Polizeiassistent, Orrvik, *Björn,* Polizeiassistent, und Åström, *Rolf* Erik, Polizeiassistent.

1. *Boris Djurdjevic* hat am 14. Januar durch seinen Anwalt Klage gegen Berg, Borg, Orrvik und Åström erhoben, wegen diverser Drohungen, Hetzreden gegen bestimmte Bevölkerungsgruppen usw. Djurdjevic ist einundvierzig, schwedischer Staatsbürger und vorbestraft. Zusammen mit seiner Frau ist er Besitzer u. a. des Restaurants Pizzeria Rosa in der Brännkyrkagata.
D. gibt u. a. Folgendes zu Protokoll: In der Zeit zwischen dem November vorigen Jahres bis zum Tag der Anzeige ist das Restaurantpersonal wiederholte Male von Berg usw. schikaniert worden. Die Angestellten wurden z.b. auf dem Weg von oder zur Arbeit vor dem Lokal angehalten und mussten Ausweis, Arbeitsgenehmigung, Aufenthaltsgenehmigung usw. vorlegen. Mehrere Personen sind außerdem über ihre privaten Verhältnisse und ihre Arbeit im Restaurant ausgefragt worden. In der Regel fanden diese »Verhöre« im Einsatzbus statt, der in unmittelbarer Nähe des Restaurants stand.
Am Samstag, dem 5. Januar, gegen zweiundzwanzig Uhr haben Berg und die anderen in Uniform Zugang zum Restaurant erzwungen. Als der Türsteher sie daran hindern wollte, haben sie ihm »gedroht«, ihn festzunehmen und zum Verhör auf die Wache zu schaffen. Berg und seine Kollegen sind danach durch das Restaurant gegangen, wo zwei ausländische Gäste sich ausweisen mussten, sie waren außerdem in Küche und Personalraum. Der Restaurantbesitzer wollte ihre Namen wis-

sen, die sie jedoch zu nennen verweigerten. Auf die Frage nach dem Grund ihres Besuches hat einer, »vermutlich« Berg, geantwortet, sie suchten nach einer zur Fahndung ausgeschriebenen Person, aber die habe »offenbar entkommen« können. Nach etwa zehn Minuten verließen sie das Lokal, setzten sich in ihren vor dem Eingang geparkten Bus und fuhren los.
Am Sonntag, dem 13. Januar, gegen vierzehn Uhr, haben sie sich abermals Zutritt zum Restaurant verschafft. Sie sind etwa fünf Minuten lang zwischen den Gästen umhergegangen, ehe sie das Lokal verlassen haben und weggefahren sind.
Eine Untersuchung der angezeigten Vorfälle wurde am 15. Januar eingeleitet, D. und mehrere in der Anzeige namentlich genannte Personen wurden in der folgenden Woche zur Vernehmung einbestellt. Keiner von ihnen fand sich jedoch ein. Am 1. Februar zog D. durch seinen Anwalt seine Anzeige zurück, weshalb die Ermittlungen am 4. Februar eingestellt wurden.

2. *Peter Sakari Välitalo* zeigte am 11. März Berg, Borg, Orrvik und Åström wegen Körperverletzung und groben Unfugs sowie Bedrohung an. Välitalo ist vierundzwanzig, schwedischer Staatsbürger und vorbestraft.
V. gibt u. a. Folgendes zu Protokoll: Am Tag vor der Anzeige wurde er von Berg und den anderen vor der U-Bahn-Station Liljeholmen festgenommen. Er behauptet, danach in den Bus geführt worden zu sein, wo Berg ihm mehrere Faustschläge in Nieren und Schritt verpasst habe, während er von Orrvik und Åström festgehalten worden sei. Bei der Fahrt zur Wache sei er von Berg und den anderen bedroht worden.
Berg und die anderen haben am selben Tag, dem 10. März, V. wegen Gewalt gegen Beamte im Dienst und gewaltsamen Widerstands angezeigt.

Eine Untersuchung dieser Vorfälle wurde am 14. März eingeleitet. V. konnte dazu nicht vernommen werden, da er nicht auffindbar war. Bei ihrer Vernehmung haben Berg, Borg, Orrvik und Åström alle Behauptungen abgestritten, die V. in seiner Anzeige erhoben hat, und den Handlungsverlauf so beschrieben, wie es aus ihrer gemeinsamen Anzeige gegen V. hervorgeht.

Die Untersuchungen wurden am 22. März mit dem Vermerk »strafbare Handlungen liegen nicht vor« eingestellt.

3. *Glenn Robert Carlsson* hat am 16. März Berg, Borg, Orrvik und Åström wegen Misshandlung angezeigt. Carlsson ist zwanzig, schwedischer Staatsbürger und vorbestraft.

C. gibt u. a. Folgendes zu Protokoll: Am Tag der Anzeige wurde C. von Berg und den anderen im Vitabergspark festgenommen. C. sagt aus, dann in den Bus geführt worden zu sein, wo Berg ihm mehrere Faustschläge in Nieren und Schritt verpasst habe, während Orrvik und Åström ihn festhielten.

Berg, Borg, Orrvik und Åström haben am selben Tag, dem 15. März, C. wegen Gewalt gegen Beamte im Dienst und Widerstands gegen die Staatsgewalt angezeigt.

Am 18. März wurde eine Ermittlung eingeleitet. C. konnte nicht vernommen werden. Berg, Borg, Orrvik und Åström bestreiten die von C. in seiner Anzeige erhobenen Vorwürfe und beschreiben den Handlungsverlauf so, wie es aus ihrer gemeinsamen Anzeige gegen C. hervorgeht.

Die Ermittlungen wurden am 29. März von der Staatsanwaltschaft mit dem Vermerk »strafbare Handlungen liegen nicht vor« eingestellt.

4. *Erik Valdemar Karlberg* hat am 14. April Berg, Borg, Orrvik und Åström wegen Mordversuchs, oder alternativ, wegen versuchten Totschlags, schwerer Körperverletzung, schwerer Bedrohungen sowie Hausfriedensbruchs angezeigt. Karlberg ist fünfundfünfzig, schwedischer Staatsbürger und vorbestraft.
K. gibt u. a. Folgendes zu Protokoll: Während des vergangenen Jahres war er immer wieder Drohungen und Schikanen von Seiten Bergs und der anderen ausgesetzt. Das trug sich auf verschiedene Weise zu. Er wurde z.B. auf dem Weg von und zur Arbeit »beschattet«, nachts wurde bei ihm angerufen, und er wurde mit dem Tod bedroht. Ungefähr einen Monat vor der Anzeige und bis zum Tag der Anzeige wurde außerdem versucht, ihn zu ermorden, indem eine »streng geheime Apparatur«, die im Streifenbus angebracht war, ihn einer heftigen radioaktiven Strahlung ausgesetzt hat. Teilweise im Bus, in den er mit Gewalt verbracht wurde. Teilweise stand der Bus auch nachts vor seiner Wohnung, und die Strahlen der Apparatur wurden auf sein Schlafzimmerfenster gerichtet. Um sich davor zu schützen, war K. gezwungen, eine getönte Brille zu tragen und eingewickelt in eine Asbestmatte zu schlafen. Sicherheitshalber hat er diese Schutzkleidung auch den März hindurch bis Anfang April auf der Fahrt zu Arbeit getragen.
Ermittlungen wurden nicht eingeleitet, alle Untersuchungen wurden am Tag des Anzeigeneingangs vom Chef der Disziplinarabteilung mit dem Vermerk »strafbare Handlungen liegen nicht vor« abgewiesen.

5. *Daniel Czajkowski* hat am 3. Mai gegen Berg, Borg, Mikkelson, Orrvik und Åström Anzeige wegen Misshandlung erstattet. Czajkowski ist fünfundzwanzig Jahre alt, polnischer Staatsbürger und nicht vorbestraft.
C. gibt u. a. Folgendes zu Protokoll: Am Abend vor der

Anzeige stand C. Schlange vor einem Klublokal in der Klarabergsgata, als zwei uniformierte Polizisten ihn ansprachen und ihn aufforderten, sie zu ihrem ein Stück weiter geparkten Einsatzbus zu folgen. C. ging freiwillig mit.

Im Bus wurde er von einem der Polizisten (Berg) aufgefordert, sich auszuweisen, doch ehe er seinen Ausweis hervorziehen konnte, wurde ihm von diesem Polizisten ein kräftiger Faustschlag in den Schritt versetzt. Zwei der anderen Polizisten (Orrvik, Åström) hielten ihn danach fest, während Ersterer (Berg) ihn mit der Faust in Nieren und Schritt schlug.

Berg, Borg, Mikkelson, Orrvik und Åström haben am selben Abend, am 3. Mai, C. wegen gewaltsamen Widerstands angezeigt.

Am 6. Mai wurde eine Untersuchung eingeleitet. C. wurde am 7. Mai vernommen, Berg, Borg, Mikkelson und Åström am 8. und 9. Sie haben allesamt die von C. in seiner Anzeige aufgeführten Beschuldigungen abgestritten und den Handlungsverlauf so beschrieben, wie es aus ihrer gemeinsamen Anzeige gegen C. hervorgeht. Die Ermittlungen wurden am 27. Mai von der Staatsanwalt mit der Begründung »strafbare Handlungen liegen nicht vor« eingestellt.

6. *Ghassan Al Katib* und *Muhammed Kabil* haben am 8. Juni Mikkelson wegen u. a. Misshandlung angezeigt. Katib ist zwanzig, Kabil zweiundzwanzig Jahre alt. Sie sind politische Flüchtlinge aus Palästina und vorbestraft.

K. und K. geben u. a. Folgendes zu Protokoll: Am Abend vor der Anzeige fuhren sie mit der U-Bahn vom Hauptbahnhof nach Ropsten. Im Wagen wurden sie von einem Unbekannten belästigt (Mikkelson). Als der Zug beim Karlaplan anhielt, stieß er sie aus dem Wagen. Auf dem

Bahnsteig verpasste er Kabil mehrere heftige Faustschläge und trat Katib in den Schritt. Erst danach zog er seinen Dienstausweis hervor und erklärte, sie seien verhaftet. Dann traf uniformierte Polizei am Schauplatz ein, und Mikkelson und seine Verlobte sowie K. und K. wurden zur Vernehmung auf die Wache gebracht.
Eine Untersuchung wurde am 10. Juni eingeleitet. Eine Vernehmung von K. und K. konnte nicht stattfinden, da die beiden nicht ausfindig zu machen waren.
Mikkelson und seine Verlobte wurden am 17. Juni vernommen. Bei diesem Verhör gibt Mikkelson u. a. an, dass er und seine Freundin am Abend des 8. Juni unterwegs zu einem Essen bei Freunden draußen in Lidingö waren. Sie fuhren mit der U-Bahn von ihrer Wohnung in Bergshamra und stiegen beim Östermalmstorg um, von wo sie weiter nach Ropsten fahren wollten. Als sie in den Wagen stiegen, sahen sie K. und K. Diese belästigten mehrere andere Fahrgäste. Sie belästigten auch Mikkelsons Verlobte und versuchten, sie »anzugrabbeln«. Mikkelson zeigte daraufhin seinen Dienstausweis und forderte sie auf, »sich ruhig zu verhalten«. Daraufhin versuchte Kabil, Mikkelson einen Tritt zu versetzen. Als die Bahn am Karlaplan hielt, konnte Mikkelson die beiden auf den Bahnsteig hinausschaffen. Danach hielt er sie fest, bis uniformierte Polizei eintraf. Mikkelsons Darstellung stimmt mit der seiner Verlobten überein. Er und seine Verlobte haben K. und K. wegen Gewalt gegen Beamte im Dienst, Widerstands gegen die Staatsgewalt und Belästigung verklagt.
Die Anzeige gegen Mikkelson wurde von der Staatsanwaltschaft am 26. Juni als »nicht stichhaltig« zurückgewiesen.

7. Im Zusammenhang mit einer Adressenkontrolle bei *Klas Georg Kallin* am 28. Juni hat Orrvik im Treppen-

haus vor der Tür zu Kallins Wohnung im Gamla Huddingeväg 350 einen Warnschuss aus seiner Dienstpistole abgegeben. Und zwar, weil er aus der Wohnung, in der Berg und Borg sich zusammen mit Kallin aufhielten, einen Schuss gehört hatte.

Orrviks Gebrauch seiner Dienstwaffe war Anlass einer Routineuntersuchung, die von der Disziplinarabteilung am 1. Juli eingeleitet wurde. Diese Untersuchung wurde am 1. August abgeschlossen und führte zu keinerlei dienstlichen Maßnahmen gegen Orrvik oder andere.

Was den Schuss angeht, den Kallin in seiner Wohnung abgegeben hatte (und von dem er selbst mit tödlicher Folge im Kopf getroffen wurde), so wird auf die Todesfalluntersuchung der Abteilung Gewalt verwiesen. Kallin war fünfunddreißig Jahre alt, schwedischer Staatsbürger und vorbestraft.

8. *Ritva Sirén* hat am 19. August Berg, Borg, Mikkelson, Orrvik und Åström wegen unerlaubten Eindringens und Hausfriedensbruchs angezeigt. Sirén ist achtundzwanzig, schwedische Staatsbürgerin und vorbestraft.

S. gibt u. a. Folgendes zu Protokoll: Berg und andere sind während des Frühlings und des Sommers bis zum Tag vor der Anzeige mehrfach in ihre Wohnung in der Kocksgata 17 eingedrungen. Entsprechende Ermittlungen wurden am 20. August eingeleitet, S. wurde am selben Tag vernommen.

Bergs Vernehmung fand einen Tag später statt. Er gab an, dass sie während des Frühlings und des Sommers mehrere Male in S. Wohnung Adressenkontrollen vorgenommen hatten, da die Wohnung bekannten Kriminellen und gesuchten Personen als Zufluchtsort diente, und dass bei zwei dieser Kontrollen auch Diebesgut gefunden wurde.

S. Wohnung taucht während des Zeitraums, von dem in

der Anzeige die Rede ist, im s. g. Schlupfwinkelregister des allgemeinen Ermittlungsregisters auf.

Die Ermittlungen wurden von der Staatsanwaltschaft am 26. August mit dem Vermerk »strafbare Handlungen liegen nicht vor« eingestellt.

34

Johansson legte die Papiere hin und schaute Jansson mit vergrätzter Miene an.

»Soll ich jetzt in Tränen ausbrechen?«, fragte er. »Über diese vielen unschuldigen Mitbürger, die behaupten, von der gemeinen Polizei Senge bezogen zu haben? Aus irgendeinem Grund muss es sich bei der ganzen Bande doch um alte Stammkunden handeln.«

Jansson nickte traurig.

»Ja, sieht so aus«, sagte er. »Nur Karlberg und dieser Pole nicht.«

»Der arme Karlberg ist der, den sie mit Röntgenstrahlen umbringen wollten«, sagte Johansson an Wesslén gewandt. »Der muss in einem Asbestschlafanzug ins Bett gehen, weil Berg und die anderen ihn vom Bus aus mit Strahlen bombardieren.«

Wesslén nickte neutral. Er sah nicht aus, als habe er das verstanden.

»Ja«, sagte Jansson. »Ist schon klar. Aber Czajkowski scheint ein ganz normaler Mensch zu sein. Hat offenbar am Konservatorium studiert. Und beim Radiosymphonieorchester gespielt. Ein polnischer Flüchtling.«

»Schön«, sagte Johansson. »Sicher ein wunderbarer Mensch. Wie Nilsson. Ein polnischer Onkel Nisse.«

Wesslén schien noch immer nicht verstanden zu haben, und Jansson sah trauriger aus denn je.

»Na? Was meinst du selbst, Jansson?« Johansson starrte

die graue Masse auf der anderen Schreibtischseite drohend an.

»Ich teile wohl die Einschätzung des Kollegen.« Jansson nickte nachdenklich. »Des Kollegen von der Disziplinarabteilung, mit dem ich gesprochen habe.«

»Und was sagt der?«

»Na ja. Der sagt, dass er an dem Tag, da er Berg und seine Bande endlich auffliegen lassen kann, mit gutem Gewissen in Pension geht.« Jansson fischte sein zusammengeknülltes Papiertaschentuch hervor und putzte sich energisch die Nase.

»Verdammt«, sagte Johansson und fuhr in seinem Sessel hoch. »Verdammt, wieso hat kein Arsch das ein bisschen früher ausgespuckt? Was sagst du, Wesslén? Was glaubst du?«

»Ich weiß eigentlich nicht«, sagte Wesslén. »Aus natürlichen Ursachen.« Er nickte kurz zu den Unterlagen rüber, die er ja nicht hatte lesen können.

»Aber wenn es so ist, wie ich glaube ...«, fügte er hinzu, »dann weiß ich nicht, ob das in unser Ressort fällt.«

»Ja, Scheiße.« Johansson ließ sich im Sessel zurücksinken. »Dieser verdammte Nilsson. Es ist kein einziger Zeuge aufgetaucht, der gesehen hat, was da passiert ist. Als sie Nilsson festgenommen haben, meine ich.« Er sah Wesslén an.

»Dann hätte ich das doch gesagt«, erklärte Wesslén und musterte seine Bügelfalten. *Alles hat seine Grenzen,* dachte er.

»Wir müssen noch einen Versuch bei Nilsson machen.« Johansson nickte energisch. »Der Arsch muss doch irgendwann mal wieder zum Leben erwachen. Ansonsten fahren wir mit einer Flasche Schnaps hoch und knöpfen ihn uns unter vier Augen vor.« Er grinste düster. »Du, Wesslén ...« Johansson war jetzt wieder ernst, und der Blick, mit dem er seinen gelassenen und markant geschnittenen Mitarbeiter bedachte, war fast bittend. »Ruf sofort im Sabb an und frag nach. Frag, ob es Sinn hat, dass wir vorbeikommen. Und in das hier will ich mich gar nicht erst vergraben, verdammt noch mal.« Er sah düster zu Jansson rüber, der in seinem Ordner wühlte und sich keine besonderen Sorgen machte, was er hier angerichtet hatte. *Und du tust das auch nicht*, dachte Johansson. *Bei allen Teufelchen in meinem Hintern, du fliegst hier bald raus.*

Aus irgendeinem Grund beschloss Wesslén, vom Zimmer der Sekretärin aus anzurufen. Johansson konnte auf der anderen Seite der Tür sein leises Murmeln hören, während er selbst abwechselnd die Papiere auf seinem Tisch anstarrte und versuchte, Jansson in Grund und Boden zu glotzen. Der aber wirkte total ungerührt. Er saß zusammengesunken und mit dem Kinn auf der Brust da und sah fast aus, als sei er eingeschlafen. Als Wesslén wieder hereinkam, empfing ihn ein sehr müder und sehr trauriger Blick.

»Na«, sagte Johansson. »Hast du den Arzt erwischt?«

»Ja«, sagte Wesslén. Er nickte langsam, und sein mageres Gesicht wirkte noch verschlossener als sonst.

»Und? Ist der Arsch aufgewacht?«

»Nein«, erklärte Wesslén und schüttelte den Kopf. »Eher im Gegenteil. Der Arzt sagt, er sei heute Morgen um sechs gestorben.«

Die verlorene Generation

35

»Kann ich dich mal schnell was fragen?« Johansson starrte Jansson an. Der war im Besuchersessel in sich zusammengesunken – übergewichtig, schlaff und grau –, aber das offenbar eher aus Bequemlichkeit, denn aus Resignation. *Vielleicht versuchte er ja, wieder auf die Beine zu kommen.*

»Je nachdem.« Jansson schaute ihn traurig an.

»Wenn du den Schnaps für einen Moment loslassen und dir diese Anzeigen vorknöpfen könntest«, sagte Johansson ungerührt. »Wir müssen mehr über die Betroffenen wissen, über das, was vorgefallen ist ... über alles eben.«

»Ja, ja.« Jansson nickte und schien einen Vorschlag abzuwägen.

»Nimm sie dir chronologisch vor. Und es muss schnell gehen. Nicht in vierzehn Tagen, sondern vorgestern. Und versuch, diskret zu sein, damit es nicht in der ganzen Stadt rumgeht.« Er schaute Jansson auffordernd an.

»Ich werde sehen, was ich tun kann«, seufzte Jansson und erhob sich mühselig. »Ich lass von mir hören.« *Romantiker*, dachte er.

Jetzt war scharfes Nachdenken gefordert. Wesslén sollte mit der Staatsanwaltschaft sprechen und dafür sorgen, dass Nilsson obduziert wurde. Jansson wollte sich an die Anzeigen setzen. Sagte er wenigstens. Er selbst würde auch irgendwas tun müssen. Er schaute nachdenklich auf seine Armbanduhr. Fast elf. Da müsste die Kantine schon geöffnet sein.

»Ich geh eben nach unten einen Bissen essen«, teilte er seiner Sekretärin mit, ehe er das Zimmer verließ.

Sie nickte hinter ihm her. Neutral, aber ohne ihr freundliches Lachen. Das sah er allerdings nicht.

Idioten, dachte Wesslén. Er hatte eben den Hörer aufgelegt, nachdem er mit dem Oberstaatsanwalt gesprochen hatte. Den betraf das Ganze ja auch. Als der von Nilssons Tod gehört hatte, wollte er von Wesslén wissen, ob das seiner Meinung nach den Beschluss, die Ermittlungen einzustellen, noch beeinflussen könne.

»Denkst du daran, was wir nächste Woche vorliegen haben?«, fragte Wesslén höflich.

Worauf der andere sich beruhigt und versprochen hatte, selbst dafür zu sorgen, dass Nilsson bei den Gerichtsmedizinern draußen in Solna landete.

»Dideldum«, sagte der Staatsanwalt neckisch. »Wir bleiben in Kontakt.«

Ein anderer, den die Sache betraf, war vermutlich Lars Martin Johansson, der aus unerklärlichen Gründen zum Chef des Landeskriminalamts befördert worden war. Das wurde jedenfalls in dem Gespräch angedeutet, das Wesslén mit seiner Abteilungssekretärin führte, nachdem er das mit dem Staatsanwalt hinter sich gebracht hatte.

»Aber hallo«, sagte sie und schaute ihn fröhlich an, als er durch die Zimmertür trat. »Du scheinst ja wahnsinnig guter Laune zu sein.«

»Ja«, sagte Wesslén und schilderte die neue Situation, sowie die neuesten Absichten des Polizcidircktors. »Was immer das mit dem Fall zu tun haben mag«, schloss er.

»Und dabei ist Johansson doch so ein Netter«, sagte sie verdutzt. »Alles ist viel besser geworden, seit er hier ist.«

Wesslén seufzte in Gedanken. *Noch eine,* dachte er. Nur ein überaus scharfes Auge hätte sehen können, dass er für einen Moment gequält sein Gesicht verzogen hatte. Seine Sekretärin besaß offenbar eines. Das ging ihm jetzt auf.

Boris Djurdjevic, dachte Jansson, während er sich mühsam im Sessel vorbeugte und die unterste Schreibtischschublade aufzog. Dort bewahrte er jetzt sein Starkbier auf, und normalerweise überzeugte er sich auch davon, dass die Schublade abgeschlossen war. Aber an diesem Morgen war alles so stressig gewesen, dass er es kaum geschafft hatte, die Tüte aus seiner Aktentasche hineinzulegen.

Lauwarmes Bier war eigentlich gar nicht so schlecht. Kaltes war natürlich ideal, aber lauwarmes war besser als nichts. Eine Zeit lang hatte er sein Bier in den Kühlschrank der kleinen Personalküche gestellt, in diskreten Tüten natürlich, aber dann war ihm aufgegangen, dass irgendwelche Kollegen offenbar schnüffelten. Davon hatte er sich auf ziemlich pfiffige Weise überzeugt. Er hatte nämlich einen zusammengefalteten Papierschnipsel so angebracht, dass er in die Tüte fiel, wenn sie nicht auf eine ganz besondere Weise geöffnet wurde. Der Schnipsel hatte dieselbe Farbe wie die Tüte. Danach hatte er das Bier wieder mit auf sein Zimmer genommen. Er wollte ja schließlich kein Gerede.

Bariss Djurdjevic. Er ließ sich den Namen auf der Zunge zergehen. Fast liebevoll.

Sollte er sich wohl einen vollständigen Registerauszug kommen lassen, so für den Anfang? Das könnte den ganzen Tag dauern, wenn er Glück hatte, und er könnte sich zwischendurch für ein paar Stunden nach Hause schleichen. Jansson trank noch einen Schluck. Rülpste diskret und strich sich ein wenig Schaum aus den Mundwinkeln. Diskretion war angesagt. Darauf hatte Johansson besonderen Wert gelegt. Er betrachtete mit zufriedenem Lächeln die blaue Dose in seiner Hand.

Die Kantine war fast voll, obwohl es erst elf war. Zuerst musste er sich in die Schlange vor dem rotierenden, rostfreien Stahltresen drängen, der aus den Küchenregionen hinten für alle leeren Polizeimägen vorn volle Teller herantransportierte. Dann folgte eine weitere Schlange vor der Kasse, und erst danach konnte er sein Tablett auf der Suche nach einem freien Platz, wo er in aller Ruhe nachzudenken gedachte, zwischen den Tischen herbalancieren.

Zusammen mit Erbsen und Speck, drei Pfannkuchen mit Marmelade und einem Lightbier. Milch trank er nicht gern. Davon hatte er als Kind genug bekommen.

Allein an einem Vierertisch in der Nichtraucherabteilung saß ein kleiner, magerer Kollege in Schlips und Kragen und adrettem Pullover mit klassischem V-Ausschnitt. Er beugte sich über seine Erbsensuppe und spachtelte konzentriert mit der rechten Hand, während er in einem dicken Buch las, das aufgeschlagen neben ihm auf dem Tisch lag. Schüttere Haare bekam er auch schon. Aus seiner erhöhten Position konnte Johansson durch die dünnen braunen Haare den hellen Skalp erkennen. Ein Buchhaltertyp mittleren Alters. Nicht gerade das, was man sich unter einem Mordermittler vorstellt, der im ganzen Haus bekannt ist, obwohl er die vierzig noch nicht erreicht hat.

»Hallo, Lewin«, sagte Johansson. »Darf ich mich setzen?«

Derzeit setzte er nie einen Fuß in die Kantine, er ging zum Mittagessen nach Hause. Er wohnte ja in der Nähe des Polizeigebäudes, aber nach der Kündigung würde er nach etwas anderem Ausschau halten müssen. Irgendwie schade, denn ein Zimmer und Küche waren gerade richtig für seine Bedürfnisse. Bad hatte er auch, und die Miete war erschwinglich. Aber wenn er gefeuert würde, wollte er nicht mehr in einer Gegend wohnen, wo ihm jederzeit die alten Kollegen über den Weg laufen könnten.

Jansson zögerte vor dem Lebensmittelladen an der Ecke

oben bei der Fleminggata und versuchte, sich an den Inhalt seines Kühlschranks zu erinnern. Seltsam übrigens, dass er nicht abnahm, so achtlos, wie er in Sachen Ernährung war. Aber das kam natürlich vom Bier. Ein Bier und ein Brot, das hatte er bestimmt. Und danach könnte er sich ein wenig auf dem Sofa zusammenrollen. Er fasste einen Entschluss und ging weiter die Straße hinunter.

Leer, stellte Wesslén nach einem raschen Blick in Janssons Zimmer fest. Was hatte er denn erwartet? Da konnte er auch gleich anfangen. Sollte er sich zuerst Herrn Djurdjevic vornehmen? Restaurantmogul und großer Name in der Drogenbranche. Wenn seine Erinnerung ihn nicht täuschte, dann war es derselbe Djurdjevic, von dem letzten Frühling die Zeitungen berichtet hatten. Was die anderen auf Janssons Liste für Menschen waren, hatte er dem Zusammenhang entnehmen können, und bis auf weiteres musste das Wenige, was er von Nilsson und seinem betrüblichen Schwiegersohn gesehen hatte, reichen. Mehr würde wohl auch nicht nötig sein. Djurdjevic war immerhin Lokalbesitzer. Oder war er das gewesen? Er selbst war Ermittler in Sachen Betrug. Das war die beste Kombination, die ihm in der Eile einfiel. Er lächelte und schloss die Tür zu Janssons leerem Zimmer. *Der sollte wirklich anfangen, seine Bierdosen in den Papierkorb zu werfen.*

»Du hast Sorgen, wie ich sehe«, sagte Lewin. Er hatte das Buch geschlossen und die Titelseite nach unten gedreht, aber Johansson hatte immerhin noch gesehen, dass es auf Englisch geschrieben und reich illustriert war. Und es handelte offenbar von eher gewaltsamen Methoden, Leute ums Leben zu bringen.
    »Wieso meinst du?«, fragte Johansson leichthin und bohrte die Spitze des blanken Löffels in den Senf auf dem Tellerrand, ehe er ihn in der Erbsensuppe verschwinden ließ.

»Ich habe gehört, dass Nils Rune Nilsson heute Morgen um null sechs siebzehn im Krankenhaus Sabbatsberg verschieden ist.« Lewin trommelte mit den Fingern auf dem Buch herum und sah ziemlich zufrieden aus.

Er konnte nicht begreifen, warum er derzeit so müde war. Er war beim Betriebsarzt gewesen, dazu hatten ihn die anderen mehr oder weniger gezwungen, aber der Arzt hatte nichts feststellen können. Jedenfalls keine gesundheitlichen Probleme. Sein Gedächtnis wurde auch immer schlechter. Er hatte offenbar doch kein Brot mehr, und der Kühlschrank war fast leer. Ein Rest eingetrockneter Räucherwurst, die schon harte Kanten bekam. Und ein einsames Lightbier. Wie mochte das nur dort gelandet sein?

Dann wird das eben eine gesunde Stunde, dachte Jansson. Er ließ sich mühsam auf das viel zu niedrige Schlafsofa sinken und öffnete seine Schnürsenkel.

Lewin hatte Stielaugen, und er verdankte ihnen offenbar die Beobachtung, dass Johanssons Löffel auf halbem Weg vom Teller zum Mund innegehalten hatte. Für eine überaus kurze Sekunde, aber dennoch hatte er es gesehen.

»Einer von den Jungs aus meiner Kommission hat das gehört, als er heute aus einem anderen Grund oben im Sabb war«, erklärte Lewin.

»Ach so«, sagte Johansson und sah ihn an. »Was denkst du denn über die Sache mit Onkel Nisse?«

»Wenn sie als Einziger den genauen Zeitpunkt wissen, muss man immer gut zuhören«, sagte Lewin auf profihaft philosophische Weise.

»Nilsson«, mahnte Johansson. »Du hattest ihn doch zuerst.«

»Ja«, sagte Lewin. »Obwohl das nicht mein Ressort war. Ich habe jetzt Anderssons alten Posten. Der ist übrigens im Sommer gestorben, wie du vielleicht weißt. Krebs.«

Andersson war Lewins direkter Vorgesetzter gewesen, als der bei der Abteilung Gewalt angefangen hatte. Außerdem sein treuer Bewunderer und möglicherweise sein einziger Freund. Obwohl er über dreißig Jahre älter und schon vor etlichen Jahren in Pension gegangen war.

Johansson nickte wortlos.

»Ich hab es abgeschrieben.« Lewin nickte energisch. »Erstens glaube ich nicht, dass einer von den Kollegen ihn so zugerichtet hat. Dazu war er doch zu alt und zu heruntergekommen. Und zweitens ... selbst wenn ... dann hätte man das jedenfalls nicht beweisen können. Kaffee?« Er schob den Stuhl zurück und setzte sich.

Begabter Knabe. Johansson nickte nachdenklich. Obwohl dein Äußeres gegen dich spricht und du doof und wie Doof aussiehst.

»Schwarz«, sagte er. »Kein Zucker.«

»Bo-ris Djur-dje-vic«, buchstabierte Wesslén mit Nachdruck und Pausen zwischen den Silben. »Über den will ich alles wissen. Alles, was in unseren Registern steht. Ich will seine Personalakte haben. Und eine Kopie von allen Vorgängen, die bei der Disziplinarabteilung in Stockholm liegen.«

»Notierst du?« Er schaute die Sekretärin fragend an, und die nickte. »... er hat am vierzehnten Januar dieses Jahres einige Kollegen angezeigt. Schaffst du das in einer Stunde?« Jetzt lächelte er wieder.

»Wenn du versprichst, nicht sauer auf Johansson zu sein«, sagte sie.

»Klas Georg Kallin. Sagt dir das was?« Johansson rührte konzentriert in seiner Tasse, obwohl er weder Zucker noch Sahne oder Milch nahm.

»Ja«, sagte Lewin und sein Gesicht hellte sich auf. »Ich weiß, warum du fragst. War ein interessanter Fall. Den hatte ich im Sommer, gleich vor dem Urlaub. Klas Georg Kallin. Schnabel genannt.«

Johansson nickte aufmerksam. *Das geht ja in einem Affenzahn,* dachte er.

»Wir gehen zu mir nach oben und reden in aller Ruhe weiter«, entschied Lewin. »Wenn wir den Kaffee getrunken haben.«

36

Die Zeit ist ein gewaltiges Sieb, das unaufhörlich geschüttelt wird. Menschen, Dinge, Ideen werden durcheinander gewürfelt, treffen sich, trennen sich und entfernen sich voneinander. Ereignisse, Geschehnisse verschwinden wie Staub im Vergessen oder jagen vorbei, ohne dass wir sie überhaupt bemerken. Das passiert meistens. Wir sehen nur einen Bruchteil von allem, was geschieht. Selbst wenn wir uns auf das beschränken, was sich zwischen uns und anderen abspielt, und wenn wir von den geliebten Grashalmen der Relativitätstheoretiker einmal absehen, die an einem öden Ort wie bescheuert wachsen.

Bis auf weiteres bildet Klas Georg Kallins Tod also eine klare Ausnahme. Er wird von zwei Personen gesehen, und keiner von beiden wird jemals vergessen, was er da gesehen hat, obwohl sie sich bestimmt alle Mühe geben. Dieser Tod hinterlässt auch eine Menge Spuren. Geheime und schwer zu deutende Spuren, wie schlaflose Nächte und schweißnasse Laken, die von angstvoll arbeitenden Armen und Beinen mitten im Bett zu einem Strick gedreht werden. Noch im Schlaf und viel später. Einzelne naturwissenschaftlich relevante Spuren. Solche, die sich wiegen, messen und beobachten lassen, mit einem oder auch mit mehreren unserer fünf Sinne. Zum Beispiel Gehirnmasse, Blut, Knochensplitter, Fragmente von Hirnrinde und Hirnhaut und so weiter, die auf dem Korkteppich in Kallins Wohnzimmer im Sockenväg in Bagarmossen herumspritzten.

Klas Georg Kallins Tod ist ein dramatisches Ereignis, er stirbt nicht den Strohtod in seinem verschmutzten und ungemachten Bett, und es ist eine unwiderlegbare Tatsache, dass es in unserer Zeit nur wenige Ereignisse gibt, die mit solcher Mühe rekonstruiert worden sind. Um herauszufinden, was wirklich passiert ist, obwohl die Zeit mit ihrem Sichelschnitt schon am Werk war. Jan Lewin von der Abteilung Gewalt der Stockholmer Polizei, seine Kollegen von der Technik, der Gerichtsmediziner. Alle versuchen, die Zeit zurückzudrehen. Am liebsten auf eine Stunde vor diesem Tod, damit sie rechtzeitig ihre Plätze einnehmen können. Sitzt du gut? Siehst du gut?

Klas Georg Kallin alias Klas Schnabel Kallin, wie er im Aliasregister der landesweiten Polizei heißt, gibt am Freitag, dem achtundzwanzigsten Juni, um achtzehn Uhr fünfzehn plus einige Sekunden sehr schnell den Geist auf. Das weiß man unter anderem, weil er in einem dreistöckigen Mietshaus gewohnt hat, das einige Jahre vor dem letzten Krieg von Spekulanten hochgezogen wurde. Mit dünnen Wänden und so gut isoliert wie ein Gitarrenkasten.

In der Wohnung über der seinen sitzt der Nachbar vor dem Fernseher und sieht sich die Ankündigung der ersten Nachrichtensendung an, als er »einen überaus heftigen Knall« hört. In der Wohnung unter der seinen sitzt der Nachbar vor dem Fernseher und sieht sich die Ankündigung der ersten Nachrichtensendung an, als er einen »Schuss« vernimmt.

Im Fernsehen nimmt man es sehr genau mit den Zeitangaben. Als Lewin am nächsten Tag anruft, hört er die einfache Antwort: »Achtzehn fünfzehn null. Take or give five seconds.«

Es gibt nur eine überaus direkte Todesursache. Eine Bleikugel von 10,2 Gramm. Die wird etwa fünf Zentimeter vor seiner linken Wange abgeschossen. Trifft sein Gesicht unterhalb der linken Augenhöhle und bewegt sich dann zirka achtzehn Zentimeter durch den Kopf schräg nach oben. Eine abgeschrägte Kugel aus kupferrotem Blei mit einem Durchmesser von neun Millimetern.

Mit einer Geschwindigkeit von vierhundertelf Metern pro Sekunde verlässt sie den Lauf der Waffe und braucht nur Bruchteile derselben Sekunde, um die achtzehn Zentimeter durch die Schädelknochen, die Hirnrinde, die Hirnhaut, die Stirnlappen, die Hirnhaut, die Hirnrinde und die Schädelknochen zu passieren. Dann durch Kallins zerzauste aschblonde Haare hinaus an die frische Luft und in die Gipsverkleidung der Decke. Dort bleibt sie vor der Betonplatte ungefähr fünf Zentimeter tief und zwei Meter schräg nach oben stecken.

Wie konnte das passieren?

Am Freitagnachmittag um drei Uhr verlässt Klas Schnabel Kallin die Justizvollzugsanstalt Hall bei Södertälje, wo er eine Haftstrafe von einem Jahr und sechs Monaten wegen Hehlerei und einigen anderen Vergehen absitzt. Aber egal, denn jetzt hat er übers Wochenende Urlaub und wird bald Freigänger. Bis die nächste Runde gekommen ist. Bis es so weit ist, kann er sich übers Wetter freuen. Nach einigen regnerischen Tagen kommt der Hochsommer mit dem Wochenende, an dem die Ferien beginnen: Sonne, Windstille und weiße Schäfchenwolken am blauen Himmel. Außerdem nimmt ihn jemand mit dem Auto zum Bahnhof von Södertälje mit. Auf dem Parkplatz trifft er eine Angestellte der JVA. Eine fünfundzwanzigjährige Sommervertretung, die dem weltmännischen Kallin und seinen Wünschen gegenüber einfach keine Chance hat.

»Ja, verdammt, Frau, ich will dich doch nicht vergewaltigen.«

Um halb vier setzt sie ihn in Södertälje ab, und um Viertel nach steigt er im Stockholmer Hauptbahnhof aus dem Zug.

Was er zwischen Viertel nach vier und zwanzig vor sechs gemacht hat, hüllt sich in Dunkel. Vermutlich einen Abstecher in die Gegend um den Sergels Torg, ohne jedoch Bekannte aufzusuchen. Klas Schnabel ist ein stadtbekannter Gauner von fünfunddreißig, hinter ihm liegen zwanzig Jahre Erfahrung als Knacki, Junkie und Dieb, deshalb stellt er Ansprüche an seinen Umgang. An diesem schönen Sommertag sind vor allem jüngere Talente unterwegs, und mit denen mag er sich nicht gemein machen. Es muss reichen, dass er sich eine Prise Hasch kauft, vermutlich bei einem dieser jungen Talente. Ja, was denn, zum Teufel? Normale Schweden gehen um diese Zeit in den Alkoholladen, um fürs Wochenende zu bunkern. Rauschmäßig kommt es auf dasselbe heraus, und Schnabel hatte noch nie Lust, mit Flaschen und Gläsern zu klirren.

Zwanzig vor sechs und festerer Boden. Er winkt vor dem Kaufhaus Gallerian einem Taxi und verlangt, in den Gamla Huddingeväg 350 chauffiert zu werden. Aus irgendeinem Grund lässt er sich beim Bezahlen eine Quittung geben. Möglicherweise um dem Taxifahrer eins auszuwischen, der keine Lust hat, »Abschaum« zu fahren, und eilig nach Hause will. Die Quittung wird dann später in seiner Hose gefunden, in derselben Tasche wie der kleine in Metallfolie gewickelte Haschbobbel, und dort stehen Fahrstrecke, Preis, Name des Fahrers und Wagennummer. Und das Datum vom selben Tag.

Lewins Glück dauert weiter an, denn der Fahrer weiß genau, dass es sechs Uhr war, als er den »Abschaum mit der Hakennase« vor »diesem Scheißdrogenhaus« abgesetzt hat. Er weiß das, weil er sich verspätet hatte, und da schaut man halt auf die Uhr. Um sechs hätte er den Wagen in der Garage abliefern müssen, aber die liegt weit draußen in Farsta, und als er endlich dort eintrifft, ist es schon Viertel nach.

»Sechs. Das weiß ich, weil ich mich verspätet hatte. Ich hab die ganze Zeit auf die Uhr geschaut.«

Lewins Glück ist also von Dauer, während Kallin von seinem gleich im Stich gelassen wird.

Um fünf nach sechs hält ein schwarzweißer, achtsitziger Dodgebus vor Kallins Haus, und ehe Polizeiinspektor Berg aussteigt, greift er zum Telefonhörer und teilt der Einsatzzentrale mit, dass er und die Kollegen eine Adresse im Gamla Huddingeväg 350 überprüfen, weil sie einen entsprechenden Tipp bekommen haben. Diese Mitteilung landet im Computer und bleibt bei einem unangenehmen Wort hängen. Bei der so genannten »Festnahmemitteilungsroutine«, die kontinuierlich in der Einsatzzentrale überprüft wird und bestenfalls als Logbuch dafür dienen kann, was die diversen Einheiten gerade so treiben.

Drei Nachbarn sehen, wie sie aussteigen – Berg, Borg, Mikkelson, Orrvik und Åström –, und alle stellen dieselbe Überlegung an. »Zeit, Kallin mal wieder abzuholen.« An und für sich kann man sich ja fragen, warum. Die Nachbarschaft ist alles andere als originell. Sie besteht aus abbruchreifen Mietskasernen der dreißiger Jahre, und der Maschendraht hat schon längst den schmutzig grauen Putz aus dem Griff verloren. Ein Viertel mit heruntergekommenen Wohnungen, das zwischen Sanierungsprogramm und Wirtschaftskrise in ein Loch gefallen ist und mehr als seinen gerechten Anteil an zänkischen alten Leuten, arbeitslosen Säufern und alternden Halbstarken abbekommen hat. Aber Kallin ist eben notorisch und hält den Lokalrekord, was Festnahmen in der eigenen Wohnung angeht. Obwohl er in Hall sitzt.

Kallin wohnt in Nummer 350, in einer Zweizimmerwohnung von vierzig Quadratmetern. Åström bleibt im Hauseingang stehen. Mikkelson geht ums Haus herum und stellt sich hinten auf, für den Fall, dass irgendwer auf die Idee kommen könnte, vom Balkon zu springen. Es wäre nicht das erste Mal. Berg, Borg und Orrvik gehen hinein. Letzterer wartet im Treppenhaus im ersten Stock, während die Kollegen eine Etage höher gehen. Und an der Tür schellen. Kallin öffnet selbst. Er ist barfuß und trägt Bluejeans und ein weites indisches Baumwollhemd, das er in die Hose gestopft hat.

»Was wollen die Herren nun schon wieder?«

»Hereinkommen und mit dir reden.«

Kallin gibt keine Antwort. Er dreht sich auf dem Absatz um, geht durch die enge Diele mit Türen zu Kochnische, Badezimmer und Schlafzimmer. Geradeaus weiter und ins Wohnzimmer. Dort bleibt er stehen und dreht sich zu seinen Besuchern um, welche die Tür geschlossen haben und ihm in die Wohnung gefolgt sind. Mitten im Raum steht er, die Arme hängen locker herab, der Blick ist auf Berg und Borg gerichtet. Die sind zwei Meter vor ihm auf der Schwelle stehen geblieben, und jetzt wird es nur noch Sekunden dauern, bis er die Grenze zur Ewigkeit überschreitet.

»Nett, dass ihr kommen konntet«, sagt er »Ich habe eine Überraschung für euch.«

Rasch schiebt er die linke Hand in seinen tiefen Hemdausschnitt. Rascher als Berg und Borg, die beide nur einen Schritt auf ihn zu tun können, denn schon zeigt aus knapp einem Meter Entfernung der schwarze Revolverlauf auf ihre Brust. Fast nachdenklich hebt Kallin seine Waffe. Zieht den Hahn mit dem Daumen an und zielt auf Borg.

»Ladies first«, sagt er, und zugleich krümmt sich sein linker Zeigefinger um den Abzugshahn.

Nun springt Berg auf den erhobenen Arm zu, und zweifelsfrei hat er damit Borg das Leben gerettet. Das meinen wenigstens Borg, Lewin, die Techniker und der Polizeichef, der ihm einen Monat drauf in der Personalzeitung für sein geistesgegenwärtiges Eingreifen dankt.

Rasch wie ein Tiger und als lebendes Beispiel für effiziente Polizistenausbildung packt Berg Kallins Arm mit einem Standardgriff, den er auf der Polizeischule im Kurs für Festnahmetechniken gelernt hat: »Verteidigung gegen hohen Schlag mit Knüppel usw.«.

Bergs linker Unterarm schließt sich um Kallins rechte Armbeuge. Mit der rechten Hand packt er nach der Hand, die den Revolver hält, und drückt sie aufwärts, rückwärts. Aber statt die Waffe loszulassen – wie der Bandit auf dem Bild im Lehrbuch – drückt Kallin auf den Abzugshahn. In dem Moment, da der Lauf auf sein eigenes Gesicht zeigt und mit dem bekannten Resultat.

37

»Unangenehme Geschichte«, fasste Johansson die Sache zusammen.

»Sicher«, stimmte Lewin zu und zuckte mit seinen schmalen Schultern. »Glück für Berg, dass er nicht mit mir gefahren ist. Dann wäre er jetzt tot. Und ich vermutlich auch.«

»Hmmm«, sagte Johansson. Er fummelte mit dem Zeigefinger an der Ermittlungsakte herum, die Lewin herausgeholt und zwischen ihnen auf den Tisch gelegt hatte. »Aber woher wollen wir wissen, dass die Kollegen die Wahrheit sagen? Vielleicht haben sie Kallin umgebracht und einen hübschen sauberen Selbstmord vorgetäuscht.«

»Hübsch und sauber war der aber nicht«, sagte Lewin und schob Johansson ein Foto hin. Eine Nahaufnahme von Kallins zerschossenem Gesicht auf dem braunen Korkteppich, umflossen von einer spitz zulaufenden Aura aus Blut, Haaren und Gehirnmasse.

Johansson verzog angeekelt das Gesicht. Er wirkte nicht gerade wie ein Mordermittler, denn er nahm das Bild nicht in die Hand, sondern ließ es auf dem Tisch liegen.

»Komisch«, sagte Lewin mit nachdenklichem Lächeln, »was so was mit einem macht. Weißt du, was ich gedacht habe, als ich hergekommen bin?« Er schaute Johansson mit ernster Miene an und schüttelte den Kopf.

»Wenn du versprichst, dass es unter uns bleibt ... dann war genau das meine Arbeitshypothese. Nimm lieber zur Kenntnis, dass es kein als Selbstmord getarnter Mord war.« Er nickte Johansson auffordernd zu. »Das war es nämlich nicht. Davon bin ich überzeugt.«

»Erzähl«, sagte Johansson und ließ sich im Sessel zurücksinken. »Und vergiss nicht, dass du mit einem langjährigen Personalchef redest.« *Sympathischer Mann, dieser Lewin,* dachte er.

Alles, fanden Lewin und die anderen, die mit der Ermittlung betraut waren. Einfach alles sprach dafür, dass Bergs und Borgs Version der Wahrheit entsprach.

Kaum ist der Schuss gefallen, lässt Berg Kallin los, der geht zu Boden und ist vermutlich auf der Stelle tot. Berg und Borg stehen einfach nur da und hören nicht, dass Kollege Orrvik auf der anderen Seite der Tür losschreit. Erst als er einen Warnschuss an die Decke feuert, nimmt Berg, immer noch erregt, sich zusammen.

»Kallin wollte Borg erschießen und hat sich selbst erwischt. Geht nach unten, ruft die Zentrale an und sorgt dafür, dass das Treppenhaus abgesperrt wird.«

Dann geht Berg wieder in die Wohnung und sieht jetzt, immer noch laut Orrvik, »verdammt zittrig aus«. Er hört es nicht mal, als Orrvik fragt, ob er »okay« sei.

Um achtzehn Uhr siebenundzwanzig, zwölf Minuten nach dem Schuss, treffen die ersten Kollegen am Tatort ein. Eine Streife von der lokalen Ermittlungsabteilung des Wachdistrikts Farsta. Berg und Borg stehen vor Kallins Wohnungstür, und alle beschließen, dass niemand hineindarf, solange die Technik noch nicht eingetroffen ist.

»Und ihr seid ganz sicher, dass er tot ist?«, fragt der eine Ermittler.

»Scheiße, Scheiße«, sagt Berg. Er steht mit hängenden Armen und kalkweißem Gesicht da. Sein Kollege Borg hat sich auf die oberste Treppenstufe gesetzt, den Kopf auf die Knie gelegt und die Arme um den Kopf geschlungen. Er schüttelt sich nur, wenn der andere Ermittler ihm die Hand auf die Schulter legt.

Um achtzehn Uhr siebenundvierzig kommt der Dienst habende Techniker und geht als Erster in die Wohnung. Nach einer weiteren halben Stunde gesellen sich ein weiterer Techniker, ein Ermittler von der Kriminalpolizei und Lewin dazu.

»Ich habe den Kommissar vertreten«, erklärte Lewin. »Als ich gehört habe, worum es geht, habe ich beschlossen, selbst hinzufahren.«

»Und das hat dich überzeugt?«

»Ja. Und auch Bergholm. Den Techniker, meine ich. Es war doch irgendwie ein Wahnsinnsstart für die Ermittlung.« Lewin nickte beifällig. »Bergholm konnte die Hände von Kallin und Berg untersuchen. Beide stanken nach Pulver. Der Tatort war total unberührt. Frische Erinnerungsbilder ...«, er grinste. »Man konnte einfach hineingehen und zulangen.«

»Du glaubst also nicht, dass sie euch was vom Pferd erzählt haben? Die hatten doch einige Minuten Zeit«, Johansson ließ nicht locker.

»Njet«, sagte Lewin nachdrücklich. »Vier Dinge haben mich überzeugt.«

»Was denn?«, fragte Johansson.

»Erstens. Woher hätten sie den Revolver nehmen sollen? Wie du sicher weißt«, Lewin lächelte kurz, »wurden unsere Kollegen von der Ordnung mit Waltherpistolen ausgerüstet. Und andere Waffen werden nicht geduldet.« Er nickte langsam und nachdenklich.

»Und zweitens?«, fragte Johansson.

»Zweitens«, sagte Lewin, »gibt es nichts, was gegen ihre

Darstellung spricht. Die gesamte technische Untersuchung ist auf ihrer Seite. Die Platzierung des Körpers vor und nach dem Schuss, der Pulvergestank, die Blutspritzer, die Kugelbahn, das Trefferbild ... You name it. Alles weist darauf hin, dass die Kollegen die Wahrheit sagen.«

»Drittens.« Johansson nickte.

»Ein technisches Detail. Ein wichtiges.« Lewin nickte. »Die Patronen. Es wurde ein Revolver verwendet. Mit Trommelmagazin und sechs Kammern. Eine Patrone in jeder und ...«, Lewin legte eine Kunstpause ein, »Kallins Fingerabdruck war auf jeder von ihnen. Sonst gab es keine, ja ... und dann natürlich auch auf der Waffe. Auf dem Lauf und auf dem Griff, ganz normal. Es ist übrigens sehr leicht, Abdrücke auf Patronenhülsen zu hinterlassen. Glatte Oberfläche ... man schwitzt oft beim Laden. Aus irgendeinem Grund.« Lewin grinste.

»Und viertens?«

»Noch ein Detail. Aber interessant. Den Kollegen zufolge steckte die Waffe unter seinem Hemd im Hosenbund. Das war so ein weißes Hemd. Und an Hosenbund und Hemd haben wir Öl von der Waffe gefunden.«

»Aha«, sagte Johansson.

»Ja«, bestätigte Lewin. »Und so gut sortiert sind sie nur selten, unsere Mörder. Schon gar nicht, wenn sie das Haus voller Polizei haben, die sie bei ihrer Beschäftigung stören könnte.« Jetzt grinste er schon wieder.

»Selbstmord?«

»Na ja.« Lewin schüttelte den Kopf. »Du meinst, er hat sich ganz schnell entschlossen, als ihm aufging, dass er den Ringkampf mit Berg verloren hatte. Nein. So war das sicher nicht.« Lewin hörte sich überzeugt an. »Der gute Kallin hatte offenbar den Abzug abgefeilt. Oder sonst irgendwer. Deshalb hat sich beim Handgemenge der Schuss gelöst. Und ihn unglücklicherweise mitten in die Stirn getroffen.«

»Wir müssen versuchen, mit unserer Trauer zu leben«,

sagte Johansson und klang so, als werde es ihm gelingen. »Die Waffe«, fügte er dann hinzu. »Hast du rausfinden können, woher er die hatte?«

»Nein«, sagte Lewin. »Leider nicht. Das ist die einzige ungelöste Frage. Obwohl ich einen Monat daran gesessen habe. Sie ist nicht im offiziellen Waffenregister verzeichnet. Und sie ist weder bei uns noch bei Interpol gestohlen gemeldet. Vermutlich ist sie legal erstanden und dann eingeschmuggelt worden. Es war eine Ruger. Eine der größten Marken in den USA. Die stellen jedes Jahr Hunderttausende davon her, schätze ich. Huh.« Lewin schüttelte sich.

Johansson nickte. Er kannte die Marke. Unter anderem hatte er sie bei seinem Studienbesuch in den USA in zahllosen Holstern gesehen.

»Einige amerikanische Kollegen scheinen sie als Dienstwaffe zu benutzen«, sagte Lewin. »Eine richtige Elefantenbüchse, wie du siehst.« Er nickte zu Kallins Foto auf dem Schreibtisch hinüber.

»Ja, verdammt«, sagte Johansson voller Überzeugung, und aus irgendeinem Grund dachte er durchaus nicht an all die unschuldigen Tiere, denen er mit größeren und gefährlicheren Waffen das Leben genommen hatte. Er dachte an Jansson. Mordjansson. *Du bist ein ziemlicher Blindfisch, Jansson,* dachte er. Vergeudest deine und anderer Leute Zeit damit, den Schlamm von Kollegen aufzuwühlen.

»Noch was.« Johansson war von Natur aus neugierig, und Lewin kam ihm vor wie ein wandelndes Lexikon. Aber nicht wie die *Große Welt der Musik*. Sondern besser.

»Warum wurde er Schnabel genannt? Weißt du das?«

Natürlich wusste Lewin das. Aus zwei Gründen. Zum Ersten wegen seines Aussehens. Kallin war von aristokratischem Äußeren gewesen. Das ging sogar aus dem Foto auf Lewins Tisch hervor. Trotz der zwanzig Jahre hektischen Gaunerlebens mit allem, was an Drogen, Suff, Unruhe und gestörten Nächten dazugehörte. Trotz aller Schlägereien, Unfälle und dem finalen Ereignis vom achtundzwanzigsten Juni. Kraftvoll markante Züge, eigensinniges Kinn, hohe Stirn und eine Nase wie ein Conquistador. Vorspringend und kühn gebogen. Wie ein Schnabel. Ein Raubvogelschnabel.

Außerdem war er schlagfertig. Das war der zweite Grund, der mit dem ersten zusammenhing. Kallin war ungeheuer »scharf im Schnabel«, wie es in der Gaunersprache hieß. Und was für ein Schnabel. Dass er nicht durch die Nase sprach, spielte da keine Rolle. In der Gaunersprache kann Schnabel Mund und Nase gleichermaßen bedeuten. Bei Kallin stimmte beides.

»Und sein Vorstrafenregister war das Übliche. Reichte von hier bis zur Kanzlei des Polizeichefs und zurück. Die Regale haben sich richtig geleert, als seine Akten aus dem Archiv geholt wurden«, sagte Lewin mit leichtem Lächeln.

»Kann ich mir vorstellen. Sicher schwere Kindheit.« Johansson sah düster aus.

»Seine Kindheit«, sagte Lewin und schaute ihn glücklich an. »Du wirst nicht drauf kommen.«

»Mama Psychologin und Papa Psychiater«, sagte Johansson. »Schwerpunkt Familienkonflikte.«

»Ach komm«, sagte Lewin. »Du hast die Akte gelesen.«

»Nix«, sagte Johansson. »Hab ich nicht. Aber man ist ja nicht umsonst bei der Polizei.«

Obwohl Johansson ihm die Pointe verdorben hatte, wirkte Lewin wie neu belebt, als sie sich trennten. Auch Johansson war zufrieden, was allerdings nicht an Kallins Eltern lag, sondern einen anderen Grund hatte.

»Das war lehrreich.« Er nickte lächelnd. »Du hast nicht Lust, irgendwann zu uns überzuwechseln?«

»Na ja.« Lewin schnalzte mit der Zunge und schüttelte den Kopf. »Das kommt mir ein bisschen heftig vor. Wenn man den Zeitungen glauben darf.«

»Darf man nicht«, sagte Johansson. »Außer in diesem Fall.«

»Er liegt in der Technik, falls du ihn dir ansehen willst.« Johansson blickte ihn fragend an.

»Der Revolver«, erklärte Lewin. »Bergholm hat ihn in die Sammlung aufgenommen.«

»Ich schau mal vorbei«, sagte Johansson und fuchtelte mit der rechten Hand. *Verdammt, ich habe zuletzt vor zehn Jahren eine richtige Mordwaffe gesehen,* dachte er, als er zum Fahrstuhl ging. Damals hatte ein armer Teufel seine Frau mit der Kaffeemaschine erschlagen, die er ihr zur Hochzeit geschenkt hatte.

38

Als Jansson aufwachte, war es bereits drei Uhr. Er hatte Durst und musste zur Toilette. Spätestens eins, hatte er gedacht, als er sich hingelegt hatte, aber jetzt war es also drei, und es war zu spät, um daran noch etwas zu ändern.

Auf dem Weg zur Toilette nahm er das Lightbier aus dem Kühlschrank. Riss den Kronkorken herunter und warf ihn ins Klo, während er seine zum Bersten gefüllte Blase erleichterte. *Das nennt man zwei Fliegen mit einer Klappe schlagen,* dachte er. Wenn Johansson mich sehen könnte, würde ich sicher zum Kommissar ernannt.

Auf der Straße draußen herrschte ein Septembernachmittag. Der Wind wusste, was er wollte, war aber noch nicht so scharf und herausfordernd. Ein ausgezeichneter Wind, um einen klaren Kopf zu bekommen, wenn man sich müde fühlte und langsam alt wurde. Deshalb ließ er sich Zeit, und statt durch den Haupteingang in der Polhemsgata zu gehen, bog er um die Ecke und betrat den Durchgang zum Hinterhof. Das verschaffte ihm eine Frist von zweihundert Metern, und da er ins Zentralregister wollte, konnte er ebenso gut hier entlanggehen wie durch die Tunnels unter der Straße.

Das Zentralregister lag ganz unten im letzten der drei braun glänzenden Bauklötze, die den modernen Teil des Polizeihauptquartiers bildeten. Das Hauptquartier umfasste übrigens einen ganzen Block, und hundert Jahre trennten die verschiedenen Gebäude in dem Viereck, das den großen Innenhof umgab. Im Hof lag in einem besonderen Pavillon das Restaurant. Ein kleinerer Parkplatz, der vor allem von Bereitschaft und Ermittlung genutzt wurde, und eine kleine Garage für die Autowracks der Technik, die sie immer in der Nähe haben wollte, lagen ebenfalls im Hof.

Mittendrin gab es dann noch einen vakuumgetrockneten Park mit Beeten, Rasenflächen, Kieswegen und einigen jämmerlichen Bäumen, die einfach nicht wachsen wollten. Im Sommer bei schönem Wetter tranken die Kollegen dort ihren Kaffee. Einige spielten sogar nach königlichem und kontinentalem Vorbild auf den Kieswegen Boccia. Aber jetzt hatte der Herbst sie verjagt; Sonnenschirme und Bocciaspieler, Gartentische und Kaffeetrinker. Er selbst ging nie mehr dorthin.

Es war nicht leicht, ins Zentralregister zu gelangen. Die erste Tür wurde mit einem Schlüssel geöffnet – den hatten sie ihm noch nicht weggenommen –, das war also noch möglich. Aber dann gab es Ziffernschlösser an den Türen, und das machte die Sache schon schwieriger.

In den verschiedenen Teilen des Hauses variierten die Codes und wurden noch dazu in unregelmäßigen Abständen geändert. Den für sein eigenes Stockwerk hatte er gelernt und sicherheitshalber in seinem Taschenkalender notiert. Obwohl das gegen die Bestimmungen für die interne Sicherheit verstieß. Ein Code durfte unter keinen Umständen irgendwo aufgeschrieben werden, man musste ihn auswendig lernen, und man durfte ihn niemandem verraten. Kollegen mit ebenso schlechtem Gedächtnis wie ihm zum Beispiel. Zuerst musste man sich davon überzeugen, dass man eine »codeberechtigte Person« vor sich hatte, »die sich durch Vorlage eines gültigen Dienstausweises und Zugehörigkeit zur fraglichen Abteilung«, der Abteilung also, die hinter den verschlossenen Türen lag, legitimiert hatte.

Der derzeitige Code für seine Abteilung war leicht: 840401, 1. April 1984. Jansson ging davon aus, dass es sich um den Geburtstag des amtierenden Justizministers handelte, und er sah keinen Grund, es im Staatskalender zu überprüfen. Dort stand man nicht, wenn man von einem Posten als Jurist in der Landwirtschaftskasse von Alingsås und als Kreisverordneter des lokalen Bildungsverbandes direkt in den Ministersessel geholt worden war. Von einem wichtigen Vetter in der Regierungskanzlei, der bei dieser Kasse eine Hypothek aufgenommen hatte.

Egal. Er gelangte in die Abteilung mit Hilfe eines jüngeren Kollegen, der entweder im Widerstand war oder ihn erkannt hatte. Auf jeden Fall hatte er ein besseres Zahlengedächtnis als Jansson.

Das Zentralregister befand sich in einem riesigen Raum mit Regalen aus hellem Holz. An die zehn Meter lang und etwa zwei Meter hoch. Dort hingen endlose Reihen von Mappen, nach Personenkennziffern sortiert. An die hunderttausend Personen in braunen und grünen Ordnern. Sittlichkeitsverbrecher drängten sich zusammen mit Hundesteuerhinterziehern. Leute, die ihre Frauen misshandelt hatten, hingen Arm in Arm mit Betrügern. Nadelstreifenverbrecher mit Villa in Djursholm teilten ihren Regalplatz mit erschöpften Alkoholikern aus der Junggesellenherberge des Sozialamts. Es gab hier nur die eine Einteilung, die sich an Jahre, Monate, Tage und Nummern hielt.

Die Regale liefen auf Schienen über den Boden und wurden von diskret summenden Elektromotoren bewegt. Die Schalttafeln saßen an den Querseiten, und man musste aufpassen, wenn man im schmalen Gang zwischen zwei Reihen stand. Sonst konnte man hier von einem gestressten Kollegen, der einem anderen Ordner hinterherjagte, für alle Zeiten archiviert werden.

Scheußliche Dinge waren schon passiert. Vor vielen Jahren hatte es im Haus einen Verbrechensforscher gegeben, der so verrückt gewesen war, dass er die gesamte Bürokratie in ihrem innersten und äußersten Wesen bedroht hatte. Eines Tages war er einfach verschwunden, und hinterlassen hatte er nur das Gerücht, der Chef der Sicherheitspolizei habe ihn ermordet.

Er habe sich eines Nachts unten im Zentralregister an ihn herangeschlichen und ihn für alle Zeiten zwischen die beiden hintersten Regale in der abgelegensten Ecke des Saales geklemmt. Dort, wo kein Kollege jemals hingelangte, da alle, die dort archiviert lagen, im neunzehnten Jahrhundert geboren waren. Dort, wo nur der Forscher immer gesessen hatte. Vertieft in Gedanken über die Verbrechen einer verschwundenen Zeit.

Jansson war davon überzeugt, dass die Gerüchte der Wahrheit entsprachen. Er kannte schließlich den Chef der Sicherheitspolizei.

Er selbst jedoch hatte Glück. Der Übersicht am Kopf des Regals konnte er entnehmen, dass Boris Djurdjevics Personalakte ganz am Anfang der Reihe hing und dass er von der Seite her an sie herankommen konnte.

Dass er an sie hätte rankommen können. Sie war leider ausgeliehen. Der Ordner, in dem die Ausleihen verzeichnet waren, teilte mit, »Krkom G. Wesslén/LK« sei bereits um elf Uhr dort gewesen und habe sich die Akte unter den Nagel gerissen.

Scheißstress, dachte Jansson und seufzte tief.

Die Registratur, die nicht mit dem Zentralregister verwechselt werden darf, lag im ersten Gebäudekomplex, und hier reichte nicht einmal ein Türcode. Hier musste man eine Fernsehkamera überzeugen. In Janssons Fall dauerte es eine Weile, am Ende glückte es aber doch. Inzwischen tat sein Arm weh, weil er so lange seinen Dienstausweis vor das glotzende Insektenauge oben an der Decke gehalten hatte.

»Bitte einzutreten«, sagte die Stimme in der Wand höflich.

Die Auslieferungsstelle für Registereintragungen lag nur drei Türen weiter, und dort saß ein jüngerer Mann von Mitte zwanzig in einem adretten weißen Hemd mit kurzen Ärmeln und einer Ausweiskarte auf der Brust.

»Jansson, Landeskrim«, sagte Jansson und hielt seine eigene Karte hin. »Ich hatte einen Auszug über Djurdjevic bestellt, Boris Djurdjevic. Heute Vormittag.« Er schaute den Kurzärmligen aus blanken Augen an.

»Djurdjevic, Djurdjevic«, murmelte Ärmel und blättert in den Bestellzetteln auf seinem Tresen. »Mit oder ohne Dringlichkeit?«

»Ohne«, sagte Jansson kleinlaut.

»Ist morgen fertig«, entschied der Zuständige.

»Aha«, sagte Jansson. »Na immerhin, vielen Dank.«

»Wenn es sehr eilt, dann schau doch einfach bei Kommissar Wesslén vorbei.« Der Kurzärmlige musterte ihn herablassend. »Der hat heute Morgen denselben Auszug bestellt. Mit Dringlichkeit.«

»Arschloch«, sagte Jansson laut und deutlich. Machte kehrt und ging. Raus kam man problemlos.

Scheißstress, dachte Jansson. Die sind doch vergiftet. Jetzt saß er immerhin in seinem guten Sessel hinter seinem Schreibtisch. Die Tür hatte er hinter sich und der blauen Dose in seiner Hand geschlossen, und die hatte soeben zufrieden gezischt.

Außerdem war es schon vier und also bald Zeit, nach

Hause zu gehen. Er trank einen Schluck, rülpste und betrachtete seine unglückselige Liste über die angeblichen Sünden von Berg und den anderen. *Sollte er vielleicht von hinten anfangen?* Da konnten sie doch einfach noch nicht angekommen sein. Morgen würde er sich die Unterlagen über den Todesfall Klas Georg Kallin besorgen. Und zwar rechtzeitig.

39

Lars Martin Johansson hatte niemals Realschule, Gymnasium oder Universität besucht. Sieben Jahre Grundschule zu Hause in Näsåker, drei Jahre Laufbursche auf der Baustelle fürs Kraftwerk, zwei Jahre Heimvolkshochschule, Polizeischule und später im Leben insgesamt ein Jahr Weiterbildung. Das war die Universität von Lars M., und für Polizisten seiner Generation war das mehr als genug.

Nur einmal in seinem Leben hatte er eine höhere Lehranstalt betreten. Ein altes, edles Gymnasium am Jarlaplan in Stockholm. Es war viele Jahre her, und er war als frisch ernannter Kriminalassistent der Abteilung Einbruch dienstlich dort gewesen. Jemand war in den Chemiesaal der Schule eingestiegen und hatte aus den aufgebrochenen Schränken genug Gift entwendet, um etliche Lehrkörper ums Leben zu bringen.

Eine schwierige Ermittlung. Vor allem weil die Schule ihn an etwas erinnerte, was er nie gehabt hatte und nie bekommen würde, wonach er sich in seiner Jugend aber sehr gesehnt hatte.

Abgenutzte alte Säle, in denen die Bänke zur Decke hochkletterten, schwarze Tafel und riesiges Katheder ganz unten. Ein alter Chemielehrer, der von seinen Kollegen »Herr Studienrat« und von den Schülern »Molekül« genannt wurde. Und der vermutlich bei der Doktorprüfung gepatzt hatte und deshalb am Gymnasium gelandet war und nicht an der Universität.

Genauso hatte er sich das erträumt, als er zu Hause in Näsåker in der Dorfschule gesessen und sich in Erdkunde- und Naturkundestunden gleichermaßen das Schaubild mit den wilden Tieren der Gegend angesehen hatte.

Später im Leben übrigens auch. Nicht das mit den wilden Tieren, sondern das mit den Träumen.

Wenn man schon bei der Polizei gelandet war, kam die Technik am nächsten an irgendetwas Vergleichbares heran. Obwohl sie im modernen Teil des Komplexes lag, machte sie doch einen viel altertümlicheren und gelehrteren Eindruck als sogar das Polizeimuseum unten im Keller. Hier gab es Polizisten, die so viele Bücher in ihren Zimmern stehen hatten, dass sie es an sichtbarer Bildung mit jedem Professor aufnehmen konnten. Polizisten in weißen und grauen Kitteln, genau wie Lehrer oder Chemiker. Laboratorien mit großen schwarzen Arbeitstischen, mit Regalen voller Chemikalien, mit Schubladen voller Gläser, mit Mikroskopen und Bunsenbrennern. Alles, wirklich alles, was es in der chemischen Fakultät einer Universität oder im Chemiesaal eines vornehmen alten Gymnasiums geben musste.

Nur Details verrieten, dass man sich hier mit tendenziell ungewöhnlichen Forschungsarbeiten befasste. Ein blutdurchtränktes Hemd, das in einer Plastiktüte auf einem Tisch lag. Ein auseinander montiertes Schrotgewehr mit abgesägten Läufen auf einem anderen.

Bergholm empfing ihn in der Tür. Lewin hatte ihn schon vorgewarnt, und er hätte sehr gut als alter Chemielehrer durchgehen können. Rötlicher Teint, ein Kranz aus weißen Haaren, ein Kittel in der gleichen Farbe und die passende hohe, gerunzelte Stirn. Ein alter Naturwissenschaftler mit breit gefächerten Interessen.

»Weißt du irgendwas über Waffen, Johansson?

Nach kurzer Suche hatte er den gewünschten Revolver in

einem seiner Schränke gefunden. Der lag jetzt in einem Futteral aus gegossenem Kunststoff auf seinem Arbeitstisch. Eine aufgerollte Echse mit Schuppen aus glänzend blauschwarzem Stahl.

»Es geht so«, sagte Johansson. »Ich bin Jäger.«

Eine Ruger Speed-Six, erklärte Bergholm. Ein Neunmillimeterrevolver mit rotierendem Magazin und Platz für sechs Patronen. Ein bei Kriminalpolizisten in den USA überaus beliebtes Modell. Vor allem dieses hier mit dem kurzen Lauf von sechseinhalb Zentimetern, das sich leicht in der Kleidung verstecken ließ.

»So was hättest du haben müssen, als du noch ermittelt hast.« Bergholm machte einen professionell begeisterten Eindruck. »Anstelle dieser Waltherknarre. Wenn du wüsstest, was die hier für Löcher macht.«

»Kann schon sein«, sagte Johansson neutral. »Lewin hat behauptet, sie sei frisiert worden.«

»Ja.« Bergholm nickte eifrig. »Typische Verbrechertrimmung, wenn ich das so sagen darf. Schau her.«

Mit Hilfe eines Schraubenziehers entfernte er den glatten Holzgriff. Die Sperre, die den Hahn in gespannter Position festhielt, war abgefeilt worden. Bergholm zeigte mit der Spitze des Schraubenziehers auf die deutlichen Feilspuren.

»Normalerweise kannst du irgendwem auf den Kopf hauen, wenn der Hahn gespannt ist, und nichts geht los. Falls du nicht abdrückst, natürlich. Aber hier ist das anders.« Bergholm spannte den Hahn mit dem Daumen und klopfte mit dem Kolben vorsichtig auf die Tischkante. Sofort bewegte sich der Hahn mit einem Klicken.

»Das ist bei unseren kriminellen Freunden eine ziemlich übliche Verbesserung«, erklärte er. »Ehrlich gesagt, weiß ich nicht, warum. Vielleicht haben die so schwache Finger.« Er fuhr sich nachdenklich durch den weißen Haarkranz.

»Ihr habt nie feststellen können, woher der kam?«

»Nein.« Bergholm schüttelte den Kopf. »Lewin war eifrig wie ein Iltis. Wirklich ein tüchtiger Junge.« Er nickte zufrieden. »Das Teil ist jedenfalls bei Interpol nicht gestohlen gemeldet, und das bedeutet immerhin hundertzwanzig Länder, wie du weißt.«

»Die Fabrik?«, fragte Johansson.

»In den USA«, sagte Bergholm. »Die haben im vergangenen halben Jahrhundert davon so an die zehntausend pro Jahr hergestellt, wir haben uns also nicht weiter darum gekümmert.«

»Nein«, sagte Johansson. »Kann ich verstehen.«

»Kallin. War das ein gewalttätiger Typ?«, fragte Johansson. *Das hätte ich auch Lewin fragen können,* dachte er.

»Ein stinknormaler Typ«, antwortete Bergholm. »Dieb, Junkie, Hehler. Das ganze Register. Ist schon an die zwanzig Jahre dabei. Hat ein Gutteil davon gesessen. Du wirst nicht drauf kommen, was seine Eltern machen.« Bergholm blickte ihn glücklich an.

»Doch«, sagte Johansson und lächelte zufrieden. »Er hatte wohl eine ziemlich große Klappe?«

»Wird behauptet.« Bergholm zuckte mit den Schultern. »Offenbar ist er deshalb Schnabel genannt worden. Ich bin ihm nie begegnet, aber ich habe gehört, dass er überaus beredt war. Muss schrecklich gewesen sein, ihn zu verhören.«

»Klingt nicht nach einem typischen Gewaltverbrecher«, sagte Johansson. »Was war denn bloß in ihn gefahren? War er zugedröhnt?«

»Junkies.« Bergholm schüttelte traurig seinen fast kahlen Schädel. »Nach ein paar Jahren werden die einfach unberechenbar.«

Ja. Das wusste Jansson ja auch.

»Die brauchen nicht mal was eingeworfen zu haben. Weißt du, was ich vor einem Monat hatte?«, fragte Bergholm und musterte Johansson forschend.

»Nein«, sagte Johansson höflich. *Woher soll ich das wissen, zum Teufel.*

»Ein liebes kleines Mädchen von zweiundzwanzig Jahren. Sie wohnte mit ihrem kleinen Pudel in Norsborg in so einer Wohnung, wie sie das Sozialamt eben bezahlt. Konnte keiner Fliege was zu Leide tun. Seit einem halben Jahr hatte sie die Finger von den Drogen gelassen, hieß es, und eine Therapie gemacht. Geht nicht mal mehr auf den Strich ...«

»Jaa«, sagte Johansson.

»Eines Tages ... vor ungefähr einem Monat bindet sie den Hund an den Heizkörper im Schlafzimmer und kauft eine Flasche Lack und gießt sie über ihm aus ... ja ... und dann zündet sie ihn an. Verdammt, so was Ekelhaftes habe ich noch nie gesehen.« Bergholms Gesicht war jetzt ebenso rot wie sein Skalp, und es fiel ihm schwer, den Revolvergriff wieder festzukriegen.

»Du hast doch sicher auch schon die eine oder andere Menschenleiche gesehen«, sagte Johansson leise.

»Ja, darauf kannst du dich verlassen«, sagte Bergholm energisch. »Einmal stand ich bis zur Taille in Leichen. Aber das war trotzdem das Übelste.«

»Hatte sie eine Erklärung?«

»Sie hatte es satt, mit ihm Gassi zu gehen ...« Bergholm legte den Schraubenzieher weg und schaute Johansson an. Zornrot. »Das ist einfach nur übel«, knurrte er. »Ich habe auch einen Hund ... einen Dackel.«

»Und du bist sicher, was diese Geschichte mit Kallin angeht. Dass er sich aus Versehen erschossen hat«, sagte Johansson, um ihn abzulenken.

»Hundert Prozent«, sagte Bergholm enthusiastisch. »Und es war ein großes Glück, dass es so gelaufen ist. Es hätte viel, viel böser enden können ... für die Kollegen.«

»Dann danke ich dir für deine Hilfe«, sagte Johansson lächelnd. »War sehr lehrreich.« *Komischen Beruf hast du*, dachte er.

»Es hat die ganze Zeit geklingelt.« Seine Sekretärin schaute ihn an, freundlich und neutral, während sie ihm einige aneinander geheftete Zettel reichte.

»Irgendwas Wichtiges?«, fragte Johansson mit abwehrender Geste in Richtung dieser Mitteilungen.

»Drei Zeitungen, ein Radiosender, Fernsehen ... Rapport und Aktuell ...«, sie blätterte rasch, während sie vorlas, »die möchten wissen, ob du heute Abend in den Nachrichten bei einer Diskussion mitmachen kannst. Sie bringen einen Beitrag über Misshandlung bei der Polizei.«

»Ha«, sagte Johansson. »Mitten in einer laufenden Ermittlung. Was zum Teufel soll ich denn dazu sagen? Verdammte Idioten«, erklärte er nachdrücklich. »Sag ihnen, dass die Ermittlungen noch nicht abgeschlossen sind und dass wir so schnell arbeiten, wie wir nur können, und überhaupt ...« *Aber sag ja kein Wort über Jansson,* dachte er.

»Dann hat auch noch ein Direktor Waltin angerufen.« Sie schaute auf den Zettel. »Dem schien es sehr wichtig zu sein.«

»Ich überlege, ein bisschen Geld anzulegen«, sagte Johansson und nahm ihr den Zettel aus der Hand.

»Ach was«, sagte sie mit ihrer freundlichen und neutralen Miene. »Es schien ihm jedenfalls sehr wichtig zu sein.«

»Kann ich verstehen«, sagte Johansson grinsend. »Der hat sicher gehört, was wir hier verdienen.«

40

Johansson und Waltin trafen sich in einem kleinen italienischen Restaurant in der City. Es war fast leer im Lokal, und so war es kein Problem, einen Tisch in einer ungestörten Ecke zu finden. Johansson bat zuerst um einen doppelten Espresso, bereute es dann plötzlich und nahm lieber eine kleine Lasagne. Und ein Bier. Waltin gab sich mit Kaffee zufrieden. Er wehrte die Speisekarte mit einem Lächeln ab.

»Ich muss heute Abend repräsentieren«, erklärte er.

Ja, kann ich mir vorstellen, dachte Johansson. Er sah sich den gut angezogenen Kollegen auf der anderen Seite des Tisches an. Hellbrauner Anzug mit Weste und diskreter Seidenschlips in einem dunkleren Farbton mit einem schmalen weinroten Streifen. Er mochte zwar Polizist sein, aber man konnte ihm nicht vorwerfen, wie einer auszusehen. In Johanssons Alter, allerdings mit mehr Furchen im Gesicht. Er sah aus wie einer, der hart lebt und das genießt. Seine Augen waren freundlich und interessiert, ohne so wach zu wirken, dass sie Misstrauen erregen oder sein Gegenüber auch nur beunruhigen könnten.

»Unser großes Projekt läuft ganz nach Plan. Bald können wir es den Juristen überlassen, und dann haben wir einen Posten frei.« Waltin lachte leise und zufrieden.

Und auf den kann ich den anderen Jansson setzen, dachte Johansson. Über Mordjansson konnte man sagen, was man wollte, aber einen korrupten Eindruck machte er nicht. Und wer würde auch sein Geld beim Versuch aus dem Fenster werfen, ihn zu bestechen?

»Erzähl«, sagte er. »Wenn du kannst.«

Waltin nickte freundlich.

»Er hat sich gestern mit seinem Kontakt getroffen«, erklärte er. »Sie sind mit dem Wagen nach Södertälje und zurück gefahren. Blöderweise mit seinem eigenen Auto.« Er lächelte ironisch und zuckte bedauernd mit seinen maßgeschneiderten Schultern. »Unsere Leute haben ihn die ganze Zeit im Auge behalten und mitgeschnitten.«

»Ja, aha«, sagte Johansson. »Und man hat sich vertraulich unterhalten.«

»Es war sehr interessant.« Waltin nickte dem Kellner, der Essen, Bier und Kaffee brachte, freundlich zu und entfernte seinen schwarzen Diplomatenkoffer vom Tisch. »Ich glaube, er kann mit einem längeren Vertrag rechnen. Mindestens fünf Jahre. Vielleicht sogar zehn, wenn Gott gütig ist.«

»Danke«, sagte Johansson und nickte dem Kellner zu. Der verbeugte sich und verschwand.

»Glaubst du«, fügte er nachdenklich hinzu. *Komisch, dass wir uns nie über den Weg gelaufen sind, du und ich,* dachte er. Wir sind beide Polizisten in Stockholm, ungefähr gleich alt, und ich sitze seit unendlich vielen Jahren in der Personalabteilung, ich müsste es also wissen.

»Jaa?« Waltin musterte ihn fragend.

»Ich habe eben überlegt, warum wir uns noch nie begegnet sind«, sagte Johansson. »Aber das hat vielleicht keinen Zweck.«

»Sag das nicht«, sagte Waltin mit freundlichem Lächeln. »Ich hab viel von dir gehört.«

»Was denn?«, fragte Johansson und ließ seine Gabel sinken.

»Nur Gutes. Ganz bestimmt.« Waltin lächelte abwehrend und legte leicht die Hand auf Johanssons Arm. »Ein absolut ehrenhafter Norrländer.« Er lachte leise, aber nicht ironisch oder hämisch.

»Ja.« Johansson nickte. »Das bin ich. Nüchtern, genügsam und pflichtbewusst. Wie läuft es eigentlich mit den anderen? Mit Berg und Co.?«

Berg, Borg, Mikkelson, Orrvik und Åström. Seit Johansson eine Woche zuvor bei Waltin aufgekreuzt war, hatten zwei Mann von der Firma »sich ein paar Kreditauskünfte über sie besorgt«, obwohl es eigentlich zweifelhaft war, ob das in ihr Ressort fiel. Wie Waltin schon bei der ersten Begegnung gesagt hatte, arbeiteten Berg und seine Kameraden gewissermaßen »auf der falschen Ebene«, »beim Bodensatz der Gesellschaft«, was an und für sich im Hinblick auf ihre Funktion nur natürlich war. Waltin hatte in dieser Hinsicht keine Vorurteile. Das betonte er ganz bewusst. Rein gar keine.

Beim Bodensatz der Gesellschaft wurde ziemlich viel geklagt. Das behaupteten die Kontakte, die AS AKILLEUS trotz allem am falschen Ende der gesellschaftlichen Pyramide besaß. Insgesamt liefen die Klagen darauf hinaus, dass Berg und die anderen pedantisch seien und mit der Klientel nicht verhandeln mochten. Sie hielten sich bis ins Detail an die Vorschriften und weigerten sich schlankweg, den Standpunkt der Gegenseite einzubeziehen.

Johansson hörte aufmerksam zu. *Das kann man dir ja wirklich nicht vorwerfen,* dachte er.

»Sorgfältige Burschen.« Waltin lächelte. »Eine richtig altmodische Streife, heißt es. Die natürlich jede Menge Möglichkeiten hat, was Extraeinkünfte und Kontakte angeht.« Wieder lachte er und schüttelte bedauernd den Kopf.

»Angeblich sind sie auch ziemlich gemein. Frustriert natürlich.« Waltin schien das zu verstehen.

»Nichts von Interesse also«, folgerte Johansson.

»Nein«, sagte Waltin und zuckte mit den Schultern. »Das übliche Gerede der kleinen Gauner ... aber das ist ja nicht mal mehr für die Presse interessant. Onkel Nisse ist da wohl die Ausnahme.« Er lächelte und schüttelte mitfühlend den Kopf. »Kein Geld, keine Kontakte. Harte Zeiten für die Reinemachbranche.« Dann wurde er ernst. »Aber unser Hauptprojekt. Da können wir bald etwas unternehmen.«

Johansson nickte stumm. *Und was soll ich mit dir anfangen,* überlegte er. An dem Tag, da du der Versuchung nicht widerstehen kannst?

41

Hier bekommst du keine Antwort. Johansson war an der Ecke Klara Norra Kyrkogata und Gamla Brogata stehen geblieben. Ziemlich genau an der Stelle, an der Nils Rune Nilsson elf Tage zuvor aufgegriffen worden war.

In dem engen Straßenstück zwischen Kungsgata und Bryggargata lagen zwei Pornokinos und fünf normale Pornoläden. Außerdem gab es einen Sportladen und zwei Geschäfte, die Jeans und gebrauchte Militärkleidung für Jugendliche verkauften. Sonst nichts.

Eins der Kinos war bis zum Verbot ein Sexclub gewesen. Jetzt wurden hier Pornofilme und Stripteasenummern gezeigt, die nicht unter das Verbot fielen. Die engen Zellen im Keller, in denen früher »privat posiert« worden war, waren in »private Filmvorführungsräume« umgetauft worden. Geneigte Besucher konnten sich hier in aller Ruhe den Film ihrer Wahl ansehen und sich ansonsten um ihr eigenes Wohl kümmern. Wer eine altmodische Livevorführung wünschte, konnte sich von einer der weiblichen Angestellten des Etablissements in ein um die Ecke gelegenes Flohhotel begleiten lassen, wo die Zimmer stundenweise vermietet wurden.

Johansson zum Beispiel. Er stand erst fünf Minuten zwischen den Regalen mit Filmkassetten, Pornozeitschriften und allerlei exotischen Hilfsmitteln (er wusste nicht mal so recht, wozu die benutzt wurden), als eine »Verkäuferin« sich seiner annahm.

»... falls dich das interessiert«, sagte sie lächelnd.

Um sie nicht zu enttäuschen, schielte er lüstern zu ihrem tiefen Ausschnitt hinüber und versuchte auszusehen wie ein Landei mit unsittlichen Absichten. *Dass zwanzig Kilo so einen Unterschied ausmachen können.* Hätte sie ihm dieses Angebot vor zehn Jahren gemacht, wäre das die pure Provokation gewesen. Damals hätte nicht mal eine Nutte mit zwei Emailleaugen seinen Beruf verkennen können.

»Hast du denn gar keine Angst vor einer Lungenentzündung?«, fragte Johansson. Dann hielt er ihr seinen Ausweis mit dem Wappen unter die Nase und zerstörte eine Illusion.

Die Gleichgültigkeit unter normalen, netten Leuten konnte er morgens und abends studieren, wenn er zwischen seiner Wohnung und seinem Arbeitsplatz mit der U-Bahn hin- und herfuhr. Leere Gesichter mit den Löchern leerer Augen. Die aufgeschlagenen Zeitungen, die als Schutzschild gegen die Umgebung fungierten. Die ostentative Taubheit, wenn jemand die Stimme hob. Die leichte Kursänderung, wenn der Menschenstrom den Betrunkenen umrundete, der im gefliesten Gang zu den kameraüberwachten Sperren umgekippt war.

Hier im Pornokino war man nicht unsehend, sondern selektiv blind. Elf Tage minus einige Stunden zuvor hatte eine Streife Onkel Nisse unmittelbar vor dem Eingang einkassiert. Das war sicher kein ungewöhnliches Ereignis, aber Johansson wusste immerhin, dass es dem Personal aufgefallen war.

Einsamkeit und Not hatten Dienst rund um die Uhr. Die freien Gewerbe passten sich an, soweit es finanziell tragbar war und die Behörden es zuließen. Hier hielt man bis Mitternacht offen, und es mussten Leute im Lokal gewesen sein. Aber niemand hatte etwas gesehen. Niemand kannte andere, die etwas gesehen haben könnten. Sie wussten nicht einmal die Namen ihrer Kolleginnen oder den des Besitzers.

Johansson war aus einem Impuls heraus hier erschienen. Als er und Waltin sich getrennt hatten, war er plötzlich auf die Idee gekommen, sich einige der frisch eingenommenen Kalorien wegzuspazieren. Die Klara Norra Kyrkogata lag auf dem Weg vom Restaurant, wo sie sich getroffen hatten, zur U-Bahn beim Hauptbahnhof, von wo der Zug nach Hause fuhr. Der Rest folgte alten Reflexen aus der Zeit vor den langen Jahren hinterm Schreibtisch in der Personalabteilung des Landeskriminalamts.

Die Reflexe waren noch immer vorhanden. Seine alte Überzeugung auch.

Verdammt, dachte er, als er wieder auf der Straße stand. Verdammt, was für ein Scheißjob.

42

Vor etwa vier Jahren, ehe die Tochter geboren worden war, hatten Wesslén und seine Freundin eine Woche Ferien in London verbracht. Eines Abends waren sie in einem Spielclub in Mayfair gelandet. Eine Geschäftsverbindung der Frau, die er liebte, hatte sie nach drei Stunden in einem japanischen Restaurant hingeschleppt. Wesslén schwärmte nicht gerade für Spielclubs, nicht mal für legale wie diesen hier, aber er hatte bereitwillig nachgegeben, als er das begeisterte Funkeln in ihren Augen gesehen hatte. Außerdem hatte er sich die langen Beine vertreten müssen.

Während Freundin und Geschäftskontakt sich beim Roulette königlich amüsierten, sich mit den Computern abmühten und natürlich hundertprozentig Gewinn bringende Systeme hatten, wanderte er selbst durch die Räumlichkeiten. Er wusste so gut wie nichts übers Glücksspiel, aber der Einrichtung konnte er entnehmen, dass das Unternehmen nicht auf altruistischer Basis existierte.

Hinter einer diskreten Trennwand in der prachtvollen Lobby fand er eine lange Reihe von Spielautomaten. Chromglänzende einarmige Banditen, in denen, zog man an einem Hebel, Herzasse, Kirschen und Joker vorüberflimmerten. Hier und dort klirrte es, und einige Münzen kullerten hervor und landeten in einem Fach unter dem dicken Bauch des Apparats. Die Spielenden rafften sie mit geübtem Griff zusammen und stopften sie wieder hinein. In regelmäßigen Abständen zuckte jemand mit den Schultern und ging.

Wesslén fand Glücksspiel langweilig, interessierte sich aber durchaus für die technischen Finessen, und schon bald juckte es ihm in den langen Fingern. Er suchte sich in seinen Taschen eine Hand voll kleiner Münzen zusammen, fand einen freien Apparat und fütterte den Einwurfschlitz. Dann zog er an dem langen Hebel, ließ ihn los und schaute interessiert zu, als das rotierende Rad anhielt. Eins und eins und eins und eins ...

Fünf Gnomengesichter nebeneinander grinsten ihn an.

Aus dem Apparat quoll eine glitzernde Flut an Bildern, und erst nach einer Ewigkeit schlug die Flutwelle in einen scheppernden Hagelsturm um. Als es endlich still wurde, war das Fach unten übervoll, und Wessléns Mund war wie ausgedörrt, obwohl er aus der Quelle der ewigen Jugend hatte trinken dürfen.

»Meinen Glückwunsch, Sir«, sagte einer der Aufseher höflich. »Ich werde den Gewinn ausrechnen und einwechseln lassen.«

An diesem Donnerstagvormittag passierte es wieder. Da er nichts Besonderes zu tun hatte, beschloss er, seiner Sekretärin zu helfen. Während sie allgemeine Daten aus den Bevölkerungsregistern holte, setzte er sich neben sie vor einen Bildschirm und gab Namen und Nummer von *Djurdjevic, Boris* ins allgemeine Fahndungsregister ein.

Ei der Daus, dachte Wesslén, als er die Verweise sah, die sich nun quer über den Bildschirm zogen. Du warst ja offenbar das Objekt von allerlei polizeilichem Interesse.

Boris Djurdjevic war im Sommer 1964 nach Schweden gekommen. Aus einem Bergdorf in Dalmatien in die Torslandafabrik in Hisingen. Die Fahrt von Split im firmeneigenen Bus hatte drei Tage gedauert, und alles war in einem Sommer passiert.

Die weißen Steinhäuser, die sich an die Felswand klammerten. Die Straße, die sich vom Meer hochschlängelte und in den Kurven mit Steinscherben ausgebessert worden war. Nicht wegen der Esel, sondern um jeden Freitag und Montag den Bus aus Makarska passieren zu lassen. Um die neue Zeit durchzulassen, den Fiat des Milizenführers, den Java des Bürgermeisters und die Fremden aus dem fernen

Schweden. Sie kamen mit zwei Autos und einem speziell konstruierten Bus mit Röntgenapparat. Drei Mann von Volvo, ein Dolmetscher und ein Arzt. Und ein Bürgermeister, der ebenso eifrig war, wie man ihn bestochen hatte. Sie wurden schon lange erwartet. Von den alten Leuten in schwarzen Kopftüchern, dicken Strickjacken, Schirmmützen und Wintermänteln. Vor allem aber von Milan, Dusan, Branko, Marko, Janko und Boris.

Ärztliche Untersuchung, Papiere. Brust abhören, den Rücken abklopfen, in den Mund schauen und angesichts der weißen Reihen zufrieden lächeln. Genau wie beim Kauf eines Esels oder eines Gauls.

Die Vorhaut hochziehen. Geschlechtskrankheiten? Hier? Wie sollte das möglich sein? Hier machte man es nicht einmal mit Eseln.

Dann ging es los, und Boris sang im Bus am lautesten. Ganz hinten, die Arme umeinander gelegt, Milan, Branko, Marko, Janko und Boris. Zurück ließen sie die alten Leute und Dusan mit dem nicht richtig verheilten Beinbruch aus seiner Kindheit. Und natürlich noch etliche Frauen ihres eigenen Alters. Wo immer die sich versteckt halten mochten.

Dichterische Freiheit?

Schon möglich. So schildert es jedenfalls Djurdjevic selbst. In einer Serie von Interviews mit Zuwanderern in einer Illustrierten, die Djurdjevic als Erfolgsbeispiel vorführte. Die Interviews stammten aus dem Jahr 1975. Drei Jahre zuvor war er schwedischer Staatsbürger geworden, hatte eine Schwedin geheiratet, hatte bei Volvo gekündigt und war nach Stockholm gezogen. Alles innerhalb eines Jahres. In den folgenden drei Jahren hatte er sich pro Jahr ein Kind zugelegt und – nach eigenen Aussagen – pro Kind eine Million verdient. Und es ist der Millionär Djurdjevic, der jetzt die Aufmerksamkeit der Behörden auf sich lenkt. Wesslén fand die vergilbten Zeitungsausschnitte im Ermittlungsdossier. Auf das Dossier war auf dem Bildschirm hingewiesen worden, und die Akte über Djurdjevic hatte die zentrale Ermittlungsabteilung der Stockholmer Polizei bereits wenige Monate nach dem Interview angelegt.

Djurdjevic erhält Anfang Juni 1972 die schwedische Staatsbürgerschaft. In derselben Woche verlässt er das Fließband bei Volvo, und ehe der Sommer viel weiter vorrücken kann, ist er legaler Besitzer von drei älteren Mietshäusern in Mölndal, einer Nachbargemeinde von Göteborg. Ein Jahr drauf hat er seine Häuser mit gutem Gewinn verkauft und ist Ziel der ersten Serie von ergebnislosen Steuerprüfungen.

In den folgenden zehn Jahren taucht er in allen »klassischen« Branchen auf, Mietshäuser, Restaurants, Squashhallen, Ferienwohnungen, Handel mit Edelmetall. Schnelles Zupacken in den Wellentälern der Konjunktur, weg mit der Chose, wenn die Preise den Höhepunkt erreichen. Er reitet auf den Wellen, solange die tragen, und springt dann im richtigen Moment ab.

Wesslén las den ganzen Tag Berichte über den Akrobaten Djurdjevic. Die Jahre als Betrugsermittler hatten ihn genug über Geschäfte gelehrt, um in ihm Bewunderung für diesen Mann zu wecken und ihn begreifen zu lassen, dass es sich hier vor allem um Balancierkünste handelte. Aber auch um genau kalkulierte Risiken – wie man es schließlich von einem echten Artisten verlangen kann –, die das fremde Kapital und die elastischen Verantwortlichkeitsregeln des Aktiengesetzes als Sicherheitsnetz benutzten.

Wesslén konnte den Einsatz von Steuerfahndern, Konkursrichtern und immer neuen Steuerkontrollen sehr gut verstehen. Und noch besser verstand er, warum bei all dem nichts herausgekommen war.

Etwas anderes dagegen verstand er nicht. Djurdjevic hatte mit Sicherheit etliche Millionen auf ganz legalem Weg verdient. Wie viel er auf anderen Wegen eingesackt hatte, ließ sich aus dem einfachen Grund nicht sagen, dass mit wenigen Ausnahmen der gegen ihn gerichtete Verdacht nicht fundiert genug war, um Ungesetzlichkeiten zweifelsfrei feststellen zu können. Doch wenn er es getan hatte, sprach nichts für die Annahme, dass er dabei weniger glücklich gewesen war.

Auf jeden Fall hätte er viele seiner Zaubernummern vermeiden und sich damit auch allerlei Ärger ersparen können. Die Unmengen von Firmen, seltsamen Finanzierungsmethoden, Konkursen und unsauberen Überschreibungen konnten nicht auf finanzielle Absichten zurückgeführt werden, sondern mussten andere Gründe haben.

Allem Anschein nach waren Djurdjevics Frau Multimillionärin und seine drei minderjährigen Kinder Millionäre. Dazu waren sie nicht aus eigener Kraft gelangt, sondern durch seine Fürsorge. Er selbst war arm wie eine Kirchenmaus, ihm gehörte nicht mal ein Kleiderfetzen, bei ihm gab es ganz einfach nichts zu pfänden.

Der Kerl ist der geborene Hamster, dachte Wesslén, und das passte nur schwer zu den souveränen Balanceakten, die sein Markenzeichen waren. Kaum hatte Djurdjevic einen Coup gelandet – und seine ganze Geschäftslaufbahn war eine ununterbrochene Serie von kleinen und großen Coups –, schon holte er den Gewinn ein, investierte ihn auf absolut sichere, wenn auch nicht sonderlich rentable Weise und überschrieb alles Weib und Kindern. Immobilien, Industrieaktien, Staatsobligationen. Sogar große Bankkonten. Über all diese Transaktionen ließ sich dasselbe sagen: Sie waren absolut einwandfrei. Juristisch unangreifbar, hundert Prozent hieb- und stichfest. Das Einzige, was die ökonomische Existenz der Familie Djurdjevic gefährden könnte, wäre der totale Weltuntergang. Frau und Kinder besaßen Immobilien in Schweden, Spanien, Frankreich, Florida und Westindien. Nichts Umwerfendes, aber doch genug, um ein mögliches Exil einigermaßen erträglich zu gestalten.

Sie hatten Aktien bei IBM, japanischen Elektronikunternehmen, einem Druckereikonzern in der BRD, bei Volvo und SKF. Als Reisekasse dienten etliche Kilo Feingold mit Stempel des Crédit Suisse und eine nicht geringe Menge Silberbarren der Boliden AB.

Bestimmt hatte er eine schwere Kindheit, dachte Wesslén, und obwohl er nicht mehr darüber wusste, als was Djurdjevic in dem Interview erzählt hatte, lag er sicher absolut richtig.

Die Akrobatik war Folge der Hamsterphilosophie. Djurdjevic hatte ganz einfach kein eigenes Geld, das er hätte investieren können.

Das Interesse der Polizei an ihm war leicht zu verstehen. In den Abteilungen für Wirtschaftsvergehen war er seit über zehn Jahren ein Dauerbrenner. Gerüchte rankten sich um ihn, die einen amerikanischen Paten wie einen Konfirmanden dastehen ließen, und in seiner Umgebung gab es Personen genug, die nachhaltigst auf den Hintern gefallen waren. Seine Kameraden aus dem Bus zum Beispiel. Die Jugomafia, wie sie im Stockholmer Polizeirevier genannt wurden. Janko war als Bankräuber aus dem Verkehr gezogen worden, Milan saß eine längere Strafe wegen grober Hehlerei, illegaler Clubtätigkeit und schlichter Brandstiftung mit Todesfolge ab. Beide waren mit Foto, Fingerabdrücken und eigenen Akten in den Archiven der Polizei vertreten. Milan, Branko, Marko und Janko waren schon lange dort, bei Boris jedoch hatte es gedauert, bis Gerüchte und Verdächtigungen sich hinreichend verdichtet hatten, um auf dem Tisch des Gerichts zu landen.

Es war schon später Nachmittag am Donnerstag, dem neunzehnten September, als Wesslén auf das finale und katastrophale Ereignis stieß, das genau acht Monate zuvor für Boris Djurdjevic den Schlussstrich bedeutet hatte.

Am Abend des achtzehnten Januar hatte er dem Mann,

der neben ihm auf dem Vordersitz seines geleasten BMW saß, zweihundert Gramm Heroin überreicht und dafür hunderttausend Kronen erhalten. Als er das Geld zählt, zieht der Käufer eine Walther und einen Polizeiausweis hervor, und zugleich tauchen aus dem Nichts die Kollegen von der Drogenfahndung auf, zerren Boris Djurdjevic aus seinem Auto und legen ihm Handschellen an. Schluss für Boris Djurdjevic und eine lange und ungewöhnlich erfolgreiche polizeiliche Infiltration.

Zwei Monate drauf wurde er zu zehn Jahren Haft wegen grober Drogenverstöße verurteilt, und das Urteil wurde später im Sommer von einer höheren Instanz bekräftigt. Wer der Infiltrator war, ging aus den Ermittlungsunterlagen und den Gerichtsprotokollen nicht hervor, solche Auskünfte wurden immer und aus nahe liegenden Gründen geheim gehalten, aber angesichts der gewaltigen und ergebnislosen Anstrengungen, die von der Polizei mehr als ein Jahrzehnt hindurch unternommen worden waren, bestand für diesen sicher kein sonderlicher Grund zur Zufriedenheit.

Eigentlich gab es nur ein Problem. Für Wesslén war die ganze Geschichte vollständig unbegreiflich.

Gier ist stärker als Weisheit, dachte Wesslén, und sein Gesicht sah aus wie ein großes Fragezeichen. Dr. Jekyll und Mr. Hyde, dachte er. Dann schüttelte er den Kopf, erhob sich von seinen Papieren und ging rüber zu seiner Sekretärin.

»Ich fahre morgen nach Kumla«, sagte er. »Ich möchte mit Boris Djurdjevic reden. Kannst du da anrufen und fragen, ob das recht ist?«

43

Freitagvormittag: Wesslén war zum Gefängnis Kumla gefahren, um mit Boris Djurdjevic zu sprechen. Oder um zumindest den Versuch zu machen. Nils Rune Nilsson lag in einem länglichen Kühlfach in der Gerichtsmedizin in Solna. In einigen Stunden würde der Gerichtsmediziner ihn vom Hausmeister in den Obduktionssaal fahren und auf einen der Arbeitstische aus rostfreiem Stahl legen lassen. Danach würden Johansson und alle anderen informiert werden. Den Morgenzeitungen hatte Johansson entnommen, dass unter anderem zwei Leitartikler »großen Wert darauf legten«, endlich zu erfahren, was elf Tage zuvor im Arrest des WD 1 geschehen war.

Was Jansson trieb, wusste Gott allein.

Johansson hatte bereits mit dem Obersten Direktor, zwei Abteilungschefs, zwei Bürochefs und einem halben Dutzend Polizeidirektoren, von denen einer er selbst war, eine Budgetsitzung abgehalten. Den restlichen Tag hatte er freigeräumt. Sein Terminkalender hatte von Terminen nur so gewimmelt, jetzt hatte er sie samt und sonders gestrichen und abgesagt. Er musste etwas erledigen. Und zwar am liebsten ein wenig altmodisch ehrsame Kripoarbeit, obwohl er es zuletzt vor mehr als zehn Jahren mit einer waschechten Ermittlung zu tun gehabt hatte. Wenn man von der vergangenen Woche und seinen erbärmlichen Bemühungen im Fall Nilsson absah. Konnte es doch ein Verbrechen gewesen sein? Vor nur vierundzwanzig Stunden hatten er und Wesslén sich noch für einen Unfall entschieden.

Eine Änderung war vonnöten. Ordnung und System, gerade Linien und kariertes Papier. Keine detektivischen Grillen auf Basis des verirrten Gebrabbels eines alten Säufers, der keine Ahnung hatte, was er so sagte. Das grüne Musiklexikon hatte er mit nach Hause in die Wollmar Yxkullsgata genommen. Die Rechnung über zweihundertfünfzig Kronen hatte er aus eigener Tasche bezahlt, und er gedachte nicht einmal, sie von der Steuer abzusetzen. *Er hatte auch nicht vor, das Buch jemals wieder aufzuschlagen.*

Johansson schrieb. Zwei Reihen von Namen. In der linken Reihe standen die Namen von fünf ganz normalen schwedischen Polizisten mit normalen schwedischen Vornamen, die hinzuschreiben er sich nicht die Mühe gemacht hatte. In der rechten Reihe standen zehn Namen. Nachnamen und sämtliche Vornamen, wie es bei der Polizei Brauch war, wenn es um solche Personen ging. Obwohl mindestens acht davon den dringenden Wunsch geäußert hatten, als Opfer betrachtet zu werden. *Opfer links aufstellen.* Johansson verzog den linken Mundwinkel zu einem Grinsen, das nicht durch und durch sympathisch wirkte, aber da niemand ihn sehen konnte, war das ja egal.

	Djurdjevic, Boris
	Välitalo, Peter Sakari
Berg	Carlsson, Glenn Robert
Borg	Karlberg, Erik Valdemar
Mikkelson	Czajkowksi, Daniel
Orrvik	al Katib, Ghassan
Åström	Kabil, Muhammed
	Kallin, Klas Georg
	Sirén, Ritva
	Nilsson, Nils Rune

Insgesamt fünfzehn Personen, zwei davon tot. Das war der menschliche Teil seines Ermittlungsmaterials, falls nicht noch weitere dazukommen würden. *Und dann der Arrestwärter natürlich,* aber der war ja bloß zivilangestellt.

»Herein«, sagte Johansson. Dem leisen Klopfen hatte er schon entnommen, dass es sich um seine Sekretärin handelte.

»Mit Gruß von Wesslén«, sagte sie und reichte ihm einen ordentlich in einem roten Plastikordner verstauten Stapel Unterlagen.

Immer dieser Wesslén, dachte Johansson, sah aber nicht ganz unzufrieden aus.

Als Johansson mit Lesen fertig war, es waren nur einige Seiten, und er hatte nicht lange gebraucht, nickte er langsam. Ab und zu spielte er Schach mit seinem fünfzehnjährigen Sohn und versuchte immer, so früh wie möglich so viele Figuren wie möglich loszuwerden. Er konnte dann leichter denken, und das Spiel kam ihm sauberer vor. Er sah auch keinen weiteren Zusammenhang zwischen dieser Taktik und der Tatsache, dass er bei diesen Partien immer verlor. *Im Gegenteil. Es war doch nett, dass der Kleine gewinnen durfte.*

Jetzt nickte er langsam, und obwohl er nicht Schach spielte, dachte er genauso, als er zu seinem Kugelschreiber griff und anfing, Namen in der rechten Spalte durchzustreichen.

Zuerst Carlsson und Karlberg. Dann al Katib und Kabil. Endlich Kallin und Nilsson. Hinter die beiden letzten Namen zeichnete er ein kleines Kreuz. Sicherheitshalber, obwohl es keinen Unterschied gemacht hätte.

Die verlorene Generation, dachte Johansson. Was unlogisch sein mochte, denn Carlsson und Nilsson trennten doch immerhin fünfundvierzig Jahre.

Übrig blieben vier Namen: Djurdjevic, Välitalo, Czajkowski und Sirén. *Praktisch und machbar,* dachte Johansson. Und hohe Zeit, ein paar arbeitsteilige Funktionen einzuführen. Zum Beispiel festzustellen, was Jansson eigentlich trieb. Ehe der noch mehr Scheiß baute.

44

Verlorene Generation. Nicht Hemingway hat das gesagt, sondern Gertrude Stein, und die hat das angeblich von einem Tankstellenbesitzer in Texas.

In diesem Jahr waren in Stockholm an die zehntausend Menschen gestorben. Um einiges mehr als die knapp siebentausend, die geboren worden waren. Klas Georg Kallin und Nils Rune Nilsson waren zwei davon. Verloren – wenn auch nicht für immer, so doch fürs Irdische. Im Tod registriert, im Leben vor allem beschwerlich. Geboren in unterschiedlichen Generationen, aber doch absolut den Verlorenen zuzurechnen.

Andere gingen verloren, ohne zu sterben, und vermutlich waren diese gemeint, als sich der Tankstellenbesitzer mit Frau Stein unterhalten hatte. Falls er das getan hatte. In der Literatur wird ja so verdammt viel gelogen.

Ghassan al Katib und Muhammed Kabil zum Beispiel. Ob die noch leben, ist unbekannt. Unter welchen Umständen ebenfalls. Wir können jedoch mit Sicherheit feststellen, dass sie der schwedischen Justiz in Zusammenhang mit ihren Anklagen gegen Polizeiassistent Mikkelson verloren gegangen sind. Ob Mikkelson sie wirklich getreten und geschlagen hat, ob er sie als »Kanacken« und »Affenficker« bezeichnet hat, wird also eine der vielen juristischen Fragen sein, die in diesem Jahr unbeantwortet bleiben müssen. Verlorenes Wissen, wenn man so will. Peanuts, sagen andere.

Katib und Kabil waren im Herbst des Vorjahres nach Schweden gekommen. Palästinensische Flüchtlinge, deren genaue Heimat nicht bekannt ist. Ihren eigenen Auskünften den schwedischen Behörden gegenüber zufolge, haben sie in el-Bekaa gelebt, dem Bekatal. Einem verhältnismäßig fruchtbaren Gebiet im Flusstal des Litani im nordöstlichen Libanon. Krieg und Katastrophen waren über sie hereingebrochen und hatten sie und ihre Familien schließlich in einem Auffanglager für politische Flüchtlinge bei Hallstavik im nördlichen Uppland, fünftausend Kilometer weiter im Norden, enden lassen.

Zu Beginn des Jahres wurden sie nach Stockholm verlegt. Während sie auf die Entscheidung der Ausländerbehörden über eine Aufenthaltsgenehmigung warteten, bekamen sie Sprachunterricht und wurden in einem Gästehaus draußen in Lidingö untergebracht. Im Frühjahr scheinen sie in politische Aktivitäten verwickelt gewesen zu sein, aber worin die bestanden, hat sich nicht feststellen lassen. Egal, die Sicherheitspolizei verlangte jedenfalls ihre Ausweisung. Der entsprechende Beschluss wurde von der Ausländerbehörde gefasst und am vierten Juli von der Regierung gebilligt, also einen knappen Monat nach ihrem Zusammenstoß mit Mikkelson in der Stockholmer U-Bahn.

Mitten in der Nacht des Tages, an dem der Beschluss gefallen war, wurden al Katib und Kabil draußen in Lidingö von der Polizei abgeholt. Bis zum zweiten August – vorher war keine Abschiebung möglich – wurden sie in der Haftanstalt Kronoberg untergebracht. Am Morgen des zweiten August wurden sie in die Maschine nach Kopenhagen gesetzt und von dort nach Beirut weiterbefördert.

Wer sie eigentlich waren, wissen wir kaum. Nicht einmal, welche Religion sie hatten. Eine andere klassische Frage in solchen Zusammenhängen. Bei seiner ersten Vernehmung durch die Polizei in Marsta hatte al Katib auf die Frage folgende Antwort gegeben:

»Ein Mensch, der kein Land hat, kann keinen Gott haben.«

Über Erik Waldemar Karlberg und Glenn Robert Carlsson wissen wir da schon um einiges mehr. Im Grunde glauben wir, alles zu wissen, bis auf den genauen Zeitpunkt, an dem sie verloren gegangen sind. Aus den umfangreichen Dossiers, die über sie angelegt wurden, scheint jedoch hervorzugehen, dass auch sie bei den verschiedenen Behörden und Sachverständigen Anlass zu gewissen geringfügigen Meinungsverschiedenheiten waren, was den Grund ihres Verlustes betrifft. Erik Valdemar Karlberg ist fünfzig, schwedischer Staatsbürger und nicht eingetragen im Personen- und Belastungsregister der Polizei, ist also nicht vorbestraft.

Fünfzehn Jahre lang ist Karlberg über mal längere, mal kürzere Zeiträume hinweg wegen psychischer Krankheiten behandelt worden. In den letzten fünf Jahren im Krankenhaus Beckomberga. Sein Zustand hat sich zeitweise gebessert. Dann konnte er tagsüber die Klinik verlassen und in Hjorthagen in einem Copyshop arbeiten, der mit staatlichen Zuschüssen von einem gemeinnützigen Unternehmen eingerichtet wurde. März und April wurde er zur Probe entlassen und wohnte in einer Wohnung in Abrahamsberg, während er zugleich jeden Tag zur Kontrolle in die Klinik musste.

Dann verschlechterte sich sein Zustand drastisch. Unter anderem, weil er sich weigerte, seine Medikamente zu nehmen. Karlberg selbst erklärte, dass »man ihn zu vergiften« versuche. Mitte April wurde er in die geschlossene Abteilung eingewiesen. Diagnose: Schizophrenie.

Auf konkrete Fragen antwortet sein Arzt Folgendes: Karlberg kann sich in der Wirklichkeit einfach nicht orientieren. Er leidet unter heftigem Verfolgungswahn und hegt einen so tiefen Groll gegen seine Umgebung, vor allem gegen Behörden und Autoritätspersonen, dass er als Gefahr für andere Menschen und deren Eigentum betrachtet werden muss.

Er besitzt keinerlei Einsicht in seine Krankheit und fühlt sich verfolgt und ungerecht behandelt. Immer wieder kommt er auf etwas zu sprechen, wodurch ihm »der Sinn des Lebens unklar« geworden sei, aber er kann nicht näher erläutern, was er damit meint. Es gibt auch keine Anzeichen dafür, dass sein Zustand sich in absehbarer Zeit bessern könnte.

Karlberg wurde in Ramnäs in Västmanland geboren, wo sein Vater als Gießer in der Fabrik gearbeitet hat. Die Mutter war Hausfrau. Er ist der Jüngste von drei Geschwistern. Soweit bekannt, sind ähnliche Probleme in seiner Familie sonst nicht aufgetreten, doch da seine Eltern schon seit über zwanzig Jahren tot sind, fällt es schwer, sich über mögliche genetische Einflüsse in seinem Krankheitsbild zu äußern.

Nach sechs Jahren Volksschule und einem Jahr Handelsschule in Västerås wurde Karlberg mit siebzehn Jahren ebendort in der Rechnungsstelle vom Zentrallager von Asea eingestellt. Da arbeitete er dreizehn Jahre, dann zog er nach Stockholm und begann als Lagerleiter einer Großhandelsfirma in der Sanitärbranche. Um diese Zeit herum heiratete er und bekam mit seiner Frau innerhalb von drei Jahren zwei Kinder, einen Jungen und ein Mädchen.

Auslösende Ursache seiner psychischen Krankheit kann ein heftiger Konflikt mit seinen Arbeitskollegen gewesen sein, in den er einige Jahre später verwickelt wurde. Unter anderem hat er einige von ihnen wegen Diebstahls von Rohren und Sanitärwaren aus dem Lager der Firma angezeigt. Sein Chef hat die Anzeige jedoch nicht unterstützt, weshalb die Ermittlungen eingestellt wurden.

Die Lage am Arbeitsplatz wurde dann nach und nach unerträglich. Karlberg weigerte sich, einer freiwilligen Krankschreibung zuzustimmen, weshalb sein Chef keine andere Möglichkeit als die Kündigung sah. Die Begründung für die Kündigung wurde von Karlbergs Gewerkschaft akzeptiert.

Gleichzeitig mit der Kündigung reichte seine Frau die Scheidung ein. Ihr wurde auch das Sorgerecht für die beiden Kinder zugesprochen. Zwei Jahre drauf heiratete sie wieder und zog mit ihrem neuen Mann und den Kindern nach Südschweden. Auf gerichtlichen Entscheid hin wurde Karlberg das Umgangsrecht mit seinen Kinder entzogen. Begründet wurde das vor allem mit seinen psychischen Problemen, die immer schwerer wurden und nach Erkenntnis des Gerichts die »zukünftige psychische Gesundheit und soziale Anpassungsfähigkeit der Kinder« gefährden könnten. Im Alter von dreiundvierzig Jahren wurde Karlberg auf Grund seiner psychischen Erkrankung vorzeitig pensioniert. Auch diese Entscheidung wurde gegen seinen Willen getroffen.

Seine Anzeige gegen Polizeiinspektor Berg und dessen Kollegen scheint folgenden konkreten Grund gehabt zu haben: Am fünften April verständigen die Wohnungsnachbarn in Abrahamsberg die Polizei. Sie wissen, dass Karlberg »geisteskrank« ist, und geben an, sich von ihm »bedroht« zu fühlen. Karlberg hat sich zu mehreren Gelegenheiten seltsam verhalten. Unter anderem hat er Briefschlitz und Schlüsselloch seiner Wohnungstür verklebt. Er hat sogar zwei Kindern aus der Nachbarwohnung Prügel angedroht.

Die Polizei rückt in Gestalt von Berg & Co. an. Karlberg wird zur Vernehmung auf die Wache gebracht, von dort aber wenige Stunden später ins Krankenhaus Beckomberga überführt. Im Zusammenhang mit der Anzeige wird er darüber informiert, welche Polizisten die Festnahme vorgenommen hatten.

Glenn Robert Carlsson ist zwanzig, schwedischer Staatsbürger und vorbestraft.

Carlsson befindet sich seit Mai in der geschlossenen Abteilung der psychiatrischen Klinik Karsudden. Er ist als schizophren diagnostiziert worden und außerdem blind. Seine Ärzte halten ihn für absolut vernehmungsunfähig.

Carlsson wurde nach seiner Geburt in ein Pflegeheim gegeben und mit drei Jahren zum staatlichen Mündel erklärt. Seine Mutter ist sechsunddreißig, Junkie und Alkoholikerin. Sie sitzt derzeit in Hinseberg eine Haftstrafe wegen schwer wiegender Drogendelikte ab. Neben Glenn Robert hat sie drei weitere Kinder, die allesamt dem Jugendamt unterstehen. Glenn Roberts Vater ist unbekannt, da die Mutter sich geweigert hat, seinen Namen zu nennen.

Carlsson hat schon mit zehn Jahren angefangen, Alkohol und Drogen zu konsumieren. Er ist mehrfach vorbestraft und unter anderem wegen schwerer Körperverletzung und fahrlässiger Tötung zu einer Haftstrafe von zwei Jahren und sechs Monaten verurteilt worden.

Das fragliche Ereignis liegt zwei Jahre zurück und hat zu tun mit einer »Abrechnung in Drogenkreisen«, bei der

Carlsson in seiner Wohnung draußen in Akalla einen Fünfundzwanzigjährigen erstochen hat.

Nach einem Ausbruch vor anderthalb Jahren wurde Carlsson in Stockholm von der Polizei gefasst und in eine Arrestzelle gebracht. Mit Hilfe einer eingeschmuggelten Gabel hat er sich im Laufe der Nacht der Sehfähigkeit des rechten Auges beraubt, indem er den Augapfel durchbohrt hat. Er konnte keine Erklärung für diese Tat geben. Da sein Zustand sich nicht änderte, wurde er ins Krankenhaus Långbro bei Stockholm überführt und von dort zwei Monate später nach Karsudden verlegt.

Am vierzehnten März kehrte er von einem genehmigten Ausgang nicht nach Karsudden zurück. Er wurde am sechzehnten März gefasst (von Polizeiinspektor Berg und anderen) und in die Haftanstalt Kronoberg verbracht. Irgendwann in der Nacht vom siebzehnten auf den achtzehnten hat er sich mit dem Zeigefinger den linken Augapfel durchbohrt und damit seine Sehfähigkeit zerstört. Er wurde morgens vom Gefängnispersonal gefunden und sofort ins Krankenhaus gebracht.

Auf die Frage, warum er das getan habe, sagte er: »Stimmen haben mir das aufgetragen, und ich finde nicht, dass es einen Unterschied macht.«

45

Die Tür zu Janssons Zimmer war geschlossen. Wenn er dort war, dann soff er sicher heimlich, und das wollte Johansson nicht mit eigenen Augen sehen müssen. Deshalb klopfte er energisch an die Tür und wartete einige Sekunden, bis er hineinging.

Jansson saß in sich zusammengesunken hinter seinem Schreibtisch und las interessiert in einem aufgeschlagenen Ordner. Er schien den Besucher nicht einmal bemerkt zu haben, aber soweit Johansson sehen konnte, befanden sich keine feuchten Waren in Reichweite.

»Setz dich, Johansson.« Jansson winkte mit einer fetten linken Hand, ohne von seinen Papieren aufzublicken.

Nüchtern? Brav ließ Johansson sich in den Sessel bei der Tür sinken.

»Wie geht's?«, fragte er.

»Danke, gut.« Jansson drehte sich mit einer gewissen Mühe um und sah ihn an. Er nickte nachdenklich, und seine Augen waren wie immer. Grau, traurig und blank. Er trug eine altmodische Hornbrille, die er in die Stirn geschoben hatte.

»Ich lese gerade die Unterlagen über die Ermittlungen im Todesfall Kallin.«

Stöhn, dachte Johansson.

»Hast du schon was Interessantes gefunden?«

»Ich weiß nicht.« Jansson schüttelte den Kopf. »Ich habe hier einen Auszug.« Er beugte sich vor, klappte den Ordner zu und reichte Johansson einen Computerausdruck.

»Von der Einsatzzentrale. Protokoll über die Festnahmemitteilungsroutine. Sämtliche Eintragungen für Bergs Gruppe vom Freitag, dem achtundzwanzigsten Juni. Dem Tag, an dem Kallin gestorben ist ...«

Johansson nickte wortlos.

»Ehe Berg und die anderen um achtzehn null fünf bei Kallin aufgekreuzt sind, haben sie eine Adressenkontrolle in der Kocksgata 17 auf Söder gemeldet. Die steht in der zweiten Reihe ... da auf der Liste. In der ersten Reihe steht, dass sie um sechzehn null null den Dienst antreten ... dann die Adressenkontrolle in der Kocksgata 17 um sechzehn fünfundvierzig ... zweite Reihe. Dann folgt die letzte Meldung. Adressenkontrolle Gamla Huddingeväg 350 um achtzehn null fünf. In der dritten Reihe. Das ist zu Hause bei Kallin.«

Johansson schaute den Ausdruck in seiner Hand an. *Er hatte immerhin eine nette Erinnerungsgabe.*

»Jaa«, sagte er. »Und?«

»Das ist Ritva Siréns Adresse.« Jansson sah aus wie ein erschöpfter Bluthund, was nicht nur an seinen Augen lag. »Diese Adresse hat sie bei ihrer Anzeige angegeben. Dort ist sie gemeldet.«

»Jaa«, sagte Johansson. »Das war vielleicht einer der Besuche, über die sie sich beschwert hat. Steht da was in den Vernehmungsprotokollen, die Lewin angefertigt hat?« Er versuchte nicht, seine Irritation zu verbergen.

»Nein.« Jansson schüttelte den Kopf »Lewin scheint überhaupt nicht darauf eingegangen zu sein.«

»Jansson«, sagte Johansson und seufzte. »Ich habe schon mit Lewin und Bergholm gesprochen, und beide sind absolut überzeugt davon, dass Kallin sich selbst erschossen hat. Vermutlich aus Versehen. Wir beschäftigen uns mit Nils Rune Nilsson. Wir können verdammt noch mal nicht auch noch ...«

»Nein, nein. Ich fand das nur interessant. Ein interessantes Zusammentreffen«, fiel Jansson ihm beschwichtigend ins Wort.

»... in diesem Scheiß herumrühren, nur weil Kollege Orrvik in Kallins Treppenhaus Schießübungen abgehalten hat«, endete Johansson unerbittlich.

»Jetzt machen wir das so«, fügte er hinzu. »Wesslén glaubt, dass wir Carlsson und Karlberg vergessen können. Die sitzen in der Klapse und sind nicht ansprechbar. Unsere arabischen Freunde ... Ghadaffi und Kabul oder wie die heißen ... hat die Regierung in den sonnigen Süden heimgeschickt, deshalb können wir auf die auch nicht zählen.«

»Ghassan al Katib und Muhammed Kabil«, korrigierte Jansson düster. »Es sind Palästinenser.«

»Genau«, erklärte Johansson nachdrücklich. »Kameltreiber. Wesslén ist nach Kumla gefahren, um mit Djurdjevic zu reden, und ich selbst wollte auf dem Heimweg mein Glück bei Frau Sirén versuchen. Aber es wäre ganz hervorragend, wenn du dir diesen Polacken Tjakowski vornehmen könntest.«

»Czajkowski«, korrigierte Jansson und nickte traurig. *Scheißhektik,* dachte er.

46

Jetzt meinte der Herbst es ernst. Er riss und zerrte an den mageren Ahornbäumen vor dem Haupteingang und verteilte seine Beute auf dem feuchtblanken Bürgersteig. Johansson klappte den Kragen seines Trenchcoats hoch und bog beim Rathaus links ab, in Richtung U-Bahn-Eingang. *Zeit für den anderen Mantel,* dachte er düster. In dem er aussah wie ein Zelt im Militärlager. Aber zuerst die Kocksgata und Frau Ritva Sirén.

Das Ermittlungsregister des Landeskriminalamts lag eine Treppe tiefer genau unter Janssons Zimmer. Dort saßen vier erwachsene Menschen, zwei für jedes Geschlecht, und starrten auf ihre schimmernden Bildschirme. Hier und dort summte jemand vor sich hin, schlug im Computerhandbuch etwas nach und machte sich an den Tasten zu schaffen. Aber niemand nahm irgendwelche Notiz von ihm.
Er selbst hatte auf seinem Schreibtisch einen blauen Karteikasten stehen gehabt. Damals als er in der Abteilung Gewalt gesessen und Bank- und Postüberfälle aufzuklären hatte. Es waren sicher an die dreißig Karten in seinem Kasten gewesen, eine für jeden Beteiligten, und er hatte ihre Eigenheiten und Besonderheiten darauf notiert. Auf die Rückseite hatte er die Fotos geklebt. Draußen in Hägersten gab es einen, der immer kurz vor Heiligabend dasselbe Postamt überfiel. Danach fuhr er nach Spanien, rief um Neujahr herum aus einer privaten Ausnüchterungsklinik in Barcelona an und bat Jansson, die Heimreise für ihn zu arrangieren.

»Jansson«, sagte er dann immer. »Ich habe die Wahrheit gesucht, die angeblich auf dem Boden der Flasche ruht, aber ich habe vergessen, was ich gefunden habe. Die Mauren gehen mir auf die Nerven, und ich sehne mich nach der schwedischen Scholle.«

»Sicher«, sagte Jansson dann. »Das mach ich schon. Willkommen daheim.«

Johansson wohnte in der Wollmar Yxkullsgata. Ritva Sirén wohnte in der Kocksgata. Beide also auf Söder, aber in entgegengesetzter Richtung. Als er beim Hauptbahnhof umsteigen wollte, wäre er aus alter Gewohnheit fast falsch gefahren, zum Mariatorg statt zum Medborgarplats. Am Ende hatte er die richtige Bahn gefunden und schaukelte gerade unter der Centralbrücke durch, mit dem grauen Wasser des Riddarfjärds auf beiden Seiten und der abgestuften Fassade der Munkbrücke links. Der Wagen war leer, und der braune Kunststoffsitz, auf dem sein Hintern ruhte, musste in irgendeiner sinnlosen Freitagnacht, wenn auf der Heimfahrt in die südlichen Vororte die Angst die einzige Reisegenossin war, erst noch zerschlitzt werden. Bis auf weiteres hatte man sich damit begnügt, mit schwarzem Filzstift die Wand voll zu sauen: »TOD ALLEN BULLEN«, forderte der Wandkünstler. *Versucht es doch einfach,* dachte Lars Martin Johansson müde.

»Kannst du mir diese Adresse zeigen?« Jansson reichte den Zettel mit Czajkowskis Namen und Nummer der Jüngsten der vier. Einer kleinen blonden Frau von vielleicht zwanzig, die verhältnismäßig menschlich wirkte.

»Sicher«, sagte sie und lächelte. »Kein Problem. Nur einen Moment noch.«

Die Kocksgata 17 war ein älteres Wohnhaus. Es lag an der Ecke zur Östgötagata und weckte Erinnerungen in Johansson. Während seiner Zeit bei der zentralen Ermittlungsabteilung hatte im Erdgeschoss ein Massageinstitut gelegen. Ein altes Ladenlokal, das in den fünfziger Jahren eine Fahrradwerkstatt, in den Sechzigern einen Fernsehladen und in den Siebzigern ein Bordell beherbergt hatte.

Im Winter 1976 war der damalige Kriminalinspektor Johansson als Ermittlungschef zu einem speziellen Prostitutionskommando der Stockholmer Polizei versetzt worden, und eine seiner letzten Amtshandlungen war es gewesen, den Puff in der Kocksgata 17 zu schließen und dafür zu sorgen, dass der Mann, der für den Mietvertrag zuständig war, im Knast landete. Jetzt war das Lokal verriegelt und verrammelt und schien das auch schon länger zu sein. Die Fenster waren schmutzig und innen mit Holzfaserplatten vernagelt. Es gab überhaupt keine Spur irgendwelcher Aktivitäten.

Aber die Umgebung hatte sich in den vergangenen Jahren verändert. Überall moderne Wohnkomplexe und renovierte ältere Häuser. Auf der anderen Straßenseite war offenbar alles Alte abgerissen worden, um einem großen roten Klinkerblock Platz zu machen, mit Sozialamt, Versicherung und Alkoholladen. Im Grunde war nur Nummer 17 unverändert. Das Haus war schon ein Sanierungsprojekt gewesen, als der Fernsehhändler das Handtuch geworfen hatte, aber die Sanierung war aus irgendeinem Grund ausgeblieben. Ein verfallenes Haus aus den zwanziger Jahren mit schmutzig grauer Fassade, an der teilweise der Klinker freigelegt war, mit rostzerfressenen Regenrinnen und undichten Fenstern. Dem Einwohnermeldeamt zufolge wohnte Ritva Sirén im zweiten Stock im Hinterhaus, und wenn das hielt, was das Vorderhaus versprach, dann lebte sie genauso kümmerlich, wie Johansson es schon erwartet hatte.

Das Tor war verschlossen. Johansson hatte im Prinzip jedes Verständnis dafür, solange es ihn nicht an seiner Dienstausübung hinderte. Eine solide Eichenkonstruktion, die der Zeit offenbar besser widerstanden hatte als das restliche Haus. Er rüttelte daran, aber obwohl die Tür sich bewegte, schien das Kolbenschloss zwischen den Türhälften nicht nachgeben zu wollen. Es kam auch keine freundliche Seele, um ihm aufzutun. Nur eine Frau mittleren Alters tauchte auf, umklammerte ihre Handtasche und sah sich über die Schulter verängstigt nach ihm um, als sie auf dem Bürgersteig vorüberlief.

Johansson wühlte in seinen Taschen nach etwas, womit er das Tor würde aufstochern können. Er fand jedoch nur eine Kreditkarte. In Ermanglung eines Besseren musste die eben reichen, was sie aber nicht tat. Schon beim zweiten Versuch knickte sie in der Mitte durch. *Du lässt nach*, dachte Johansson düster und stopfte die Plastikteile wieder in seine Brieftasche. Als er und Jarnebring noch das Leben der gesetzlosen Elemente unsicher gemacht hatten, waren sie mit ganz besonderen Plastikscheiben ausgerüstet, die sich hervorragend dazu eigneten, altmodische Schlösser zu knacken, und wenn das nicht reichte, hatten sie eine vollständige Einbrecherausrüstung im Kofferraum: allerlei Brecheisen, Stemmeisen und Hämmer. Und ein gewaltiges Bund mit allen erdenklichen Schlüsseln, die sie ihren Kontakten zu den professionelleren Aktiven verdankten.

Aber jetzt nichts dergleichen. Jetzt war er Polizeidirektor und Chef der bestausgerüsteten Kriminalabteilung des Landes. Er fuhr zu Leuten, die er vernehmen wollte, mit der U-Bahn, und wenn es drauf ankam, hatte er nur eine jämmerliche Kreditkarte zur Verfügung. Eigentlich hätte er überhaupt nicht hier sein dürfen. Er hätte Wesslén damit beauftragen sollen, eine Vorladung zu schicken, und wenn die Vorgeladene nicht aufgetaucht wäre, hätte er zwei gemeine Ermittler mit Dienstwagen, Dienstwaffe und ausreichend Dienstzeit losschicken müssen. Und mit ein wenig Glück hätte er Frau Sirén noch vor Weihnachten sprechen können.

An manchen Tagen hatte er großes Glück. Nicht nur hatte die niedliche Blondine ihm Czajkowskis Adresse und Telefonnummer gegeben. Es meldete sich auch niemand, als er bei ihm anrief.

Er brauchte nur zwei Minuten, um eine Vorladung zu schreiben. Sie in einen Umschlag zu stopfen und auf dem Gang in den Postausgangskasten zu legen. Danach verbarrikadierte er sich in seinem Zimmer und zog den Ordner über Kallins traurigen Abgang aus der Aktentasche.

Und eine blaue Dose, die im selben Moment schon ein zufriedenes Zischen hören ließ. *Die Wahrheit liegt angeblich auf dem Boden der Flasche,* dachte Jansson. Ob das wohl auch für Dosen galt? Er machte es sich bequem und schlug die Stelle auf, an der Johansson ihn unterbrochen hatte. *Scheißlappe,* dachte Jansson zufrieden. Von dir lass ich mir doch nicht sagen, wie man eine Ermittlung durchführt.

Aufzugeben wäre eine Schande, dachte Johansson. Auf der anderen Straßenseite lag ein moderner Laden, dessen Türschild LEBENSMITTEL, TABAK und ZEITUNGEN verhieß.

Der Ladenbesitzer war allein. Er saß an der Kasse. Tief versunken in die neueste Nummer von SEXkontakt. Ein Glatzkopf mittleren Alters mit Hängebauch und Synthetikhose, die er mit Hilfe von breiten roten Hosenträgern bis unter die Brustwarzen hochgezogen hatte.

»Haben Sie Eis am Stiel?«, fragte Johansson ohne Umschweife und hielt ihm einen Zehner hin. *Sexy Typ,* dachte er.

Hängehose schaute ihn misstrauisch an, drehte sich ächzend zu einer Gefriertruhe hinter seinem Rücken um und schob die Hand hinein.

»Flirt?« Er hielt seinem Kunden eine kleine herzförmige Packung hin.

»Sehr gut«, sagte Johansson. »Hauptsache, es hat einen Stiel.« Er reichte dem Mann den Zehner, bekam das Wechselgeld und ging.

»Lieber nachsehen, ob kein Holzbock drin ist«, sagte der Mann fürsorglich, ehe die Tür hinter Johansson ins Schloss fiel.

Der Revolver, dachte Jansson. Den Besitzer hatten sie offenbar nicht ausfindig machen können. Trotz ihres hervorragenden Registers.

Diesmal ging es besser. Johansson zog vorsichtig die Tür zu sich heran und drückte mit dem Stiel den Kolben hinein, das Eis hatte er in den Rinnstein geworfen. Jetzt gab der Kolben ohne viel Federlesen nach, und die Tür stand offen. Das Treppenhaus entsprach dem Äußeren des Hauses. »WATCH OUT FOR PUMA«, mahnte die Wand neben dem Klingelbrett, und vor der Tür zum Hinterhof stand eine Plastiktüte mit stinkendem Abfall. Johansson stieg darüber hinweg und kam sich zehn Jahre jünger vor.

Detective Sergeant John Meehan, Special Investigation Unit, Hartford Police Dept., Hartford Conn. USA. URGENT AND IMMEDIATE. All information wanted concerning Ruger Speed-Six Cal 357 Magnum. Reg. no. B 171 110 82 R. Used in Stockholm killing June 28. Cordially Tore Jansson. Rikskrim, 198 72 RPS STH S.

Urgent and immediate. Jansson nickte zufrieden, während er im Telefonbuch der Polizei- und Staatsanwaltschaft blätterte. Da ... *Sendeaufträge der Verbindungszentrale.* Er griff zum Telefon und wählte die Nummer.

Frau Sirén hatte ein Schild an der Tür. Einen mit blauen Blockbuchstaben beschriebenen Zettel. Offenbar wohnte sie hier nicht allein, denn unter ihrem Namen hing das Farbfoto eines imponierenden Schäferhundes. Da Johansson an Hunde gewöhnt war und sie gern mochte, machte ihm das nichts. Er schlich sich leise an die Tür und tat genau dasselbe wie Wesslén eine Woche zuvor in der Vulcanusgata. Aber das wusste er natürlich nicht.

Und er hatte mehr Glück als Wesslén. In der Wohnung war jemand, er hörte Musik von Radio oder Plattenspieler und eine Frauenstimme, die dazu summte. *Das läuft ja wie geschmiert,* dachte Johansson und klingelte den fröhlichsten Salut, an den er sich aus seiner Zeit bei der Ermittlung überhaupt erinnern konnte. Musik und Stimme verstummten, einen Hund aber hörte er nicht.

»Was willst du denn?« Eine Frauenstimme von der anderen Seite der Tür her. Ein wenig heiser, wie das bei Junkies so üblich ist. Bei Leuten, die Tabak rauchen oder Alkohol trinken übrigens auch.

»Reinkommen«, sagte Johansson. »Es ist verdammt kalt, und es ist außerdem feucht.«

Schlösser wurden geöffnet. Zuerst ein Patentschloss, dann ein Sicherheitsschloss. Die Tür wurde einen Spaltbreit geöffnet, die Sicherheitskette aber nicht entfernt. Eine Frau von Mitte dreißig mit kurz geschnittenen hennaroten Haaren, Jeans und blauem Wollpullover. An ihrem linken Oberschenkel drängte sich mit hängender Zunge und gelben Augen ein Schäferhund, um besser sehen zu können.

»Sind Sie Ritva Sirén?«, fragte Johansson. Was eigentlich unnötig war, er erkannte sie vom Foto her. Obwohl sie älter, ordentlicher und schöner war als auf den beiden Fotos, Profil und frontal, die das Ermittlungsregister ihm ausgehändigt hatte. Aber die verächtliche Miene war dieselbe wie damals, als sie zwei Jahre zuvor im Polizeigebäude fotografiert worden war.

»Nööö«, sagte sie und schüttelte energisch den Kopf. »Scheiße. Ich bin nicht zu Hause.« Sie versuchte, die Tür mit beiden Händen wieder zu schließen.

»Lass das«, sagte Johansson und schob rasch und mit Todesverachtung den Fuß zwischen die Tür und eine ansehnliche linke Pfote. »Sonst machst du mir die Prothese kaputt.«

Dass es so viel Mühe bereitet, einem Kollegen ein einfaches Telex zu schicken, dachte Jansson düster. Er hatte mit dem Diensthabenden reden müssen, und der hatte sich erst geschlagen gegeben, als er ihm Johanssons Namen genannt hatte. Aber jetzt war das Telex immerhin unterwegs über den Atlantik. Mit Licht- oder mit Schallgeschwindigkeit, da war er sich nicht ganz sicher. *Scheiß drauf*, dachte Jansson. Schnell ging es jedenfalls. Er bückte sich nach der dritten Dose des Tages.

Du kannst es eben doch noch, Johansson, dachte Johansson zufrieden. Nach weniger als zwei Minuten saß er schon in ihrem Sessel. Der stand in dem einzigen Zimmer, das ansonsten ebenso gepflegt und ordentlich aussah wie die Räumlichkeiten bei ihm zu Hause in der Wollmar Yxkullsgata. Keine Blutspritzer und keine Türsplitter. Nur ein leicht schmerzender linker Fuß und ein liebevoller Fünfzigkilorüde, der schon den zweiten Versuch unternommen hatte, mit Johanssons rechtem Bein zu schäkern.

Ritva Sirén hatte sich aufs Bett gesetzt. Es war ordentlich gemacht und mit einer glatten Tagesdecke aus grobem Batikstoff bedeckt. Sie saß hocherhobenen Hauptes, mit geradem Rücken und festen blauen Augen da und widersprach jeder Vorstellung davon, wie Drogennutten nach dem Ausstieg aussehen.

Johansson brachte sein Begehr vor und gab sich alle Mühe, einen ebenso guten Eindruck zu hinterlassen.

»Es geht um eine andere Ermittlung«, endete er.

Sie sah noch immer sauer aus. Und auch schlecht gelaunt.

»Zeig mal den Ausweis«, sagte sie plötzlich. »Ihr müsst euch verdammt noch mal legitimieren, wenn ihr bei Leuten eindringt.« Johansson warf ihr seinen Dienstausweis zu.

»Polizeidirektor.« Sie schaute ihn überrascht an. »Ist das ne neue PR-Masche oder was?«

»Na ja«, sagte Johansson mit etwas mehr Norrländisch in

der Stimme als sonst. »Ich bin ja eigentlich der Chef. Aber ich wohne eben in der Wollmar Yxkullsgata ... und da Freitag ist ...« Er machte eine vage Handbewegung.

»... und ich wusste ja, dass du sauer auf uns bist, und da dachte ich mir, ich schau selbst vorbei.«

»Ja, du bist natürlich der Charmanteste, den ihr zu bieten habt.«

»Sicher.« Johansson nickte nachdenklich. »Da hast du wohl Recht.«

»Polizeidirektor? Wird sicher Podi abgekürzt, was?« Sie sah ihn eher neugierig als misstrauisch an.

»Ja«, sagte Johansson überrascht.

»Podi ... Podi Johansson ... der polizeieigene Bauernkomiker.« Sie lachte zufrieden, aber nicht hämisch.

»Ich habe schon eine Ahnung, was das zu bedeuten hat.« Johansson rutschte leicht verlegen hin und her. »Ich habe einen Bruder, der mit einer Frau aus Ljusdal verheiratet ist. Die hat das zu Mittsommer erwähnt.«

Es ist ja schon nach zwei. Jansson schüttelte überrascht den Kopf. Und Freitag war es noch dazu. Zeit, nach Hause zu gehen und sich fürs Wochenende zu rüsten, dachte er und erhob sich mit einer gewissen Mühe.

Du kannst es noch immer, dachte Johansson zufrieden. Nach knapp zehn Minuten wurde es richtig gemütlich. Beim dritten Versuch hatte sich der Hund eine scharfe Zurechtweisung geholt, und jetzt lag er japsend zu Johanssons Füßen und ließ sich die Nackenzotteln kraulen, während Frauchen berichtete.

Sie hatte Berg und die anderen angezeigt, weil die immer wieder in ihre Wohnung eingedrungen waren. Weil sie unverschämt und unflätig waren und sie nicht in Ruhe ließen, obwohl sie keiner Fliege etwas zu Leide tat. Eine gute Beobachterin war sie außerdem. Sie sah Johanssons Zweifel.

»Ich geh schon seit über einem Jahr nicht mehr auf den Strich, und ich hab seit einem halben nicht mal mehr einen Joint geraucht. Ihr solltet eure Scheißpapiere auf dem Laufenden halten.«

Johansson zuckte entschuldigend mit den Schultern.

»Scheint dir ja nicht geschadet zu haben«, stellte er fest.

»Nein«, sagte sie. »Aber ich will meine Ruhe. Dieser verdammte Trottel von der Disziplinarabteilung hat behauptet, die dürften meine Wohnung betreten, weil sie in irgendeinem Schlupflochregister der Polizei steht. Und da kann man offenbar nach Lust und Laune einbrechen. Jedenfalls haben die meine Klage zurückgewiesen.«

»Im Sommer waren die offenbar am achtundzwanzigsten Juni hier«, sagte Johansson, um abzulenken. »Weißt du das noch?«

»Kann ich mir vorstellen«, schnaubte sie. »Die waren im Sommer doch pausenlos hier, bis ich sie angezeigt habe. Danach war Schluss. Um Mittsommer war ich vierzehn Tage zu Hause bei meinen Eltern. Die wohnen in Hälsingland«, erklärte sie. »Bestimmt haben die diesen verdammten Puma gesucht.«

»Puma?«, wiederholte Johansson fragend. *Der, vor dem man sich im Torweg hüten soll*, dachte er.

»Mein Ex. Auch so ein verdammter Idiot. Ich hab ihn mindestens zehnmal rausgeworfen. Ist jetzt aber nicht mehr nötig, der ist im Sommer eingefahren.«

»Puma?« Johansson nickte. »Wie heißt er?«

Zum Alkoholladen, dachte Jansson. Setzte die Schirmmütze auf und salutierte vor der Fernsehkamera, ehe er durch die Glastüren hinaus in die Polhemsgata ging.

»Peter Välitalo. Peter Sakari Välitalo«, erklärte sie. »Der sitzt seit dem Sommer in Hall. Glücklicherweise«, fügte sie einfühlsam hinzu.

Und er steht auf Janssons Liste, dachte Johansson.

»Ob ich einen Ausweis habe?« Jansson starrte die Dame an der Kasse traurig an.

»Ja«, sagte sie. »Wir fangen wieder mit den Routinekontrollen an. Auf Anweisung der Sozialbehörden.« Sie machte keinen unfreundlichen Eindruck.

»Ach so«, sagte Johansson. »Na gut.« Er schob die Hand in die Jackentasche und griff nach dem schwarzen Futteral mit seinem Dienstausweis.

47

Äußerlich war Wesslén ein überaus korrekter Mensch. Oft genug wirkte er fast abweisend. Aber hinter dieser Fassade befand sich eine freundliche, gütige Seele, die sich um ihre Mitmenschen kümmerte, ohne großes Gewese darum zu machen. Und die reich war an Humor und Wärme.

Am Freitag, dem zwanzigsten September, wollte er nach Kumla fahren, um mit Boris Djurdjevic zu sprechen. Im tiefsten Herzen sah er ja ein, dass die Reise überflüssig war, er sollte sich mit Nils Rune Nilsson beschäftigen, nicht mit Boris Djurdjevic, aber er hatte nicht vor, diese Überzeugung an die große Glocke zu hängen.

Am Freitag vor einer Woche hatte er seinen jüngsten Mitarbeiter, den Aspi der Abteilung, zutiefst enttäuscht. Der hatte nicht losfahren und nach Nilssons »Schwiegersohn« Ausschau halten dürfen, obwohl er sich freiwillig angeboten hatte und obwohl Wochenende war. Jetzt beschloss Wesslén, ihn zu entschädigen. Dass er nicht gern Auto fuhr, schon gar nicht allein und über längere Strecken, hatte damit nichts zu tun. Sympathische Polizisten wurden erzogen von älteren Kollegen, die sympathische Polizisten waren. Nur das war hier entscheidend.

Deshalb rief er den jungen Kollegen zu sich. Der war sofort zur Stelle, und ein erfahrener Vernehmungsleiter wie Wesslén konnte in seinem Gesicht lesen wie in einem aufgeschlagenen Buch. Hatte er etwas falsch gemacht? Hatte er etwas richtig gemacht?

»Ich wollte fragen, ob du mich nach Kumla fahren kannst?«, fragte Wesslén. »Ich muss mit Boris Djurdjevic sprechen.«

Djurdjevic war ein großer Name. Ein erstrangiger Schlagzeilenverbrecher. Wenn Wesslén seine Tochter gefragt hätte, ob sie den Weihnachtsmann treffen wolle, wäre das ein vergleichbar wunderbares Angebot gewesen.

Als Wesslén in die Garage kam, wartete der Wagen schon vor der Fahrstuhltür. Der Aspi stand davor und hielt die Tür für ihn auf. Ehe er sich angeschnallt hatte, lag der Tunnel zum Fridhemsplan schon halbwegs hinter ihnen, und vor Essinge musste er seinen Fahrer zur Besonnenheit mahnen.

»Du, mein Lieber«, sagte Wesslén. »Vielleicht sollten wir es ein wenig ruhiger angehen lassen. Ich glaube nicht, dass er uns wegläuft.«

Der Kollege hinterm Lenkrad wurde rot, nickte und verlangsamte. Auf den restlichen zweihundertzwanzig Kilometern hielt er sich ebenso strikt an die Geschwindigkeitsbegrenzungen wie ein voll getankter Fahrer, der freitagnachts das Taxigeld sparen will. 50, 70, 90, 110. Nicht mehr und nicht weniger.

Genau zweieinhalb Stunden, nachdem sie das Mauthäuschen vor dem Tunnel am Fridhemsplan passiert hatten, bogen sie von der E 3 ab. Zu ihrer Linken ragte eine Betonmauer von einigen hundert Metern Länge aus der Ebene auf. Sie hatten ihr Ziel erreicht, und nun kam ein kritischer Augenblick, den Wesslén bisher vor sich hergeschoben hatte. Als sie auf dem Parkplatz hielten, konnte er es einfach nicht mehr verschweigen.

»Ich muss dich leider in der Rezeption lassen. Er will allein mit mir sprechen. Das kannst du dir übrigens für später merken. Wenn du deine eigenen Gewährsleute hast. Was du hörst, bleibt zwischen dir und denen.« Er nickte ernst und bekam ein ebenso ernstes und irritiertes Nicken als Antwort.

Eine Notlüge. Wesslén war Boris Djurdjevic noch nie begegnet. Er hatte ihn im ganzen Leben noch nie gesehen. Aber der Aspi war jetzt zufrieden. Er wurde bei der Wachzentrale abgeliefert und bekam Kaffee und Kuchen und das Angebot einer Anstaltsführung, während Wesslén zum Direktor geleitet wurde.

Djurdjevic saß im neuen Hochsicherheitstrakt. Dem Anbau, den man hatte errichten müssen, als der alte Trakt nicht mehr ausgereicht hatte. Dort saß er vor allem, weil immer wieder Gerüchte kursierten, dass eine Befreiungsaktion vorbereitet werde. Nicht weil er sich gewalttätig aufgeführt hätte.

»Er ist hier der King«, erklärte der Anstaltsdirektor.

»Aha«, sagte Wesslén. *Was hätte er auch sonst sagen sollen?*

»Ein seltsamer Mensch«, sagte nun der Direktor. »Ich trage die Verantwortung für einige hundert der schlimmsten Schurken im Land. Wenn wir den Zeitungen glauben dürfen zumindest.« Er lächelte kurz. »Hier haben wir die Elite unserer Mörder, Bankräuber und Drogenverbrecher ... eigentlich sind das alles recht sympathische Menschen ... sie waren sympathische Menschen, aber jetzt befinden sie sich in einer hoffnungslosen Situation, und da werden sie verzweifelt und konfus.« Er schüttelte den Kopf. »Die meisten können ziemlichen Ärger machen, und ehrlich gesagt ...«, noch ein Lächeln, »würde ich wohl keinen von ihnen zu einer Tasse Tee nach Hause einladen. Abgesehen von Djurdjevic.« Er nickte Wesslén zu.

»... aber man kann sich nicht dauernd nur Sorgen machen, wenn man so einen Job hat. Oder?« Er sah Wesslén an. »Hier gibt es wirklich nur einen, den ich nicht gern zum Feind hätte.«

»Aha«, sagte Wesslén.

»Und das ist Djurdjevic. Der nämliche Djurdjevic, den ich ohne Risiko für mich oder meine Familie zu mir nach Hause einladen könnte. Er ist ein überaus seltsamer Mann. Korrekt, höflich, sogar hilfsbereit. Die Abteilung, in der er sitzt, ist durchorganisiert wie ein englischer Herrenclub. Kein böses Wort über irgendwen. Davon, dass jemand es wagen würde, gegen einen Wärter die Hand zu erheben, kann keine Rede sein. Obwohl da sechzehn von den Schlimmsten im ganzen Land sitzen.«

»Jaa«, sagte Wesslén.

»Der Kerl sitzt in einer Art Aquarium, um es einfach auszudrücken. Er bekommt keine Vergünstigungen. Darf nur einmal pro Monat einen überwachten Besuch empfangen. Darf nicht telefonieren, und alle seine Briefe gehen durch die Zensur. So ist das. Aber trotzdem möchte ich behaupten, dass Djurdjevic nicht in Kumla einsitzt.« Der Direktor nickte Wesslén mit ernster Miene zu.

»Ach, nicht?«, sagte Wesslén zögernd.

»Er hat seinen Körper in Verwahrung gegeben. Aber er selbst ist anderswo. Und dort emsig am Werk, denkt man sich so.« Er sah Wesslén an. »Verstehst du, was ich meine?«, fragte er.

»Vielleicht.« Wesslén nickte nachdenklich.

»Du wirst es verstehen, wenn du mit ihm gesprochen hast«, sagte der Direktor voller Überzeugung.

Djurdjevic empfing ihn im Aufenthaltsraum der Abteilung. Er saß in einem tiefen Sessel und las Zeitung. Um ihn herum saßen in einem Halbkreis einige seiner Mitgefangenen. Wesslén registrierte zu seiner Überraschung, dass keiner von ihnen einer besonderen Beschäftigung nachzugehen schien.

Als Djurdjevic Wesslén und den Wärter sah, erhob er sich langsam, faltete seine Zeitung zusammen und reichte sie dem nächstsitzenden Mithäftling. Er war nicht besonders groß – Wesslén überragte ihn um einiges –, aber sein Körper war durchtrainiert wie der eines Elitesportlers.

Anders als seine Mitgefangenen trug er die grüne Anstaltskleidung, Hose, Hemd, weiche Pantoffeln. Um den Hals hatte er sich einen Seidenschal in drei Grüntönen gebunden, der nicht aus dem Gefängnisfundus stammte und sicher mehr gekostet hatte als alle privaten Jeans und T-Shirts der anderen zusammen.

»Wesslén«, sagte Wesslén höflich und hielt ihm die Hand hin.

»Boris Djurdjevic.« Sein Gesicht war wie seine Hand. Eine kräftige viereckige Pranke mit langen, knochigen Fingern, die sich energisch um Wessléns Hand schlossen, ohne jedoch zuzudrücken. »Nett, den Kommissar kennen zu lernen. Gehen wir zu mir?« Höflich zeigte er auf den Gang mit den Zellentüren.

Djurdjevics Zelle war neun Quadratmeter groß. Ein Bett, ein Bücherregal, Tisch und Stuhl, alles vom Staat. Dazu ein Farbfernseher, ein Videogerät und ein riesiges Kassettendeck. Im Regal und auf dem Tisch drängten sich Stapel von Büchern, Schallplatten, Musikkassetten und Videos. Alles in perfekter Ordnung.

»Kannst du einen Stuhl besorgen?«, sagte Djurdjevic zum Wärter, der nickte und verschwand.

Wesslén und Djurdjevic sprachen fast eine Stunde miteinander. Zweimal wurden sie unterbrochen. Zuerst von einem Häftling, der mit einem Tablett mit Kaffee, Tassen, Zucker und Milch in der Tür stand. Er stellte es zwischen sie auf den Tisch und verschwand wortlos. Nach einer Viertelstunde holte ein Wärter es wieder ab. Jetzt wusste Wesslén, was der Anstaltsleiter gemeint hatte.

Djurdjevic war ruhig, er hatte sogar Humor. Er sprach leise, mit einem kaum hörbaren ausländischen Akzent, und sein Wortschatz konnte sich durchaus mit dem von Wesslén messen. Keine Flüche, nicht der Schatten einer Drohung oder Irritation lag in dieser Stimme. Aber Untertreibungen. Alles wurde mit leiser und klangvoller Stimme vorgetragen.

Sein Anwalt hatte Berg und dessen Kollegen damals auf Djurdjevics Wunsch hin angezeigt. Die Streife hatte in einem Restaurant auf Söder, das einer von seiner Frau geleiteten Aktiengesellschaft gehörte und bei der er im Aufsichtsrat saß, Personal und Gäste schikaniert. Sie waren sogar uniformiert ins Lokal eingedrungen.

»Sie glaubten offenbar, dass im Restaurant mit Drogen gehandelt wurde.« Er lächelte Wesslén freundlich an. »Wie immer sie auf diese Idee gekommen sein mögen.«

Wesslén nickte wortlos.

Dann war er unter dem Verdacht auf schwere Drogendelikte festgenommen worden und hatte seinen Anwalt beauftragt, die Anzeige zurückzuziehen, da er »damals wirklich dringendere Sorgen« gehabt hatte. Jetzt wirkte er fast belustigt, als er das erzählte. Er hatte durchaus nichts gegen Berg und die anderen einzuwenden. Übrigens hatte er keinen von ihnen jemals »persönlich« getroffen. Wenn er das richtig verstanden hatte, handelte es sich um einfache Polizisten mit der festen Überzeugung, im Dienst einer guten Sache zu handeln.

»Schlichte Menschen. Die Sache ist erledigt, was mich betrifft.« Aus seinem Blick und seinen Handbewegungen konnte Wesslén entnehmen, dass die Audienz sich ihrem Ende näherte.

»Eins versteh ich nicht. Das hat aber gar nichts mit dieser Sache zu tun.«

Bitte sehr. Er neigte seinen Charakterkopf ein wenig und deutete ein Lächeln an.

»Ich habe mir Ihre Unterlagen angesehen«, sagte Wesslén. »Ich sollte vielleicht vorausschicken, dass ich mich normalerweise mit Fällen groben Betrugs befasse. Daher kenne ich mich mit Geschäften und solchen Dingen recht gut aus.« Jetzt lächelte er ebenso wie sein Gegenüber.

Djurdjevic nickte. *Sprich weiter.*

»Wenn ich das richtig verstanden habe, müssen Sie während der letzen zehn Jahre auf eine Weise, die vollkommen legal aussieht, etliche Millionen Kronen verdient haben. Das Wenige, was ich gesehen habe, erfüllt mich mit Bewunderung für Ihr ...«, Wesslén zögerte. »Für Ihr Geschick. Sie scheinen ein besonders tüchtiger Geschäftsmann zu sein.«

Djurdjevic nickte zustimmend und sah fast belustigt aus.

»Ehrlich gesagt begreife ich nicht, wie Sie so dumm sein konnten, einem Polizisten Heroin zu verkaufen. Das passt überhaupt nicht zu meinem sonstigen Eindruck von Ihnen«, sagte Wesslén energisch.

Djurdjevic musterte ihn abschätzend, dann stand er auf. Zu seiner eigenen Überraschung merkte Wesslén, dass er diesem Beispiel folgte.

»Der Kommissar hat das Urteil des Obersten Gerichts gelesen?«

»Ja«, sagte Wesslén, »und für mich ergibt das keinen Sinn.«

»Es ist immer angenehm, einen Ebenbürtigen zu treffen.« Djurdjevic nickte ernst. »Eine ehrliche Frage verdient eine ehrliche Antwort. Sagen wir das nicht so ... wir Schweden?« Er lächelte ironisch.

Wesslén nickte.

»Tatsache ist, dass ich niemals irgendwelche Drogen angefasst habe. Weder privat noch geschäftlich, bildlich oder buchstäblich. Ich nehme nicht mal Kopfschmerztabletten.«

»Verzeihung«, sagte Wesslén.

»Sie haben ganz Recht, Herr Kommissar. Ich habe mich niemals mit Drogengeschäften befasst. Und das nicht einmal aus moralischen Gründen. Sondern wegen der schlichten Tatsache, dass mir die Verdienstmöglichkeiten in keinem akzeptablen Verhältnis zu den Risiken zu stehen scheinen. Ich habe niemals irgendwelche Drogen verkauft.«

»Sie wurden also unschuldig verurteilt«, sagte Wesslén mit kaum verhüllter Ironie.

Djurdjevic schien das nicht gehört zu haben.

»Am achtzehnten Januar wollte ich *kaufen* ... nicht verkaufen, ich wollte von einem Ihrer Kollegen ein paar Unterlagen über meine Person kaufen. Von einem Kriminalinspektor bei der Ermittlung... der in einer finanziellen Klemme steckte und zwanzigtausend Kronen brauchte. Vielleicht nicht ganz legal, aber wohl kaum Grund genug, um an einen Ort wie diesen geschafft zu werden.« Er lächelte sein sympathisches Lächeln und schaute aus der offenen Zellentür. »Außerdem war ich immer schon neugierig... Leider muss es dann zu einem Missverständnis gekommen sein. Zu irgendeinem Fehler bei der Lieferung. Denn ich bekam nicht die gewünschten Unterlagen ... sondern Heroin.«

Wesslén musterte ihn forschend und ganz offen, aber die dunklen Augen gaben um keinen Millimeter nach.

»Und das soll ich Ihnen abnehmen?«, sagte er. »Sie machen keinen leichtgläubigen Eindruck.«

Djurdjevic zuckte mit den Schultern.

»Der Ermittler, mit dem ich in Kontakt stand, wirkte überaus überzeugend«, sagte er. »Er spielte seine Rolle ganz hervorragend. Ein Herr namens Bo Jarnebring. Außerdem hatte er die besten Empfehlungen von einem meiner Geschäftsfreunde. Möglicherweise wurde der ja auch hinters Licht geführt.« Wieder zuckte er mit den Schultern. »Ein gewisser Direktor Waltin.«

48

Johansson verließ die Kocksgata leichten Schrittes. So leicht, dass er zu Fuß auf die andere Seite von Söder nach Hause ging. Unterwegs schaute er in einem Delikatessenladen in der Götgata vorbei und kaufte sich einige Leckereien fürs Wochenende: hundert Gramm Rogen, einige Scheiben mariniertes Rinderfilet.

Zu Hause ging er dann sofort zum Telefon und rief bei der Informationsabteilung des Landeskriminalamts an, wo ein emsiger armer Tropf Überstunden machte und außerdem unvorsichtig genug war, freitagnachmittags um drei ans Telefon zu gehen.

»Välitalo, Peter Sakari«, erklärte Johansson. »Du kannst nicht zufällig feststellen, was dieser Dussel seit dem Frühling so getrieben hat?«

»Doch«, sagte der Kollege, ohne sich übermäßig enthusiastisch anzuhören. »Falls er im ASP steht. Sonst dauert es sicher.«

Das ASP war das allgemeine Ermittlungsregister, in dem Buch über die fleißigeren Ganoven geführt wurde. Zumindest wurde versucht, ihre Unternehmungen zu registrieren.

»Äh, versuch das doch bitte mal«, sagte Johansson. »Hat deine Alte dich vor die Tür gesetzt, oder warum sitzt du um diese Zeit noch im Büro?«, fügte er herzlich hinzu.

»So ungefähr«, sagte der Kollege düster. »Sie ist voriges Wochenende abgehauen.« *Was zum Teufel soll man dazu sagen,* überlegte Johansson, als er auflegte.

»Hier am Apparat von Lars Johansson.« Neutral und freundlich aus dem Lautsprecher von Wessléns Anschluss.

»Wesslén«, sagte Wesslén kurz. »Ist Johansson da?«

»Der Chef ist in der Stadt unterwegs. Du kannst ihn nach sechzehn Uhr zu Hause erreichen. Hast du die Nummer?«

»Ja«, sagte Wesslén. *In einer Stunde und neunzehn Minuten.* Wesslén schaute kurz auf seine Digitaluhr. »Dann hat es auch Zeit bis Montag.«

»Ich gehe jetzt. Muss in der Stadt was erledigen.« Er nickte seiner Sekretärin freundlich zu. »Ich bin am Montag wieder da.«

»Ja«, sagte sie lächelnd. »Schönes Wochenende. Und Gruß an Sofi.« Sofi war Wessléns dreijährige Tochter, die sich derzeit in der Norra Stationsgata im Kindergarten aufhielt. Im ganzen Land bekannt für seine gesundheitsschädliche Umgebung mit den zeitweise unvorstellbaren Abgaskonzentrationen. Aber jetzt nahte die Rettung. *Aus dir wäre ein hervorragender Vernehmungsleiter geworden.* Aber du irrst dich, was Johansson angeht, dachte Wesslén, als er ins Taxi sprang, das er vor der roten Ampel an der Kreuzung Fleminggata kapern konnte. Damit meinte er nicht Sofi, drei, sondern Sonja, fünfunddreißig und Abteilungssekretärin.

»Norra Stationsgata«, sagte er kurz zu dem Fahrer, ehe er sich im Sitz zurücksinken ließ, um Atem zu holen.

Nach dem leicht verunglückten Abschluss des Gesprächs mit dem Kollegen beschloss Johansson, hinter die Arbeit dieser Woche einen Punkt zu setzen. *Ein jeglich Ding hat seine Zeit*, dachte er philosophisch. Wenn sie dich liebt, kommt sie zurück, und wenn sie dich nicht liebt, ist es besser so.

Zufrieden mit diesen Überlegungen, erteilte er sich Dispens. Ging in die Küche und mischte sich einen riesengroßen Cocktail. Holte die Zeitungen, die er auf den Tisch in der Diele gelegt hatte, und ging weiter ins Badezimmer, wo er an seinem Glas nippte und sich dabei auszog, während die Badewanne voll lief.

Jetzt ist Wochenende, dachte Johansson und ließ sich vorsichtig ins warme Wasser sinken. Er trank einen tüchtigen

Schluck, stellte das Glas auf den Wannenrand und schlug die Abendzeitung auf. Die ersten Seiten überblätterte er rasch. Nils Rune Nilssons Tod hatte diesem zwar ein Comeback im vorderen Zeitungsteil beschert, aber Johansson fand, das könne gut bis Montag warten. Deshalb blätterte er weiter, ohne sich seinen Wochenendfrieden stören zu lassen.

Aber was zum Teufel war das denn hier? Er starrte bestürzt auf sein eigenes Bild in der Zeitung.

Die Klatschseite der Zeitung wurde von der Überschrift »Polizist aus Ådalen« gekrönt, direkt über seinem Foto, und obwohl der Text darunter nur zehn Zeilen lang war, stöhnte er laut, als er über den »legendären Ermittler« las, »bekannt für seine Unbestechlichkeit«, »geboren in einem armen Waldarbeiterheim«, aber begabt genug, um sich »auf einen der höchsten Polizeiposten des Landes hochpatrouilliert« zu haben.

Evert, dachte Johansson. Sein alternder Vater, der auf seinem Herrensitz thronte, umgeben von den weiten Wäldern, die er zusammen mit Ellna erheiratet hatte. Der nämliche Evert, der keine Gelegenheit ausließ, um seinen Kindern einzuschärfen, wie dankbar sie für ihr gutes Elternhaus zu sein hätten. Der nämliche Evert, der hoffentlich nicht Aftonbladet las.

»Scheint ein interessanter Mensch zu sein«, sagte Wessléns Mitbewohnerin begeistert, nachdem sie ihm aus Aftonbladet vorgelesen hatte. »Kannst du ihn nicht mal zum Essen einladen?«

»Na ja«, sagte Wesslén. »Ich glaube, er hat schrecklich viel zu tun.« *Hoffentlich,* dachte er. »Ist wohl auch eine Art einsamer Wolf«, fügte er verlogen hinzu. »Er ist schon seit vielen Jahren geschieden. Lebt allein.«

»Ach, der Arme«, sagte seine Mitbewohnerin. »Das kann doch nicht lustig sein. Wir müssen ihn aufmuntern. Wir

laden ihn zum Essen ein«, entschied sie eifrig. »Wir haben fürs Wochenende ja noch nichts vor.«
»Ja«, sagte Wesslén widerwillig. »Ich ruf ihn an.«

Elend, Elend, dachte Johansson. Außerdem klingelte das Telefon, als er sich gerade abtrocknete.
»Johansson«, sagte Johansson düster.
»Spreche ich mit Ådalens Antwort auf Martin Beck?« Eine dunkle, abgehackte Stimme, die sich große Mühe gab, ihre Heiterkeit zu verbergen. Falls jemand sich so eine Stimme vorstellen kann.
»Hallo, Jarnebring«, sagte Johansson unglücklich. »Ich wusste gar nicht, dass du Aftonbladet liest.«

49

»Du hast zugenommen, Johan«, sagte Jarnebring und schlug ihm freundschaftlich mit der flachen Hand in den Bauch. »Kriegst schon richtige Direktorenmuskeln.«
»Komm rein und mach die Tür zu«, sagte Johansson. »Und schrei hier nicht so rum, dann kriegst du vor dem Essen noch einen kleinen Schelm.«

Jarnebring behauptete hartnäckig, aus Anlass seines Geburtstags angerufen zu haben. Natürlich war das ein halbes Jahr her, aber er hatte noch keine Zeit zum Feiern gehabt. Jetzt sollte es so weit sein. Er und Johansson. Wegen alter Erinnerungen und der gereiften Freundschaft. Die Notiz in Aftonbladet war nur der Wecker gewesen.
»Kümmer dich nicht um diese verdammten Dreckschleudern. Jetzt gehen wir in die Kneipe, und ich übernehme die Rechnung.«
Johansson hatte sofort ein Gegenangebot gemacht. Nicht weil er was gegen Kneipen hätte, sondern weil er sich Sor-

gen um Jarnebrings Finanzlage machte. Seit mehreren Jahren geschieden, drei Unterhaltszahlungen und das Gehalt eines Kriminalinspektors. Johansson war zwar ebenfalls geschieden, aber er musste nur für zwei Kinder zahlen und verdiente um einiges mehr. Das konnte er natürlich nicht sagen, schon gar nicht zu einem, mit dem er während der halben siebziger Jahre den Vordersitz geteilt hatte. Schnöder Anstand verlangte andere Argumente, und Johansson begann, ruhig und sorgfältig den Inhalt von Kühlschrank und Speisekammer der Wollmar Yxkullsgata zu schildern.

»Rogen, mariniertes Rinderfilet. Gammal Norrland und dazu ein kaltes Pils. Elchgulasch mit Reis und eine Flasche Roten. Kaffee und Cognac.«

Jarnebring stöhnte am anderen Ende der Leitung.

»Wann bist du mit dem Kochen fertig?«, fragte er. »Damit ich nicht störe.«

»Oha«, sagte Jarnebring und verteilte Rogen auf einer Scheibe Toast. »Das wird dir vergolten werden. Wie geht es übrigens mit Onkel Nisse weiter? Werden die Kollegen wegen Mordes vor Gericht gestellt?« Er grinste und streckte die Hand nach dem Sauerrahm aus.

»Nö«, sagte Johansson. »Kann ich mir nicht vorstellen. Ich habe von Wesslén gehört, dass du die Tochter und den Eidam eingebracht hast. Tausend Dank.«

»War mir ein Vergnügen«, sagte Jarnebring großzügig. »Wollen wir quasseln oder saufen?«

»Prost«, sagte Johansson und nahm sich den zweiten Norrland. *Sind ja nur kleine Gläser,* dachte er.

»Dass alte Baumstümpfe so gut schmecken können«, sagte Jarnebring und spülte mit Bier nach.

»Kennst du Berg und seine Kollegen?«, fragte Johansson. Jarnebring nickte. Schenkte sich nach und bohrte die Gabel in eine Scheibe Rinderfilet.

»So«, sagte er.

»Die scheinen immer jede Menge Anzeigen am Hals zu haben«, sagte Johansson. »Sind das böse Buben?«

»Was heißt schon böse? Klare Kante. Die fackeln nicht lange, könnte man sagen.« Jarnebring lächelte und nickte. »Wie du und ich damals. Wir wurden auch angezeigt.«

»Wir nicht«, sagte Johansson. »Du wurdest angezeigt. Ich sollte vielleicht die Gelegenheit nutzen und dich fragen ...«, sagte er dann. »Das muss unter uns bleiben ...«

Jarnebring nickte. *Natürlich.*

»... weißt du etwas über einen Gauner namens Klas Schnabel Kallin?«

»Ich verstehe die Frage«, sagte Jarnebring. Er kaute energisch. »Er wollte Vakanzen in der Truppe schaffen. Berg und Borg. O Scheiße.«

Er schüttelte den Kopf.

»Der scheint besonders schlagfertig gewesen zu sein.«

»Ich konnte mir das Lachen durchaus verkneifen«, sagte Jarnebring. »In was für einen Haufen Scheiß der anständige Leute reingezogen hat.«

Johansson nickte.

»Välitalo«, sagte er dann. »Peter Sakari ... und eine Exnutte namens Sirén.«

Jarnebring sah ihn an und schien in seinem inneren Notizbuch zu blättern.

»Ersterer ist ein ungewöhnlich dummer kleiner Scheißdieb. Und fleißig ist der Arsch. Klaut wie ein Rabe in andrerleuts Häusern. Sirén ...« Jetzt überlegte er wieder. »Das war wohl seine Alte. Nutte aus Norrland. Ist vor ein paar Jahren hergekommen und in der Malmskillnadsgata hängen geblieben. Warum willst du das wissen?«

»Sie behauptet, ausgestiegen zu sein«, sagte Johansson.

»Das glaube der Teufel«, sagte Jarnebring und schnaubte.

»Sieht aber so aus«, sagte Johansson. »Ich habe heute mit

ihr geredet. Die beiden gehören zu denen, die Berg und seine Jungs angezeigt haben«, erklärte er.

»Genau«, sagte Jarnebring nachdrücklich. »Wenn sie nicht in Ruhe ihren Scheiß bauen dürfen, weinen sie sich gleich in der Disziplinarabteilung aus.«

Johansson nickte wortlos.

»Nein, verdammt«, sagte Jarnebring. »Jetzt wollen wir uns den Appetit nicht länger ruinieren. Her mit dem Zehnender.«

Der Zehnender war nicht nur Hauptbestandteil im Gulasch. Die Geschichte seines Dahinscheidens zog sich auch über Kaffee und Cognac hin. Jarnebring war nicht desinteressiert an Jagd, zumindest wenn mehr Menschen als Tiere auftraten, und für eine gute Jagdgeschichte war er immer zu haben.

»Du hattest also das Gefühl, dass er kommen würde. Noch ehe du ihn gehört und gesehen hattest?«

»Sicher.« Johansson nickte. »Ich wusste, dass er kommen würde.«

»Wie bei einer guten Ermittlung«, sagte Jarnebring gefühlvoll. »Du spürst es einfach.« Johansson nickte voller Überzeugung. *Genau,* dachte er.

»Du«, sagte Jarnebring plötzlich. »Jetzt gehen wir ins Lokal. Ehe wir zu breit sind. Wir gehen ins Cafét und schauen uns die Luxusgauner an.«

Das Cafét war derzeit angesagt in der Stadt. Bekannt für seine gemischte Klientel und die langen Schlangen vor der Tür. Johansson war noch nie dort gewesen, aber die Ermittler seiner Nachrichtenabteilung hatten sich darüber beklagt, wie schwer es sei, reingelassen zu werden.

»Lassen die uns denn rein?«, fragte er skeptisch.

»Ja, Scheiße. Ich hab doch einen Ausweis«, sagte Jarnebring und grinste.

»Einen Clubausweis?« Johansson schaute ihn überrascht an.

»Einen Dienstausweis«, antwortete Jarnebring und erhob sich. »Also, los geht's.«

Die Schlange vor dem Eingang war sogar noch länger als das Gejammer der Ermittler, und hinter den Glastüren stand ein durchtrainierter Rausschmeißer und hielt die Türen für alle auf, die an der Schlange vorbeidurften. Johansson und Jarnebring zum Beispiel. Jarnebring im grünen Parka vorweg, Johansson auf seinen Fersen, in einem Wildledermantel, den er zehn Jahre zuvor in einem Schwachsinnsmoment erstanden hatte.

»Ganz ruhig, Jungs«, sagte der Türsteher und öffnete. »Mir zuliebe, ja?« Er wirkte nicht ganz überzeugt.

»Ich hab ihn erwischt, als er im Sommer in einem Schnapsclub Überstunden gemacht hat«, erklärte Jarnebring in Hörweite des Festgenommenen a. D. »Und seither frisst er mir aus der Hand.«

Einen Tisch besorgte Jarnebring in gleicher Manier. Das Lokal war mit einem bunt gemischten Publikum zum Bersten gefüllt. Ältere Männer mit Specknacken, Rettungsring und gewaltigen Hoffnungen. Junge Frauen mit geschlitzten Röcken und hocherhobenen Häuptern, Fernsehansagerinnen, Gebrauchtwagenhändler, die B-Mannschaft des Parnass und einige, die einfach nur so hier gelandet waren. Es war reichlich laut, und das Gedränge war unbeschreiblich. *Johansson fand es schrecklich.*

»Ist im Knast gerade Urlaub?«, sagte Jarnebring freundlich zu vier Herren mittleren Alters, die sich um einen Champagnerkühler drängten.

»Höhö«, gackerte der eine, der offenbar der Gastgeber war. »Auch mal wieder die Beine ausschütteln, Jarnebring. Setzt euch doch, Jungs.« Er rutschte auf dem langen Ledersofa beiseite, um Platz zu machen.

»Ich muss los«, sagte einer seiner Gäste und stand auf.

»Du kannst meinen Stuhl haben«, bot er Johansson mit flackerndem Blick an.

Das muss einen Generaldispens geben, dachte Johansson und ließ sich nieder.

»Ja, ja«, sagte Jarnebring und klatschte in die Hände. »Ich sollte die Herren vielleicht miteinander bekannt machen. Der Fettsack hier ...« Er zeigte mit der Hand auf den Mann neben sich auf dem Sofa, »ernährt sich vom Betrug an Witwen und Waisen, und die beiden anderen sind einfach in seiner Autofirma angestellt.«

»Jarnis, Jarnis, du änderst dich auch nie.« Der Dicke kicherte entzückt. »Wer ist dein Kollege?«, fragte er dann und nicke Johansson freundlich zu.

»Darauf kannst du scheißen«, sagte Jarnebring freundlich. »Schaff lieber einen Kellner her.«

Zwei Whisky mit Leitungswasser und eine separate Rechnung. Schon nach einer Viertelstunde hatten sie den Tisch für sich, und danach wurde es richtig gemütlich.

»Gebrauchtwagengauner oben auf Söder«, erklärte Jarnebring. »Hilfsbereit, hält sich für den Paten persönlich.«

»Aha«, sagte Johansson. »Du hast nicht Lust auf ein Bauernfrühstück?«, fragte er dann.

»Aber sicher«, sagte Jarnebring. »Wir halten uns an einen Amortisierungsplan.«

Mitten im Bauernfrühstück bekamen sie Besuch. Johansson kehrte diesem Besuch den Rücken zu und konzentrierte sich auf sein Essen. Beim Besuch handelte es sich um eine Frau. Jarnebrings entzückter Miene konnte Johansson entnehmen, wie sie aussah. Andeutungsweise und ohne den Kopf bewegen zu müssen.

»Ist hier frei?«, fragte sie.

»Natürlich, die Dame.« Jarnebring klopfte mit der Hand auf das Sofa.

»Ich bin mit meinem Freund hier.«

»Der geht gleich«, sagte Jarnebring und schien sich seiner Sache ganz sicher zu sein.

Johansson wandte sich um. Jung, schön und sich beider Tatsachen bewusst. Jetzt winkte sie eifrig einem Mann zu, der ein Stück entfernt stand, doch der schüttelte nur abwehrend den Kopf und zeigte aufs andere Ende des Lokals. Beinahe hätte auch Johansson diesem Mann zugewinkt. *Hoppla,* dachte er. Um ein Haar. Waltin war offenbar besser auf der Hut. Sein sympathisches und ein wenig müdes Gesicht verriet nicht, dass er Johansson erkannt hatte. Er schüttelte nur den Kopf. Gab seiner Bekannten ein Zeichen und verschwand im Gewühl.

»Dieser Waltin hat ja einen guten Geschmack«, sagte Jarnebring und grinste.

»Waltin?«, fragte Johansson und schaute dem maßgeschneiderten Rücken nach. Er hatte Gesellschaft von einer Frau bekommen, die seine Tochter sein könnte.

»Spiel hier nicht den Affen«, sagte Jarnebring. »Du kannst auch so einer werden wie Waltin. Zieh ihm die Uniform an und lass ihn nützliche Arbeit leisten. Du bist doch jetzt der Chef.«

»Du glaubst, es ist herausgekommen?«, fragte Johansson vorsichtig.

»Herausgekommen«, schnaubte Jarnebring. »Die ganze Stadt weiß davon.«

50

Johansson wurde vom Telefon geweckt. Er war nicht verkatert, sondern eher müde von der durchwachten Nacht als vom Schnaps, auch wenn es ihm in seinem Leben schon besser gegangen war.

Wesslén, dachte Johansson und griff nach dem Telefon.

Wer sonst könnte um null acht null null an einem Samstagmorgen anrufen? Ich erwürg dich mit der Telefonschnur, beschloss er.

»Johansson«, sagte er heiser.

»Wesslén. Ich hab dich doch hoffentlich nicht geweckt?« Ausnahmsweise hörte Wesslén sich überrascht an.

Johansson murmelte eine unverständliche Antwort, die mit etwas gutem Willen auf allerlei Weisen gedeutet werden konnte.

»Na dann«, sagte Wesslén und klang wieder normal. »Ich weiß doch, dass du ein Early Bird bist, und da wollte ich dich im Flug einfangen. Ehe du entkommen kannst.«

Ist dir gelungen, dachte Johansson und musterte aus der Entfernung seine Zehen. Er bewegte sie vorsichtig. *Wir leben,* registrierte er.

»... ich habe gestern schon versucht, dich anzurufen, aber zuerst war besetzt, und dann ging niemand mehr dran«, sagte Wesslén. »Meine Frau und ich wollten wissen, ob wir dich zu einem Bissen einladen dürfen. Morgen um neunzehn Uhr. Im engsten Familienkreis.«

»Gerne«, sagte Johansson überrascht. »Das wird sicher nett«, fügte er schnell hinzu. *O Scheiße,* dachte er.

»Also abgemacht«, sagte Wesslén und versuchte, herzlich zu lachen. »Du bist uns sehr willkommen.«

Prominenz, dachte Johansson. Er setzte sich im Bett auf und unterzog seine Zehen abermals einer kritischen Musterung. Die Nägel mussten geschnitten werden. Bloß weil man aus den Massenmedien bekannt ist, rennen sie einem die Bude ein. So ein Strom von Einladungen. Zuerst Jarnebring, jetzt Wesslén.

Und wieder klingelte das Telefon.

Abendanzug erbeten, dachte Johansson.

»Johansson«, sagte er.

»Hallo«, sagte die Stimme. »Ich hab es fertig. Wenn du willst, kann ich es dir vorbeibringen.«

Der Kollege mit der entlaufenen Frau, dachte Johansson.
»Nein«, sagte Johansson. »Ich schau bei dir vorbei. Ich muss unbedingt mal aus dem Haus und mich bewegen. Du bist doch wohl nicht über Nacht im Büro geblieben, hoffe ich?«

»Spinnst du«, sagte der Kollege. »Ich brauchte Ruhe, und da bin ich nach Hause gefahren.«

»Aha«, sagte Johansson. »Und hast du was von deiner Frau gehört?«, fragte er dann.

»Sicher«, antwortete die Stimme. »Sie ist gestern zurückgekommen, deshalb bin ich hier, um ein bisschen Ruhe und Ordnung zu haben.«

»Ich bin in einer Stunde bei dir«, sagte Johansson rasch. *Glückliche Ehe*, dachte er.

51

Välitalo war vierundzwanzig. Beide Eltern waren tot. Der Vater war bei einem Unfall ums Leben gekommen, als Peter Sakari sieben Jahre alt gewesen war. Er war nach einer Sauferei im Treppenhaus vor der Wohnung der Familie in Farsta eingeschlafen. Der Polizei zufolge war er dann wohl über den Absatz gerollt und die steile Treppe hinuntergestürzt. Jedenfalls war er tot, als die Streife, die von Nachbarn informiert worden war, am Ort des Geschehens ankam. In der Wohnung trafen sie auf Peter, seine drei jüngeren Geschwister und die sinnlos betrunkene Mutter.

In Peter Sakaris Akte beim Jugendamt steht eine andere Erklärung für das gebrochene Genick des Vaters. Die Ärztin des Kinder- und Jugendpsychiatrischen Krankenhauses, von der die Geschwister Välitalo nach dem Unglücksfall behandelt worden waren – und die angibt, sehr guten Kontakt zu Peter gehabt zu haben –, meinte, Peter Sakari und sein sechsjähriger Bruder hätten den schlafenden Vater die Treppe hinuntergestoßen. Weil er »immer blau war und die Mama gehauen hat«. Da die Geschwister nicht strafmündig waren, leitete die Polizei keine weiteren Maßnahmen ein.

Die Mutter war mehrere Male in der Psychiatrie gewesen. An Peters zehntem Geburtstag erhängte sie sich in der Toilette der Therapiewerkstätte im Krankenhaus Ulleråker. Nach diesem Ereignis musste die Gesellschaft die gesamte elterliche Verantwortung übernehmen; allerlei Pflegeheime, Kinderheime und psychiatrische Kliniken. Und dann geschlossene Heime und Gefängnisse.

Mit sechzehn hatte Peter Sakari ein halbes Jahr in einem ganz normalen Krankenhaus verbracht. Er hatte versucht, bei einer Verfolgungsjagd der Polizei davonzufahren, war jedoch in einem der südlichen Vororte gegen die Wand eines Zeitungskiosks gebrettert. Als dauerhafte Folge des Unfalls war ihm ein heftiges Hinken geblieben, das einem komplizierten Bruch im rechten Bein geschuldet war. Deshalb wohl sein Alias oder genauer gesagt sein Spitzname: »Puma«.

Abgesehen von diesem halben Jahr im Krankenhaus und ähnlichen Unterbrechungen, hatte Puma die Mehrzahl seiner vierundzwanzig Jahre hinter Schloss und Riegel in allerlei Jugend- und Kriminalstrafanstalten verbracht. Und das nicht ohne Grund, dürfen wir annehmen. Er war mit mehr als vierhundert Vergehen im Vorstrafenregister vertreten. Alles von Mordversuch, schwerer Körperverletzung, Beihilfe zum Mord, kleinen und großen Diebstählen und Drogengeschichten bis hin zu Verkehrsdelikten. »Ein ungewöhnlich fleißiger kleiner Gauner«, um Kriminalinspektor Bo Jarnebring von der zentralen Ermittlungsabteilung in Stockholm zu zitieren.

Zu Beginn des Jahres, dem Jahr, in dem er nach eigener Aussage von Berg und dessen Kollegen misshandelt worden war, verbüßte er in der JVA Österåker das Ende seiner letzten Haftstrafe.

Mit Hilfe des Ermittlungsregisters hatte Johanssons Kollege, der mit den Eheproblemen, Peter Sakari Välitalos Aktivitäten während dieses Jahres festzustellen versucht. Um Johansson die Sache zu erleichtern, hatte er seine Funde in chronologischer Reihenfolge aufgeführt. Als Beschreibung eines Lebens war diese Aufstellung relativ belanglos. Möglicherweise sagte sie etwas über Pumas Beziehung zum Rechtsstaat aus.

1. bis 5. Januar: Zweijährige Haftstrafe in Österåker angetreten.
5. Januar: Urlaub aus Österåker.
6. Januar: Von der Stockholmer Polizei auf frischer Tat ertappt bei einem Einbruch in einer Wohnung in der Grevgata 11. Am selben Tag in die Haftanstalt Kronoberg gebracht.
7. Januar: Rückkehr nach Österåker.
11. Januar bis 4. Februar: Urlaub aus Österåker.
4. Februar: Auf frischer Tag ertappt bei einem Einbruch in der Villa Golfväg 20 von der Polizei Danderyd. Am selben Tag in Danderyd in den Arrest gebracht. Am selben Tag zurück nach Österåker.
11. Februar: »Kleine psychiatrische Untersuchung« angeordnet. Überführt von Österåker ins Krankenhaus Långbro am selben Tag.
11. Februar bis 28. Februar: Aufenthalt im Krankenhaus Långbro.
1. März: Vom Stockholmer Gericht verurteilt zu zwei Jahren und sechs Monaten Gefängnis wegen schweren Diebstahls, Hehlerei, Verkehrsdelikten u. a., »begangen in dem Zeitraum, in dem V. seine vorherige Strafe in Österåker verbüßte«.
2. März: Eingeliefert ins Gefängnis Hall für zwei Jahre und sechs Monate.
4. März: Urlaub aus Hall.

5. März: Nicht nach Hall zurückgekehrt. Am selben Tag zur Fahndung ausgeschrieben.
11. März: Von der Stockholmer Polizei im U-Bahnhof Liljeholmen aufgegriffen. Ins Gefängnis Kronoberg gebracht.
11. bis 13. März: Verbleib in Kronoberg.
13. März: Überführung aus Kronoberg nach Hall.
13. März bis 18. März: Verbleib in Hall.
18. März: Begleiteter Ausgang aus Hall. Am selben Tag in der U-Bahn-Station Hauptbahnhof der Begleitung entwichen. Am selben Tag zur Fahndung ausgeschrieben.
18. April: Von der Stockholmer Polizei in der Biblioteksgata aufgegriffen. Am selben Tag nach Kronoberg verbracht. Überführung nach Hall am selben Tag.
1. Mai: Urlaub aus Hall. Hat am Vortag Urlaub beantragt, was abgelehnt wurde »im Hinblick auf die Risiken, welche die Feiern zur Walpurgisnacht für einen Menschen mit Drogenproblemem bedeuten können«.
2. Mai: Nicht nach Hall zurückgekehrt. Am selben Tag zur Fahndung ausgeschrieben.
2. Mai: Auf frischer Tat bei einem Einbruch im Valhallaväg 104 von der Stockholmer Polizei ertappt. Am selben Tag ins Gefängnis Kronoberg verbracht.
2. Mai bis 9. Mai: Verbleib in Kronoberg.
9. Mai: Überführt von Kronoberg nach Hall.
9. Mai bis 10. Mai: Verbleib in Hall.
10. Mai: Urlaub aus Hall.
10. Mai: In einem gestohlenen Fahrzeug auf Norrbyvägen Huddinge von der Polizei angehalten. Am selben Tag in den Arrest in Huddinge gebracht.
11. Mai: Rückkehr nach Hall. Urlaub aus Hall am selben Tag.
12. Mai: Nicht nach Hall zurückgekehrt. Am selben Tag zur Fahndung ausgeschrieben.
5. Juni: Von der Polizei Huddinge im Zentrum von Hud-

dinge aufgegriffen. Rückkehr nach Hall am selben Tag.
5. Juni bis 24. Juni: Verbleib in Hall.
24. Juni bis 28. Juni: Urlaub aus Hall.
28. Juni: Nicht nach Hall zurückgekehrt. Am selben Tag zur Fahndung ausgeschrieben.
1. Juli: Stellt sich freiwillig der Kriminalpolizei Stockholm und gesteht Villeneinbruch im Stenkullaväg 58 am 28. Juni. Ins Gefängnis Kronoberg verbracht.
1. Juli bis 17. Juli: Verbleib in Kronoberg.
17. Juli: Vom Stockholmer Gericht verurteilt zu zwei Jahren und sechs Monaten Haft wegen schweren Diebstahls, Hehlerei, Verkehrsdelikten u. ä., »begangen während der Zeit vom 1. März bis zum 28. Juni, als noch die vorherige Haftstrafe abgebüßt wurde«.
17. Juli: Inhaftiert in Hall für zwei Jahre und sechs Monate.

Nach dem siebzehnten Juli weist das Register keine weiteren Eintragungen mehr auf.

52

»Was zum Teufel ist das?«, fragte Johansson. Er hatte rote Ohrläppchen und wedelte mit dem Papier, das ihm der Kollege aus der Nachrichtenabteilung eben gegeben hatte. »Das ist einfach zu übel«, fügte er dann hinzu, und zu seiner Ehrenrettung können wir sagen, dass er auch die ergreifende Schilderung von Peter Sakaris Kindheit meinte.

»Im Kittchen ist eben nie ein Zimmer frei«, antwortete der offenbar eher praktisch veranlagte Kollege und zuckte mit den Schultern. »Und am Ende scheint sich der Knabe ja gebessert zu haben.« Er grinste. »Wird am ersten Juli aus freiem Antrieb vorstellig. Mitten in der Hochsaison, wenn die Leute Urlaub machen und jede zweite Wohnung leer steht. Vielleicht hat er aufgegeben, weil er an die viele Arbeit gedacht hat.«

»Aber warum macht er das?«, fragte Johansson. Der Kollege zuckte noch einmal mit den Schultern.

»Keine Ahnung«, sagte er. »Das hier ist ein Übersichtsregister. Wenn du so was wissen willst, musst du dir die Akten von der Einbruchsabteilung in Stockholm kommen lassen. Falls er die Freundlichkeit besessen hat, sich denen gegenüber näher auszulassen. Eigentlich dürfte er überhaupt nicht im Ermittlungsregister stehen«, fügte er hinzu. »Das ist für qualifiziertere Leute reserviert. Den ersten Teil über seine liebenden Eltern hab ich aus der Personenübersicht. Gibt's auf Mikrofilm«, erklärte er. »Die sozialen Aspekte und den ganzen Scheiß.«

»Seit dem siebzehnten Juli in diesem Sommer hat er ja offenbar nichts mehr ausgefressen.« Johansson dachte laut nach.

»Ich hab doch gesagt, dass er sich gebessert hat«, erwiderte der Kollege und lächelte. »Falls das hier überhaupt stimmt.« Er zuckte zum dritten Mal mit den Schultern.

»Stimmt?«

»Ja. Es gibt immer eine Menge Fehler. Missverständnisse. Immerhin einen hab ich gefunden und korrigiert.«

»Was?«, fragte Johansson interessiert und überflüssigerweise. *Was immer das mit dem Fall zu tun haben mag,* dachte er.

»Ja«, erklärte der Kollege. »Dem Register nach ist er am Freitag, dem achtundzwanzigsten Juni, um vierzehn Uhr in Stockholm wegen unerlaubten Fahrens festgenommen worden. Oben in der Fridhemsgata. Aber das kann gar nicht stimmen.«

»Warum nicht?«, fragte Johansson.

»Also«, sagte der Kollege, »... dem nächsten Eintrag nach ist er draußen in Stora Essinge mit einem Einbruch beschäftigt ... am selben Nachmittag.« Er nickte Johansson viel sagend zu. »Wenn er um vierzehn Uhr festgenommen wurde ... dann kann er ja kaum zeitgleich einen Bruch machen. Auch wenn in diesem Haus ewig rein- und rausgerannt wird.«

»Und du bist sicher, dass es ein Fehler ist?« Johansson mochte Fehler nicht leiden.

Der Kollege schien das eher auf die leichte Schulter zu nehmen. Mit der er abermals zuckte.

»Vermutlich«, sagte er. »Falsche Person oder falsches Datum. Ich hab es gelöscht. Kann das Gesamtprofil des Knaben ja wohl kaum beeinflussen.« Er grinste zufrieden.

»Kannst du eine Kopie dieser gelöschten Eintragung besorgen?«, fragte Johansson, der Fehler noch immer nicht leiden mochte.

»Montag«, sagte der Kollege. »Die liegt unten bei Stockholm.«

»Gut«, sagte Johansson, dem gerade etwas eingefallen war. »Mir ist gerade etwas eingefallen«, sagte er, schaute sich im leeren Computerraum mit den stummen und schlummernden Bildschirmen um und dachte aus irgendeinem Grund an den geschäftsführenden Direktor Waltin, von dem Johanssons bestem Freund zufolge »die ganze Stadt« wusste.

»... kannst du für mich eine Firma überprüfen?«, fragte er.
Der Kollege nickte. *Natürlich konnte er.*

Ob die Sache stadtbekannt war, stand noch nicht fest. Dass die AS AKILLEUS im allgemeinen Ermittlungsregister gelandet war, dagegen wohl. Das begriff sogar Johansson, als er die Querverweise auf dem Bildschirm sah. Dort stand, zusammen mit der Firmenadresse und anderen allgemeinen Auskünften, die Betriebsnummer der Aktiengesellschaft im Register der Patent- und Registrieranstalt.

Es gab auch einen Verweis zur zentralen Ermittlungsabteilung in Stockholm und der Gruppe, die sich mit organisierter Kriminalität in der Gastronomiebranche befasste. Der nächste Verweis führte zur Göteborger Sektion für Wirtschaftsverbrechen und der dritte und letzte zur Betrugsabteilung in Sundsvall.

Wem von denen Waltin wohl noch Geld schuldig ist, dachte Johansson. Aber die haben doch schon vor zehn Jahren dichtgemacht.

»Soll ich die Unterlagen kommen lassen?«, fragte der Kollege, der jetzt neugieriger aussah als beim Thema Välitalo.

»Scheiß drauf«, sagte Johansson, und jetzt war er derjenige, der mit den Schultern zuckte.

»Was machst du da jetzt?«, fragte er. Der Kollege schlug in die Tasten.

»Ich geb deine Frage ein«, erklärte der Kollege. »Dass der Chef vom Landeskriminalamt am zweiundzwanzigsten September nach Akilleus gefragt hat.« Er zeigte mit dem Fingernagel auf den Bildschirm, wo eine neue Zeile auftauchte.

»C/LK 09-22F«, las Johansson.

»Jetzt können die Kollegen in Göteborg zum Beispiel dir Bescheid sagen, wenn bei den Ermittlungen etwas passiert. Oder wenn irgendwer eine gute Idee hat«, der Kollege nickte zufrieden.

»Vergiss die Fragen«, sagte Johansson erschrocken und voll der Vorurteile seiner Heimat. »Lösch den Scheiß, und vergiss, was ich gesagt habe.«

»Na gut«, sagte der Kollege und tilgte die Zeile vom Bildschirm. Aber er zuckte nicht mit den Schultern und wirkte eher neugierig als desinteressiert. *Fast schon ein wenig misstrauisch,* dachte Johansson, als er mit der U-Bahn nach Hause fuhr.

53

Familienessen gehörten der Vergangenheit an. Für Johansson gab es höchstens noch seine Besuche bei den Eltern oder die seiner beiden Kinder bei ihm. Das hier war etwas anderes, und wenn nur die Hälfte aller Geschichten, die er über Wesslén und seine Mitbewohnerin gehört hatte, zuträfe, würde es einen gewaltigen Unterschied geben.

Er hatte Samstag und Sonntag genug Zeit gehabt, seine Zusage zu bereuen. Zweimal hatte er schon nach einer Entschuldigung gesucht, um dann anrufen und absagen zu können. Aber die Zeit verging, und am Sonntagnachmittag war die Frist verstrichen. Zumindest für einen anständigen Menschen.

Scheiße, dachte Johansson. Die Leute mitten in der Nacht per Telefon zu überfallen. Was haben die und ich denn schon für Gemeinsamkeiten?

Gegen drei Uhr nachmittags fing er an, sich Sorgen um seine Garderobe zu machen, und um Viertel nach sechs zog er die Tür hinter sich ins Schloss. Anzug, Schlips und Kragen. Die braune Wildlederjacke, die über Brust und Taille spannte und ihn aussehen ließ wie einen Gebrauchtwagenhändler. Unterm Arm trug er eine in Plastikfolie und Zeitungspapier eingewickelte Elchkeule.

Das werden die jedenfalls zu schätzen wissen, dachte Johansson. So teuer, wie Fleisch heutzutage ist.

Wesslén und seine Nichtangetraute bewohnten oben im Vanadisväg eine ältere Wohnung, die sorgfältig renoviert worden war und ebenso gut in einer der feineren Gegenden von Östermalm hätte liegen können. Die Wohnung lag ganz oben im Haus und hatte sechs Zimmer und Küche.

Wenn du mir nicht persönlich bekannt wärst, würde ich dir die Wirtschaftsprüfer auf den Hals schicken, dachte Johansson und sah sich diskret in der großen hellen Diele mit dem offenen Kamin und den farbenprächtigen Bildern an den Wänden um.

Die Gastgeber empfingen ihn an der Tür, ganz ihrer Umgebung angepasst. Wesslén trug eine karierte Freizeitjacke, seine Mitbewohnerin einen Faltenrock und ebenso viele Halsketten wie der Negerhäuptling im Lesebuch für die Volksschule. Anders als bei diesem jedoch war ihr Oberkörper mit einer Hemdbluse bekleidet, und sie und Wesslén waren so locker und freundlich, dass Johansson bereute, sich in der U-Bahn nicht das Bein gebrochen zu haben.

»Was für eine fantastische Wohnung«, sagte er. »Anstelle von Blumen«, fügte er hinzu und überreichte das Paket mit dem Elchfleisch, das jetzt angefangen hatte zu tropfen.

»Na«, fragte Johansson. »Wie war's denn nun in Kumla?«

Das Essen lag hinter ihnen. Eine richtig nette Geschichte mit reichlichen und wohlschmeckenden Speisen. Agneta, so hieß Wessléns Mitbewohnerin, ließ sie allein, um die Tochter zu Bett zu bringen und neuen Kaffee aufzusetzen. Jetzt saßen sie auf dem großen Sofa im noch größeren Wohnzimmer, jeder mit einem Cognac und Platz für ein paar kleine berufliche Vertraulichkeiten.

»Er hat nichts mehr gegen Berg und die anderen vorzubringen«, sagte Wesslén. »Die Sache scheint abgehakt. Dagegen konnte er mit einer gelinde gesagt seltsamen Geschichte aufwarten.«

»Lass hören«, sagte Johansson zufrieden. *Langsam wirst du fast schon menschlich,* dachte er und nickte seinem markant geschnittenen Gastgeber zu.

Ein gutes Jahr zuvor hatte Boris Djurdjevic Kontakt zu einem gewissen Direktor Waltin bekommen, der sich mit Immobiliengeschäften befasste. Über ihn hatte Djurdjevic zwei Miethäuser gekauft und sich zugleich eines größeren Grundstücks in Sälenfjällen entledigt. Außerdem hatten sie einander privat kennen gelernt. Bei einem Essen daheim bei Waltin hatte der von einem Polizisten erzählt, dem er nach der Scheidung in einer Wohnungsangelegenheit geholfen und der ihm im Gegenzug allerlei nützliche Tipps gegeben hatte, was die Kollegen in den Ermittlungs- und Wirtschaftsabteilungen so trieben: Kriminalinspektor Bo Jarnebring.

Das hatte Djurdjevics Interesse geweckt. Er steckte in derselben Klemme wie Waltin und wusste, dass er schon seit vielen Jahren beobachtet wurde. Äußerst vorsichtig hatte er begonnen, das Terrain um Jarnebring zu sondieren, hatte Waltin darüber jedoch nicht informiert. Hier tat sich für Djurdjevic vielleicht eine Möglichkeit auf, sich die über ihn gesammelten Informationen zu verschaffen. Aber die Zeit verging, und er fand keinen geeigneten Ansatz für eine Kontaktaufnahme. Das ärgerte ihn ziemlich, denn inzwischen war er davon überzeugt, dass Jarnebring käuflich und dieses Geld absolut wert war.

Dann war ihm plötzlich der Zufall zu Hilfe gekommen. Einer seiner Angestellten in einem Restaurant auf Söder, der Pizzeria Rosso, war bei einer Razzia in einem illegalen Spielclub verhaftet worden, wo er sich nachts als Croupier etwas dazuverdient hatte. Der Leiter der Ermittlung wandte sich nun an den Arbeitgeber des Croupiers, eben an Boris Djurdjevic, und einer der Ermittler hieß Bo Jarnebring.

Danach war alles fast wie von selbst gelaufen. Innerhalb von zwei Monaten hatte Jarnebring begonnen, Djurdjevic mit Informationen zu versorgen. Zuerst ging es einfach nur um normalen Klatsch von der Wache. Dann kamen nach und nach geheime Aktennotizen unterschiedlichen Inhalts dazu. Er war gut bezahlt worden. Gutes Geld für Jarnebring, Peanuts für Djurdjevic. Insgesamt bei drei Gelegenheiten zweiundzwanzigtausend Kronen.

Gleich nach Neujahr hatte Jarnebring sich dann an Djurdjevic gewandt und berichtet, dass sich das Landeskriminalamt offenbar ausgiebig mit seinen Unternehmungen befasse. Jarnebring wollte versuchen, Kopien der bereits existierenden Unterlagen zu besorgen. Djurdjevic war dankbar. Wenn Jarnebring das schaffte, sollte es sein Schaden nicht sein.

In der Nacht zum achtzehnten Januar klingelte dann jemand an seiner Tür, doch als er öffnete, lag auf der Fußmatte nur eine Visitenkarte. Seine eigene, aber das sagte genug. Um elf Uhr abends trafen sie sich an ihrem geheimen Treffpunkt; einer privaten Garage unten in der City, die man nur betreten konnte, wenn man den Schlüssel hatte.

Nach einer Minute wird die Tür zum Beifahrersitz geöffnet. Djurdjevic bleibt in seinem Auto sitzen, und Jarnebring taucht auf wie ein gewaltiger Schatten. Aus seiner Parkatasche zieht er einen dicken braunen Umschlag. Djurdjevic greift zu den vereinbarten zwanzigtausend, die Jarnebring verlangt hat, um »meine Finanzen gründlich zu sanieren«, und öffnet den Umschlag, um »einen Blick auf die Ware zu werfen«. Zwei Plastiktüten mit weißem Pulver, eingewickelt in Pappe. Djurdjevic ist zuerst sprachlos und versteht nur Bahnhof. Als er sich zu Jarnebring umdreht, hält der die Mündung einer Walther direkt vor sein Gesicht.

»Versuch's nur«, sagte Jarnebring und lächelte zufrieden.

Natürlich ließ Djurdjevic die Hand sinken. Außerdem hatte er sich seit seiner Jugend nicht mehr geschlagen, und hier wäre es sinnlos gewesen. Plötzlich gingen die Lichter an, und in der Garage wimmelte es nur so von Menschen. Eine halbe Stunde später saß er mit Handschellen auf der Wache in einem Verhörzimmer.

Etwas über einen Monat drauf kam die Verhandlung. Er hatte seinem Verteidiger die ganze Geschichte erzählt und das auch vor Gericht tun wollen. Die Staatsanwaltschaft hatte alles in Fetzen gerissen. Unmittelbar nachdem Djurdjevic angeblich versucht hatte, Jarnebring zu bestechen, hatte der seine Vorgesetzten über den Vorfall informiert. Bei einer Besprechung der Chefs der zentralen Ermittlungsabteilung und der Nachrichtenabteilung des Landeskriminalamts war die Strategie für die geplante Infiltration festgelegt worden. Der erste Schritt war, dass Jarnebring angeblich Djurdjevics Köder schlucken sollte. Ziel war, ihn der schweren Drogendelikte zu überführen, von denen man seit Jahren wusste, dass er darin verwickelt war.

Die Nachrichtenabteilung des Landeskriminalamts hatte die Operation geplant und geleitet: Infiltration und Beweisprovokation mit Hilfe eines so genannten »falschen Doppelagenten«. Sie hatten außerdem die »desinformativen« Unterlagen über Djurdjevic und sein Milieu zusammengestellt, die Jarnebring überreichen sollte. Jarnebring hatte außerdem bei den Übergabeterminen ein Tonbandgerät bei sich. Das Geld hatte er nach jedem Kontakt gleich abgegeben. Insgesamt zweiundzwanzigtausend Kronen.

Sowohl Geld als auch Tonbandaufnahmen und Kopien der Unterlagen wurden vor Gericht als Beweis vorgelegt.

Am Ende war die Zeit dann reif gewesen. Jarnebring hatte mehrmals Andeutungen gemacht, dass er eine »ziemlich interessante Partie Heroin« beschaffen solle. Der Käufer war einer seiner Kontaktmänner in der Verbrecherszene, er selbst würde eine überzeugende Provision erhalten. Gleich nach Neujahr hatte Djurdjevic ihm zum »Freundschaftspreis« von hunderttausend Kronen eine Partie von zweihundert Gramm angeboten. Unter der Bedingung, dass er auch in Zukunft mit Jarnebrings Diensten rechnen könne.

Die Analysen des Heroins, das Djurdjevic am Abend des achtzehnten Januar überreicht hatte, erwiesen es als einen Teil der Partie, von der einige Monate zuvor in Södertälje ein gutes Pfund beschlagnahmt worden war. Der damals Festgenommene, ein türkischer Staatsbürger, sagte jetzt gegen Djurdjevic aus. Er sei der Drahtzieher der Organisation, zu der auch der Türke gehörte und für die er im Herbst insgesamt zwei Kilo ins Land gebracht hatte. Insgesamt war jedoch von wesentlich größeren Mengen die Rede.

Die Aussage des Türken, die Analyse des staatlichen kriminaltechnischen Labors, die in Södertälje beschlagnahmten fünfhundertzwanzig Gramm. Dazu zwei Tüten, die jeweils hundert Gramm enthielten, eingewickelt in Pappstreifen, mit Djurdjevics Fingerabdrücken auf Tüte und Pappe. Keine anderen Abdrücke. Endlich die Aussagen von Jarnebring und zweien seiner Kollegen, dazu hundert Tausender, die am Vormittag des achtzehnten Januar vom Chef der Nachrichtenabteilung des Bundeskriminalamts registriert worden waren. Verzeichnet am selben Tag in einer gesonderten Liste und hinterlegt von Kriminalinspektor Jarnebring, der Djurdjevics Wagen entstiegen war. Und natürlich nirgendwo anderes Geld als dieses.

Insgesamt reichte das sehr gut für ein Urteil über zehn Jahre Haft auf Grund von schweren Drogendelikten, gefällt vom Stockholmer Gericht und bekräftigt vom Obersten Gericht bei der Wiederaufnahme einen Monat später.

Na, wenn das so ist, dachte Johansson. Deshalb ist man also auf einen Bissen eingeladen worden.

»Und jetzt glaubst du Djurdjevic mehr als irgendeinem sonst«, stellte er mürrisch fest und schaute seinen Gastgeber mit kaltem Blick an.

Wesslén war ernst und wich mit seinem Blick nicht aus.

»Ich weiß es ehrlich gesagt nicht«, antwortete er. »Ich weiß, dass du mit Jarnebring sehr gut befreundet bist und dass du die Sache früher oder später auch von anderer Seite hören wirst.«

Johansson nickte. *Da konnte er immerhin zustimmen.*

»Eins weiß ich mit Sicherheit«, sagte Wesslén, der Gedanken lesen konnte. »Das ist nicht der Grund, warum wir dich hergebeten haben. Meine Frau hat sich vielmehr in diese Klatschnotiz in Aftonbladet verliebt.« Jetzt lächelte er auf seine übliche reservierte Weise. »Ich finde, du könntest Jarnebring fragen«, endete er.

»Sicher«, sagte Johansson. »Werde ich. Was immer das mit Nils Rune Nilsson zu tun haben soll«, fügte er gereizt hinzu.

Entweder hat die Kaffeemaschine ihren Geist aufgegeben, dachte Johansson. Oder die Kleine war noch gar nicht so müde, wie sie ausgesehen hatte, als ihre Mama mit ihr verschwunden war. Jedenfalls gab es noch genug Zeit für alle Seltsamkeiten, die er selbst herausgefunden hatte.

Er erzählte von seinem Besuch bei Ritva Sirén. Über ihren Verflossenen Peter Sakari Välitalo und dessen Beziehung zur Unterwelt. Und dass er offenbar, wenn man dem Ermittlungsregister glauben durfte, wegen verbotenen Fahrens festgenommen worden war und gleichzeitig am anderen Ende der Stadt eine Villa ausgeräumt hatte.

»Wirklich zu traurig«, sagte Johansson und reichte Wesslén die Aufstellung, die er vom Kollegen mit den Eheproblemen erhalten hatte.

Wesslén nickte und las. Auch er schien das alles nicht witzig zu finden.

»Freitag, der achtundzwanzigste Juni«, sagte er. »Der Tag, an dem Herr Kallin von eigener Hand verschied.«

Du hast ja ein gutes Gedächtnis, dachte Johansson. Er selbst hatte Janssons Aktennotiz zu Rate ziehen müssen.

»Ja«, gestand er. »Und beide haben in Hall gesessen. Verdammt viele Zufälle«, fügte er genervt hinzu. »Aber nichts davon fällt in unser Ressort. Nils Rune Nilsson, allgemein bekannt als Onkel Nisse ...« Johansson ließ den Rest in seinem Glas kreisen.

»... da haben wir rein gar nichts«, stellte er düster fest und stellte das Glas wieder auf den Tisch.

»Sag das nicht«, sagte Wesslén lächelnd. »Wir haben seine Aussage auf dem Krankenbett. Den Björneborger Marsch.«

»Vielleicht sollten wir die Wachparade verhören«, sagte

Johansson und grinste. *Wahrscheinlich bist du im tiefsten Herzen ziemlich nett*, dachte er.

»Wenn du dich darum kümmerst, kann ich nach Hall fahren und mit Välitalo sprechen«, sagte Wesslén. *Was immer das mit dem Fall zu tun haben mag*, dachte er.

Eigentlich ein ziemlich netter Typ, dachte Johansson, als er sich auf dem Weg nach Söder von der U-Bahn durchrütteln ließ. Sympathische Frau hatte er auch. Und einen Vater, der Kunsthändler gewesen war und seinem eingeborenen Sohn Wohnung, Bilder und Antiquitäten hinterlassen hatte. Das hatte Wesslén beim Essen erzählt, als Johansson gesagt hatte, die brennende Herbstlandschaft über dem Büfett sehe aus wie van Gogh. »Karl Nordström« hatte Wesslén ohne die geringste Ironie gesagt. Danach hatte er von seinem Vater erzählt, der mit Kunst und Antiquitäten gehandelt hatte, und erklärt, warum Johanssons Bemerkung gar nicht so dumm gewesen war.

Aber hier gab es keine Ölgemälde. Nur Reklame für Hamburger und Damenzeitschriften. Kunststoffsitze und Neonröhren. Zwei aufgekratzte Teenies und einige Erwachsene, die nichts sahen und nichts hörten. Und einen für sechs Monate als Vertretung eingesetzten Polizeidirektor, dem plötzlich aufgegangen war, dass er sich nach seiner früheren Arbeit in der Personalabteilung des Landeskriminalamts zurücksehnte.

»Na«, sagte Wesslén und lächelte seine Mitbewohnerin an. »Hat er deinen Erwartungen entsprochen?« Sie hatte die Beine aufs Sofa hochgezogen und schien einer Reportage in einer teuren Illustrierten entsprungen.

»Sehe ich aus wie einer Reportage in einer teuren Illustrierten entsprungen?«, sie stellte die Füße wieder auf den Boden. »Ich weiß nicht.« Sie schüttelte den Kopf. »Ich hatte ihn für viel älter gehalten. Er ist doch eher in deinem Alter.«

»Johansson«, sagte Wesslén überrascht. »Ich glaube sogar, dass er einige Jahre jünger ist.«

»Du bist mir lieber«, sagte sie entschieden. »Er wirkt ja offen und sympathisch ... so ein richtiger großer Junge ... leicht sentimental ... Humor, und ein guter Anekdotenerzähler ...«

»Ja«, sagte Wesslén.

»Ich glaube, das ist eine Maske«, erklärte sie überzeugt. »Ich halte ihn für einen gefährlichen Menschen, den man nicht zum Feind haben möchte.« Sie schaute ihn mit ernster Miene an und nickte. »Ein brutaler Mensch.«

»Komm, wir gehen schlafen«, entschied Wesslén.

54

Välitalo hatte einen eigenen Ermittler. Einen Veteranen aus der Einbruchsabteilung, der kurz vor der Rente stand.

»Kennst du Peter Sakari Välitalo?«, fragte Wesslén.

»Ob ich Puma kenne?« Der Kollege stöhnte leise. »Den hab ich meiner Sünden wegen bekommen.« Er schüttelte seinen kahlen Schädel.

Wesslén lächelte höflich.

»Die Kollegen sagen, dass du als Einziger geduldig genug bist.«

»Sag lieber, einfältig genug. Und ich kann nicht Nein sagen.«

Välitalo galt als ungewöhnlich emsiger Dieb. Und das auch in Kreisen, wo das keine einzigartige Eigenschaft war. In Anbetracht seines Handicaps durch den Autounfall, der ihm diesen unsicheren, watschelnden Gang beschert hatte, war er fast schon unerklärlich fleißig.

Fleißig, aber wenig erfolgreich. Die Polizei klärte nur einen Bruchteil aller Einbrüche auf, aber wenn man sich Välitalos Register ansah, schien Puma für sämtliche aufgeklärten Fälle verantwortlich zu sein. Peter Puma war keiner, der seinen Verfolgern davonlief.

Er selbst reagierte äußerst indigniert, wenn die Sache zur Sprache kam. Er war der »König der Einbrecher«. Abgesehen von den Fällen, bei denen er unter Verdacht stand. Da stritt er vehement alles ab, konsequent und ohne Rücksicht auf die Tatsache, dass er oft genug mit der Hand in der Schreibtischschublade erwischt wurde. Außerdem war seine Sprache das Allerletzte, und er spielte bei den Verhören den Affen.

»Deshalb musste ich ihn übernehmen.« Der Veteran nickte. »Vor allem damit keiner von den jüngeren und hitzigeren Kollegen seinetwegen unglücklich wird.«

Wesslén nickte. Er hatte vollstes Verständnis.

»Er hatte nie eine Chance, der Arme. Eine Schande, wenn ein Kind unter solchen Verhältnissen aufwachsen muss.« Der Veteran nickte ernst. »Aber was hat er jetzt schon wieder angestellt, wieso kommst du her?«

Man könnte dich fast für seinen Vater halten, dachte Wesslén.

»Nichts, so viel ich weiß«, sagte er beruhigend. »Es geht um einen Einbruch, den er im vorigen Sommer begangen hat. Am Freitag, dem achtundzwanzigsten Juni. Draußen in Stora Essingen. Stenkullaväg 58. Kannst du dich daran erinnern?«

»Na, und ob.« Der Kollege schaute ihn überrascht an. »Das war der wohl komischste Einbruch, mit dem ich jemals zu tun hatte. Wunder gibt's eben immer wieder.« Er schüttelte den Kopf.

»Du, mein Freund«, sagte Johansson und musterte den Kollegen mit den Eheproblemen. »Bist du jemand, der die Klappe halten kann?«

»Ich hab zehn Jahre bei der Sicherheit gearbeitet, ehe ich hergekommen bin.« Der andere zuckte mit den Schultern.

»Gut«, sagte Johansson. »Ich hab nämlich ein kleines Problem am Hals. Es geht um den redlichen Onkel Nisse, von dem du sicher in der Zeitung gelesen hast.«

»Erzähl.«

Wenn Johansson seine Probleme einem Soziologen vorgelegt hätte, wäre ihm sicher erklärt worden, dass sie auf den besonderen Strukturen und Aufgaben seiner Organisation und auf den Anforderungen an ihre Mitarbeiter beruhten. Und auf der Tatsache, dass jene, die dort arbeiteten, oft unter starkem Druck von außerhalb der Organisation standen. Es ist jedoch die Frage, ob diese Auskunft ihm geholfen hätte.

Johansson erklärte: Die Massenmedien hatten im Fall Nilsson die Polizei als Sündenbock ausgeguckt. Genauer gesagt fünf Kollegen von der Streife, die Nilsson aufgegriffen hatte, den Kollegen, der am fraglichen Abend im Arrest Dienst gehabt hatte, und einen Arrestwärter. Obwohl der natürlich nur zivilangestellt war.

Bei den Ermittlungen war nichts Belastendes herausgekommen. Im Gegenteil, es war vermutlich wirklich nur ein Unglück geschehen. Gegen keinen der Kollegen bestand auch nur der geringste Verdacht auf ein Vergehen.

Für die fünf hatte sich trotzdem ein gewisses Problem ergeben. Sie hatten bei der Disziplinarabteilung in Stockholm zu viele Anzeigen gesammelt, um das als Zufall abtun zu können. Bestenfalls waren Eifer und Genauigkeit schuld. Schlimmstenfalls ... »wäre ihnen mit einer anderen und weniger exponierten Position vielleicht besser gedient«, folgerte der Personalmann Johansson.

Der Kollege nickte. Dieser Teil der Sache war ihm klar.

»Das Blöde ist, dass ich keine Ahnung habe, wie sie so sind«, sagte Johansson. »Und ich will auch nicht in der Gegend rumfragen.«

Wieder nickte der Kollege. Diesen Aspekt erfasste er ebenso gut wie jeder Psychologe.

»Du willst, dass ich das für dich rausfinde«, sagte er. »Ohne dass Berg, Borg, Mikkelson, Orrvik und Åström von der Sache Wind bekommen.« Er grinste zufrieden.

»Genau«, sagte Johansson und versuchte, nicht allzu überrascht zu blicken. »Ich bin offenbar beim Richtigen gelandet.«

»So schnell wie möglich?« Der andere schaute Johansson fragend an, und Johansson nickte. »Ja«, sagte er dann. »Da war noch etwas ... diese Firma Akilleus ...«

»Jaa«, sagte Johansson.

»Wesslén hat sich offenbar heute Morgen danach erkundigt. Er scheint einem Registerverweis auf einen Gauner in der Maklerbranche nachgegangen zu sein. Waltin. Ich dachte, dich interessiert das vielleicht.«

»Danke«, sagte Johansson. *Wie kann man wohl eine Firma auflösen,* dachte er. Liquidation hieß das ja wohl.

Am Freitag, dem achtundzwanzigsten Juni, war Peter Sakari Välitalo in eine Villa in Stora Essingen eingebrochen. Die Adresse war Stenkullaväg 58, und der Bruch war zwischen vierzehn und achtzehn Uhr am Nachmittag verübt worden. Das wusste man mit Sicherheit. Der Besitzer der Villa, ein Betriebswirt in der Eisenwarenbranche, war bis zwei Uhr zu Hause gewesen. Danach hatte er in der Stadt etwas erledigt, und als er um sechs zurückgekommen war, hatte man schon zugeschlagen. Seine Familie war in der Sommerfrische, und er selbst hatte Anzeige erstattet.

»Scheint einen Höllenaufstand veranstaltet zu haben.« Der Ermittler schüttelte bedauernd den Kopf.

Der Einbruch war ungefähr so professionell durchgeführt worden, wie man das von Puma erwarten konnte, wenn er nicht unter Drogen stand. Er hatte einige Tausend in bar mitgenommen, dazu Schmuck, Silberbesteck und einen Ordner mit Staatsobligationen, den der Besitzer zufällig zu Hause aufbewahrt hatte. Außerdem, und das war nicht schlecht, bedachte man seine Gehbehinderung, hatte er einen falschen Marcus Larsson von gut zwei Quadratmetern abgeschleppt. Fernseher, Video, Stereoanlage, Teppiche, Möbel ... hatte er dagegen zurückgelassen.

»Und dann hat er drei Wachskreiden von Hundertwasser übersehen. Nette kleine Dinger, die auf dem Kontinent gutes Geld bringen.« Der kahlköpfige Ermittler seufzte tief.

Wesslén nickte. Mit Kunst kannte er sich aus, und das hier war keine schlechte Wahl für einen, der sich als König der Einbrecher verstand.

»Und das Wunder?«, fragte Wesslén.

»Ich hab nur schnell was zu erledigen«, teilte Johansson seiner Sekretärin mit. Sie nickte. Neutral und freundlich.

»Die Verbindungszentrale braucht eine Quittung für den Empfang eines Telex aus den USA. Das hat Jansson wohl vergessen«, sagte sie und hielt ihm die Quittung hin.

»Telex«, sagte Johansson. »Ich hab kein Telex bestellt. Du weißt nicht zufällig, worum es geht?«

Sie schüttelte den Kopf. »Offenbar hat er auch die Kopie mitgenommen. Die wollen sie übrigens zurückhaben.«

Stöhn, dachte Johansson.

»Das Wunder begab sich drei Tage später. Als ich nach dem Wochenende wieder zur Arbeit kam. Ich glaube, es war am Montag, dem ersten Juli.« Er nickte nachdenklich.

»Jaa«, sagte Wesslén und versuchte, nicht neugierig zu wirken. *Noch bist du nicht in Rente,* dachte er.

»Da sitzt Puma oben in der Abteilung und wartet auf mich. Und als wir ins Gespräch kommen, gibt er die ganze Geschichte zu. Das war das erste Mal. Ich hatte noch nicht mal die Anzeige von der Wache bekommen.«

Und nicht genug damit, dass er den Einbruch im Stenkullaväg zugegeben hatte. Gemeinsam hatten er und sein Ermittler sein Auto geholt. Das stand in einem Parkhaus unten in der City, und im Kofferraum lag das Diebesgut: das Bild, der Schmuck, der Ordner mit den Obligationen ... alles, mit Ausnahme der an die tausend Kronen in bar, die er bereits ausgegeben hatte. Das Bild war ruiniert. Um es ins Auto zu bekommen, hatte er den Rahmen zerschlagen. Die Leinwand war aufgerollt und abgeplatzt. Aber ansonsten ...

Als sie zurück in die Abteilung kamen, bat Välitalo, das Gespräch fortsetzen zu dürfen. Er hat ein weiteres Dutzend Einbrüche zugegeben, die er im Frühling und im Sommer verübt hatte. Unter anderem einen früheren Besuch im Stenkullaväg 58, mitten im Januar, aber damals war es bei dem Versuch geblieben. Die Nachbarn hatten ihn entdeckt, und seltsamerweise hatte er entkommen können.

»Er war wie ausgewechselt, der Knabe.« Der Ermittler schüttelte den Kopf. »Ich habe mir natürlich Sorgen gemacht und wollte wissen, ob etwas passiert sei.«

Aber Välitalo hat das abgestritten. Er habe eben mit seinen alten Sünden klar Schiff machen wollen. Und habe nun zwei Wünsche: in Arrest genommen und dann nach Hall zurückgeschafft zu werden. Am liebsten so schnell wie möglich.

»Und du hast keine Ahnung, worauf dieser seltsame Sinneswandel beruhen könnte?« Wesslén musterte den Kahlkopf forschend.

»Nein. Es ist einfach unerklärlich.« Er schüttelte energisch den blanken Schädel. »Aber das ist noch nicht alles.« Er nickte Wesslén zu. »Zwei Tage drauf kommt die nächste Seltsamkeit, und das hat mit demselben Einbruch zu tun ... ich meine, im Stenkullaväg 58 am Freitag, dem achtundzwanzigsten Juni. Ich glaube, es war am Mittwoch oder am Donnerstag der Woche, in der Puma hier erschienen ist ...«

»Erzähl«, sagte Wesslén und ähnelte aufs Haar einem bekannten englischen Kollegen, der um die Jahrhundertwende in London tätig gewesen war.

Es war schon etliche Jahre her, dass Johansson zuletzt einen Fuß in die zentrale Ermittlungsabteilung in Stockholm gesetzt hatte. Sein alter Doppelgänger Jarnebring dagegen hielt sich immer noch dort auf, und um die Sache einfacher zu machen, hauste er auch noch im selben Zimmer ganz hinten auf dem Gang – seinem und Johanssons altem Zimmer – und als Johansson das Schild über der Tür sah, wurde ihm sofort leichter ums Herz. Kein Name. Nur das Schild, das alles Nötige sagte. SUPERCOPS.

Du änderst dich nie, dachte Johansson, und sein norrländisches Herz schwoll ein wenig an. Wenn Wessléns elegante Mitbewohnerin da gewesen wäre – und hätte sie wie ihr Mann Gedanken lesen können –, dann hätte sie vermutlich zustimmend genickt. Aber was hätte sie in der Ermittlung zu suchen gehabt?

Johansson klopfte an die Tür und griff nach der Klinke. Die Tür war abgeschlossen, alles war still, und er wollte schon wieder gehen, als er es hörte ... *ein leises Stöhnen auf der anderen Seite.*

Er schlug einen energischen Trommelwirbel gegen die verschlossene Tür. Ein sieben Jahre altes Signal, aber wenn Jarnebring noch am Leben war und sich bis zur Tür schleppen konnte, würde er öffnen. Das wusste Johansson mit Sicherheit.

»Und dann klingelt mein Telefon. Es war ein Kollege von der Kal 1 ...«

Der lokalen Kriminalabteilung im ersten Wachdistrikt, dachte Wesslén, und plötzlich krampfte sein Magen sich erwartungsvoll zusammen.

»Weiter«, sagte er kurz, und jetzt war er Kommissar Gunnar Wesslén vom Landeskriminalamt, der bei einem Verhör den kritischen Punkt erreicht hatte.

Nuancen schienen nicht die starke Seite des Kollegen zu sein. Er merkte nicht, wie Wessléns Stimme sich veränderte, sondern redete weiter wie zuvor. Ohne Eile und ohne große Konzentration.

»Es war ein Kollege von der Kripo unten auf Norrmalm, der wissen wollte, ob die Ermittlungen zu Välitalo bald abgeschlossen sein würden. Ich erklärte, wir seien noch dabei, und fragte, ob er die Unterlagen nach Abschluss haben wolle ...«

»Jaa«, Wesslén nickte aufmunternd.

»Und ich fragte, wo ich ihn anrufen könne. Ich wollte mit den Mädels im Sekretariat sprechen, die für die Reinschrift zuständig waren«, erklärte er.

»Jaaa.« Wesslén nickte aufmunternd.

»Und da nannte er mir Namen und Nummer und fragte, ob ich ihn später am Tag anrufen könne, und wenn ja, wann. Er habe ziemlich viel zu tun, sagte er, und ob ich ihn wohl zu einer bestimmten Zeit anrufen könne. Aber da begann ich, mir so meine Gedanken zu machen ... und bat ihn, mich später zurückzurufen.«

»Du hattest den Verdacht, dass es gar kein Polizist war«, sagte Wesslén.

»Er hörte sich wie ein Kollege an, und als ich im Dienstverzeichnis nachsah, stimmten auch Name und Durchwahl ... ich kannte ihn nicht, aber hier kommen ja jeden Tag neue Leute.«

»Und was hast du gemacht?«

»Ich habe im WD 1 angerufen und gefragt. Ich habe gesagt, ich müsse mit dem Kollegen sprechen und könne ihn nicht erreichen.«

»Und was haben sie gesagt?«

»Das Mädel im Sekretariat sagte, das sei auch kein Wunder, denn der Kollege mache gerade Urlaub, aber wenn es wichtig sei, könne ich seine Nummer auf dem Land haben.«

»Und es kann keine Verwechslung vorliegen? Jemand mit dem gleichen Namen oder der falsche Wachdistrikt?«

»Nein«, sagte Peter Pumas Beichtvater entschieden. »Das

kann nicht sein, und dieser Mann hat sich nie wieder gemeldet. Ich kann dir Namen und Durchwahl geben. Die hab ich mir irgendwo notiert.«

Seltsam, dachte Wesslén. *Was immer das mit dem Fall zu tun haben mag.*

»Ja, eine komische Geschichte.« Der Kollege dachte laut nach. »Ich bin fast sicher, dass es ein Kollege war ... er hat sich genauso angehört. Aber ich verstehe nicht, warum er nicht seinen richtigen Namen genannt hat, denn wenn es ein Kollege war, dann war es doch sein gutes Recht, sich nach dem Stand der Ermittlungen zu erkundigen.«

Hmm, dachte Wesslén.

55

»Verdammt, Johan«, sagte Jarnebring. »Willst du die Tür einschlagen?«

Jarnebring schien nicht im Sterben zu liegen oder auch nur krank zu sein. Ein wenig müde war er, aber das lag daran, dass er und Kollege Molin die ganze Nacht gearbeitet hatten. Er nickte erklärend zu Molin rüber, der in einem Sessel zusammengesunken war und die Füße auf die Fensterbank gelegt hatte. Sie hatten gegen Morgen einen illegalen Sexclub hochgehen lassen, und jetzt saßen sie hier, um in aller Ruhe das beschlagnahmte Beweismaterial durchzusehen. Noch ein erklärendes Nicken in Richtung Fernseher und Videogerät an der Querwand. *Daher das Stöhnen,* dachte Johansson und musterte das eifrig arbeitende Hinterteil des Hauptdarstellers in »Mädels mit Sog«.

»Die machen einen Höllenlärm«, sagte Molin zustimmend. »Dass diese Schauspieler nicht ficken können wie normale Menschen.« Er schüttelte bedauernd den Kopf und drehte leiser. »Jetzt kommt das Mädel«, erklärte er und nickte zur Tür hinüber, wo ein leises Klopfen zu hören war.

Das Mädel war die Aspi der Abteilung. Sie war Mitte zwanzig, hatte zwei Tüten in der Hand und schaute Johansson überrascht an.

»Die hatten keine Spare Ribs«, sagte sie und schien um Entschuldigung bitten zu wollen. »Deshalb hab ich Hähnchen genommen.«

»Bier hatten sie jedenfalls«, stellte Molin zufrieden fest und fischte eine Dose aus der zweiten Tüte. »Möchtest du, Johansson?«, fragte er höflich, während er Johansson den Rücken zukehrte und das Beweismaterial nicht aus den Augen ließ.

Johansson sah Jarnebring an und erfasste den Rest des Zimmers mit einem viel sagenden Blick.

»Ich müsste in aller Ruhe mit dir reden«, erklärte er. »Wesslén war in Kumla und hat mit Djurdjevic geredet, und jetzt hat er es auf Waltin abgesehen.«

»Hm.« Jarnebring nickte nachdenklich, den Mund voll Brathähnchen. Er schluckte energisch und lächelte Johansson an. »Hast du eine Stunde Zeit?«, fragte er. »Dann zeig ich dir was.«

Johansson nickte.

»Gut«, sagte Jarnebring kurz. Er zog seinen grünen Parka an und gab der jungen Kollegin einen Klaps auf den Hintern. »Busen und Schenkel sind für mich reserviert, Alte«, sagte er grinsend. »Molin ist streng verheiratet.«

»Wohin fahren wir?«, fragte Johansson, als sie in Jarnebrings Auto aus dem Tunnel fuhren.

»Nach Söder«, sagte Jarnebring. »Zur Pizzeria Rosso in der Brännkyrkagata.« Er nickte zufrieden und schien sich nicht die geringsten Sorgen zu machen.

56

Ein Vorteil der JVA Hall war, dass sie nur vierzig Kilometer von Stockholm entfernt lag. Der Besuch in Kumla war zu guter Letzt eine Belastung geworden, weil Wesslén viel Stoff zum Nachdenken hatte und seit fünf Stunden mit einem Kollegen zusammen war, der gut und gern sein Sohn hätte sein können. Jetzt saß er allein im Auto und genoss die Stille und die Herbstfarben am Straßenrand.

Ein Unterschied in der Entfernung, aber ansonsten war alles identisch. Die gleiche hohe Betonmauer, die aus der Nähe aussah wie eine Kulisse und die Dächer der Gebäude dahinter überragte. Parkplatz und Spazierweg zum elektronisch überwachten Tor. Müde Bullen in Hemdsärmeln mit gewaltigen, klirrenden Schlüsselbunden. Draußen war Herbst, hier drinnen war es noch weit bis zum Frühling.

Peter Sakari Välitalo empfing ihn in einem Besuchsraum der Anstalt. Er war blond und blauäugig, hatte schulterlange Haare und hätte aussehen können wie das blühende Leben, wenn da nicht sein Gesichtsausdruck und die Tätowierungen an Unterarmen und Händen gewesen wären. Vom Hinken bekam Wesslén nichts zu sehen, denn Välitalo versuchte gar nicht erst aufzustehen. Eher schon machte er eine Nummer aus dem Gegenteil.

Wesslén drehte ihm sein Profil zu und zog seine Unterlagen hervor. Pumas Anzeige gegen Berg und die anderen, die Ermittlungen über den Einbruch im Stenkullaväg und die berühmte verbotene Autofahrt, die angeblich ungefähr gleichzeitig stattgefunden hatte. Diese Reihenfolge hatte er sich vorgestellt, und so gingen sie denn auch vor. Välitalo war der, der er nun einmal war, und daran ließ sich nicht viel ändern. Wesslén wollte das gar nicht erst versuchen.

Berg und seine Kollegen hatte Puma in guter Erinnerung. Die hatten ihn mehrmals festgenommen, und jedes Mal hatte er Prügel bezogen. Sie waren zu fünft und gingen gemeinsam zur Sache. Er war allein. Bei passender Gelegenheit würde er sich einen nach dem anderen – oder auch zwei und zwei – vorknöpfen und die Rechnung begleichen. Wesslén sah den Winzling auf der anderen Seite des Tisches an und verspürte vor allem Mitleid.

»Feige Bullenschweine« und »alle Scheißbullen sind doch gleich«, und Wesslén sei auch ein »Bullenschwein«, und wenn er glaube, Puma »irgendeinen Scheiß anhängen zu können«, dann solle »er sich die Kiste noch mal genau überlegen« und so weiter und so weiter.

Aber stehe er denn noch zu seiner Anzeige gegen Berg und Kollegen?

Dieses Problem könne man auf andere Weise lösen, meinte Välitalo. Die sollten verdammt gut aufpassen. Irgendwann würde er ihnen keine Chance lassen. Er schaute Wesslén hasserfüllt an, und der gab sich nicht die Mühe, den Blick zu erwidern.

Der Einbruch im Stenkullaväg?

Zuerst konnte er sich nicht erinnern, und als Wesslén ihm auf die Sprünge half, hängte er an den Wert des Gestohlenen noch eine Null hinten dran.

»Gute Arbeit«, erklärte Välitalo. »So eine halbe Mille, wenn man sich mit dem Kram auskennt.«

Wesslén seufzte in Gedanken. Warum hatte er sich freiwillig gestellt? Das würde er keinem Scheißbullen verraten. Als Wesslén ihm gut zuredete, deutete er nur an, dass hinter dem Ganzen anderes und Größeres stehe und dass seine Entscheidung, sich zu stellen und ein Urteil von anderthalb Jahren auf sich zu nehmen, nur einer von vielen Schritten in einem Plan sei, der das Begriffsvermögen solcher Leute wie Wesslén bei weitem überstieg.

»Du kannst ja mal darüber nachdenken, Alter«, endete Välitalo.

Das hatte Wesslén bereits getan.

»Wovor hast du Angst?«, fragte er.

Dass Välitalo sich vor irgendetwas fürchtete, hatte Wesslén schon bei seinem Gespräch mit dem Kollegen von der Einbruchsabteilung geahnt. Jetzt bestätigte sich der Verdacht, als er das kurze Aufleuchten in Välitalos Augen sah. Dann folgten zwei Minuten Välitalo pur. Hass, Beschimpfungen, aggressive Gesten. Alles, um zu zeigen, dass Puma sich vor niemandem fürchtete.

»Das kannst du dir verdammt klar machen«, sagte er. »Ich bin das, vor dem man sich fürchten sollte.«

Wesslén gab keine Antwort, sondern reichte ihm die Anzeige wegen verbotenen Fahrens: Freitag, achtundzwanzigster Juni, gegen vierzehn Uhr oben in der Fridhemsgata. Välitalo erklärte, und zum ersten Mal während dieses Gesprächs hatte Wesslén das klare Gefühl, dass er die Wahrheit sagte.

Er sei unterwegs zu seinem großen Coup draußen im Stenkullaväg gewesen. Geplant hatte er den schon lange, wie alle seine Jobs. Er sei oben bei der Hantverkargata vor einer roten Ampel stehen geblieben. In der anderen Fahrtrichtung stand ein Bullenwagen mit zwei Mann. Die erkannten ihn und winkten mit dem Block. Er winkte zurück, und als die Ampel umsprang, fuhren sie aneinander vorbei in entgegengesetzte Richtungen.

»Du bist denen weggefahren?«, fragte Wesslén.

»Wieso denn weggefahren? Ich bin weitergefahren und die auch. Ich hab einfach ganz normal quittiert.«

»Quittiert?« Wesslén schaute ihn fragend an.

Sie hatten ihn gesehen, und er hatte sie gesehen. Offenbar wussten sie, wer er war und dass er nicht Auto fahren durfte. Deshalb hatten sie mit ihrem Rapportblock gewinkt, und er hatte zurückgewinkt und also »quittiert«. Danach waren sie eben weitergefahren.

»Warst du allein im Wagen?«, fragte Wesslén.

Puma schnaubte. Der König der Einbrecher arbeitete immer allein.

Ich muss mit ihnen reden, dachte Wesslén. Nicht dass die Sache was mit dem Fall zu tun hatte, aber ...

Der Job im Stenkullaväg 58 hatte ungefähr eine Stunde in Anspruch genommen. Välitalo hatte schon vor Ablauf dieser Zeit genug eingesackt, aber er war keiner, der halbe Sachen machte, und deshalb hatte es eben gedauert. Danach war er sofort nach Hause zu einer seiner vielen Adressen gefahren. Welche das war, hätte der Scheißbulle wohl gerne gewusst. Er grinste Wesslén überlegen an.

»Ist nicht nötig«, sagte Wesslén kalt. »Ich weiß, dass du zu Ritva Sirén in die Kocksgata 17 gefahren bist.« *Das hat gesessen,* stellte er fest, als er Pumas verdutztes Gesicht sah.

»Wenn du schon so scheißviel weißt, wieso sitzt du dann überhaupt hier? Ich hab noch was anderes zu tun.« Välitalo schien aufstehen zu wollen.

»Sitzen«, sagte Wesslén kurz. »Oder wenn du nicht willst, werden wir das Gespräch eben in Stockholm fortsetzen.«

Das wollte er offenbar nicht. Er setzte sich sofort wieder hin und schwieg obendrein. Wovor hast du bloß solche Angst, fragte sich Wesslén.

»Berg und seine Kollegen haben damals gegen fünf in der Kocksgata 17 eine Adressenkontrolle vorgenommen. Hast du bei denen auch quittiert?«, fragte Wesslén.

Noch fünf bescheuerte Kollegen, fand Välitalo. Er wollte gerade etwas erledigen gehen, als er ihren Bus gesehen hatte. Als sie das Haus betraten, war er um die Ecke verschwunden.

Du platzt auch nicht gerade vor Intelligenz, dachte Wesslén, der die ganze Zeit auf Johanssons Bericht über seinen Besuch bei Ritva Sirén gesetzt hatte. Und auf die Tatsache, dass nämliche Frau Sirén Anfang Juli in der Einbruchsabteilung aufgetaucht war, um den Schlüssel zu ihrer Wohnung zurückzufordern, den Välitalo bei seiner Selbsteinlieferung abgegeben hatte.

»Die Adressenkontrollen bei Ritva Sirén?«

»Damit muss sie verdammt noch mal leben«, fauchte Puma. »Ich wohn da ja auch. Und sie hat gewusst, mit wem sie zusammen ist.«

»Und seid ihr noch immer zusammen?«, fragte Wesslén kurz.

»Miese Nutte. Mieses Norrlandluder. Miese Lappenfotze ...«

Sind sie also nicht, stellte Wesslén fest.

»Ich hab bessere Dinge am Laufen. Das kannst du dir gesagt sein lassen, Alter.«

Hier, dachte Wesslén und schaute sich an den kahlen Zimmerwänden um. Er erhob sich. Nickte Välitalo zu und sammelte seine Papiere ein.

Ihr quittiert doch gar nicht. Wesslén dachte über Berg und seine Kollegen nach und war nicht gerade bester Laune. Was immer das mit Nils Rune Nilsson zu tun haben mag, überlegte er.

57

»Was machen wir hier?« Johansson sah Jarnebring an und nickte zu der geschlossenen Pizzeria auf der anderen Seite rüber. Eine heruntergekommene Gasse mit Pizzeria, einem kleineren Lebensmittelladen und einem Tabakgeschäft im selben Haus.

Jarnebring schien ihn nicht gehört zu haben.

»Es ist einfach übel«, murmelte er und nickte aus dem Steinfenster. »Djurdjevic hat den Laden noch immer. Wir können denen nicht mal mehr die Drogenkohle wegnehmen. Alles ist auf den Namen der Gattin registriert ... und jetzt reden wir mal mit seinen Nachbarn.« Jarnebring öffnete die Autotür und grinste Johansson an. »Du hast doch wohl nicht vergessen, wie so was geht?«

Die Nachbarn waren ein älteres Paar, denen ein kleines, gepflegtes Lebensmittelgeschäft gleich neben dem Restaurant gehörte: frisches Gemüse, der Delikatessentresen wie eine Schmuckvitrine, Konservendosen in dekorativen Stapeln. Persönliche Bedienung, und Jarnebring wurde empfangen wie ein geliebter Sohn.

»Das hier ist ein Kollege von mir«, erklärte Jarnebring ein wenig verlegen. »Ihr könnt ihm nicht vielleicht von euren Problemen erzählen?«

»Es ist doch nichts passiert?« Die Frau musterte ihn besorgt.

»Ganz ruhig, wirklich. Nichts ist passiert.« Jarnebring lächelte strahlend. »Er möchte das eben wissen.«

Ungefähr ein Jahr zuvor hatte sich die Pizzeria über ihren Anwalt gemeldet. Man wollte den Laden kaufen, um eine neue Küche und einen Büroraum einzurichten. Das ältere Paar hatte kein Interesse. Nach einiger Zeit hatte der Anwalt ein neues Angebot gemacht. Geld auf die Hand und das vage Versprechen neuer Räumlichkeiten anderswo. Aber sie hatten wieder abgelehnt.

»Wir sind doch schon viel länger hier als die«, erklärte die Frau Johansson. »Wir wohnen in der Nähe und kennen alle Kunden.«

Johansson nickte.

Egal. Sie hatten beschlossen, den Laden zu behalten, und das Restaurant störte sie nicht, da es nur abends geöffnet war. Eine Woche, nachdem sie das zweite Angebot abgelehnt hatten, kam ein gut angezogener jüngerer Mann in den Laden. Er war höflich und freundlich und nicht bedrohlicher als ein Fahrtenmesser in einer dicken Wollsocke. Aber an einem baldigen positiven Bescheid war ihm ungeheuer gelegen. Das sollten die beiden älteren Herrschaften übrigens auch so sehen. Nach einer weiteren Woche lehnten sie zum dritten Mal dankend ab. Der gut angezogene junge

Mann zuckte bedauernd mit den Schultern und stieß beim Hinausgehen einen Stapel Konservendosen um. Er machte keinen Versuch, sie aufzuheben.

Als sie am nächsten Morgen in den Laden kamen, war das Schaufenster eingeschlagen.

Die Versicherungsgesellschaft ließ ein neues Fenster und eine bessere Alarmanlage einsetzen und erhöhte die Police. Drei Tage ohne Kunden.

Als sie am folgenden Morgen in den Laden kamen, war das neue Schaufenster eingeschlagen. Diesmal gingen sie zur Polizei, saßen eine Stunde auf der Wache und klagten ihre Not. Die Versicherung riet zu einem Wachdienst, aber das konnten sie sich nicht leisten. Die Polizei versprach, nachts nachzusehen, wenn sich das machen ließ.

Das half eine ganze Woche. Dann wurde Schaufenster Nummer drei eingeschlagen. Die Versicherung stellte ein Ultimatum. Wenn sie weiter versichert sein wollten, musste ein Wachdienst her. Sie wechselten stattdessen die Versicherung, die Frau ließ sich krankschreiben, und der Mann arbeitete allein. Nach drei Tagen tauchte abermals der junge Beau auf. Er hatte von ihren Problemen gehört und wollte ihnen sein Bedauern aussprechen. Die ganze Gegend verslumte doch mehr und mehr und wäre es nicht besser, rechtzeitig wegzuziehen? Der Ladenbesitzer drohte mit der Polizei, wenn der junge Mann nicht sofort verschwände.

In der Woche drauf wurden Fenster vier und fünf eingeschlagen. Die Versicherung wurde gekündigt. Das ältere Paar schloss den Laden und teilte seine Zeit zwischen allerlei Vertretern der Polizei auf. Sie sprachen auch beim Ordnungsamt vor und verlangten die Schließung der Pizzeria. Da jedoch keinerlei Beweise vorlagen, konnten weder Polizei noch Ordnungsamt etwas unternehmen.

Das einzige Ergebnis ihrer Bemühungen war, dass der Anwalt des Pizzeriabesitzers sich wieder meldete. Verleumdung sei nicht nur strafbar. Sondern könne auch sehr teuer werden. Über Weihnachten und Neujahr blieb der Laden geschlossen.

Am Montag, dem einundzwanzigsten Januar, drei Tage nach Djurdjevics Purzelbaum, hatten sie wieder geöffnet. Seither war das Fenster unversehrt geblieben, sie waren wieder versichert, und die Kundschaft hatte sich rasch wieder eingestellt.

Johansson und Jarnebring bedankten sich für die Auskünfte und bekamen beim Hinausgehen jeder einen Apfel zugesteckt.

»Jetzt reden wir mit Tabaks«, sagte Jarnebring fröhlich und zog Johansson am Ärmel.

»Moment mal«, sagte Johansson. »Weder du noch ich rauchen, und ich muss zurück zum Job.«

»Schade«, sagte Jarnebring und zuckte bedauernd mit den Schultern. »Da war es nicht nur das Fenster.« Er sah Johansson noch immer an, als er die Autotür öffnete. »Hat der Polizeidirektor auch ganz bestimmt verstanden?«

Johansson nickte wortlos.

Jarnebring fuhr zurück über die Västerbrücke, und Johansson schwieg während der Fahrt über Långholmen.

»Hattest du das H von Waltin?«, fragte Johansson.

»Johansson«, stöhnte Jarnebring. »Lies das Urteil, verdammt noch mal. Da steht genau drin, was passiert ist. Ich hab einen von den Kerlen von diesem vergoldeten Jugo in einem Spielclub erwischt, und als ich ein Gespräch mit dem Chef führte, wollte der mich bestechen. Und da bin ich zu meinen Chefs gegangen, und die haben den ganzen Plan entwickelt.«

»Er sitzt zehn Jahre«, sagte Johansson.

»Ja«, sagte Jarnebring. »Und das ist verdammt noch mal viel zu wenig. Nur entscheiden das ja nicht wir.« Er grinste zufrieden, gab Gas und fuhr im Zickzack zwischen den Fahrspuren.

»Dieser Typ, der sie bedroht hat?«
»Den haben Molin und ich uns geholt. Wir haben einen Ausflug mit ihm gemacht und über alles gesprochen. Ich glaube, er hat kapiert, und jetzt, wo Papa sitzt, ja ...« Jarnebring lachte zufrieden. »Weißt du, was der Arsch versprochen hat?«
»Nö«, sagte Johansson.
»Bei der Ehre seiner Eltern ... die Verantwortung dafür zu übernehmen, dass die Fensterscheibe in Zukunft heil bleibt.«
»Du kannst mich am Fridhemsplan absetzen«, sagte Johansson. »Ich brauch Bewegung.«

58

Die Kollegen von der Funkstreife arbeiten im WD 2, dem Wachdistrikt von Östermalm. Freitag, den achtundzwanzigsten Juni, gegen zwei Uhr nachmittags hatten sie, so Välitalo, oben am Fridhemsplan sein Winken als Quittung für verbotenes Fahren akzeptiert. Jetzt waren drei Monate vergangen, und dieses Winken war zum Gegenstand von Wessléns Interesse geworden. *Was immer das mit dem Fall zu tun haben mag*, überlegte er düster und blickte die uniformierten Kollegen auf der anderen Seite vom Schreibtisch an. Die würden in einer Stunde mit dem Dienst beginnen, und keiner sah sonderlich belustigt aus.
»Was sagt ihr dazu?«, fragte Wesslén.
»Soll das ein Verhör sein?«, fragte der Jüngere und schaute den düsteren Wesslén verärgert an.
»Wir brauchen die Auskünfte nur in Zusammenhang mit einem anderen Fall«, erklärte Wesslén kurz. »Die Disziplinarabteilung von Stockholm ist nicht informiert, und je schneller wir das hier hinter uns bringen, umso mehr freut es mich.«

»Wir wollten nur wissen, ob du verstehst«, sagte der Ältere der beiden verbindlich.

»Ja«, sagte Wesslén. »Lasst hören.«

Den Kollegen von der Funkstreife zufolge gab es mehrere Erklärungen. Welche der Wahrheit entsprach, war im Nachhinein schwer zu sagen. Sie wussten jedoch mit Sicherheit, dass es sich nicht so verhalten konnte, wie Välitalo behauptet hatte. Denn dann hätten sie sich einer verbotenen Protokollübertretung schuldig gemacht, und diese Behauptung scheiterte an ihre eigenen Unbilligkeit.

»Bist du sicher, dass wir ihn nicht auf die Wache geholt haben?«, schlug der Jüngere vor.

Wesslén sah ihn an. Griff zu der Anzeige, die der andere drei Monate zuvor unterschrieben hatte, und hielt sie ihm hin. Zwischen Daumen und Zeigefinger, an der einen Ecke.

»Was meinst du denn selbst?«, fragte er.

»Vermutlich wollten wir keine Autojagd riskieren«, sagte der Ältere. »Freitagnachmittag, mitten in der Stadt.«

»Hielt vor einer roten Ampel als zweites Fahrzeug in der Schlange, als er vom Unterzeichneten beobachtet wurde«, las Wesslén düster aus der Anzeige vor.

»Sicher kann man nie sein«, sagte der Jüngere und zuckte bedauernd mit den Schultern. Sein älterer Kollege begnügte sich damit, sauer auf die schriftliche Anzeige zu starren.

»Es hat doch überhaupt keinen Sinn, solche wie den auf die Wache zu holen. Die sind doch zurück auf der Straße, ehe wir die Anzeige geschrieben haben. Dieser Scheißfinnenbengel ...« Er schwenkte die Anzeige über Wessléns Schreibtisch, »der ist doch die ganze Zeit draußen, egal weshalb er einfährt.« Jetzt redete der Ältere sich in Rage.

»Was zum Teufel sollen wir ...«

Wesslén hob gelassen die Hand. Er verstand genauestens, und die tägliche Dosis Verwünschungen hatte er morgens bereits bei Välitalo abbekommen.

»Es geht mir nur darum zu wissen, was passiert ist«, sagte er ruhig. »Ich werde die Sache nicht weiterverfolgen. Das fällt nicht in mein Ressort.«

59

Wenn Wesslén düster und niedergeschlagen war – was Gott sei Dank nicht allzu häufig passierte – dann reichte es, wenn er an seine Mitbewohnerin oder an die kleine Sofi dachte. Sie waren Balsam für seine Seele und die beste Garantie, dass er sein Gleichgewicht bald zurückfinden würde.

Wenn ihn eher berufliche Sorgen belasteten, zog er einen richtig üblen Buchführungsfall aus seinen Regalen, räumte seinen Schreibtisch leer und bewaffnete sich mit Kugelschreiber und Taschenrechner. Die Jagd nach Papierbanditen zwischen den vielen wundersamen Ziffern und den luftigen Rechnungen war ebenso beruhigend, wie daheim im Vanadisväg auf dem Sofa zu liegen, sich eine Bachfuge anzuhören und die Nachmittagssonne übers Parkett wandern zu sehen.

Es war ein anstrengender Tag gewesen. Zuerst Välitalo, der nicht mehr zu retten war, dann die beiden Kollegen von der Funkstreife, die ihre besonderen Methoden hatten. Wesslén schob sie rasch in den Schrotthaufen seiner Erinnerung und nahm sich Janssons berühmte Liste von der Besprechung der vergangenen Woche vor. Ein dünnes Teil von wenigen Seiten mit einem halbmondförmigen Abdruck, möglicherweise durchaus vom Boden einer Bierdose, die auf dem Original gelandet war. Im Vergleich mit einer echten gefälschten Jahresbilanz war das nichts, aber Grund genug, dafür zu sorgen, dass die Sache abgehakt werden konnte.

Wesslén griff zum Kugelschreiber und strich rasch an den neun Namen herum. *Nur noch einer,* dachte er zufrieden. Daniel Czajkowski. Polnischer Flüchtling und Musiker, aber hoffentlich nicht so wie Nilsson oder Välitalo. Er erhob sich und ging zu seiner Sekretärin.

»Sonja«, sagte Wesslén. »Kannst du mir die Adresse dieses jungen Mannes besorgen?«

Wenn Wessléns Psyche ein spiegelglatter Weiher war, dann war die von Johansson ein brausendes Meer. Eine Woche war vergangen, und es war Zeit, neue Honorare an alle Zinker und normalen Informanten auszuzahlen.

Immer die Ruhe bewahren, dachte Johansson düster und setzte einen Krähenfuß nach dem anderen auf seine Liste. Auf der anderen Seite vom Schreibtisch saß Kommissar Jansson, der oberste Chef der Drogenermittler, und machte Überstunden. Er wirkte total ungerührt, fast ein wenig belustigt. Bequem zurückgelehnt saß er da und hatte die Beine übereinander geschlagen, während er seinen Chef ansah.

Ein Mann im besten mittleren Alter. Blauer Anzug, Augen in derselben Farbe und hellgraue, gut gebügelte Hosen.

»Hoffentlich reicht das Geld«, sagte Johansson und reichte ihm die Liste.

»Sonst geb ich Bescheid«, sagte Drogenjansson gelassen und erhob sich.

Johansson brachte ihn zur Tür und sah ihm hinterher, bis er auf dem Gang verschwunden war, dann zog er den Zettel mit Waltins Telefonnummer hervor und reichte ihn seiner Sekretärin.

»Ich will diesen Mann noch heute sprechen«, sagte Johansson.

»Himmel, was hast du mich erschreckt«, sagte seine Sekretärin freundlich und nahm den Zettel entgegen.

Jansson war wie üblich verschwunden. Nicht Drogenjansson, sondern Mordjansson. Der grau gewandete Dicke, der die ganze Zeit aussah, als könne er jeden Moment in Tränen ausbrechen. Der mit den vielen Bierdosen. Wessléns Gehilfe und ihm von einem schwachsinnigen Chef, der sich selbst schrecklich gern aus allem heraushielt, aufs Auge gedrückt. Aber jetzt lief bei Wesslén doch ein Lebenszeichen ein. Von Mordjansson, wohlgemerkt.

Adresse und Telefonnummer hatte Wesslén von seiner Sekretärin bekommen. *Dieser vortrefflichen Person.* Telefon hatte er selbst, und dort meldete sich eine Frau. Es handelte sich um Czajkowskis Verlobte, deren Zukünftiger jedoch nach Polen gereist war. Wesslén brachte sein Begehr vor und versuchte, beruhigend zu wirken, ohne sich allzu deutlich zu äußern.

»Aha«, sagte die Frau. »Sie arbeiten für diesen Kriminalinspektor Jansson.«

Sie erzählte, dass ein brauner Brief mit einer Vorladung eingetroffen sei. Ihr Verlobter werde den sofort nach seiner Rückkehr erhalten. Wesslén bedankte sich für die Hilfe und legte auf.

Ich arbeite also für Jansson, dachte er. Wie immer es so weit gekommen sein mag. Er schaute auf die Armbanduhr und stellte fest, dass es höchste Zeit war, Sofi zu holen.

Direktor Waltin las Johansson mit dem Wagen vor der U-Bahn an der Station Östra auf, und alles ging so schnell, dass Johansson das Gefühl hatte, soeben die Wirklichkeit zu verlassen.

»Nett, dich zu sehen«, sagte Waltin, während sein grauer BMW den Valhallavåg als Beschleunigungsstrecke nutzte.

»Ebenfalls«, sagte Johansson und schloss den Sicherheitsgurt.

»Vorsichtsmaßnahmen, diskrete Umgebung«, sagte Waltin und zeigte mit seiner behandschuhten Hand auf die Bucht Lilla Värtan. Sie hielten hinter dem alten Schießgelände bei der Universität und spazierten dann langsam am Strand entlang.

»Besser als eine Garage«, sagte Johansson und sog die

Herbstluft ein. *Angeblich gibt es hier Rehe*, dachte er zufrieden. Waltin schaute ihn überrascht an, sagte aber nichts.

»Heute hat er noch fünfzehntausend bekommen«, sagte Johansson und dachte an Drogenjansson.

»Hervorragend.« Waltin nickte beifällig. »Er verwickelt sich immer mehr in die Sache.«

»Warum hat er damit angefangen?«, fragte Johansson kurz.

»Tja.« Waltin schob die Hände in die Taschen seines karierten Ulsters. Dann hob er die Schultern. »Die klassische Tour. Frau und zwei Kinder. Umzug aus dem Reihenhaus in die Villa ... lebt über seine Verhältnisse, und plötzlich ist die Kasse, die man in Reichweite hat, einfach interessant. Und dann sitzt er da. Genau wie Tausende von Kassiererinnen, Bankangestellten und Gott weiß wer noch.«

»Dann muss er wie die behandelt werden«, sagte Johansson kurz. »Die Unterschlagungen können wir beweisen?«

»Ja, natürlich.« Waltin musterte ihn überrascht. »Aber seine Drogengeschichten ...«

»Auf die scheiß ich«, fiel Johansson ihm ins Wort. »Das ist doch unser Stoff, oder was?«

Statt zu antworten, zuckte Waltin mit den Schultern.

»... wir sollten ihn als Buchhalter mit ein wenig ungewöhnlichen Aufgaben betrachten«, sagte Johansson. »Wir holen ihn uns morgen.«

»Johansson, Johansson.« Waltin war stehen geblieben und zog ihn freundschaftlich am Ärmel. Er schüttelte langsam den Kopf und lächelte ihn an. »Ich weiß genau, wie dir zu Mute ist. Gib uns noch das Wochenende. Er ist am Sonntag mit seinem Kontakt verabredet. Warum sollen wir uns mit zehn Prozent begnügen, wenn wir den ganzen Kuchen einsacken können?«

»Okay«, sagte Johansson. »Aber am Montagmorgen soll er verdammt noch mal in Kronoberg sitzen.«

»Wird er«, sagte Waltin und wirkte absolut überzeugend.

Ungefähr zur Zeit, da Johansson und Waltin ihren Spaziergang machten, befand sich Wesslén in Gedanken. Er hatte Sofi vom Kindergarten abgeholt. Hatte ihr beim Anziehen geholfen, was ungefähr so schwierig war, wie Välitalo eine brauchbare Auskunft zu entlocken, und war gedankenverloren am Ausgang stehen geblieben.

An der Tür hing der neueste Aufruf mit der Forderung nach besseren Umweltbedingungen in der Stadt. Das Kind zog und zerrte und wollte nach Hause, und alles war absolut überzeugend. *Darf ein Kommissar solche Unterschriftenlisten unterzeichnen,* fragte sich Wesslén düster. Er hielt seiner Tochter die Tür auf und nahm sie draußen auf der Straße an die Hand. Warum bauen sie eigentlich in Lill-Jansskogen keinen Kindergarten, überlegte er irritiert.

Es gebe auch noch andere Probleme, berichtete Johansson. Sie hatten bei Lilla Skuggan kehrtgemacht und waren auf dem Rückweg zum Auto. Kurz, »die ganze Stadt weiß davon«. Er schilderte seine Funde aus dem Ermittlungsregister.

»Das meinst du doch nicht ernst.« Waltin schaute ihn entzückt an. »Ich muss schon sagen, das ist ein Kompliment ... die Wirtschaft in Göteborg und deine alten Kollegen von der Ermittlung.« Glücklich schüttelte er den Kopf. »AS AKILLEUS scheint die Glaubwürdigkeitsprüfung mit Glanz bestanden zu haben.«

»Das schon«, sagte Johansson. »Nett für die Jungs von der Ermittlung, die ganze Nächte vor deinem Büro sitzen und sich den Arsch abfrieren.«

»Ja, das ist wirklich witzig«, stimmte Waltin zu. »Das muss ich im Büro erzählen.«

»Ich hab dich hinters Licht geführt.« Wessléns Mitbewohnerin musterte ihn mit ernster Miene über den Esstisch hinweg.

»Das kann doch wohl nicht wahr sein«, sagte Wesslén belustigt.

»Doch«, sie nickte. »Sieh mal.« Sie zog einen Stapel Zeitungsanzeigen aus der Handtasche. »Fändest du es ganz schrecklich, aus der Stadt wegzuziehen?«

»Djursholm, Stokksund, Lidingö«, sagte Wesslén begeistert und blätterte in den Anzeigen. »Guter Kindergarten und saubere Luft für Sofi.«

»Man könnte sogar an Saltsjöbaden denken«, sagte sie eifrig. »Wenn wir noch ein Auto kaufen. Schau her.« Sie zeigte auf eine Anzeige.

Ich liebe dich, dachte Wesslén.

Jetzt ließ es sich nicht mehr aufschieben.

»Jarnebring«, sagte Johansson. »Das ist mein bester Freund. Ich will wissen, wie das mit Djurdjevic war.«

Waltin blieb zum dritten Mal stehen. Mit der Hand auf der Autotür.

»Sperrfeuer«, sagte er kurz. »Du hast vermutlich die Räuberpistole gehört, die er in der Stadt zu landen versucht. Sein Anwalt scheint sie allerlei Journalisten verkaufen zu wollen.«

Johansson nickte. *Was soll man zu so was sagen,* dachte er.

»Aber der gute Anwalt sollte sich beeilen«, fügte Waltin gelassen hinzu. »Bald sitzt er im Knast, und dann kann es mit den externen Kontakten Probleme geben.«

»Hat Jarnebring gegen irgendein Gesetz verstoßen?«

»Absolut nicht.« Waltin wirkte schockiert. »Die ganze Wahrheit steht in den Prozessakten. Abgesehen von der einleitenden Infiltration, wo ich unter anderem Jarnebrings Namen ins Spiel gebracht habe. Djurdjevic scheint das nicht kapiert zu haben, und ich habe wirklich keinen Grund gesehen, ihn darüber zu informieren.«

»Hat Jarnebring davon gewusst?«

»Natürlich«, sagte Waltin. »Wir sind früh in Kontakt gekommen. Ungefähr damals, als Djurdjevics Gangster oben in der Brännkyrkagata mit ihren Glasbruchaktionen angefangen haben.«

»Davon hab ich gehört«, sagte Johansson und hielt die Autotür auf. »Ich glaube, ich mach einen Spaziergang. Bei der Universität gibt es eine U-Bahn-Station.«

Waltin nickte freundlich, als er hinters Lenkrad glitt.

»Das ist ein überaus kompliziertes Operationsfeld, musst du wissen«, sagte er.

Johansson nickte.

»Grüß deine Tochter«, sagte er und hob zum Abschied die Hand. »Die aus der Bar.«

»Geht leider nicht ... tut mir Leid.« Waltin zwinkerte ihm durchs offene Fenster zu.

Wieso braucht man Innenarchitekten, um einen Polizeistaat einzurichten, überlegte Johansson und schaute dem Auto hinterher. Ich hätte gedacht, da reichen ein paar Scheißbürokraten.

60

Am Dienstagmorgen brachte ein Bote von der Gerichtsmedizin in Solna einen braunen Umschlag zu Kommissar Gunnar Wesslén ins Landeskriminalamt. Leider konnte der Brief nicht sofort gelesen werden, denn irgendwer hatte Wessléns Brieföffner mitgehen lassen, und er musste sich zu seiner Sekretärin begeben, um den ihren auszuleihen.

»Nicht die Adresse verschusseln«, murmelte sie freundlich seinem sich entfernenden Rücken hinterher.

Als er wieder in seinem Zimmer war, ließ er sich im Sessel hinter seinem Schreibtisch nieder, wo dienstliche Schreiben geöffnet werden sollten, und nahm sich Zeit. Bei seiner Arbeit war er allzu oft auf traurige Beispiele dafür gestoßen, wie es denen ergehen konnte, die ihre Korrespondenz aufrissen. Außerdem entdeckte er, dass es sich um seinen eigenen Brieföffner handelte.

Hätt ich ihr gar nicht zugetraut, dachte Wesslén überrascht. Dann schlitzte er den Umschlag auf, ohne den Inhalt zu entnehmen, öffnete seine Schreibtischschublade, legte den Brieföffner hinein und schloss die Schublade sicherheitshalber ab.

Und fing an, das Gutachten des Gerichtsmediziners zu lesen.

»Hast du einen Moment Zeit?« Wesslén sah Johansson an, der mit dem falschen Fuß aufgestanden zu sein schien. »Das Gutachten von der Gerichtsmedizin ist da«, fügte er hinzu.

Johansson nickte in Richtung seines Besuchersessels, schwieg jedoch weiter.

»Es ist sehr interessant«, erklärte Wesslén. »Und absolut unerwartet, kann ich dir sagen.«

»Aha«, sagte Johansson. »Steht da, dass er an allem gestorben ist, nur nicht an dem, was unsere Ermittlungen betrifft ... Magengeschwür, Entzündung der Bauchspeicheldrüse, Lungenentzündung, Blutungen aus einer geplatzten Ader in der Speiseröhre ... und an allgemeiner Schwäche?«

»Du hast eine Kopie«, sagte Wesslén und versuchte nicht einmal, sich nicht vorwurfsvoll anzuhören.

»Neee«, sagte Johansson. »Aber ich hatte einen alten Onkel, der siebzig Jahre gesoffen hat wie eine Kraftwerksturbine ... und dem ging es wunderbar, bis er der Verwandtschaft Leid tat und von ihr ins Krankenhaus in Sollefte geschickt wurde ... eine Woche später war er tot.« *Idiot,* dachte er.

Eine reichlich bauernschlaue Ader, dachte Wesslén und war wieder er selbst.

»Was schlägst du vor?«, fragte er. »Es wird vielleicht Zeit, dass wir ... unsere klugen Köpfe zusammenstecken.«

Eigentlich war es das Letzte, was er hatte vorbringen wollen, aber bei genauerem Nachdenken wäre es nicht gerade höflich gewesen, seinem Chef vorzuschlagen, ihn das Revier sichten zu lassen. Er gratulierte sich dazu, dass er sich so schnell gefangen hatte.

»Doch«, sagte Johansson und nickte lethargisch. »Wir sollten vielleicht aufpassen und ... unsere Ansichten über diesen Nilsson ein wenig austauschen.«

Wesslén durfte anfangen. Ihr »Fall« war der Frührentner Nils Rune Nilsson, und das nicht in allgemeinen Termini, sondern äußerst konkret: War Nilsson am Sonntagabend, dem achten September, Gewalt ausgesetzt worden? Und wenn ja, wer hatte ihn misshandelt, und ließ sich das beweisen?

Bisher hatten sie noch nichts finden können, was ihnen in diesem Fall weitergeholfen hätte, und es deutete auch nichts darauf hin, dass sich das in Zukunft ändern würde. Es war eine offene Frage, ob Nilsson sich auf irgendeine Weise selbst verletzt hatte oder ob er Gewalt von anderer Seite zum Opfer gefallen war. Und so würde es auch bleiben.

Natürlich gebe es da noch was anderes, sagte Wesslén jetzt, aber das falle in ein anderes Ressort. Dass Bergs Streife sich so viele Anzeigen eingehandelt habe, zum Beispiel. Zwar wolle niemand diese Klagen noch aufrechterhalten, aber er müsse doch zugeben, dass ihm Zweifel gekommen seien.

»Wie das?«, fragte Johansson.

»Um nur ein Beispiel zu nehmen. Dass mehrere von denen, die Anzeige erstattet haben, die Misshandlungen auf identische Weise beschreiben«, sagte Wesslén.

»Das können sie doch abgesprochen haben«, sagte Johansson.

Wesslén begnügte sich damit, ihn anzusehen.

Es gebe eine Menge Unwägbarkeiten, endete Wesslén, aber die fielen nicht in ihr Ressort. Djurdjevics seltsame Geschichte, Välitalos merkwürdige Bocksprünge und so weiter und so weiter.

»Aber das fällt nicht in unser Ressort«, erklärte Wesslén.

»Du hast diesen Jugoslawen also fallen gelassen«, sagte Johansson und lächelte. »Ich hatte schon Angst, du würdest dich an den Europäischen Gerichtshof in Den Haag wenden.«

Wesslén zuckte mit den Schultern.

»Wir machen das so«, entschied Johansson. »Wir versuchen, morgen mit dem Staatsanwalt zu sprechen. Uns erzählen zu lassen, wie der die Sache sieht. Er ist sicher deiner Ansicht.« Johansson grinste. »Staatsanwälte haben's gerne übersichtlich.«

»Um acht?« Wesslén musterte ihn mit dienstlicher Miene.

»Ich hab da keine Probleme«, sagte Johansson. »Aber versuch verdammt noch mal, Jansson rechtzeitig zu informieren, damit er nicht noch mehr anstellt ... schlimmstenfalls müssen wir ihn ausrufen lassen.«

Wesslén nickte kurz.

»Das wird wohl nicht nötig sein«, sagte er.

Jansson und Jansson, dachte Johansson. Den einen soll ich in den Knast schicken und den anderen in Frührente. Und Berg und die anderen müssen wir wohl in Ruhe lassen, bis sie irgendwann den Feuilletonredakteur einer großen Zeitung mit einem Penner verwechseln... Er seufzte und drückte auf den Telefonknopf.

»Jaa?« Seine freundliche und neutrale Sekretärin.

»Johansson ... ohne besonderen Grund«, sagte er. »Wollte nur hören, ob du noch lebst.«

61

»Du hast Besuch«, sagte Johanssons Sekretärin. »Hast du Zeit?«

»Kommt drauf an, wer es ist«, antwortete Johansson. *So was sollte man aber nicht über die Haussprechanlage sagen,* dachte er zufrieden.

»Ein Polizeiinspektor Jan-Erik Berg.«

»Lass ihn rein«, sagte Johansson kurz.

»Willst du ein Geständnis ablegen?« Johansson grinste den Kollegen, der sich ihm gegenüber niedergelassen hatte, freundlich an.

Groß und kräftig, mit breitem, ausdruckslosem Gesicht. Jeans und kariertes Flanellhemd, wie beim ersten Mal. Ebenso verschlossen und humorlos wie damals. Aber jetzt war er in der Offensive.

»Ich wollte fragen, was das alles soll. Falls der Herr Polizeidirektor so viel Zeit hat.«

So ist das also, dachte Johansson. Und wie nett und sympathisch du doch bist.

»Wenn es um die Ermittlung geht, verstehst du hoffentlich, warum ich nicht darüber reden kann.«

»Wann erfahren wir es denn?«

»Wenn wir fertig sind«, sagte Johansson kurz.

»Warum kaut ihr alles durch, was in der Disziplinarabteilung über mich und meine Kollegen liegt? Was hat das mit der Angelegenheit zu tun?«

Eigentlich müsste ich dich rauswerfen, du Arsch, dachte Johansson. Aber ich mache noch einen Versuch.

»Ihr scheint ja einen Haufen Anzeigen am Hals zu haben«, sagte er. »Hast du irgendeine Vorstellung, woran das liegt?«

Und natürlich war er deshalb gekommen. Berg hatte eine ganz klare Vorstellung von den Gründen, Johansson hatte sie von seinen Kollegen schon sehr oft gehört. Berg zufolge hatten »normale Menschen« im Leben nur einen Wunsch: *von Problemen befreit zu werden.*

Um sich diesen Wunsch zu erfüllen, hatten sie die Schwierigkeiten des Lebens allerlei »Expertengruppen« überlassen. Anderen Menschen, denn zu guter Letzt mussten doch solche antreten, die gegen einen vereinbarten Lohn und mit geregelter Arbeitszeit und so weiter die Bürden der anderen schulterten.

Es gab Altenheime für die Alten, Entziehungsheime für die Säufer, Ärzte und Krankenschwestern für die Kranken ... sogar eine Müllabfuhr für Eierschalen und Blechdosen, benutzte Windeln und leere Waschpulverkartons. Berg brachte genau diese Beispiele: Altenbetreuung, Entzugsmaßnahmen, Krankenpflege, Müllabfuhr. Und es stand fest, egal was er vom eigentlichen Prinzip der Arbeitsteilung hielt, dass er keine weiteren Unterschiede zwischen diesen Aufgaben sah als jene, die sich aus der Natur der Arbeit, der Technologie und so weiter ergaben. Damit es *nicht nötig wurde* ... ältere Verwandte zu pflegen, die eigenen Abfälle zu kompostieren und so weiter.

Dann gab es noch die Polizei. Die endgültigen Fachkräfte, auch wenn Berg sich nicht so ausdrückte. Einerseits sollte die Polizei für Ruhe und Ordnung sorgen. Konkret: die aus dem Weg schaffen, die stören. Und sie sollte alles andere machen, womit sich sonst niemand, aber auch wirklich niemand beschäftigen mochte, egal ob »normaler Mensch« oder »Experte«.

Um Johansson nicht zu langweilen oder seine kostbare Zeit zu vergeuden, wollte Berg sich mit einem einzigen weiteren Beispiel begnügen. Außerdem musste er bald zum Dienst. Beispiel: einen alten, verdreckten Suffkopp aus der Gosse zu fischen. Damit normale Leute nicht über ihn stolperten oder ihn auch nur anzusehen brauchten. Oder ihn mit ihren schönen Autos überfuhren.

»Ich bin so einer«, sagte Berg. »Ich fahre mit solchen wie Nilsson zum Sozialamt, das geschlossen ist ... zur Ausnüchterungsklinik, die ihn nicht haben will, weil er zu alt ist ... zum Krankenhaus, dem er nicht krank genug ist. Und dann zu den Jungs vom Arrest. Die nehmen ihn wenigstens. Er hat doch kein Zuhause ... und wenn es solche wie mich und die Kollegen nicht gäbe ... die dieser Gesellschaft unter die Arme greifen, dann würde in einer Viertelstunde die ganze Kacke am Dampfen sein ... solche wie wir halten die Gesellschaft aufrecht.«

»Stopp«, fiel ihm Johansson, der um die Augen herum rot geworden war, ins Wort. »Das hab ich hier in diesem Haus schon hundertmal gehört, und ich habe es sogar in miesen Büchern gelesen, aber darüber reden wir hier gar nicht ...«
Und ich selbst hab es auch gesagt, dachte er.

»Worüber reden wir denn dann?«, fragte Berg.

»Bist du denn völlig jeck geworden, Junge?«, fragte Johansson mit einem heimatlichen Ausdruck und einem Ärger, der größtenteils echt war.

»Wieso denn?«

»Die Besenführung«, sagte Johansson kurz. »Es geht hier auch um Nilsson und solche wie ihn, selbst wenn ich verstehen kann, warum dieser Gesichtspunkt oft aus den Augen verloren wird. Es mag wie ein kleines Detail aussehen«, fügte er hinzu und starrte Berg wütend an, »aber das war eine Voraussetzung dafür, dass wir diesen Job bekommen haben ... und es ist schon komisch, aber immer dann, wenn irgendein Scheiß passiert, schreien die Kollegen so rum wie du jetzt.«

»Ich und die Kollegen haben nichts falsch gemacht.«

»Lass mich ausreden«, sagte Johansson. »Das will ich auch hoffen ... denn da das der einzige kleine Rest von Anstand ist, den wir noch haben, nehme ich das mittlerweile sehr ernst.«

»Ich und die Kollegen haben nichts falsch gemacht, nicht bei Nilsson und auch bei sonst keinem.«

»Sehr schön«, sagte Johansson. »Dann braucht ihr euch ja keine Sorgen zu machen.«

»Ich habe dich offenbar unterschätzt.« Berg erhob sich und nickte langsam. »Ich wusste, dass du der Chef vom Landeskrim bist, aber ich hatte keine Ahnung, dass du auch Zeitungen, Radio und Fernsehen versorgst.«

»Werd nicht frech«, sagte Johansson. »Die können sich allein blamieren. So lange wir uns anständig benehmen.«

Stützen der Gesellschaft, dachte Johansson. So nennt man das doch.

62

Der Herbst ist die Zeit der Überraschungen. Mittwoch, der fünfundzwanzigste September, bringt frischen Wind, zehn Grad über null und kühle Sonne. Um zwanzig vor acht betrat Johansson sein Büro, wie üblich belegte er einen ehrenvollen zweiten Platz. Seine Sekretärin saß schon hinter ihrem Schreibtisch. Neutral und freundlich.

Der Oberstaatsanwalt kam auch recht früh. Die Besprechung war angesetzt für null acht null null, aber schon fünf Minuten vorher klopfte er vorsichtig an Johanssons Tür.

»Setz dich«, sagte Johansson und zeigte auf seinen Besuchersessel. »Ich seh mal nach, ob es schon Kaffee gibt.« Das war eigentlich eine Ausrede. Der Umgang mit seinen neuen Dienstranggenossen fiel ihm noch immer schwer, und Smalltalk war nicht seine Sache. Also ging er in die Küche und half seiner Sekretärin, ein Tablett mit Kaffee, Zucker, Milch und frischen Rosinenbrötchen zurechtzumachen. Erst um eine Minute nach acht nahm er das Tablett und ging hinein. Wesslén saß dem Staatsanwalt gegenüber. *Ein Eichhörnchen und ein Rabe zusammen auf einem Zweig*, dachte Johansson. Aber Kontaktschwierigkeiten schien es zwischen den beiden nicht zu geben. Ihr Gespräch floss leicht und ungehindert dahin und handelte offenbar vom himmelschreienden Mangel an Kindergartenplätzen.

Ansonsten war auch an diesem Tag alles beim Alten. Jansson zeichnete sich durch Abwesenheit aus, obwohl sich Johansson wirklich Zeit ließ, als er für seine Gäste Kaffee einschenkte. Keiner wollte ein Rosinenbrötchen, aber er selbst hatte eins auf dem Teller liegen, ohne richtig zu verstehen, wie es dorthin gelangt war.

»Wir sollten vielleicht anfangen«, sagte Johansson. »Jansson scheint sich verspätet zu haben.«

Wesslén hatte angefangen. Der Staatsanwalt war zwar der Leiter der Voruntersuchung, und Johansson war offiziell verantwortlich für die Polizeiarbeit, aber Wesslén erledigte das Praktische.

Der vorläufige Obduktionsbericht der Gerichtsmedizin war am Nachmittag des Vortags angekommen. Wesslén fasste ihn kurz für den Staatsanwalt zusammen, und der nickte nachdenklich.

»Lungenentzündung, blutendes Magengeschwür, Entzündung der Bauchspeicheldrüse und eine Blutung in der Speiseröhre, verursacht durch eine geplatzte Ader. Das ist die Todesursache ... oder vielleicht sollte ich sagen, die Todesursachen«, fasste Wesslén zusammen. »Sie haben also nichts mit einem möglichen Schlag oder einer Sturzverletzung am Sonntag, dem achten September, zu tun.«

»Aber es kam ja doch recht ungelegen«, warf der Staatsanwalt ein, vor allem wohl an sich selbst gerichtet.

»Jaa«, Wesslén lächelte ein wenig. »Die Obduktion hat auch nichts ergeben, das an dem Gutachten vom sechzehnten September etwas ändern würde.« Er schaute von seinen Papieren auf und nickte. Erst zum Staatsanwalt hinüber, dann zu Johansson.

»Aber das war ein anderer Gerichtsmediziner. Oder was?«

»Doch«, sagte Johansson und grinste. »Nummer eins war ein normaler Dozent, aber der hier ist Professor. Der mit mir die Distrikte inspiziert hat, falls du dich erinnerst.«

»Ach so, ja«, sagte der Oberstaatsanwalt mit einem Hauch von einem zufriedenen Lächeln. »Dann haben wir also zwei Expertenaussagen, die nahe legen, dass es sich um eine Sturzverletzung handelt.«

»Na ja.« Wesslén demonstrierte Skepsis, indem er seine Schultern nach vorn schob. »Beide sagen, es lässt sich nicht ausschließen, beziehungsweise kann nicht als unwahrscheinlich gelten, dass die aktuelle Verletzung durch einen Sturz entstanden ist. Die am Auge, meine ich. Aber wenn ich das richtig verstanden habe, schließen sie auch die Möglichkeit nicht aus, dass er geschlagen wurde.«

»Nein, das ist klar.« Der Staatsanwalt rutschte im Sessel hin und her. »Aber nichts in der Ermittlung gibt Anlass zum Verdacht, dass gegen Nilsson Gewalt angewendet wurde.«

»Nicht gegen Nilsson, nein«, sagte Wesslén mit zweideutiger Präzision.

»Nix«, sagte Johansson energisch, während Wesslén den Kopf schüttelte und Jansson an die Tür klopfte.

Eine Viertelstunde, dachte Johansson und schaute seinem übergewichtigen und grauen Gehilfen zu, wie er versuchte, seinen Stuhl neben die von Wesslén und dem Staatsanwalt zu bugsieren. Aber du bist immerhin nüchtern.

»War ein ziemliches Verkehrschaos«, erklärte Jansson und blickte die beiden, die jetzt neben ihm saßen, traurig an. Johansson schien er noch gar nicht registriert zu haben, und als sein Chef das bisherige Gespräch zusammenfasste, nickte er nur zerstreut.

»Ich sollte dich vielleicht über unser weiteres Vorgehen informieren«, sagte Johansson und schaute verbindlich das Eichhörnchen an. »Berg und seine Kollegen haben sich allerlei Anzeigen in Disziplinarfragen zugezogen«, erklärte er.

»Alle sind bereits untersucht und von der Disziplinarabteilung in Stockholm ad acta gelegt worden.« Aber sicherheitshalber und weil sie ja doch aufs Obduktionsergebnis warten mussten, waren er selbst, Wesslén und Jansson sie ein weiteres Mal durchgegangen. Johansson konnte dem Nicken des Oberstaatsanwalts entnehmen, dass er das Vorgehen billigte.

»So was liegt ja wohl im Rahmen unserer Befugnisse«, stellte er fest. »Und was ist dabei herausgekommen?«

Es gab acht Anzeigen, eine davon reine Routinesache, erklärte Johansson. Hinter den Anzeigen standen neun Personen. Sie hatten mit allen gesprochen, die zu erreichen gewesen waren. Einer war auf Auslandsreise, und niemand wusste, wann er zurückkehren würde. Zwei waren ausgewiesen worden. Vermutlich für immer. Zwei hielten sich in psychiatrischen Kliniken auf und waren nicht vernehmungsfähig. Einer war tot. Aber mit den restlichen drei hatten sie gesprochen. Wobei keine besonderen neuen Erkenntnisse oder Informationen ans Licht gekommen waren. Alles stand bereits in den Einstellungsbeschlüssen der Disziplinarabteilung.

»Der Tote ...«, der Staatsanwalt rutschte missmutig in seinem Sessel hin und her.

»Das ist der aus dem Routinebericht«, sagte Johansson und lieferte eine kurze Zusammenfassung vom Fall Klas Georg Kallin.

»... abgeschrieben von der Abteilung Gewalt. Mit größter Wahrscheinlichkeit ein Unglücksfall, zu dem er selbst die Ursache geliefert hat.«

»Das scheinen ja wirklich arg viele Anzeigen zu sein«, sagte der Staatsanwalt skeptisch.

»Kann an ihren Einsatzorten liegen«, sagte Johansson kurz. »Vielleicht sollten wir über eine Versetzung nachdenken. In ihrem eigenen Interesse, wenn schon nicht aus einem anderen Grund.«

»Aber wir wissen nicht so recht, ob das in unser Ressort fällt«, sagte Wesslén.

»Hm«, sagte der Staatsanwalt. »Darum muss sich wohl die Leitung in Stockholm kümmern.« Er nickte und wandte sich plötzlich an Jansson. »Wie siehst du das alles, Jansson?«, fragte er.

Herrgott, dachte Johansson.

»Verzeihung«, sagte Jansson und schaute den Fragenden traurig an. »Ich habe wohl ...«

»Zu welchem Schluss bist du gekommen?«, verdeutlichte der Oberstaatsanwalt.

»Ich«, sagte Jansson und schien sorgfältig nachzudenken. »Ich habe den Revolver ausfindig gemacht, mit dem Kallin die Kollegen niederschießen wollte.« Er nickte traurig vor sich hin. »Wie gesagt.«

Ja, verdammt, dachte Johansson, und da der Staatsanwalt skeptisch und verständnislos zugleich aussah, beschloss er, seine Gedanken laut werden zu lassen. Und sei es nur, um eventuelle Zweifel an der Effizienz des Landeskriminalamts auszuräumen.

»Ja, verdammt«, sagte Johansson mit deutlicher Überraschung in der Stimme. »Wo denn?«

»Hier«, sagte Jansson und nickte traurig.

Hommage à Loyola

63

Genau wie in dem Moment, da Johansson den Zehnender erlegt hatte. Er hatte ihn weder gesehen noch gehört. Auch seine Witterung konnte er unmöglich aufgenommen haben. Er hatte ihn in den Sekunden vor dem Schuss geahnt und war unmerklich und lautlos aufgestanden. So war es auch jetzt. Am Mittwoch, dem fünfundzwanzigsten September, um halb neun morgens, als ein versoffener und für die Rente vorgesehener Kriminalinspektor die Hauptrolle spielte und der Oberstaatsanwalt von Stockholm, der Leiter des Landeskriminalamts, ein Kommissar und der Abteilungschef nur mit gutem Willen als Nebenfiguren betrachtet werden konnten.

Der Oberstaatsanwalt verstand selbstverständlich nur Bahnhof. Das war natürlich und verzeihlich. Wesslén würde sehr bald begreifen, was Sache war, Johansson wusste es schon. Wieso er das wusste, ahnte er nicht einmal, und es machte ihm auch nicht die geringste Sorge. Er war schon aufgesprungen und hatte den Kolben an die Schulter gelegt, und nur darauf kam es an.

»Hier«, wiederholte Wesslén überrascht. »Meinst du hier im Haus?«

»Nein.« Jansson schüttelte abwehrend den Kopf. »Hier in

Stockholm, meine ich. Ich habe ausfindig gemacht, wer ihn gekauft hat.«

»Und wer war es?«, fragte Wesslén und sah aus wie ein Rabe, der sich in die Lüfte schwingen will.

»Er steht nicht in unseren Registern«, sagte Jansson zögernd. »Ich weiß nicht, wie man das deuten soll, aber ich halte ihn für einen anständigen und sympathischen Menschen.«

»Bewohnt eine Villa im Stenkullaväg in Stora Essingen«, unterbrach Johansson mit einem zufriedenen Lächeln. *Die Hausnummer hatte er vergessen.*

»Nr. 58«, sagte Wesslén, der ein gutes Zahlengedächtnis hatte. »Bei ihm wurde am Tag, an dem Kallin das Zeitliche gesegnet hat, eingebrochen.« Auch er wirkte nicht gerade unzufrieden.

»Ja?« Jansson schaute Johansson überrascht an. Und dann Wesslén. »Das stimmt. Fantastische Aussicht. Vom Haus aus«, fügte er als Erklärung für den Staatsanwalt hinzu.

Dieser schien nichts begriffen zu haben. Er sah aus wie ein Eichhörnchen, das seine Nuss verloren hat. Jetzt räusperte er sich zaghaft und sah die anderen der Reihe und dem Dienstgrad nach an.

»Ihr könntet vielleicht so freundlich sein und ...«

»Natürlich«, sagte Johansson mit düsterer Miene. »Möchte jemand noch Kaffee?« *Das war offenbar nicht der Fall.* »Fang du an, Jansson«, sagte er dann. »Aber langsam, damit die Jungs mitkommen.«

Für einen Polizisten gibt es im Grunde zwei Möglichkeiten, eine Waffe ausfindig zu machen. Und niemand ist daran gehindert, beide auszuprobieren. Lewin hatte die formalen und anerkannten Wege beschritten. Das war ihm misslungen, aber da er davon überzeugt war, dass es sich um einen Unglücksfall handelte, nahm er sich die Sache nicht so zu Herzen.

Als Erstes hatte Lewin in den Polizeiregistern für gestohlene und verschwundene Waffen nachgesehen. Dort war der Revolver nicht zu finden. Danach hatte er ihn in den Registern der amtlich gemeldeten Waffen gesucht. Dort war er auch nicht verzeichnet. Sein dritter und letzter Versuch bestand darin, die Anfrage an Interpol in Paris weiterzuleiten. Nach einem Monat kam die Antwort: Der Revolver war in den Registern von Interpol bei den gestohlenen, vermissten oder sonstigen »heißen« Waffen nicht gemeldet. Die Antwort kam Anfang August, und die Ermittlungen zu Klas Schnabel Kallins Tod waren im Grunde längst abgeschlossen. Lewin hatte schon seinen Urlaub hinter sich und arbeitete an anderen und dringenderen Fällen. Er heftete die Nachricht von Interpol in der Ermittlungsakte ab.

Jansson hätte ebenfalls den Dienstweg einschlagen können. Da jedoch Lewin das bereits getan hatte, sah er darin keinen tieferen Sinn. Er war außerdem kein Liebhaber dieser Methode als solcher und hatte Interpol nie sonderlich geschätzt. Er entschied sich für eine inoffizielle Herangehensweise und machte sich seine Mitgliedschaft in einer internationalen Bruderschaft zu Nutze, die stärker war als nationale Grenzen, soziale Schranken und ethnische Barrieren. Im tiefsten Herzen – jenseits von Übergewicht, traurigen Augen und Dosenbier – war er nämlich ein richtig altmodischer Bulle.

Seit er nicht mehr verheiratet war, und es war nun zehn Jahre her, dass seine damalige Gattin ihn verlassen und die Tochter mitgenommen hatte, beschränkten sich seine Kontakte auf andere Polizisten und deren Familien. Das fand er nicht weiter seltsam. Im Gegenteil, er konnte seine Kollegen, die damit prahlten, dass sie keinen privaten Umgang mit anderen Polizisten hatten, nicht verstehen.

Derzeit jedoch hatte er überhaupt keinen Kontakt. Das war eine bewusste Wahl, die er gleichzeitig mit dem Beschluss gefasst hatte, sich zu Tode zu saufen. Er hatte keine

Lust, seine Dienstwaffe zu nehmen und sich eine Kugel in den Kopf zu schießen. Und zwar nicht, weil er in seinen zwanzig Jahren als Ermittler zu viele Szenen dieser Art gesehen hatte. Sein Grund war einfach und selbstverständlich. Er wollte seinen Kollegen keinen Ärger machen. Da wollte er lieber seine letzten Jahre in einem Ordner der Alkoholikerbetreuung verbringen.

Aus der Zeit, da er als Polizist Umgang mit Polizisten gehabt hatte, gab es noch viele Bekannte und Kontakte. Jansson hatte einen Großteil seiner Zeit der IPA gewidmet, der Internationalen Polizeivereinigung, und auf diese Weise hatte er viele nützliche Freunde und Bekannte gefunden.

Als er nun eine Woche zuvor die Ermittlungen über den Tod von Klas Georg Kallin gelesen hatte, war ihm rasch aufgefallen, dass Lewin nicht erklären konnte, woher Kallin die Waffe hatte, mit der die Kollegen bedroht worden waren. Das war an sich keine Überraschung, denn er kannte Lewin und wusste, dass der ein moderner und praktisch denkender Polizist war, der keine unnötige Energie für Bagatellen verschwendete. Da sich Jansson jedoch mit Leib und Seele als altmodischen, antiquierten Polizisten sah, dem fast alles gleichgültig war, was nicht mit Bier und Dienst zu tun hatte, musste er natürlich einen Versuch unternehmen. Hier ging es nämlich um die Truppe, und da war seine Neugier unersättlich. Man sollte nicht mit dem Revolver auf Kollegen zeigen, die nur ihre Arbeit machten. Auch wenn ihm persönlich es lieber gewesen wäre, wenn gerade diese Kollegen sich mit anderen Aufgaben beschäftigt hätten. Und auch wenn das alles vermutlich nicht das Geringste mit Nils Rune Nilsson zu tun hatte.

Am Freitag, dem zwanzigsten September, ging er ans Werk, und einen Tag später war er so weit.

64

Zuerst hatte Jansson in einem größeren Waffenkatalog nachgesehen. Daraus ging hervor, dass der Revolver in Connecticut, USA, hergestellt worden war, von der bekannten Firma Sturm, Ruger & Co. Für Jansson war Connecticut, USA, synonym mit Detective Sergeant John Meehan Sr bei der Kriminalpolizei in Hartford, Connecticut. Der größten Polizeitruppe im Bundesstaat.

Gegen drei Uhr nachmittags geht sein Telex in der Verbindungszentrale der Polizeileitung in der Stockholmer Polhemsgata los, und sechs Stunden früher, unmittelbar nach neun Uhr morgens, kriecht es in der Verbindungszentrale der Polizei in Hartford, Connecticut, aus dem Telexempfänger. Auf der anderen Seite des Atlantik und an die sechstausend Kilometer vom Polizeigebäude in Stockholm entfernt.

Nicht jeden Tag treffen dort Anfragen von Stockholmer Kollegen mit dem Vermerk URGENT und IMMEDIATE ein. Zehn Minuten später liegt das Telex auf dem Schreibtisch von John Meehan, der es, seit er zuletzt von Jansson gehört hat, zum Detective Lieutenant gebracht hat.

»Old Torri«, nickt Meehan. Ein älterer, grauhaariger Mann mit Übergewicht, grauem Anzug und traurigen grauen Augen, und jetzt mit einem sentimentalen Glänzen.

Dann greift er zum Telefon und ruft einen alten Bekannten und ehemaligen Kollegen an, der inzwischen als Sicherheitschef bei Sturm, Ruger & Co. arbeitet. Der ruft nach fünf Stunden zurück. Den computerisierten Verkaufslisten zufolge hat der Revolver das Zentrallager der Fabrik vor etwas mehr als einem Jahr verlassen. Als Teil einer größeren Partie, die an eine Tochterfirma ging, einen Waffengroßhandel in Arizona. Von dort wurde er an einen Einzelhändler in Gila Bend im selben Bundesstaat weitergeleitet. Nämlich an The Caley Bros. Guns & Ammo, 124, Wayne Street, Gila Bend, Arizona, USA.

Der Sicherheitschef bedauert, dass es so lange gedauert hat, aber in Arizona ist es eben vier Stunden später, und der Großhändler hat sein Büro erst um halb neun geöffnet.

»Macht doch nichts«, sagt John Meehan und schaut auf seine Armbanduhr. Eigentlich hatte er, weil Freitag ist, früher nach Hause gehen wollen, aber hier steht nun einmal URGENT und IMMEDIATE, und seinen »Old Torri« will er nun wirklich nicht enttäuschen.

Also sucht er sich das amerikanische Mitgliederverzeichnis der IPA heraus, und obwohl Gila Bend ein gottverlassenes kleines Loch von knapp zweitausend Seelen ist, irgendwo in der Wüste an der Interstate 8 zwischen Casa Grande und San Diego, gibt es dort immerhin einen Sheriff, der Mitglied in der IPA ist.

Meehan greift zum Telefon und ruft den Sheriff in Gila Bend an, dreitausendfünfhundert Kilometer weiter auf der anderen Seite des Kontinents. Er bringt sein Begehr vor und dass es um einen Kollegen und IPA-Bruder aus dem kalten Norden gehe, der in Not sei.

»No problem«, sagt der Sheriff. Er wird sich selbst ins Auto setzen und zu Caleys fahren. Er kennt nämlich Sam Caley Jr. Ein toller Typ, der immer die Preiswaffe fürs jährliche Schützenfest der Polizei in Gila County stiftet.

In den USA werden jedes Jahr an die zwei Millionen Revolver und Pistolen verkauft. Ein Mythos ist allerdings, dass der Waffenverkauf freigegeben ist. Im Gegenteil, den regeln an die fünfundzwanzigtausend unterschiedliche Verordnungen auf Bundes-, Staaten- und Lokalebene. Dass man sich in den USA jederzeit eine Waffe zulegen kann, ist ebenfalls nicht die ganze Wahrheit. Im Bundesstaat Arizona aber ist es doch etwas einfacher, als man sich das in Schweden allgemein vorstellt.

Und wenn man es mit einer ehrsamen Firma wie den Gebrüdern Caley zu tun hat, dann reicht es, einigermaßen erwachsen und nüchtern zu wirken, wenn man an den langen Tresen tritt.

Unter der Glasscheibe liegen – genau wie in einem Uhrenladen – Pistolen, Revolver, Messer und anderes Zubehör. Hinter dem Tresen hängen in langen Reihen Gewehre und Büchsen in ihren Gestellen, darüber schließlich drei beeindruckende Hirschköpfe, die den Handel mitverfolgen.

Wenn man sich nun entschieden hat, muss man ein Formular ausfüllen, das Name, Adresse, Alter und Zivilstand festhält. Und ob man vorbestraft ist oder nicht. Das alles sollte man durch irgendeinen Ausweis belegen können, falls man nicht persönlich bekannt ist. Und wenn man die Ware direkt mitnehmen will, empfiehlt es sich, nicht das Kästchen für vorbestraft anzukreuzen.

Dann muss man nämlich warten, bis der Sheriff von Gila Bend sich die Sache überlegt hat. Lügen allerdings ist auch nicht so gut. Wenn das herauskommt, meldet sich der Sheriff und verlangt sowohl die Waffe als auch ein saftiges Bußgeld für den Verstoß gegen die lokale Waffenverordnung.

Aber ansonsten herrschen vor Ort eher praktische Sitten, und in unserem speziellen Fall gab es keine besonderen Probleme. Ein sympathischer ausländischer Kunde, der hervorragend Englisch sprach, Sam Caley hatte ihn selbst bedient. Am Ende war die Wahl auf eine Ruger Speed-Six Kaliber 357 Magnum mit kurzem Lauf für nur hundertachtundvierzig Dollar gefallen.

Der Kunde hatte sich mit seinem Pass ausgewiesen, und da er ein wenig gezögert hatte, war ihm von Sam Caley eilig versichert worden, es handele sich um eine reine Formalität, die vor allem dem Kunden diene. Ruger leiste nämlich auf alle Waren eine Garantie von fünf Jahren, falls der Verkäufer einen Garantieschein mit dem Namen des Käufers ausgefüllt habe. Die Kopien von Verkaufsformular und Garantieschein hatte der Sheriff mitgenommen. Dass der Kunde bar bezahlt hatte, war auch nicht weiter verdächtig erschienen. Er hatte mehrere Kreditkarten dabei, aber Caley war nicht sicher gewesen, ob die in den USA galten, und da war Bargeld doch besser.

Eine gute Stunde nach seinem Gespräch mit Meehan rief der Sheriff zurück. Er hatte alles kopiert und seinen jüngsten Mann zum Büro der Staatspolizei in Phoenix geschickt. Dort gab es eine Faxanlage, die alles innerhalb von zwei Stunden auf Meehans Schreibtisch in Hartford, Connecticut, schicken könnte.

Halb sechs, dachte Meehan und seufzte. Um diese Zeit hatte er bereits mit einem Cocktail in seinem gepflegten Garten hinter der Villa in South Windsor in der Pleasant Valley Road 3040 sitzen wollen. Aber URGENT und IMMEDIATE. Er rief seine Frau an und berichtete von »Old Torris« störendem Wunsch. Danach ging er in die Kantine und holte sich ein Pastramibrot und eine Tasse Kaffee, dann ging er zurück auf sein Zimmer und räumte seinen Schreibtisch auf. Um Viertel nach fünf ging er in die Verbindungszentrale, und da lagen die Telefaxkopien von Verkaufsformular und Garantieschein. Er sorgte selbst dafür, dass sie sofort weitergeleitet wurden, dann fuhr er nach Hause in die Pleasant Valley Road, zum Cocktail und zur wartenden Gattin. Um sechs Uhr nachmittags in Hartford, Connecticut, USA, und um Mitternacht in Stockholm, Schweden.

Der Wachhabende in der Verbindungszentrale in Stockholm hatte um Mitternacht wenig zu tun. Er wartete, bis sein Telefax ausgetickert hatte. Er sah die Mitteilung durch und nahm zur Kenntnis, dass es URGENT und IMMEDIATE war. Und dass Jansson seine Privatnummer hinterlassen hatte.

Als er in der Inedalsgata anrief, war der »alte Tore« gerade auf dem Klo, lief aber doch schnell zum Apparat.

»Ich komm es gleich holen«, sagte Jansson dem verdutzten Wachhabenden. »Es eilt nämlich ein wenig.«

»So einfach war das«, sagte Jansson, der Meehan angerufen hatte, um sich zu bedanken, und ihm dabei die ganze Geschichte erzählt hatte. Er nickte traurig und offenbar vor allem an sich selbst gerichtet. *Der alte John*, dachte er.

65

Der Oberstaatsanwalt starrte Jansson an wie eine Offenbarung, die sich gerade in Blitzen entladen hatte.
»Großartige Dete... Ermittlungsarbeit«, sagte er warm. »Aber sag mal«, jetzt wendete er sich an Johansson. »Eins versteh ich hier nicht...«
»Später«, sagte Johansson rasch. »Gleich«, fügte er verbindlich hinzu. »Was hast du dann gemacht, Jansson?«

Als Jansson zu Hause in der Inedalsgata erwachte, war es acht Uhr morgens, und er hatte an die sechs Stunden geschlafen. Aber ehe er zu Bett gegangen war, hatte er nachgesehen, ob sein Ermittlungsobjekt möglicherweise im Telefonbuch stand. Das war der Fall, und alle Auskünfte schienen zuzutreffen. Jansson schlief in der festen Überzeugung ein, dass ein echter Polizist sehr gut ohne Computer und andere Erfindungen auskommen konnte. Auch wenn es ein wenig länger dauerte.

Jetzt war Samstagmorgen, und während Jansson versuchte, seine eine Socke unter dem Bett hervorzufischen, wurde sein Chef, Polizeidirektor Johansson, von Kommissar Wesslén zum Essen eingeladen. Per Telefon und in einem anderen Stadtteil. Davon aber hatte Jansson keine Ahnung. Er fand seine Socke und setzte sich an den Küchentisch. Vor ihm lagen das Telefonbuch und die Faxe, die er nachts aus der Verbindungszentrale geholt hatte. Nach und nach fand er auch einen Kugelschreiber und eine Tüte, auf der er schreiben konnte.

Jetzt wollen wir doch mal sehen, sagte das blinde Huhn, dachte Jansson und las seine Unterlagen durch, während er sich auf der Tüte Notizen machte. Ein Betriebswirt, 40, ... wohnhaft im Stenkullaväg 58 in Stora Essingen ... und hatte einen Revolver gekauft ... in einem Ort namens Gila Bend ... am Freitag, dem fünfzehnten März. Jansson rechnete rasch rückwärts. Vor ungefähr einem halben Jahr.

Am Freitag, dem achtundzwanzigsten Juni, taucht dieser Revolver in der linken Hand von Klas Schnabel Kallin auf. Mit bekannter Folge. *Aber wie ist er da gelandet,* überlegte Jansson. Und gab es nicht wenigstens einen kleinen Verdachtsmoment gegen den Herrn Betriebswirt, was illegalen Waffenbesitz und Waffenschmuggel betraf?

Jansson dachte weiter nach. Dann fasste er einen Entschluss. Ging in die Garderobe und zog Jacke, Schuhe, Hut und Mantel an. *Zum Stenkullaväg,* dachte Jansson, und erst auf der Straße fiel ihm ein, dass er sein Morgenbier vergessen hatte.

Kriminalinspektor Tore Jansson war nicht die Sorte Polizist, die mit Blaulicht und Sirenen reist. Er nahm den Bus Nr. 56 vom Fridhemsplan nach Stora Essingen und ging zu Fuß von der Haltestelle in den Stenkullaväg. Nummer 58 lag unten am Wasser und war ein imponierendes Werk aus glasierten Ziegeln mit Blick auf Gröndal und die Mälarmündung.

Die Familie, die in diesem Haus wohnte, wollte offenbar aufs Land fahren. Ein Mann und eine Frau im jüngeren Mittelalter beluden einen Kastenwagen, während zwei kleinere Mädchen ums Auto herumhüpften. Alle gut angezogen, adrett und wochenendmunter.

Feine Mädels, dachte Jansson, ohne an seine eigene Tochter einen Gedanken zu verschwenden. Sie war vierundzwanzig, wohnte in Malmö und rief nur an, um ihn zu beschimpfen.

Jansson blieb stehen und sah, dass der Mann am Steuer in aller Ruhe zurücksetzen konnte. Frau und Kinder hatten schon im Auto Platz genommen, und der Mann drehte wild am Steuer, während er nach hinten zu schauen versuchte, indem er mit der freien Hand die Vordertür aufhielt.

Jansson winkte ihm freundlich zu, um anzuzeigen, dass Platz genug war, was ihm ein dankbares Nicken im Rückspiegel eintrug. Jetzt war auf dem Bürgersteig freie Bahn, und Jansson hätte seinen Spaziergang fortsetzen können.

Aber statt zu fahren, hielt der Mann an, legte die Handbremse ein und stieg aus.

»Kann ich Ihnen irgendwie behilflich sein?«, fragte er.

»Na ja«, sagte Jansson. »Ich mach eigentlich nur einen Wochenendspaziergang.«

»Ach«, sagte der Mann und musterte ihn misstrauisch. »Aber Sie wohnen nicht hier?«

Herrgott, dachte Jansson. Als Nächstes rufen sie die Polizei und behaupten, dass im Garten ein Spanner herumlungert.

»Ich war früher viel hier unterwegs, als ich noch bei der Ordnungspolizei war. Das war gleich nach dem Krieg, und unsere Wache lag oben am Markt. Es ist noch immer so schön hier wie damals.«

Abgesehen davon, dass es ein Sommer zu Beginn der fünfziger Jahre gewesen war und dass Jansson die ganzen Spießer der Gegend einfach verabscheut hatte, stimmte das sogar. Und als Referenz war es auch dreißig Jahre später noch dienlich. Der Mann strahlte und nickte. Dann ging er ums Auto herum und streckte die Hand aus.

»Jansson. Kriminalinspektor Jansson«, sagte Jansson und beglückwünschte sich dazu, dass er zum ersten Mal seit undenklichen Zeiten sein Morgenbier vergessen hatte.

»Sind Sie schon lange in Pension?«, fragte der Mann.

»Jaa. Ich war danach ja bei der Kriminalpolizei«, sagte Jansson.

»Ich hab was für Sie«, sagte der Mann freundlich. Er öffnete die Wagentür auf der Seite seiner Frau und wühlte im Handschuhfach herum.

»Hier«, sagte er. »Ein paar Broschüren, die vielleicht von Interesse für Sie sind. Lassen Sie von sich hören. Wir fahren aufs Land.«

»Danke, danke«, sagte Jansson. Es fehlte nicht viel, und er hätte salutiert.

»Das hat er mir gegeben«, sagte Jansson traurig und reichte Johansson eine in Blauweiß gehaltene Broschüre. »Und da wusste ich, dass er nicht mit Kallin unter einer Decke stecken konnte.«

MITBÜRGER GEGEN VERBRECHEN, las Johansson.

66

»Ist das eine Art Bürgerwehr?«, fragte der Oberstaatsanwalt neugierig.

»Nein«, sagte Johansson und las aus der Broschüre vor. »Eher im Gegenteil ... aller möglicher elektronischer Jux. Damit die Bude zur Festung wird und der Alarm schon losbricht, wenn die Kinder mit dem Bügeleisen spielen ... Vorzugspreise für Mitglieder von Mitbürger gegen Verbrechen ... lohnt sich vermutlich steuerlich für den Verkäufer.« Johansson grinste.

»Mit zeitgemäßer Technologie für eine verbrechensfreie Gesellschaft«, las Johansson vor. »Das wäre vielleicht was für dich, Wesslén. Wo du so viel teure Kunst hast.«

Wesslén schien das nicht witzig zu finden, aber immerhin nahm er die Broschüre an.

»Sag mal ...«, begann der Staatsanwalt.

»Einen Moment noch«, sagte Johansson. »Hast du noch mehr, Jansson?«

»Ja«, sagte Jansson traurig. »Ich weiß jetzt, was passiert ist, als er den Revolver gekauft hat.«

»Hast du mit ihm gesprochen?«, fragte Wesslén mit leichter Unruhe in der Stimme.

»Nein«, sagte Jansson. »Ich weiß es aber trotzdem.«

»Erzähl«, sagte Johansson. Ließ sich im Sessel zurücksinken und faltete die Hände vor seinem Bauch.

Jansson war kein reicher Mann. Aber er hatte eine genaue Vorstellung davon, wie wohlhabende Menschen lebten. Er lebte eher von der Hand in den Mund. Am Fünfundzwanzigsten jeden Monats bezahlte er alle Rechnungen, die vor dem Fünfundzwanzigsten des nächsten Monats beglichen werden mussten. Den Rest teilte er in zwei Haufen. Der erste war für den Zweck vorgesehen, dass sich der staatliche Alkoholladen und/oder die Brauereien zu einer aggressiven Preispolitik entschließen würden (durchaus möglich in einem monopolistischen System), den anderen steckte er in die Tasche. Wenn die Tasche leer war, hatte er in der Regel so ungefähr den Zwanzigsten erreicht und brauchte seinen Fonds nur geringfügig anzugreifen.

Reiche Menschen lebten nicht so. Statt bar zu zahlen und ihre Rechnungen zu begleichen, hinterließen sie achtlos Spuren von Kreditkarten. Rechnungen, die in der Regel in der Buchung irgendeiner Firma auftauchten. Wenn arme Menschen das taten, endete das mit Verhören bei der Polizei und mit Konkursen, aber immerhin hinterließen reiche Menschen Spuren: die pure Kreditkartenschnitzeljagd.

Jansson hatte einen alten Bekannten, der bei einer größeren Kreditkartenfirma arbeitete. Sie hatten sich beruflich kennen gelernt, durch Janssons Beruf, vor vielen Jahren, und ab und zu hatte Jansson diesem Bekannten helfen können. Jetzt sollte der Bekannte Jansson helfen.

Am Morgen vom Montag, dem fünfundzwanzigsten September, betrat Jansson das Büro und legte vollständige Personenauskünfte über seinen Waffenkunden vor. Als er zwei Stunden später das Büro verließ, hatte er sämtliche Schnitzel aufgelesen, sie mit einer Büroklammer zusammengeheftet und in seiner Aktentasche verstaut.

»Diskretion Ehrensache«, sagte der Bekannte, als sie sich trennten.

Anfang März war der Mann aus dem Stenkullavägmit der Morgenmaschine der SAS von Arlanda nach Kopenhagen geflogen. Er war dort umgestiegen und gegen zwei Uhr Ortszeit in New York angekommen. Drei Wochen drauf war er dieselbe Strecke zurückgeflogen. Er war abends in Arlanda gelandet. Viel Gepäck war dabei, und er hatte für fast dreißig Kilo Übergewicht zahlen müssen. Ein Kilo davon hätte er sich besser gespart.

Der interessante Teil der Reise liegt mitten im Monat. Am Montag, dem elften März, fliegt er von Houston, Texas, nach Tucson, Arizona, und verbringt drei Nächte im Hyatt Tucson. An einem dieser Tage unternimmt er offenbar einen Ausflug nach Nogales an der mexikanischen Grenze, aber was er dort macht, bleibt im Unklaren.

Möglicherweise hat er sich von der Westernatmosphäre anstecken lassen. Am Donnerstag, dem vierzehnten, bucht er seinen Flug von Tucson auf Los Angeles um. Mietet im Hotel ein Auto und checkt aus. Abends hält er in einem kleinen Motel oben in Casa Grande und fährt am nächsten Morgen weiter nach Yuma. Unterwegs macht er Halt in Gila Bend. Tankt und kauft einen Revolver. In der Nacht zum Samstag übernachtet er in San Diego am Stillen Ozean, und am nächsten Morgen geht es weiter nach Los Angeles.

»Vermutlich wollte er nur tanken, aber dann hat er wohl den Laden gesehen und ist auf diese Idee gekommen«, sagte Jansson traurig.

»Warum meinst du?«, fragte Wesslén skeptisch.

»Ja«, sagte Jansson zögernd. »Das Benzin hat er mit Kreditkarte bezahlt, und die Adresse der Tankstelle ist 116 Wayne Street ... und der Waffenladen liegt in 124 Wayne Street ... ich stelle mir vor, dass das irgendwo in der Nachbarschaft ist.«

Jansson blätterte zur Kopie der Benzinrechnung weiter und reichte sie dem Staatsanwalt.

»Da drüben liegen die Hausnummern oft dichter beieinander, als wir das gewöhnt sind«, erklärte er. Der Staatsanwalt nickte verständnisinnig.

»Fantastisch ...«

»Das ist noch nicht alles«, sagte Jansson zögernd.

»Weiter«, sagte Johansson.

»Noch nicht alles«, das war es, womit sich Jansson am vergangenen Tag beschäftigt hatte. Er hatte nämlich versucht festzustellen, was für ein Mensch am Vormittag des fünfzehnten März bei den Gebrüdern Caley eingekauft hatte.

»Na«, sagte Johansson und hörte sich mürrisch an. »Was war es für einer?«

»Ja«, sagte Jansson und kniff die Augen zusammen. »Offenbar keiner, den man in der Nähe von Klas Schnabel Kallin vermutet ... aber jetzt kapiere ich langsam, wie das zusammenhängt.«

Der Staatsanwalt sah Jansson, Johansson und Wesslén in dieser Reihenfolge verwirrt an.

»Nur einen kleinen Moment«, sagte Johansson. »Wir haben das hier noch nicht durchgehen können, verstehst du. Jansson ist gerade erst fertig geworden, wie du gehört hast.« Er nickte dem Staatsanwalt beruhigend zu.

Ein ganz normaler Mann aus der oberen Mittelklasse: vierundvierzig Jahre alt, verheiratet, zwei kleine Kinder. Betriebswirt mit eigener Firma in der Eisenwarenbranche. Hauptsächlich Vertrieb von Produkten aus den USA und Japan. Hohes Einkommen, eigenes Vermögen, die Villa der

Gattin überschrieben. Nicht vorbestraft. Nicht mal ein Bußgeld im Straßenverkehr.

»Aber das wird sich jetzt ändern«, sagte Johansson mit drohender Stimme. »Dafür werd ich sorgen, bei allen kleinen Teufeln in meinem Hintern.«

»Das glaub ich gern«, sagte der Staatsanwalt und lächelte freundlich. »Aber bitte sag mir erst, worum es hier eigentlich geht.«

»Das weiß ich selbst noch nicht«, sagte Johansson. »Entweder ist es das eine, und dann tut es mir schrecklich leid für den Typen mit der schönen Aussicht. Oder es ist das andere, und dann wird allerlei anderen die Hölle heiß gemacht.«

»Dann nehmen wir das kleinere Übel zuerst«, sagte der Staatsanwalt. »Wenn du also die Güte hättest.«

67

Freitag, achtundzwanzigster Juni.

Peter Puma Välitalo steckt mitten in einem Einbruch in einer Villa im Stenkullaväg 58 in Stora Essingen. Es ist mindestens nach zwei Uhr nachmittags.

Als er dort wegfährt, hat er Bargeld, Schmuck, einen Ordner mit Obligationen, ein größeres Bild und einen Revolver bei sich.

Irgendwann gegen Viertel nach vier und zwanzig vor sechs trifft er unten in der City Klas Schnabel Kallin. Puma überlässt Schnabel den frisch gestohlenen Revolver, und Schnabel nimmt ihn mit nach Hause. Eine gute Stunde drauf versucht er, Berg und Borg mit ebendiesem Revolver zu erschießen. Das misslingt, und aus Versehen trifft er sich selbst.

»Da hast du die erste Alternative«, sagte Johansson.

»Man soll Unannehmlichkeiten niemals aus dem Weg gehen«, sagte der Staatsanwalt lächelnd. Er nickte Wesslén zu, der unruhig hin und her rutschte. »Hast du einen Vorschlag, Wesslén?«

Freitag, achtundzwanzigster Juni.
Peter Puma Välitalo steckt mitten in einem Einbruch in einer Villa im Stenkullaväg 58 in Stora Essingen. Es ist mindestens nach zwei Uhr nachmittags.
Als er dort wegfährt, hat er Bargeld, Schmuck, einen Ordner mit Obligationen, ein größeres Bild und einen Revolver bei sich.
Irgendwann vor fünf Uhr nachmittags trifft er in der Wohnung seiner damaligen Freundin Ritva Sirén in der Kocksgata 17 ein. Kurz nach fünf führen Berg und seine Streife in der Kocksgata 17 eine Wohnungskontrolle durch. Nach eigener Aussage ist Välitalo unmittelbar zuvor gegangen. Frau Sirén besucht ihre Eltern in Norrland. Die Wohnung steht also leer, als die Kontrolle durchgeführt wird. Eine Stunde drauf machen Berg und die anderen eine Adressenkontrolle bei Klas Schnabel Kallin im Gamla Huddingeväg 350. Unmittelbar nach sechs Uhr an diesem Tag wird Kallin erschossen.

»Das wäre die zweite Alternative«, sagte Wesslén.

»Ich weiß dein Taktgefühl zu schätzen.« Der Staatsanwalt lächelte Wesslén freundlich an. »Habe ich alles richtig verstanden, wenn ich sage, dass einer der Kollegen ... vermutlich Berg oder Borg, den Revolver in der Kocksgata 17 findet und ihn mitnimmt zum Gamla Huddingeväg, wo irgendetwas passiert, das auf eine nicht gerade plausible Weise beschrieben wurde?« Der Staatsanwalt lächelte spöttisch.

»Genau«, sagte Johansson. »Persönlich tippe ich darauf, dass Kollege Berg sich eines Tatbestands irgendwo zwischen grobem Hausfriedensbruch und fahrlässiger Tötung schuldig gemacht hat.«

Der Staatsanwalt nickte kurz und sah zuerst Wesslén und dann Johansson an.

»Johanssons Hypothese lässt sich jedenfalls nicht ausschließen«, sagte Wesslén düster.

»Ausschließen«, schnaubte Johansson.

»Der Revolver war zurechtgefeilt.« Jansson nickte traurig und offenbar vor allem an sich selbst gerichtet. »Vielleicht wollte einer der Kollegen sich einen Jux machen und hat mit dem Ding auf Kallin gezielt, und wenn der den Arm beiseite geschoben hat, wäre das schon genug gewesen.«

»Aber egal«, sagte der Staatsanwalt. »Das wird in den Dienstanweisungen der Polizei nun wirklich nicht empfohlen. Was machen wir jetzt?«

»Machen?«, fragte Johansson überrascht. »Wir schnappen uns diesen Arsch aus Stora Essingen und vernehmen ihn, und danach drehen wir eine Runde mit Herrn Puma. Es gibt immer mehrere Möglichkeiten, eine Katze zu häuten.«

»Da das alles nichts mit Nils Rune Nilsson zu tun hat, wäre es wohl das Leichteste, es Lewin von der Gewalt zu überlassen«, schlug Wesslén vor. »Er hat in diesem Todesfall ermittelt, und es scheint in sein Ressort zu fallen.«

»Jaa«, sagte Jansson. »Ich bin ja auch nicht ganz sicher ...« Er zuckte mit den Schultern und machte keinen fröhlicheren Eindruck als sonst.

»Wir folgen Johanssons Vorschlag«, entschied der Staatsanwalt. »Wir holen den Kerl aus Stora Essingen zum Verhör, immerhin besteht triftiger Verdacht auf Waffenschmuggel und illegalen Waffenbesitz ... grobe Vergehen also. Anschließend sprechen wir mit Välitalo. Wenn die Geschichte dann weiterhin überzeugt, können wir uns immer noch an Lewin wenden. Im Moment ist es nur gut, wenn so wenige wie möglich von der Sache wissen. Ich will fortlaufend unterrichtet werden.«

»Sicher«, sagte Johansson mit Wärme in der Stimme.

68

Alles kann sich ganz schnell ändern. In einer Morgenstunde zwischen acht und neun können sich bisher bekannte Tatsachen in bisher unbekannten Kombinationen darstellen. Die Folgen können drastisch und dauerhaft sein. Hier war das der Fall. Zumindest teilweise.

Als der Oberstaatsanwalt sie verlassen hatte, um sich in sein Büro am anderen Ende des Blocks zurückzubegeben, zeigte die Uhr halb neun, es war Mittwoch, der fünfundzwanzigste September. In Johanssons Zimmer saßen nun noch Johansson, Jansson und Wesslén. Der Johansson, der die letzten Tage dorthin gekommen war, ist verschwunden. Der, der hier sitzt, ist ein anderer.

Du hattest Recht, denkt Wesslén und denkt daran, was seine Mitbewohnerin nach dem Essen drei Tage zuvor über Johansson gesagt hat. Den hätte ich nicht gern zum Feind.

Ein Betrachter, der von außen kommt und nicht weiß, was sich hinter all dem verbirgt, würde Wesslén wohl kaum zustimmen. Dieser Betrachter würde sich auf seine eigenen Augen und Ohren verlassen. Hier sitzt ein großer kräftiger Kerl von Mitte vierzig. Mit einem Übergewicht, an dem sich bald nichts mehr ändern lassen wird. Mit guter Laune und offenbar sehr viel zu tun. Wenn sein Vater und seine Brüder ihn hier sähen, würden sie sagen, »so ist er immer, bevor wir das Revier ausgelost und die Schießposition festgelegt haben«.

Vermutlich macht er das gerade. Er legt die Schießposition fest.

Jansson wird gebeten, falsch, ihm wird befohlen, alle Auskünfte über den Waffenkauf vom fünfzehnten März, die Reise, auf der die Waffe gekauft worden war, und über die Person des Käufers zusammenzustellen. Und zwar nicht so rasch wie möglich, sondern sofort. Als er auf sein Zimmer zurückkehrt, hat er Johanssons Sekretärin im Schlepptau.

Drei Kopien sämtlicher Unterlagen, die Jansson herausgesucht hat. Völlig egal, ob er unterwegs vom Delirium überfallen wird. Und Wesslén kapiert zu seiner Überraschung, dass Johansson die Vernehmung selbst leiten will.

Wesslén wird der gleiche Auftrag erteilt, aber nun geht es um Välitalo. Alles muss fertig sein, wenn Välitalo aus Hall geliefert wird.

»Ja«, wendet Wesslén ein, »aber wäre es nicht praktischer, ich fahre hin und spreche da mit ihm?« Johansson schaut ihn überrascht an.

»Ich hatte bei deinem Bericht ganz klar den Eindruck, dass er nicht nach Stockholm will ... dass er sogar Angst davor hat.«

»Ja«, sagt Wesslén.

»Na also«, erwidert Johansson. »Du und ich, wir verhören ihn nach dem Mittagessen.«

Danach ruft Johansson über die Hausanlage den Chef der Ermittlungsabteilung an. Wesslén hat das Zimmer noch nicht verlassen und wird Zeuge der folgenden Bitte:

»Ich brauche sofort zwei Ermittlungsgruppen. Sie müssen sich nicht mit Wasser gekämmt haben.«

Der Chef der Ermittlung ist ein alter Kumpel und lacht beifällig, als er die Bestellung hört.

Zwei Stunden später folgen dem, was in Johanssons Telefonanruf noch Worte waren, die Taten. Um elf Uhr fünfunddreißig wird ein vierundvierzigjähriger Betriebswirt in die Arrestabteilung von Kronoberg geführt. Eine halbe Stunde zuvor ist er von zwei Polizisten in Zivil, die erklärt haben, er sei festgenommen, ansonsten aber nur geraten haben, »jetzt ganz ruhig bleiben und kein Geschrei machen«, in seinem Haus im Stenkullaväg 58 in Stora Essingen abgeholt worden. Zwei Tage drauf wird der Mann von seiner Sekretärin erfahren, dass die Polizei ihn unmittelbar zuvor in seinem Büro draußen in Hammarbyhöjden gesucht habe. Aber im Moment hat er genug andere Sorgen.

Seit seinem letzten Reservemanöver hatte er nie mehr einen Befehl zu befolgen brauchen, und nicht einmal beim Manöver hatten Schande und soziale Katastrophe wie ein Damoklesschwert über ihm geschwebt. Vor einer Stunde noch war sein Leben geordnet und normal gewesen. Jetzt wird es von anderen bestimmt, und er selbst steckt mitten im Chaos. Sie haben seine Taschen ausgeleert, haben ihm den Gürtel weggenommen und die Schnürsenkel aus seinen Schuhen gezogen. Danach ist er in einen Sechsquadratmeterraum gesperrt worden, ohne dass ihm irgendwer gesagt hätte, warum und was ihm jetzt bevorstehe. Es ist das erste Mal in seinem Leben, und schon läuft er zwischen dem Fenster in der Querwand und der Klingel an der Tür hin und her. Im Moment hat er nur einen Trost. Dass er ziemlich genau weiß, warum er hier gelandet ist.

Um zwölf null fünf wird Peter Sakari Välitalo in ebendiesen Arrest getragen. Nicht mal er selbst weiß, zum wievielten Mal. Er trägt die Anstaltskleidung, seine Hände sind auf den Rücken gefesselt. Zwei Polizisten in Zivil und zwei Arrestwärter helfen, ihn in die Zelle zu schleppen. Puma schreit und tritt um sich, so gut er das eben kann, und als die Tür zugeschlagen wird, stellt der eine Wärter fest, dass er »noch viel wilder tobt als sonst«.

Um zwölf Uhr dreißig kommt Johansson in den Arrest. Zusammen mit einem der beiden Ermittler, die eine Stunde zuvor im Stenkullavägen den Betriebswirt festgenommen haben. Johansson befiehlt einem der Wärter, den »Direktor« zu holen, und derweil begeben er und sein Kollege sich in den zu diesem Zweck erbetenen Verhörraum. Johansson setzt sich hinter den Schreibtisch und kehrt dem Fenster den Rücken zu. Sein Kollege nimmt auf einem Stuhl in der Ecke Platz. Auf dem Schreibtisch arrangiert Johansson Tonbandgerät und Unterlagen. Als die Tür sich öffnet und ihr Verhöropfer hereingeführt wird, ist alles bereit. Keiner von beiden macht Anstalten, sich zu erheben.

Johansson weiß schon, wie die Dinge stehen. Er weiß es aus Erfahrung, und er hat Augen im Kopf. Der Mann, der hier verhört werden soll, ist bleich und in kalten Schweiß gebadet, und es fällt ihm schwer, ruhig zu gehen.

»Du kannst dich da hinsetzen«, sagt Johansson und zeigt auf den zweiten Stuhl.

Eine Stunde später ist das Verhör beendet und das Protokoll unterschrieben. Der Mann hat alles zugegeben, was eine Rolle spielt und was Johansson ohnehin schon wusste. Jetzt kennt er auch die Details. Die er später brauchen wird.

»Ich heiße Johansson«, sagt Johansson. »Ich bin Polizeidirektor und Chef des Landeskriminalamts. Der in der Ecke da ist ein Kollege.«

»Ja«, sagt der Mann und versucht, dem Blick von der anderen Tischseite zu begegnen.

»Ich spiele immer mit offenen Karten«, sagt Johansson jetzt. »Ich fange mit der Mitteilung an, dass du des illegalen Waffenbesitzes verdächtigt wirst ... es geht um den Revolver, den du am Freitag, dem fünfzehnten März, in einem Waffenladen in Arizona gekauft hast und den du bis Freitag, den achtundzwanzigsten Juni, in deinem Besitz hattest ... Verdacht auf illegalen Waffenbesitz ... dann hast du ihn am zweiundzwanzigsten März durch den Zoll auf Arlanda geschmuggelt ... Waffenschmuggel ... hier hast du das Bild des Revolvers ... eine Kopie des Garantiescheins, den du im Laden selbst unterschrieben hast ... und eine Kopie deines Lizenzantrags.« Johansson legte die drei Kopien vor dem Mann auf den Tisch.

»Ich verstehe ...« Der Blick des Mannes irrt zwischen dem Tisch und Johansson hin und her.

»Hier«, fällt Johansson ihm ins Wort. »Hier hast du ein Bild von dem Mann, der im Weg stand, als der Revolver zuletzt benutzt wurde.« Johansson legt das Foto von Klas Schnabel Kallins zerschossenem Schädel neben die anderen.

»... der wurde beim Einbruch in mein Haus am achtundzwanzigsten Juni gestohlen ... ich hatte ihn in meinem Kulturbeutel im Nachttisch liegen ... wir hatten ein halbes Jahr früher schon einen Einbruch ... deshalb hatte ich ihn gekauft ... um mich und meine Familie beschützen zu können ... ich wusste doch nicht ... die Lizenzgesetze waren mir nicht ... ich konnte den Revolver in der Anzeige nicht erwähnen ... auch bei anderen Nachbarn ist eingebrochen worden ... ich bin Mitglied einer Bürgerinitiative gegen Einbruch ...«
»Jetzt wollen wir mal ganz ruhig bleiben«, sagt Johansson. »Ich habe schon Schlimmeres gehört.«

»Das lief doch wie geschmiert«, stellte Johansson fest und nickte seinem Kollegen zu. »Jetzt gehen wir nach unten und reden mit Wesslén, dann kann der Pumaknabe sich erst mal abregen.«
»Ja«, der Kollege lächelte nachdenklich. »Das ist sicher nötig, wenn wir heute noch nach Hause wollen.«
»Eben«, sagte Johansson. »Und du, mein Freund, kommst mit, damit ich dir erklären kann, warum es wichtig ist, dass du vorübergehend dein Gedächtnis verlierst.«

»Es gibt immer mehrere Möglichkeiten, eine Katze zu häuten.« Nachmittags am Mittwoch, dem fünfundzwanzigsten September, häutete Polizeidirektor Lars Martin Johansson mit Hilfe von Drohungen und groben Schmeicheleien den notorisch unmöglichen Peter Puma Välitalo, während sein Kollege Kommissar Wesslén so weit wie möglich versuchte, sich taub zu stellen.
»Du hast also seit dem Sommer einen Daumen im Arschloch von Kollege Berg, könnte man sagen«, fasste Johansson die Lage zusammen.
»Scheiße, die Typen waren doch sooo klein mit Hut«, grinste Puma.

»Du wolltest also die Knarre zu Hause in der Kocksgata frisieren«, sagte Johansson dann. »Du gehst los, um besseres Werkzeug zu besorgen und fegst durch den Rost, als plötzlich Berg und die Jungs hereinkommen. Die Knarre liegt noch auf dem Wohnzimmertisch ...«

»Schwupp«, Puma machte eine Handbewegung. »Schade um die Knarre.«

»Die brauchen dir nicht Leid zu tun«, grinste Johansson. »Vielleicht landet ihr in derselben Butze. Dann hast du fette Chancen.«

»Scheiße, Scheiße ...« Puma lächelte sehnsüchtig und reckte seine mageren Arme.

»Ja, ja«, sagte Johansson. »Das wär's. Ende eines ereignisreichen Tages.«

»Ja.« Wesslén nickte kurz und hoffte, dass er nicht so aussah, wie er sich fühlte. »Was machen wir jetzt?«

»Jetzt gehen wir nach Hause und überschlafen die Sache«, sagte Johansson. »Und morgen früh sehen wir uns bei mir. Dann gehen wir diese tragikomische Geschichte noch mal sorgfältig durch und geben sie dem Kollegen Lewin zurück. Wir können nur hoffen, dass er Ordnung in die Kiste bringt. Heute Nacht dürfen die Kollegen in ihren Betten schlafen. Aber vielleicht arbeiten sie ja auch.«

»Ja.« Wesslén nickte. *Ich weiß einfach nicht, was ich von dir halten soll,* dachte er. Jetzt gehen wir nach Hause und schlafen, damit wir morgen früh munter und gut aufgelegt erwachen und fünf Leben zu Klump schlagen können.

»Wie geht's euch da oben? Geht's Mama gut?«

»Ja, danke«, sagte Evert. »Fimbul, der Wolf, du weißt, von dem ich dir erzählt hab, als du noch klein warst. Der ist heute Nacht ums Haus gestrichen.«

»Und hatte er Frost in den Spuren?«, fragte Lars M. entzückt.

»Ja, und wie. Es dauert nicht mehr lange, dann kommt er über den Fluss.«

»Was ist los mit dir? Du machst so einen verstörten Eindruck?«

»Na ja«, sagte Wesslén und lächelte. »So schlimm ist es nun auch wieder nicht. Hat damit zu tun, was du über Johansson gesagt hast.«

»Aber, Liebes. Das hast du dir doch sicher nicht zu Herzen genommen.«

»Nein, das nicht. An und für sich nicht.«

69

Nehmt einen geachteten Mann und seine Familie, nehmt einen von der Schattenseite des Lebens und nehmt die Angst vor dem Unbekannten. Vermischt das miteinander und rührt behutsam um.

»Willst du anfangen, Wesslén«, fragte Johansson.

»Ja«, antwortete Wesslén. »Von mir aus.«

Anfang März fährt der Betriebswirt auf Geschäftsreise in die USA. Er reist kreuz und quer über den Kontinent und landet irgendwann in Tucson, Arizona. Auf einer Autofahrt nach Kalifornien hält er zum Tanken in einem kleineren Ort. Neben der Tankstelle liegt ein Waffenladen. Aus einem Impuls heraus kauft er einen Revolver. Vor einem Monat ist in sein Haus eingebrochen worden. Er hat Angst und fühlt sich unsicher.

Schon bald bereut der Mann den Kauf. Er hat den Revolver noch nicht aus dem Karton genommen. Der liegt unten in der größten Reisetasche, und auf der ganzen Heimreise nach Schweden setzt diese Tatsache seinem Gewissen zu. Als er in Arlanda im Zoll steht, hat er sich für den Fall der

Entdeckung folgende Erklärung zurechtgelegt: das Paket hat ihm ein Geschäftsfreund aus den USA geschenkt. Er hatte keine Zeit mehr, es zu öffnen, und weiß nicht, was drin ist. Aber der Zoll zeigt keinerlei Interesse an ihm und seinen drei Taschen.

Zu Hause in seiner Villa in Stora Essingen verstaut er das Paket. Erst nach einiger Zeit packt er den Revolver aus. Er legt ihn in seinen Kulturbeutel. Geladen mit sechs Patronen. Die restlichen vierzehn aus dem Karton wirft er weg. Die Zeit vergeht, und er fängt an, den Revolver zu vergessen. Von einem guten Freund, einem Jäger, hat er sich sagen lassen, dass es keinen Sinn hätte, einen Waffenschein dafür zu beantragen.

Am Freitag, dem achtundzwanzigsten Juni, betritt Peter Puma Välitalo den Plan. Er hat Urlaub aus der Haftanstalt Hall und vertreibt sich die Zeit mit Stehlen. Nachmittags beschließt er, in der Villa im Stenkullaväg 58 einen neuen Versuch zu unternehmen. Dort war er schon mal, im Januar, wurde aber rüde unterbrochen.

Diesmal läuft es besser. Er schlägt ein Kellerfenster ein und bricht dann die Tür auf, die vom Keller in die Villa führt. Dort fängt er im Schlafzimmer an. Den Revolver findet er fast sofort. Der Kulturbeutel ist bleischwer. Peter Puma packt rasch alles zusammen und nimmt mit, was er zufällig erwischt. So viele Kleinigkeiten, wie sie Platz in einer Tasche finden, die in der Diele herumliegt. In der Diele hängt auch ein »verdammt fetziges Bild«, das sich im Wohnzimmer in der Kocksgata 17 gut machen würde. Er zerbricht den Rahmen. Rollt die Leinwand auf und verlässt den Ort des Geschehens. Inzwischen ist es etwa drei Uhr nachmittags.

Vom Stenkullaväg fährt er direkt in die Kocksgata 17. Er stellt den Wagen in einer Querstraße ab. Nimmt das gestohlene Geld und den Revolver mit. Als er die Wohnung betritt, macht er sich sofort an die Untersuchung seiner Beute. Er beschließt, dass der Revolver »frisiert« werden muss, dreht den Griff ab und fängt an, die Sperre zum Abzugshahn abzufeilen. Damit ist er über eine Stunde beschäftigt. Aber er ist nicht richtig zufrieden. Er beschließt, in die Stadt zu gehen und sich besseres Werkzeug zu kaufen. Dazu setzt er den Revolver wieder zusammen und steckt ihn in die Tasche. Als er schon gehen will, überlegt er sich die Sache anders. Er weiß, wie groß die Wahrscheinlichkeit ist, dass er von der Polizei angehalten und durchsucht wird. Er legt den Revolver wieder auf den Wohnzimmertisch, zieht die Tür ins Schloss und geht.

Er hat die Straße gerade erst erreicht, als er den Dodgebus vor dem Haus vorfahren sieht. Von einem Torweg ein Stück weiter beobachtet er die Entwicklung des Geschehens. Inzwischen ist es kurz nach fünf nachmittags.

Er kennt die gesamte Streife. Sogar Mikkelson, obwohl der neu ist. Berg, Borg und Mikkelson gehen ins Haus. Orrvik und Åström warten draußen auf der Straße. Nach einer Weile – »einige Minuten vielleicht« – geht auch Orrvik hinein. Er kommt fast sofort wieder heraus und holt die Tasche mit der »Einbruchsausrüstung«. Jetzt weiß Puma, dass der Boden unter seinen Füßen heiß wird. Erst nach einer Viertelstunde kommen die vier zurück. Der Einzige, der etwas trägt, ist Orrvik. Die Tasche mit dem Werkzeug. Sie bleiben einige Minuten neben dem Bus stehen und reden. Dann steigen sie ein und fahren los. Die Uhrzeit? Gegen halb sechs.

Als Puma ganz sicher ist, dass sie nicht mehr in der Nähe sind, läuft er zurück ins Haus. Er sieht sofort, dass sie in der Wohnung waren. Sie haben die Tür aufgebrochen und ausgehängt. Ehe sie gegangen sind, haben sie sie zurückgehängt und die beiden Türhälften zugezogen. In der Diele liegt ein Zettel, auf dem die Polizei über ihren Besuch informiert.

Im Wohnzimmer scheint die Sonne auf die leere Tischplatte.

»Ja«, sagte Johansson. »Bisher hab ich keine Einwände. Und ich habe mir die ganze Nacht wie blöd den Kopf zerbrochen.« Er lächelte Wesslén an.

»Du willst doch wohl nicht weich werden, Johansson?«

»Doch«, sagte Johansson kurz. »Hier schon. Besser, wir holen den Knaben Lewin.« Er schaute Wesslén fragend an. Wesslén nickte zustimmend.

»Glaub ich auch«, sagte er. »Jetzt wird es erst richtig interessant.«

»Setz dich, Lewin«, sagte Johansson und nickte dem mageren Kollegen mit den schütteren Haaren zu, der in der Tür stehen geblieben war und neugierig aussah. »Und mach die Tür hinter dir zu.«

»Ja, ja«, sagte Lewin und lächelte Johansson freundlich an. »Jetzt wird man also das Fazit von Onkel Nisses Geschichte erfahren.«

»Na ja«, sagte Johansson und verschränkte die Hände hinter seinem Nacken. »Wir haben eine Frage an dich.«

»Sprich«, sagte Lewin.

»Ja«, sagte Johansson gemächlich. »Ich wüsste gern Folgendes. Kollege Wesslén hier und ich sind aneinander geraten und streiten uns, und da ziehe ich plötzlich eine Waffe hervor und bedrohe ihn damit. Als er abwehren will, geht die Waffe los, und er ist mausetot.« Johansson nickte nachdenklich, als erwäge er diese Möglichkeit.

»Ja«, sagte Lewin lächelnd. »Von diesem Problem hab ich im Landeskriminalamt gehört.«

»Eben«, sagte Johansson. »Jetzt weiß ich, dass Kollege Lewin gleich auftauchen wird, und nun wüsste ich gern ... ob ich versuchen sollte, ihm Sand in die Augen zu streuen und zu sagen, dass Wesslén mich bedroht und sich dann selbst erschossen hat, als ich ihn entwaffnen wollte ... kann ich mit so einer Erklärung durchkommen? Wie sollte ich dir das schmackhaft machen?«

»Du solltest so wenig lügen wie möglich«, sagte Lewin mit sehr ernstem Gesicht. »Nur ändern, was unbedingt geändert werden muss.«

»Jaa.« Johansson nickte. »Kann ich das denn schaffen?«

»Wenn ich richtig verstehe, glaubst du offenbar, dass Berg und Borg es waren«, sagte Lewin langsam. »Warum also nicht?«

»Ich fürchte auch.« Johansson sah Lewin mit ernster Miene an. »Kannst du dir mal diese Unterlagen ansehen, die wir für dich zusammengestellt haben? Und uns dann sagen, was deiner Ansicht nach passiert ist?«

»Sicher«, sagte Lewin. »Wird mir ein aufrichtiges Vergnügen sein.« Er nickte zuerst Johansson und dann Wesslén zu, und es konnte keinen Zweifel geben, dass er das ehrlich meinte.

70

»Aha.« Lewin hatte jetzt alles gelesen. Er ließ sich im Sessel zurücksinken und faltete die Hände über seiner mageren Brust.

»Was meinst du?«, fragte Johansson.

»Dass ich eurer Meinung bin.« Er nickte energisch.

»Ja«, sagte Wesslén.

»Und dass ich mit diesen Belegen keinen Menschen hochgehen lassen kann.« Lewin zeigte auf die Papiere, die er auf dem Tisch verteilt hatte.

»Das schwache Glied ist Välitalo«, stellte Wesslén fest.

»Genau«, stimmte Lewin zu. »Er hatte ungefähr anderthalb Stunden Zeit, um Kallin zu treffen und ihm die Schusswaffe zu übergeben. Indizienbeweis...« Lewin schüttelte traurig den Kopf.

»Ja, gut«, sagte Johansson und grinste. »Und was hast du jetzt vor?«

»Ich werde natürlich mein Bestes tun, um zu beweisen, dass Berg ihn erschossen hat«, sagte Lewin überrascht und sah Johansson an. »Aber leicht wird das nicht. Das kann ich den Herren versichern.«

»Wie wirst du vorgehen?«, fragte Wesslén.

»Zuerst nachdenken«, sagte Lewin. »Anschließend werde ich mit Bergholm reden, und danach gibt es ein elendes Messen und Uhrenvergleichen.«

»Igitt, ja.« Johansson grinste teilnahmsvoll.

»Und dann können wir nur hoffen, dass so viele wie möglich von den fünfen aus dem Bus dabei waren, als einer von ihnen oben bei Välitalo den Revolver gemopst hat. Ja ... und schließlich bleibt nur noch eins, das ist ja klar.« Lewin sah fast glücklich aus.

»Was denn?«, fragte Johansson.

»Die neue Hypothese muss stimmen. Es darf nicht so sein, wie es in den Ermittlungsunterlagen steht. Denn dann ...« Lewin fuhr sich mit dem Zeigefinger über seinen mageren Kehlkopf.

»Ja«, sagte Wesslén trocken. »Das müssen wir hoffen.«

»Gib uns eine Geschichte«, bat Johansson.

»Sicher.« Lewin nickte. »Wenn ich überlege, wie viel Glück ich bisher damit hatte, dann stelle ich mir vor, dass es so verlaufen ist.«

Freitag, achtundzwanzigster Juni. Es ist ungefähr zehn nach fünf am Nachmittag. Berg, Borg, Mikkelson und Orrvik haben soeben die Tür zur Wohnung in der Kocksgata 17 ausgehängt. Jetzt gehen sie hinein. Berg zuerst. Und gleich hinein in das einzige Zimmer. Auf dem Tisch vor dem Fenster liegt der Revolver, und den sieht er sofort. Er geht hin, hebt ihn auf und steckt ihn in die Hosentasche. Dort ist Platz genug. Keiner seiner Kollegen hat was gesehen. Einer ist noch draußen in der Diele, einer wühlt auf der Toilette herum, einer ist in der Küche und wirft einen Blick in die Speisekammer.

Leer, stellen sie fest und gehen wieder.

»Sicher«, Johansson nickte beifällig. »So kann es durchaus gewesen sein. Unterschiedliche Ecken der Wohnung werden durchsucht. Der Chef geht in die Mitte.« Er lachte zufrieden. »Bestimmt kann einem da allerlei glatt unter der Nase weg verschwinden.«

Manche schließen eben gern von sich auf andere, dachte Wesslén, aber aus leicht verständlichen Gründen sagte er das nicht laut.

»Und dann«, fragte Johansson. »Zu Hause bei dem schlagfertigen Herrn Kallin.«

Kallin hat soeben die Tür seiner Wohnung im Gamla Huddingeväg 350 geöffnet. Es ist fünf nach sechs nachmittags am Freitag, dem achtundzwanzigsten Juni. Berg und Borg folgen ihm in die Wohnung. In der Hosentasche hat Berg den Revolver, den er eine Dreiviertelstunde früher eingesteckt hat. Seine Kollegen wissen nicht, dass er ihn hat.

Kallin ist wie immer. Schlagfertig und widerborstig. Da gerät Berg plötzlich in Wut, er zieht den Revolver, spannt den Hahn und richtet ihn auf Kallins Kopf. Borg sieht überrascht zu. *Wo kommt der denn her?* Kallin versucht, den Revolver mit der Hand wegzuschieben. Und plötzlich löst sich der Schuss.

Jetzt eilt es. Borg ist wie gelähmt. Er nickt nur, als Berg erklärt. »Kallin hat den Revolver gezogen ...«

Schnell hinaus auf die Treppe, nachsehen, ob sie ihre Ruhe haben. Jetzt haben sie vielleicht zehn Minuten, um sich eine Geschichte zurechtzulegen. Zuerst Fingerabdrücke auf die Patronen. Eine Hülse nach der anderen wird zwischen Daumen und Zeigefinger des linkshändigen und toten Kallin gerollt. Dann einige Finger auf den Revolver. »So, richtig.« Unter sein Hemd damit, wenn auch auf der rechten Seite. Dann wird er in die Nähe seiner Hand gelegt. Genau wie auf der Polizeischule, wenn es galt, einen fingierten Selbstmord zu entlarven. Aber ohne diese kleinen pädagogischen Fehler. Ein letzter Überblick. Schneller Versuch, dem Kollegen Borg Mut zu machen. Dann weg aus der Wohnung. Auf der Treppe warten und versuchen, alles andere zu erledigen, was man erledigt hätte, wenn nicht ...

»Ungefähr so wird es gewesen sein, stelle ich mir vor.« Lewin nickte.

»Jetzt kannst du nur noch hoffen, dass Berg oder Borg gestehen«, sagte Johansson. »Denn die haben das offenbar sonst keinem gesagt. Wenn ich zum Beispiel Orrvik wäre ... und keine Ahnung hätte ... dann würde ich mich für solche Vertraulichkeiten bedanken.« Johansson nickte nachdenklich.

»So leicht wird das nicht.« Lewin fuhr sich bekümmert durch seine schütteren Haare. »Wenn ich mich nun wie Superman fühle und mich traue, sie danach zu fragen ... brauchen sie ihre Geschichte doch bloß wiederholen ... und noch einmal ... und noch einmal ... und dann bei den Chefs Himmel und Erde in Bewegung setzen ... wegen dieses Trottels von der Gewalt.«

»Mach, was du willst«, sagte Johansson. »Sprich einfach mit dem Oberstaatsanwalt, und wenn du eine Idee hast, dann rede erst noch mal mit mir. Herr Kallin fällt nicht mehr in mein und Wesséns Ressort.«

Das kann doch nicht wahr sein, dachte Wesslén. Dieser Mann trotzt ja jeglicher Vernunft.

»Überleg es dir«, sagte Johansson und grinste. »Dann brauchst du nachts nicht Schafe zu zählen.«

»Wie läuft es denn mit Nils Rune Nilsson?« Lewin ließ seinen Blick von Johansson zu Wesslén wandern.

»Wir haben zwei heiße Spuren.« Johansson nickte energisch und sprang auf. »Einerseits einen Banküberfall von vor einigen Jahren, und andererseits einen Tipp, den wir Herrn Nilsson selbst verdanken. Der Kommissar und ich«, Johansson nickte zu Wesslén rüber, »wollten die gleich bei einer Tasse Kaffee unter die Lupe nehmen. Der Björneborger ...«, flüsterte Johansson und zwinkerte Wesslén zu.

71

Johansson und Wesslén gingen hinunter in die Cafeteria neben dem Schwimmbecken. Obwohl es erst halb zehn am Morgen war, bestellte sich Johansson zu seinem Kaffee ein großes Brot: Graubrot, Frikadellen und Mayonnaise mit Roter Bete. Wesslén nahm einfach einen Kaffee und versuchte, nicht hinzustarren, als Johansson zulangte. Nicht weil er Hunger gehabt hätte, das nun wirklich nicht. Wesslén war keiner, der sich von solchen Dingen verlocken ließ. Der Grund war eher das Gegenteil, und Wesslén wirkte schärfer geschnitten denn je, als er sich über seinen Kaffee beugte. *Du hattest Recht*, dachte er.

Lewin trug seine neuen Sorgen hinunter zu Bergholm in die Technik. Dort saßen sie dann und plauderten, während Bergholm auf einem Spirituskocher Wasser heiß machte und Teebeutel reinhängte. Natürlich gab es Kaffeemaschinen und eine Personalküche, aber darum ging es nicht. Bergholm räumte zwei Quadratmeter von seiner schwarzen Arbeitsfläche frei, und dann wurden große Bögen Millimeterpapier ausgerollt, auf die sie das Feld ihrer Untersuchungen zeichneten. Zuerst ein spitzes Dreieck für Stenkullaväg, Kocksgata und Gamla Huddingeväg in den Ecken, dann Zeiten und Namen der Beteiligten, »Berg u. a.«, »Schnabel« und »Puma«.

»Eine verzwickte Geschichte«, sagte Bergholm entzückt. »Mal sehen, ob sich die Zeit einschränken lässt, in der Puma und Schnabel sich theoretisch getroffen haben könnten.«
»Kaum auf null.« Lewin schüttelte den Kopf.
»Nein«, sagte Bergholm mit zustimmendem Nicken.

»Aber ich glaube dasselbe wie du und die anderen ... Johansson und Wesslén. Und da sind wir doch immerhin schon zu viert.«
»Fünf«, sagte Lewin.

»Ja, ja, aha«, sagte Johansson und fegte die Brotkrümel vom Tisch. »Und jetzt sind wir wieder bei unserem Ausgangspunkt angelangt. Nils Rune Nilsson.«
»Sollten wir das nicht auf Eis legen und erst mal abwarten, ob Lewin Glück hat?«, schlug Wesslén vor.
»Wäre eine Idee.« Johansson nickte nachdenklich.
»Haltet ihr hier Maulaffen feil, Jungs?«
Wesslén und Johansson schauten auf. Ein älterer Kollege von der Ordnungspolizei war mit Kaffee und einem Florentiner auf dem Tablett vor ihnen stehen geblieben.
»Setz dich«, sagte Johansson und schob ihm den freien Stuhl hin. *Kommissar bei der zentralen Ordnungsabteilung,* dachte er. Dem Berg und die anderen unterstellt waren.

»Fünf«, sagte Bergholm. »Ja, du denkst an den Pumaknaben.« Er überlegte und schüttelte langsam den Kopf. »Ja, ja, man landet im Laufe der Jahre in seltsamer Gesellschaft.«
»Er hat die ganze Zeit gewusst, was Sache ist«, erklärte Lewin. »Stell dir mal vor, er wäre Polizist und nicht das, was er ist. Da könnten wir jetzt sofort zum Staatsanwalt gehen und ihn als Zeugen nennen. Und der Fall wäre erledigt.«
»Das muss doch ein Schock für ihn gewesen sein, als er das mit Kallin gehört hat.« Bergholm schüttelte wieder den Kopf. »Bestimmt hat er gedacht, die Kollegen seien schuld.«
»Das glauben sie immer«, sagte Lewin trocken. »Und wenn einer von ihnen an Masern gestorben ist. Für Berg kann das auch nicht lustig gewesen sein«, fügte er lächelnd hinzu. »Das ganze Wochenende bei mir zu sitzen und keine Ahnung zu haben, was dieser Trottel Puma sich wohl aus

den Fingern saugt. Aber anzusehen ist ihm nichts.« Nun schüttelte auch Lewin den Kopf.

»Und dann am Montag«, sagte Bergholm glücklich. »Als Välitalo bei der Einbruchsabteilung aufgetaucht ist. Ich wüsste übrigens gern, wer da angerufen und alles herausgekriegt hat.«

»Bestimmt Berg«, sagte Lewin. »Na, wir werden sehen.« Er erhob sich. »Wird wohl Zeit, sich mal mit Peter Välitalo zu unterhalten. Kommst du mit?«

»Was machen denn meine Jungs?« Der Kollege von der Ordnungspolizei zwinkerte Johansson und Wesslén zu. »Ihr packt sie doch hoffentlich nicht zu hart an?« *Seufz*, dachte Wesslén, ließ sich aber nichts anmerken.

»Die haben nichts Böses im Sinn«, sagte jetzt der Kollege von der Ordnung. »Sie sind einfach noch jung und ein wenig hitzköpfig.«

»Ja, es scheint ihnen schwer zu fallen, den Hahn ruhen zu lassen«, sagte Johansson und fing sich einen seltsamen Blick von Wesslén ein.

»Bill und Bull werden sie genannt. Der wilde Bill, so heißt Berg.« Der Kommissar wirkte so begeistert, als sei er der Vater der beiden. »Der wilde Bill ... und vorübergehend hieß er auch mal der blinde Bill.« Er schüttelte den Kopf. »War er nicht gerade glücklich drüber, der Arme ... der blinde Bill.«

»Warum das?«, fragte Johansson. »War ihm die Schirmmütze in die Augen gerutscht?«

»Na ja ...« Der Ordnungskollege schaute sich verstohlen um und beugte sich dann vertraulich über den Tisch. »Das hing mit einem Banküberfall vor ein paar Jahren zusammen. Berg und seine Jungs waren als Erste am Tatort, und da hat Berg offenbar einen von den Bankräubern verscheucht ... den, der draußen Schmiere gestanden hatte. Ja, Himmel«, er schmunzelte glücklich. »Das hat er oft genug aufs Butterbrot geschmiert gekriegt ... das kann ich euch sagen. Berg wollte den Bankräuber wegschicken, damit ihm nichts passiert.«

72

Jetzt hast du wirklich fast genug, dachte Johansson zufrieden. Jetzt muss noch ein Stück Marschmusik eingepasst werden, dann ist das Puzzle fertig.

Das stimmte zwar nicht, aber langsam stellte sich Johanssons gute Laune wieder ein, und als er das Zimmer seiner Sekretärin betrat, grüßte er freundlich.

»Geh was essen, Mensch«, sagte er. »Ich krieg ein schlechtes Gewissen, wenn ich dich sehe. So viel Kaffee, wie ich trinke.«

Sie nickte ihm zu, freundlich, aber nicht neutral. Eher wirkte sie ein wenig nervös.

»Dieser Direktor Waltin hat vor fünf Minuten angerufen. Du sollst sofort in den Arrest kommen.« Sie reichte Johansson einen Zettel.

»Süßer Jesus«, sagte Johansson. »Was hat der nun wieder angestellt?«

»Du sollst nach einem Kommissar Wallberg fragen«, sagte die Sekretärin.

Kommissar Wallberg saß in einem Verhörzimmer. Er starrte düster auf einen Mann jenseits des Tisches, und der war nicht Waltin, sondern um einiges jünger. Das Verhöropfer, allem Anschein nach, es trug die graugrüne Hose der Untersuchungshaft und ein bis zum Hals zugeknöpftes Hemd. Und es hatte kaum Ähnlichkeit mit Direktor Waltin. Ein schmächtiger Mann von vielleicht fünfundzwanzig mit dichten schwarzen Haaren und dünnem Schnurrbart.

Ostblockgangster, dachte Johansson. Vermutlich Pole.

Auch Wallberg trug einen Schnurrbart. Ein beeindruckendes geschwungenes Exemplar nach dem Modell englischer Flieger, dazu einen passenden karierten Blazer, der nicht sonderlich gut saß. Ansonsten hatte er auffällig Ähnlichkeit mit dem Direktor der AS AKILLEUS, Johanssons altem Bekannten Waltin.

»Ich musste zu außergewöhnlichen Vorsichtsmaßnahmen greifen«, erklärte Wallberg-Waltin und zwirbelte sich den rechten Schnurrbartschwengel. »Es hat sich eine recht prekäre Situation ergeben«, fügte er als Erklärung hinzu.

»Ach«, sagte Johansson und setzte sich auf den freien Stuhl.

»Das ist Jan Lubelski. Geboren vor neunundzwanzig Jahren in Warschau. 1980 als politischer Flüchtling rübergekommen, arbeitslos und überhaupt.« Waltin nickte Johansson zu.

Johansson nickte zurück und musterte den Ganoven auf der anderen Seite des Tisches. *Solche Typen kannte er.*

»Heute Nacht hatte unser Freund Jan ein wenig Pech«, sagte Waltin nun. »Er wurde draußen in Högdalen in einer Wohnung festgenommen, die einem Landsmann gehört. Der sitzt übrigens einige Türen weiter.« Waltin streckte den Zeigefinger aus.

»Mitten in eine geschäftliche Auseinandersetzung hinein platzen deine alten Bekannten Berg, Borg und Mikkelson und unterbrechen die Verhandlungen. Und im Topf lagen allerlei feine Kleinigkeiten ... ja, hier kannst du es lesen.« Er reichte Johansson das Beschlagnahmungsprotokoll.

Gar nicht schlecht, dachte Johansson. Fünfzigtausend Kronen und hundert Gramm vierzigprozentiges Heroin in zehn Plastiktüten zu je zehn Gramm. Alles laut Kopie des Protokolls, das von Polizeiinspektor Jan-Erik Berg unterschrieben und nach einer Blitzanalyse von der Technik vervollständigt worden war.

»Ach«, sagte Johansson und schaute Waltin fragend an.

»Ja«, sagte Waltin und kratzte sich demonstrativ im Nacken, während er sein Opfer auf der anderen Seite des Tisches forschend musterte. »Es hat sich ein kleines Problem ergeben. Unser Freund hier behauptet nämlich, er und sein Geschäftspartner seien von unseren Kollegen bestohlen worden.«

Aijaijai, Scheiße, dachte Johansson. Deshalb bist du also hergestürzt.

»Ja«, sagte Waltin. »Herr Lubelski behauptet, sie hätten gerade ein Geschäft über hundertfünfzig Gramm abschließen wollen, als die Kollegen dazukamen. Zu einem Partiepreis von den üblichen fünfhundert Kronen, und er hatte fünfundsiebzigtausend Kronen bei sich. Deshalb ist er ein wenig sauer über das, was im Beschlagnahmungsprotokoll steht, und behauptet, die Kollegen hätten fünf Tüten von je zehn Gramm und fünfundzwanzigtausend Kronen eingesackt.«

»Kann ich verstehen«, sagte Johansson langsam. »Bestohlen zu werden ist wirklich nicht witzig. Was sagt denn sein Geschäftspartner?«

»Der sagt nichts.« Waltin deutete ein Lächeln an. »Der weiß weder von Drogen noch von Geld.«

»Ja, ja«, sagte Johansson. »Damit war zu rechnen.« *Wie sollen wir da nun verfahren,* fragte er sich. Wenn es denn stimmt.

»Jaa«, Waltin nickte nachdenklich. »Was meinst du? Sollte man solchen Beschuldigungen Glauben schenken?« Er schaute Johansson abwartend an.

»Hast du irgendeinen Beweis für deine Behauptungen?« Johansson bedachte den Dunklen mit einem alles andere als freundlichen Blick. Was nicht viel brachte, wenn er nach dem spöttischen Lächeln ging, das sich in das magere Gesicht stahl.

»Ich neige eigentlich dazu, ihm zu glauben.« Waltin nickte langsam. »Ausnahmsweise.«

»Aha«, sagte Johansson. »Und warum?«
Waltin lächelte Johansson an. Freundlich und pädagogisch.
»Weil Lubelski von der Droge in Malmö ausgeliehen wurde. Kriminalinspektor Jan Lubelski, sollte ich vielleicht sagen.« Er nickte dem Mageren höflich zu, und der grinste Johansson zufrieden an. »Er ist seit einigen Monaten mit einer etwas brisanten Infiltrationsgeschichte befasst«, sagte Waltin jetzt. »Gestern sollte er ein kleineres Geschäft mit unserem Hauptobjekt regeln, um ein wenig Goodwill zu erzeugen sozusagen. Und deshalb haben wir ihm aus staatlichen Mitteln fünfundsiebzigtausend zugesteckt. Aber unterwegs scheint ein Teil davon verschwunden zu sein.« Waltin seufzte tief. »Und wir wurden um die Früchte unserer Arbeit betrogen.«
Ja, verdammt, dachte Johansson.

»Fantastisch toller Kerl, dieser Lubelski.« Johansson sah Waltin an, während der Gelobte in seine Zelle weiter hinten im Gang gebracht wurde. *Aber du siehst einfach unmöglich aus,* dachte er.
Waltin schien keine Gedanken lesen zu können. Er fuhr sich über den Schnurrbart und nickte zustimmend.
»Fast ein wenig zu toll«, sagte er. Jetzt schaute er Johansson in die Augen.
»... das hier ist eine ganz neue Situation für uns. Ich muss die Analysegruppe zu einer Sondersitzung zusammenrufen.«

»Du, Wesslén«, sagte Johansson. Er stand in der Türöffnung und sah ebenso zufrieden aus wie zu den Zeiten, da er rumlief und sich ums Personal kümmerte.
»Ja.« Wesslén zeigte vage auf seinen Besuchersessel, aber das schien Johansson nicht zu sehen.
»Sag mal, Wesslén«, fragte er. »Was hältst du davon, bei der Arbeit einen falschen Schnurrbart zu tragen?«

Fünf ganz normale Kollegen. Fünf von hundertdreißig der Einheit, die in den Wachdistrikten Södermalm und Norrmalm als »mobile Streife« bezeichnet wurde. Und in den Massenmedien als »Terrorkommando«.

»Da Berg die Nabe vom Rad ist, wollte ich ihn mir bis zuletzt aufheben«, erklärte der Kollege von der Untersuchung.

Das wird dann ungefähr zu Weihnachten sein, dachte Johansson und schielte zu den Papierstreifen auf dem Tisch hinüber.

»Tu das«, sagte er.

Der Jüngste war Mikkelson, Tommy mit Vornamen. Einundzwanzigjähriger Polizeiassistent, der seit Anfang Sommer bei dieser Gruppe Dienst tat. Geboren in Ångermanland wie Johansson, elf Jahre Schulbesuch, ein Jahr Wehrpflicht, dann direkt auf die Polizeischule in Solna. Jetzt, gute zwei Jahre später, schien er sich in der Großstadt eingelebt zu haben und machte durchaus keinen ländlichen Eindruck mehr.

»Du kennst ihn doch«, fragte der Kollege und schob Johansson einen Packen Fotokopien hin.

»Ja«, sagte Johansson und nickte.

Mikkelson hatte gute Zeugnisse. Von der Schule und von früheren Dienststellen. Gut, aber nicht strahlend. Nicht einmal in den mehr physisch orientierten Fächern. *Gutes Mittelmaß,* dachte Johansson.

Seit einem Jahr wohnte er mit einer gleichaltrigen Frau zusammen, die in einer größeren Bank in Stockholm als Kassiererin arbeitete. Sie bewohnten eine Zweizimmerwohnung in Bergshamra. Die Wohnung hatten offenbar die Eltern der Frau bezahlt. Keine Kinder und offenbar auch noch keine Kinderpläne. Sie lebten und amüsierten sich, wie junge Menschen das eben tun. Ansonsten waren sie finanziell sehr viel besser dran als die meisten in diesem Alter.

Keine besonderen Laster oder Tugenden. Auch keine besonderen Interessen offenbar. Mit einer möglichen Ausnahme: Bodybuilding. Mikkelson und seine Freundin besuchten regelmäßig eins der vielen Studios der Stadt, wo sie sich übrigens auch kennen gelernt hatten.

Mikkelson schien in seiner Gruppe schnell akzeptiert worden zu sein. Den Kollegen zufolge war er offen, freundlich, sympathisch und »konnte zupacken«.

»Raucht nicht, trinkt nur sehr mäßig, keine Spiele oder sonstigen Ausschweifungen, keine fragwürdigen Bekannten«, endete der Kollege von der Untersuchungsabteilung.

Johansson schaute verstohlen zu seiner Taille hinunter.

Orrvik und Åström waren Nachbarn, im selben Alter, beide verheiratet, jeder Vater von zwei Kindern, in einem Fall war noch eins unterwegs. Die Familien Orrvik und Åström schienen auch miteinander befreundet zu sein.

»Orrvik ist achtundzwanzig, Åström sechsundzwanzig. Wohnen im selben Wohnblock in Täby. Åströms Frau hat eine halbe Stelle als Krankenpflegerin, Frau Orrvik ist offenbar Hausfrau.«

Beides Großstadtkinder. Orrvik aus Södertälje, Åström, geboren und aufgewachsen in Handen. Normaler Schulbesuch, normale Zeugnisse, Wehrdienst abgeleistet, mittelmäßig an der Polizeischule, mittelmäßige Dienstzeugnisse, sieben beziehungsweise sechs Jahre bei der Polizei, wenn man die Polizeischule dazuzählte.

Interessen? Jedenfalls keine besonders auffälligen. Allgemein sportinteressiert, aber eher als Zuschauer. Nichtraucher, mäßiger Alkoholkonsum. Keine auffälligen Kontakte oder sichtbaren Laster. Orrvik hatte zwei Jahre zuvor eine Mahngebühr zahlen müssen. Das war alles.

»Hat sich vermutlich übernommen, wie alle anderen«, meinte der Kollege. »Irgendein Kredit, bezahlt hundert pro Monat zurück und hat noch zweitausend.«

Johansson seufzte und starrte zur Decke hoch.

Borg war zweiunddreißig. Junggeselle, aber seit einem halben Jahr fest zusammen mit einer Kollegin von der Ordnung. Wohnhaft in Åkersberga, wo er auch aufgewachsen war. Zwölf Jahre bei der Polizei, davon sechs bei der Streife. Anders als seine Kameraden wirkte er jedoch aktiver und kommunikativer. Spielte Eishockey und Fußball in der vierten Liga. Rauchte und trank und schien das mindestens einmal übertrieben zu haben. Bei einem Besuch auf Åland mit der Fußballmannschaft der Polizei hatte er einem åländischen Kollegen zwei Zähne ausgeschlagen. Aber man hatte sich gütlich geeinigt.

»Offenbar eine Runde Armdrücken, die ausgeartet ist.«
Johansson seufzte.

Dann hatten sie noch Berg. Die Radnabe. Den Motor der Maschine. Geboren vor fünfunddreißig Jahren in Stockholm. Allein stehend, keine Kontakte zu Frauen, keine Kinder, wohnhaft in einer eigenen Wohnung draußen in Akalla.

Durchschnittlich in allen zu Papier gebrachten Beurteilungen.

Fünfzehn Jahre bei der Polizei. Die ganze Zeit bei der Ordnung, die ganze Zeit im ersten Wachdistrikt. Von Anfang an bei der Streife, seit fünf Jahren Gruppenchef.

Respektiert von seinen Vorgesetzten vor allem wegen einer Eigenschaft, und aus demselben Grund nicht gerade geliebt: Berg war *allzeit bereit.*

»Aha«, sagte Johansson.

»Allzeit.«

Niemals krank. Niemals einen Einsatz verpasst. Niemals auch nur zu spät gekommen. Immer hundertprozentig nach Vorschrift.

»Rund um die Uhr ein braver Knabe«, fasste Johansson zusammen und kam sich müde und heruntergekommen vor.

»Säuft natürlich wie ein Besenbinder? Insgeheim?«, fügte er hoffnungsvoll hinzu.

Berg trank absolut keinen Alkohol. Berg rauchte nicht. Wenn er sich mit Frauen abgab, wusste das zumindest niemand. Kollegen traf er jedenfalls nicht privat. Und offenbar auch sonst keine Menschen.

Berg aß und diente der Einsatzstreife.

»Süßer Jesus«, stöhnte Johansson. »Hat er einen Weihnachtsbaum?«

Als Gruppe betrachtet? Abgesehen von ihrem berüchtigten Fleiß trat die Streife als logische Summe der individuellen Eigenschaften ihrer Mitglieder auf. Sie schienen sich nicht mal für gewerkschaftliche Fragen zu interessieren. Ein Jahr zuvor hatten sie allesamt die übliche Forderung der Gewerkschaft nach besserer Bewaffnung unterschrieben – zum wievielten Mal die gestellt wurde, wusste niemand –, aber da waren sie nicht die Einzigen. Außerdem hatten sie dem Betriebsombudsmann einen eigenen Vorschlag unterbreitet. Bessere Kompensationen für den Fall, dass sie ihre Pausen nicht auf der Wache verbringen konnten. Andernfalls sollten die Streifen wenigstens mit einem normalen tragbaren Radio ausgerüstet werden, »damit man Sport- oder Nachrichtensendungen hören kann, falls man die Pause im Feld verbringen muss.«

Dieser Vorschlag war zusammen mit vielen anderen in der Ablage verschwunden.

»Ja«, sagte der Kollege von der Untersuchungsabteilung. »Das war eine kurze Zusammenfassung. Du kannst die Unterlagen gern leihen.« Er zeigte auf die Stapel auf seinem Tisch.

»Danke«, sagte Johansson müde, »aber das wird wohl nicht nötig sein.«

»Hoffentlich hast du jetzt ein bisschen Fleisch auf den Knochen.«

»Ja«, sagte Johansson. »Hab ich wohl. Das Problem ist, dass ich noch immer keine verdammte Ahnung habe, was das für Typen sind.« Der Kollege nickte höflich und abwartend.

»Man muss Leute treffen«, sagte Johansson. »Draußen in ihrer eigenen Umgebung. Man darf nicht in irgendeinem Scheißbüro auf dem Hintern sitzen.«

»Klar.« Der Kollege nickte höflich, wenn auch ein wenig ausweichend. »Das kann Probleme geben. Wir haben nur Register und Untersuchungsdienst.«

»In dieser ganzen Soße scheint es verdammt noch mal nur eine Person zu geben, die sagen kann, wer sie wirklich ist.« Johansson schien laut zu denken. »Ganz natürlich, ich bin ihr ja in ihrer natürlichen Umgebung begegnet. Sie gehört zu denen, die Berg und die anderen angezeigt haben«, erklärte er.

»Sirén?« Der Kollege war offenbar nicht ganz unwissend.

»Genau«, sagte Johansson. »Ritva Sirén.«

»Interessante Frau«, stimmte der Kollege zu. »Ich hab sie selbst heute Morgen ins aktuelle Ermittlungsregister eingegeben.«

»Ach«, sagte Johansson überrascht. »Wieso ...«

»Ja, die Droge in Stockholm hat sie heute Nacht erwischt«, erklärte der Kollege. »Sie hatte in ihrer Wohnung in der Kocksgata 17 zwei Kilo Amphetamin unter dem Spülstein.«

»Ach was«, sagte Johansson. »Na, wenn das so ist.«

74

Nie darf man sich mal richtig freuen, dachte Johansson. Und jetzt ruft auch noch dieser Trottel an. Waltin schien zufrieden zu sein.

»Können wir uns treffen?«, fragte er.

»Wann?«, maulte Johansson.

»Am liebsten sofort, wenn du kannst. Ich glaube, ich hab was Interessantes für dich. Oben in der Firma.«
»Ich komme«, sagte Johansson.

Waltin wartete mit zwei Variationen desselben Themas auf: Berg & Konsorten. Keine von beiden konnte Johansson besonders glücklich machen.

Zunächst glaubte Waltin, Erkenntnisse dazu beitragen zu können, wer sie eigentlich waren. Berg, Borg, Mikkelson, Orrvik und Åström als Menschen sozusagen.

»Erzähl«, sagte Johansson und fühlte sich ein wenig wohler in seiner Haut.

Also, die Sache war die, dass die firmeneigene Psychologin sich die Herren angesehen hatte. Und sie war unter anderem etliche psychologische Tests durchgegangen, die sie ausgefüllt hatten. In der Schule und später im Dienst.

Johansson nickte. *Das lässt sich hören.*

»Ich will ein Beispiel nennen«, sagte Waltin und griff zu einem eleganten Plastikordner mit einer im Relief eingestanzten Ferse auf dem Umschlag. »Das stammt aus einer wissenschaftlichen Untersuchung, der die mobilen Streifen von der Landespolizeileitung unterzogen wurden. Und zwar erst diesen Sommer.«

Interessant, dachte Johansson und meinte es so.

»Sicher«, sagte Waltin geschäftig. »Alle Leute von der Streife mussten anonyme Fragebögen ausfüllen, bei denen es um den Dienst ging.«

»Aha.« Johansson nickte aufmunternd und unnötigerweise.

»Jetzt haben wir uns ihre Fragebögen herausgesucht und sind die Antworten durchgegangen.«

»Aha«, sagte Johansson. »Aber waren die nicht anonym?«

»Ja, genau«, sagte Waltin. »Weil man so ehrliche Antworten wollte wie möglich. Damit die Leute im Schutze der Anonymität sagen, was sie wirklich meinen.«

»Schon klar«, sagte Johansson. »Was ich meine, ist, wie kann deine Psychologin dann ihre Antworten herausfischen. Wenn die anonym sind. Bei der Streife sind doch hundertfünfzig Mann.«

»Ja.« Waltin schien zu zögern. »Das Wissenschaftliche ist nicht mein Bier, wenn du verstehst.« Er schielte zu seinem Haustelefon hinüber. »Soll ich sie herbitten?«

»Scheiß drauf«, sagte Johansson höflich. »Sag lieber, was sie herausgefunden hat.«

Die firmeneigene Psychologin glaubte, eine Gruppe mit einem ungewöhnlich hohen Grad an »Korpsgeist« vor sich zu haben. Sogar für Polizeiverhältnisse. Dafür gab es ganz natürliche Erklärungen. Die fünf Gruppenmitglieder besaßen »gleich geartete individuelle und soziale Profile«, »eine hohe Überlappung zwischen formellen und informellen Rollen und Beziehungen«, sowie »eine sehr hohe Werte- und Interessengemeinschaft.«

Als ein Beispiel von sehr vielen konnte man ihre Antworten auf die folgende Frage heranziehen: »Nenne die Eigenschaft, die du als die absolut wichtigste für einen guten Polizisten betrachtest.«

»Weißt du, was sie geantwortet haben?«, fragte Waltin.

»Nein«, sagte Johansson.

»Hör her«, sagte Waltin. »Berg antwortet Folgendes ... ich zitiere ... man setzt sich für die Kollegen ein ... Borg sagt: Loyalität und gute Kameradschaft ... Mikkelson ... ich zitiere ... hundert Prozent für die anderen da sein ... und dann Orrvik ... gute Kameradschaft.« Waltin nickte Johansson glücklich zu.

Stöhn, dachte Johansson.

»Und was sagt Åström?«, fragte er.

»Ja ...« Waltin schien zu zögern. »Man muss immer mit allerlei seltsamen Antworten rechnen, wenn man anonyme Umfragen macht.«

»Was sagt er also?«, fragte Johansson. »Ich will wissen, was er sagt.«

»Eine steife Latte«, sagte Waltin kurz und zuckte mit den Schultern, als ob er sich dafür entschuldigen wollte. »Es gibt immer sexuelle Anspielungen.«

»Wie schön, dass wenigstens einer von ihnen normal zu sein scheint«, fiel Johansson ihm ins Wort. »Hast du noch mehr?«

Der Zusammenstoß von Berg und seinen Kollegen mit Kriminalinspektor Jan Lubelski. Ausgeliehen an AS AKILLEUS von der Droge in Malmö.

»Wie ich dir schon sagte, haben wir die Analysegruppe zu einer Sondersitzung zusammengerufen«, erklärte Waltin.

»Und was ist dabei herausgekommen?«, fragte Johansson.

»Das Ei des Kolumbus.« Waltin nickte ernst. »Ich glaube nicht, dass ich übertreibe. Das Ei des Kolumbus.«

Es war der WD selbst, der es gelegt hatte. Da Lubelski unter »hundertprozentig realistischen Umständen« festgenommen worden war, bestanden nun einzigartige Voraussetzungen für die weitere Infiltrationsarbeit.

»Wir lassen ihn ganz einfach sitzen«, erklärte Waltin.

Süßer Jesus, dachte Johansson. Der Kerl meint das wirklich ernst.

»Und was sagt Lubelski dazu?«

»Er ist ganz unserer Ansicht. Er glaubt, dass er nie wieder solche Chancen haben wird wie hier in der U-Haft.« Waltin nickte. »Die haben Umschluss und so, weißt du ... reden ganz offen über ihre Schandtaten.«

»Was habt ihr mit dem Geld und dem Stoff vor, an dem ihr euch verbrannt habt?«

»Nichts.« Waltin schüttelte den Kopf. »Aus natürlichen Gründen, wie du verstehst. Der Stoff gehörte ja gar nicht uns ... und das Geld.« Er zuckte mit den Schultern. »Peanuts.«

»Damit bin ich nicht einverstanden«, sagte Johansson.

»Denk noch mal drüber nach«, schlug Waltin gelassen vor. »Du ruinierst unseren Einsatz ... vielleicht die ganze Aktion ... und was hast du davon? Berg und die anderen brauchen nur zu leugnen. Fünf gegen einen.«

»Schon«, sagte Johansson. »Das weiß ich auch.«

»Gut«, sagte Waltin, aber ohne seine übliche Wärme. »Dann, glaube ich, sind wir einer Meinung.«

Johansson nahm am Östermalmtorg die U-Bahn, doch vorher schaute er noch in der Östermalmhalle vorbei und kaufte sich zum Trost ein paar Leckerbissen.

»Haben Sie Kalbsnieren?«, fragte er.

Hatten sie. Kalbsnieren, Kapern und Schlagsahne. Alles andere, was er brauchte, hatte er zu Hause. Zeitungen kaufte er am U-Bahn-Kiosk, und die Tüte mit den Waren konnte er in seiner Manteltasche verstauen.

Der Wagen war voll gestopft mit Leuten im Zustand der typischen Feierabendirritation. Ein gemeinsamer Gedanke prägte aller Gehirne: nur weg. Leere Gesichter, über denen sich die Haut spannte. Kein Platz zum Sitzen, kein Platz für die Zeitung.

Diesmal gab es außerdem Ärger, gerade dort, wo Johansson stand. Beim Hauptbahnhof drängten sich lachend, gestikulierend und mit dröhnenden Ghettoblastern einige Jugendliche in den Wagen.

»Dreh das aus, du kleiner Drecksack, sonst stopf ich dir das Teil in den Arsch.«

»Reg dich ab, Mann. Reg dich ab.«

Ein Mann von vielleicht fünfzig. Groß und kräftig und auf dem Heimweg von der Arbeit. Jetzt hatte er die Nase voll, und sein Gesicht vibrierte vor Hass, als er dem nächststehenden Jugendlichen die Faust zeigte.

Aber die jungen Leute reagierten nicht, und an der nächsten Haltestelle stiegen sie wieder aus.

Als Johansson zu Hause in der Wollmar Yxkullsgata den Schlüssel ins Schloss steckte, wusste er plötzlich, wie es passiert war.

75

Am Freitagmorgen erschien Daniel Czajkowski bei Lars Johansson. Czajkowski war klein und eifrig, und ihm sträubten sich die Haare. Er war wütend und schimpfte drauflos und kam geradewegs aus Warschau. Außerdem kam er ungelegen.

»Sprechen Sie mit Jansson«, schlug Johansson vor, der gerade auf Wesslén wartete. »Der hat Ihnen schließlich geschrieben.«

»Aber Mensch«, schrie Czajkowski und schlug sich vor die Stirn. »Das hab ich schon getan, und der hat mich hergeschickt. Außerdem ist er betrunken.«

Hoppla, dachte Johansson. Sonst ist er um diese Zeit doch überhaupt noch nicht hier.

»Setz dich«, sagte Johansson herzlich. »Dann kümmere ich mich um alles. Möchtest du einen Kaffee?«

Czajkowski starrte ihn verängstigt an.

Zuerst ging Lars M. zu seiner Sekretärin. Erzählte, wie wohl alles zusammenhing, und bekam als Antwort ein neutrales, freundliches Nicken. Er schaute ihr hinterher, als sie auf dem Gang verschwand.

Dann ging er hinaus in die Küche. Griff zur Kaffeekanne, die auf der Heizplatte stand, schob zwei Becher in braune Halter und brachte alles zurück in sein Zimmer.

Dort füllte er für Czajkowski einen Becher, nickte ihm freundlich zu, ging um den Schreibtisch herum, setzte sich und sagte:
»Sprich.«
Und Daniel Czajkowski sprach.
Am frühen Morgen war er mit dem Zug aus Trelleborg gekommen. Zurück aus Polen und zwei Stunden verspätet, kann er endlich die Schwelle zu seinem Exilheim überschreiten. Eine erregte Verlobte schwenkt einen braunen Fensterumschlag: Polizei!
Er stürzt wieder los – ehe die Polizei Ärger machen kann – und rennt nach Kungsholmen. Nach drei Sicherheitswachen, ebenso vielen Telefongesprächen und Ziffernschlössern steht er endlich vor dem, der ihn so dringend sprechen möchte: Kriminalinspektor Tore Jansson. Im Zimmer ganz hinten auf dem langen Gang der Abteilung Gewalt beim Landeskriminalamt.
Jansson ist traurig, grau und desinteressiert. Seinem scharfsichtigen polnischen Gast zufolge hat er zudem ebenso viel intus wie ein polnischer Kollege um diese Tageszeit.
»Ich habe aufgehört«, sagt Jansson. »Sprechen Sie mit Johansson, der spielt.«
»Spielt?«, fragte Johansson überrascht.
»Sprääächen Sie mit Jooohanssooon, der ist der Bass«, erklärte Czajkowski.
»Ach«, sagte Johansson. »Der Chef, meint er.«
»Jusst so«, sagte Czajkowski. »Hab ich gesagt ... der Bass.«
»Genau«, sagte Johansson. »Genau«, sagte er noch einmal. »Du, Czajkowski ... ich werde dir erklären, worum es geht ... aber zuerst will ich mal klarstellen, dass du dir keine Sorgen zu machen brauchst.«
Czajkowski sah ihn verängstigt an.

»Das hier ist Kommissar Wesslén, ein Kollege von mir ... und das hier ist Daniel Czajkowski, Exilpole und Cellist«, erklärte Johansson und schaute zuerst nach links und dann nach rechts.

»Wesslén«, sagte Wesslén und deutete, das jedoch freundlich, eine Verbeugung an.

»Setzt euch«, sagte Johansson und sprang auf. »Wir werden ein zeugenpsychologisches Experiment machen.«

Wesslén setzte sich neben den Polen, nickte diesem beruhigend zu und machte ein energisches Gesicht. Johansson zog einen Kassettenrekorder hervor und stellte ihn auf den Tisch.

»So, Czajkowski«, sagte er. »Jetzt kannst du erzählen, was das hier ist. Ich habe ihm noch nichts gesagt«, sagte Johansson zu Wesslén.

Czajkowski starrte den Rekorder an und wirkte nun schon fast panisch vor Angst.

»Was ist das hier«, sagte Johansson. Drückte die Kassette hinein und musterte Czajkowski, während die ersten Takte des Björneborger Marsches erklangen.

Czajkowski starrte zuerst Johansson und dann Wesslén an.

»Das spielt ihr, ehe ihr Leute misshandelt«, sagte er. »Die Erkennungsmelodie der schwedischen Polizei.«

76

»Traurige Geschichte«, sagte Wesslén und sah so herzlich aus wie der berühmte Indianer, der früher als Reklameschild vor den Tabakläden stand.

»Verdammt«, stimmte Johansson inbrünstig zu. »Weißt du, was wir jetzt machen?«

Wesslén schüttelte den Kopf.

»Nein.« Er lächelte müde. »Ich warte auf einen klugen Vorschlag.«

»Jetzt holen wir uns den kleinen Arrestwärter vom WD 1 ... mit dem wir an dem Abend geredet haben, als es so verdammt geregnet hat ... und dem werd ich den Mund mit Seife auswaschen, damit er lernt, dass lügen nichts bringt.«

»Reg dich ab, Johansson«, sagte Wesslén und lächelte noch immer müde.

»Ein andermal«, sagte Johansson düster und griff zum Telefon.

Eine halbe Stunde drauf fuhr ein brauner Ford aus dem Tunnel auf den Fridhemsplan. Im Ford saßen zwei Männer von Mitte dreißig. Kräftig, einigermaßen unfrisiert und überhaupt. Wenn man selbst kein Gauner war – denn dann sah man sofort, dass man zwei Polizisten vor sich hatte –, konnte man sie leicht für ganz normale Bankräuber oder Einbrecher der gehobenen Art halten.

Der Arrestwärter, der am Abend des achten September zwischen Viertel nach zehn und elf Uhr abends nach Nils Rune Nilsson gesehen hatte, war vierundzwanzig und bei der Polizei zivilangestellt. Eigentlich studierte er Jura, aber da er sich nicht gern überanstrengte und deshalb Probleme mit seinem Studiendarlehen hatte, jobbte er recht viel nebenbei. Jetzt waren seit Onkel Nisses Festnahme fast drei Wochen vergangen. Noch waren Name und Bild dieses Wärters nicht in den Zeitungen gelandet, und er hatte zwei Vernehmungen überstanden. Langsam schöpfte er Hoffnung.

Ungefähr in dem Moment, als der braune Ford aus dem Tunnel bei Kronoberg fuhr, schlenderte der Wärter draußen in Frescati in eine Strafrechtsvorlesung. Als er in der Pause mit dem Strom von Kommilitonen den Hörsaal verließ, standen vor der Tür zwei Gauner und musterten alle, die herauskamen. Er sah sie und sah im selben Moment, dass sie ihn entdeckt hatten.

Und immerhin ging er dann auf sie zu und nicht umgekehrt.

»Ja«, sagte Johansson und musterte den Wärter mit dem Blick, von dem er so oft profitiert hatte, als er und Jarnebring sich vor allem damit befasst hatten, Pennerbuden auszuräuchern und Straßengauner zusammenzutreiben. »Wir kennen uns ja schon.«

Keine Antwort. Nur ein Nicken in Richtung Teppich.

»Was hast du am Wochenende vor?«, fragte Johansson plötzlich.

Der andere sah ihn verwirrt an.

»Lernen«, sagte er. »Büffeln ... und später meine Freundin treffen.«

»Nix«, sagte Johansson. »Du triffst alte Arbeitskollegen.«
Er hatte nichts begriffen.

»Ich hab in deinen Papieren gesehen«, sagte Johansson, »dass du den ganzen vorigen Sommer hier in Kronoberg im Arrest gearbeitet hast ...« *Jetzt begriff er.*

»Ich war das nicht«, schrie der Wärter. »Ich war das nicht ... das war Berg ... und wenn er sagt, dass ich das war, dann lügt er.«

»Du bekommst deine Chance«, sagte Johansson. »Jeder bekommt eine Chance.«

»Ganz bestimmt. Ich schwöre!«

»Du musst zuerst Wesslén überzeugen«, sagte Johansson. »Ich fürchte, wenn ich mit dir rede ... wird es unangenehmer.«

»Traurige Geschichte«, sagte Wesslén und nickte ernst.

»Sprich«, sagte Johansson.

»Was hast du zu ihm gesagt?«, fragte Wesslén. »Der hat ja eine Sterbensangst.«

»Dass er mit dir sprechen soll«, sagte Johansson und grinste.

77

Stockholm City, Sonntag, achter September, gegen halb zehn Uhr abends.

Ein achtsitziger Polizeibus, ein Dodge, biegt von der Kungsgata in die Klara Norra Kyrkogata ein.

»Dem geht's wohl nicht so gut«, sagt Borg und nickt zu einem älteren Pennertypen rüber, der an der nächsten Straßenecke herumschwankt.

»Das ist Nils Rune Nilsson«, sagt Berg. »Halt doch mal an.«

»Jungs«, sagt Borg nach hinten gewendet. »Kann einer von euch Janne helfen, den Nilsson wegzuschaffen?« Er fährt an den Bordstein und hält.

Er schüttelt den Kopf und sieht zu, wie Berg und Mikkelson Nilsson zwischen sich nehmen und ihm in den Bus helfen. Åström und Orrvik bleiben auf ihren Plätzen sitzen.

»Janne. Wozu soll das denn gut sein, verdammt noch mal.« Borg schüttelt den Kopf. »Wir haben doch noch was anderes zu tun, Mann.«

»Der kommt mit«, sagt Berg energisch. »Den können wir doch nicht rumtorkeln lassen. Wir fahren zum Haus.«

»Der ist total weggetreten«, sagt Borg. Er schaut in den Rückspiegel, fährt los und wirft einen Blick auf Nilsson, der zusammengesunken ganz hinten im Bus liegt, zwischen Mikkelson und Berg, der sich auf den freien Platz gesetzt hat.

»Mal sehen, ob ich ihn wieder zum Leben erwecken kann«, sagt Mikkelson grinsend. Zieht den Kassettenrekorder unterm Sitz hervor, drückt die Kassette hinein und dreht lauter, während er den Rekorder an Nilssons Ohr hält.

»Ungefähr«, sagte Johansson. »So in der Richtung.«

»Ja«, Wesslén stimmte zu und nickte. »Dass sie ihn nicht erkannt haben, müssen wir wohl in die Welt der Mythen verbannen.«

»Na gut. Jetzt ist er durchsucht worden und soll in die Zelle.« Johansson sah Wesslén an. »Unser Freund, der Jurabulle, und Berg helfen beim Tragen. Was sagt der, der dabei war?«

»Ungefähr Folgendes«, sagte Wesslén und blätterte in den Unterlagen auf seinen Knien.

Arrest vom Wachdistrikt Norrmalm, Sonntag, achter September, gegen zehn Uhr abends.

Berg und der Arrestwärter schaffen Nilsson in den Arrest. Der größere und kräftigere Berg hält Nilsson fest, während der Wärter die beiden Türen aufschließt. Danach tragen sie ihn gemeinsam in die Zelle.

»Vielleicht besser, wenn wir ihn gleich auf den Boden legen«, schlägt der Wärter vor und sieht Berg an.

Berg gibt keine Antwort. Er packt Nilsson um die Taille und dreht ihn um, will ihn auf den Boden legen. Aber Nilsson, der zu blau ist, um aus eigenen Kräften stehen zu können, erwacht plötzlich zum Leben und setzt sich zur Wehr.

»Pass doch auf, du Scheißblindschleiche«, murmelt er und fuchtelt mit seinem freien Arm in Richtung Berg.

Bergs Augen blitzen plötzlich vor Zorn. Er ändert seinen Griff und hält Nilsson mit der linken Hand am Kragen fest. Dann landet er mit der rechten Hand einen wütenden kurzen Schlag. Der trifft Nilsson mit dumpfem Geräusch gleich oberhalb der Wange. Nilsson aber zeigt keine Reaktion. Der Wärter steht einen Meter von ihnen entfernt, ist total verdutzt und rührt nicht einen Finger.

»Hilf mir doch, zum Teufel«, faucht Berg, der Nilsson in die stabile Seitenlage zu bringen versucht.

Der Wärter nickt, bückt sich und zieht Nilssons Beine gerade. Berg hat sich aufgerichtet. Er reibt seine schwarzbehandschuhte Hand am Koppel.

»Du hast nichts gesehen«, sagt er zum Wärter, als der die Tür abschließt.

Der Wärter gibt keine Antwort, er nickt nur. Dann folgt er Berg, der schon davongeht.

»Das hat er bei der Vernehmung ausgesagt?« Johansson blickte Wesslén fragend an, und der nickte.

»Auf Band aufgenommen, abgespielt und bestätigt.« Er lächelte kurz.

»Hervorragend«, sagte Johansson. »Und dann?«

Bei der ersten Kontrolle um Viertel nach zehn sieht der Wärter, dass Nilsson ein kräftiges »Veilchen« hat, ansonsten aber »okay« wirkt. Der Wärter weiß weder aus noch ein. Am Ende verlässt er die Zelle und schreibt »okay« in seinen Ordner. Daneben die Zeit, 22.15.

Eine Viertelstunde drauf ist es wieder so weit. Nilssons Gesicht weist eine womöglich noch ärgere Schwellung auf, aber er atmet ruhig und scheint nicht ernstlich verletzt zu sein. Wieder schreibt der Wärter: »Okay.« 22.30.

Ebenso beim dritten Mal, 23.45: »Okay.« Aber jetzt wird die Lage kritisch, und ihm läuft die Zeit davon. Bald ist es drei Stunden her, dass er seinen Dienst angetreten hat, und eine Kaffeepause wird fällig. Während er Kaffee trinkt, wird ein anderer Arrestwärter nach Nilsson schauen, und dann »wäre die Sache gelaufen«.

Stattdessen »entdeckt« er nun Nilssons Verletzungen. Er geht zur Zelle, schaut zu Nilsson hinein, »bemerkt« die Schwellung im Gesicht. Rennt weg und alarmiert den stellvertretenden Wachhabenden.

»Um nicht selbst in die Bredouille zu geraten, musste er Nilssons Verletzungen entdecken.« Wesslén schüttelte teilnahmsvoll den Kopf.

»Hat aber gedauert«, sagte Johansson und grinste.

»Er sagt, er habe gehofft, die Schwellung werde von selber zurückgehen«, erklärte Wesslén.

»Aber da hat der Kleine sich geschnitten«, stellte Johansson zufrieden fest.

»Was machen wir jetzt mit ihm?« Wesslén nickte in Richtung des Vernehmungsraums, wo er den Wärter zusammen mit dem Aspi der Abteilung zurückgelassen hatte.

»Wir stecken ihn in den Kühlraum«, sagte Johansson kurz. »Damit er Zeit zum Überlegen hat.«

Wesslén schien sich in seiner Haut gar nicht wohl zu fühlen.

»Er behauptet, du hast ihm versprochen, dass er nach Hause darf. Er scheint auf keinen Fall im Arrest landen zu wollen.« Wesslén sah Johansson an. »Da hat er gearbeitet, sagt er.«

»Und da kommt er jetzt hin«, sagte Johansson kurz. »Hier leben wir nicht von vagen Versprechungen ... wie immer er auf die Idee gekommen sein mag ... ich hab schon ein Zimmer für ihn gebucht, während du mit ihm geredet hast.«

Wesslén zuckte mit den Schultern.

78

Am Freitag, dem siebenundzwanzigsten September, hatte Kriminalinspektor Tore Jansson schon morgens genug. Das hier würde sein letzter Tag nach gut dreißig Jahren in diesem Beruf sein, und wenn man von seinem Arbeitseinsatz ausginge, könnten auch gleich die Reden und die Überreichung der goldenen Uhr erfolgen.

Aber so kam es nicht. Schon um halb neun saß Jansson auf seinem Stuhl, und innerhalb einer halben Stunde hatte er derjenigen, die er schon zu Hause geleert hatte, noch zwei Dosen hinzugesellt. Und als an seine Tür geklopft wurde, war er mit der vierten schon recht weit gediehen. Vor ihm stand ein aufgeregter kleiner Pole, sah aus wie eine Karikatur seiner selbst und schwenkte einen braunen Fensterumschlag, den Jansson eine Woche zuvor losgeschickt hatte.

An diesem Tag weiß Jansson nur zu gut, was wirklich Sache ist, und keine der möglichen Konsequenzen kommt ihm verlockend vor. Seine drei Bier, die sich normalerweise in Händen und Knien festsetzen, sind ihm zu Kopf gestiegen. »Sprechen Sie mit Johansson«, sagt Jansson und zeigt auf die Tür.

Fünf Minuten später kommt Janssons Sekretärin, erkundigt sich nach seinem Befinden und hilft ihm dann, seine Sachen zusammenzupacken. »Bis Montag«, sagt sie zum Abschied, aber Jansson gibt sich alle Mühe, die Brücken hinter sich abzubrechen. Mit falsch rum aufgesetzter Mütze schlurft er über den Gang, und unten im Vestibül salutiert er vor der Fernsehkamera und der Wache in der Rezeption.

Zwei Stunden später ist sein Besucher, der polnische Cellist Daniel Czajkowski, wieder zu Hause bei seiner Verlobten. In nur zwei Stunden hat er mit drei schwedischen Polizisten gesprochen, und gemeinsam haben sie ihm die Hoffnung für Schwedens Zukunft zurückgegeben. Zuerst ein fantastischer Besoffener. Dann ein großer, grober Kerl, der ihm Kaffee angeboten und ein seltsames Interesse an psychologischen Fragen gezeigt hatte. Endlich ein ganz normaler Mensch, der ruhig und gelassen mit ihm geredet hatte und ausgesehen hatte wie ein Indianer.

Während Daniel Czajkowski seiner Verlobten von diesen seltsamen Männern erzählt, sind mindestens zwei davon mit eiligen und konkreten Aufgaben befasst.

Johansson hat sich soeben mit dem Staatsanwalt und seinem Kollegen Lewin dahingehend geeinigt, dass nun etwas unternommen werden muss, und während die drei die breiten Richtlinien entwerfen, widmet Wesslén sich den Details.

Um zwei Uhr nachmittags machen sie den ersten Schritt

und berufen eine Besprechung in Johanssons Büro im Landeskriminalamt ein. Insgesamt sieben Personen: der Oberstaatsanwalt, Johansson, Wesslén, Lewin und zwei von seinen Kollegen sowie der Polizeidirektor, welcher der gesamten juristischen Abteilung der Stockholmer Polizei vorsteht.

Der Oberstaatsanwalt hat das Kommando übernommen, und niemand würde ihn jetzt noch mit einem Eichhörnchen vergleichen. Er ist in Gedanken, Gesten und Worten ein Napoleon. Außerdem ist er anderthalb Dezimeter größer.

Der Oberstaatsanwalt weiß sehr wohl um den hohen Klatschpegel im Revier. Er will Taten sehen, und zwar sofort. Die Vernehmung des Arrestwärters bietet ausreichend Grund, um Berg und Kollegen zum Verhör zu holen und sogar um für Berg einen Haftbefehl auszustellen.

Lewin hat keine Einwände. Er und Bergholm haben, soweit das überhaupt möglich ist, Fahrzeiten gemessen. Välitalo ist verhört und zwischen seinen unterschiedlichen Aufenthaltsorten umhergeführt worden: Fridhemsgata, Stenkullaväg und Kocksgata. Der Betriebswirt ist ein weiteres Mal vernommen worden. Es bleibt noch eine Stunde, in der Välitalo theoretisch die Möglichkeit gehabt hätte, Kallin die frisch gestohlene Waffe auszuhändigen. Aber er geriet außer sich vor Wut, als Lewin diese Möglichkeit auch nur andeutete. Jetzt ist die Zeit gekommen, sich den von ihm genannten Leuten zu widmen.

Praktische Dinge sind zu erledigen. Fünf Personen, die gleichzeitig vernommen werden sollen, erfordern fünf Vernehmungsleiter. Lewin und Wesslén selbstverständlich. Dazu drei von Lewins Kollegen.

»Dann müssen wir die auch noch holen«, sagt der Staatsanwalt bekümmert.

Johansson macht folgenden Vorschlag. Berg und seine Kollegen treten um sechs Uhr abends ihren Dienst an. Was, wenn die Einsatzzentrale sie vorher auf die Wache kommandiert. Was, wenn Vernehmungsleiter und Vernehmungsräume schon bereitstehen.

»Sie dürfen nur nicht Lunte riechen und sich verdrücken«, sagt der Staatsanwalt besorgt.

»Mit einem achtsitzigen Dodgebus«, fragt Johansson höflich.

Der Kompromiss besteht aus fünf Streifen in Bereitschaft. Johansson stöhnt innerlich bei der Vorstellung, was er ihnen sagen soll.

Hausdurchsuchungen? Der Ankläger schaut sich in der Runde um, aber der Einzige, der in dieser Hinsicht irgendwelche Wünsche äußern könnte, ist gerade mit einem Zimtbrötchen beschäftigt.

Großes Glück hat er noch dazu. Denn ehe alle aufstehen und gehen, sagt der Polizeidirektor von der Juristischen wortwörtlich Folgendes:

»Es ist einfach unerklärlich.« Er schüttelt sein grau meliertes Haupt. »Das ist eine ungeheuer leistungsstarke Gruppe. Erst gestern haben sie groß zugeschlagen ... elf Festnahmen.« Er schaut die anderen an und schüttelt den Kopf. »Sie haben einen türkischen Club überprüft und fünfzig Gramm Heroin und fünfundzwanzigtausend Kronen gefunden, die dort versteckt waren ... was ihr hier sagt, ist für mich einfach unverständlich. Ich begreife es nicht.«

79

Um zehn nach sechs fanden Berg, Borg, Mikkelson, Orrvik und Åström sich auf der Wache Kronoberg ein. Befehlsgemäß und dienstbereit. In geschlossener Formation folgten sie dem Kommissar der Ordnungsabteilung, der sie in Empfang genommen hatte, und schon jetzt hätte ihnen klar sein müssen, dass es sich um einen ganz besonderen Einsatz handelte.

Als Johansson um halb sieben in die juristische Abteilung der Stockholmer Polizei runterkam, saß jeder in einem gesonderten Zimmer und wartete auf seinen Vernehmungsleiter.

Johansson hatte ein großes Tonbandgerät bei sich, das er mit eigener Hand zehn Minuten zuvor unter einem Sitz des Dodge hervorgefischt hatte.

»Wo sitzt Mikkelson?«, fragte er einen der Kollegen in Zivil.

»Dritte«, sagte der und nickte zu der Reihe von Türen hinüber.

Johansson öffnete und ging hinein. Mikkelson stand am Fenster. Als er Johansson sah, nickte er und schien etwas sagen zu wollen.

»Gehört der dir?«, fragte Johansson.

»Ja«, sagte Mikkelson. »Den hatte ich im Bus stehen. Für den Fall, dass man in der Pause nicht auf die Wache fahren kann und Radio hören möchte und ...«

»Vergiss es«, fiel Johansson ihm ins Wort. Er stellte das Tonbandgerät auf den Tisch und schob die Kassette hinein. »Was ist das hier wohl?«

»Musik, die ich mal aufgenommen habe ... das ist ein Marsch.«

»Genau«, sagte Johansson. »Das ist ein Scheißband mit haufenweise Militärmärschen. Was willst du damit?«

»Ja, das weiß ...«, Mikkelson sah ihn unsicher an.

»Musik bei der Arbeit«, sagte Johansson.

»Ich weiß nicht.« Mikkelson sah ihn immer noch unsicher an.

»Ich habe heute mit jemandem gesprochen, dem du das schon mal vorgespielt hast ... einem kleinen Polen namens Czajkowski.«

»Ich weiß nicht ...«

»Du weißt bestimmt«, sagte Johansson. »Und es gibt hier noch andere, die auf diese Sache gerne zurückkommen.

Zwei von deinen Tröpfen von Brüdern halten ihn im Bus fest ... er hat solche Angst, dass ihm fast das Herz stehen bleibt ... als der kleine Mikkel mit seinem Tonbandgerät kommt ... und erklärt, dass man den Takt leichter halten kann, wenn man schlägt ... Musik bei der Arbeit.« Johansson drehte langsam lauter, während er das sagte.

»Das ist nicht ...«, Mikkelson schüttelte den Kopf, sah ihn aber nicht an.

»Du verdammter kleiner Dreckskerl«, brüllte Johansson. »Aber jetzt ist das Spiel aus, bei allen Teufelchen in meinem Hintern.« Er drückte mit gestrecktem Zeigefinger auf »aus«, und die Musik verstummte jäh.

80

»Was machst du hier?« Johansson schaute verwundert auf Waltin, der in seiner Zimmertür stehen geblieben war.

»Der Wachhabende hat erzählt, dass du dieses Wochenende Dienst schiebst«, sagte Waltin. »Kann ich mich setzen?«

»Setz dich nur«, sagte Johansson und schob ihm die Unterlagen hin, in denen er gelesen hatte. »Habt ihr Drogenjansson schon erwischt?«

»Es ist was Trauriges passiert.« Waltin nickte und schaute Johansson mit Leidensmiene an.

»Gratuliere«, sagte Johansson. »Liegt er in der Leichenhalle oder im Krankenhaus?«

In der Leichenhalle. Die Festnahme von Kommissar Jansson war auf drei Uhr nachmittags festgesetzt worden. Von den Abhörbändern wusste man nämlich, dass er sich um diese Zeit in seinem Haus im Täljstensväg draußen in Huddinge mit seinem Kontaktmann treffen wollte. Frau und Kinder hatte er bei den Schwiegereltern auf dem Land abgesetzt und mit der Gattin am Vormittag telefonisch verabredet, dass er sie abends um acht abholen würde. Um zwei Uhr ruft er seinen Kontaktmann an, um das Treffen abzusagen. Während der Akilleusmitarbeiter, der sein Telefon abhört, sich noch immer fragt, wie er mit dieser unerwarteten Tatsache umgehen soll, läuft beim Kollegen, der neben ihm sitzt und die Telefonüberwachung leitet, eine direkte Mitteilung ein. »Sorry, Jungs«, sagt Jansson plötzlich, und als Nächstes hören sie den Knall von Janssons Dienstpistole. Den Lauf hatte er sich in den Mund gesteckt.

»Ein harter Schlag für Akilleus.« Waltin sah Johansson an und wirkte traurig und betrübt.

»Nimm's nicht so schwer«, sagte Johansson. »Frau und Kinder sind sicher dankbar.« *Eigentlich müsste ich dir eins in die Fresse hauen,* dachte er.

»Diesen Teil der Sache haben wir unter den Tisch fallen lassen«, sagte Waltin eilig. »Wir haben unsere Psychologin und den Polizeiarzt zu ihr geschickt. Einer meiner Mitarbeiter hat mit den Ermittlern von der Kripo Huddinge gesprochen. Denen ist klar, dass die Sache wie ein normaler Selbstmord behandelt werden muss. Unsere Ausrüstung haben wir schon zurückgeholt«, fügte er eilig hinzu.

»Das macht mir nicht so große Sorgen«, sagte Johansson und starrte Waltin an. »Wie lange hat er von eurem Scheißunternehmen gewusst?«

»Offenbar hat er sich am Dienstag bei der Droge eine Abhörausrüstung besorgt ... und vermutlich hat er da unsere Vorkehrungen für sein Haus entdeckt.« Waltin seufzte und schüttelte den Kopf. »Ich kann dir sagen, Johansson, das ist ein harter Schlag für uns ... ehrlich gesagt, ich weiß nicht, was ich machen soll.«

»Buch ihn unter Schwund«, sagte Johansson. »Und ruf die Analysegruppe zusammen.«

81

Lewin hatte sich im Gang ungefähr vor dem Vernehmungsraum auf einen Stuhl gesetzt. Er hatte sein Jackett abgelegt, und Johansson sah zu seiner Überraschung, dass er rauchte.

»Ich habe eben auf die Uhr geschaut«, sagte Lewin. Er nickte zu der runden Uhrscheibe an der Wand hinter Johansson rüber. »Es ist halb zehn. Drei Wochen, seit der da drinnen Nilsson in Klara Norra aufgelesen hat.« Er wies mit dem Kopf auf die Tür hinter sich. »Der Kollege vernimmt ihn gerade. Ich wollte zwischendurch eine rauchen ... Berg riecht nicht gern Zigarettenrauch, sagt er ...«, Lewin lächelte.

»Wie läuft es denn?« *Die obligatorische Frage.*

»Schlecht«, sagte Lewin und aschte in eine leere Streichholzschachtel. »Die ganze Zeit dieselbe Geschichte ... Kallin will Berg erschießen ... er springt vor und will ihm die Waffe wegnehmen ...« Er zuckte mit den Schultern. »Und woher Kallin den Revolver hat, keine Ahnung.«

»Borg?«

»Dieselbe Geschichte ... bald glaub ich selbst schon daran.« Lewin schüttelte den Kopf und lächelte. »Wir haben Borg übrigens laufen lassen.« Er sah Johansson an. »Er muss morgen um acht zur weiteren Vernehmung wieder hier sein. Der Kollege hat ihm gesagt, er soll nach Hause gehen und sich ernsthaft Gedanken über seine Lage machen. Aber das hat er vermutlich schon getan.«

»Die anderen?«

»Mikkelson sitzt wegen der Sache mit Nilsson fest. Das hat der Staatsanwalt beschlossen. Und die anderen beiden müssen morgen um acht wieder antanzen.« Lewin lächelte und schüttelte den Kopf. »Was Kallin angeht, so scheint es wirklich so schlimm zu sein, wie ich geglaubt habe ... keiner von ihnen hat den Revolver gesehen.«

»Und es ist nicht möglich, dass Berg die Wahrheit sagt?«

»Nein.« Lewin schüttelte energisch den Kopf. »Ist es nicht ... Berg hat ihn erschossen. Vermutlich aus Versehen. Er wollte dem guten Kallin wohl Angst machen, und dann ist die Knarre losgegangen ... leider haben wir keinen Beweis, den wir ihm vor den Latz knallen können ... und Borg braucht einfach nur auf seiner Version zu beharren.«

»Orrvik und Åström sind in schlechter Gesellschaft gelandet.«

»Na ja.« Lewin lächelte skeptisch. »So schlecht sind die beiden auch wieder nicht. Ich habe Orrvik heute Morgen nach diesem psychisch Kranken gefragt, der sie angezeigt hatte ... Erik Valdemar Karlberg ...«

Johansson nickte.

»... und da ist ihm rausgerutscht, dass er Karlberg im Bus mit einer Taschenlampe angestrahlt hat ... und zugleich fing *zufällig* das Funkgerät an zu knacken, und Karlberg drehte durch und glaubte, er würde bestrahlt.«

»Mit einer Taschenlampe?«

»Angeblich funktionierte die Beleuchtung im Wagen nicht.« Lewin grinste viel sagend. »Es wird wohl so sein, dass man sich auf Kosten eines Kranken königlich amüsiert hat.« Er schüttelte den Kopf. »Ich wüsste ja gern, für wie viele Jahre die Herren einfahren würden, wenn Frau Justitia die Binde von ihren Augen nähme.«

»Wie viel werden sie kriegen?«

Lewin ließ sich auf dem Stuhl zurücksinken und lehnte den Kopf an die Wand. Er schien nachzudenken.

»Ich glaube, die kommen durch«, sagte er dann. Er sah Johansson an und nickte. »Sogar mit Onkel Nisse.« Er schüttelte den Kopf. »Wir haben nicht genug Zeit. Die läuft uns davon.«

»Du kannst dir ja wohl so viel Zeit nehmen, wie du brauchst«, sagte Johansson grimmig. »Wenn du willst, rede ich mit dem Oberstaatsanwalt.«

Lewin sah ihn an.

»Du hast mich falsch verstanden«, sagte er. »Es ist zu spät für so was. Es ist schon zu weit gegangen.« Er nickte langsam. »Zu spät.«

82

Am Mittwoch, dem dreiundzwanzigsten Oktober, um zehn null null wurde im Stockholmer Stadtgericht die Hauptverhandlung gegen Polizeiinspektor Jan-Erik Berg wegen Körperverletzung und gegen Polizeiassistent Tommy Mikkelson wegen Belästigung des Rentners Nils Rune Nilsson eröffnet.

»Bei der Ankunft im Arrest hat Berg mit seiner rechten Faust einen kräftigen Schlag ausgeteilt, der Nilsson unterm linken Auge traf ... als Nilsson auf dem Boden des Polizeibusses lag, hat Mikkelson ihm ein Transistorradio ans Ohr gehalten und den Ton so weit aufgedreht, dass sich in Anbetracht der Platzierung des Radios eine schwer wiegende Belästigung für Nilsson ergeben haben muss.«

Berg und Mikkelson stritten alles ab.

Am selben Tag gegen halb elf vormittags kam es auf der Strecke zwischen dem ersten Wachdistrikt unten in der Vasagata und dem Rathaus in Kungsholmen zu einer zeitweiligen Verkehrsstockung. Insgesamt dreißig Fahrzeuge der Stockholmer Polizei bildeten einen Korso, und erst, nachdem sie drei Runden ums Rathaus und um Kronoberg gedreht hatten, konnten mit Hilfe der Einsatzzentrale die schlimmsten Knoten gelöst werden.

Eine Woche drauf wurden die Urteile gegen Berg und Mikkelson verkündet, und beide wurden freigesprochen. In Bergs Fall befand das Gericht, die Misshandlung lasse sich nicht nachweisen. Man wies besonders darauf hin, dass die einzige gegen Berg gerichtete Aussage von einer Person stamme, die selbst in die Ereignisse verwickelt gewesen sei und deshalb wohl ein gewisses Interesse daran habe, die Sache so und nicht anders darzustellen. Außerdem habe dieser Zeuge bei seinen ersten beiden Vernehmungen abgestritten, dass Berg Nilsson misshandelt habe. Und endlich liege kein wirklicher Beweis für das Ganze vor.

Auch Mikkelson wurde wegen Mangels an Beweisen freigesprochen. Da er alles abstritt, konnte das Gericht die Belästigung, die der Staatsanwalt geltend machen wollte, nicht als bewiesen ansehen. Der Richter erklärte außerdem, »selbst wenn es so gewesen wäre, wie der Staatsanwalt es darstellt, könnte es nicht als Belästigung gelten, da Nilsson zum fraglichen Zeitpunkt so sinnlos betrunken war, dass er die angebliche Belästigung wohl kaum bemerkt haben kann... auch hat der Staatsanwalt keinerlei Beweise für Mikkelsons Beteiligung an irgendeiner Misshandlung vorgebracht«.

Der Staatsanwalt legte beim Obersten Gericht Berufung ein.

Das Oberste Gericht sah aber keinen Grund, das Urteil aufzuheben, und bestätigte es mehr oder weniger mit derselben Begründung wie das Stockholmer Gericht.

Die Urteile des Obersten Gerichts wurden Anfang Dezember rechtskräftig.

83

Die von der Abteilung Gewalt der Stockholmer Polizei am Samstag, dem achtundzwanzigsten September, eingeleitete Voruntersuchung über den Tod von Klas Georg Kallin wurde einen guten Monat später mit der Begründung »Beweise für ein Vergehen liegen nicht vor« eingestellt.

Die Berg und seinen Kollegen zur Last gelegten Vergehen

gegen andere Personen als Nilsson und Kallin führten zu keinerlei Untersuchungen.

Berg und Mikkelson traten am Montag, dem neunten Dezember, ihren Dienst in ihren alten Positionen wieder an. Zu ihrer Gruppe gehörten weiterhin die Polizeiassistenten Borg, Orrvik und Åström. Drei der acht Posten in dieser Gruppe waren bei Jahresende noch immer unbesetzt.

Am Donnerstag, dem ersten November, fiel das Urteil des Stockholmer Stadtgerichts gegen einen vierundvierzigjährigen Betriebswirt wegen unerlaubten Waffenbesitzes und Waffenschmuggels. In der Urteilsbegründung heißt es, dass »das Vergehen an und für sich als schwer wiegend betrachtet werden muss«, dass jedoch auch mehrere mildernde Umstände vorliegen. Das Gericht weist auf den Umstand hin, dass »der Betriebswirt und seine Familie in ständiger Furcht lebten, da sie innerhalb kürzester Zeit zwei Einbrüche in ihrem Haus, einen im Auto der Familie und dazu Vandalismus im Sommerhaus miterlebt hatten«. »Im Kindergarten, den die jüngere Tochter besucht, sind außerdem mehrere Kinder einem s. g. ›Spanner‹ begegnet, was ihren Eltern große Sorgen machte.« Außerdem rechnet es das Gericht dem Betriebswirt hoch an, dass er sich »freiwillig und unter großen persönlichen Opfern« an den gemeinnützigen verbrechensvorbeugenden Aktivitäten der Bürgerinitiative »Mitbürger gegen Verbrechen« beteiligt.

Das Gericht hat deshalb beschlossen, den Betriebswirt mit der neuen Strafe »gemeinnützige Arbeit« zu belegen. Diese soll konkret darin bestehen, dass er »einen Monat lang in der Finanzabteilung des Rates für Verbrechensvorbeugung« tätig wird. »Lohn soll er für diese Arbeit nicht beziehen.«

84

Im Spätherbst wurde auch die Organisation der freien Ermittlungsgruppen des Landeskriminalamts einer Revision unterzogen. Diese Untersuchungen wurden von einer internen Arbeitsgruppe unter Leitung von Polizeidirektor Waltin durchgeführt.

In ihrem Bericht betont die Gruppe, das so genannte Akilleusmodell habe Vor- und Nachteile gehabt. Zu den Vorteilen werden jene Möglichkeiten gezählt, die sich immer aus der Konzentration von Mitteln und »Know-how« ergeben. Zugleich wird aber darauf hingewiesen, dass – im Hinblick auf die besonderen Aufgaben dieses Modells – eine solche Konstruktion zu einem hohen Grad an Verletzlichkeit von innen und von außen führt.

Die Arbeitsgruppe befürwortet deshalb eine veränderte Organisation der weiteren Arbeit. Als Alternative wird das so genannte Konzernmodell empfohlen: an der Spitze steht eine Dachorganisation als übergeordnete administrative Einheit. Unter dieser Gruppe befinden sich kleinere Tochtergesellschaften, die leicht zu ersetzen sind und innerhalb unterschiedlicher kritischer Bereiche des Finanzmarktes tätig werden. Alle Firmen werden natürlich als selbstständige juristische Personen getarnt.

Bei der regulären Besprechung im Dezember akzeptierte die Landespolizeileitung das vorgeschlagene Modell. Die juristische Abteilung wurde beauftragt, sofort neue Handlungsanweisungen auszuarbeiten. Die Leitung brachte abschließend »ihre feste Auffassung« zum Ausdruck, dass es wünschenswert sei, die Arbeit von Anfang des kommenden Budgetjahres an nach den neuen Richtlinien zu organisieren. Eventueller Bedarf an zusätzlichen Mitteln sollte vor allem aus den finanziellen Erträgen bestritten werden, die man durch die bisherige Tätigkeit erzielt hatte.

Mit all dem hatte Lars Martin Johansson wenig zu tun. Einen Monat ehe sein Vorgesetzter aus dem Amt schied, wurde er zum Obersten Direktor gerufen. Der empfahl ihm, sich für eine längere Vertretung als Bürochef des Personalbüros zu bewerben, in dem er Abteilungsleiter gewesen war. *Wenn das nun ein Tritt war, dann immerhin einer nach oben*, dachte er, als er den Chef verließ. Am nächsten Tag reichte er seine Bewerbungsunterlagen ein, und zwischen Weihnachten und Neujahr war alles entschieden. Seine Sekretärin half ihm, seine persönlichen Habseligkeiten rüberzubringen: das Foto seiner Kinder, das Fähnchen, das er bei seinem Besuch in New York von der dortigen Polizei erhalten hatte, und ein Kristallschwein, das Abschiedsgeschenk vom Personal des Landeskriminalamts. Die Sekretärin war ansonsten so neutral wie eh und je.

Abends an dem Tag, da er seine Habseligkeiten umgeräumt hatte, traf er sich mit seinem alten Freund Bo Jarnebring, und das war aus mehreren Gründen traurig. Unter anderem weil sie zum Feiern in eine Kneipe gingen.

Beim Kaffee kamen sie auf Boris Djurdjevic zu sprechen. Wieso das passierte, wissen wir nicht, vielleicht lag es in der Luft. Aber egal wieso, sagte Johansson, und er scheiße wirklich auf den Grund, aber Jarnebring solle doch nun wirklich an sein eigenes Wohlergehen denken.

»Der Kerl scheint doch gefährlich zu sein.« Johansson nickte nachdrücklich. »Wesslén hat ihn in Kumla besucht, und nicht einmal der schien besonders angetan zu sein.«

»Wesslén«, schnaubte Jarnebring. »Ach, scheiß auf den Jugo. Der wird doch 'ne Ewigkeit im Bunker sitzen.«

»Woher willst du das wissen?«, fragte Johansson.

Weil dauernd Tipps einliefen, dass seine Befreiung geplant werde, erklärte Jarnebring. Tipps unter anderem an die Ermittlung, bei der Jarnebring arbeitete, weitergereicht an die Kollegen in Kumla, die für die Sicherheit in der Anstalt verantwortlich waren.

»Anonyme Tipps«, sagte Jarnebring und grinste. »Ich bin überzeugt davon, dass das so bleibt.«

»Scheiße«, sagte Johansson. Erhob sich zu seiner vollen Höhe, knallte zwei Hunderter auf den Tisch und ging.

Wesslén?

Zwischen den Jahren erhielt Johansson eine fotokopierte Einladung zum »Open House« in der frisch erworbenen Villa des Ehepaars Wesslén draußen in Danderyd. In einer ruhigen, abgelegenen Gegend am Wasser und mit guter Luft.

Er ging nicht hin.

Jansson?

Seit dem ersten November in Frührente. Ab und zu kann man ihn im Kronobergpark sehen. Wenn er in Richtung Inedalsgata unterwegs ist, hat er in der Regel eine rote Plastiktüte in der Hand. Begegnet man ihm unterwegs in die andere Richtung, sind seine Hände fast immer leer. Und wer ihm begegnet, behauptet, er wirke fröhlicher als früher.

85

Montag, der neunte Dezember, war der Tag der Wiedervereinigung für Berg, Borg, Mikkelson, Orrvik und Åström. Will sagen, im Dienst. Privat hatten sie sich während der ganzen Zeit getroffen, in der gegen sie ermittelt wurde.

Ihre erste Schicht fand abends statt, ihre Stimmung war glänzend. Als ihr achtsitziger Dodge aus der Garage des Wachdistrikts rollte, brachen sie in ein vierfaches Hurra aus, spontan und unisono.

Und sie merkten sofort, dass sie eine Weile ausgesetzt hatten. Bei einer Adressenkontrolle draußen in Skärholmen fanden sie eine drei Wochen alte Leiche. Die Kollegen schienen sich nicht gerade überanstrengt zu haben. Es war ein

Mann von Mitte dreißig, der über die Badezimmerschwelle gefallen war. Nackt, verhärmt und mager wie ein Skelett. So sahen sie immer aus, aber interessant war, dass er beide Beine in Toilettenpapier eingewickelt hatte, das blutdurchtränkt und zu einer braunen Kruste eingetrocknet war. Neu und recht verheißungsvoll.

Leider stellte sich heraus, dass es sich um eine schnöde Krankheitsleiche handelte. Der herbeigerufene Gerichtsmediziner erklärte ihnen, der Mann sei verhungert. Deshalb auch die seltsamen Beinkleider. Gegen Ende hatte sein Körper alles Fett verbraucht, auch das im Blut. Das Blut war ganz einfach zu dünn gewesen und durch die Haut gesickert. In seinem schwachen und verwirrten Zustand hatte er versucht, die Blutungen mit Papier aufzuhalten.

»Es steht schlimm ums alte Schweden«, erzählte Orrvik, als er draußen in Täby seine Wohnung betrat. »Jetzt verhungern schon die Sozialfälle.«

»Angélique bei den Arabern«, antwortete seine Gattin, die kein Wort gehört und bei den Nachbarn ein Video ausgeliehen hatte.

»Scharfer Kram?«, fragte Orrvik und ließ sich neben ihr auf dem Sofa nieder.

»Hör auf«, sagte sie gereizt. »Das ist doch verboten. Glaubst du, die Nachbarn haben schwarze Videos? Und ein Polizist, der sich verbotene Pornos reinzieht? Das wäre ja illegal, Mann.«

86

Es gab auch Zeichen in der Zeit.

Am Morgen des ersten Advent war der Fluss, der unterhalb von Lars Johanssons Elternhaus dahinströmte, weiß vereist, und er konnte sich nicht erinnern, dass Evert jemals so früh angerufen und Unheil geahnt hatte.

Schon am Vorabend hatte die Kälte die zum Haus führende Telefonleitung singen lassen, und als Evert aus dem Bett gestiegen war, um den Ofen stärker anzuheizen, kletterten die Eisblumen um die Wette am Fenster hoch.

Gegen Mitternacht schlug er dann zu: *Fimbul.*

Mit gesträubtem Fell und lang gestrecktem Hals sprang er an der breitesten Stelle über den Fluss.

»Ungefähr da, wo du im Herbst den Riesenbullen geschossen hast«, erklärte Evert.

Im Parlament beantwortete der Justizminister eine einfache Frage des Mitglieds, das sich in der Schattenregierung der Opposition mit Justizfragen beschäftigte: *Stellen die neuen Arbeitsmethoden der Polizei eine Bedrohung der Rechtssicherheit dar?*

Es war der zweite Tag, nachdem das Eis gekommen war, und das Parlament war ungewöhnlich dünn besetzt. Neben dem stellvertretenden Parlamentspräsidenten und zwei Parlamentsstenographen war nur der Justizminister anwesend. Der Fragesteller selbst war leider verhindert.

Auf den Zuhörerbänken saß ein einsamer Gast. Ein älterer Mann mit einem grauen Wettermantel von altertümlichem Schnitt und einer braunen Baskenmütze.

Der Justizminister sagte als Erstes, bei der Rechtssicherheit handele es sich immer um eine Ermessensfrage, die unterschiedliche gesellschaftliche Interessen zu berücksichtigen habe. Grundlegenden Rechten werde seiner Auffassung nach jedoch immer größtes Gewicht beigemessen.

Der Mann auf der Zuhörerbank beugte sich vor und lauschte gespannt.

»Was die neuen Methoden betrifft, auf die sich die Frage vor allem bezieht ...«

Der Mann schüttelte sich jetzt gereizt und begann, seinen Mantel aufzuknöpfen. Die Mütze hatte er schon abgenommen und neben sich auf die Bank gelegt.

... wolle er auf den Fall des jugoslawischen Drogenkönigs eingehen ...

Jetzt hatte der Mann auf der Zuschauertribüne den Mantel ausgezogen und erhob sich.

... wobei er natürlich nicht ins Detail gehen könne ...

Der graue Asbestpanzer glänzte ein wenig im Schein der Lampe, die neben ihm an einem Pfeiler befestigt war.

... und aus Gründen der Diskretion könne er leider auch nicht ... Der Mann schob die Hand in die Manteltasche und zog die Strahlenpistole hervor. Stellte rasch auf Lähmungsstärke.

Das musste reichen.

... auf diesen Aspekt genauer einzugehen, aber ... *Die Brille.* Er zog sie vor sein Gesicht, und das getönte Glas gewährte ihm vollständigen Schutz.

... konkrete Resultate zeigten jedoch einen fast ... Er schlich sich an die Balustrade. Richtete sich auf und zielte mit dem Strahl auf den Redner. *Jetzt.*

... einen fast beispiellosen Anstieg der Rechtssicherheit ...

»SEI STILL, DU KLEINER WICHSER! HIER GEHT ES NICHT UM ZWEI PFERDE!«

»Ganz bestimmt?« Der Parlamentsstenograph kicherte glücklich.

»Ja. Es hat fast einen Auflauf gegeben. Ein Irrer mit einem komischen Schutzmantel und dunkler Brille hat den Minister plötzlich mit einer Taschenlampe angestrahlt ... HIER GEHT ES NICHT UM ZWEI PFERDE!« Das trug der Stenograph mit Bassstimme vor.

»Es hat sicher zwei Minuten gedauert, bis die Wachen ihn rausgeschafft hatten und der Minister weiterreden konnte.« Seine Freundin schüttelte den Kopf.
»Was kann er nur gemeint haben? Zwei Pferde?«

Die Profiteure

*Aus dem Schwedischen
von Gabriele Haefs*

Die Handlung der »Profiteure« spielt im Herbst 1978 und im Winter 1979.

Anders als mein letzter Roman »Grisefesten« (»Das Schweinefest«) – von Anfang bis Ende die pure Räuberpistole – baut »Die Profiteure« auf dokumentarischem Material auf. Die Teile der Erzählung, die ich nicht aus Akten oder aus Gesprächen mit den Betroffenen entnehmen konnte, habe ich zu rekonstruieren versucht. Wenn mir Informationen aus Unterlagen oder Gesprächen offenkundig unhaltbar erschienen, habe ich mir die Freiheit genommen, das Bild der Wirklichkeit zu zeigen, das ich selbst für das richtige halte.

In »Grisefesten« habe ich beschrieben, wie Abhängigkeit entsteht. In den »Profiteuren« geht es um ein anderes Problem, um die Verantwortung nämlich, die der Mensch für seine Taten trägt, und um die Verteilung von Schuld und Verantwortung in den Rechtsinstitutionen der Gesellschaft.

Was ich mir bei dem Titel gedacht habe, ist nicht sonderlich originell: Unsere Verantwortung ist nicht immer identisch mit unserer Schuld. Unter anderem sacken Menschen ungerechte Gewinne ein, indem sie andere für ihre Taten bezahlen lassen. Dieses prinzipielle Problem habe ich aus der Perspektive der Polizei darzustellen versucht: *DIE PROFITEURE – ein Polizeiroman.*

Ich bin dabei von zwei Verbrechen ausgegangen, die im Winter 1979 vor Gericht geendet sind. Zwischen beiden – das kann ich hier bereits verraten – gibt es allerlei Berührungspunkte, teilweise sind sie prinzipieller Natur, teilweise handelt es sich bloß um Verknüpfungen von Ereignissen und Personen.

Die Tatsachen, die der Roman aufgreift, sind mir aus drei Arten von Quellen bekannt:

Erstens aus den Unterlagen von Polizei und Justizbehörden zu den Voruntersuchungen im Mordfall Kataryna Rosenbaum, außerdem aus den Akten zur Voruntersuchung gegen jene Person, die in den Massenmedien unter dem Namen »Bordellkönig« bekannt wurde.

Zweitens habe ich etliche Personen interviewt, die entweder die Ermittlungen geleitet haben oder in deren Visier gerieten. An dieser Stelle möchte ich mich übrigens besonders bedanken bei den Kriminalkommissaren Gustav Dahlgren und Gösta Melander sowie den Kriminalinspektoren Lennart Jansson, Bo Jarnebring und Jan Lewin von der Stockholmer Kriminalpolizei.

Drittens schließlich hatte ich Zugang zu den Aufzeichnungen, die mein Kollege, der Kriminologe Lars M. Nilsson, 1977 als Sachverständiger der Prostitutionsermittlung angelegt hat.

Vor allem die Interviews, die Nilsson im Frühjahr 1977, also ungefähr anderthalb Jahre vor ihrem Tod, mit Kataryna Rosenbaum geführt hat, waren für mich von großem Wert.

Stockholm, im August 1979,
Leif GW Persson

LANGE, EHE DER STEIN
AUSGEHÖHLT IST,
HAT DER TROPFEN SCHON
AUFGEHÖRT ZU FALLEN.

Voruntersuchung über den Mord an Kataryna Rosenbaum, Donnerstag, 14. September, bis Montag, 2. Oktober 1978

I

Die Wohnung lag im Untergeschoss. Sie bestand aus einem Zimmer mit Küche, und sowohl Küche als auch Zimmer schauten auf die Straße. Hinter der Wohnungstür gab es einen Gang, der fünf Meter lang und knapp zwei Meter breit war und als Diele und Abstellraum diente.

Die Küche und das einzige Zimmer waren, wenn man hereinkam, links. Die Küchentür lag am nächsten an der Wohnungstür dran, die Tür zum einzigen Zimmer war dreieinhalb Meter vom Anfang des Ganges entfernt.

Ansonsten gab es in der Wohnung noch ein kleines Badezimmer mit Toilette, Waschbecken und Dusche (Eingang vom Querende des Ganges), sowie eine größere Garderobe beziehungsweise Ankleidekammer. Dieser Raum lag hinter dem Bad, die Tür jedoch befand sich im einzigen Zimmer.

Der Leichnam lag auf dem Boden, etwa einen Meter von der Wohnungstür entfernt, und es war dort so eng, dass Kriminaltechniker und Ermittler jedesmal darüber hinwegsteigen mussten, wenn sie die Wohnung betreten oder verlassen wollten.

Die Tote – eine Frau von etwa dreißig – lag auf der rechten Seite und mit den Füßen zur Wohnungstür, sie hatte die Knie an den Bauch gezogen und Oberkörper und Kopf auf die Knie gesenkt. Ihr rechter Arm ruhte auf dem Boden und lag parallel zum Oberkörper, sie hatte die Faust geballt. Der linke Arm umfasste die linke Seite des Kopfes, der Handrücken lag auf dem Boden, Unterseite und Handfläche waren nach oben gedreht.

Die Frau trug einen blauen Frotteebademantel mit halblangen Ärmeln und Gürtel. Der Mantel war bis zu ihrer Taille hochgerutscht, ihr linker Oberschenkel und die linke Gesäßhälfte waren entblößt.

Einen halben Meter rechts von der Toten, ungefähr auf der Höhe ihrer Taille und nur einige Dezimeter von der rechten Flurwand entfernt, stand eine weiße Papiertüte. Die war ungefähr dreißig Zentimeter hoch, und an der Form war zu erkennen, dass sie einen Karton enthielt; viereckig, fünfundzwanzig Zentimeter breit, zehn Zentimeter hoch. Die Tüte war verschlossen, und es sollte noch etwa eine Stunde dauern, bis sie geöffnet werden würde.

Erst dann stellte sich heraus, was sie enthielt: zwei Schnittchen. Beide aus Weißbrot, eines mit Krabben, Eischeiben, Dill und Majonäse. Eines mit Roastbeef und geriebenem Meerrettich.

Der Gang war spärlich möbliert. Trotzdem war sofort zu sehen, dass »beträchtliche Unordnung herrschte«. Der Spiegel – über einem Telefontischchen zwischen den Türen zu Küche beziehungsweise Zimmer angebracht – hing schief. Einer der beiden braun lasierten Holzstühle, die eigentlich Spiegel und Telefontischchen flankierten, war mitten im Gang vor der Tür zum Wohnzimmer umgekippt. Der zweite war zerbrochen, die Teile lagen wild herum. Der Sitz blockierte die Schwelle zur Küchentür. Der obere Teil der Rückenlehne sowie zwei der fünf Rückenleisten lagen unter dem Telefontischchen. Der Sitzrahmen, die restlichen drei Rückenleisten und drei der vier Stuhlbeine lagen dicht hinter dem Leichnam, sie hingen noch aneinander, aber nur ganz knapp.

Das vierte Stuhlbein, zweiundvierzig Zentimeter lang

und vom Sitzrahmen losgebrochen, war in den Unterleib der Toten gerammt worden.

Aber das wurde erst später entdeckt. Die Frau hatte die Oberschenkel nämlich um die zehn Zentimeter des Stuhlbeins geklemmt, die aus ihrem Schritt hervorragten. Außerdem hatte sie heftig aus dem Unterleib geblutet, das geronnene Blut klebte an den Innenseiten ihrer Oberschenkel und an ihrem Gesäß.

Wenn man genau hinsah, konnte man auf dem grauen Teppichboden einen ovalen Fleck mit einem Radius von etwa fünfzehn Zentimetern sehen. Im Augenblick des Todes hatte der Schließmuskel sich geöffnet und Urin freigesetzt, mit sehr viel Blut vermischten Urin.

Die Kriminaltechniker – und auch die Ermittler der Gewaltsektion – sahen genau hin. Sie erreichten den Tatort (Roslagsgata 40, Erdgeschoss, in Vasastaden) am 14. September 1979 um kurz vor sechs Uhr nachmittags. Es sollte fast eine Woche dauern, bis die Untersuchungen am Tatort abgeschlossen und die gelben Absperrschilder entfernt werden konnten.

Während der folgenden Monate betrachteten die Ermittler etliche Male die insgesamt fünfundzwanzig Fotos, die ihre Kollegen von der Technik am Donnerstag, dem 14. September, in der Roslagsgata 40 in Stockholm aufgenommen hatten.

Die Frau, die tot auf dem Boden in einer Erdgeschosswohnung in der Roslagsgata liegt, ist dreißig Jahre alt und Prostituierte. Sie ist schwedische Staatsbürgerin, wurde jedoch in Polen geboren. Schon nach etwa einer Stunde hat die Polizei – dem Zufall sei Dank – ihre Identität festgestellt. Sie heißt Kataryna Rosenbaum, geboren am 20. 6. 48 unter dem Namen Zielinska.

Der Ermittler, der sie als Erster identifiziert und schließlich den Mann finden wird, den man des Mordes an ihr verdächtigt, heißt Jan Lewin, Kriminalinspektor Jan Lewin, geboren am 6. 1. 46.

Als Kataryna Rosenbaum tot aufgefunden wird, spielt Jan Lewin im Pausenraum der Kriminalabteilung, vierter Stock, Haus A im Viertel Kronoberg auf Kungsholmen, gerade Schach.

Die Ermittlung im Mordfall Kataryna Rosenbaum hat einen dramatischen Auftakt: Martinshorn und Blaulicht. Und alles beruht auf einem Missverständnis.

Vierzehn Minuten nach fünf, das heißt fast genau eine Dreiviertelstunde, ehe Kriminalinspektor Jan Lewin in der Roslagsgata die Haustür durchschreitet, geht unter der Nummer 90 000 ein Anruf ein und wird an die Zentrale der Stockholmer Polizeileitung durchgestellt.

Der Anrufer besitzt in der Roslagsgata 33 – die Nummer 40 liegt schräg gegenüber auf der anderen Straßenseite – einen Obstladen, er ruft aus diesem Laden an. Seine Mitteilung lässt sich ungefähr so zusammenfassen (er ist außer sich, und der Polizeiinspektor, der den Anruf entgegennimmt, muss mehrere Male nachfragen):

Ein Mann hat soeben im Haus gegenüber eine Frau erschlagen.

Die Hände des Mannes triefen vor Blut.

Der Ladenbesitzer hat ihn in seinem Laden in die Toilette gesperrt.

Über Polizeifunk landet der Alarm bei 231, einem Streifenwagen aus dem zweiten Wachbezirk, der soeben auf dem Weg nach Roslagstull die Odengata überquert. Schon um siebzehn Uhr zwanzig hält dieser Wagen vor der Roslagsgata 33. Das Blaulicht brennt noch, das Martinshorn wurde an der Straßenecke ausgeschaltet.

Knapp zehn Minuten später läuft in der Zentrale ein

weiterer Anruf in derselben Sache ein. Diesmal von 231, der sich an der angegebenen Adresse aufhält. Verstärkung wird angefordert, vor Ort befindet sich eine weibliche Leiche, außerdem haben sie eine verdächtige »Mannsperson« festgenommen.

Der Wachhabende in der Zentrale schaut auf die Uhr – die Gewaltsektion hat vermutlich bereits vor über einer Stunde Feierabend gemacht – und wählt die Nummer der Kriminalabteilung. Um halb sechs am Donnerstagnachmittag wird der Fall damit statt der Ordnungspolizei der Kriminalpolizei übertragen.

Blaulicht und Sirenen hätten sie sich sparen können. Es wird sich bald herausstellen, dass die Frau seit über sechs Stunden tot und der Festgenommene vermutlich unschuldig ist. Aber dann wird es fast zwei Monate dauern, ehe Lewin und seine Kollegen einer Person habhaft werden, die sie des Mordes an Kataryna Rosenbaum verdächtigen können.

So ungefähr fängt also alles an. Während eine rotgesichtige, verschwitzte Streife aus dem zweiten Wachdistrikt einem zweiundsechzigjährigen Oberkellner Handschellen anlegt – das spielt sich im Lagerraum eines Obstladens in der Roslagsgata ab –, beugt Kriminalinspektor Jan Lewin sich im Pausenraum über ein Schachbrett.

Die Funkstreife glaubt, einen Mörder festzunehmen. Der Oberkellner ringt mit zwei Polizisten und hat nur einen einzigen, übrigens restlos wahnwitzigen Gedanken: sein Leben zu retten. Jan Lewin dagegen versucht, all seinen Mut zusammenzunehmen. Soll er es wagen, den weißen Bauern auf E 4 mit seinem Läufer zu schlagen?

II

Als Kataryna Rosenbaum ermordet wurde, war Jan Lewin zweiunddreißig Jahre alt. Er war Kriminalinspektor und seit fast zwölf Jahren bei der Polizei. Seit einem guten Jahr arbeitete er bei einer der beiden Kommissionen der Gewaltsektion für schwere Gewaltverbrechen (Mord, Totschlag, Körperverletzung), Abteilung unbekannte Täter. Lewins Position bei der Polizei sowie die Rolle, die er bei den Ermittlungen spielen wird, sind vermutlich leichter zu begreifen, wenn man etwas über die Gewaltsektion und ihren Aufbau weiß.

Sektion 1, die Gewaltsektion, wie die offizielle Bezeichnung lautet, ist eine von insgesamt zehn Ermittlungssektionen der Stockholmer Kriminalpolizei. Neben der Betrugssektion ist die Gewaltsektion die größte. Sie ist auch die Ermittlungsabteilung, die innerhalb der Polizei den zweifellos höchsten Status innehat.

Es ist noch nicht besonders lange her, dass einer der legendären Sektionschefs die Kollegen von den anderen Sektionen ganz offen als »Bodenpolizei« bezeichnet hat. Bei der Gewaltsektion kennt man den eigenen Wert. Und man schämt sich nicht zu zeigen, dass man ihn kennt.

Bei der *ersten Sektion,* wie die älteren Kollegen die Gewaltsektion nennen, werden die »großen« Verbrechen aufgeklärt, Morde, Botschafts- und Norrmalmstorgsdramen. Hier kann man die fettesten Schlagzeilen und das meiste Personal für eine Ermittlung bekommen und mit etwas Glück in der klassischen Detektivarbeit brillieren.

Hier arbeitete Lewin.

In der ersten Sektion gibt es an die vierzig Ermittler. Dazu kommen acht Sekretärinnen und vielleicht ein Dutzend zusätzliche Polizisten, die so genannten Aspis, die bei der Sektion ihr Praktikum machen. Insgesamt haben wir es also mit etwa sechzig Personen zu tun.

Die Ermittler sind zwei Abteilungen zugeordnet, eine für bekannte und eine für unbekannte Täter, sie arbeiten in insgesamt zwölf Arbeitsgruppen, den Kommissionen.

Die Kommissionen variieren in der Größe zwischen fünf und einer Person, und jede Gruppe hat ihre besonderen Aufgaben. Es gibt Kommissionen für schwere Gewaltverbrechen (»Mordkommissionen«, wie sie in der Alltagssprache heißen), für Bombendrohungen, Kindesmisshandlung, Raubüberfall und gefährliche Alkoholiker. Außerdem gibt es die Einmannkommission, die sich um verschwundene Personen kümmert.

Der Chef vons Ganze – schon seit vielen Jahren und während der gesamten Zeit der Ermittlungen im Mordfall Kataryna Rosenbaum – war Kriminalkommissar Dahlgren. Die letzte in einer ganzen Reihe von Legenden.

In Lewins Kommission arbeiteten normalerweise, ihn selbst eingerechnet, vier Ermittler. Bei den Katyrina-Ermittlungen waren sie jedoch nur zu dritt. Ein Mann war im Rahmen eines Auftrags für die UN-Truppen auf Zypern vom Dienst freigestellt worden, eine Vertretung gab es nicht. Die Kommission arbeitete also mit reduzierten Kräften, und das heißt mit den Kriminalinspektoren Andersson, gleichzeitig »Chef« der Kommission, Jansson und Lewin.

Das war an sich keine Besonderheit. Eigentlich fehlten immer zwanzig bis dreißig Prozent des Sektionspersonals, sie hatten dienstfrei, waren krankgeschrieben, machten Urlaub, besuchten Kurse oder wurden zu externen Sondereinsätzen abkommandiert.

Dass man immer weniger Leute zur Verfügung hatte als nötig, sorgte dafür, dass man es mit der Verteilung der Arbeit nicht allzu genau nahm. Man passte sich den Umständen an. Die Ermittler wanderten zwischen den verschiedenen Kommissionen und Aufgaben hin und her, man lieh aus und wurde ausgeliehen. Wenn es nicht anders ging, musste eben irgendwelchen Aspis Vertrauen geschenkt werden.

Während Lewins Zeit als Mordermittler war er bereits mit vier Mordfällen und an die dreißig anderen schweren Gewaltverbrechen beschäftigt gewesen. Keiner der vier Morde war aufgeklärt worden. In zwei Fällen kannte man immerhin den Täter, und die Ermittlungen waren eingestellt worden.

Trotz der mageren Resultate hatte Lewin sich bei den anderen Ermittlern einen guten Namen gemacht. Das hatte mehrere Gründe.

Er war nicht der Typ, der Neid provoziert. Unter anderem lag das daran, dass er nicht, wie eine der älteren Sekretärinnen es ausgedrückt hatte, allzu »knuffelig« aussah, er war jedoch klug und fleißig und kümmerte sich um seine eigenen Angelegenheiten.

Lewins Fleiß ist ausschlaggebend dafür, dass er im Mordfall Kataryna als erster Ermittler eingesetzt wird. Und wenn wir bedenken, was dann drei Tage später passiert, ist das für die einleitende Ermittlungsarbeit durchaus von Vorteil.

Am Donnerstag, dem 14. September, hätte Lewin eigentlich um halb fünf nachmittags Feierabend machen können. Am Vortag jedoch hatte er von der Kriminalpolizei einen Auftrag übernommen. Der Ermittler, der diesen Auftrag ursprünglich betreut hatte, begann mit der Arbeit, als Lewins Schicht endete. Da Lewin mit dem Kollegen über den Fall sprechen wollte, ging er nach Dienstschluss zu ihm auf die Wache. Statt nach Hause zu fahren.

Als sie ihren gemeinsamen Fall ausreichend debattiert hatten, schlug der Kollege eine Tasse Kaffee und eine Runde Schach vor. Er war nämlich ein hervorragender Schachspieler, wenngleich ein ziemlich lethargischer Ermittler. Lewin, der nach Feierabend nur selten etwas vorhatte, freute sich über den Vorschlag. Er spielte ebenfalls Schach und das sogar recht gut, wenn auch immer etwas vorsichtig; er zog nach Möglichkeit das Spiel mit vier Springern vor und neigte zur Rochade.

»Lewin!« Der Chef der Wache stand in der Tür zum Pausenzimmer. »Ich hab einen Fall und keinen, den ich hinschicken kann.« Er starrte Lewins Schachpartner ziemlich sauer an.

»Jaa.« Lewin erhob sich schon. *Das mit dem Läufer war vielleicht keine so gute Idee*, dachte er und schaute verstohlen auf das Schachbrett. »Worum geht's?«

»Mord«, sagte der andere. »Ich hab hier die Zentrale an der Strippe. Die Ordnung ist schon da und scheint irgend so einen Heini festgenommen zu haben. Also fährst du lieber gleich hin. Ich rufe Dahlgren an.«

Mord, dachte Lewin, aber das mit der Festnahme klang gar nicht gut. Andererseits konnte man ja nie wissen. Besser also, er fuhr hin. Außerdem hatte er sich für die sizilianische Verteidigung nie besonders begeistern können. *Warum hatte er sich überhaupt darauf eingelassen?*

»Roslagsgata 33«, erklärte der Kommissar. »Die Ordnung ist da, und offenbar liegt im Haus gegenüber eine Tote. Und ein Mann ist festgenommen worden. Ich habe die Technik angerufen. Bergholm hat Bereitschaft, er wohnt in der Surbrunnsgata, deshalb ist er sicher schon dort.«

Lewin nickte. *Roslagsgata 33*, Haus gegenüber, eine Tote, ein Festgenommener, Bergholm...

»Ich rufe Dahlgren oder den Wachhabenden an«, sagte der Chef noch einmal. »Und ich besorge dir einen Fahrer.« Wieder nickte Lewin. *Das klang vielversprechend.*

Einige Minuten vor sechs traf er am Tatort ein. Sein Fahrer, ein pickliger Aspi von der Bereitschaft, schaute mit langem Gesicht hinter ihm her, als Lewin zum Schutz vor dem Regen seinen Mantelkragen hochklappte und das Auto verließ.

Auf der Straße war ziemlich viel los, obwohl es so heftig regnete, dass sich an der gelben Kalkputzfassade von Nummer 40 schon dunkle feuchte Flecken ausbreiteten –, insgesamt drei Polizeiwagen waren zur Stelle. Vor dem Haus standen hintereinander zwei Streifenwagen und ein Bus. Zwei uniformierte Männer warteten im Hauseingang. So weit im Eingang wie möglich, um sich vor dem Regen zu schützen.

»Lewin, Gewalt.« Er zeigte dem Buschef seinen Dienstausweis. »Wie sieht's aus?«

»Auf dich wartet drinnen eine Tote.« Der Kollege nickte in Richtung Tür. »Erdgeschoss rechts. Und ein Kollege von der Technik. Er ist eben gekommen. Wir haben eine Festnahme im Bus. Der Obstler«, er nickte zum Laden auf der anderen Straßenseite hinüber, »hat ihn im Klo eingeschlossen und die Leitung angerufen. Der Arsch hat das totale Theater gemacht ...« Er schob den Zeigefinger unter seinen Kragen, wo jetzt der Regen durchsickerte. »Aber inzwischen hält er die Klappe.«

Lewin nickte stumm. Der Buschef überlegte, *hab ich wohl irgendwas vergessen?*

»Die Jungs halten sie für eine Nutte«, sagte er dann zögernd und schielte zu zwei Journalisten und einem Fotografen hinüber, die ihre Hälse reckten und versuchten, einen Blick ins Treppenhaus zu werfen. Sollte er mehr sagen?

»Sehr gut«, sagte Lewin. »Ich schau mich nur schnell um

und spreche kurz mit dem Kollegen von der Technik. Dann will ich mit den Jungs reden, die zuerst hier waren. Du hältst die Stellung?«

»Don't worry.« Der Kollege richtete sich kerzengerade auf und zog den Bauch ein. »Schau du dich um, ich halte die Stellung.«

»Lustig sieht sie nicht gerade aus.« Der Kollege von der Technik stieß mit dem Fuß die Tür auf, sodass Lewin in die Wohnung blicken konnte.

Er sah nur zwei Füße, nackte Beine und den unteren Teil eines blauen Frotteebademantels.

»Wissen wir, wer es ist?«

»Hab ich noch nicht rausfinden können.« Der Techniker schüttelte den Kopf. »Aber auf der Tür steht Dahl... J. Dahl. Kleidung und Wohnung... ich glaube, es ist eine Nutte.« Er richtete sich auf und fuhr sich mit der Hand durch die Haare. »Ich wette zwei Essensmarken darauf, dass die seit heute Morgen hier liegt... ich hab eben gefühlt, und sie ist ziemlich steif... und sie kriegt schon Flecken.« Er trat beiseite, damit Lewin besser sehen konnte.

»Nutten haben ja nie Namen an der Ladentür... aber sie hat sicher eine Handtasche... wir werden das schon rauskriegen.«

»Du kannst es auch gleich erfahren«, erwiderte Lewin. Er war in die Hocke gegangen, um sich das Gesicht der Frau auf dem Boden anzusehen. Ihm war gerade eingefallen, wo er die Adresse schon einmal gehört hatte – Roslagsgata 40. Sie war übel zugerichtet und presste die rechte Gesichtshälfte auf den Teppichboden. Lewin sah aber trotzdem, dass sie es war. Vor allem spürte er es im Bauch.

Herrgott, dachte er. Es war erst drei Tage her, aber da war alles ganz anders gewesen. Da hatte die Frau, die jetzt vor ihm auf dem Boden lag, in der Gewaltsektion in seinem Besuchersessel gesessen. Sie hatte auch ganz anders ausgesehen, Gesicht, Körper, Kleidung. Alles war ganz anders gewesen. Sie hatte sich bewegt. Vor allem die Hände hatte sie auf eine Weise bewegt, an die er sich gut erinnerte. Vermutlich weil sie ihm so wenig schwedisch vorgekommen war. Sie hatte mit ihm gesprochen. Einmal hatte sie ihn sogar angelächelt.

Jetzt aber lag sie ganz still auf dem Boden. Außerdem – das stimmte schon – war sie übel zugerichtet. Im Gesicht und am Körper.

Kaum mehr als drei Tage. Es war elf Uhr vormittags gewesen. Am Montag, dem 11. September. Und alles war ganz anders gewesen. Einfach aufgrund der Tatsache, dass einmal Geschehenes nicht wieder ungeschehen gemacht werden kann. Dass sich die Zeit nicht zurückdrehen lässt. Nicht einmal um drei Tage und einige Stunden.

Die Frau, die ihm gegenüber im Sessel gesessen hatte, war nach eigener Aussage 1948 in Lodz in Polen geboren. Ebenfalls laut eigener Aussage hieß sie Kataryna Rosenbaum und war an einem Augusttag des Jahres 1969 als polnischer Flüchtling in Trelleborg an Land gegangen.

Lewin hatte keinen Grund gesehen, diese Auskünfte zu bezweifeln. Allein schon deshalb, weil sie ihre Behauptungen durch überzeugende Unterlagen untermauert hatte. Unter anderem durch einen schwedischen Führerschein und einen im April 1977 ausgestellten schwedischen Pass.

Aber es gab da noch andere Dinge. Die sie gesagt und die er nicht geglaubt hatte.

»Sie heißt Kataryna Rosenbaum.« Lewin erhob sich und wischte sich Staub von seinem linken Knie. »Sie war vor drei Tagen bei mir im Büro.«

Drei Stunden später hatte Lewin mit etlichen Personen gesprochen: Kommissar Dahlgren, seinem unmittelbaren Chef Andersson, dem wachhabenden Kommissar, den Technikern (den beiden, die gerade in der Wohnung am Werk waren), der Besatzung des Wagens 231, einem zweiundsechzigjährigen Oberkellner, zwei Kollegen des Oberkellners und drei Bewohnern des Hauses Roslagsgata 40.

Er hatte außerdem einen Blick auf die Wohnung und die Tote geworfen. Vor etwas mehr als einer Stunde hatte sich auch Andersson eingefunden.

Außerdem wusste Lewin einiges mehr als drei Stunden zuvor. Unter anderem wusste er:

dass Kataryna durch »Fremdeinwirkung« verschieden war

dass sie aller Wahrscheinlichkeit nach seit Donnerstagmorgen oder Donnerstagvormittag tot war

dass der Tatort mit der Fundstätte Roslagsgata 40 identisch war

dass der festgenommene Oberkellner für den ganzen Tag bis vier Uhr nachmittags ein Alibi hatte

und dass er und Andersson und alle anderen in der Sektion es hier mit einer Mordermittlung zu tun hatten.

III

»Guten Morgen. Bitte setzen«, sagte Dahlgren, als er das Zimmer betrat.

Die anderen hatten bereits Platz genommen. Seit zehn Minuten saßen vierzehn Personen, elf Männer und drei Frauen, in Dahlgrens Büro. Einer lag eher, und zwar auf Dahlgrens Sofa. Kriminalinspektor Bo Jarnebring von der zentralen Ermittlung hatte die halbe Nacht gearbeitet. Gegen drei Uhr morgens war er in das Reihenhaus in Jakobsberg zurückgekommen. Im Bett lag seine Frau Annika und schlief. Auf seinem Kissen lag in Annikas Handschrift eine Mitteilung vom Chef: »Du bist an die Gewaltsektion ausgeliehen. Katarina Rosenbaum Donnerstag vo. ermordet. Dahlgrens Büro Freitag mo. 8.«

Für den Rest der Nacht hatte er höchstens vor sich hingedöst.

Andersson, Lewin und die beiden Techniker waren ebenfalls die halbe Nacht aufgewesen, aber sie brachten Dahlgren größeren Respekt entgegen und saßen brav und gerade auf ihren Stühlen. Keinem von ihnen wäre es in den Sinn gekommen, auf dem Sofa des Sektionschefs herumzulungern.

Lewin war ungefähr zur selben Zeit wie Jarnebring zu Hause gewesen. Er hatte jedoch bis sechs Uhr hellwach in seinem Bett gelegen und hatte deshalb bedenklich rote Augen. Andersson und die beiden Techniker dagegen hatten geschlafen. Jeder vier Stunden. Andersson wusste, dass es »seine« Ermittlung war, und hielt es für seine polizeiliche Pflicht, so ausgeruht wie möglich zu erscheinen. Die Techniker hatten geschlafen, weil sie ihre Arbeit gewöhnt waren. Die Eindrücke, die Lewin Sorgen und Schlaflosigkeit bereiteten, waren für sie längst Routine.

»Wie siehst du denn aus, Lewin. Man könnte ja glauben, dass du die ganze Nacht wach warst.« Dahlgren musterte Lewin forschend und griff dann zu den Papieren, die Andersson für ihn auf den Schreibtisch gelegt hatte.

»Dann wollen wir doch mal sehen«, sagte er. Mit der rechten Hand drehte er die Unterlagen vor sich um: die Meldung von 231, eine kurze Aktennotiz von Lewin, eine von den Technikern angefertigte Skizze des Tatorts sowie einige Fotos. Auch die von den Technikern.

Es war still im Zimmer. Alle Anwesenden kannten die Unterlagen, in die Dahlgren sich jetzt vertiefte. Dahlgren kniff sich beim Lesen vorsichtig mit dem linken Daumen und dem linken Zeigefinger in den linken Nasenflügel.

»Ja, ja.« Er legte das letzte Foto hin und ließ seinen Blick in die Runde schweifen. »Wir haben es also mit einem Mord mit unbekanntem Täter zu tun... und es wird von uns hier erwartet, dass wir den aufklären... wie ihr sicher wisst.« Er nickte zu den Morgenzeitungen hinüber, die er auf den Schreibtisch gelegt hatte. »Die Götter mögen wissen, dass ich wünschte, wir wären besser bestückt... aber egal. Andersson ist der Chef«, er sah Andersson an, der zur Antwort nickte, »und ich selbst muss offenbar den Kontakt nach oben halten.«

Als Dahlgren verstummt war, erhob sich Andersson. Er musterte die Versammelten. Jetzt war er der oberste Feldherr, wenn er auch ungeheuer zivil aussah. Mehr als zwanzig Jahre Schreibtischarbeit bei der Kriminalpolizei hatten ihn in sich zusammensacken lassen, und vor einem Jahr hatte er sich der Tatsache stellen müssen, dass er nicht mehr die für einen schwedischen Polizisten vorgeschriebene Minimalgröße erreichte.

»Wie der Chef eben schon sagte, leiden wir unter einem gewissen Leutemangel.« So redete Andersson immer. »Wir haben nicht genug Leute« und »Wir leiden unter Personalmangel« wurde zu »Leutemangel«. »Deshalb habe ich mir wirklich alle Mühe gegeben.« Auch das ein typischer Anderssonsatz.

Er schob sich mit der linken Hand die Brille auf den Nasenrücken und las zugleich von dem Blatt vor, das er in der rechten Hand hielt.

»Lewin und ich nehmen den inneren Kreis. Also das Opfer und die Personen im nächsten Umgangskreis der betreffenden Person«, erklärte er mit einem Blick zu den fünf Aspis.

Er summte vor sich hin, rückte seine Brille ein weiteres Mal zurecht und ließ den Zeigefinger suchend über den Zettel in seiner Hand wandern. Jarnebring seufzte und rutschte unruhig auf dem Sofa hin und her.

»Und dann haben wir Jansson, ja.« Andersson wandte sich einem dicklichen Mann zu, der sich in seinem grauen Anzug und mit seinen traurigen grauen Augen zu einem Stuhl ganz hinten im Raum geschlichen hatte. »Du bleibst in der Registratur, und Lewin und wir helfen dann hier oben bei den Vernehmungen. Falls es viele werden sollten. Sonst machen Lewin und ich das allein.«

Jetzt stöhnte Jarnebring, und Andersson schaute ihn überrascht an.

»Ulla kümmert sich wie üblich um den Computer.« Andersson lächelte eine der drei Frauen freundlich an. Ulla war die Computerexpertin der Sektion und gab alle neuen Ermittlungsergebnisse in den Computer ein. Seit einem knappen Jahr verfügte die Sektion über einen eigenen Computerterminal, und die alten grauen Metalltrommeln waren in den Keller verbannt worden.

»Krusberg, und auch Jarnebring und Molin, die uns freundlicherweise die Ermittlung ausgeliehen hat«, Andersson schaute Jarnebring und Molin beifällig an, »kümmern sich um den äußeren Kreis. Darunter verstehen wir den Arbeitsplatz des Opfers, dazu Nachbarn und ähnliche Personen«, teilte Andersson mit und wandte sich dann wieder den fünf Aspis zu.

So machte er noch zehn Minuten weiter. Einen Aspi kommandierte er zum Telefondienst ab –, in den Morgenzeitungen waren drei Telefonnummern angegeben, unter denen sachdienliche Hinweise entgegengenommen wurden – und die Enttäuschung war dem Aspi deutlich an den Augen anzusehen.

Der nächste Aspi wirkte ein wenig zufriedener. Ihm wurde der Transport übertragen. Die übrigen drei wurden Krusberg, Jarnebring und Molin überlassen, sie mussten die Nachbarschaft befragen.

»Jaa, wie ihr alle hört, ist das alles andere als eine perfekte Organisation.« Andersson schaute den Sektionschef an und schien um Entschuldigung zu bitten. »Aber wie gesagt, ich habe mir alle Mühe gegeben... und jetzt müssen wir wohl alle nach besten Kräften und Verstand ans Werk gehen.« *Das hört sich gar nicht so dumm an*, dachte er. Nach besten Kräften und Verstand.

Im Anschluss an Andersson ergriff Lewin das Wort. Seine Augen waren rot, und durch seine Erschöpfung, sein mageres Gesicht und die schütteren Haare wirkte er viel älter als zweiunddreißig. Aber seine Ausführungen überließen nichts dem Zufall. In kurzen, inhaltsschweren Sätzen skizzierte er den Hintergrund: den ersten Anruf, Streife 231, den Oberkellner, wie er selbst an den Tatort gelangt war. Zeitangaben, Orte, Personen. Die Leiche jedoch, der Tatort und die

Details wurden mit leichter Hand abgefertigt. Dafür waren die Techniker zuständig.

Wie können zwei Menschen, die sich so ähnlich sehen und sogar dieselben Wörter verwenden, dermaßen verdammt unterschiedlich sein, dachte Dahlgren. Das Wort »der Betreffende« zum Beispiel. Bei Lewin würde es jetzt bald kommen. Alle wussten genau, wer gemeint war mit »der Betreffende«, jeweils man selbst eben. Wenn Andersson es sagte, schauten sich alle wechselseitig an.

Lewin war jetzt wieder beim Oberkellner angelangt. »Alter Kunde bei Rosenbaum.« Er hatte am Vortag einen Termin ausgemacht – Rosenbaum gab Anzeigen mit ihrer Telefonnummer auf, hatte aber keinen Anrufbeantworter –, und er war dann pünktlich um fünf Uhr nachmittags eingetroffen. Klingelte, und als ihm nicht geöffnet wurde, ging er noch einmal um den Block. Kehrte nach einigen Minuten zurück und hatte abermals geklingelt. Niemand machte auf. Er klopfte, drückte auf die Klinke. Die Tür war offen, und er warf einen Blick in die Wohnung.

Und da lag sie: Panik.

Er hatte sie gepackt: Blut an den Händen!

War aus dem Haus und in den gegenüberliegenden Obstladen gestürzt: Hilfe!

Dann war er mit dem Ladenbesitzer zurückgekehrt, um noch einen Blick auf die Tote zu werfen. Und danach ging es abermals in den Laden, wo der Ladenbesitzer die Polizei angerufen hatte.

Die Sicherheitsverwahrung in der Toilette, den Ringkampf mit der Polizei und alles Ungemach, das danach kam, konnte Lewin in einer knappen Minute abhaken.

Wichtiger war das Alibi des Oberkellners. Kataryna war am Morgen oder am Vormittag ums Leben gekommen, und da war der Oberkellner aller Wahrscheinlichkeit nach bei der Arbeit gewesen. Dafür sprach jedenfalls vieles. Unter anderem zwei Arbeitskollegen, mit denen Lewin bereits am Vorabend gesprochen hatte. Außerdem sollte auch der Oberkellner wieder vernommen werden. Lewin würde ihn zwei Stunden später oben in der Sektion treffen.

Lewins erste Begegnung mit Kataryna Rosenbaum wurde ebenso kurz und bündig beschrieben. Obwohl seine Darstellung informativ und interessant war.

Am Montagmorgen des 11. September war über die Nummer 90 000 ein Notruf eingegangen. Eine Nachbarin hatte angerufen. Sie hatte in der Erdgeschosswohnung Lärm gehört. Eine Frau hatte um Hilfe geschrien. Als die Polizei eine Viertelstunde darauf eintraf, befand sich allerdings nur Kataryna in der Wohnung.

Sie war aus freien Stücken mit der Polizei zur Kriminalwache auf Kungsholmen gefahren. Schließlich war sie die Geschädigte und zugleich die einzige Zeugin. Niemand sonst hatte den Mann gesehen, von dem sie überfallen worden war. Ins Krankenhaus wollte sie nicht, obwohl ihr Hals wehtat und bereits eine kräftige Rötung aufwies. Um zehn saß sie bei Lewin. Die Bereitschaft hatte in der Sektion angerufen, und Lewin war persönlich nach unten gegangen und hatte Kataryna abgeholt.

In seinem Büro war sie dann nicht gerade mitteilsam gewesen. Es hatte eine ganze Weile gebraucht, bis sie bereit gewesen war, über ihr Gewerbe zu sprechen. »Massage und Entspannung«, erklärte sie. Natürlich ganz seriös. Sie war in diesem Beruf ausgebildet und hatte in einem physikalischen Institut einen Kurs gemacht. Sie konnte sogar ein Diplom vorweisen. Lewin hatte zustimmend genickt. Er konnte sich den Rest selber denken, und Prostitution war schließlich kein Verbrechen.

Aber was war nun mit dem Kunden? Der versucht hatte, sie zu erwürgen? Erwürgen sei wohl zu viel gesagt. Es sei ein wenig laut geworden und zu einem kleinen Handgemenge gekommen, als sie versucht hatte, ihn aus der Wohnung zu schieben.

Um Hilfe geschrien? Die Leute mussten aber auch immer übertreiben. Möglicherweise hatte sie den Kunden angeschrien, weil sie sich so aufgeregt hatte. Um ihn loszuwerden.

Ihre Beschreibung des Mannes lag auf derselben Linie wie ihre übrigen Aussagen. Sie hatte keine Ahnung, wer er sein könnte. Sie hatte ihn zum ersten Mal gesehen. Sah eigentlich aus wie die meisten. Mittleres Alter, mittelgroß, normaler Körperbau. Ja, er war auch ganz normal angezogen gewesen. Sakko und Hemd, oben offen.

Der perfekte Durchschnittsschwede, dachte Lewin. Vermutlich ausgesandt vom Statistischen Zentralamt, um in der frühen Morgenstunde den Halsumfang von Prostituierten zu ermitteln. Aber Lewin schwieg. Er wusste schon, wo der Schuh drückte. Kataryna Rosenbaum hatte keine Lust mehr. Sie wollte weg aus dem Büro und bereute, überhaupt mit auf die Wache gekommen zu sein. Als Lewin fragte, ob sie Anzeige erstatten wolle – das verlangten die Vorschriften –, versprach sie, sich die Sache zu überlegen. Sie wollte sich melden und Bescheid sagen.

Lewins Versuche waren fruchtlos, obwohl er es lange versucht hatte. Jetzt im Nachhinein wusste er, dass sie ihm außerdem eine falsche Wohnadresse genannt hatte. Dort war sie nämlich vor mehreren Monaten ausgezogen.

Die Adresse? Hier hatte Lewin eine Frage.

»Weiß irgendwer, wo sie wohnt?« Er sah Jarnebring und Molin an.

»Um die Ecke.« Jarnebring fischte ein schwarzes Notizbuch aus seiner Jackentasche. Blätterte mit seinem kompakten Daumen darin herum und las vor. Bergsgata 59, Vorderhaus, drei Treppen hoch, Name an der Tür, zwei Zimmer und Küche.

Eine der beiden weiblichen Aspis konnte ihre Begeisterung nur schwer verbergen. *Der Penner auf dem Sofa hatte soeben ein Kaninchen aus der Jackentasche gezogen.* Auch Dahlgren war zufrieden. *Niemand wurde nur zufällig an die Gewaltsektion ausgeliehen.*

»Ein Problem weniger«, stellte er fest. »Wir konnten sie beim Einwohnermeldeamt nicht finden, und sie hatte keine Papiere.« Er zeigte auf das Haustelefon. »Ruft die Staatsanwaltschaft an und beantragt einen Hausdurchsuchungsbefehl.« Dahlgren wiederholte die Adresse und schaute Jarnebring fragend an. »Ruf die Ordnung an. Sag ihnen, sie sollen die Adresse sichern. Wir sind in einer Stunde da.«

»Noch eine Frage«, sagte Lewin. Wieder sah er Jarnebring und Molin an. »Der Besitzer der Wohnung in der Roslagsgata... der heißt Dahl... Johny Dahl. Autohändler mit eigener Akte. Den können wir auch nicht finden.«

Jarnebring und Molin tauschten einen Blick.

»Hab ich schon mal gehört«, sagte Jarnebring. Er zog ein weiteres Mal sein schwarzes Notizbuch hervor und kritzelte etwas hinein.

»Den Arsch machen wir bald ausfindig.« Molin schaute Dahlgren zutiefst überzeugt an. »Der sitzt sicher mit den anderen Luxusgaunern in der Operabar.«

Lewin war bereit. Die Spekulationen, ob der Würger vom Montag drei Tage später zurückgekehrt sein könnte, mussten warten, bis sie mehr wussten.

»Jaa.« Andersson erhob sich und nickte Lewin, der wieder Platz nahm, freundlich zu. Aus irgendeinem Grund glaubte er, im Stehen besser denken zu können. Wenn er sich an einen größeren Kreis wenden musste. Und offenbar hatte er einen solchen Kreis vor sich, denn er erhob sich ganz automatisch.

»Jaa... du, Jarnebring, du scheinst die Frau ja zu kennen... vielleicht könntest du versuchen, uns ein Bild vom

Opfer zu vermitteln... ich rede hier von dieser Rosenbaum.«

Die Besprechung dauerte und dauerte. Zuerst schilderte Jarnebring seinen Eindruck von Kataryna Rosenbaum. Obwohl er sich auf persönliche Erfahrungen mit ihr beschränkte – er hatte sie im Rahmen seiner Arbeit für das Prostitutionskommando kennen gelernt, das die Polizeiführung im Winter 76/77 eingerichtet hatte –, und obwohl er sich wie immer kurz fasste, dauerte es doch zwanzig Minuten, weil so viele Fragen gestellt wurden.

Lewin und die anderen machten sich in dieser Zeit eifrig Notizen. »Ziemlich fesches Mädel. Seit mehreren Jahren im Gewerbe. Hat sich bei der Arbeit Kitty genannt.« Stammte aus Polen, war aber seit 75 oder 76 schwedische Staatsbürgerin. Wenn Jarnebring nicht falsch informiert war, dann hatte sie in den letzten Jahren keinen Zuhälter gehabt.

Vorher schon. Zumindest bis 1975.

Und zwar ihren ehemaligen Verlobten. »Marek Sienkowski.« Jarnebring hob den Blick vom Notizbuch. »Ein richtiger Scheißtyp. Ich begreif einfach nicht, warum solche Kerle hier ins Land gelassen werden.« Andersson, Krusberg und Lewin nickten. Den Namen hatten sie auch schon gehört: Marek Sienkowski.

»Ernährt sich von Nutten, Clubs, Hehlerei, Drogen... macht jeden verdammten Scheiß, den man sich überhaupt nur vorstellen kann. Der Drecksack hat so eine dicke Akte«, hier zeigte Jarnebring mit Daumen und Zeigefinger der rechten Hand zwei Dezimeter an, »vor ein paar Jahren hätte er sie fast umgebracht. Danach war Schluss.« Jarnebring grinste. »Die Sache wurde auch angezeigt. Ich glaube, Solna war dafür zuständig.«

Dahlgren nickte. Betätigte das Haustelefon: »Schickt die

Akte Sienkowski, Marek hoch.« Er buchstabierte den Nachnamen.

»Machte einen sympathischen und ziemlich intelligenten Eindruck, Kataryna, meine ich«, sagte Jarnebring dann abschließend. »Ich hab nie kapiert, was mit ihr nicht stimmt... aber irgendwas muss es ja gewesen sein.«

»Warum glaubst du das?«, fragte Lewin. Jarnebring musterte ihn verständnislos. »Warum glaubst du, dass mit ihr irgendwas nicht stimmte«, fragte er noch einmal. *Ermittler*, dachte er.

»Sie war Nutte.« Jarnebring musterte Lewin vergrätzt. »Irgendwas muss da doch schief gelaufen sein. Wieso hätte sie sonst als Nutte arbeiten sollen?« *Dieser Arsch rafft ja wohl überhaupt nichts*, dachte er.

Lewin nickte, sagte aber nichts.

Die Techniker standen als Letzte auf dem Programm. Bergholm – der Ältere von denen, die sich zuerst am Tatort eingefunden hatten – war daran gewöhnt, lange zu reden, ohne unterbrochen zu werden. Außerdem hatte er mehr Morde auf dem Buckel als sogar Dahlgren. Er zeigte Bilder und zeichnete auf eine Wandtafel. Das alles brauchte seine Zeit.

»Der Körper«, begann Bergholm und zeigte auf die Skizze, die er soeben an die Tafel gemalt hatte.

Der Körper, dachte Lewin. Er merkte, dass er jetzt schrecklich müde war und sich kaum noch konzentrieren konnte. Der Körper... diese Rosenbaum... die Nutte.

Ihr redet von Kataryna Rosenbaum, geboren 1948, dachte er. Und es ist erst vier Tage her. Oder neun Stunden... seit der Gerichtsmediziner gekommen war...

Der Gerichtsmediziner war schon seit einer Weile da. Ein älterer Mann mit schütteren Haaren, grauem Anzug und einer altmodischen Arzttasche aus braunem Leder. Der Inbegriff gelungener Werbung für die gute alte Hausarztordnung, falls im Parlament ihre Wiedereinführung beantragt werden sollte. *Warum sollte er sonst so eine Tasche mit sich herumschleppen*, dachte Lewin.

Der Arzt schaute sich den Leichnam genau an, die Leichenflecken waren jetzt schon ziemlich deutlich zu sehen, ansonsten begnügte er sich damit, Gesicht und Hals abzutasten, um sich ein Bild von der Leichenstarre zu machen.

Danach war beschlossen worden, sie in die Leichenhalle zu bringen, und Andersson hatte einen Wagen angefordert.

Im Flur war es eng, und die beiden Männer von der Leichenhalle konnten die Bahre nur mit großer Mühe neben die Tote bugsieren. Lewin trat in die Küchentür, um nicht im Weg zu stehen. Der Arzt erteilte Anweisungen, wie der Leichnam angefasst werden sollte.

Lewin wollte Kataryna nicht ansehen, schämte sich aber auch – ohne so recht zu wissen, warum –, als er seinen Blick abwandte. Deshalb musterte er die anderen umso genauer. Andersson und die Techniker.

Der Fahrer des Leichenwagens fasste Kataryna um die Taille und zog sie hoch, bis sie aufrecht saß. Sie ruhte mit steif abgespreizten Händen und schlaff herabhängendem Kopf in seinen Armen. Ihre schwarzen Haare klebten an der linken Gesichtshälfte in dem Blut, das aus der Wunde an ihrer Schläfe, aus dem zerschlagenen Auge, aus Nase und Mundwinkel geflossen war. Der Assistent des Fahrers packte ihre Beine und lud sie auf die Bahre.

»Ööööhrrr... uuuuh...«

Lewin spürte, dass jemand seinen Arm nahm, er musste leichenblass sein. Das merkte er jetzt auch. Seine Zunge klebte am Gaumen. Er war in seinem Leben schon einmal ohnmächtig geworden und wusste, wie es sich einen Moment zuvor anfühlt.

»Die Luft wird aus der Lunge gepresst«, erklärte der

Gerichtsmediziner. Er musterte Lewin forschend aus seinen grauen Altmänneraugen. »Es ist nicht ganz angenehm, wenn man nicht daran gewöhnt ist.«

Lewin nickte stumm. Sein Mund war wie ausgedörrt, und er merkte, dass sein linkes Knie – sein Körpergewicht ruhte auf seinem linken Bein – im Hosenbein zu zittern begann. *Herrgott*, dachte er. Reiß dich zusammen, verdammt noch mal. Was sollen denn die anderen denken?

Jetzt lag der Leichnam auf der Bahre. Noch immer zusammengekrümmt, aber auf dem Rücken, mit angezogenen Knien. Rasch wurde er zugedeckt.

»Darüber gibt es viele Geschichten.« Wieder der Gerichtsmediziner, und Lewin ahnte vage, dass er jetzt zum Patienten geworden war: Schocktherapie. Die grauen Augen hielten Lewins blaue fest, und seine Stimme war leise und ernst. »Früher glaubte man, das Mordopfer versuche, den Namen des Täters zu nennen.«

Lewin nickte nur. *Ganz ruhig*, dachte er. Sie ist doch tot... ruhig, verdammt noch mal.

Der Arzt schüttelte nachdenklich den Kopf.

»Früher gab es in meinem Beruf allerlei Seltsamkeiten. Hast du gewusst, dass bei der Suche nach Jack the Ripper einem Opfer die Augen herausgeschnitten und fotografiert wurden? Damals glaubte man, das Letzte, was das Opfer sieht, setze sich auf der Netzhaut fest...« Der Arzt schüttelte den Kopf. »Und das war noch kurz vor der Jahrhundertwende.«

Lewin nickte nur. *Die Augen*, dachte er. Herrgott. Er hatte noch nie jemanden so tot ausschauen sehen. Und dann noch die Augen. Wie hatten die Leute nur auf eine dermaßen wahnwitzige Idee kommen können?

Bergholm war fertig, jetzt redete wieder Andersson. Es wurde Zeit für ein Schlusswort der Ermittlungsleitung, und die Leute scharrten schon mit den Füßen.

»Jaa.« Andersson klang gelassen. »Dann könnten wir die Besprechung für beendet erklären.« Er ließ seinen Feldherrenblick über die Versammlung schweifen. »Keine weiteren Fragen an unsere Freunde von der Technik? Dann wollen wir mal sehen...« Er blätterte in seinen Unterlagen. »Also. Ich, Molin und die Kollegen von der Technik fahren zur Wohnung des Opfers und nehmen dort die Durchsuchung vor. Jarnebring und Krusberg begeben sich in die Roslagsgata. Lewin und Jansson bleiben hier.«

Jarnebring war schon aufgestanden. Er hörte bereits seit einer ganzen Weile nicht mehr zu.

Zwei Minuten später war das Zimmer leer. Bis auf Lewin und Dahlgren. Dahlgren sah zufrieden aus. Er schaute Lewin an und nickte väterlich.

»Viel Glück, Lewin. Ich rufe jetzt unseren Freund, den Staatsanwalt, an und teile ihm mit, dass die erste Sektion ins Horn gestoßen hat.«

Lewin hörte nicht zu. Er nickte trotzdem. In einer Viertelstunde würde er mit einem zweiundsechzigjährigen Oberkellner reden. Und dann würde es genau vier Tage her sein. *Und der Oberkellner würde in demselben Sessel sitzen, in dem sie gesessen hatte.*

IV

Bei Mordermittlungen wird nur selten Rücksicht genommen. Unter anderem kann die Polizei sich nicht an den ökonomischen Gegebenheiten und den gesellschaftlichen Konventionen orientieren, die ansonsten das menschliche Zusammenleben regeln. Vor allem aber kann man keine Rücksicht auf sich selbst nehmen.

Man telefoniert und klopft an Türen, in aller Herrgottsfrühe und abends spät. Unschuldige Menschen werden mitten in der Nacht aus dem Bett gezerrt, um zu erzählen, was sie gesehen und gehört haben. Geregelte Arbeitszeiten, freie Wochenenden und Errungenschaften der Gewerkschaft müssen hinter den kriminalistischen Notwendigkeiten zurücktreten. Der Zweck heiligt die Mittel, und bei Mord ist immer Gefahr im Verzug.

So war es auch diesmal. Die Gewaltsektion warf am Wochenende zwischen Freitag, dem 15. September, und Montag, dem 18. September, zum ersten Mal ihre Netze nach Katarynas Mörder aus. Drei Tage lang kamen Andersson, Jansson, Krusberg, Lewin und die anderen kaum aus den Kleidern. Der Schlaf reduzierte sich auf einige Stunden pro Nacht – und zumindest für Lewin waren es unruhige Stunden –, aber so war es nun einmal, und noch hatte niemand in der Sektion etwas von Arbeitnehmerrechten gblökt. Wie hätte das auch ausgesehen? Behinderung einer Mordermittlung. Der wichtigsten Manifestation von Polizeigeist. Krank, verkatert oder einfach nur müde; bei Mordermittlungen hatten alle ihre Schuldigkeit zu tun.

Gleich nach der Besprechung bei Dahlgren löste die Ermittlungstruppe sich auf, und alle machten sich an ihre Arbeit. Meistens eine Sache von Routine und wenig Drama.

Andersson, Molin, die beiden Techniker und ein Aspi fuhren in die Bergsgata 59 zur Durchsuchung von Katarynas Wohnung und zur Befragung der Nachbarschaft.

Kriminalinspektor Krusberg, den Dahlgren aus einer seiner eigenen Raubüberfallkommissionen ausgeliehen hatte, schaute beim Zentralregister und bei der Ermittlungszentrale der Landespolizei vorbei. Dann fuhr er zum Tatort, Roslagsgata 40.

Jarnebring und zwei Aspis begaben sich zur Nachbarschaftsbefragung in die Roslagsgata. Jarnebring machte ebenfalls einen Umweg – er wollte sich Johny Dahls Adresse besorgen. Die bekam er jedoch nicht. Das sollte noch seine Zeit dauern.

Kriminalinspektor Jansson (grauer Anzug, Übergewicht und traurige graue Augen) übernahm die Registrierung. Er schnappte sich die Computerexpertin der Sektion und den Aspi, der zum Telefondienst abgestellt war. Die Öffentlichkeit hatte sich bereits gemeldet, und es gab Informationen über den Vortag, mit denen der Computer gefüttert werden musste. Der Aspi, der für die Transporte zuständig war, rannte im Haus wild hin und her. Vielleicht hatte er sich das Ganze nicht so vorgestellt. Nachmittags besserte sich die Sache. Er fuhr als Kurier zum staatlichen kriminaltechnischen Labor nach Linköping. In seinem Gepäck hatte er unter anderem einen blauen Frotteebademantel, eine zerrissene weiße Baumwollunterhose und ein abgebrochenes, zweiundvierzig Zentimeter langes Stuhlbein. Alles eingewickelt in Plastiktüten und sorgfältig etikettiert.

Lewin ging auf sein Zimmer. Er musste mit einem zweiundsechzigjährigen Oberkellner sprechen und dazu fünfzehn Meter zurücklegen.

Dahlgren trank eine Tasse Kaffee, ehe er beim Staatsanwalt anrief, um den Hörnerklang zu vermelden.

Lewin hatte sich Zeit gelassen. Als er Dahlgrens Zimmer verließ, wartete der Oberkellner bereits auf dem Gang. Lewin schüttelte abwehrend den Kopf, als der Mann sich erheben wollte – »gleich wieder da« –, ging weiter in sein Zimmer und zog die Tür hinter sich zu.

Dann machte er zwei Dinge. Eins war überaus seltsam, das andere pure Routine. Zuerst vertauschte er die Sessel, und zwar den Besuchersessel mit seinem eigenen. Danach legte er den Ordner mit dem Verhör vom Vorabend auf den Tisch. Der Bericht war bereits ins Reine geschrieben. Das hatten die Mädels aus dem Sekretariat während der Besprechung gemacht.

Erst als er mit allem fertig war, öffnete er die Tür und streckte den Kopf in den Gang. Das reichte. Der Oberkellner hatte sich bereits erhoben und stand nach wenigen Sekunden im Zimmer. Aber auch für Lewin reichte es. Er saß schon hinter seinem Schreibtisch und brauchte so dem Besucher nicht die Hand zu geben, ohne allzu unhöflich zu wirken.

»Bitte, setzen Sie sich.« Lewin zeigte auf den Sessel. »Und Sie sind 1916 geboren?« Lewin las aus seinen Unterlagen vor. »Allein stehend, keine Kinder. Wohnhaft Henriksdalsring 10 in Nacka. Sie arbeiten als Oberkellner... in einem Hotel in der Odengata.« Lewin schaute von den Papieren auf und musterte den Mann auf der anderen Seite vom Schreibtisch. *Verhörstimme, Verhörmiene.*

Der Mann nickte stumm. Er sah schlecht aus. Vermutlich hatte auch er nicht geschlafen, und sein umfangreicher Leib wirkte übernächtigt und schlaff. Er fuhr sich nervös über die

Stirn und die schütteren blonden Haare, die er mit einem stark riechenden Haarwasser nach hinten gekämmt hatte. Zugleich sah er Lewin an. Sein Blick war flehend, und seine Augen waren jetzt blank.

»Sie haben schlecht geschlafen.« *Wenn er nur nicht zusammenbricht,* dachte Lewin. Der andere nickte wieder. Stumm.

»Ich finde, wir sollten über gestern reden. Unser erstes Gespräch war doch ein wenig hektisch.« *Etwas weniger Verhörstimme,* dachte er.

»Ja, ja«, sagte der Mann im Sessel. Er faltete die Hände über seinen Knien.

Das Verhör dauerte. Aber das war auch richtig so. Das gehörte dazu. Es gehörte zur Vernehmungstechnik, einem kleinen Teil der großen Ermittlungstaktik.

Zuerst musste der Oberkellner alles erzählen, was am Vortag passiert war. Wie er sich am Telefon mit Kataryna verabredet hatte. Wie er gegen neun Uhr von zu Hause weggegangen war, um sich zur Arbeit zu begeben – mit dem Bus bis Slussen und dann mit der U-Bahn zum Odenplan –, und wie er dort um kurz vor zehn eingetroffen war.

»Wir hatten ein größeres Mittagessen, um das ich mich selbst kümmern musste. Sonst fange ich später an, wenn ich tagsüber Dienst habe.«

Er war den ganzen Tag bei der Arbeit gewesen – »ich habe das Haus nicht einmal für kurze Zeit verlassen« –, und zwar bis halb fünf. Lewin hatte schon mit zwei Kollegen vom Oberkellner darüber gesprochen und erfuhr nun die Namen von zwei weiteren Personen, die ihm für den Donnerstag ein Alibi geben konnten. Lewin machte sich Notizen, stellte Fragen und machte sich noch mehr Notizen. Der Mann kam ihm jetzt, da er endlich redete, ruhiger vor.

Sie gingen die Ereignisse in der Roslagsgata ein weiteres

Mal durch. Wie er die Tote gefunden hatte und losgestürzt war, um Hilfe zu holen. Wie der Ladenbesitzer die Polizei angerufen hatte, während er selbst auf die Toilette gegangen war, um sich zu waschen. Wie er dann festgestellt hatte, dass er eingeschlossen worden war. »Ich dachte, die wollten mich auch umbringen.« Jetzt waren seine Augen wieder blank, und es fiel ihm schwer, mit ruhiger Stimme zu sprechen.

»Ich habe versucht zu erklären... aber die haben nicht zugehört. Die haben mich nur hin und her gestoßen und an mir herumgezerrt. Dieser große Dunkle hat mich beschimpft und mir verboten, mich zu waschen...«

Lewin nickte. *Ja, ja.*

»Wie gut kannten Sie Kataryna Rosenbaum?«

Er kannte Kataryna Rosenbaum seit zwei Jahren. Beruflich, durch ihren Beruf, und über eine Anzeige. Damals hatte sie zusammen mit einer Freundin in einer Wohnung in der Dalagata gearbeitet, und im ersten Jahr hatte er sie recht häufig dort besucht. Später übrigens auch noch. Aber die Gründe hatten sich geändert.

»Geschlechtsverkehr und ab und zu Massage.« Der Mann sah seine Hände an, nicht Lewin. »Sie war so freundlich«, murmelte er. »Immer so freundlich, und ich habe sie Kitty genannt. Diesen Namen hat sie bei der Arbeit benutzt... sie wollte sich wohl nicht ausliefern, denke ich. Aber als wir uns dann besser kennen lernten, hat sie erzählt, dass sie Kataryna heißt. Und eigentlich aus Polen kommt...«

Jetzt sah er Lewin an.

»Wir wurden sozusagen gute Freunde... und oft habe ich einfach nur zum Plaudern vorbeigeschaut... wenn sie wenig zu tun hatte, natürlich nur. Dafür habe ich nie bezahlt.«

»Und damals haben Sie angefangen, ihr Dinge mitzubringen?«

Der Oberkellner nickte.

»Vor allem Schnittchen, Delikatessen... sie hat so gern

feine Dinge gegessen. Ich ... ich liebe Frauen, die richtig gern essen.« Er schaute Lewin verwirrt an. »Das kommt sicher von meinem Beruf. Ich habe ihr immer Krabbenbrote mitgebracht. Manchmal auch Kaffee in einer Thermoskanne. Niemals Alkohol. Sie trank keinen Alkohol.«

»Sie haben das von Ihrer Arbeit mitgebracht?«

Wieder nickte der Oberkellner.

»Oft Krabben mit Ei, Majonäse und Dill. Das hat sie besonders gern gegessen ... Krabben.«

»Was haben Sie für ihre Dienste bezahlt?«

»Unterschiedlich. Dreihundert Kronen für Geschlechtsverkehr, manchmal auch zweihundertfünfzig, und hundert für Massage. Aber wenn wir nur geredet haben ... das hat dann nichts gekostet.«

Lewin schaute in seine Papiere. Warum, wusste er eigentlich nicht.

»Woher wussten Sie, dass sie in die Roslagsgata 40 gezogen ist?«

»Das hat sie erzählt. Als ich zum letzten Mal in der Dalagata war. Das war im Frühling. April, glaube ich ... oder vielleicht auch im Mai.« Er schaute Lewin fragend an, und der nickte. »Sie und ihre Freundin ... die Freundin heißt Lilian ... aber ich glaube, in Wirklichkeit heißt sie Anita. Offiziell, meine ich.« Er sah Lewin an, als wollte er sich entschuldigen. »Aber sie hat sich eben Lilian genannt. Auch ein nettes Mädchen. Die Wohnung war ihnen gekündigt worden. Der Vermieter wollte sie nicht mehr im Haus haben. Die anderen Mieter haben sich beklagt, und es hat wohl auch in der Zeitung gestanden. Dass in der Wohnung Lärm und viel Betrieb gewesen sein soll ... aber ich habe davon nie etwas bemerkt.«

»Wussten Sie, wo sie wohnt?«

»Nein ... ich wollte sie fragen, aber das hat sich nie ergeben ... man weiß doch nie ... wie es ihr so ging, meine ich.«

»Sie haben sie also nur in ihrem Atelier getroffen?«
»Ja, nur da.«
…
…
»Sie glauben doch nicht, dass ich sie umgebracht habe?«
Lewin musterte ihn wortlos.

»Aber Sie glauben doch nicht, dass man einer Frau, die man umbringen will, Schnittchen mitbringt?«

Das wäre sicher nicht das erste Mal, dachte Lewin. Aber das sagte er nicht. Er machte ein strenges Gesicht. Das Verhör war fast zu Ende, und der Oberkellner hielt sich noch immer aufrecht.

»Ich tue nur meine Arbeit. Fragen ist meine Aufgabe. Wenn etwas sein sollte, dann melde ich mich. Wenn Ihnen noch etwas einfällt, melden Sie sich. Abgemacht?«

Der Mann nickte, sagte aber nichts.

»Danke.« Lewin erhob sich. Er zögerte, dann streckte er die Hand aus. Der Handschlag des Oberkellners war schlaff, und seine Hand fühlte sich feucht an. Sie hatte ihre Kraft verloren. Denn sie muss doch Kraft gehabt haben. *Bei dem Körper.*

»Sie war immer so lieb.« Jetzt waren seine Augen wieder blank. »Sie verstehen… ein Mann braucht doch jemanden zum Reden.«

Lewin verstand, aber das sagte er nicht. *Man braucht jemanden zum Reden.* Jemanden, für den man wichtig ist.

»Da drinnen ist jemand. Ich höre sie, aber sie machen nicht auf.« Die Aspi flüsterte und zeigte auf die Tür oben auf dem Treppenabsatz.

Jarnebring nickte beruhigend. Die Nachbarschaftsbefragung lief überraschend gut, bedachte man, dass es mitten am Tag war – noch dazu Freitag –, und die Leute eigentlich bei der Arbeit sein müssten. Die Erklärung war sicher einfach, dachte Jarnebring. In diesem Haus wohnten vor allem ältere Leute, Rentner, dann Studenten zur Untermiete. *Verdammt schlecht*, dachte Jarnebring. Was die Leute hier wussten, hatten sie morgens in der Zeitung gelesen.

Er schlich auf Zehenspitzen nach oben, trat vor die Tür und presste das Ohr an das Türblatt. Ja, da war jemand. *Der Mörder!* Jarnebring grinste. Er klingelte ein Signal und hämmerte mit der Faust einige Male gegen den Türrahmen.

»Feuerwehr«, brüllte er. »Aufmachen. Hier ist die Feuerwehr.«

Sofort kam eine Reaktion. Er hörte, wie jemand die Sicherheitskette öffnete. Der Schlüssel wurde umgedreht, die Tür aufgeschoben, und vor ihm stand eine kleine alte Frau in einer geblümten Kittelschürze, mit Brille, grauen Haaren und ängstlichem Blick.

»Brennt es«, jammerte sie, und ihre Blicke irrten zwischen Jarnebring und dem Treppenhaus hin und her.

Jarnebring bedachte die alte Dame mit seinem beruhigendsten Polizistenlächeln, das er vor allem für ältere Damen reservierte, die glaubten, ein Feuer sei ausgebrochen; er verbeugte sich höflich und zeigte seinen Dienstausweis. Er hielt das blaugelbe Polizeiemblem zwanzig Zentimeter vor die Augen seines Gegenübers.

»Guten Tag, gnädige Frau«, sagte er dann. »Ich komme von der Kriminalpolizei. Sicher haben Sie in Ihrem Briefkasten die Nachricht vorgefunden, dass wir mit Ihnen sprechen möchten?«

Die Wohnung stand auf Lewins Liste. Am Vorabend hatte niemand aufgemacht, und deshalb hatte Lewin die Benachrichtigung in den Briefkasten geworfen. Für solche Fälle besaßen sie Vordrucke.

»Wir haben der Polizei nichts zu sagen«, protestierte die alte Dame erschrocken. »Hier wohnen nur mein Mann und ich, und wir sind anständige Menschen.«

Jarnebring nickte zustimmend und versuchte, ein weiteres Mal zu lächeln.

»Davon bin ich absolut überzeugt, gnädige Frau«, sagte er mit Wärme in der Stimme. »Nun ist es leider so, dass gestern hier im Haus ein Verbrechen geschehen ist, und da müssen wir die Nachbarn doch fragen, ob jemand etwas gesehen hat. Darf ich hereinkommen?«

»Zeigen Sie mir Ihren Dienstausweis.« Die Frau zeigte auf Jarnebrings linke Hand.

Er zeigte noch einmal seinen Ausweis vor. Die Frau in der Tür sah ihn sich genau an. Sie machte immer noch einen skeptischen Eindruck.

»Ich dachte, Sie hätten Marken. Das habe ich mal gehört. Ich habe einen Verwandten bei der Polizei.« Ihre Stimme wurde beim letzten Satz kräftiger, wie um Jarnebring zu verstehen zu geben, dass er ja keine blöden Tricks versuchen sollte.

»Aber der arbeitet vielleicht auf dem Land? Da haben sie Marken«, log Jarnebring. »Hier in der Stadt nehmen wir Plastikkarten.«

»Ich, also, ich weiß ja nicht.« Die alte Dame musterte ihn zweifelnd, trat dann aber in der Tür beiseite. »Hier wohnen nur mein Mann und ich... er ist Polizist in Sandviken. Mein Neffe«, sagte sie und hielt zugleich die Tür auf.

»Man kann ja nie wissen«, sagte Jarnebring herzlich und betrat die Wohnung. Ehe er die Tür hinter sich zuzog, gab er seiner Kollegin, die unten auf der Treppe stand, ein Zeichen. »Weiter, geh zur nächsten Wohnung«, sollte das heißen.

Die Wohnung war nicht größer als die, in der Kataryna gearbeitet hatte. Hier jedoch gab es zwei Zimmer. Gleich gegenüber der Tür lag das Wohnzimmer. Links kam die Küche, rechts noch ein Zimmer. Alle Fenster schauten auf den Hinterhof.

»Ich wollte gerade putzen.« Die Frau zog ihre Kittelschürze über ihrer mageren Brust zusammen. »Mein Mann ist nicht gesund, und wir haben eine Haushaltshilfe, aber das Grobe mache ich schon noch selbst.«

»Sie haben es sehr schön hier.« Jarnebring sah sich beifällig in dem mit Möbeln voll gestopften Zimmer um. »Ich bleibe auch nicht lange. Ich wollte nur ein paar Fragen stellen.«

Eine Stunde später hatte Jarnebring zwei Tassen Kaffee getrunken und in der Deckenlampe die Glühbirne ausgewechselt. Er hatte erzählt, warum er gekommen war, und fünf Minuten gebraucht, um die alte Dame zu beruhigen – »es besteht keinerlei Gefahr, wir haben im Haus Posten aufgestellt«. Außerdem hatte er so allerlei erfahren. Über Kataryna.

Die Frau wusste sehr gut, wen er meinte. »Sie war immer so elegant und sah so sympathisch aus.« Sie begegneten sich morgens im Treppenhaus. Jeden Morgen gegen neun – »um neun öffnet die Bäckerei« – kaufte sie in einem Familienbetrieb, der in der Gegend noch überlebt hatte, Brötchen und eine halbe Lage Butterkuchen. Um diese Zeit traf Kataryna offenbar an ihrem Arbeitsplatz im Erdgeschoss ein.

»Er isst so schrecklich gern frische Brötchen.« Das flüsterte sie Jarnebring zu, während sie zugleich zur verschlossenen Schlafzimmertür hinüberlugte. »In Nummer 22 gibt es noch eine Bäckerei. Aber in letzter Zeit isst er sie nicht mehr auf.« Besorgt schüttelte sie den Kopf.

Sie konnte noch mehr erzählen. Vormittags sah sie Kataryna noch mal, wenn sie in den Hinterhof ging. Zu den Mülltonnen, die ganz hinten in einem Schuppen standen. Jarnebring nickte. Er hatte bereits den weißen Sessel registriert, der vor dem Fenster stand. Da konnte man die Tage mit Hinausschauen verbringen. Und sich gleichzeitig mit dem Gatten im Nebenzimmer unterhalten.

Am Vortag, gegen halb zehn, glaubte sie Kataryna begegnet zu sein, als sie vom Einkaufen zurückkam. Sie hatten gleichzeitig das Haus betreten. Sie konnte sich sehr gut daran erinnern. Sonst sah sie Kataryna nämlich früher, gleich nach neun, wenn sie in die Bäckerei ging. Kataryna hatte die Tür für sie aufgehalten.

»Sie war so höflich wie ein kleines Mädchen.« Die alte Dame musterte Jarnebring mit ernster Miene.

Aber danach hatte sie Kataryna nicht mehr gesehen. Sie hatte keinen Abfall in den Hinterhof gebracht. »Aber das tat sie natürlich nicht jeden Tag.« *Und gestern eben nicht*, dachte Jarnebring. Aus nahe liegenden Gründen.

»Wo zum Teufel hast du denn so lange gesteckt? Ich dachte schon, die Oma hätte dich vergiftet.« Die Kollegin saß vor dem Haus im Auto. Sie war so gereizt, dass nur der Respekt sie bremste.

Jarnebring schlug die Autotür zu und schüttelte den Kopf. Er sah zufrieden aus.

»Ich habe zwei Tassen Kaffee getrunken. Dann habe ich eine Glühbirne ausgewechselt. Und übrigens…«, er starrte sie an. »Sag nicht Oma. Solche älteren Damen sind die besten Zeuginnen, die man sich überhaupt vorstellen kann. Hast du das auf der Schule nicht gelernt? Zeig mal die Liste.«

»Noch fünf. Zettel im Briefkasten«, sagte die Aspi und reichte ihm das Verzeichnis der Hausbewohner.

»Gut«, sagte Jarnebring. »Dann gehen wir jetzt was essen, und dann nehmen wir uns die Nachbarhäuser vor.«

V

Während Bo Jarnebring auf einem wackeligen Küchenstuhl balanciert, um eine defekte Glühbirne auszuwechseln, während Jan Lewin sich fragt, ob der Oberkellner, den er gerade vernimmt, zusammenbrechen und hysterisch losheulen wird, arbeiten sich Andersson und die beiden Techniker langsam durch Katarynas Wohnung in der Bergsgata 59 hindurch.

Andersson, Jarnebring, Lewin, die Techniker; alle sind auf unterschiedliche Weise demselben Ziel verpflichtet. Alle wissen sie eins. Die einleitende Phase ist entscheidend. So ist es fast immer bei Mordermittlungen. Und hier haben sie es mit der einleitenden Phase einer Mordermittlung zu tun. Das wissen alle. Von Dahlgren bis zur kleinsten und jüngsten Aspi.

Die Untersuchung der Wohnung wurde am Freitagvormittag um elf begonnen. Danach wurde sie in Etappen durchgeführt und erst abends am Sonntag, dem 17. September, abgeschlossen.

Zusammenfassend können wir sagen, dass die Techniker ihre Zeit zwischen Katarynas Wohnung in der Bergsgata und ihrem Atelier in der Roslagsgata aufteilten.

Bei der Durchsuchung in der Roslagsgata ging es vor allem um zwei Dinge. Erstens: Wie war der Mord geschehen? Zweitens: Gab es Spuren, die sich bei der Jagd nach dem

Täter verwenden lassen würden und vor Gericht als Beweise Bestand hätten?

Wenn man so wollte, konnte man letztere Frage auch umdrehen. Mit technischen Beweisen kann man einen Unschuldigen von jeglichem Verdacht befreien.

Die Untersuchung des Tatorts sicherte viele Spuren dieser Art: Hautfragmente, Blut, Haare, die von Katarynas Kopf und von ihrem Unterleib stammten, Fingerabdrücke, Körperflüssigkeiten in ihrer Unterwäsche und auch sonst noch allerlei.

Später sollte sich dann herausstellen, dass nur eine einzige dieser vielen Spuren für die Ermittlung von Bedeutung sein würde, aber das weiß man ja vorher nie.

Bei der Untersuchung von Katarynas Wohnung wurde jedoch nach einer anderen Antwort gesucht. Die Hauptfrage lautete: Wer war Kataryna Rosenbaum? Da sie sich selbst nicht dazu äußern konnte, musste man versuchen, sich aufgrund ihrer nächsten Umgebung ein Bild von ihr zu machen. Unter anderem ausgehend von den Dingen, mit denen sie sich umgeben hatte.

Dazu gehörten hoffentlich Gegenstände, die von ihrem Umgang erzählen konnten. Notiz- und Telefonbücher, Briefe, Zettel mit Notizen, Quittungen, Rechnungen, Fotos. Vielleicht sogar ein Tagebuch. Aber ein solches Glück, dass man ein Tagebuch fand, hatte man fast nie.

Und doch war die Hoffnung auf ein Tagebuch Anderssons wichtigste Antriebskraft. Das hatte einen ganz persönlichen Grund, die Ursache lag weit zurück in der Vergangenheit, und auch als Hoffnung war es wenig realistisch.

Sechzehn Jahre zuvor, im Frühjahr 1962, hatte Andersson während einer Mordermittlung nämlich ein Tagebuch gefunden. Und dieses Tagebuch – genauer gesagt, ein Eintrag in diesem Tagebuch – hatte die Aufklärung eines Mordes ermöglicht, der sonst mit Sicherheit unaufgeklärt geblieben wäre.

Die Zeitungen hatten damals ziemlich viel darüber geschrieben. Sogar im Jahrbuch des Polizeivereins hatte ein Artikel gestanden. Nicht von Andersson selbst, sondern von einem Oberstaatsanwalt mit Sinn für kriminalistische Kuriositäten.

Eine seltsame Geschichte. Das nun wirklich. In den Tagebuchzeilen wurde kein Name, überhaupt keine Person erwähnt. Es handelte sich um drei Strophen aus einem ziemlich beliebten Liebeslied, und der Mörder selbst hatte sie ins Tagebuch des Opfers geschrieben. Als er die Frau noch geliebt hatte.

Nie wieder hatte Andersson ein Tagebuch gefunden, obwohl er seit 1962 an etlichen Mordermittlungen teilgenommen hatte, die Hoffnung jedoch war immer noch da.

Außerdem – denn Andersson war im Grunde ein Optimist – gab es Adressbücher, Briefe, Notizen auf einzelnen Zetteln. Diesmal jedoch, während der Kataryna-Ermittlung, geriet sein Glaube ins Wanken. Das müssen wir zugeben.

In Katarynas Wohnung fanden sie nämlich nur sehr wenige Dinge, die überhaupt auf irgendwelche Beziehungen zu anderen Menschen hinwiesen. Es gab einige wenige Fotografien. Fast alle zeigten Kataryna selbst, und im Hintergrund war in der Regel eine Wand irgendeines Fotoateliers zu sehen. Es waren auch keine Pornofotos – was in Anbetracht ihres Gewerbes doch nahe gelegen hätte. Es waren Bilder von Katarynas Gesicht, im Profil, Halbprofil und von vorn. Von schräg oben, schräg unten, von der Seite oder direkt von vorn aufgenommen.

Kataryna selbst, lächelnd oder ernst, aber immer war sie sich der Tatsache, dass sie vor einer Kamera saß, überaus bewusst.

Briefe? Briefe fanden sie überhaupt nicht.

Rechnungen und Quittungen? Uninteressant. Bar bezahlt, keine Kredite, keine Zahlungsaufforderungen. Die üblichen banalen Gegenstände: sechs Kristallgläser aus dem Kaufhaus NK, ein Paar Schuhe aus dem Schuhladen Svan in der Drottninggata, Lebensmittel von Åhléns in der Klarabergsgata.

Die ganze Wohnung war kühl und unpersönlich, sie war elegant möbliert – neue Möbel –, sie war ordentlich und gepflegt. Sogar in Kühlschrank, Speisekammer und Badezimmerschrank herrschten Ordnung und Anonymität.

Ein einsamer Mensch, dachte Andersson. Aber das liegt natürlich an diesem Telefon. Er betrachtete verärgert den weißen Apparat auf dem Nachttisch im Schlafzimmer. Es sorgt dafür, dass die Leute keine Briefe mehr schreiben. Und auch kaum noch Notizen auf kleine Zettel.

Aber zugleich war es das Telefon, auf das sie auch diesmal ihre Hoffnungen setzten. Es gab nämlich ein Adressbuch mit ziemlich vielen Namen und Nummern. Außerdem lagen einige Visitenkarten darin. Auf denen ebenfalls Telefonnummern standen.

Aber das war mehr oder weniger alles. Obwohl sie vier Kartons mit Katarynas Habseligkeiten mitnahmen, als sie nach dem ersten Durchgang ihre Wohnungstür verplombten.

Natürlich lagen in einem Karton nur Kleidungsstücke. Ein zweiter enthielt die Reste ihres letzten Frühstücks – Eierschalen, Brotkrümel, ein leeres Marmeladenglas und einen benutzten Kaffeefilter, das alles hatten sie aus dem Müll gefischt, dazu eine Kaffeetasse, ein Glas mit einem Rest Apfelsinensaft, einen Eierbecher, zwei Schalen und zwei Löffel, alles aus dem Spülbecken –, aber daneben hatten sie eben doch zwei Kartons voller Papiere.

Die Besprechung dauerte noch an, als die Telefone der Gewaltsektion anfingen heißzulaufen. In den kommenden zwei Tagen sollte die Flut von Tipps heftig anschwellen.

Aus den schriftlichen Unterlagen über die Ermittlungen geht hervor, dass wirklich ungeheuer viele Anrufe einliefen. Während der knapp vier Monate bis Jahresende wurden allein an die zweihundert telefonische Tipps registriert. Es lässt sich aber auch leicht nachweisen – denn jedes Detail in den Ermittlungsakten ist mit Datum versehen –, dass in diesen Monaten nicht von einem langen ruhigen Fluss die Rede sein konnte.

Allein an den ersten beiden Tagen wurden über hundert telefonische Tipps registriert. Danach ging die Zahl stark zurück. Schon am dritten Tag der Ermittlung war Katarynas Name aus den Schlagzeilen verschwunden, und der Zusammenhang zwischen der öffentlichen Darstellung des Falls und der Menge an Informationen aus der Öffentlichkeit wird in aller Deutlichkeit klar. Was ja nur natürlich ist. Der Zustrom an Tipps versandet, und es bleibt ein dünnes Rinnsal.

Dann dauert es zwei Monate, bis die Tipps wieder strömen – wenn auch längst nicht so heftig wie beim ersten Mal. Es geschieht, als ein mutmaßlicher Täter festgenommen wird und die Zeitungen den Fall abermals aufgreifen.

Der Aspi, der zum Telefondienst abkommandiert worden war, hatte sein Missvergnügen deutlich gezeigt. Am Telefon zu sitzen, noch dazu unter der ständigen Oberaufsicht eines älteren Kollegen, kam ihm wenig sinnvoll vor. Er sollte seine Meinung jedoch recht bald ändern und glauben, im Mittelpunkt der Ereignisse zu sitzen. Bedenken wir die relative Bedeutung seiner Aufgabe und zugleich den Wert der von ihm registrierten Informationen, sind beide Reaktionen fragwürdig.

Während der einleitenden Phase laufen also bei der Gewaltsektion die Telefone heiß. Aber die, die anrufen, und das, was sie zu sagen haben, sind fast immer von geringem Wert für die Ermittlung. Etliche Tipps müssen sogar als schädlich eingestuft werden. Sie lenken die Arbeit in eine falsche Richtung und stehlen Zeit und Mittel ohne jede Gegenleistung.

Viele Anrufe kommen zudem von Leuten, die vor allem reden wollen. Von verängstigten und einsamen Menschen. Eine Abendzeitung versucht, einen Zusammenhang herzustellen zwischen dem Mord an Kataryna und zwei anderen Frauenmorden, die früher im Jahr passiert sind. Das ist bereits zu diesem Zeitpunkt äußerst zweifelhaft und wird sich bald als ganz und gar falsch erweisen, aber viele Anrufe beziehen sich darauf. Die Angst vor dem Unbekannten und die vielen Beobachtungen, die nichts mit Kataryna zu tun haben, werden schon bald zur Belastung für die Ermittler.

Die zweite Sorte von Anrufen stammt von Personen, die mit Fug und Recht oder zumindest mit einem Anschein von Fug und Recht als wichtige Gewährsleute bezeichnet werden können. Von der Art: Ich habe am Donnerstagmorgen vor der Roslagsgata 40 einen blauen VW-Bus gesehen... ein älterer Mann hat gegen fünf das Haus verlassen.

Dann haben wir natürlich die Abweichler. Die sind ein typisches Phänomen solcher Ermittlungen, dürfen aber nicht ignoriert werden. In der Kataryna-Ermittlung gibt es viele gute Beispiele. Der folgende anonyme Anruf – angerufen hat ein Mann mittleren Alters, der *nicht* angetrunken zu sein schien – wird am Freitagnachmittag zwischen vierzehn Uhr fünfzig und fünfzehn null null aufgenommen:

»...ja Scheiße, hab sie nicht umgebracht. Hab ihr eins auf die Schnauze gegeben, Mann... hab doch gesehen, dass sie das braucht, Mann... so viel Scheiß hat die geredet. Mann. Ja, ich hab eine Weile weitergemacht, Mann... hab sie langsam gefickt, immer mit dem dicken Schwanz im Hals, Mann. Und dann, Mann... da hab ich aufgehört, Mann... und die Scheißnutte war total starr, Mann... und da dachte ich, die miese Sau soll blechen, Mann... und da hab ich ihr den Kram in die Fotze gestopft, Mann...«

»*Können Sie sagen, was Sie hineingestopft haben?*«

»Scheiß drauf, Junge... miese blöde Fotze hatte die, die Scheißnutte«, und so weiter und so weiter.

Aber registrieren muss man das. Über diesen Anruf wurde einen ganzen Nachmittag diskutiert. Aus demselben Grund, aus dem der Aspi, der den Anruf entgegengenommen hatte, dem Anrufer nur eine einzige spontane Frage gestellt hatte.

Dann gab es natürlich noch die kleine Gruppe von Leuten, die gestehen wollten. Einer war übrigens schon während der ersten Besprechung auf der Wache erschienen. Ein anderer rief an und schlug einen Zeitpunkt vor, »besser, ich bin es los, wenn Sie verstehen.«

Einsame Menschen, furchtsame Menschen, verrückte Menschen. Solche, die etwas gesehen haben. Und solche, die einfach nur reden wollen. Aber alle haben eines gemeinsam. Ihre Mitteilungen müssen ernst genommen werden, bis sich das Gegenteil herausstellt. Danach werden sie registriert, ob sie wichtig sind oder nicht.

Der Aspi schreibt und schreibt. Jansson, der im Nebenzimmer untergebracht ist, wandert ein und aus. Hin und her. Zwischen Ulla und dem Computerterminal, seinem eigenen Telefon und den Zetteln und den Hilferufen des Aspi.

Aber dann fängt der Strom an zu versiegen. Am Sonntag, dem 17., als Kataryna aus den Morgenzeitungen verschwindet und in den Abendzeitungen nach hinten verbannt wird, verstummen die Telefone. Und dann hat man möglicherweise Zeit zum Denken.

Am Sonntagabend, als die Flut von Tipps zu einem schwachen Rinnsal geschrumpft war, hatten die Techniker in der Bergsgata 59 ihre Arbeit beendet.

»Du solltest mal hinfahren.« Andersson stand in Hut und Mantel in Lewins Zimmertür.

Lewin nickte zerstreut.

»Ich fahre jetzt nach Hause, schlafen«, sagte Andersson dann. »Die Schlüssel liegen in meiner linken Schublade.« Er tippte mit der rechten Hand an seine Hutkrempe und ging.

Lewin schaute ihm hinterher. Seit Freitagmorgen hatte er die Sektion fünfmal verlassen. Dreimal, um in der Stadt Vernehmungen durchzuführen. Zweimal war er zum Schlafen nach Hause gefahren. Die übrige Zeit hatte er hier verbracht. Vor allem in seinem Zimmer. Dauernd im Gespräch mit den Personen, die sich hinter den bei Hausdurchsuchungen, Nachbarschaftsbefragungen und Registerdurchsichten ermittelten Namen verbargen. Oder die sich von selbst gemeldet hatten. *Über diese verdammten Telefone, die auf der anderen Seite des Gangs ununterbrochen bimmelten.*

Lewin war ein gebildeter Polizist. Er las viel und wusste sehr wohl, wer Sisyphos war. Seit Freitag verstand er ihn auch. Verstand unter anderem, dass seine eigene Lage noch weniger beneidenswert war. In der Zeit, die er brauchte, um einen Namen von der Liste der zu vernehmenden Personen zu streichen – Vernommen/Lewin/Datum – hatte jemand anders drei neue dazugeschrieben.

Aber Lewin wusste auch, dass sich die Situation bald ändern würde. Und dass jeder neue Name auch eine neue Hoffnung bedeutete. Deshalb fügte er sich in sein Schicksal und blieb auf seinem Platz am Fließband der Ermittlungsmaschinerie. Andersson, Jarnebring und die anderen sorgten immer wieder für Nachschub. Lewin sortierte. So war das. Das hatten sie am Freitag beschlossen.

Um halb acht las er in den Papieren, die er in seinen Stahlschrank eingeschlossen hatte. Seit einer guten Stunde war er allein in der Sektion, vielleicht sogar im Haus in der Kungsholmsgata. Wenn er jetzt fuhr, konnte er in der Bergsgata vorbeischauen und trotzdem noch einkaufen, ehe um zehn der Lebensmittelladen bei der U-Bahnstation dichtmachte.

Er holte sich die Schlüssel zu Katarynas Wohnung, dazu Siegel und Plombierstange – alles lag in Anderssons linker Schreibtischschublade bereit –, und ging hinunter in die Garage. Die Wohnung war zwar nur einen Block entfernt, aber er konnte ja gleich sein Auto mitnehmen.

In der Wohnung brannte kein Licht. Er musste den Lichtschalter eine Weile suchen. Das Haus war alt, aber frisch renoviert, und die Schalter saßen in kindgerechter Höhe. Deshalb musste er in der dunklen Diele eine Zeit lang herumtasten.

Während er im Dunkeln dastand, hatte er geschnuppert. Lewin rauchte nicht und trank auch nur ganz selten, deshalb verfügte er über einen hervorragenden Geruchssinn.

Er hielt Gerüche für verräterisch. Verräterisch, interessant und manchmal verlockend. Die wenigen Frauen, mit denen er zu tun hatte, beschnupperte er oft. Aber nie so, dass sie es merkten. Immerhin hatte eine ihn mal darauf angesprochen. Seither war er vorsichtiger. Er schnupperte nur ganz wenig, verstohlen, gern im Nacken, wenn sich die Gelegenheit ergab. *Was natürlich selten vorkam.*

Aber hier konnte er sich gehen lassen. Bei ihrem Besuch in seinem Büro hatte Kataryna nach Parfüm gerochen. Nach einem ziemlich kräftigen, aufdringlichen Parfüm. Das hatte er mit ihrem Beruf entschuldigt. *Da musste sie wohl so riechen.* Aber als er jetzt in ihrer Wohnung stand, war er doch enttäuscht. Es roch nach gar nichts. Nicht einmal nach altem Haus oder nach Putzmittel. Nach gar nichts.

Das kann nicht sein. Er war eine Viertelstunde lang durch die Wohnung gewandert. Wohnzimmer, Schlafzimmer, Diele, Badezimmer und Küche. Er fasste nichts an – obwohl die

Techniker fertig waren – und registrierte nur durch Blicke. Eine Sitzgruppe aus genopptem weißen Leinen. Er wusste nicht, wie so etwas hieß. Sicher war es eine besondere Webtechnik, und sicher war es teuer. Weißer Teppichboden im Wohnzimmer. Weißes Bücherregal. Fast kein Buch, aber allerlei sorgfältig aufgereihte Flaschen und Gläser. Ziergegenstände. Aus Kristall, Holz und normalem Glas.

An den leeren Stellen in den Regalen hatten vermutlich Fotos gestanden. Das konnte er sich leicht ausrechnen. Vor allem Fotos von Kataryna selber. Das wusste er, weil Andersson es erzählt hatte. Deshalb wusste er auch, dass die Fotos sich jetzt in einem Karton befanden, eingeschlossen in den Schrank der Technik.

Schlafzimmer: Messingbett mit gewirkter weißer Tagesdecke, weißer Nachttisch und weißes Telefon. Weißer Flokati auf dem Boden. Das hieß nämlich Flokati. Das wusste er noch von einer anderen Ermittlung her.

Eine Wohnung aus einer Zeitschrift für Wohnkultur, dachte er. Bestimmt nicht billig, wirkte aber nicht echt.

Sie passte nicht zu ihrem Gesicht, ihren Augen und der Art, wie sie sprach. Und bestimmt nicht dazu, wie sie beim Sprechen die Hände bewegt hatte. Er setzte sich auf das weiße Sofa und überlegte. *Vielleicht hatte sie Angst?* Hatte Angst und war einsam. Ob man dann so wohnte? Sich von der eigenen Geschichte zu befreien suchte, indem man neue Dinge kaufte? Nur neue Dinge. Wohnte man dann so? Vorausgesetzt man konnte sich das leisten, natürlich. Er dachte an seine eigene ungepflegte Junggesellenwohnung auf Gärdet. Er war auch einsam. Aber er hatte keine Angst. Vielleicht wohnten sie deshalb so unterschiedlich?

Es musste vor allem Angst sein, dachte er, als er wieder vor der Wohnungstür stand und mit der Zange eine neue Bleiplombe anbrachte. Aber eine andere Art Angst als jene, die von erzwungener Einsamkeit herrührte.

Unterwegs kaufte er ein. Wenn man in diesem Kiosk einkaufte, war es ohnehin egal. Er war weit weg mit seinen Gedanken – eine Packung Wiener Würstchen, Tomaten, Kartoffelsalat, Magermilch, Brot, Saft. Für ein spätes Abendessen und das Frühstück am kommenden Morgen.

Am Morgen stand er um sechs auf. Während der letzten beiden Stunden hatte er nur vor sich hingedöst. Er öffnete das Schlafzimmerfenster und schaute hinaus auf die Straße. Die Fenster waren vom Regen verschmiert. Das waren sie schon seit drei Tagen. Die Luft war scharf, aber nicht besonders kalt, und im Dunst sah der Rasen draußen grüner aus, als er eigentlich war. Wie im Sommer, dachte Lewin, zog das Unterhemd, in dem er geschlafen hatte, aus und ging ins Badezimmer.

»Ich bin die Frau ... du bist der Maaaaann«, erklärte die heisere Sängerin im Autoradio, als er in den Värtaväg abbog. *Glaub ich dir sofort. Bei der Stimme*, dachte er. Plötzlich ärgerte er sich und stellte das Radio aus.

VI

Tod durch Fremdeinwirkung. Zwischen zehn und halb elf Uhr vormittags am Donnerstag, dem 14. September. Ermordet von einem unbekannten Täter. Einem Täter, bei dem es sich wirklich um jeden handeln konnte. Um einen ganz normalen Menschen ebenso wie um einen Verrückten. *Das ist dabei herausgekommen*, dachte Lewin. Die Besprechung hatte fast zwei Stunden gedauert, und es war genau eine Woche her, seit er Kataryna zum ersten Mal gesehen hatte.

Zur Besprechung am Montagmorgen hatten sich um einiges mehr Leute versammelt als drei Tage zuvor. Die gesamte Ermittlertruppe war anwesend wie beim ersten Mal, vierzehn Personen, dazu Dahlgren selber. Außerdem noch zehn weitere. Sechs waren dazugebeten worden. Vier hatte Neugier oder Interesse angelockt.

Unter den Gebetenen befand sich ein Gerichtspsychiater. Ein großer magerer Mann von Mitte vierzig. Grauschwarzer Anzug mit Weste und Fliege, Brille und rundes Kindergesicht, das seiner Größe und seinem mageren Körperbau zu widersprechen schien. Außerdem war er Professor, und Dahlgren hatte ihn hergebeten, damit er ein Täterprofil zu konstruieren versuchte.

Auch der Gerichtsmediziner war herbestellt worden. Der Arzt, dem Lewin in der Roslagsgata begegnet war. Mehr

Hausarzt denn je, hatte er dieselbe braune Tasche wie beim ersten Mal dabei.

Die übrigen vier der sechs Gebetenen gehörten zur Streife. Sie waren am Morgen herbeikommandiert worden, um ihren Kollegen Jarnebring und Molin zu helfen.

Bei vier Personen im Zimmer war persönliches Interesse der Hauptgrund für ihr Kommen. Immerhin konnte einer, nämlich der Staatsanwalt, der die Voruntersuchung leitete, durchaus berufliche Gründe für seine Anwesenheit anführen. Die drei Polizeidirektoren am Tisch jedoch – der Chef der Kriminalabteilung, der stellvertretende Chef der Kriminalabteilung und der Chef der Kriminalsektion – waren aus eher subjektiven Motiven erschienen. Keines davon war für die Ermittlung von besonderer Bedeutung. Sie wollten sich auf dem Laufenden halten. »Die Zeitungen rufen doch wie bescheuert an.« Dieser Grund wurde genannt.

Wahrscheinlich gab es noch andere Gründe. »Die haben wohl nicht genug zu tun«, sagte Dahlgren, als er sich mit einem nachsichtigen Nicken in Richtung der verehrten Besucher neben Andersson niederließ. »Und der Raum liegt ja schön zentral«, flüsterte Andersson zurück. Wegen der vielen Anwesenden, insgesamt fünfundzwanzig Personen, hatten sie die Besprechung aus Dahlgrens Zimmer in den Besprechungsraum der Kriminalabteilung verlegen müssen, in die »Chefetage« zwei Treppen tiefer.

Vermutlich waren die vielen Leute auch der entscheidende Grund dafür, dass die Stimmung an diesem Montagmorgen um einiges besser war als drei Tage zuvor. Obwohl viele der Anwesenden eigentlich gar nichts hier zu suchen hatten, verlieh allein die Masse dem Ganzen eine gewisse Ähnlichkeit mit einer normalen Mordermittlung.

Das ist aber auch das Einzige, dachte Lewin. Die bisherigen Ergebnisse konnten die gute Stimmung nun wirklich nicht rechtfertigen.

Genau wie beim ersten Mal und trotz der Anwesenheit der »hohen Tiere«, waren es Andersson und Lewin, die abwechselnd den bisherigen Verlauf der Ermittlungen darstellten. Andersson war der Dirigent, das war klar, und Lewin war der Solist. Genau wie beim ersten Mal.

Um halb zehn war sie noch am Leben gewesen. Das behaupteten Zeugen, die ziemlich zuverlässig wirkten. Es sprach auch vieles dafür, dass sie selbst um zehn noch gelebt hatte. Unter anderem hatte sie es – nach halb zehn und nachdem sie in der Roslagsgata eingetroffen war – noch geschafft, sich umzuziehen, zehn Minuten mit einer Freundin zu telefonieren, »so irgendwann gegen zehn«, und sich eine Tasse Kaffee zu kochen und zu trinken.

Eine Zeugin hatte sie um Viertel nach neun ihre Wohnung in der Bergsgata verlassen sehen. Von dort war sie mit einem Taxi in die Roslagsgata gefahren. Das konnte der Taxifahrer bezeugen. Um halb zehn hatte sie das Haus in der Roslagsgata betreten. Dafür gab es zwei Zeugen und eine Zeugin: den Taxifahrer, eine Person, die in der Nachbarwohnung arbeitete und sich telefonisch bei der Polizei gemeldet hatte, und die alte Dame, mit der Jarnebring gesprochen hatte.

Alle sagten aus, sie habe Straßenkleidung getragen, braune Lederstiefel, Fuchspelzjacke und braunen Rock. Diese Kleidungsstücke waren in der Roslagsgata gefunden worden. Und zwar ordentlich im Kleiderschrank aufgehängt.

Ermordet worden war sie aber in ihrer Arbeitskleidung, blauer Frotteebademantel und weiße Unterhose. Die weiße Unterhose hatte der Täter ihr wohl nach dem Überfall ausgezogen. Wahrscheinlich, um ihr das Stuhlbein in den Unterleib rammen zu können. Die Unterhose hatte in der Küche auf dem Boden gelegen. Sie war zerrissen, ansonsten aber sauber. Kein Blut und auch keine Spermien. Der Gerichtsmediziner war zu dem Schluss gekommen, dass Kataryna schon bewusstlos und fast tot gewesen sein musste, als der Täter das Stuhlbein in sie eingeführt hatte.

Das alles musste sich irgendwann zwischen zehn und halb elf am Donnerstagvormittag zugetragen haben. Bei der oberen Grenze war man sich alles andere als sicher. Sie basierte auf den Beobachtungen am Tatort und der Obduktion. Sichere Ergebnisse würden erst später vorliegen, wenn die gerichtschemischen Analysen unter anderem von Katarynas Mageninhalt abgeschlossen sein würden.

Konnte der Mord in irgendeinem Zusammenhang mit dem Überfall drei Tage zuvor stehen? Bei der Nachbarschaftsbefragung, der Registrierung der telefonischen Tipps und den Vernehmungen, die Lewin und die anderen durchführten, gingen sie bis auf weiteres von einem solchen Zusammenhang aus. Man konnte jedenfalls nicht ausschließen, dass es sich beim Mörder um den Mann handelte, der Kataryna drei Tage zuvor misshandelt oder zu töten versucht hatte.

Besonders viele Informationen über die beiden Zeiträume besaßen sie nicht. Drei, vielleicht auch vier Männer waren kurz vor dem Überfall in der Roslagsgata 40 gesehen worden, zwei oder vielleicht auch drei kurz vor dem Mord. Aber keiner war beide Male aufgetaucht.

Drei dieser Personen waren bereits vernommen worden. Einer war der Oberkellner. Vermutlich hatte keiner von den dreien etwas mit dem Mord zu tun. Der vierte Mann, den sie noch nicht erreicht hatten, konnte möglicherweise statt am Donnerstag auch am Mittwoch da gewesen sein. Der Zeuge war sich nicht ganz sicher und dachte noch mal darüber nach.

Außerdem lagen Auskünfte über etliche Fahrzeuge vor. Manche hatten sie bereits überprüft, andere nicht. Bisher ohne Resultat.

Lewin arbeitete sich noch immer durch die Namensliste von Katarynas Bekanntenkreis hindurch und war noch längst nicht fertig. Derzeit bestand die Liste aus an die fünfzig Personen. Die meisten hatten sie in Katarynas Adressbuch gefunden. Lewin hatte mit etwa zwanzig gesprochen, fast alles Männer. Fünfzehn Kunden. Dazu drei Männer, die behaupteten, keine Kunden zu sein, sondern nur Bekannte. Endlich auch drei Frauen. Freundinnen und in derselben Branche tätig wie das Opfer: Prostituierte.

Eins jedoch hatten alle gemeinsam: Ihre Eignung für die Rolle des Täters war mehr als zweifelhaft.

Lewin setzte seine Hoffnungen also eher auf jene, die er noch nicht vernommen hatte. Vor allem interessierte er sich für zwei Personen. Zum einen für Marek Sienkowski, Katarynas ehemaligen Verlobten, den Jarnebring als Erster ins Spiel gebracht hatte, zum zweiten für den Mann, der den Mietvertrag unterzeichnet hatte, Johny Dahl.

In Sachen Dahl und dem Mietvertrag hatte sich eine Komplikation ergeben, die durchaus interessant sein konnte. Zumindest war sie pikant, und es war Andersson, der sich darüber verbreitete.

Die Liste von Katarynas männlichen Bekanntschaften enthielt Personen aller Altersgruppen, Berufe und sozialen Schichten. Es gab unter anderem den bereits erwähnten Oberkellner, zweiundsechzig. Dann den Exverlobten, zweiunddreißig und als Gangster sozusagen rund um die Uhr im Dienst. Einen aus Krankheitsgründen frühverrenteten Mann, dessen sexuelle Veranlagung zumindest in Teilen bei der Sitte bekannt war. Außerdem einen Bauingenieur, dreiundvierzig, einen Klempner, achtunddreißig, einen Warenhausleiter, fünfzig, einen Studenten der Medizin, fünfundzwanzig, und einen Gebrauchtwagenhändler, Johny Dahl, achtunddreißig, mit einem durchaus bemerkenswerten Vorstrafenregister.

Endlich, und das war die pikante und möglicherweise

interessante Komplikation, gab es noch einen vierzigjährigen Grafen.

»Leute aller Art«, fasste Andersson zusammen. »Vom Rentner bis zum Grafen. Der Herr und auch der Knecht, die waren ihr gleich recht. Genau wie im Volkslied.«

Der Graf. Ja. Bei der Durchsuchung von Katarynas Wohnung waren einige Visitenkarten gefunden worden. Darunter eine mit einem historisch anmutenden Namen und dem entsprechenden Adelstitel. Auf dieser Karte war mit Kugelschreiber eine Telefonnummer aus dem südlich von Stockholm gelegenen Mariefred vermerkt. Die Nummer war die eines größeren Hofes, Postadresse war Mariefred, der Hof gehörte eben jenem Grafen, dessen Name die Karte zierte.

Aber das war noch nicht das Interessanteste. Sie hatten außerdem einen Untermietvertrag für die Wohnung in der Roslagsgata 40 gefunden. Als Mieterin war Kataryna angegeben, die Mietdauer war für ein Jahr festgesetzt. Bis dahin war alles klar.

Der Zwischenvermieter jedoch war jemand anderes. Obwohl der Namenszug kaum lesbar war, bestand doch kein Zweifel daran, dass es sich um den Namen des Grafen handelte. Johny Dahl jedenfalls war es nicht, denn seine Unterschrift hatten sie und konnten sie also zum Vergleich heranziehen. In seiner Akte hatten sich mehrere Exemplare und sogar Versionen davon befunden.

Der Hausbesitzer dagegen behauptete, keinen Grafen zu kennen. Die Wohnung habe er an Direktor Johny Dahl vermietet. Dessen Name ja auch auf dem Türschild stehe. Das wollte der Hausbesitzer noch ganz genau wissen, obwohl sein Gedächtnis ansonsten nicht gerade gut funktionierte.

Seit Samstag hatten sie vergeblich versucht, den Grafen telefonisch zu erreichen. Erst an diesem Morgen, unmittelbar vor der Besprechung, war es Lewin dann gelungen. Der Graf weilte auf seinem Landsitz. Außerdem hatte er absolut keine Ahnung, wovon Lewin da redete. Und schlimmer noch. Er hatte keinerlei Interesse an einem Treffen mit Lewin. Wenn Lewin etwas von ihm wolle, dann solle er halt nach Mariefred kommen. Also war ein Hausbesuch fällig, und diese delikate Aufgabe wurde Jarnebring und seinen Mannen übertragen.

»Ich fahre selbst«, entschied Jarnebring. »Die da kann man einem Grafen nicht zumuten.« Er grinste seine fünf Kollegen an. Keiner schien ihm die Bemerkung sonderlich übel zu nehmen.

Der Verlobte a.D., Dahl und möglicherweise der Graf. Drei Gründe, aus denen Dahlgren am Vorabend eine halbe Stunde damit verbracht hatte, noch mehr Leute von der Ermittlung auszuleihen. Am Ende war es ihm gelungen. Er hatte sich in der Hierarchie von oben nach unten gearbeitet. Hatte mit dem Polizeichef persönlich angefangen und dann den Chef der Kriminalabteilung und den der zentralen Ermittlung gefragt. Das Resultat seiner Bemühungen saß hier im Raum. Vier Kollegen von Jarnebring und Molin, zwei Streifen im Ganzen.

Panzerknacker, dachte Dahlgren bei ihrem Anblick. Seine Enkelin hatte Micky Maus abonniert, und im August hatte er ihr vor dem Schlafengehen mehrere Ausgaben vorgelesen.

Die sechs Ermittler drängten sich hinten im Zimmer in einer Ecke zusammen. Dort, wo vor Beginn der Besprechung der Geräuschpegel am höchsten war. Sie waren alle im gleichen Alter und sahen auch ungefähr gleich aus. Sie waren überaus zivil gekleidet und doch uniformiert, inspiriert von ihrer täglichen Klientel. Sie trugen Jeans und Wind- oder Lederjacken. Die Hemden waren bunt und standen am Hals offen. Zwei Männer trugen die Haare sogar halblang, dazu breite afrikanische Halsbänder.

Jeansjacken sah man nicht. Die waren nämlich zu kurz. Wer eine Jeansjacke trug, konnte die Dienstpistole nicht mit

Holster und Metallklammer am breiten Ledergürtel tragen, sondern musste auf ein Schulterholster zurückgreifen, eine Konstruktion, die unmodern und unbequem zugleich war.

Also waren oberschenkellange Jacken angesagt. Die verbargen die Pistole, und hinten rechts hingen die Handschellen. Falls man Rechtshänder war, natürlich. Der Linkshänder Jarnebring trug seine Dienstpistole links. Die Handschellen verstaute er in der Tasche seiner grünen Jacke.

Ohne dies Letztere und die Tatsache, dass sie gerne die Arme vor der Brust verschränkten, könnten die sechs Ermittler auch als nicht mehr ganz junge Gauner durchgehen.

»Dann können wir ja eigentlich gleich aufbrechen«, schlug Jarnebring vor. Besprechungen waren nicht seine Stärke.

Andersson schaute Dahlgren an, der zuckte mit den Schultern, und Jarnebring und Kollegen konnten den Raum verlassen. Aber das ging nicht so ganz unauffällig vor sich. Sie scharrten mit Stuhlbeinen, zogen ihre Jacken an, überprüften Holster und Handschellen. Dann nickten sie in Richtung Polizeileitung und zwinkerten den drei Frauen zu. Von der Tür her fing Dahlgren noch einen ungläubigen und dankbaren Blick von Jarnebring auf, Primus inter pares und eine Idee größer als die anderen.

Die Techniker konnten noch nichts beitragen. Sie hatten etliche Fingerabdrücke gesichert, aber ehe es etwas zu sagen gäbe, müssten sie zuerst identifizieren, welche Abdrücke sich rechtmäßig in der Wohnung befunden hätten. Katarynas eigene zum Beispiel. Außerdem war das Wochenende dazwischen gewesen, und technische Analysen dauerten immer ihre Zeit. Aber es bestand Hoffnung. Die bestand immer, solange die Untersuchungen noch nicht abgeschlossen waren.

Der vorletzte Punkt auf dem Programm war der Gerichtsmediziner. Er schilderte das Ergebnis der vorläufigen Obduktion, die er während des Wochenendes vorgenommen hatte. Niemand, der ihn hörte oder sah und nicht wusste, wer er war, wäre auf den Gedanken gekommen, dass er vor allem mit Patienten zu tun hatte, bei denen jede Hilfe zu spät kam.

Fast die ganze Zeit las er aus seinen Unterlagen vor. Die Liste der Verletzungen war so lang, dass er sich nicht alles merken konnte.

»Kataryna Rosenbaums Leichnam weist eine Anzahl von Verletzungen auf, die ihr alle kurz vor dem Tod zugefügt wurden...«

Er beugte sich über den Tisch und stützte sich auf seine Ellbogen.

»...teilweise am Kopf, unter anderem Blutungen unter der Gehirnrinde und in der Hirnhaut. Außerdem Gehirnverletzungen. Weiterhin Verletzungen am Hals und auf der linken Gesichtshälfte, dazu Blutungen in den Weichteilen am Hals, Risse in Jochbein und Oberkiefer sowie in der rechten und linken Schläfe, Fraktur an der linken Schläfe...«

Er schaute von seinen Papieren auf.

»Die war wohl zuerst da... die Schläfenfraktur, meine ich.«

Er ließ seinen Blick über die Tafelrunde schweifen.

»Ich habe das noch nicht ins Reine schreiben können«, erklärte er. Dann räusperte er sich und las weiter:

»...Bruch von Zungenknochen und Kehlkopf, dazu regelmäßige Würgeblutungen in den Bindehäuten der Augen, der Gesichtshaut und der Mundschleimhäute... an den oberen Extremitäten... am Rumpf... im Beckenbereich...«

»Wie ist sie gestorben?«, fiel der Chef der Kriminalabteilung ihm ins Wort.

Der Gerichtsmediziner starrte ihn überrascht an.

»Wie ist sie nicht gestorben!« Seine Stimme klang empört. »Ich habe in meinem Protokoll fünfundsechzig Verletzungen aufgeführt. Zehn davon hätten ausgereicht, um einen Menschen zu töten. Die Todesursache... die unmittelbare Todesursache...« Der Arzt bedachte den Kriminaldirektor mit einem langen Blick, »...ist Tod durch Erwürgen. Aber wenn er sie nicht erwürgt hätte, wäre sie trotzdem gestorben.«

»Kannst du etwas über den zeitlichen Ablauf sagen.« Dahlgren schaute seinen Chef fragend an.

»Sicher.« Der Gerichtsmediziner nahm Anlauf, um zu seinen Unterlagen zurückzukehren. »Wenn ich mit dem anderen fertig bin.«

Abermals räusperte er sich.

»Sonstige Verletzungen... die im Kopf... sind durch Gewalteinwirkung mit einem stumpfen Gegenstand entstanden und ebenfalls tödlich, jedenfalls was die eigentlichen Kopfverletzungen angeht. Die Verletzungen im Unterleib wurden dem Opfer in bewusstlosem Zustand zugefügt und zwar unmittelbar vor Eintreten des Todes...«

»Was glaubst du, wie das passiert ist«, mahnte Andersson. »Jetzt formulier uns doch mal eine nette Arbeitshypothese.«

»Jaa...«

Der Gerichtsmediziner war kein großer Freund von Hypothesen. Das war deutlich zu hören. Er räusperte sich zum dritten Mal.

»Also. Zuerst kräftige Schläge auf den Kopf und ins Gesicht. Als das Opfer sich wehren wollte, sind vermutlich die Verletzungen an den Armen entstanden. Sicher kam hier zum ersten Mal das Stuhlbein zum Einsatz. Oder der ganze Stuhl. Der war ja zerbrochen. Oder was?« Er wandte sich an die Techniker. »Als das Opfer auf den Boden gefallen ist, schiebt der Täter das Stuhlbein in die Scheide der jetzt ohnmächtigen Frau. Das Opfer liegt auf der linken Seite... vermutlich«, fügte er zögernd hinzu. »Er hat ihr also das Stuhlbein in die Scheide geschoben. Und es dann so weit hineingepresst – oder wohl eher getreten –, dass es die Gebärmutterwand perforiert... dazu ist sehr viel Kraft nötig«, erklärte er. »Überaus heftige Blutungen sind die Folge. Der gesamte Verlauf braucht nicht länger als zwei Minuten in Anspruch genommen zu haben.«

»Das Würgen?« Lewin schaute ihn fragend an.

»Tja«, sagte der Arzt und erwiderte den Blick. »Sonst hätte sie nicht so heftig geblutet. Die direkte Todesursache war nämlich das Erwürgen. Er sitzt... oder beugt sich über sie... und hat die Hände um ihren Hals gelegt.«

Der Gerichtsmediziner zog seine Manschetten hoch und führte das vor, die Arme ausgestreckt und die Daumen nach oben gerichtet.

»Daumen am Kehlkopf«, erklärte er. »Vermutlich sitzt er rittlings auf ihr drauf.«

Er verstummte und schob seine Papiere zur Seite. Er machte keinen fröhlichen Eindruck. Die anderen aber auch nicht.

»Was für ein Mensch kann nur auf so eine Idee kommen?« Hier machte sich der Chef der Kriminalabteilung zum Sprachrohr für das allgemeine Empfinden.

Der Gerichtspsychiater schaute ihn erschrocken an. Dann kniff er die Augen zusammen, ließ verstohlen seinen Blick über die Anwesenden schweifen und zuckte bedauernd seine mageren Schultern. »Unmöglich zu sagen.« Dahlgren, der ihn zu dieser Bemerkung veranlasst hatte, sah er an, als wollte er um Entschuldigung bitten. Ging man nach der einschlägigen Literatur, der eigenen Erfahrung und nach dem, was man bisher über den Fall wusste, konnte es einfach jeder sein. »Einfach jeder Mann«, fügte er zur Verdeutlichung hinzu. »Jeder erwachsene Mann«, sagte er dann noch ziemlich matt, als er die Enttäuschung der anderen registrierte.

Der Vorige war besser. Das war Dahlgrens Augen deutlich abzulesen. Der »Vorige« war Psychologieprofessor gewesen und hatte bei ihnen ein Gastspiel gegeben. Eine exzentrische Autorität, die nach nur einem Telefongespräch mit Dahlgren oder einem anderen der älteren Ermittler bereits eine Diagnose gestellt hatte. *Die allerdings nur selten zutraf.* Dahlgren lächelte vor sich hin. Gut für die Moral und ganz allgemein aufbauend. Das hier war offenbar die neue wissenschaftliche Schule. Wer nichts sagt, hat nichts gesagt.

»Es kann ein ganz normaler Mensch sein oder eine Person mit sexuell abweichender und sadistischer Veranlagung.« Der Professor bewegte den Oberkörper, als wollte er etwas abschütteln. »Im Moment lässt sich unmöglich mehr sagen.« Beim letzten Satz schaute er Dahlgren mit festem Blick an.

Der Gerichtsmediziner sah skeptisch aus. *Der Kollege hier war wirklich in Not.* Aber dennoch… er schaute zu Dahlgren und Andersson hinüber, und beide nickten ihm zu.

»Ich denke an das Stuhlbein.« Er sprach zögernd und schien noch nachzudenken. »Ich mache das ja jetzt schon einige Jahre… und das hier ist nicht das erste Mal… das wissen die Götter. Aalso, das Stuhlbein. Das ist das erste Mal. So was hatte ich noch nicht. Aber Flaschen… unversehrte und zerbrochene… und Kerzen… und in späteren Jahren auch künstliche Penisse.« Er sah die anderen mit müdem Altmännerblick an. »Die meisten sind aufgeklärt worden…«, er nickte zu Dahlgren hinüber. »Ich kümmere mich hinterher nicht mehr um die Täter. Ab und zu sehe ich sie bei der Hauptverhandlung, aber das ist alles… in der Regel.« Wieder schaute er Dahlgren an. »Aber ich habe das deutliche Gefühl, dass diese ganzen Fälle… dass in all diesen Fällen… mit eingeführten Gegenständen… die Täter ihre Opfer gekannt haben… oft sogar sehr gut. Es waren Ehemänner, ehemalige Ehemänner, Verlobte, Liebhaber, Zuhälter.« Seine Stimme klang jetzt sicherer, und man konnte hören, dass er keine Unterbrechung wünschte. »Ich kann mich nicht an einen wildfremden… für das Opfer wildfremden Täter erinnern.«

Er schaute Dahlgren an, und der nickte ihm nachdenklich zu. Auch Dahlgren konnte sich an »keinen Wildfremden« erinnern.

»Es soll erniedrigen… soll die endgültige Erniedrigung des Opfers sein. Und nicht alle waren bewusstlos.« Jetzt hörte er sich sehr müde an.

Dahlgren nickte und durchkämmte seine Erinnerungen an zwanzig Jahre Mordermittlung. *Hass, Eifersucht, Rache, Erniedrigung.* Niemals Verrückte. Niemals Zufallsbekannte. Die vergewaltigten, würgten und verschwanden. Oder würgten, ehe sie vergewaltigten. Auch solche gab es. Aber Gegenstände kamen nicht vor. Jedenfalls nicht in seiner Erinnerung. In den Fällen, die er bearbeitet hatte. Er kniff sich mit Daumen und Zeigefinger in die Nase.

»Wenn es nun ein ganz normaler Mann ist.« Der Gerichtspsychiater riss Dahlgren aus seinen Gedanken. »Ein ganz normaler Mann…«, der Psychiater lächelte spöttisch. »Dann ist seine Lage im Moment jedenfalls nicht ganz normal.« Er schaute sich um. »Es muss eine Person sein, die ununterbrochen daran denkt, was passiert ist. Er denkt an nichts anderes. Die ganze Zeit. Immer wenn das Telefon oder die Türglocke klingeln, hat er nur einen einzigen Gedanken im Kopf. Und der gilt euch.« Der Gerichtspsychiater ließ seinen Blick durch die Runde schweifen. »Dann liest er Zeitungen. Alles, was er finden kann. Steht dort die Wahrheit? Weiß die Polizei gar nichts? Oder wollen die mich nur an der Nase herumführen?«

Er verstummte für einen Moment.

»Wenn ihr Glück habt, kann er das nicht mehr lange aushalten«, endete er.

Ein ganz normaler Mensch, dachte Lewin, als er sich nach der Besprechung mit den anderen durch die Türöffnung drängte. Ein ganz normaler Mann. Wie er selbst. Oder Andersson. Oder Dahlgren. Oder vielleicht ein Verrückter – Jarnebring. Der wirkt doch alles andere als normal mit seinen klobigen Schultern und dem Gorillagesicht. Und ist das alles, was wir wissen? *Einfach jeder.* Dabei ist es sieben Tage her. Ganz genau sieben Tage, seit sie in meinem Sessel gesessen hat.

Jarnebring hatte nicht den Schimmer einer Ahnung, dass er in Lewins Kandidatenliste auftauchte, als er den roten Taunus aus der Garage unter dem Polizeigebäude herauslenkte. Der Tunnel schlängelte sich wie ein Wurm an die Erdoberfläche und riss zum Fridhemsplan hin das Maul auf. Die gelben Schilder, die als Höchstgeschwindigkeit dreißig angaben, und die Fernsehkameras an den Wänden zischten blitzend vorbei, als er in der letzten Kurve beschleunigte.

Man brauchte etwas Besseres. Das war wie ein Wettlauf mit einem Sack Kartoffeln auf dem Rücken. Siebzig Kilometer Autobahn, um einen Mord aufzuklären. *Da hätte man losfetzen können.* Er lächelte zufrieden vor sich hin. Es regnete noch immer, als er aus dem Tunnel fuhr und bei Gelb die Kreuzung überquerte. Er schaltete und geriet leicht ins Schlingern, als er auf dem feuchten Asphalt vom Fridhemsplan Gas gab.

VII

Jarnebring legte die fünfundsechzig Kilometer vom Polizeigebäude nach Mariefred in etwas über dreißig Minuten zurück. Trotzdem war er enttäuscht. Er hatte mit was Edlerem gerechnet. Ohne das Schild zweihundert Meter zuvor – das Schild mit dem Namen des Hofes – und ohne, dass die Straße hier geendet hätte, wäre er davon ausgegangen, sich verfahren zu haben.

Das Hauptgebäude war ein ganz normales zweistöckiges rotes Holzhaus. Es war zwar groß und sah fast aus wie eine alte Dorfschule, aber er hatte sich doch etwas anderes vorgestellt. Keine Lindenallee, keine kiesbedeckte Auffahrt, keine weißen Flügel und erst recht kein Adelssitz mit Dachreiter und Glockenturm. Ein schnödes rotes Haus mit zwei Stockwerken. Das war alles.

Jarnebring stellte den Taunus unmittelbar vor dem Haus ab. Dort stand schon ein Wagen, der linke Vorderreifen achtlos in das ungepflegte Beet gepflanzt, das sich den steinernen Sockel entlangzog. *Nicht mal das Auto hat was Gräfliches an sich*, dachte Jarnebring, während er rasch und routinemäßig die Autonummer in seinem schwarzen Notizbuch verewigte. Es handelte sich um einen lädierten Amazon Pritschenwagen mit müdem Chassis und rostigen Vorderflügeln.

Die größte Enttäuschung aber war der Mann, der nun im Scheuneneingang erschien. Er war in Jarnebrings Alter und fast ebenso groß, er trug eine verschmutzte braune Gabardinehose im Schnitt der Fünfzigerjahre, schwarze Gummistiefel und ein offenes Holzfällerhemd.

»Hereinspaziert, hereinspaziert.«

Der Mann auf der Treppe nickte und grinste freundlich. Einladend schwenkte er eine Bierdose, die er in der linken Hand hielt.

Das Einzige, was stimmt, ist die Nase. Jarnebring musterte das gräfliche Gesicht. Die Nase war scharf geschnitten und leicht gekrümmt. Aber das Gesicht? Das stimmte überhaupt nicht. Fett, rot, tief liegende braune Augen, die schwarzen Haare glatt nach hinten gekämmt.

»Hereinspaziert«, sagte der Graf noch einmal. Er wies einladend auf einen durchgesessenen Sessel mit braunem Ledersitz.

Das Zimmer war nicht gerade groß. Außerdem war es mit Möbeln voll gestopft. Ein Sofa, ein Couchtisch mit eingelegten Messingplatten, zwei Sessel und allerlei Stühle aus allerlei Epochen und Stilen. Auf dem Boden lagen Teppiche, alles echt, verschlissen, so dicht, dass die Fransen aneinander stießen. Die Wände waren mit Bildern bedeckt, außerdem hingen dort ein Gestell mit vier Gewehren und allerlei Elch-, Hirsch- und Rentiergeweihe auf schwarzen Holzplatten.

Das alles musste auf etwa zwanzig Quadratmetern Platz finden. Zwischen einer durchhängenden Decke, einem knarrenden Boden und vier Wänden, von denen sich zum Zeichen des Protestes die Tapeten ablösten und Blasen warfen.

Der Graf ist auf dem Abstieg, dachte Jarnebring. Der hat doch genug Möbel für zwei Schlösser.

Der Gastgeber hatte sich auf das Sofa sinken lassen. Er hatte noch eine Dose Bier und zwei Gläser geholt. Es waren ganz normale Senfgläser, auf dem einen klebte sogar noch das grüne Etikett, und sie sahen bedenklich schmierig aus.

Jarnebring schüttelte den Kopf.

»Ich trink aus der Dose. Wir sind doch auf dem Land.«

»Klar, ist ja auch ein verdammtes Gesundheitsrisiko.« Der Graf betrachtete die Gläser und grinste seinen Gast an. »Ich bitte um Verzeihung, Herr Kriminalinspektor, aber der Kammerdiener ist erkrankt und gestorben.« Wieder grinste er. »Das war zu Lebzeiten meines Großvaters.«

Sympathischer Arsch. Hat Humor. Ob er die wohl alle selber geschossen hat. Jarnebring ließ seinen Blick über die Geweihsammlung an der Wand wandern.

Der Graf musterte ihn abwartend, trank einen Schluck Bier und leckte sich dann mit der Zungenspitze den Schaum von der Oberlippe.

»Ja, ja«, sagte er dann. »Und welchem Umstand verdanken wir den Besuch der Gewaltsektion? Als ich noch in der Stadt gewohnt habe, hat sich zwar manchmal die Kriminalpolizei gemeldet... aber das war dann immer die Steuerabteilung.«

»Wir ermitteln in einem Mordfall.« Jarnebring zog das Foto von Kataryna aus der Jackentasche und hielt es ihm hin.

Der Graf musterte es lange. Es schien ihm sogar zu gefallen.

»Ist das die Nutte aus den Zeitungen?«

Jarnebring nickte, sagte aber nichts.

»Es ist dasselbe Foto wie in der Zeitung«, teilte der Graf mit.

Wieder nickte Jarnebring. Ihm hatte eine Frage auf der Zunge gelegen, aber das war jetzt egal.

»Ich verstehe noch immer nicht.« Der Graf sah Jarnebring an. Jetzt lächelte er nicht mehr. »Ich bin dieser Person nie begegnet... Sie haben sich also vergeblich herbemüht.«

»Sind Sie da sicher?« Auch Jarnebring war jetzt ernst.

»Ja, verdammt sicher, Mann«, fiel sein Gastgeber ihm ins Wort. »Ich habe nichts mit Nutten zu tun. Jedenfalls nicht mit solchen, die sofort bezahlt werden wollen. Ich habe das entgegengesetzte Problem.«

»Wie das?« Jarnebring gab sich alle Mühe, seine Stimme amtlich klingen zu lassen.

»Das müssen Sie doch selbst wissen? Sie sind nicht verheiratet?« Er nickte in Richtung von Jarnebrings nackter linker Hand.

»Doch. Ich bin verheiratet.«

»Ach so, ja ... jaa, dann wissen Sie ja Bescheid. Alte Frauen, neue Frauen, deren Freundinnen und alle anderen, an die man so gerät. Mir rennen sie die Bude ein, nicht eine Sekunde Ruhe lassen sie einem.« Jetzt lächelte er wieder.

Jarnebring zog eine Plastikmappe aus der Tasche. Darin lagen Kopien der Visitenkarte und des Mietvertrags. Er reichte die Mappe seinem Gastgeber.

»Ich sollte vielleicht erklären, was ich meine.«

»Ja bitte.«

»Hier haben wir Ihre Visitenkarte und einen Mietvertrag. Unterschrieben von der Ermordeten, Kataryna Rosenbaum. Sie hat die Wohnung zur Untermiete bewohnt. Der andere Name ist zwar ein wenig undeutlich geschrieben, aber wir haben ihn als den Ihren gedeutet. Diese Papiere wurden unter den Habseligkeiten der Toten gefunden. Und jetzt wüssten wir gern, wie sie dahin geraten sind.«

Der Graf hatte die beiden Kopien aus der Plastikmappe gezogen. Er machte ein überraschtes Gesicht. *Echte Überraschung?* Jarnebring ließ ihn nicht aus den Augen.

Der Graf schwieg. Es war deutlich, dass er überlegte.

»Ja verdammt, das sieht wirklich aus wie meine Unterschrift. Aber ich habe keine Einzimmerwohnung in der Roslagsgata.«

»Aber ist das denn Ihre Visitenkarte?«, fragte Jarnebring. *Überflüssige Frage*, dachte er.

»Ja verdammt.« Der Graf schüttelte verwirrt den Kopf.

»Und es ist meine Handschrift. Aber die Nummer stimmt nicht mehr.«

»Nicht? Bei der Auskunft haben sie das aber behauptet.«

Abermals schüttelte der Graf den Kopf.

»Die ist von einem alten Landarbeiterhaus«, erklärte er. »Das liegt hundert Meter weiter im Wald.« Er nickte in Richtung des Gewehrgestells an der Wand. »Ich habe es als Ferienhaus vermietet. Aber das Telefon ist auf den Hof hier eingetragen. Mieter ist ein Autohändler aus Stockholm... Dahl, Johny Dahl... heißt er.«

»Und das war alles?«, fragte Lewin enttäuscht.

»Ja verdammt.« Jarnebring nickte energisch. »Ich habe es überprüft.« Er nahm sein Notizbuch zu Hilfe. »Seit dem Winter vermietet... er hat Dahl bei einem Essen kennen gelernt... übrigens bei einem anderen Autohändler. Das war ihre erste Begegnung... sie kannten sich vorher nicht. Bestimmt hat er das Geld gebraucht. Er hat viertausend als Vorschuss bekommen. Hier ist die Quittung.« Jarnebring überreichte die Plastikmappe, die er mitgenommen hatte.

»Und sein Alibi für den Donnerstag?« Lewin bedachte die Mappe auf dem Schreibtisch mit einem unzufriedenen Blick.

»Hab ich auch überprüft. Morgens hat er Enten gejagt... beim Nachbarn. Das klingt doch solide und adelig.« Jarnebring grinste glücklich. »Ich habe mit den Nachbarn gesprochen. Drei Stück, Vater und zwei Söhne. Hab Namen und Telefonnummer notiert. Der Zettel liegt in der Mappe.«

Lewin nickte, sagte aber nichts.

»Montag? Hat er ein Alibi für Montag?« Er wusste nicht warum, aber er wollte den Grafen nicht einfach sausen lassen. Und sein Vertrauen zu Jarnebring war auch nicht gerade groß.

»Liegt irgendwas gegen ihn vor?« Jarnebring konnte nicht

mit Lewin. Das merkte er. Scheißegal, dachte er schnell. *Man muss den Kerl ja nicht unnötig reizen*, dachte er. »Auch da hat er ein Alibi. Er hat auf einem Hof bei Eskilstuna zweihundert Kilo Hundefutter abgeliefert.«

»Hundefutter?« Lewin konnte seine Überraschung nur mit Mühe verbergen.

»Genau«, sagte Jarnebring und nickte. »Er verkauft Hundefutter. Auch ein Graf muss leben«, fügte er hinzu und sah seinen Kollegen an. »Er hat eine Firma, die Hundefutter verkauft. Steht auf dem Zettel.«

Er nickte zu der Mappe hinüber.

»Unser Freund Dahl protzt also mit fremden Visitenkarten?« Lewin hatte den Eindruck, dass es klüger wäre, sich jetzt geschlagen zu geben.

Jarnebring nickte.

»Die hat er bei der Vermietung bekommen. Und der Graf hat die Telefonnummer draufgeschrieben. Er hat übrigens versprochen, ihn zu erschießen.«

»Wen zu erschießen«, fragte Lewin.

»Der Graf hat versprochen, Dahl zu erschießen, wenn der sich noch mal blicken lässt«, erklärte Jarnebring und sah Lewin an wie einen geistig Minderbemittelten. »Weil er mit den Visitenkarten des Herrn Grafen herumwedelt.«

»Deshalb will er ihn erschießen?« *Das kann doch nicht sein*, dachte Lewin und sah seinen Kollegen abwartend an.

»Doch verdammt.« Jarnebring schien glücklich. »Aber das fällt nicht in dein Ressort, Lewin. Darum können sich die Kollegen aus Eskilstuna kümmern.«

Lewin seufzte.

»Sonst noch was?«, fragte er.

»Jaa...« Jarnebring überlegte. Das war ihm deutlich anzusehen. »Er hat gesagt, ich könne ihn besuchen und eine Scheißente abknallen, wenn ich Lust hätte... scheint ein gutes Jagdrevier zu sein da unten. Jagst du, Lewin?«

Lewin schüttelte den Kopf, sagte aber nichts. *Man kann nicht jede Frage beantworten*, dachte er. Ob er das bewusst macht?

Jarnebrings erste Unternehmung bei der Jagd auf Dahl war ein Besuch bei seinem alten Freund und Kollegen Lars M. Johansson gewesen. Sie hatten mehrere Jahre bei der Streife zusammengearbeitet, bis Johansson dann im vergangenen Sommer aufgehört hatte. Jetzt saß er im Personalbüro der Landespolizeileitung. Mit überaus zivilen Aufgaben zwar, aber seinen Erinnerungen an die Streifenzeit tat das keinen Abbruch. Jarnebring hatte Dahls Akte und ein neues Foto von dem Mann mitgenommen. Aus dem vorigen Winter, als Dahl einen neuen Pass gebraucht hatte, er hatte es gleich nach der Besprechung am Freitag von den Passbehörden kommen lassen.

»Kannst du dich an diesen Heini erinnern?« Jarnebring schob Johansson Foto und Akte hin.

Johansson warf einen Blick auf das Foto und überlegte. Dann schlug er den Ordner auf und blätterte darin. *Doch, er erinnerte sich.* Wenn es auch einige Jahre her war. Es war ganz zu Anfang seiner Zeit bei der Streife gewesen.

»Das ist ein mieser Arsch.« Johansson sah Jarnebring ernst an.

Jarnebring nickte. Das hatte er schon der Akte entnommen. Drei Anzeigen wegen Körperverletzung, zwei wegen Drohungen und einen Hausfriedensbruch. Dazu noch die üblichen »Rosstäuschervergehen«: Belästigung, Betrug, Steuerhinterziehung, Verstöße gegen die Preisbindung und Ähnliches.

Die späteren Vergehen, die mit der Preisbindung zum Beispiel, waren übrigens die einzigen, für die Dahl verurteilt worden war. Ansonsten waren die Voruntersuchungen eingestellt worden, in der Regel, weil die klagende Partei ihre Anzeige zurückgezogen hatte.

»Du bist ihm begegnet...« Johansson lächelte nachdenklich.

Gut. Das hatte Jarnebring geahnt. Und das hatte er wissen wollen. Ein Foto war das eine. Aber wenn die Erinnerungen an eine Person aus dem echten Leben kamen, war das etwas ganz anderes. Johansson besaß ein hervorragendes Gedächtnis, was ihren gemeinsamen Kampf gegen das Verbrechen anging.

»...an der Nase, wenn ich das richtig in Erinnerung habe«, sagte Johansson zufrieden.

»Oh verdammt.« Jetzt wusste Jarnebring es wieder. »Dieser blöde Arsch war das. Hatte ich mir schon fast gedacht.«

An einem Herbsttag vor ziemlich genau drei Jahren hatten er und Johansson eine ihrer vielen hundert Routinegeschichten erledigt. Beauftragt waren sie damals von der Betrugssektion, die Dahl zu sich bestellt hatte, um »Informationen« über einen größeren Schwindel im Autohandel zu erbitten. Aber der Vorladung war »keine Folge geleistet worden«. Am Ende hatte die Staatsanwaltschaft die Sache satt und ordnete an, Dahl zu holen. Solche Aufträge wurden oft der Ermittlung übertragen, in diesem Fall Johansson und Jarnebring. Sie hatten ihn am Abend des nächsten Tages bei einer seiner vielen Verlobten gefunden. Die Dame wohnte im Ankdamsväg in Solna.

Dass Dahl sich in dieser Wohnung aufhielt, wussten sie bereits, als sie an der Tür klingelten. Sein Auto stand nämlich auf der Straße, und außerdem war er eine Viertelstunde zuvor in der Wohnung gesehen worden. Die lag zwar einige Treppen hoch, aber mit einem guten Fernglas und einem brauchbaren Aussichtspunkt ließen sich bestimmte Fragen klären. Sicherheitshalber horchten sie auch noch am Briefschlitz, ehe sie schellten. Dahl und die Verlobte wollten offenbar gerade ins Bett. Das immerhin war zu hören.

Jarnebring klingelte.

»Wir haben gehört, dass Johny Dahl sich hier aufhält.« Er nickte der jungen Frau, die ihnen geöffnet hatte, höflich zu. »Kriminalpolizei.« Er zeigte seinen Ausweis.

Die Frau in der Tür musterte ihn mit echtem Erstaunen. »Das muss ein Irrtum sein. Der Name Dahl sagt mir gar nichts. Ich wollte gerade ins Bett gehen.« Sie unterstrich ihre Absichten, indem sie am Gürtel ihres Bademantels zog. Jarnebring musterte sie freundlich, ohne etwas zu sagen. Johansson, der wie üblich am Fuß der Treppe wartete, nutzte das Schweigen, um neben seinen Kollegen zu treten.

»Dürfen wir hereinkommen und uns mal umsehen?« Auch Johansson war höflich. Höflich und doch amtlich.

»Neeein«, sagte sie abweisend. »Hier ist niemand... hab ich doch gesagt... ich will jetzt ins Bett... Wiedersehn.«

»Verdammt.« Jarnebring zog so heftig an der Tür, dass die Frau in Johanssons Armen landete. »Du hast hier einen Einbrecher in der Butze.« Mit zwei Sprüngen war er mitten in der Wohnung.

Dahl stand im Schlafzimmer und hatte Hose und Schuhe angezogen. Als er versuchte, Jarnebring über den Haufen zu rennen, hielt der ihn absolut vorschriftswidrig mit einem Schlag ins Gesicht auf.

»Erinnerst du dich, dass der Arsch mich wegen Körperverletzung angezeigt hat?« Jarnebring grinste glücklich bei dieser Erinnerung. »Aber das hat auch nichts gebracht.«

Johansson nickte. Doch, auch daran konnte er sich erinnern. Er hatte eine gute Stunde als Zeuge in der juristischen Abteilung gesessen und zwei Polizeidirektoren dramatisch geschildert, in was für einer Gefahr er und sein Kollege geschwebt hatten; Untersuchung eingestellt.

»Jetzt hast du noch eine Chance«, stellte Johansson fest. »Hau ihm auch von mir eine rein.«

»Den Grafen können wir vergessen. Das hier ist der Arsch, der geliehene Visitenkarten unters Volk streut.« Er zeigte auf die Akte, die er auf den Tisch geknallt hatte. Dahl, Johny Rickard 400808-0539.

Molin nickte zufrieden. *Umso besser.* Einer weniger, an den sie denken mussten. Die anderen versuchten bereits, Sienkowski zu finden, den ehemaligen Verlobten.

»Gut, fahren wir.« Molin sprang auf. »Wir können ja nicht hier sitzen bleiben und den Schwanz hängen lassen.« Er streckte die Brust raus und schlug sich auf die rechte Hinterbacke, wo an dem breiten Ledergürtel Handschellen und Walther hingen.

VIII

»Das muss hier irgendwo sein.« Molin schaute durch die verschmierte Fensterscheibe, vor seinen Augen jagten die Scheibenwischer hin und her. »Verdammt, warum regnet es denn die ganze Zeit... halt!« Er zeigte auf eine Garageneinfahrt auf der anderen Straßenseite und auf ein beeindruckendes Schild mit roten Buchstaben auf knallgelbem Grund: GEBRAUCHTWAGEN AN- UND VERKAUF. BARBEZAHLUNG.

Sie stellten den Taunus vor dem Haus ab. Dort war zwar Parkverbot, aber wenn man ganz schnell wegfahren können musste, heiligte der Zweck die Mittel. Jarnebring kritzelte die Adresse in sein Notizbuch. Das war also Dahls letzter bekannter Arbeitsplatz. *Aber von der Sorte gab es natürlich noch mehr, für alle Fälle.*

»Voll drauf los?« Molin blickte seinen Kollegen fragend an.

»Ja verdammt!« Jarnebring setzte seinen harten Blick auf. »Wenn schon Mord, denn schon.«

Der Keller war voll gestellt mit Autos aller nur denkbaren Modelle. Vor allem ältere Jahrgänge, aber es gab auch jüngere Exemplare. Das Flaggschiff war offenbar ein brauner Mercedes 450SLC, jedenfalls stand er so da, dass potentielle Kundschaft und andere Besucher ihn nicht übersehen konnten.

Entweder laufen die Geschäfte verdammt gut oder verdammt schlecht, dachte Jarnebring und schielte zu der Luxuskutsche hinüber.

Das Büro lag genau gegenüber. Es war nur ein Verschlag am Ende von Garage und Werkstatt – einige Bretter, Fensterglas, ein paar Nägel und ein Eimer Farbe. Drinnen standen nebeneinander zwei Schreibtische und eine verschmutzte Sitzgruppe mit einem schier unbeschreiblichen schwarzgelben Samtbezug. In diesem Raum saßen vier Männer, zwei im Anzug, zwei im Blaumann. Keiner wirkte sonderlich glücklich, als Jarnebring plötzlich in der Tür stand.

Jarnebring konnte sich schon denken, warum. Drei dieser Männer erkannte er sofort, und das war nicht gut. Er hatte es nur mit zwei Sorten von Menschen zu tun, mit Polizisten und mit so genannten Gesetzesbrechern, und von den Männern hier war keiner bei der Polizei.

Den Jüngsten dagegen hatte er noch nie gesehen. Ein dunkelhaariger Mann, dem Aussehen nach knapp zwanzig, mit dünnem Schnurrbart – *Türke*, dachte Jarnebring. Er leckte sich nervös die Lippen, als er Jarnebring und Molin sah.

»Der Direktor ist also aushäusig«, stellte Jarnebring angeekelt fest und musterte einen mageren Mann von Mitte fünfzig, der in einem der Sessel saß.

Vor ihm standen ein Glas und eine Flasche Grappo. Auch die anderen hielten Gläser in der Hand. Zwei allerdings stellten sie auf den Boden, als sie sahen, dass sie Besuch hatten. *Kein Schnaps?* Molin schaute sich diskret im Zimmer um, ohne den jüngeren Mann im Blaumann aus den Augen zu lassen. Wo die wohl den Kanister hingestellt hatten? Der stand hinter dem Sofa auf dem Boden. *Schussel*, dachte Molin glücklich. Das kann ja lustig werden.

Jarnebring lehnte sich mit dem Hintern gegen den Schreibtisch. Er verschränkte die Arme vor der Brust und musterte die vier Männer, ohne etwas zu sagen. Auch er hatte den Kanister gesehen. *Das kann ja lustig werden*, dachte er.

»Hallo, Jungs!« Der Magere lächelte verbindlich und hob eine knochige rechte Hand. »Ihr müsst entschuldigen, wir sprechen gerade über die Arbeit.«

Jarnebring sah ihn wortlos an und verzog keine Miene. Er schob seinen Brustkorb vor und schaute zur Ecke hinüber, wo der Kanister stand.

»Jaa«, der Mann lachte nervös. »Dürfen wir euch einen Schluck Gra...«

»Verdammt«, fiel Jarnebring ihm angewidert ins Wort. »Hast du mit einem Finnenarsch die Zelle geteilt?«

Der magere Autohändler schaute ihn verwirrt an. Jarnebring nickte zu dem Plastikkanister hinüber.

»Du scheinst dich ja aufs Pushen verlegt zu haben. Das ist eine Finnenbranche, falls du das noch nicht mitbekommen hast.«

»Ich weiß...«, setzte der Mann an und musterte Jarnebring nervös.

»Scheiße«, Jarnebring unterbrach ihn wieder. Er war es, der hier redete. »Nicht genug, dass du nicht bei uns aufkreuzt... und dass du aussiehst wie ein Scheißautohändler... du bietest auch noch Minderjährigen Alk an.« Er schaute zu dem jungen Mann im Blaumann hinüber.

»Ich verstehe nicht, was du meinst.« Jetzt murmelte der andere ausweichend. »Die Kleider... man muss doch an die Kunden denken.«

»Scheißgerede«, unterbrach Jarnebring ihn. »Was trinkt ihr denn da für einen Dreck?« Er ging um den Sessel herum, in dem der Mann saß, hob einen Plastikkanister mit zehn Liter Fassungsvermögen hoch und drehte den schwarzen Verschluss ab.

»Einer von den Kumpels«, versuchte der Magere ihn abzulenken. Sein dünner Hals zuckte unruhig hinter seinem Hemdkragen.

»Ja, ja«, Jarnebring schnupperte am Kanister. »Werden damit Fenster geputzt?« Molin war jetzt neben den Jungen im Blaumann getreten. Der war sichtlich nervös, und Molin konnte sich schon denken, warum.

»Papiere«, sagte Molin und schnippte fordernd mit den Fingern. »Aufenthaltsgenehmigung, Arbeitserlaubnis...« Bei jedem Wort schnippte er wieder mit den Fingern. »Pass, Ausweis, Meldebestätigung...«

»Hause... habe zu Hause«, der Mann schaute ihn aus seinen braunen Augen ängstlich an. Er hatte sich halb erhoben, aber da Molin sich über ihn beugte, kam er nicht weiter.

»In der Türkei?« Mit offenem Hohn in der Stimme. »Scheiße, du darfst deine Papiere nicht in der Türkei lassen.«

Der Mann leckte sich die Lippen und schaute seinen Chef im gestreiften Sessel flehend an.

»Der Junge hat gerade erst angefangen. Alles ist komplett in Ordnung. Er ist vorige Woche gekommen.«

»Scheißgerede.« Jarnebring ließ den Kanister auf den Boden fallen. »Verdammt... da sind wir gerade mal zwei Minuten hier und schon haben wir drei Vergehen...« Jarnebring zählte an seinen langen knochigen Fingern ab. »Schwarzer Schnapsverkauf, schwarze Schnapsbrennerei und schwarze Arbeitskraft. Wofür hältst du dich eigentlich, verdammt noch mal? Für den Paten?«

»Höhö«, gackerte der Autohändler und schaute Jarnebring aus seinen wässrigen Augen an.

Zehn Liter Schwarzgebrannter und ein Türke ohne Aufenthaltsgenehmigung. Das sollte doch reichen, wenn man es mit einem überaus begabten Autohändler zu tun hatte. Tat es diesmal denn auch.

Molin ging mit dem Türken in die Werkstatt. Jarnebring blieb mit dem Chef im Büro. Die beiden anderen durften sich in die Garage setzen und warten. Es war eine klassische und wohldurchdachte Taktik. Wenn man etwas auf dem Herzen hatte, konnte man es ganz im Vertrauen sagen und blamierte sich nicht vor seinen Freunden.

»Nicht ein Scheißpapier also«, sagte Molin hart und starrte sein Opfer an. »Dann wollen wir doch mal sehen, wie es um deine Erinnerung bestellt ist.« Er zog Dahls Foto hervor und hielt es dem Mann unter die Nase.

»Du verkaufst also diese Schmiere?« Jarnebring hob den Kanister hoch.
»Nein, nein.« Der Mann schüttelte abwehrend den Kopf. »Das ist einer von den Jungs.«
»Wollen wir wetten?« Jarnebring zeigte mit der Hand in Richtung Garage. »Sollen wir die Jungs in Solna mal anrufen, damit sie hier eine Runde drehen?«
»Verdammt«, jammerte der Mann. »Wir verstehen uns doch sonst so gut, Jarnebring. Was zum Teufel ist denn bloß in dich gefahren?«
»Gut«, sagte Jarnebring kurz und zog das Foto von Dahl aus der Jackentasche. »Dann wollen wir doch mal sehen, wie es mit deiner Erinnerung steht.«

Am Ende gewann Molin.
»Joony Dall«, sagte der Türke und schaute Molin flehend an. »Letzte Woche hier.«
»Wann?«
»Don... nein, Freitag... Freitag morge.«
»Gut«, sagte Molin. »Sprich deutlich, damit ich dich verstehen kann.«
»Ganz bestimmt«, der andere jammerte noch immer. »Ich

habe ihn verdammt lange nicht mehr gesehen. Sicher vierzehn Tage ist das her. Sicher.«

»Wo ist er denn jetzt?« Jarnebring zeigte noch immer auf das Foto. Molin stand jetzt in der Tür, und Jarnebring konnte ihm ansehen, dass bald... dass bald alles in Ordnung sein würde. »Was ist los?« Er drehte sich zu seinem Kollegen um.

»Wir müssen ihn wohl mitnehmen?« Molin wies mit dem Daumen auf Jarnebrings Opfer. »Der scheint in den Mord verwickelt zu sein.«

»Den Mord?« Der Magere schnappte nach Luft, und seine Blicke irrten zwischen Jarnebring und Molin hin und her.

»Genau«, sagte Molin zufrieden. »Warum hätte er sonst am Freitagmorgen Dahl fünftausend überreichen sollen?«

»Wir suchen Dahl...« Jarnebring näherte sein Gesicht dem Mann, der sich hinter den Schreibtisch zurückzog. »Denn wir glauben, dass er am Donnerstag seine Nutte umgebracht hat.«

»Wartet, Jungs. Wartet, verdammt noch mal.« Jetzt war es ihm egal, dass sie seine Schweißausbrüche sahen. »Wartet, verdammt, Jungs... ich kann alles erklären.«

»Dahl war also am Freitag hier«, wiederholte Jarnebring, »und hat dreitausend mitgenommen, weil er wegfahren wollte.« Der Autohändler nickte.

»Das waren dreitausend. Da bin ich mir sicher. Mehr hatte ich nicht. Er wollte fünf... geliehen, aber ich war ein bisschen knapp bei Kasse.«

»Hat er gesagt, wo er hinwill?« Molin musterte ihn mit kaltem Blick.

»Nein, nein. Ich dachte, er hätte irgendeinen Steuerscheiß am Hals. Irgendeine Forderung, der er ganz schnell nachkommen musste.«

»Ach. So war es aber nicht«, stellte Jarnebring zufrieden fest. »Und jetzt wollen wir seine Adressen. Sämtliche Adressen, und du kannst dir aussuchen, ob du sie uns hier verrätst oder oben auf Kungsholmen.«

»Verdammt elegant«, sagte Molin eine Viertelstunde später, als sie ins Auto stiegen.

»Das pure Traumpaar«, stimmte Jarnebring zu. »Der hat es am Freitagmorgen offenbar verdammt eilig gehabt. Das wird Lewin gefallen.«

»Was machen wir mit dem Kanacken und dem Schnaps?« Molin wies mit dem Daumen zur Garageneinfahrt hinüber.

»So ein Scheiß«, sagte Jarnebring verächtlich und sah seinen Kumpel an. »Mann, Moli. Hier geht es um Mord, zum Henker. Wir sind weder der Zoll noch die verdammte Ausländerpolizei.«

»Na gut«, Molin nickte zustimmend. *Hier ging es um Mord*, und die Sache mit der Protokollpflicht war ein weites Feld. Das immerhin hatte er von den älteren Kollegen schon gelernt.

»Sollen wir mal hören, ob was passiert ist?« Jarnebring nickte zufrieden zum Mikrofon zwischen den Sitzen hinüber.

»Sollen wir Lewin Bescheid sagen?« Molin griff zum Mikrofon.

»Ich glaube, wir fahren hin«, Jarnebring drehte den Zündschlüssel um, »und reden gleich mit ihm.«

»7715 an 70«, sagte Molin. »7715 an 70.« Er ließ den Knopf am Mikrofon los.

»70 an 7715, kommen«, knarzte das Funkgerät. Manchmal waren die bei der Zentrale wirklich schnell.

»7715«, antwortete Molin. Anfangs, als er neu bei der Truppe war, hatte er immer »7715 hier« gesagt. Aber jetzt kannte er sich aus. »Ist was passiert, 70?«

»Ihr habt eine Mitteilung von 775. Die sollen von Lewin in der Gewalt grüßen. Sollt sofort bei ihm aufkreuzen. Kommen.«

Jarnebring sah Molin an, und der zuckte überrascht mit den Schultern.

»Die haben nicht gesagt, worum es geht, 70?«, fragte Molin.

»Nein«, antwortete die Funkstimme. »Wir haben euch schon vor zehn Minuten gesucht. Ich weiß nur, dass es wichtig ist. Kommen.«

»Nichts wie hin«, entschied Jarnebring. Schaute in den Rückspiegel. Betätigte das Blinklicht und ließ die Kupplung kommen.

IX

Die Kollegen saßen in Lewins Zimmer. Lewin selbst war offenbar nicht da, aber das schien keine so große Rolle zu spielen. Die vier im Zimmer konnten ihre Begeisterung nur mühsam verbergen.

»Hallo, Jungs«, sagte einer. Er trug ein breites afrikanisches Lederhalsband mit Mosaik. »Wo habt ihr euch denn den ganzen Tag rumgetrieben?« Er sah sie erwartungsvoll an.

»Nach Dahl gesucht«, knurrte Jarnebring. Mit diesem Empfang hatte er nun wirklich nicht gerechnet.

»Und wo habt ihr ihn versteckt?« Der Kollege mit dem Halsband zwinkerte Jarnebring freundlich zu.

»Wo zum Teufel habt ihr Sienkowski?« Molin war sauer. Er schaute sich demonstrativ im Zimmer um.

»In einer Dose unten auf der Wache«, rief einer von den anderen. »Der sitzt schon fest, der Kleine.«

»Ach.« Jarnebring versuchte, ganz normal auszusehen. »Wo habt ihr ihn gefunden? Saß er in U-Haft?«

»Auf der Straße!« Das war wieder Halsband, seine Stimme überschlug sich.

»Auf der Straße!« *Halt die Fresse, Molin*, dachte Jarnebring. Hier rede ich. »Auf der Straße«, wiederholte er. Diesmal ohne Molins Hilfe.

»Sicher«, erklärte Halsband. »Zuerst sind wir im Chat Noir, im Sexorama, im Amor und in all den anderen Scheißwichslöchern rumgegurkt, dann haben wir den Arsch auf der Straße gefunden.«

»Auf welcher Scheißstraße?« Jarnebring war jetzt total gereizt. *Etwas stimmte hier nicht.* Das merkte er. Es reichte nicht, dass sie Sienkowski gefunden hatten. Da war noch mehr.

»Roslagsgata 70«, sagte der Kollege vom Halsband. »Wir wollten ins Venus, in den Sexclub, du weißt, der liegt...«

»Ja, ja, Scheiße«, fiel Jarnebring ihm gereizt ins Wort. »Ich weiß, dass der nebenan liegt. Verdammt. Kommt zur Sache.«

»Ja sicher. Marek kommt also über die Straße und glotzt zu Nummer 40 rüber... und sieht aus wie ein Scheißspion in einem Scheißagentenfilm. So einfach war das. Einfach peng. Und schon saß er im Auto.« Er zeigte mit dem Finger auf Jarnebring.

»Was sagt Lewin«, lenkte Molin ab. Er sah, dass Jarnebring ernsthaft sauer wurde.

»Der ist verdammt zufrieden.« Halsband lachte und zeigte alle Zähne. »Er bedauert nur eins.«

»Was denn.« Jarnebring saß jetzt auf der Schreibtischkante und blätterte in seinem schwarzen Notizbuch.

»...dass wir nicht von Anfang an dabei waren, da wäre der Fall jetzt schon geklärt.«

»Haha«, lachte Jarnebring. *Was hätte er auch sonst tun sollen?*

Bei Dahlgren saßen drei ältere Herren. Dahlgren, Andersson und der Staatsanwalt. Ein Kriminalkommissar, ein Kriminalinspektor und ein Oberstaatsanwalt, denen zusammen nur fünf Jahre zur Pension fehlten.

Trotz ihres verhältnismäßig hohen Alters und obwohl es arg spät war und sie eigentlich schon längst Feierabend hatten, war die Stimmung doch sehr gut.

Genau was wir gebraucht haben, dachte Dahlgren. Einen richtigen Gangster. Der wunderbar verdächtig ist und schon sitzt. Und einen, der noch verdächtiger ist und nach dem wir fahnden können. *Egal, ob sie etwas mit dem Mord zu tun haben, für die Moral ist es jedenfalls gut*, dachte er zufrieden. Aber er sagte es nicht. Der Staatsanwalt war zwar ein Mann von nicht geringem Humor, aber dieser Zug war doch stark gehemmt durch Gesetz und Berufsethos. Außerdem schluckte man eine solche Bemerkung schon aus Prinzip herunter, wenn Staatsanwälte in der Nähe waren. Sie gehörte sich einfach nicht. In Gesprächen mit Staatsanwälten lohnte es sich fast immer, konsequent die Form zu wahren. Vor allem in einer Situation wie dieser. Da galt es, das »Staatsanwaltsspiel« zu spielen.

»Kannst du Sienkowski für uns einbuchten?« Dahlgren eröffnete die Partie mit einem sorgenvollen Blick aus müden Augen.

»Welche Begründung?« Der Staatsanwalt bewegte seinen langen, unbeholfenen Körper unruhig hin und her.

»Tjaaa. Da gibt es allerlei, wie du von Lewin weißt.«

Lewin war eine Viertelstunde zuvor gegangen. Zum ersten Mal. Bis dahin hatte er mitgeteilt, was über Sienkowski bekannt war: seine frühere Beziehung zu Kataryna, die Misshandlung 1975, dass er bis zu diesem Vorfall ihr Zuhälter gewesen war. Dass er auch deshalb schon unter Verdacht gestanden hatte, dass die Ermittlungen aber eingestellt worden waren, weil Kataryna ihre Mitwirkung verweigert hatte. Endlich die Adresse, an der er am Vormittag festgenommen worden war. *Kommen sie denn immer zurück…*, hatte der Staatsanwalt sich gefragt. Und das hatte Dahlgren gesehen.

»Zurück an den Tatort?« Dahlgren lächelte ironisch, als er das sagte. Andersson nickte nachdenklich. Auch er mischte seine Karten für das, was jetzt kommen würde.

»Was hat er vor dem Haus Roslagsgata 40 gemacht?«,

fragte Andersson. Als könnte er die Gedanken des Staatsanwalts lesen.

»Sicher, sicher.« Der hatte schon den Rückzug angetreten. »Aber wie die Herren sicher wissen, ist es nicht strafbar, durch die Straßen zu flanieren.«

»Was sagst du da?« Dahlgren demonstrierte, dass er die Oberhand hatte, und konnte sich ein ironisches Lächeln leisten. *Zeit, ein bisschen Druck auszuüben.*

»Ich gebe zu, das ist ein interessanter Zufall.« Der Staatsanwalt versuchte, Zeit zu schinden. »Könnt ihr ihn nicht festhalten? Heute Abend braucht ihr noch nicht um Erlaubnis zu bitten.« Die Möglichkeit von sechs Stunden Haft ohne Beteiligung der Staatsanwaltschaft ließ seine Stimme sofort ein wenig munterer klingen.

»Du denkst an LTO?« Dahlgrens Stimme klang trocken. »Du scheinst Sienkowski nicht zu kennen«, sagte er dann mit gewichtiger Stimme. »Bei solchen Knaben sind sechs Stunden ein Tropfen im Ozean. Er hat noch immer nicht bestätigt, dass er er selbst ist. Zum Bleistift.«

Der Staatsanwalt wand sich. Er kannte diese Art von Verdächtigen und fand sie gar nicht gut.

Andersson und Dahlgren schwiegen und begnügten sich mit Blicken. Wie man es tun kann, wenn man gute Karten hat.

»Ja, ja.« Der Staatsanwalt gab sich geschlagen. Er schaute verstohlen auf die Uhr. »Wenn er nicht sagen kann, was er am Donnerstag gemacht hat, kommt er in Haft. Ruft mich so bald wie möglich zu Hause an.«

Dahlgren nickte. Ein zufriedenes Lächeln war auf seinen Lippen zu sehen. Die Ahnung eines Lächelns, damit niemand pikiert war. Jetzt hatten sie Zeit. Jedenfalls bis Donnerstag.

»Und dann habe ich noch ein Problem.« *Jetzt ist es so weit*, dachte er.

»Dahl«, stellte der Staatsanwalt fest. Er wusste, was jetzt

kommen würde. Auch das hatte Lewin ihm nämlich erzählt. Fünf Minuten, nachdem er das Zimmer zum ersten Mal verlassen hatte, war er wieder hereingekommen und hatte das Ergebnis von Jarnebrings und Molins Ermittlungen vorgelegt.

»Dahl ist überaus interessant.« Dahlgren unterstrich diese Bemerkung mit einem langsamen Nicken.

»Ja, ja«, sagte der Staatsanwalt. »Aber beide können es ja wohl nicht gewesen sein? Du nimmst doch nicht an, dass Dahl und Sienkowski es gemeinsam getan haben?«

Der schwache Punkt, dachte Dahlgren. Zwei unabhängige Verdächtige waren einer zu viel.

»Findest du nicht, dass wir mit ihm reden sollten?« Dahlgren hielt die Gegenfrage für angebracht. Besser als eine schlechte Antwort.

»Sicher«, stimmte der Staatsanwalt zu. »Es gibt immer Gesprächsstoff, wenn man es mit Herren wie Dahl zu tun hat.« Jetzt verzog er ebenfalls den Mund. »Aber darum geht es eigentlich nicht.« Er würgte sich ein Lächeln ab. »Wie die Herren wissen, bin ich nicht der Vorsitzende eines Debattierclubs.« Mit der letzten Bemerkung war er zufrieden. Das konnte Dahlgren seinen Augen ansehen.

»Kuppelei«, schlug Dahlgren vor. »Die Vermietung der Wohnung. Außerdem möchte die Steuersektion mit Direktor Dahl reden.« Davon hatte Dahlgren sich früher an diesem Tag schon überzeugt. In Ermittlungen wie der aktuellen müssen alle Gründe, aus denen jemand auf die Wache bestellt werden kann, sorgfältig geprüft werden. Das wusste Dahlgren aus langer Erfahrung.

»Von mir aus Kuppelei.« Der Staatsanwalt wand sich wieder, als säße sein ausgebeultes graues Sakko zu eng.

»Bestimmt hat er das Land verlassen.« Dahlgren starrte seinen Voruntersuchungsleiter an. Jetzt kam es zum kritischen Punkt. Auf den schon alle warteten. Alle Neune oder Ruin. Haus und Hof waren gesetzt.

»Und jetzt willst du ihn in Abwesenheit zu U-Haft verknacken?« *Das war's.* Dahlgren senkte zustimmend sein graues Haupt. Das wollte er. Eine Anzeige reichte nicht. Wenn man Dahl über Interpol suchen wollte, musste ein Haftbefehl her.

»Nein.« Plötzlich hörte der Staatsanwalt sich ungeheuer entschieden an. »Ausgeschlossen. Ich kann ihn dir zuliebe herbestellen. Aber ich kann ihn auf Basis der Verdachtsmomente, die bisher vorliegen, nie und nimmer zur Festnahme ausschreiben.« Er stand auf, um dieser Mitteilung Nachdruck zu verleihen.

»Dann nicht«, sagte Dahlgren resigniert. Er hatte es eigentlich die ganze Zeit schon gewusst. Der Verdacht auf Kuppelei war zu schwach, aber er hatte es versuchen müssen.

»Wir lassen erst mal in Schweden nach ihm suchen.« Dahlgren wandte sich an Andersson, und der nickte zustimmend.

»Landesweiter Alarm.« Beide nickten. *Eine kleine Rache ist auch eine Rache,* dachte Dahlgren und schaute den Staatsanwalt an, der sich jedoch taub stellte, aufstand und seinen Willen zum Aufbruch anzeigte, indem er auf seine Armbanduhr schaute.

»Lass wegen Dahl von dir hören.« Der Staatsanwalt steuerte die Tür an, blieb dann aber mit der Hand auf der Klinke stehen. Ein Sieger durfte niemals die Versöhnung vergessen. Sie spielten ja immerhin in derselben Mannschaft. Im Großen und Ganzen. Wenn es wirklich darauf ankam.

»Ich bin für alles offen, wenn es um Dahl geht. Sogar, wenn du glaubhaft machen kannst, dass er in internationalen Terrorismus verwickelt ist.« Er lachte zufrieden. »Dann kriegst du deinen Haftbefehl, das versprech ich dir.«

Der Staatsanwalt lächelte versöhnlich, als er die Tür hinter sich zuzog.

»Wann kriegen wir endlich gescheite Staatsanwälte, zum Teufel?« Andersson schaute Dahlgren verlegen an, als sei es seine Schuld, dass Dahl nicht festgenommen werden konnte.

»Zu spät«, erwiderte Dahlgren lakonisch. »Und bis dahin müssen wir selber denken.«

»Ich dachte, Krusberg könnte Sienkowski verhören«, sagte Andersson.

Klug. Dahlgren nickte. Wenn er selbst der Ermittlungsleiter gewesen wäre, hätte er ebenfalls Krusberg auf Sienkowski angesetzt.

»Das ist sicher sehr gut.« Er nickte abermals. »Er ist ja nicht ganz so versiert wie wir anderen hier in der Sektion. Wir, die wir schon langsam in die Jahre kommen.« Er nickte zum dritten Mal und fing an, seine Unterlagen in einer Aktentasche zu verstauen.

Krusberg gegen Marek Sienkowski. Im umfangreichen Voruntersuchungsmaterial zum Fall Kataryna Rosenbaum befinden sich insgesamt fünf Vernehmungsprotokolle, die sich auf Sienkowski, Marek, geboren 25. 4. 47, beziehen.

Alle diese Vernehmungen fanden in der Gewaltsektion zwischen Montagabend, 18. September, und Donnerstagnachmittag, 21. September, statt. Es handelte sich um Tonbandvernehmungen – Vernehmungen, die auf Band aufgenommen und später abgeschrieben wurden. Bei allen war Krusberg der Vernehmungsleiter.

Der Grund, aus dem Krusberg als der geeignetste Vernehmungsleiter für Sienkowski erachtet wurde, geht aus den Reinschriften absolut nicht hervor. Die sind übrigens ungeheuer mager, was Umfang und Inhalt angeht, und vermitteln eher den entgegengesetzten Eindruck. Die Erklärung müssen wir also anderswo suchen, bei den Personen Sienkowski und Krusberg.

Marek Sienkowski ist im Spätherbst 1969 nach Schweden gekommen. Politischer Flüchtling aus Polen und in seiner neuen Heimat recht schnell auf die schiefe Bahn geraten. 1978 hatte er noch immer nicht die schwedische Staatsbürgerschaft. Die schwedischen Behörden haben sogar mehrmals versucht, ihn ausweisen zu lassen, aber diese Versuche hat sein Status als politischer Flüchtling unterwandert.

Sienkowski war arbeitslos – was nicht heißen soll, dass er keine Beschäftigung gehabt hätte – und über lange Zeiten hinweg war er auch nicht an einer festen Adresse gemeldet. So auch, als er am Montag, dem 18. September 1978, aufgegriffen wurde.

Schon nach sechs Monaten in seiner neuen Heimat war Sienkowski zu einer Angelegenheit für die Kriminalpolizei geworden. Eine Polin – sie hatten sich in einem Integrationskurs in Småland kennen gelernt – hatte ihn wegen Vergewaltigung angezeigt. Aber die Anzeige wurde zurückgezogen und die Voruntersuchung eingestellt.

Danach war es schnell gegangen. Stein fügte sich an Stein – Hehlerei, Verdacht auf schwerwiegende Drogendelikte, Drohungen jeder Art, abermals Hehlerei, Körperverletzung, Verdacht auf Kuppelei – und bald besaß er bei Polizei und Staatsanwaltschaft einen durch und durch schlechten Ruf.

Seine erste Phase von Freiheitsentzug war schon ins Jahr 1972 gefallen. Sechs Monate Haft wegen Hehlerei, ein Urteil, dem Bußgelder, Bewährungsstrafen und polizeiliche Überwachung vorausgegangen waren.

Bei der Stockholmer Polizei hatte Marek eine eigene Identität erworben: »harter Marek«, »der Taubstumme«, »polnischer Mafioso«. Letzteres eine Sammelbezeichnung für alle Mitglieder einer kleineren Gruppe von Ostblockflüchtlingen, die angeblich einen großen Teil der illegalen Clubs beherrschten: Sexklubs und Bordelle.

Marek war bei der Polizei nicht beliebt. Er war ein notorischer Verbrecher. Warf mit Geld nur so um sich: Restaurants, große, fesche Autos, teure Kleidung.

Er war hart und vernehmungsresistent (eine Eigenschaft, durch die man sich gerade bei der Polizei sonst Achtung verschaffen konnte – wenn man ein »redlicher schwedischer Dieb« war). Außerdem war er Ausländer.

»Wieso die solche hier ins Land lassen, übersteigt meinen Verstand«, sagt Bo Jarnebring bei der ersten Besprechung im Fall Kataryna. Das fasst Sienkowskis Beziehung zur Stockholmer Polizei präzise zusammen. Und ist doppelt ärgerlich, wenn wir an die Lage seiner Landsleute und anderer Zuwanderergruppen denken. Die polnischen Flüchtlinge aus der Zeit um 1970 waren sonst ein gutes Beispiel für erfolgreiche Integration in ihre neue Heimat. Ein winziger Anteil von ihnen tauchte zwar in den Polizeiregistern auf. Der weitaus größere Teil dagegen bekleidete hohe Positionen in der schwedischen Gesellschaft.

Das galt nicht für Marek Sienkowski.

1973 war es wieder so weit. Nur wenige Monate nach Ende seiner ersten Gefängnisstrafe wurde er abermals verurteilt: ein Jahr und sechs Monate für versuchten Raubüberfall, illegalen Waffenbesitz und Ähnliches.

Seine Spitznamen – »harter Marek«, »der Taubstumme« – hatte er sich bei seinen zahllosen Vernehmungen durch die Polizei erworben. An seinem Gehör oder seinen Sprechorganen war nichts auszusetzen, aber eins hatte er begriffen: dass die Polizei seine Schuld beweisen musste. Man selbst brauchte kein Wort sagen. Was er also nicht tat. In der Regel schwieg er. Er nannte seinen Namen erst, wenn er davon überzeugt war, dass die Polizei bereits wusste, wer er war. Dann verlangte er sofort nach seinem Anwalt. In den letzten fünf, sechs Jahren hatte es sich immer um denselben gehandelt. Um einen von den jüngeren »Staranwälten«, der in Sienkowskis Fall niemals ein Honorar vom Staat verlangte.

Ansonsten hatte Sienkowski nichts zu sagen. Außer: »Ich will jetzt was essen«, »ich muss auf die Toilette«.

»Bei so einem funktioniert es nur mit Stufe drei«, hatte einer der älteren Vernehmungsleiter seine erste Begegnung mit Marek zusammengefasst. Und leider hatte er damit vollständig Recht gehabt. Vermutlich war es so, dass diese Art von Dialog die einzige war, die Marek überhaupt verstehen konnte.

Aber es kam nicht zu physischen Übergriffen. Nicht bei den Vernehmungen. Einmal hatte er allerdings heftig Prügel von der Polizei bezogen. Er war im Zusammenhang mit einer Razzia in einem illegalen Club festgenommen worden und hatte seine schlechte Urteilskraft bewiesen, indem er zufällig einem der Ermittler einen Tritt an den Kopf verpasst hatte. Worauf er gewissenhaft zusammengeschlagen worden war und außerdem eine Anzeige wegen Gewalt gegen einen Beamten im Dienst am Hals gehabt hatte. Aber Marek war jemand, der aus seinen Fehlern lernte, und es war bei diesem einen Mal geblieben. Bei einem Verhör passierte so etwas nicht, und das hatte nichts damit zu tun, dass er immer Gesellschaft von seinem Anwalt hatte.

Trotz allem, was in gewissen Medien über Verhörmethoden in dem großen Haus auf Kungsholmen behauptet wurde, trotz aller Geschichten, die in den Kreisen der notorischen Verhöropfer florierten, kamen nämlich physische Übergriffe bei Vernehmungen ungeheuer selten vor.

Warum hätte man auch darauf zurückgreifen sollen? Die Vernehmungen hatten doch fast immer den Charakter einer freundschaftlichen Unterhaltung. Der Verhörte suchte häufiger den Kontakt, als dass er abweisend oder unverschämt war. Der Vernehmungsleiter war eher leidenschaftslos als persönlich betroffen. Eine Vernehmung war einfach keine Situation, in der Menschen zu schlagen beginnen.

Wie Sienkowski hatte auch Krusberg einen gewissen Ruf.

Den hatte er sich in der Sektion schon früh erworben. Er war zu Beginn der Siebzigerjahre bei der »Gewalt« gelandet. Ein unbeschriebenes Blatt von Anfang dreißig, das direkt von der Kriminalabteilung eines mittelgroßen Polizeidistrikts in Westschweden kam.

Aber das dauerte nicht lange. »Das war verdammt noch mal so nah an Stufe drei, wie man überhaupt kommen kann«, hatte bereits nach einem Monat einer seiner älteren Kollegen gesagt. Er hatte einem von Krusbergs Verhören beigewohnt, das bereits nach einer Stunde mit einem umfassenden Geständnis zu Ende gegangen war.

»Der hat dem Arsch mit seinem eigenen Schweiß die Scheiße rausgewaschen.« Der, das war wieder Krusberg, und der Gewaschene war einer der »Klassiker« der Sektion und normalerweise nur wenig mitteilsam.

Und so war es weitergegangen. Krusberg wurde bekannt als »Todesstreife«, »Internierungskommando«, »dieser Scheißkrusbär«. Und das, obwohl die abgeschriebenen Verhörprotokolle fast penetrant förmlich wirkten und niemals auch nur in die Nähe eines Verdachts auf ungesetzliche Verhörmethoden gerieten.

Was ihn zum Meister machte, war sein Blick für die Bedürfnisse der Menschen. Die Verlobte zu treffen, zu wissen, wie es den Kindern ging, zu erfahren, was passieren würde, was die Polizei wusste. Bedürfnisse, die ganz schlicht sein konnten. Zum Beispiel das Bedürfnis, mit irgendwem zu reden, wirklich, egal wem. Sogar mit einem Vernehmungsleiter.

Dass die Abschriften ein gewisses Bild des Verhörleiters Krusberg ergaben, war vielleicht nichts, das man überbewerten sollte. *Dieser Knabe weiß, wo bei einem Tonbandgerät der Ausknopf sitzt*, hatte Dahlgren selbst gedacht, als er die Abschrift von einem der zahlreichen unerklärlichen Geständnisse Krusbergs gelesen hatte.

»So nah an Stufe drei, wie man überhaupt kommen kann.« Das war die schlichte Erklärung dafür, dass Krusberg und kein anderer es war, der am Montagabend, 18. September, Marek Sienkowski von der Wache in sein Zimmer in der Gewaltsektion holte.

Aber diesmal klappte es nicht. Wie hätte das auch möglich sein sollen? »Wie die Herren sicher wissen, ist es nicht strafbar, durch die Straßen der Stadt zu flanieren«, hatte der Staatsanwalt Dahlgren und Andersson mitgeteilt. Am Mittwoch – bei der dritten Vernehmung – finden wir fast dieselbe Bemerkung. Diesmal von Mareks Anwalt. »Aber mein lieber Herr Inspektor. Wollen Sie in vollem Ernst behaupten, es sei strafbar, durch die Roslagsgata zu spazieren?« Das war es nicht. Und solange man nichts anderes hatte, konnte die Sache nur ein Ende nehmen. Sogar bei Krusberg.

Am Donnerstagnachmittag wurde Marek Sienkowski freigelassen, war zwar belegt mit Reiseverbot, aber eben doch frei. Ohne ein Wort darüber gesagt zu haben, was er an dem Donnerstag, an dem Kataryna ermordet worden war, unternommen hatte. Oder überhaupt über irgendetwas, das mit dem Fall zu tun haben könnte.

Schon die erste Vernehmung liefert ein gutes Beispiel dafür, was passiert ist. In diesem Fall können wir außerdem der Abschrift volles Vertrauen schenken. Seit der zweiten Vernehmung war die ganze Zeit der Anwalt zugegen, und dann kann man kein Tonbandgerät ausschalten. Vermutlich war das auch schon beim ersten Mal nicht geschehen. Es gab keinen Grund, auf »aus« zu drücken. In der Abschrift lautete die Vernehmung von Montagabend folgendermaßen:

Protokoll der Vernehmung von Marek Sienkowski, geboren 25. 4. 47. Die Vernehmung findet statt in der Gewaltsektion, Kungsholmsgata 37 in Stockholm. Vernehmungsleiter ist Kriminalinspektor Göran Krusberg. Die Vernehmung beginnt um 18.30 am Montag, dem 18. September, und wird auf Band aufgenommen.

V = Vernehmungsleiter
S = Sienkowski

V: Ja, Sienkowski. Dann möchte ich dir als Erstes mitteilen, dass der Staatsanwalt die Sache sehr ernst nimmt. Wie du sicher verstehst, kann ich im Moment nicht auf die Gründe eingehen. Aber der Staatsanwalt ist der Meinung, dass er dich eine Weile hier behalten muss, wenn du uns nicht sagen kannst, was du am Donnerstag gemacht hast, Donnerstag, den 14., meine ich. Nur so viel, es hat mit dem Mord an deiner ehemaligen Verlobten zu tun, Kataryna Rosenbaum … und dann muss ich dich noch um eins bitten. Nicht nicken oder mit den Schultern zucken, sondern laut und deutlich in das Mikrofon dort auf dem Tisch sprechen. Ist das klar?
S: Ich will mit meinem Anwalt reden. Du weißt, wer das ist. Du musst ihn anrufen. Ich sage nichts, ehe ich nicht mit meinem Anwalt gesprochen habe.
V: Ich habe es schon versucht, aber ich habe ihn noch nicht erreicht. Seine Sekretärin hat versprochen, ihm das auszurichten.
S: Dann müssen wir warten.
V: Dir ist doch klar, dass das dauern kann? Wenn du ein Alibi für die Mordzeit hast, dann sag es. Wir wollen niemanden ohne Grund festhalten, und ich habe auch Wichtigeres zu tun.
S: Ich warte auf den Anwalt.
V: Das ist dein gutes Recht. Aber ich verstehe nicht, warum wir Zeit vergeuden sollen. Einfach vergeuden. Das ist doch unnötig.
S: Ich warte.

V: Du willst jetzt also nichts sagen?
S: Nein.
V: Obwohl du weißt, dass es dauern kann. Ganz unnötig.
S: Ich warte.

...
...

V: Die Vernehmung wird um 18.35 abgebrochen. Sienkowski will nichts sagen, solange er nicht mit seinem Anwalt gesprochen hat. Die Tonbandaufnahme ist ihm vorgespielt und von ihm gebilligt worden.

Stockholm, selbiger Tag

Göran Krusberg, Krinsp

X

Seit Montagabend, 18. September, konzentrierte die Ermittlertruppe ein Großteil ihres Interesses auf Johny Dahl. Von diesem Abend an wurde außerdem landesweit nach ihm gefahndet. Der Fahndungsaufruf war seltsam formuliert – »schwere Kuppelei, schwere Steuerhinterziehung u. ä.«. Alle einigermaßen erfahrenen Polizisten im Land, die diese Meldung lasen, wussten, dass es im Grunde um »u. ä.« ging. Kuppelei und Steuerhinterziehung, ob schwer oder nicht, waren doch kein Grund für eine landesweite Fahndung. Wer nicht direkt mit den Kollegen in Stockholm sprechen konnte, zählte zwei und zwei zusammen und wusste genau, worum es hier wirklich ging.

Die Ermittler wurden in die Stadt geschickt. Wohin auch sonst? Drei Streifen für einen Direktor aus der Gebrauchtwagenbranche. Natürlich bestand nur eine geringe Hoffnung, dass er sich noch im Distrikt oder sogar im Land aufhielt, aber auch, wenn man Dahl nicht fand, gab es doch noch andere Sachen, die fast ebenso wichtig waren.

Was hatte er am Donnerstag, dem 14., vormittags unternommen? Warum hatte er es am folgenden Tag so eilig gehabt? Wohin war er verschwunden? Wenn man richtig Glück hatte, würde man das »u. ä.« im Fahndungsaufruf durch das ersetzen können, worum es wirklich ging. Und das ganz ohne Dahls Mitwirkung.

Andersson, Jansson und Krusberg kümmerten sich um die inneren Ermittlungen. Vor allem Krusberg zog Strippen, tatkräftig unterstützt von den Aspis der Sektion, die beiden anderen aber rückten ein, wie sie Zeit hatten. Zoll, Fluggesellschaften, Reisebüros; was wusste man dort über Johny Dahl?

Und sie kamen weiter. Obwohl sie Dahls selber nicht habhaft wurden, kreisten sie ihn doch rasch ein. Darauf verstand man sich. Schon am Dienstag wussten sie, dass er keinen Linienflug angetreten hatte, jedenfalls nicht unter seinem eigenen Namen, und dass er vermutlich auch keine Pauschalreise machte. Dagegen gab es eine nette Hypothese darüber, wie er sich entfernt hatte. Nämlich mit dem Auto. Und zwar nicht mit irgendeinem Auto, sondern mit einem, das in solchen Fällen nur höchst selten eine Rolle spielte. Einem Cadillac FleetWood, Baujahr 1972, mit überdies bekanntem KFZ-Kennzeichen.

»Wenn er damit weggefahren ist, haben wir ihn bald.« Andersson schüttelte überrascht den Kopf, als Krusberg davon berichtete.

Aber da irrte Andersson. Denn als sie das Auto am folgenden Tag fanden, war es leer. Es stand in einem Parkhaus in Malmö, und offenbar hatte Dahl es am Freitag, dem 15., abends dort abgestellt.

Es wurde von der Polizei Malmö in einem ganz anderen Zusammenhang entdeckt. Sie hatten mit dem Parkhausbetreiber über eine Diebstahlserie in der Garage sprechen wollen, und »wir konnten es einfach nicht übersehen.« So drückten die Kollegen aus Malmö sich aus.

Mit dem Wagen nach Malmö. Von dort vermutlich Fähre nach Kopenhagen. Aber was dann?

Am Mittwochvormittag landeten auch Jarnebring und Molin einen Treffer. Und wenn wir an Sienkowskis Nase denken, war das nur gerecht.

Diesmal schlugen sie bei einem Gebrauchtwagenhandel auf Söder zu, und der Händler, mit dem sie sprachen, wies gewisse Unterschiede zu seinem Kollegen mit dem schwarzgebrannten Fusel und der ausländischen Arbeitskraft auf.

Dass er doppelt so groß oder zumindest doppelt so breit war wie sein magerer Kollege, war unwesentlich. Gewichtiger war, dass er zu Dahl offenbar eine ganz andere Einstellung hatte.

»Hallo, Jarnebring«, rief er herzlich, als die Polizisten sein Büro betraten. Er erhob sich und schüttelte glücklich Jarnebrings rechte Hand mit seinen eigenen beiden. Setzt euch, Jungs, setzt euch. Er breitete die Arme in einer südländischen Geste aus, die seinem umfangreichen Körper und dem hellen Teint widersprach.

»Was kann ich für dich tun, Jarnebring?« Er ließ sich in einen ächzenden Sessel sinken und schlug die fetten Beine übereinander.

»Dahl!« Jarnebring zwinkerte ihm vertraulich zu.

»Ja, ja.« Der Händler schüttelte mitleidig den Kopf und lächelte übers ganze Gesicht. »So kann es gehen. Das hab ich schon kapiert, als der Arsch mir einen Lincoln mit geplatztem Motorblock aufs Auge drücken wollte.« Er lachte glücklich.

»Was für ein Mistkerl.« Jarnebring grinste. »Das ist doch nicht dein Ernst?«

»Und in der Nuttenbranche hatte er auch nicht mehr Glück.« Der Autohändler lachte zufrieden und zwinkerte ihnen zu. »Man hört in der Stadt doch so allerlei.« Jetzt machte er ein geheimnisvolles Gesicht. »Ihr müsst euch beeilen, damit er nicht auch noch sein anderes Mädel umbringt.«

»Du kannst uns sicher helfen.« Jarnebring lächelte ihm kumpelhaft zu. »Und dann kannst du meinen SAAB zu einem Freundschaftspreis kaufen.«

»Haha.« Der Fettsack schlug sich vor Begeisterung mit

der Hand auf den Oberschenkel. »Willst du wissen, wo er wohnt?« Er beugte sich zu Jarnebring vor, und der nickte.

»Eine kleine Finnin. Das reinste Kind. Wir hatten vor einem Monat ein Fest, und dieser Scheißjohny sollte Frauen besorgen. Aber dann schleppt der Arsch eine Nutte an. Genauer gesagt, zwei. Sie hatte eine Freundin.« Er schüttelte mitleidig den Kopf.

»Weißt du, wie sie heißt?«

»Rita, glaube ich, so eine kleine Blonde. Oder vielleicht Ritva... eine kleine blonde Finnin. Spricht ziemlich schlecht Schwedisch. Aber sonst hat sie ein flinkes Mundwerk, hat einer von den Jungs gesagt.« Er zwinkerte Molin vertraulich zu. »Ich hab ja nicht gewagt, das auszuprobieren. Ihr Mund kam mir so klein vor.« Jetzt lachte er dermaßen, dass sein ganzer Wanst bebte.

Auch Jarnebring lachte, während Molin sich mit einem beifälligen Grinsen begnügte.

»Ja verdammt.« Ihr munterer Gastgeber holte Luft und fuhr sich mit dem Handrücken über die Augenwinkel. »Johny hat sie wohl in einer Bude im Karlsbergsväg untergebracht. Einer von den Jungs war später noch mal da. Meine Fresse, was manche Leute so alles riskieren. Soll ich die Adresse rausfinden?«

»Das wär wirklich verdammt gut.« Jarnebring musterte ihn mit warmem Blick.

»No problem.« Der Autohändler schlug sein Adressbuch auf und suchte mit ausgestrecktem Zeigefinger. »No problem at all«, beteuerte er und betätigte die Nummernscheibe.

»Oh verdammt, was für ein Schwein.« Jarnebring schüttelte den Kopf und wandte sich an Molin. »Was für Kumpels.« Molin nickte zustimmend.

»Fahren wir jetzt zum Karlsbergsväg? Wir haben doch die Adresse.«

»Und das Mädel auch«, erwiderte Jarnebring. »Ich hab da so ein Gefühl, wer sie ist.«

Bei der dritten Runde durch die Malmskillnadsgata fanden sie sie, aber inzwischen war es schon Abend geworden. Es regnete. Der wievielte Regentag das war, wussten sie schon gar nicht mehr. Es war Abend, es regnete, und nicht viele Mädchen waren auf der Straße. Sie kauerten in Hauseingängen, im Eingang zur U-Bahn und hinter den Pfeilern auf dem Brunkebergstorg. Ab und zu ging eine zu einem haltenden Auto. Sprach durch das heruntergekurbelte Seitenfenster mit dem Fahrer. Stieg ein oder ging zurück und wartete auf den nächsten.

»Da ist sie!« Jarnebring zeigte auf den Platz. »Zweiter Pfeiler.«

Eine kleine blonde Frau mit blauem Kleid und halblangem Wildledermantel. Sie hatte an einem der Pfeiler auf der Rückseite des Parlamentsgebäudes gelehnt, doch gerade als Jarnebring sie entdeckt hatte, ging sie zu einem Auto, das am Bordstein anhielt.

»Schnappen wir sie uns?« Molin öffnete seinen Sicherheitsgurt.

Jarnebring schüttelte den Kopf. »Jetzt hat sie doch offenbar einen Freier.« Das stimmte, denn sie öffnete die Autotür und nahm gerade neben dem Fahrer Platz, als die Polizisten vorbeifuhren.

»Wir warten einfach so lange.« Jarnebring sah Molin an. »Jetzt warten wir schon den ganzen Tag, da spielen zehn Minuten auch keine Rolle mehr. Sicher will sie in den Karlsbergsväg.«

Sie hatten den ganzen Tag gebraucht, um sie zu finden, Ritva, neunzehn Jahre alt und aus Finnland. Wenn sie das denn war. Ganz genau wussten sie es nicht.

Zuerst hatten sie eine Stunde gebraucht, um die richtige

Wohnung zu finden. Die Adresse war falsch gewesen. Ihre Wohnung lag im Haus gegenüber. Aber dieses Problem hatten sie am Ende gelöst. Eine kleinere Wohnung zum Hof, ganz am Ende des Karlsbergsväg.

Sie hatten mit dem Hausbesitzer gesprochen, und der Mietvertrag war wirklich auf Johny Dahl ausgestellt. Der Besitzer hatte nicht glücklich geklungen und beteuert, keine Ahnung gehabt zu haben.

Danach hatten sie vor der Wohnung gewartet und waren außerdem, als das Warten ihnen zu lang wurde, zweimal durch die Malmskillnadsgata gefahren. Als sie nach dem ersten Mal zurückkamen, brannte in der Wohnung Licht. Aber sie war leer. Damit wussten sie, dass sie aneinander vorbeigefahren waren.

Sie fassten einen Entschluss und riefen ihre Kollegen hinzu. Was ihnen durchaus zu schaffen machte. Vier Mann, um eine Nutte zu finden. Nach zehn Minuten fuhr der Streifenwagen neben ihnen vor. Sie beschlossen, dass die Kollegen bei der Wohnung bleiben sollten, während Jarnebring und Molin noch einen Versuch auf der Straße machten.

Diesmal mit besagtem Erfolg.

»Scheiße, der Freier wird sich ja freuen!« Molin grinste hingerissen, während Jarnebring sich diskret an den grauen Volvo vor ihnen hängte.

Jarnebring nickte. *Das hier ist das Beste*, dachte er. Das schlägt alles. Es war nicht irgendein Job. Es war das Leben.

»Du notierst die Nummer?«

»Soll ich den Besitzer ermitteln?« Molin griff nach dem Mikrofon.

»Wir warten«, entschied Jarnebring. »Der Typ ist sicher nur normalgeil. So einem muss man doch keine Schwierigkeiten machen. Und er fährt tadellos geradeaus.« Sie hatten jetzt den Sveaväg erreicht. Der graue Volvo war fünfzig Meter vor ihnen. Die Scheinwerfer wurden vom feuchten

Asphalt reflektiert, und Jarnebring versuchte, die Ampeln im Blick zu behalten. Immer schlecht, das Tempo wechseln zu müssen, nur um dieselbe Grünphase zu erwischen. *Ein echter Profi hat das nicht nötig.*

Odengata, Odenplan und dann Karlsbergsväg. Jarnebring stieß einen zufriedenen Pfiff aus. Die Beute lag vor ihnen. Ahnungslos voll in die Falle. *Gleich.*

»775 von 7715.« Molin hatte das Mikrofon in der Hand.

»7715.«

»Wir sind jetzt so weit. Grau, zwo fünfundsechzig, Cäsar, Cäsar, Harald acht sechzehn.«

»Verstanden 7715«, knarrte das Funkgerät. Molin hängte das Mikrofon wieder zurück.

»Wir können ihn wegen Falschparkerei hochgehen lassen«, sagte Molin grinsend, als sie anhielten. Der Volvo stand jetzt zwanzig Meter vor ihnen, und der Fahrer und Ritva durften aussteigen und die Türen schließen, ehe Jarnebring und Molin ihren Wagen verließen.

»Hallo, Ritva. Wir möchten mit dir reden.« Jarnebring lächelte sie freundlich an und schob gleichzeitig die Hand in die Tasche, um seinen Dienstausweis hervorzuholen.

»Aber sie vielleicht nicht mit dir.« Der Mann im grauen Volvo legte rasch den Arm um sie und versuchte, an Jarnebring vorbeizugehen.

Jarnebring zog die Hand aus der Tasche und trat ihm in den Weg.

»Ja verdammt!« Der Freier ließ Ritva los und starrte Jarnebring mit mörderischer Miene an. »Was erlaubt ihr euch, zum Teufel?« Er war groß und grob und hatte nichts verstanden.

»Poli...«, sagte Jarnebring und sah zugleich den Arm auf sich zukommen.

Worauf er zuschlug, rein reflexmäßig. Wie er das als kleiner Knabe auf dem Schulhof gelernt hatte. Wie er es als wilder Jüngling auf den Festplätzen um den Siljansee herum vertieft hatte. Und so, wie es seine Lehrer auf der Polizeischule versucht hatten, ihm abzugewöhnen. Weil es zu gefährlich war. Aber es war zu einem Teil seiner selbst geworden.

»Was zum Teufel soll das?« Jarnebring riss sein Opfer vom Asphalt hoch. Molin hatte Ritva gepackt, und die beiden Kollegen waren wie Kanonenkugeln aus ihrem Auto geschossen. »Willst du einen Polizisten schlagen?« Jarnebring schüttelte den Mann am Jackenkragen und hielt ihm seinen Dienstausweis unter die Nase.

Der Mann starrte ihn wütend an. Er atmete schwer und saß, die Beine an den Bauch gezogen, auf dem Bürgersteig. Jarnebring sah, dass er noch immer nichts kapierte, und weitere Prügeleien wollte er nicht.

Er stopfte den Ausweis wieder in die Jackentasche und nahm mit der linken Hand das Opfer am Revers. Zog mit der rechten die Handschellen vom Gürtel. Riss ihn aus dem Gleichgewicht – das war nicht schwer bei einem, der auf dem Boden saß und nur halb bei Bewusstsein war –, ließ seinen Hals los, packte die Unterarme, drehte ihn halbwegs um und presste ihm die Arme auf den Rücken. Dann die Handschellen. Klick – rechte Hand, noch ein Klick – linke Hand. Jetzt begriff der Mann auf dem Boden. Das konnte Jarnebring seinen weit aufgerissenen Augen ansehen.

»Was für ein verdammter Trottel.« Jarnebring massierte sich mit der rechten Hand den Hals und drehte mit der linken am Lenkrad.

»Ich finde, du solltest ihn anzeigen. Das war doch glasklar. Verdammter Mörder. Was hast du denn bloß für Scheißkundschaft?« Molin wandte sich der Frau auf dem Rücksitz zu und starrte sie drohend an.

Sie gab keine Antwort, weinte aber nicht mehr. Jetzt

wandte sie sich ab. Sie schaute sich zu dem anderen Streifenwagen um, der hinter ihnen fuhr, ihr Kunde auf dem Rücksitz.

»Mir wird wohl nichts anderes übrig bleiben, Scheiße«, fluchte Jarnebring. »Was für ein blöder Idiot. Da muss ich die ganze Nacht die Anzeige schreiben, bloß weil wir uns diesen geilen Arsch schnappen mussten.«

Er drehte den Kopf und schaute die Frau auf dem Rücksitz an.

»Wo zum Teufel ist Johny?«

»Ich weiß nicht.« Sie schüttelte den Kopf und hielt sich die Hand vor den Mund.

»Du solltest es lieber verdammt schnell ausspucken.«

Molin sprach langsam und deutlich und schaute ihr dabei in die Augen. »Im Knast sind die Betten verdammt hart. Finnischer Standard.«

»Ich weiß nicht.« Sie schüttelte noch einmal den Kopf, und in ihrem Gesicht zuckte es. »Er ist gefahren.«

»Wann? Wohin?« Molin beugte sich über den Sitz und richtete den Finger auf sie. »Wann? Wann ist er gefahren?«

»Freitags«, flüsterte sie. »Freitags.«

»Das ist eine ernste Angelegenheit, das musst du begreifen.«

Die Frau, die vor Krusberg im Sessel saß, gab keine Antwort. Sie hatte den Kopf halb abgewandt und die Beine schräg gestellt. Die rechte Hand hielt sie sich vor den Mund, die linke lag auf der Wade. Ab und an zupfte sie an ihrem Rocksaum.

Krusberg seufzte. Schaltete das Tonbandgerät aus. Erhob sich und schaute ihr in die Augen.

»Ich kann ja verstehen, dass dir das schwerfällt.« Seine Stimme klang ruhig und freundlich. Er ließ ihren Blick nicht los, jetzt wo er sie endlich dazu gebracht hatte, ihn anzusehen. »Aber für die andere da war das auch nicht lustig. Um sie geht es hier. Wenn Johny unschuldig ist, dann kannst du ihm helfen.« Er nickte ihr zu. »Dann kannst du ihm helfen«, sagte er noch einmal. »Sonst hat er keine Hilfe verdient. Das würdest du auch finden, wenn du wüsstest, wie sie aussah. Die Frau, die in der Roslagsgata umgebracht wurde.«

Er seufzte und schüttelte den Kopf.

»Ich habe ihm tausend Kronen gegeben«, flüsterte sie. Sie nahm die Hand vom Mund. »Freitags. Er hat gesagt, er braucht alles Geld, das ich habe.«

Krusberg nickte ihr mit ernster Miene zu, ohne etwas zu sagen. *Gut*, dachte er. *Jetzt kommt's. Wurde aber auch Zeit, verdammt noch mal.*«

»Wann hast du ihn kennen gelernt?«

»Du hast dich wieder geprügelt?« Annika saß im Bett und las, als er das Schlafzimmer betrat. Obwohl es schon fast Mitternacht war.

Er zuckte wortlos mit den Schultern.

»Das passiert jetzt ganz schön oft, was? Drittes Mal seit dem Sommer.« Sie legte das Buch beiseite und schaute ihn ernst an.

»Verdammte Idioten.« Jarnebring zuckte noch einmal mit den Schultern.

»Die scheinen sich vermehrt zu haben. Seit du nicht mehr mit Johansson fährst.«

Annika klang gar nicht munter.

»Verdammt viele Verbrecher.« Er zog sich das Hemd über den Kopf. *Scheiße, das tat vielleicht weh.*

»Du glaubst nicht, dass es an dir liegen kann?«

Sie sah auch traurig aus. *Und es tat verdammt weh.*

»Du hast dich verändert. Andere werden älter, du nicht.«

Hör auf, hier rumzunerven, zum Teufel. Er wandte sich ab.

»Ich will nicht mit einem verheiratet sein, der sich einfach

so schlägt.« Sie schaute ihn mit ernster Miene an. »Dann lassen wir das lieber.«
»Hör auf.«
Sie schüttelte den Kopf.
»Nein. Du sollst aufhören. Such dir einen anderen Job. Hör auf, Batman zu spielen. Es muss ja wohl Bürojobs geben.«
»Ja, ja. Darüber reden wir morgen.« Er stieg aus seinen Jeans und ging ins Badezimmer. *Bürosnob. Dann lassen wir das lieber.* Er öffnete die Schlafzimmertür und schaute sie an.
»Soll ich vielleicht als Kindergartentante arbeiten?« Er war jetzt stocksauer und sah, dass ihr das klar war. »Wie irgend so ein linkes Weichei.« Er zog die Tür hinter sich zu und drehte die Dusche auf.

Am Donnerstag holte Dahlgren im Staatsanwaltsspiel den ganzen Topf. Er schnappte sich die Vernehmung Ritvas und die Mitteilung der Polizei Malmö über Dahls Cadillac, der jetzt im Polizeigebäude stand und darauf wartete, dass die Techniker ihn inspizierten. Dann ging er zum Staatsanwalt hoch. Nach zehn Minuten war alles klar:
Neunzehnjährige Finnin. Aufs Übelste ausgenutzt. Glasklarer Fall von Kuppelei. Fährt mit Feuer unterm Hintern nach Malmö. Lässt seinen Wagen stehen und setzt sich nach Dänemark ab. Einen Tag, nachdem eine andere von seinen Prostituierten ermordet aufgefunden wurde.
»Naa?«, fragte Dahlgren. »Was sagst du?« Mit Frost in der Stimme.
»Ich erledige das sofort.« Der Staatsanwalt nickte ihm zu. »Ich ruf die Abteilung an. Die können das gleich morgen machen. Du kriegst deinen Haftbefehl.«
»Gut.« Dahlgren sprang auf. »Dann schreib ich den Fahndungsaufruf für die Kollegen auf dem Kontinent.«

»Du und die anderen, geht ihr jetzt zurück zur Ermittlung?«
Andersson sah Jarnebring aus seinen milden Augen an.

»Ja. Dieses Wochenende knallt's. Ein Ding, an dem wir schon lange dran sind.«

»Dieselbe Branche, hab ich gehört.«

Jarnebring nickte.

»Aber kein Zusammenhang?«

»Glaub ich nicht.« Jarnebring schüttelte den Kopf. »Das ist ein größerer Bursche als Dahl.« Jarnebring lächelte. »Wenn Kataryna was damit zu tun gehabt hätte, wüssten wir das.«

Andersson nickte verständnisvoll.

»Jaa.« Er streckte die Hand aus. Er kam sich ein wenig förmlich vor. »Ich danke dir und den Jungs. Aber jetzt könnt ihr wohl nicht mehr viel tun. Ins Ausland können wir euch ja nicht schicken. Zu Dahl. Ins Ausland.«

»Sicher.« Jarnebring nickte zustimmend.

»Das mit dem Freier war ja unangenehm. Dass du überfallen wurdest.« Andersson hatte von dem Vorfall von vor zwei Tagen gehört und empfand aufrichtiges Mitleid mit Jarnebring.

»Ist schon gut.« Jarnebring zuckte mit den Schultern. *Es tat nicht mehr weh.* Aber der Teufel mochte wissen, was in Annika gefahren war. Sie hatte vielleicht zu viel Stress bei der Arbeit?

»Grüß die anderen.«

»Ebenso«, sagte Jarnebring. »Viel Glück.«

XI

Marek Sienkowski oder Johny Dahl. Auf diese beiden konzentrierten sich die Hoffnungen bei den Ermittlungen zum Mord an Kataryna Rosenbaum. Jedenfalls am Montag, dem 18. September 1978.

Lewin – dem bisher die schwerste Last zugefallen war – hatte mit den beiden nichts zu schaffen. Er war weiterhin damit beschäftigt, Katarynas Umfeld zu sondieren. Bei der Besprechung am Montag hatte er zweiundfünfzig Personen auf seiner Liste gehabt. Vor Ende der Woche waren es sechzig. Sehr viel mehr sollten es aber nicht werden.

Lewin war der Sklave auf dem Triumphwagen. Auf dem, was immer mehr zu einem Triumphwagen wurde, je mehr belastende Tatsachen die anderen Ermittler auf Dahl und seinen überstürzten Aufbruch türmen konnten. Oder umso länger Sienkowski darauf beharrte, keine von Krusbergs Fragen zu beantworten. *Der Sklave auf dem Triumphwagen?* Wie immer das möglich war, wo er doch in eine ganz andere Richtung unterwegs war.

Lewin machte weiter wie bisher. Er wollte sich durch die Namensliste hindurcharbeiten. Vernommen/Lewin/Datum, das Band zum Reinschreiben geben, seine Unterschrift auf die Abschrift, rein in den Vernehmungsordner. Blaue Pappordner, immer mehr und mehr, obwohl der letzte in der Reihe immer schon vor Papier überquoll.

Ab und zu durfte er von der Reihenfolge seiner Liste abweichen. Unter anderem konnte es vorkommen, dass er sich noch einmal an jemanden wenden musste, mit dem er bereits gesprochen hatte. Dann hatten sich neue Fragen ergeben, die geklärt werden mussten. Auskünfte mussten vervollständigt werden: Erneut vernommen/Lewin/neues Datum. Das war nun schon einige Male passiert, und am Montag war es wieder so weit.

»Es geht um unseren Freund, den Oberkellner.« Jansson hielt Lewin einen Zettel hin. »Kannst du dir das mal ansehen? Die hat vorhin angerufen. Sie arbeitet offenbar als Serviererin im selben Lokal, und sie behauptet, dass er erst um elf gekommen ist. Nicht um zehn, wie er und die beiden anderen gesagt haben.«

Lewin betrachtete den Zettel und nickte. *Hätte sie das nicht früher ausspucken können*, dachte er.

»Sie scheint sich ihrer Sache ziemlich sicher zu sein.« Jansson seufzte und kratzte sich besorgt den Kopf.

Übergewicht, grauer Anzug und müde graue Augen, dachte Lewin. Aber das sagte er nicht.

»Ich werde mit ihr reden«, versprach er.

Das hatte er dann auch getan. Er hatte sich sogar die Mühe gemacht, zu ihr nach Hause zu fahren. Warum, wusste er nicht genau. Er nahm an, weil er mal rauskommen wollte. Aber sicher war er sich nicht.

Jedenfalls war er zu ihr gefahren, und sie hatten fast eine Stunde miteinander geredet. Zwei Dinge hatte sie energisch klargestellt. Lewin durfte niemandem – wirklich niemandem – sagen, dass sie mit ihm gesprochen hatte. Sie habe schon genug Ärger am Arbeitsplatz. Das war das Erste. An niemanden auch nur ein Wort.

Wann war ihr Chef, der Oberkellner, denn nun am Donnerstag zur Arbeit gekommen? Sie war ganz sicher. Punkt Nummer zwei.

Er war gegen elf aufgetaucht. Nicht gegen zehn, wie er und die anderen behaupteten. »Darüber hat es nämlich einiges Gerede gegeben.«

Wie konnte sie so sicher sein, dass er um elf gekommen war und nicht um zehn?

Sie hatte bei dem erwähnten Mittagessen im Festsaal serviert. Dem Mittagessen, für das der Oberkellner zuständig war. Außerdem hatte sie beim Tischdecken geholfen. Als sie gegen zehn zur Arbeit gekommen war, hatte sie nach dem Chef gefragt. Sie hatte nämlich wissen wollen, »wie ich das machen soll«, aber er war nicht im Haus gewesen.

»Es war sicher elf, bis ich ihn erwischt habe. Und da war er schrecklich gestresst und konnte kaum mit mir reden.«

»Da sind Sie ganz sicher?«

»Ich bin ganz sicher. Hundert Prozent sicher. Sie versprechen doch, dass das unter uns bleibt?«

»Ja«, versicherte Lewin. Wie immer er so ein Versprechen halten wollte. Wenn es nun zum Prozess gegen den Oberkellner kommen würde zum Beispiel. Dann würde die Frau, die hier vor ihm saß, aussagen müssen. Er dachte an Sienkowski und Dahl. *Vielleicht kommt es ja doch anders.*

»Ich verspreche es«, sagte er und schaute ihr in die Augen. »Sie können sich auf mich verlassen. Hundert Prozent.«

Jetzt saß er ihm wieder gegenüber, zweiundsechzig Jahre alt und Oberkellner. Zu Beginn der Vernehmung schien er in besserer Form zu sein als beim ersten Mal. Er hielt sich etwas gerader, wirkte ein wenig bestimmter und oberkellnerhafter, aber die Panik lauerte unter der Oberfläche. Das sah Lewin in seinen Augen, als er sich im Besuchersessel niederließ. Derselbe flehende Blick wie beim ersten Mal, derselbe schlaffe Handschlag.

»Es geht um den Donnerstagvormittag«, sagte Lewin als

Erstes. »Ich muss noch einmal darauf zurückkommen, was Sie am Donnerstagvormittag gemacht haben.«

Diesmal dauerte es drei Stunden. Drei Stunden, um sich zu vier Stunden zwischen acht und zwölf Uhr vormittags am Donnerstag, dem 14. September, zu äußern. Die Abschrift der Vernehmung umfasste achtundvierzig Seiten.

Wann war er in Nacka aus dem Haus gegangen? War ihm dabei irgendjemand begegnet? Wie lange hatte er bis zur Bushaltestelle gebraucht? Hatten da schon Leute gestanden, oder hatte er im Bus vielleicht Bekannte getroffen?

So ging es weiter. Schritt für Schritt, Minute für Minute. Bis zum Restaurant in der Odengata, bis zwölf Uhr mittags.

Auch diesmal brach er zusammen. Nach einer Stunde fing er an zu weinen, und die Vernehmung musste für zehn Minuten unterbrochen werden.

»Ich muss meine Arbeit machen«, erklärte Lewin. »Das müssen Sie verstehen. Ich mache doch nur meine Arbeit. Und die besteht darin zu fragen.«

Und fragen tat er dann auch. Wieder und wieder. Was hatte der Oberkellner am Donnerstagvormittag zwischen acht und zwölf gemacht? Viel klüger wurde er nicht dadurch. Denn alle sagten dasselbe wie zuvor und dasselbe wie die anderen. Die beiden Kollegen des Oberkellners, die gesagt hatten, er sei um zehn gekommen, wiederholten, was sie gesagt hatten. Sie waren sich da ganz sicher: zehn.

Auch die Servierin war sich sicher. Hundert Prozent: elf.

Am Dienstag ließ er einen Aspi dieselbe Strecke auf dieselbe Weise zurücklegen, wie der Oberkellner es getan haben wollte. Und das ergab eine dritte Zeitangabe:

»Punkt halb elf«, erklärte der Aspi.

Lewin suchte Trost in seinen Papieren, in seinen ganz eigenen Papieren. In der rechten Schreibtischschublade lag ein

A-4-Blatt, das sorgfältig in einer hellblauen Plastikmappe untergebracht war.

Verdächtige/Kataryna-Ermittlung. Mit Maschine ganz oben in die linke Ecke geschrieben. Auf dem Blatt standen sonst nur zwei Namen. In Lewins spitzer Handschrift. Oben stand »Johny Rickard Dahl«. Auf Dahls Namen folgten drei Fragezeichen, außerdem war er unterstrichen. Unter Dahls Namen stand der von Sienkowski, »Marek Sienkowski«, ebenfalls gefolgt von drei Fragezeichen, die jedoch nicht unterschrieben waren. Jetzt notierte er einen dritten Namen, den des Oberkellners. Hinter diesen Namen setzte er ein Fragezeichen. Ein sehr kleines und widerwilliges Fragezeichen, das er nicht unterstrich.

Danach machte er sich wieder an die Namensliste. Denn diese Liste wollte er durcharbeiten.

Aus Krankheitsgründen frühzeitig in Rente gegangen, fünfundfünfzig. Aus irgendeinem Grund notiert mit Namen (»Valle«) und Telefonnummer in Katarynas Adressbuch.

Für einen Frührentner aus Krankheitsgründen sieht er ungewöhnlich gesund aus. Vor Lewin saß ein magerer, kräftiger Mann, der um einiges jünger wirkte als fünfundfünfzig. Er hatte dünne, nach hinten gekämmte blonde Haare und einen rötlichen Sonnenbrand. *Wo mag er den wohl herhaben?* Lewin starrte düster in das graue Wetter vor dem Fenster.

Der Frührentner war einer von der unwilligen Sorte. Außerdem war er selbstsicher, lachte oft grundlos und vor allem aus alter Gewohnheit. Er brauchte eine ganze Weile, um sich überhaupt an Katarynas Namen zu »erinnern«. Noch länger dauerte es, bis er widerwillig zugab, einige Male als Kunde bei ihr gewesen zu sein. In der Dalagata und auch noch nach ihrem Umzug in die Roslagsgata.

Aber mehr gab es absolut nicht zu erzählen. »Einfach eine ganz normale Nutte«, versicherte er beiläufig und zog eine Zigarettenpackung aus der Tasche.

»Und diese ganz normale Nutte hat aus irgendeinem Grund gerade Sie in ihrem Adressbuch stehen«, sagte Lewin.

»Ja Scheiße. Keine Ahnung, woher sie die Nummer hatte.«

»Ach. Da haben Sie also keine Ahnung?« Lewin erhob sich und nahm einen Ordner aus dem Bücherregal. Den hatte er am Sonntag von der Sitte bekommen. Im Ordner ging es um den Frührentner, und Lewin sah, dass der Mann das begriff. Er rutschte unruhig hin und her und steckte die Zigarettenpackung wieder ein.

»Ich würde Sie gerne nach etwas fragen, das im Frühling passiert ist.« Lewin schlug den Ordner auf. »Oben in der Tavastgata auf Söder, falls Sie sich erinnern? Erinnern Sie sich? Ein Massageinstitut in der Tavastgata? Eine Frau, die sich Ulla nennt?«

»Was zum Teufel hat das denn jetzt damit zu tun?« Der Mann beugte sich zu Lewin vor. »Darüber hab ich doch schon alles gesagt...«

»Aber jetzt reden wir beide darüber«, fiel Lewin ihm ins Wort. »Sie haben diese Ulla offenbar in ihrem Bett gefesselt... mit einer Wäscheleine, die Sie selbst mitgebracht hatten... und danach hatten Sie Geschlechtsverkehr mit ihr...«

»Ja Scheiße«, schrie der Mann. »Das war doch im Preis inbegriffen... ja Scheiße...«

»Ulla zufolge war es offenbar gratis«, unterbrach ihn Lewin. »In ihrer Anzeige sagt sie, dass Sie Ihre fünfhundert Kronen wieder eingesteckt hätten. Nach dem Geschlechtsakt, als Ulla noch gefesselt war?«

»Ja wieso, Scheiße...«

»Was haben Sie vorige Woche Donnerstag gemacht? Vormittags? Als Kataryna ermordet wurde? Das wissen Sie doch sicher noch?«

Zwei Stunden später sah der Mann nicht mehr so gesund aus. Eher rot als sonnenverbrannt, und seine eigentliche Beziehung zu Kataryna wurde klarer. Im Frühling, als ihr in der Dalagata gekündigt worden war, hatte er ihr neue Räumlichkeiten angeboten. Einen ehemaligen Damenfrisiersalon in der Surbrunnsgata. Aber diese Räumlichkeiten gehörten ihm gar nicht. Möglicherweise hatte er gehofft, sie übernehmen zu können. Vermutlich aber war es einfach so, dass er auch dieses Mal gelogen hatte.

»Was haben Sie von Kataryna für die Lokalität verlangt?«

»Ja Scheiße, ja, ich dachte doch, das würde gehen. Wie ich gesagt hab, Mann.«

»Und was wollten Sie dafür haben?«

»Ja Scheiße. Ich wollte ihr eben einen Gefallen tun.«

»Ach was. Ihnen fällt sicher etwas Besseres ein.«

»Ja Scheiße, ich wollte gar nichts dafür. Gratisficks, ja?« Er zuckte mit den Schultern. »So mal ab und zu, klar?«

»Aha. Die Rente reicht also nicht?« Lewin schaute den Mann im Besuchersessel abwartend an.

»Ja Scheiße. Aber die Räume hab ich nicht gekriegt.«

»Haben Sie nicht«, notierte Lewin. »Hat es denn Gratisficks gegeben?«

»Scheiße nein. Sie war stocksauer. Ich war in der Roslagsgata, Mann... hab versucht, mit ihr zu reden. Aber da hat sie eine Scheißszene gemacht.«

Scheißtyp, dachte Lewin, als der Mann nach zwei weiteren Stunden ging. Ein Alibi hatte er auch. Seine Frau – ausgerechnet – hatte ihm eins verschafft.

Sie war nach zwei Stunden geholt worden. Und zwar nachdem ihr Gatte sie zu seiner Verteidigung angeführt hatte. Krusberg hatte sie einige Zimmer weiter vernommen, nach kurzer Instruktion durch Lewin.

»Spinnst du?«, schrie der Mann, als Lewin den Telefonhörer hob und klar wurde, wen er anrufen wollte. »Meine Alte willst du anrufen?«

»Mir wird wohl nichts anderes übrig bleiben«, sagte Lewin

eisig, während er die Nummer wählte. »Wenn du keinen besseren Vorschlag hast?«

Ehe er die Sektion verließ, um nach Hause zu fahren und zu schlafen, zog er abermals seinen Zettel hervor. Unter den Namen des Oberkellners schrieb er den des Frührentners und setzte ein Fragezeichen dahinter. Dann dachte er daran, was Krusberg nach der Vernehmung der Gattin gesagt hatte. »Nimm das nicht zu ernst. Das ist eine ganz normale Säuferin, die bestimmt fast alles beeiden würde.«
Einfach eine ganz normale Nutte, dachte er. Er setzte ein weiteres Fragezeichen hinzu, schob den Zettel in die Plastikmappe und legte sie wieder in die Schreibtischschublade.

Auf diese Weise war es die ganze Woche lang weitergegangen. Lewin füllte sein Notizbuch, während Katarynas »Bekanntenkreis« auf der anderen Seite vom Schreibtisch Revue passierte. Vor allem Männer, die alle ein und dieselbe Frage beantworten mussten: Was haben Sie Donnerstag, den 14., vormittags gemacht? Und allesamt – mit einer Ausnahme – hatten sie ein und dieselbe Gegenfrage oder eher Bitte gehabt: Das bleibt doch hoffentlich unter uns?

Eine Woche nach Katarynas Tod sprach er mit ihrer Freundin Anita, zweiunddreißig, seit zehn Jahren Prostituierte. Sie war verreist gewesen, deshalb hatte er sie erst jetzt erreicht.
»Zehn Jahre in der Branche.« Sie lächelte ihn an und schüttelte ihren blonden Kopf.
Anita, auch Lilian genannt, dachte Lewin und erwiderte das Lächeln. Das sieht man. Anita und Kataryna (»Lilian und Kitty«) hatten in der Dalagata »alles miteinander geteilt«. Zunächst. Denn nach einem Jahr war ihnen gekündigt worden, und ihre Wege hatten sich getrennt. Anita landete mit

einer neuen Freundin in der Tomtebogata. Kataryna zehn Blocks weiter in der Roslagsgata.

»Warum haben Sie nicht weiter zusammengearbeitet?«

»Jaa.« Sie zögerte mit der Antwort und lächelte Lewin dann wieder an. »Stört es Sie eigentlich, wenn ich rauche?«

Bitte sehr. Lewin antwortete, indem er ihr einen Aschenbecher hinstellte.

Sie machte eine große Nummer aus ihrer Raucherei. Vermutlich aus alter Gewohnheit und vielleicht, weil sie Zeit zum Denken brauchte. Zuerst suchte sie in ihrer Handtasche nach Zigaretten und Feuerzeug. Dann bot sie Lewin eine Zigarette an, doch der schüttelte dankend den Kopf. Danach gab sie sich Feuer, zog an der Zigarette, strich ihren Rock glatt und schaute ihm in die Augen. *Ein ernster Blick mit Wehmut darin*, dachte er.

»Wir waren gute Freundinnen«, sagte sie. »Aber es ging einfach nicht so gut mit der Zusammenarbeit.«

Sie schaute Lewin mit ernster Miene an, und der nickte.

»...ab und zu ist es leichter, mit einer zu arbeiten, die man nicht so gut kennt...« Wieder sah sie ihn an. »Ich habe Kataryna wirklich sehr gern gehabt, aber...« Sie lachte kurz auf und streifte zugleich Asche von ihrer Zigarette, »...sie hatte so Seiten. Man will ja über keinen Menschen schlecht reden... und schon gar nicht über eine Tote...«

Hast du vor, irgendwann mal anzufangen? Lewin schaute sie verständnisvoll an, um die Sache zu beschleunigen.

Aber sicher. Natürlich hatte es Meinungsverschiedenheiten gegeben. Über die Kunden zum Beispiel.

»Sie war der Typ, den die Kerle mochten. Große Brüste und so.« Anita verdeutlichte das, indem sie die Hände vor ihrem Busen wölbte. Sie lächelte Lewin an. »Und da kam es schon mal zu Unstimmigkeiten. Das kann ich dir sagen. Kataryna war nicht immer nett zu ihren Freundinnen.« Sie schüttelte traurig den Kopf.

Lewin nickte. Er begriff. Kataryna hatte Anita in ihrem gemeinsamen Unternehmen zu stark Konkurrenz gemacht.

»Offenbar ziehen nicht alle Männer Blondinen vor«, sagte sie und nickte Lewin zu.

Wie gut hatten sie einander gekannt? Nicht sonderlich gut, wie sich nun herausstellte. Kataryna hatte Anita in ihrem Reihenhaus am Stadtrand besucht. Aber nur einige Male. Außerdem waren sie tanzen gegangen. Das schon um einiges häufiger. Manchmal sogar ein- oder zweimal die Woche: Ambassadeur, Maxim, Amarant, zweimal Operagrill.

»...das Angenehme mit dem Nützlichen verbinden, sozusagen.« Anita lächelte. »Herrgott, was man dabei für Typen treffen kann...«

Lewin lächelte und lächelte und merkte, wie sein Gesicht immer starrer wurde.

Freunde? Nein, nur Zufallsbekanntschaften. »Sie hat sich einige Male arg die Finger verbrannt«, erzählte Anita mit trauriger Stimme. Sie selbst war verheiratet. Bei Kataryna aber hatte das anders ausgesehen. Die war auf ihre Weise einsam. Hatte nie richtig Kontakt gefunden.

So ging es gut und gern zwei Stunden weiter. Gegen Ende lächelte Lewin nicht mehr. Als sie sich zum Gehen erhob, wirkte sie verletzt. Ihr Händedruck war kühl, und Lewin war dankbar.

Freier und Freundinnen, die ebenfalls Prostituierte waren. Das war Katarynas Umgang, dachte Lewin düster. Ihr unmittelbares Umfeld. Vielleicht gab es einige Ausnahmen. Aber besonders tolle Ausnahmen waren das nicht. Sondern eher diese Zufallsbekanntschaften, von denen Anita gesprochen hatte.

Eine dieser Bekanntschaften hatte von sich aus in der Sektion angerufen und um einen Gesprächstermin gebeten. Jansson hatte den Anruf entgegengenommen. Er hatte gesehen, dass der Anrufer auf Lewins Liste stand – was er aber nicht sagte – und einen Termin abgemacht.

Jetzt saß dieser Mann Lewin gegenüber. Ein Mann mittleren Alters. Bauingenieur, dreiundvierzig, geschieden, Tochter aus dieser Ehe. Nervös war er. Das war deutlich zu sehen, obwohl er sich alle Mühe gab, es nicht zu zeigen.

»Ich habe es in der Zeitung gelesen«, fing er an. »Sie möchten mit Leuten sprechen, die sie gekannt haben. Es war ein Schock für mich. Ich hatte ja keine Ahnung.«

Lewin nickte ihm beruhigend zu.

»Erzählen Sie, wie Sie Kataryna kennen gelernt haben«, sagte er.

»Ja, das war irgendwann im Frühling. Ich war im Maxim, um zu tanzen und mich ein wenig zu entspannen... mich zu amüsieren. Und da habe ich sie kennen gelernt. Ich glaube, sie war mit einer Freundin zusammen, wenn ich das richtig in Erinnerung habe... einer kleinen Blondine. Den Namen habe ich vergessen.« Er schaute Lewin aus seinen braunen Augen bedauernd an. »Stört es Sie eigentlich, wenn ich rauche?«

Lewin zögerte mit der Antwort.

»Ich verstehe.« Der Mann nickte Lewin zu. Ein kurzes, chefmäßiges Nicken. »Ich verstehe.« Er hob abwehrend die Hand, als Lewin trotzdem zum Aschenbecher griff.

»Ich weiß, ich weiß. Ich habe auch schon versucht aufzuhören.« Er steckte die Zigarettenpackung in die Tasche seiner Wildlederjacke.

»Sie haben sie im Maxim getroffen, diesem Tanzlokal«, mahnte Lewin.

»Ja«, antwortete der andere. »Sie war wirklich ungeheuer sympathisch. Sanft, angenehm. Keine von diesen emanzipierten Draufgängerinnen. Wir haben getanzt. Danach haben wir geredet. Sie hat erzählt, dass sie als Schreibkraft arbeitet. Mit eigenem Schreibbüro. Im Herbst wollte sie eine Ausbildung beginnen.« Er bedachte Lewin mit einem fast verwirrten Blick. »Wenn das Foto in der Zeitung nicht so gut gewesen wäre, hätte ich rein gar nichts kapiert. Da stand doch, dass sie Prostituierte war.«

»Ja«, sagte Lewin. »So haben Sie sich also kennen gelernt. Und haben Sie sich dann weiterhin getroffen?«

Der Mann auf der anderen Seite vom Tisch überlegte. Er hatte ein breites, schweres Gesicht und dichte braune Haare. Kein attraktives Äußeres, aber redlich und im Alltag sicher energisch. Wenn er nicht so nervös und verstört war.

»Ich glaube, ich habe ihr meine Karte gegeben«, sagte er. »Ich hatte es wohl gehofft, ja. Sie sollte verstehen, dass ich keine normale Aufreißnummer abziehe... meine Visitenkarte.«

»Diese hier«, sagte Lewin und zog eine Visitenkarte aus einer der Plastikmappen, die vor ihm auf dem Tisch lagen.

»Ja«, sagte der Mann überrascht. Er nahm die Karte in die Hand und sah sie an. »Das ist meine Karte. Ich weiß noch, dass ich sie ihr im Maxim gegeben habe.« Er reichte Lewin die Karte zurück. »Wo haben Sie die gefunden?«

»In ihrer Wohnung«, sagte Lewin.

»Auf Gärdet«, sagte der Mann. »Ich meine, dass sie auf Gärdet wohnte. Im Valhallaväg. Ich weiß noch, dass ich mehrmals angerufen habe.«

»Sie ist vor einigen Monaten umgezogen«, sagte Lewin.

Der Mann nickte wortlos.

»Sie haben sich also mehrmals getroffen«, sagte Lewin.

Wieder nickte der Mann. »Ja, zwei- oder dreimal.«

Auch dieses Gespräch dauerte eine gute Stunde. Um festzustellen, wie oft sie sich getroffen hatten. Dreimal. Das erste Mal im Maxim. Ein weiteres Mal in einem kleinen Restaurant in der City. Das war eine Woche später gewesen, er hatte sie angerufen. Ein drittes Mal nach einigen weiteren Tagen. Essen und dann Kino. Aber bei ihr zu Hause war er nie gewesen. Und sie auch nicht bei ihm, obwohl er sie nach dem dritten Mal gefragt hatte, ob sie Lust habe. Aber sie war müde und wollte nach Hause. Zu weiteren Treffen war es dann nicht gekommen.

»Es ist wohl im Sande verlaufen. Ich habe sie einige Male angerufen. Sie war nicht immer zu Hause. Ich hatte den Verdacht, dass es einen anderen gab. Und ich wollte ja auch nicht zu interessiert wirken.«

Nein, dachte Lewin. Will man ja nicht.

Dann kam die obligatorische Frage. Was hatte er am Donnerstag, dem 14. September, vormittags gemacht?

Er war im Büro gewesen. Wo denn sonst? Er war Abteilungsleiter einer größeren Baufirma und fing morgens früh an. Meistens schon um sieben. Wie auch an diesem Morgen. Er überprüfte das in seinem Terminkalender. Sein Arbeitsplatz lag in Upplands-Väsby. Sein Werkmeister würde das sicher bestätigen können. Lewin notierte Name und Telefonnummer des Werkmeisters. *Jetzt hat die Liste noch ein Kind bekommen*, dachte er düster. Natürlich würde er sehr diskret vorgehen. Nicht doch. Natürlich dürfe der Ingenieur den Werkmeister vorwarnen.

Dann kam der Abschied. Der Ingenieur hatte einen festen Händedruck, und wenn er Lewin nicht ebenfalls um Diskretion gebeten hätte, wäre er ihm sogar sympathisch gewesen.

In der Tür blieb er stehen und schaute Lewin mit ernster Miene an.

»Ich hoffe, Sie kriegen diesen Kerl«, sagte er. »Auch wenn das ein Schock für mich war, wie Sie sicher verstehen.«

Lewin nickte, sagte aber nichts.

»Ich muss sagen, es gibt nur eins...« Er zögerte.

»Jaa«, Lewin nickte ihm aufmunternd zu.

»Ja also... für solche Herren gibt es nur einen Aufbewahrungsort, finde ich... und zwar den Bunker in Kumla.«

Lewin nickte nachdenklich. Er schloss hinter seinem Besucher die Tür und rief den Werkmeister an, um einen Termin abzumachen. *Und der braucht dann wohl auch ein Alibi*, dachte er düster, während er die Nummernscheibe drehte. Vielleicht kann ich nach diesem Fall in Pension gehen. Wenn ich die gesamte schwedische Bevölkerung samt Zuwanderern vernommen habe.

Lewins nächster Besucher war ein Kunde – Abwechslung macht Freude. Aber der Mann wollte das nur ungern zugeben. Als Katarynas Bekannter mochte er aber auch nicht gelten. Welche Möglichkeiten gab es dann noch?
»Wir werden natürlich sehr diskret sein«, versicherte Lewin. »Wie haben Sie sie kennen gelernt?«
»Auf einem Fest.«
Der Mann war schrecklich nervös. Das war ihm anzusehen. Obwohl es in Lewins Zimmer wirklich nicht warm war, schwitzte er heftig. »Das ist zu schrecklich«, stöhnte er.
Bei dem Fest handelte es sich um eine so genannte Orgie, für die Lewins Verhöropfer und einige seiner munteren Kameraden etliche Tausender gestiftet hatten – »fünf, sechshundert pro Mann für Schnaps, Essen und Mädels«. Sie wollten einen gemeinsamen Bekannten feiern, der einen Job im Ausland gefunden hatte.
»Vor einigen Jahren haben wir im selben Konzern gearbeitet«, erklärte der Mann. »Ehe ich auf den Lebensmittelhandel umgestiegen bin.«
Lewin nickte. Das stand in seinen Unterlagen. Warenhausdirektor, fünfzig. Verheiratet, drei Kinder, wohnhaft in Bromma.
»Wer hat die Damen besorgt?«, wollte Lewin wissen.
Wieder stöhnte der Direktor.
»Ein Bekannter. Ein Direktor Dahl.«
Voilà, dachte Lewin. Endlich passiert etwas.
»Johny Dahl?«

»Ja.« Der Warenhausdirektor starrte ihn aus ängstlichen Augen an. »Direktor Johny Dahl. Ja, das stimmt. Woher wissen Sie das?«

»Wie gut kennen Sie ihn?«, parierte Lewin.

Nicht besonders gut, wie sich nun herausstellte. Er hatte ein Auto bei ihm gekauft. War ihm ab und zu über den Weg gelaufen. »Lustiger Typ, aber nicht immer ganz zuverlässig.«

Aber Mädels kann er ranschaffen, dachte Lewin.

»Und danach haben Sie sich mit Kataryna getroffen? Nach der Orgie?«

Lewin bereute nicht einmal, dieses Wort benutzt zu haben.

»Ja schon. Ich hatte mir ihre Telefonnummer geben lassen. Wir sind einige Male ausgegangen und dann bei ihr zu Hause geendet. Sie wohnt hier in der Nähe, das wissen Sie ja.«

Was er dafür bezahlt habe?

Das Essen und fünfhundert Kronen. Für Gespräch und Sex.

Die obligatorische Frage. Donnerstag, der 14.?

Er war bei der Arbeit gewesen. Dann zum Mittagessen. Hatte auswärts gegessen, mit einem Großhändler.

Wer das bezeugen könne? Dass es nur eine Zeugin gab, verrieten das weiße Gesicht und das unterdrückte Stöhnen.

»Meine Sekretärin. Ich war den ganzen Vormittag auf meinem Zimmer und habe die Unterlagen für eine Verkaufskampagne durchgearbeitet. Sie hat einige Anrufe durchgestellt... Betriebsunfall«, schlug er vor und schaute Lewin mit flehendem Blick an.

Eine Säuferin, ein Werkmeister und eine Sekretärin. Und was hatte das alles gebracht? Konnte schon sein, dass Dahl sich mit Orgien für muntere Männer mittleren Alters etwas dazuverdiente. Die wollten so dieses und jenes gerne organisiert haben.

Am Freitag erledigte er die Letzten auf seiner Liste. Zuerst sprach er mit der Frau des Frührentners. Danach neigte er dazu, Krusberg zuzustimmen. Die beiden Fragezeichen blieben stehen, und wenn Sienkowski und Dahl nicht gewesen wären, hätte der Gatte der Wache sicher einen weiteren Besuch abstatten müssen.

Danach sprach er mit dem Werkmeister, dem Alibi des Bauingenieurs. Der war im Alter vom Chef, allerdings blond. Er sah fast aus wie eine Karikatur des »redlichen schwedischen Arbeiters«. Und trug sogar ein kariertes Baumwollhemd, den obersten Knopf offen.

Außerdem hatte er so allerlei Ansichten. Vor allem über Lewin und seine Arbeit.

»Wie zum Teufel kannst du auf eine so blöde Idee kommen«, sagte er zum Abschied, als er in der Tür stand. »Das ist doch eine verdammte Verschwendung von Steuermitteln.« Er sah Lewin an, als sei der ganz persönlich an der Krise der Staatsfinanzen schuld. »Könntest du nicht stattdessen den Täter suchen?«

Das gute Gewissen des Warenhausdirektors, seine Sekretärin, teilte diese Ansichten. Ihr Sprachgebrauch jedoch war ein anderer. Sie sah Lewin an wie etwas, das die Katze ins Haus geschleppt hat, um es dort in aller Ruhe zu verzehren.

»Ja, den ganzen Vormittag. Das habe ich doch schon gesagt.« Ihre Stimmbänder waren vereist. »Ich dachte, ich hätte mich in dieser Hinsicht klar genug ausgedrückt.«

Lewin nickte resigniert.

Nach dem Mittagessen sprach er mit einem fünfundzwanzigjährigen Medizinstudenten. Auch der gehörte zu Katarynas »Zufallsbekanntschaften«. Sie hatten sich im Frühling kennen gelernt – in einer Kneipe –, danach war er einige Male bei ihr zu Hause gewesen.

»Sicher war mir klar, was sie so macht«, sagte der angehende Arzt und schaute Lewin mit ernster Miene an. »Darüber haben wir gesprochen. Wir hatten eine sehr offene Beziehung. Nicht emotional, aber freundschaftlich, offen.« Er musterte Lewin fragend, ob der das auch verstanden hatte.

Hier stelle ich die Fragen, dachte Lewin und nahm einen neuen Anlauf.

»Hast du mit ihr geschlafen?«, fragte er.

Ja sicher. Unter anderem in dem Messingbett mit der weißen Tagesdecke. Bezahlt hatte er nicht. Das war ihm deutlich anzusehen, als Lewin diese Frage stellte. Und ein Alibi hatte er auch. Außerdem verhielt er sich ganz anders als alle anderen Männer, die Lewin bisher vernommen hatte. Er bat nicht um Diskretion. Verwies vielmehr auf seine Freundin. Sie arbeitete im Krankenhaus von Danderyd auf derselben Station wie er, und man konnte sehr gut mit ihr reden. Auch mit ihr hatte er eine sehr offene Beziehung. *Eine emotionale, offene Beziehung*, dachte Lewin, als er seinem Besucher die Tür öffnete.

Ende der Liste. Endlich. Ein Klempner, achtunddreißig. Verheiratet, drei Kinder, wohnhaft in Norsberg. Eigene Firma. Dass er zuletzt vernommen wurde, lag an seinem Nachnamen. Wie der des Oberkellners begann er mit einem Ö, aber anders als der Oberkellner hatte er kein Fragezeichen hinter seinem Namen.

Wie die meisten anderen stand er in Katarynas Adressbuch. Er war in der Dalagata ihr Kunde gewesen. Dann hatte er ihr beim Einrichten des Ateliers in der Roslagsgata geholfen. Und so war er im Adressbuch gelandet.

»Ich habe ihr eine Dusche eingebaut«, erklärte er.

Und zum Dank hatte er einige Male »gratis vögeln« dürfen. Aber die Materialkosten hatte Kataryna getragen. Das war alles. Natürlich hatte er ein Alibi, und er bat wie alle anderen um Diskretion.

»Das bleibt doch unter uns? Meine Alte...«
Lewin nickte.

»Du bist so weit«, stellte Andersson fest. Er stand in seinem Alltagsmantel in der Tür, trug an diesem Tag aber statt des obligatorischen Hutes eine karierte Schirmmütze.
Lewin nickte.
»Nichts von Interesse?«
Lewin schüttelte den Kopf.
»Ich glaube, wir haben ihn jetzt«, sagte Andersson. »Ich bin mir ziemlich sicher, dass Dahl es war. Der Staatsanwalt hat heute Morgen den Haftbefehl ausgestellt, wie du ja weißt... also kriegen wir ihn bald und können richtig loslegen. Fahr nach Hause und schlaf, Lewin.« Andersson hörte sich sehr entschieden an. »Du wirst nach dem Wochenende gebraucht. Krusberg und ich haben noch viel vor.«

Wieder nickte Lewin, ohne zu antworten. *Nach dem Wochenende*, dachte er und schaute den leeren Besuchersessel an. Dann ist es vierzehn Tage her, und damals waren wir sechs Mann weniger.

XII

Am Montag, dem 25. September, hatte die Ermittlungstruppe Katarynas »inneren Kreis« durchkämmt. Oder genauer gesagt das, was sie für ihr unmittelbares Umfeld hielten. Sie hatten eine Person gefunden, die wirklich verdächtig war. Den Mann, der ihr Vermieter und vielleicht auch ihr Kuppler war. Johny Dahl, Direktor in der Gebrauchtwagenbranche mit unversteuertem Nebenverdienst durch die Untervermietung an Prostituierte.

Es empfiehlt sich, bei einer großen Mordsache einen Verdächtigen zu haben. Egal ob der nun schuldig ist oder nicht, fördert es die Arbeitsmoral. Aber es kann durchaus auch gefährlich sein, einen Verdächtigen zu haben. Vor allem wenn man seiner nicht habhaft werden kann und noch immer nach ihm sucht. Und richtig gefährlich wird es natürlich, wenn er unschuldig ist und die Ermittlungsarbeiten nur in die falsche Richtung lenkt.

»Wir dürfen uns nicht blind in Herrn Dahl verbeißen«, warnte Kommissar Dahlgren, als sich am Montag, dem 25. September, die Ermittler versammelten. Andersson, Jansson, Krusberg und Lewin nickten gleichzeitig und zustimmend. Sie hatten diese Gefahr auch gesehen. Obwohl alle Dahl für eine ungewöhnlich gute Chance hielten, Katarynas Mörder hopszunehmen, waren sie sich des Risikos bewusst.

Aber sie fanden alle, dass er keinen würdigen Konkurrenten hatte. Natürlich gab es Zweifel, was die Alibis von Oberkellner und Frührentner anging, aber keiner von beiden weckte in den Ermittlern das »richtige Gefühl«.

Marek Sienkowski? Hätten sie die Wahl gehabt, wäre klar gewesen, dass sie am liebsten ihn des Mordes überführt hätten. Aber sie hatten nicht die Wahl, und trotz seines sturen Schweigens hatten sie auch bei ihm kein besonderes Gefühl. Diesmal nicht.

Bei Dahl hatten sie das. Und gerade deshalb wollten sie bis auf weiteres so tun, als existierte er überhaupt nicht.

Vielleicht war es ja so, dass er im inneren Kreis doch einen würdigen Konkurrenten um die Täterschaft hatte? Und bis sie den fanden – und seine Schuld beweisen konnten – mussten sie ihre Arbeit an dieser Möglichkeit ausrichten.

Am Montag, dem 25. September, wurden neue Gruppen gebildet und die Strategie verändert. Die Ermittlungstruppe war geschrumpft. Sie trafen sich in Dahlgrens Zimmer, dort war Platz genug.

Die ausgeliehenen Ermittler waren in ihre Abteilungen zurückgekehrt. Warum, hatten sie unter anderem den Zeitungsplakaten entnehmen können – BORDELLKÖNIG FESTGENOMMEN. Die beiden Techniker saßen in ihren Zimmern und bearbeiteten allerlei Spuren, die in der einleitenden Phase gesichert worden waren.

Das brauchte seine Zeit. Außerdem mussten sie sich noch mit anderen Fällen befassen.

Sah man von den Aspis und von Dahlgren ab – er war vor allem Berater und Kontaktmann –, dann bestand die Ermittlungstruppe aus vier Mann: Andersson, Krusberg, Jansson und Lewin.

In der einleitenden Phase hatten sie versucht, das Verbrechen selbst zu beschreiben und Katarynas unmittelbares

Umfeld zu erkunden. Sie hatten noch keine Zeit gehabt, sich dem äußeren Personenkreis zu widmen. Das musste jetzt passieren.

Vor allem eine Personengruppe war interessant. Die Leute nämlich, die sich bei schweren Verbrechen immer im äußeren Kreis wiederfanden, egal wer das Opfer auch sein mochte, Personen aus dem Polizeiregister, die früher schon in solche Verbrechen verwickelt gewesen waren.

Diese Aufgabe wurde Andersson und Krusberg übertragen. Lewin musste wie bisher mit seinen Vernehmungen weitermachen. Jansson registrierte und überwachte die »Flut von Tipps«, die jetzt nicht einmal mehr Ähnlichkeit mit einem Rinnsal hatte.

Für Lewin galt es, sich rasch einen Überblick über seine bisherige Arbeit zu verschaffen. Zu sehen, wo es Lücken gab. Zu sehen, wo er etwas vervollständigen musste. Für Jansson galt es, Zeit aufzuholen. Bei der Registrierung lag man immer ein wenig zurück.

Andersson und Krusberg dagegen konnten sich nach Herzenslust den aktenkundigen Gewalt- und Sexualverbrechern widmen.

An sich hatten sie damit schon begonnen. Schon nach zwei Tagen hatten sie vom Ermittlungsregister der Landespolizei die ersten Listen bekommen. Listen, die Jansson aufgrund der eigenen Register und der Unterlagen der Sektion zu vervollständigen suchte.

Bisher war das alles Routine gewesen, und die Computer hatten große Hilfe geleistet.

Die erste Liste enthielt einunddreißig Namen, allesamt Männer. Welche davon ließen sich ausschließen? Ziemlich bald hatte Jansson elf Namen gestrichen. Das machte er mit Hilfe von Computer und Telefon. Getilgt wurden jene, die zum Zeitpunkt des Mordes in irgendeiner Anstalt gesessen hatten, Gefängnis oder Psychiatrie.

Aber wie sah es mit den anderen aus? Den restlichen zwanzig Namen? Mit Hilfe von Kollegen aus anderen Polizeidistrikten – wenn es um Personen ging, die nicht in Stockholm wohnten – konnten sie im Laufe einer Woche weitere fünfzehn Namen streichen.

Übrig blieben fünf Personen: Zwei waren wegen Mordes verurteilt worden, einer für insgesamt zehn Vergewaltigungen, dazu kam eine fünfte Person, die überhaupt nicht vorbestraft war. Zwei dieser Männer – ein Mörder und der notorische Vergewaltiger – wurden am Montag, dem 25., von der Liste gestrichen. Beide hatten ein Alibi, noch dazu ein überzeugendes.

Blieben noch drei. Drei Männer, die sich schon früher schwerer Gewaltverbrechen schuldig gemacht hatten und für den aktuellen Donnerstag kein Alibi aufweisen konnten.

Drei Personen und zwei Ermittler. Eine nicht ganz unmögliche Herausforderung. Vor allem da die Ermittlung sie ganz schnell holte und in der Sektion ablieferte.

Drei Personen, aber nicht irgendwelche drei Personen, und deshalb nahm die Arbeit rasch einen Umfang an, der in keiner Beziehung zur Personenzahl stand.

Als Erster wurde ein Mann von fünfundvierzig vernommen, der die Intelligenz eines Achtjährigen besaß. Das war in den zahlreichen psychiatrischen Gutachten zu lesen, die sich in seiner Akte fanden. Wenn man außerdem Gelegenheit hatte, mit ihm zu sprechen, stellte man bald fest, dass er auch für einen Achtjährigen kein besonders heller Kopf war.

Der Fünfundvierzigjährige war ein Teil der schwedischen Kriminalgeschichte. Das sagte mehr über die Geschichte aus als über ihn selbst. Er hatte fast sein gesamtes Leben in psychiatrischen Anstalten verbracht. Bereits 1963 war er zu Sicherheitsverwahrung in der geschlossenen Psychiatrie verurteilt worden, weil er eine Fünfjährige ermordet hatte. Und damals hatte er seinen Namen bekommen – »Kleinemädchenmörder«.

Insgesamt hatte er seit 1963 knapp sechs Monate außerhalb der Psychiatrie verbracht. Das war seine gesamte Urlaubszeit gewesen. Ausgebrochen war er nämlich nie. Aus dem einfachen Grund, dass er nicht wusste, wie er das hätte bewerkstelligen sollen. Weiterer Verbrechen hatte er sich auch nicht schuldig gemacht. Jedenfalls waren keine bekannt. Die Psychiater schrieben das der Wirkung der starken Medikamente zu.

Dagegen waren seit 1963 andere Dinge beobachtet worden, die eine längere Entlassung effektiv verhindert hatten.

1967 hatte er die Katze seiner Mutter in die Waschmaschine gesteckt. Er hatte von der Klinik die Erlaubnis bekommen, seine Mutter zu besuchen, und hatte zugeschlagen, als sie einkaufen war. Obwohl er versprochen hatte, »brav« zu sein.

1970 war er während eines Ausgangs beim Plantschbecken am Karlaplan aufgegriffen worden. Er hatte einen Angelhaken mit einem Stück Wurst versehen und auf diese Weise eine Heringsmöwe gefangen. »Die anderen Kinder wollten das so.«

Außerdem hatte er sich entblößt. Und zwar meist und aus natürlichen Gründen auf dem Krankenhausgelände. Es war auch niemand dabei zu Schaden gekommen. Kein Mensch seit 1963, soweit bekannt.

Aber er stand in den Registern und hatte außerdem am Donnerstag, dem 14. September, Ausgang, um seine Mutter zu besuchen.

Um elf Uhr vormittags hatte seine Mutter im Krankenhaus angerufen und mitgeteilt, dass er nicht gekommen sei. Er hätte schon um zehn Uhr bei ihr eintreffen müssen. Der Gedanke an seine Vergangenheit und vor allem an sein Alter ließ sie sehr in Sorge sein. Im Krankenhaus war man nun auch in Sorge, doch ehe man sich wirklich aufregen und die Polizei verständigen konnte, tauchte er wieder auf.

Um kurz nach zwei erschien er auf seiner Station. Seine Ausgehkleider – Jacke und Jeans – waren verschmutzt. Er durfte sich umziehen, etwas essen und sich hinlegen. Er war müde und wollte selbst ins Bett. Als die Stationsschwester gegen drei bei ihm hereinschaute, schlief er bereits. Seine Kleider wurden in die Wäscherei geschickt.

Andersson vernahm ihn, nachdem er Dienstag, den 26. September, nachmittags auf der Sektion abgeliefert worden war.

»Hast du in letzter Zeit das Krankenhaus verlassen?« Andersson musterte ihn freundlich.

Sein Besucher gab keine Antwort. Er bohrte in seiner Nase und musterte interessiert das Foto auf Anderssons Schreibtisch. Es zeigte Anderssons Frau, ihre beiden Söhne und den Hund. Es war vor ungefähr fünfzehn Jahren aufgenommen worden. Jetzt war der Hund tot und die Jungen ausgeflogen. Einer war verheiratet, der andere beim Militär.

»Ist das dein Hund?«

Andersson nickte.

»Das ist ein Schäferhund, ja?«

»Ja«, antwortete Andersson.

»Wie heißt der?«

»Er hieß Rojen. Er lebt nicht mehr.«

»Polizisten haben immer Schäferhunde, was? Warum lebt er nicht mehr?«

»Er war alt«, sagte Andersson. »Das ist ein altes Foto. Hunde leben nicht so lange.«

Der Mann auf der anderen Seite vom Schreibtisch rutschte unruhig hin und her. Danach streckte er die Beine aus und ließ sich im Sessel zurücksinken. Sein Blick war unsicher, und eine ängstliche Furche erschien auf seiner Stirn.

»Ich dachte, Schäferhunde doch«, sagte er.

»Hast du in letzter Zeit deine Mama besucht?«, fragte Andersson.

Der Mann schaute ihn an und schüttelte den Kopf. Er schien jetzt sicher zu sein, und seine Stirn war glatt.

»Ich dachte, doch.« Andersson lächelte ihn freundlich an.

»Die waren sauer auf mich. Weil ich mich schmutzig gemacht habe.«

Andersson nickte.

»Weißt du noch, wo du deine Hose und deine Jacke schmutzig gemacht hast? Als die anderen sauer auf dich waren?«

Der Mann schüttelte heftig den Kopf.

»Ich habe mit einer Tante geredet. Die war auch sauer.«

»Du hast deine Kleider schmutzig gemacht. Weißt du noch, wie das passiert ist?«

Der Mann schaute aus dem Fenster. Er saß jetzt ganz gerade im Sessel und bohrte energisch in seiner Nase herum, während er aus dem Fenster schaute.

»Ich bin sicher gefallen«, antwortete er, ohne das Fenster aus den Augen zu lassen. »Ich falle oft.« Jetzt sah er wieder Andersson an. »Der Doktor sagt, das kommt von der Medizin. Das macht nichts, sagt er.«

Andersson nickte.

Am folgenden Morgen wurde der Mann durch die Roslagsgata geführt. »Weißt du noch, ob es hier war, wo die Tante sauer auf dich war?«

Andersson und Krusberg gingen die Roslagsgata hinunter zum Roslagstull. Zwischen ihnen ging ein Kind von fünfundvierzig Jahren in Jacke und Jeans.

Aber es waren nicht dieselbe Jacke und dieselbe Jeans wie bei seinem letzten Besuch in der Stadt, denn die waren zwei Tage zuvor ins staatliche gerichtschemische Labor in Linköping geschickt worden. Auch wenn man den Sinn dieser

Maßnahme bezweifeln konnte. Sie waren doch bereits gewaschen worden.

Es war ein großes Kind. Größer als Andersson und nur eine Spur kleiner als Krusberg. Aber ein ängstliches Kind. Als sie über die Frejgata gingen, griff es automatisch nach Anderssons Hand.

»Warst du schon mal in diesem Eingang?«, fragte Krusberg. »Roslagsgata 36?«

Der Mann schüttelte energisch den Kopf und schielte zu einem Sportwagen, der am Bordstein parkte.

»Porsche, was?« Er schaute Krusberg an.

»Ja.« Krusberg nickte zustimmend zu dem silberfarbenen Toyota hinüber. »Mit Autos kennst du dich ja offenbar aus.« Das sagte er ganz ohne Ironie und merkte zugleich, wie es zu nieseln begann.

»Jetzt gehen wir da rein, damit wir nicht nass werden.« Der Mann war auf dem Bürgersteig stehen geblieben und hielt die Arme mit den Handflächen nach oben in die Luft.

»Wir stellen uns hierhin.« Andersson nahm ihn leicht am Arm und ging in den Eingang von Nummer 40.

»Warst du schon einmal hier? In diesem Hauseingang?«, fragte Krusberg und schlug den Mantelkragen hoch.

Der Mann schaute zu der Lampe im Eingang auf. Dann blickte er durch die Fensterscheiben in der Tür.

»Ich war schon mal in so einem Eingang«, sagte er dann.

Andersson und Krusberg nickten.

»Was hast du da gemacht?« Andersson sprach leise und freundlich und sah den Mann dabei an.

»Da hab ich Pipi gemacht«, sagte er. »Ich musste so dringend. Die waren stocksauer.«

Nachmittags fuhr Andersson ihn zurück ins Krankenhaus.

Nummer zwei war 1970 wegen Mordes an einer Prostituierten verurteilt worden. Seit 1975 war er wieder auf freiem Fuß. Außerdem war er ein chronischer Alkoholiker und befand sich seit einigen Monaten fast konstant im Rausch.

Donnerstag, 14. September?

Er schüttelte den Kopf und rieb sich mit den Fingerknöcheln die Augenwinkel. Seine Hände waren geschwollen und entzündet.

»Scheiße, Donnerstag. Was ist denn heute für ein Tag?«

»Mittwoch, der 27. September«, antwortete Krusberg. »Vor fast vierzehn Tagen. Vierzehn Tage minus einer. Was hast du da gemacht?«

»Gesoffen, nehm ich an.« Er schaute Krusberg voll in die Augen. Beugte den Oberkörper vor, faltete die Hände und klemmte sie sich zwischen die Knie. »Scheiße«, sagte er. »Scheiße, wieso...«

Krusberg glaubte ihm. Nicht weil er sich an nichts erinnern konnte – nicht einmal, ob er gesoffen hatte, und wenn ja, mit wem –, sondern wegen seiner äußeren Erscheinung.

»Na gut.« Er stand auf. »Wenn sonst noch etwas ist, lasse ich von mir hören.« Er sah den Mann an, der noch immer im Sessel saß. »Habt ihr keinen Arzt in diesem Heim? Und für dich ist jetzt wohl Trockendock angesagt«, fügte er ein wenig freundlicher hinzu und grinste.

»Scheiße«, jammerte der andere, »ich weiß... Scheiße!«

Freigesprochen aufgrund seiner äußeren Erscheinung. Krusberg schaute der unsicheren Gestalt hinterher, die durch die Glastüren im dritten Stock verschwand.

Beim dritten auf der Liste war die Lage schon schwieriger. Er hatte auch kein Alibi und konnte noch nicht einmal eine äußere Erscheinung vorweisen.

Der Mann war Marokkaner und lebte seit sechs Jahren

in Schweden, er war aus Frankreich gekommen. Er war Tresenmann in einer Citykneipe und hatte zwei Jahre zuvor mehrere Anzeigen von Damen einer Peepshow kassiert.

Bei einem Besuch in ihrem Atelier war es zu Meinungsverschiedenheiten gekommen, und er war gewalttätig geworden. Zwei Frauen behaupteten, er habe versucht, sie zu erwürgen. Eine dritte gab offen zu, dass sie »mit Negern nichts zu tun haben« wolle, und dass der Streit entbrannt sei, als sie versucht hatte, ihn aus dem Haus zu schaffen. Er war zwar angezeigt, aber niemals verurteilt worden. Obwohl in einer Anzeige die Rede von »versuchtem Mord beziehungsweise Totschlag« war.

Was er am Donnerstag, dem 14. September, morgens unternommen habe?

Zu Hause im Bett gelegen und geschlafen.

Ob irgendwer das bezeugen könne?

Nein. Die beiden Landsleute, mit denen er das Zimmer teilte, waren nicht zu Hause gewesen. Einer hatte bei seiner Freundin übernachtet und war von dort direkt zur Arbeit gegangen. Der andere fing morgens um sieben an. Er putzte bei einer Behörde.

»Schlägst du noch immer Nutten zusammen?«, fragte Krusberg, nachdem er das Tonbandgerät ausgeschaltet hatte.

Der Mann starrte ihn hasserfüllt an, gab aber keine Antwort.

Und weiter kamen sie nicht. Obwohl sie den halben Donnerstag und den ganzen Freitag weitermachten.

Am Mittwochmorgen, ungefähr zu dem Zeitpunkt, als Krusberg und Andersson über die Roslagsgata spazierten, musste Lewin Katarynas ehemalige Freundin Anita noch einmal vernehmen.

Sie kam von sich aus in die Sektion, ohne vorher anzurufen, und sie war viel weniger kontrolliert als beim ersten

Mal. Sie brachte einen Brief mit, den sie mit Daumen und Zeigefinger am äußersten Rand festhielt, und schien zu bedauern, dass ihre Arme nicht länger waren.

»Der lag vor der Tür, als ich heute Morgen kam«, sagte sie. »Das ist schrecklich.«

Sie schluchzte auf, und Lewin musterte sie überrascht, als er ihr den Brief aus den Fingern nahm.

»Fingerabdrücke«, warnte sie.

Lewin drehte den Brief in seiner Hand um. Es war ein ganz normaler weißer Briefumschlag. Gefüttert und von guter Qualität. Aber nicht so gut, dass man ihn nicht in jedem Warenhaus hätte kaufen können.

AN DIE NUTTE ANITA stand in großen anonymen Buchstaben auf der Vorderseite. Aus dem aufgeschlitzten Umschlag lugte eine Karte hervor. Weiß auch die und von derselben guten Qualität.

Lewin zog die Karte heraus und legte sie neben den Umschlag auf seinen Schreibtisch.

DASS IHR MÄDELS DAS NIE LERNT! DIE KLEINE KATARINA WOLLTE 300 FÜR IHR VASELINEVERSCHMIERTES LOCH. JETZT WEISS SIE, DASS DAS SO NICHT GEHT. DENN DA KANN MAN SONST WAS IN DIE FOTZE KRIEGEN. DAS IST KATARINA PASSIERT, WEIL SIE BLÖD WAR. NÄCHSTES MAL BIST DU AN DER REIHE.

EIN GRATISFICKER

»Was habt ihr jetzt vor?« Anita hatte Panik in der Stimme, und sie starrte Lewin aus weit aufgerissenen Augen an. »Red schon! Was hast du vor?«

»Idiot«, sagte Jansson kurz und hielt sich die Mitteilung vors Gesicht. Lewin hatte sie in eine durchsichtige Plastikmappe gesteckt, aber Jansson hielt sie trotzdem am Rand fest. Vermutlich aus alter Gewohnheit.

»Bestimmt einer, der seine geistige Nahrung aus der falschen Sorte Zeitungen holt«, stellte Dahlgren fest und hielt die Plastikmappe zwischen Daumen und Zeigefinger. »Abgesehen von Wortwahl, Thema und äußeren Umständen«, Dahlgren verzog angeekelt das Gesicht, »wirkt der Betreffende durchaus gebildet.« Er gab Lewin den Brief zurück.

»Die Technik«, sagte Andersson. Er kam gerade aus der Roslagsgata zurück. »Wir sollten einen Vergleichsabdruck von der Freundin machen, so lange sie noch hier ist.«

Lewin nickte. Idioten, dachte er mit plötzlicher Wut. Als ob wir nicht schon genug zu tun hätten. Und morgen ist es vierzehn Tage her… Er ging auf sein Zimmer und zog die Tür hinter sich zu.

Am Donnerstag gingen sie zu Katarynas Beerdigung. Aber nicht, um der Verstorbenen die letzte Ehre zu erweisen. So seltsam das klingen mag, es gehörte einfach zu den Ermittlungsarbeiten dazu.

Kataryna Rosenbaum wurde am Donnerstagvormittag, 28. September, bestattet. Genau vierzehn Tage nach ihrem Tod. Der Zeremonie wohnten neben dem Geistlichen insgesamt fünf Personen bei, in einer Viertelstunde war alles vorüber. Anwesend waren Krusberg und Lewin, ein Vertreter des Bestattungsunternehmens und ein Reporter samt Fotografen.

Die Feierlichkeit fand auf einem größeren Friedhof im Norden von Stockholm statt, und die Kosten wurden von der Verstorbenen selbst getragen. Seit ihrem Eintritt in die schwedisch-lutherische Staatskirche – sie war also weder Katholikin noch jüdischen Glaubens gewesen – hatte sie auch in eine Sterbekasse eingezahlt. Eine Maßnahme, über die Lewin viel nachgedacht hatte und die ihm vollständig unbegreiflich erschien. *Eine kerngesunde Frau von dreißig Jahren?*

Sie waren schon ziemlich früh auf dem Friedhof eingetroffen. Zuerst hatten sie eine Runde in der Umgebung des Krematoriums gedreht, um festzustellen, ob der Mörder den letzten Gang seines Opfers miterleben wollte. Das war der wahnwitzige Grund, aus dem Ermittler der Gewaltsektion so oft Bestattungen von Mordopfern besuchten.

Aber sie sahen nur eine andere Trauergesellschaft und einige einsame ältere Friedhofsbesucherinnen. Zehn Minuten, ehe die Trauerfeier ihren Anfang nehmen sollte, eilte ein Mann ins Krematorium: der Vertreter des Bestattungsunternehmens, der zehn Minuten brauchte, um alles Praktische zu regeln.

»Glaubst du, sie kommt in den Himmel?« Krusberg schaute zu den weißen Schäfchenwolken hoch, die über den blassblauen Himmel jagten. Sie standen auf der asphaltierten Auffahrt zum Krematorium, und eigentlich war es Zeit zur Rückkehr ins Büro.

Lewin zuckte wortlos mit den Schultern. *Spielte das denn eine Rolle?* Er hatte morgens seinen dunklen Anzug angezogen. Um zu verschmelzen, hatte er sich gesagt, als er vor den wenigen Kleiderbügeln in seinem Kleiderschrank gestanden hatte. *Womit zu verschmelzen?* Er musterte Krusbergs helle Hose und seine gesprenkelte Jacke.

»Schönes Wetter hatte sie ja immerhin.« Krusberg schaute beifällig zum blauen Herbsthimmel hoch. »Fahren wir?«

»He, Jungs!« Sie drehten sich um. Vor ihnen standen der Journalist von der Boulevardzeitung samt Fotograf. »Wie geht's?« Der Journalist wurde schneller, um sie einzuholen.

»Schreibst du jetzt Klatschspalten?« Krusberg musterte ihn mit eisigem Blick.

Der Journalist schüttelte den Kopf und versuchte, sich eine Zigarette anzuzünden.

»In der Zeitung gibt's jetzt nur Nutten«, erklärte er und machte einen tiefen Zug. »Ihr habt doch am Samstag den Bordellkönig geholt.« Krusberg und Lewin nickten. Sie hatten die Schlagzeilen am Wochenende nicht übersehen können, außerdem spielte es sich ja im selben Haus ab.

»Ihr glaubt nicht, dass es einen Zusammenhang gibt?« Der Journalist schaute sie aus seinen treuherzigen blauen Augen hoffnungsvoll an.

»Wieso Zusammenhang?« Das war wieder Krusberg.

»Ich hatte da so eine Idee«, erklärte der Journalist und verlieh seiner Idee mit den Händen Nachdruck. »Die Opfer der Prostitution, ja ... wir haben da drinnen ein paar Bilder gemacht ...« Er nickte zum Krematorium hinüber. »Und ich wollte einen Hintergrundbericht über den Bordellkönig schreiben ... und überhaupt über die Bordellszene. Wäre Gold wert, wenn sie eine von seinen Nutten gewesen wäre. Die Polin, meine ich.«

Krusberg sah ihn an.

»Himmelfahrt einer Hure?« Seine Stimme war trocken, und seine Augen waren weder treuherzig noch blau.

»Ja, so ungefähr. Wenn auch nicht mit dieser Überschrift ... die ist gut ... aber ein bisschen hart.«

»Wir haben keinen Zusammenhang gefunden«, sagte Lewin kurz und wandte sich Krusberg zu. »Gehen wir.«

»Was hast du bloß für einen Scheißjob.« Krusberg sah den Journalisten an.

Der nickte zustimmend.

»Und viel tust du ja nicht gerade. Um ein bisschen Stil in den Scheiß zu bringen. Einen Zusammenhang kannst du ja wohl selber finden. Wär nicht das erste Mal.« Der Journalist nickte wortlos.

»Was für ein Arsch«, sagte Krusberg, als sie auf dem Weg zur Wache auf Kungsholmen im Auto saßen. »Scheißschmierer.« Er sah Lewin an.

»Es gibt auch richtig Gute«, antwortete Lewin. *Und die richtig Schlechten sind gut genug für uns*, dachte er. Aber das sagte er nicht.

»Meistens sind sie Scheiße«, fasste Krusberg die Lage zusammen. Lewin hörte nicht zu, nickte aber trotzdem. *Vor vierzehn Tagen*, dachte er.

Aber am Tag danach ging es dann los. Frühmorgens am Freitag, dem 29. September, rief Bergholm an – der Techniker, der am Tatort die ersten Untersuchungen vorgenommen hatte.

»Große Dinge passieren. Kannst du die Jungs zu einem kleinen Schwätzchen zusammenholen?«

»Was hast du denn gefunden?« Andersson spürte ein Prickeln im Bauch. Dieses Gefühl erlebte er nicht zum ersten Mal, und ab und zu fragte er sich, ob es nicht eigentlich dieses Gefühl war, wofür er lebte. Zumindest hielt es ihn bei der Gewalt.

»Abdruck«, sagte Bergholm kurz. »Rechter Daumen. Auf einem Stuhlbein, falls du dich erinnerst.«

XIII

Bergholm war ein Mann, der seinen Wert kannte. Am Freitag, dem 29. September 1979, bei Dahlgren von der Gewaltsektion, war er sich seines Wertes in allerhöchstem Maße bewusst.

Die anderen zeigten deutlich, dass sie diese Einschätzung teilten. Sowie Bergholm auf dem Gang auftauchte, folgten ihm nicht nur Andersson, Jansson, Krusberg und Lewin. Auch ein halbes Dutzend weiterer Interessenten strömte aus irgendeinem Grund in das Zimmer von Dahlgren, auch wenn sie kaum etwas mit der Ermittlung zu tun hatten.

Einer von ihnen hatte das nun wirklich nicht. Es war ein Journalist. Einer der Älteren, der mehr oder weniger in der Sektion wohnte und über die Sektionstelefone seine Reportagen diktierte.

»Lass ihn bleiben«, sagte Dahlgren großzügig, als Andersson und Lewin den Journalisten anstarrten. »Er weiß, was Sache ist.« Dahlgren hielt sich den Zeigefinger an die Lippen.

Bergholm wollte jetzt anfangen. Als alle sich gesetzt hatten und es im Raum einigermaßen still geworden war, zog er Dahlgrens Schautafel heran und stellte sie neben sich auf den Boden.

Die Demonstration der klassischen Spur – des Fingerabdrucks – konnte beginnen.

Es ging also um einen Daumenabdruck auf einem blutverschmierten Stuhlbein. Mit Hilfe dieses Daumenabdrucks würde Bergholm die Versammlung nun an die zwanzig Minuten fesseln. Während er redete, zeichnete er auf die Tafel. Ein aufgerolltes Exemplar von Svenska Dagbladet, das er von Dahlgrens Schreibtisch genommen hatte, stellte das Stuhlbein dar.

»Wir haben einen Abdruck gesichert... wie ihr sicher schon gehört habt«, begann Bergholm. »Einen rechten Daumen unten an dem Stuhlbein, das im Opfer steckte... wie ihr sicher wisst.« Bergholm verstummte und sah den Journalisten an, der einen Notizblock hervorgezogen hatte und ihn rasch wieder in die Tasche steckte. »Der Abdruck ist identifizierbar... aber nicht ermittelbar. Hat kein Delta.«

Dahlgren und die anderen nickten. Sogar der Journalist nickte. *Auf dieser Welt kann man nicht alles haben.* Wenn sie einen verdächtigen rechten Daumen hätten, könnten sie den mit dem Abdruck auf dem Stuhlbein vergleichen.

Aber sie konnten nicht ins Register gehen und unter den zehntausenden von Abdrücken suchen, um auf diese Weise den passenden Daumen zu finden. Falls es den im Register überhaupt gab.

Identifizierbar, aber nicht ermittelbar.

Und es gab noch weitere Komplikationen. Der Techniker führte das mit seiner aufgerollten Zeitung vor.

»Das Stuhlbein ist zuerst als Schlagwaffe benutzt worden. Der Täter hat mit dem dicken Ende zugeschlagen.« Er hielt die Zeitung entsprechend hoch. »Es handelt sich um dieses abgebrochene Ende... es wurde unmittelbar unter dem Sitz abgebrochen.«

Die anderen nickten. Es gab ausreichend Bilder von diesem Stuhlbein in der Sektion.

»Das abgebrochene Ende... das dicke Ende hat das Opfer am Kopf und auch an anderen Stellen getroffen...« Er zeigte auf die Zeitungsrolle. »Und der Abdruck sitzt am dünnen Ende.«

Er ließ den linken Zeigefinger an die dreißig Zentimeter die Zeitungsrolle hinuntergleiten und zeigte so ungefähr, wo der Abdruck sich befand.

»Der Abdruck sitzt also da, wo er hingehört... wenn man das Bein als Schlagwaffe benutzt... am schmalen Ende eben. Aber...«, er sah die anderen an. »Er ist falsch herum.« Er verstummte und schaute die anderen forschend an. *Ob sie das wohl richtig verstanden hatten?* »Als er den Abdruck hinterlassen hat, muss er das Bein wie ein Messer gehalten haben, nicht wie eine Keule. Um zuschlagen zu können, musste er es anders halten.« Auch diesen Griffwechsel führte er jetzt vor.

»Kann er einen Schlag mit dem Stuhl abgewehrt haben, vom Opfer zum Beispiel? Den Stuhl an sich gerissen. Ihn dann zerschlagen... am Opfer... nachdem er ihn anders gefasst hat, natürlich.« Das war Dahlgren.

»Vielleicht.« Bergholm überlegte. »Das wäre eine Möglichkeit.«

»Kann der Abdruck entstanden sein, als er ihr das Stuhlbein in die Scheide geschoben hat?«, fragte Krusberg. »Dann kann er es wie ein Messer gehalten haben.« Krusberg probierte das mit einem aufgerollten Blatt Papier aus.

»Absolut möglich.« Bergholm nickte nachdrücklich. »Das habe ich mir auch schon überlegt.«

»Kann der Abdruck auf ganz andere Weise entstanden sein? Und gar nicht vom Täter stammen?« Andersson sah den Techniker fragend an.

»Nicht so wahrscheinlich.« Bergholm schaute zur Decke hoch und sah dann Andersson an. »Das ist nicht so wahrscheinlich... aber wir können es natürlich nicht ausschließen. Andere Abdrücke gibt es nicht auf dem Stuhlbein«, fügte er hinzu. »Und diesen Daumen haben wir nur hier gefunden...

auch nicht auf dem restlichen Stuhl. Und nirgendwo sonst in der Wohnung in der Roslagsgata. Das haben wir überprüft.« Er schaute zufrieden in die Runde.

»Keine anderen Abdrücke?« Lewin sah den Techniker an. »Auf dem Stuhlbein, meine ich.«

Der Techniker schüttelte den Kopf.

»Das liegt an dem vielen Blut«, erklärte er. »Deshalb haben wir auch nur einen halben Daumen. Sie hat heftig geblutet, und das Blut bedeckt fast das gesamte Stuhlbein. Seht her.« Er betonte seine Aussage, indem er mit der aufgerollten Zeitung gegen die Tafel schlug. »Der Abdruck sitzt nicht im Blut, ist aber teilweise von Blut verdeckt.«

Die anderen nickten. Noch ein Vorbehalt, aber wenn man bedachte, wie der Gerichtsmediziner sich den Handlungsverlauf vorstellte, dann war es zugleich natürlich.

»Ja, ihr wisst doch noch, was der Doktor über das Ganze gesagt hat.« Bergholm hatte die Gedanken der anderen erraten. »Das ist also nicht so erstaunlich.«

»Kann man das Blut entfernen? Kann man es abwischen und ... sozusagen ... die Abdrücke darunter freilegen?« Der einzige Nichtpolizist im Zimmer verstummte und schaute sich nervös um.

Journalisten, dachte Bergholm. Man muss schon Journalist sein, um auf so eine Frage zu kommen.

»Dann hätten wir das schon gemacht«, sagte er kurz. »Das ist total ausgeschlossen. Hab so was noch nie gehört.«

Der Journalist nickte kleinlaut. *Irgendwer muss doch fragen*, dachte er. Jetzt war es getan, auch wenn es nichts zu den Ermittlungen beigetragen hatte.

»Noch eine Frage«, sagte Dahlgren. »Wie steht es mit Vergleichsabdrücken? Haben wir welche von den vernommenen Personen?« Er sah Lewin und Andersson an.

»Vom Oberkellner.« Lewin nickte. »Und vom Frührentner. Von allen, die in der Roslagsgata oder bei ihr zu Hause waren.« Er verstummte. »Und von denen, die kein überzeugendes Alibi vorweisen können.« Er sah Andersson an, der nickte zustimmend. »Ich werde es mir überlegen«, sagte er abschließend.

»Ja, ja.« Dahlgren faltete die Hände vor der Brust und ließ sich im Sessel zurücksinken. »Das sollte reichen... das wisst ihr ja wohl am besten. Die Idioten haben wir?« Er sah Krusberg an, und der nickte.

»Du kriegst von mir eine Liste«, sagte Lewin zu Bergholm, als sie Dahlgrens Zimmer verließen. »Alle, die verglichen werden sollen. Damit uns keiner entgeht.« Bergholm nickte.
»Wann glaubst du, dass du fertig sein kannst?« *Jetzt hatte er es gesagt.*
»Am Montag«, erwiderte Bergholm. »Wenn ich die Abdrücke früh genug kriege, natürlich nur.« Er sah Lewin an. »So was braucht seine Zeit. Das ist nicht gerade eine Routinekontrolle. Die meisten hab ich ja, die kriegst du auf jeden Fall am Montag. Sienkowski und die anderen Trottel... den mit den Schnittchen.« Er schüttelte den Kopf und verschwand im Treppenhaus.

Lewin ging auf sein Zimmer. Zog eine Liste mit insgesamt sechzig Namen hervor und setzte sich hinter den Schreibtisch. *Und jetzt...*, dachte er. Jetzt wollen wir doch mal... Er schaute zu dem leeren Sessel auf der anderen Schreibtischseite hinüber und nickte ihm aufmunternd zu.

XIV

Es war Lewins erstes freies Wochenende in drei Wochen. Aber besonders viel Ruhe fand er nicht. Als er am Freitagabend nach Hause kam, aß er zuerst – ein hauchdünnes Steak, Bratkartoffeln, eine Tomate und zwei Glas Magermilch.

Dann versuchte er zu lesen, und als das nicht ging, schaltete er den Fernseher ein und sah einen alten Film, an den er sich nicht mehr erinnern konnte.

Schlecht schlafen tat er noch dazu. Obwohl er draußen den Regen hörte – was ihn sonst beruhigte –, schlief er schlecht. Mitten in der Nacht stand er auf, um sich davon zu überzeugen, dass er das Schlafzimmerfenster geschlossen hatte und es nicht hereinregnen würde. Als er einmal verreist war und das Fenster offen gelassen hatte, waren nachher auf der Fensterbank und auf dem Boden Flecken gewesen. Aber das Fenster war geschlossen, und als er dort stand, schlaftrunken und in Unterhose und Unterhemd, wusste er sehr gut, dass er vor dem Schlafengehen als Letztes eben dieses Fenster überprüft hatte.

Morgens blieb er im Bett liegen, bis er hörte, wie die Morgenzeitung durch den Briefkastenschlitz gesteckt wurde. Dann stand er auf – es war bereits sechs – und setzte Teewasser auf.

Am Vormittag machte er einen Spaziergang. Er wohnte

schon sein ganzes Leben in derselben Gegend, und normalerweise machte es ihm große Freude festzustellen, wie sich alles Mögliche dort veränderte. Außerdem fand er es beruhigend, wenn er nervös war.

An diesem Tag war das anders. Lewin wanderte durch seine frühe Jugend, aber daran dachte er nicht. Da war der hohe Hang, auf dem sie als Kinder gerodelt waren. Jetzt war es eine Steinplatte, die sich sanft zwei Meter über der Rasenfläche erhob. Dort auf dem Berg hatten in den frühen Fünfzigerjahren die Indianer ihre Beratungen abgehalten. Sitting Bull hatte Lewin nie sein dürfen. Einmal war er immerhin Sitting Bulls Späher gewesen, einen höheren Rang hatte er nicht erreicht.

Er schlug den üblichen Weg ein. Hinunter zum Freihafen und zu den Booten. Hoch zur Glaskuppel in Hjorthagen und dann zurück.

Aber ohne hinzusehen. Vor allem sah er nichts von dem, das schon lange verschwunden war und das er sonst besonders deutlich vor Augen hatte.

Die Reihen von verrosteten Containern am Kai. Dort sah er die riesigen Holzstapel seiner Kindheit. Bedeckt von gewaltigen Planen, die auf dem duftenden Holz Grotten und Höhlen bildeten. Berge aus Holz mit immer neuen Geheimkammern. Wo man hochklettern und herumkriechen und sich verstecken konnte. In einem regnerischen Sommer hatten sie dort oben sogar ein eigenes Plantschbecken gehabt. Mit sonnenwarmem Wasser und einem weichen, wogenden Boden aus glatter grauer Plane.

Aber das war vorbei. Jetzt standen hier die Containerreihen. Hermetisch geschlossene Räume. Kein Holz. Keine Planen mit grobem Tau, das man abschneiden und zu entsetzlichen Waffen – Dolchen – für den ständig tobenden Krieg gegen die Hjorthagenbande verarbeiten konnte.

Nicht einmal die Container sah er. *Kataryna.*

Das Mittagessen ließ er ausfallen. Nachmittags versuchte er, einen Artikel zu schreiben, den er dem Redakteur vom Polizeimagazin versprochen hatte. Aber auch das schaffte er nicht, obwohl er sehr stolz darauf war, dass sie ihn um diesen Beitrag gebeten hatten. Und obwohl es nur noch wenige Tage bis Redaktionsschluss waren.

Stattdessen legte er sich aufs Bett und schlief ein.

Als er erwachte, war es schon Abend, draußen war es dunkel. Nichts im Fernsehen. Nichts, was er lesen wollte. Schreiben konnte er nicht. Die Nacht zum Sonntag verbrachte er zwischen Schlafen und Wachen.

Und dann fasste er seinen Entschluss. *Da konnte er auch gleich in die Sektion fahren.*

Bergholm wollte er nicht anrufen, obwohl der sicher über das Wochenende an den Fingerabdrücken arbeitete. Stattdessen schaute er bei der Technik vorbei. Aber dort war alles dunkel und stumm.

Er saß in seinem Zimmer und las bis in den späten Abend Computerausdrucke, Ordner. Ging die Kartons mit Katarynas Habseligkeiten durch, die sich in der Sektion befanden. Danach ging er in die Wache hinunter und spielte mit einem Kollegen Schach. Es war übrigens derselbe wie am Donnerstag, dem 14. September.

»Wie geht's«, fragte der Kollege, als sie die Figuren aufstellten.

»Es geht so.« Lewin zuckte mit den Schultern. »Noch gibt es wohl Hoffnung.« Er dachte an den Daumenabdruck und an Dahl. An Dahl, der vielleicht gerade in einer Kneipe auf den Kanarischen Inseln saß und versuchte, sich ganz normal zu fühlen.

»Ich bin weiß«, sagte er und zog die Schachuhr auf. Der Kollege nickte. *Weiß.* Sie wechselten immer ab, und zuletzt, bei der abgebrochenen Partie, hatte Lewin schwarz gespielt. Das wusste er noch. Er ärgerte sich immer ein wenig über abgebrochene Partien. Vor allem wenn er sicher war, dass er gewonnen hätte.

Am Montagmorgen war er in der Sektion. Nach vier Stunden Schlaf, aber aus irgendeinem Grund ausgeruht. Nach dreißig Minuten und zwei Tassen Kaffee saßen er und die anderen in Dahlgrens Zimmer: Dahlgren selbst, Andersson, Bergholm, Jansson, Krusberg und Lewin. Sonst niemand. Diesmal nicht.

»Blank«, sagte Bergholm.
Die anderen sagten nichts. Sie nickten. Sie hatten Bergholms müdem Gesicht schon angesehen, dass sie einen Kriminaltechniker vor sich hatten, der schon wieder ein Wochenende vergeudet hatte.
Vergeudet.
Keiner aus dem äußeren Kreis. Nicht der Araber, nicht der Alkoholiker, der eine Prostituierte umgebracht hatte, nicht der achtjährige Kleinemädchenmörder.
»Negativ, negativ, negativ.« Bergholm schaute von dem Protokoll auf, das er in der Hand hielt.
Der innere Kreis?
Nicht der Oberkellner.
Nicht der Frührentner.
Keiner von den anderen, die angegeben hatten, in der Roslagsgata gewesen zu sein oder die kein Alibi hatten. Negativ, negativ, negativ …
Aber Sienkowski?
Negativ.
Dahl?
Bergholm schüttelte den Kopf.
»Da haben wir nichts zum Vergleichen. Wir haben seine Finger nicht.«
Dahl waren keine Fingerabdrücke abgenommen worden?

Bergholm schüttelte wieder den Kopf.

»Nix. Keine Abdrücke von Direktor Dahl. Ich habe bei den Jungs von der Landespolizeileitung nachgefragt. Das wurde verpatzt«, fügte er nachdenklich hinzu. »So einen müsste man doch wirklich im Archiv haben.«

Dahlgren sah die anderen an. Er kniff sich nachdenklich mit Daumen und Zeigefinger der linken Hand in den linken Nasenflügel. *Das war wirklich nicht gut.*

»Dahl war es.« Dahlgren setzte sich in seinem Sessel auf und stützte sich auf den Schreibtisch. »Wir müssen uns den Herrn Direktor holen.«

»Vielleicht war es der letzte Kunde?« Krusberg schaute die anderen ironisch an. *Fast drei Wochen*, dachte er, und verdammt viele Leute für eine Scheißnutte. Aber normale, anständige Leute können sich kaum noch aus dem Haus trauen.

Der letzte Kunde?

Ein ganz normaler Mann, der geschäftlich in Stockholm ist. Keiner kennt ihn. Keiner hat ihn gesehen. Abends besucht er ein Lokal. Am nächsten Morgen Angst und Jucken im Schritt. Beim Frühstück im Hotel blättert er in der Zeitung: Massageangebote. Nachmittags muss er wieder nach Hause. Zu Weib und Kind. *Keiner kennt ihn. Keiner hat ihn gesehen.*

Aber er war bei ihr – der erste Kunde an diesem Morgen –, nachdem er angerufen und einen Zeitpunkt ausgemacht hat. Nur wurde es nicht so, wie er sich das vorgestellt hat. Zuerst dreihundert Kronen. Aber dann, als er auf dem Rücken im Bett lag und wartete, während sie den blauen Bademantel und die weiße Unterhose auszog, da nahmen Angst und Einsamkeit überhand.

Keine Erektion. Die dreihundert Kronen bekommt er nicht zurück. Aber Schande und Einsamkeit und Angst darf er behalten.

Ihr Lachen. *Dieses verdammte, gemeine Scheißnuttenlachen.* Für sein Geld. Und dann ist es einfach passiert.
Keiner kennt ihn, keiner hat ihn gesehen. Nach Hause, nach Hause, ans andere Ende von Schweden. Zu Weib und Kind. Geborgenheit und Zeit zum Vergessen.

Ab und zu konnte Dahlgren Gedanken lesen. Jetzt zum Beispiel. *Der letzte Kunde.*

»Der letzte Kunde?« Er musterte die anderen mit gespielter Überraschung. »Und das hier soll die erste Sektion sein? Die Crème de la Crème der schwedischen Kriminalpolizei?« Er starrte Krusberg an. »Das von dir, Krusberg? Dem Schrecken aller Verbrecher? Jetzt holen wir Dahl nach Hause. Dann machen wir dieser Sache ein Ende.« Dahlgren erhob sich. Er sah entschieden aus. Wie sich das gehört, wenn man Chef der ersten Sektion ist und die Moral der Mannschaft dahinschwindet.

Auf seinem Zimmer tat Lewin zweierlei. Beides war höchst merkwürdig.

Erstens zog er die blaue Plastikmappe mit seiner ganz privaten Verdächtigenliste aus der Schreibtischschublade. Dann riss er sie in kleine, kleine Fetzen. Dann nahm er ein neues Blatt, drehte es in die Walze seiner Schreibmaschine und schrieb: »KATARYNAS MÖRDER.« Oben links und in Großbuchstaben. Mitten auf das Blatt schrieb er: »Johny Rickard Dahl.« Danach unterstrich er den ganzen Namen. Unter Dahl schrieb er: »Der letzte Kunde«, gefolgt von drei Fragezeichen. Am Ende steckte er dieses Blatt in die blaue Plastikmappe. Schob dann den Sessel zurück und legte die Mappe in die Schreibtischschublade. Für diese erste Unternehmung brauchte er an die fünf Minuten.

Dann blieb er ganz still sitzen. Er saß fast eine Minute ganz still da und fixierte den Besuchersessel auf der anderen Seite des Schreibtischs. Einen leeren Sessel.

»Es war Dahl?« Er sprach mit dem leeren Sessel. »Dahl hat dich umgebracht? Oder was?« *Genau drei Wochen her*, dachte er und schaute die verschlossene Tür an.

Der Erzähler

1

»Die Götter mögen wissen, dass ich wünschte, wir wären besser bestückt.« Das hatte Dahlgren gesagt, als er am 15. September die Suche nach Katarynas Mörder eröffnet hatte.

Als wir uns im Mai 1979 trafen – ich hatte ihn zu Hause aufgesucht, um ihm einige Fragen zu den Ermittlungen zu stellen –, kam er darauf zurück. Es war übrigens so ungefähr das Erste, was er sagte, nachdem ich mein Begehr vorgebracht hatte.

»Wir waren zu wenige. Es ist von Anfang an falsch gelaufen.«

Als die Ermittlungen aufgenommen wurden, gehörten der Ermittlungsgruppe vierzehn Personen an. Dazu müssen wir noch das Personal der anderen Behörden zählen, die in diese Geschichte eingeschaltet wurden. Dazu gehörten der Staatsanwalt als formaler Leiter der Voruntersuchung, der Gerichtsmediziner und die Angestellten vom staatlichen kriminaltechnischen Labor, die die technischen und chemischen Analysen durchgeführt haben. Wir haben auch gesehen, dass ein Gerichtspsychiater konsultiert wurde, um ein Bild vom Täter und seiner seelischen Verfassung zu konstruieren.

Wenn man bedenkt, dass sich bei der Gewaltsektion im Schnitt bis zu fünfzig Personen – darunter an die dreißig Ermittler – im Dienst befinden, und wenn man bedenkt, dass die Sektion im Laufe eines Jahres ungefähr dreitausend Fälle behandelt, wirkt Dahlgrens Behauptung fast wie eine Ausflucht. Aber das ist nicht der Fall, wenn wir das Ganze relativ betrachten.

Die Truppe bei Ermittlungen dieser Art ist normalerweise nämlich wesentlich größer. Nie sind es weniger als zwanzig, oft sind es bis zu dreißig Ermittler, Streifenpolizisten und Techniker. Es gibt Beispiele für einen noch größeren Aufwand.

Bei den »Handenmorden«, als in einem Warenhaus im Süden von Stockholm zwei Polizisten und ein Nachtwächter erschossen worden waren, umfasste die Ermittlungstruppe während der einleitenden Phase fast hundert Personen.

Ein anderer Fall: Der Mord an einer Siebzehnjährigen in Linköping beschäftigte in den ersten beiden Ermittlungsmonaten dreißig Polizisten. Das entsprach der absoluten Zahl aller Personen, die sonst bei der Kriminalabteilung dieses Distrikts arbeiteten.

Mordermittlungen genießen normalerweise höchste Priorität. Grundsätzlich gilt, dass sie in der einleitenden Phase allen anderen Ermittlungen vorgezogen werden. So ist es schon lange, und diese Tradition hat sich in den letzten Jahren noch verstärkt. Obwohl so viel von gesteigerten Maßnahmen gegen Wirtschaftsvergehen und organisierte Kriminalität die Rede ist. Und obwohl so oft gefordert wird, bei der Verwendung polizeilicher Mittel andere Prioritäten zu setzen.

Für die Kriminalpolizei ist das Leben heilig. Unter der Voraussetzung, dass der Täter unbekannt ist.

Die Ermittlungen im Mord an Kataryna Rosenbaum liefern ein gutes Beispiel dafür, wie eine Mordermittlung andere Aktivitäten lahmlegt. Kriminalinspektor Bo Jarnebring von der zentralen Streife war in diesem ganzen Frühling und

Sommer als Einsatzleiter mit einer viel größeren Sache um organisierte und Wirtschaftskriminalität befasst gewesen. Am Abend des 14. wurde er an die Gewalt ausgeliehen, um sich an der Jagd auf Katarynas Mörder zu beteiligen, und erst nach mehr als einer Woche konnte er sich wieder seiner eigentlichen Aufgabe widmen. Später sollte es sich zwar zeigen, dass es einen Zusammenhang zwischen beiden Ermittlungen gab, aber das konnte niemand ahnen, als Jarnebring versetzt wurde.

Das große Interesse, das die Polizei Mordermittlungen entgegenbringt, lässt sich unter anderem an der reichen Blüte von Polizeiliteratur zu diesem Thema ablesen. In den kriminaltechnischen Handbüchern sind diese Verbrechen geradezu eine Paradenummer, so in den »Erinnerungen« oder »Memoiren«, die ältere Kriminalkommissare im Herbst ihres Lebens bisweilen zu Papier bringen (zum Beispiel »Das wirkliche Gesicht des Mordes« von G. W. Larsson).

Die Landespolizeileitung hat außerdem besondere Vorschriften für Organisation und Strategie solcher Ermittlungen erarbeitet. Wer diese Vorschriften liest, kann nicht übersehen, dass hier von Feldzügen die Rede ist, und zwar von ungeheuer personalintensiven.

Die gesamte Arbeitsweise ruht also auf einer festen Grundlage kriminologischer Wirklichkeit und gründet logisch in der Organisation selbst. Man kann sie demnach gar nicht grundsätzlich in Frage stellen.

In den Fällen von Mord und Totschlag, die hierzulande zur Anzeige gebracht werden – hundert bis hundertfünfzig pro Jahr –, gehören in drei Vierteln der Fälle Opfer und Täter derselben Familie oder demselben Freundeskreis an. Diese Verbrechen klären sich mehr oder weniger von selbst auf.

Wenn der Mörder nicht auf frischer Tat ertappt wird oder sich selbst stellt, hinterlässt er in der Regel Zeugen und Spuren am Tatort.

»Hass ist am stärksten, wo die Liebe am größten ist, und Hass ist selten gut für den Verstand«, wie Dahlgren diesen Aspekt zusammenzufassen pflegt. Und das gewissermaßen mit Fug und Recht. Fast alle diese Verbrechen enden damit, dass der Täter gerichtlichen Maßnahmen überstellt wird.

Aber damit ist dann Schluss. Wenn wir den inneren Kreis verlassen und uns die Morde mit unbekanntem Täter ansehen, dann fällt die Aufklärungsquote gewaltig in den Keller. In Schweden lag sie während der Siebzigerjahre bei dreißig Prozent, und viele dieser Prozente haben die Täter eigenhändig zusammengekratzt. Sie konnten einfach mit ihrer Schuld nicht leben und haben gestanden. Lange, nachdem die Polizei die Hoffnung aufgegeben hatte und die Ermittlungen eingestellt worden waren.

Auf einen Außenstehenden kann eine solche Mordermittlung überaus verwirrend wirken. Sie stolpert, kriecht, tappt in alle erdenklichen Richtungen. Was man sehen kann, sind Polizisten, die in Treppenhäusern herumlungern, an Türen klopfen, mit Zeugen sprechen, Verdächtige vernehmen, Autos überprüfen und Register durchsuchen. Dann beschreiben sie jede Menge Papier, produzieren Haufen, Berge von Vernehmungsprotokollen, Aktennotizen, technischen Erörterungen und Registerauszügen.

Der kritische Punkt ist, wie man diese vielen Informationen registrieren, sortieren, aussieben und systematisieren soll. Das Ermittlungsmaterial im Fall Rosenbaum ist dafür ein gutes Beispiel. Im Keller des Polizeigebäudes auf Kungsholmen werden zwei große Kartons voller Fotos, Notizbücher, Quittungen, Schlüssel und anderem Zeug aufbewahrt, alles bei der Durchsuchung der Wohnung des Opfers sichergestellt. Dazu kommen fünfzehn dicke Ordner – insgesamt zirka sechstausend A-4-Seiten – mit Vernehmungsprotokollen, Tipps, Registerauszügen und allgemeinen Überlegungen der Ermittler.

Es kann kein Zweifel daran bestehen, dass man sich unendlich viel Mühe gegeben hat, um Ordnung in dieses Material zu bringen. Die Tatsache aber bleibt: Egal wie viel Zeit man dieser Aufgabe auch widmet und wie begabt man sein mag, man kann aus den Papieren kein korrektes Bild von der Wirklichkeit hinter den Ermittlungen gewinnen. Noch weniger kann man daraus ablesen, welche der vielen hundert aufgeführten Personen möglicherweise mit dem Täter identisch ist. Um hier klarer zu sehen, muss man von Anfang an bei den Ermittlungen dabei gewesen sein und außerdem ungewöhnliches Glück haben: »Ich habe das entscheidende Stück im Puzzlespiel gefunden.«

Lewin war von Anfang an dabei, und möglicherweise, wenn auch nicht sicher, hatte er dieses Glück.

Der juristische Begriff Aufklärung hat einen bestimmten rechtlichen Inhalt. Man hat den Täter gefunden, und er ist zum Objekt juristischer Maßnahmen geworden. Oder man hat nachweisen können, dass das Verbrechen eben doch kein Verbrechen war. Und dass es deshalb auch keinen Täter gibt.

Man kann die Aufklärung auch auf eine andere und pragmatischere Weise betrachten. Als eine Wissensfrage – »Wir wissen, wer es war, aber wir können es nicht beweisen«, oder vielleicht sogar als Überzeugung. »Ich weiß, dass er es war. In mir krampft sich alles zusammen, wenn ich diesen Arsch sehe«, wie Kriminalinspektor Jarnebring sich ausgedrückt hat, als er zum ersten Mal der Person gegenüberstand, die im Mordfall Kataryna als Verdächtiger galt.

Es ist durchaus nicht schwer zu begreifen, warum die Ermittler die Aufklärung eines Verbrechens als Wissens- oder Überzeugungsfrage betrachten. Als ich an einem Wintertag des Jahres 1979 im Keller des Polizeigebäudes saß und die Unterlagen las, schaute Dahlgren bei mir vorbei. Er nickte zu den Regalmetern hinüber, die dort im Archiv aufmarschiert waren.

»In den Unterlagen existiert er.« Dahlgren lächelte. »Das tun sie fast immer.«

Ob Dahlgren damit Recht hat, weiß ich nicht. Dagegen weiß ich, dass ich auch so denken würde, wenn ich Mordermittler wäre. Es ist eine notwendige Voraussetzung, um den Job überhaupt ertragen zu können.

Der Auftakt zu dieser ganzen Arbeit ist immer eine dramatische Angelegenheit. Das Hauptprinzip ist dasselbe wie bei jeder Jagd. Die Hunde sind am findigsten, wenn die Spur noch frisch ist. Weshalb man auch in der einleitenden Phase Resultate erzielt. Wenn überhaupt.

Die Systematik ist einfach genug. In einem Bild lässt sie sich am ehesten erfassen: die Ringe, die ein Stein im Wasser verursacht. Was ist passiert?

Zuerst betrachtet man die Eintauchstelle. Macht sich ein Bild vom Verbrechen. Macht sich ein Bild vom Opfer: persönliche Geschichte und Lebensmuster, Gewohnheiten und Unsitten, Tugenden und Schwächen.

Dann kommt der erste Ring, die nächste Umgebung des Opfers. Jetzt wie schon früher. Ehemann/frau, Verlobte/r, Lebensgefährte oder -gefährtin, Geliebte, Freunde, Verwandte. Oder wie in Katarynas Fall: Wer war der letzter Kunde? Bei Morden an Prostituierten zeigt die Erfahrung nämlich, dass der letzte Kunde oft mit dem Täter identisch ist.

Die Kerngruppe der Ermittler beschäftigt sich mit dem Opfer und seiner engsten Umgebung. »Der innere Kreis« ist Dahlgrens persönliche Bezeichnung. Was haben diese Leute zu erzählen? Wie sah ihre Beziehung zum Opfer aus? Was haben sie zum Zeitpunkt des Mordes gemacht?

Der zweite Ring: Bekannte, Arbeitskollegen, Nachbarn. Und eine neue Gruppe von Ermittlern.

Dann wird die Suche ausgeweitet und abermals ausgeweitet. Kreise werden gezogen, greifen ineinander und werden noch einmal erweitert. Bis man auf den Täter stößt. Wenn man dieses Glück hat und außerdem noch begreift, dass man den Täter vor sich hat.

Man kontrolliert Zeugenaussagen über Unbekannte, überprüft Tipps und sucht nach Fahrzeugen, die am Tatort gesehen wurden. Dann sucht man in den Registern nach all jenen, die sich früher schon ähnlicher Verbrechen schuldig gemacht haben und aus diesem Grund ins Gedächtnis der Polizei eingegangen sind.

Bei siebzig Prozent der Mordermittlungen ist die ganze Mühe umsonst. Jedenfalls wenn man sich an die Buchstaben des Gesetzes hält und Aufklärung und juristische Maßnahmen gegen einen Täter gleichsetzt.

Denn ziemlich bald geht die Flut von Tipps zurück und die Erinnerung der Betroffenen wird immer schwächer und unzuverlässiger. Inzwischen ist man Familie, Verwandtschaft, Freundes- und Kollegenkreis und alle denkbaren und undenkbaren anderen Kontakte durchgegangen. Und das gesamte technische Arsenal ist verbraucht. Ein letztes Mal fleht man die Öffentlichkeit um Hilfe an, aber die Zeit vergeht, und bald ist sie abgelaufen.

Das Material ist immer wieder ausgewrungen worden. Das drückt sich nicht zuletzt im Personalaufwand aus. Die Truppe schrumpft schon sehr bald. Bereits nach einem Monat ist es oft so weit wie im Fall Kataryna, dass ein einsamer Ermittler ein weiteres Mal die tausenden von gesammelten Seiten durchblättert. Bis auch er aufgibt, oder bis seine Chefs ihn an eine neue Ermittlung setzen.

Ich habe die Ermittlung im Mordfall Kataryna Rosenbaum meinem Bericht vor allem deshalb zugrunde gelegt, weil ich finde, dass sie meine These sehr gut illustriert: Die Verantwortung, die wir für unsere Taten übernehmen, steht in keinem Verhältnis zu unserer Schuld.

Aber es gab noch andere Gründe, auch rein praktische. Für eine Mordermittlung waren im Fall Kataryna verhältnismäßig wenig Polizisten beschäftigt. Ausnahmsweise gab es in dieser Geschichte sogar eine zentrale Figur, nämlich Jan Lewin. Außer von Lewin kann man das von niemandem sagen, nicht einmal von Bo Jarnebring. Der findet sich eher durch Jan Lewin in diesem Bericht wieder als durch seine eigenen Bemühungen.

Anfang September 1978 stand die Gewaltsektion in Stockholm unter starkem Druck. Die andere der beiden Kommissionen für Mord mit unbekanntem Täter und ein Großteil der restlichen Sektion waren seit einer Woche mit einem anderen Mord beschäftigt, einem Messerüberfall in der Stockholmer Innenstadt. Dahlgren und den Erfahrungen zufolge waren einfach zu wenige übrig, die auf die Suche nach Katarynas Mörder geschickt werden konnten.

Zwei dieser Leute, Jan Lewin und Bo Jarnebring, haben außerdem eine gewisse persönliche Betroffenheit in die Ermittlung eingebracht. Jarnebring durch seine private Situation und seine frühere Bekanntschaft mit dem Opfer. Lewin aufgrund der Kombination persönlicher Eigenschaften mit einer zufälligen Begegnung drei Tage vor dem Mord.

Wer einen dokumentarischen Polizeiroman schreiben will, muss sich auf Schwierigkeiten gefasst machen. Das kollektive Arbeitsmilieu, die große Menge an mehr oder weniger anonymen Personen, die in der Ermittlung aus und ein gehen. Die Menge der unterschiedlichen Maßnahmen, die oft nur in lockerem Zusammenhang miteinander stehen und sich über lange Zeit hinziehen. Aber die Kataryna-Ermittlung war nicht sonderlich ungewöhnlich, sie beschäftigte relativ wenige Polizisten, von denen einer die ganze Zeit im Mittelpunkt stand, und deshalb ist sie besser als der durchschnittliche Fall für die literarische Darstellung geeignet.

Damit soll nicht gesagt sein, sie sei ideal gewesen. Ich betrachte eins ihrer Elemente mit Skepsis. Jan Lewin gelingt nämlich etwas, das dem entscheidenden Moment im traditionellen Kriminalroman sehr nahe kommt. Und das schafft er, ohne im letzten Kapitel alle Betroffenen in die Bibliothek des Opfers zu bestellen und sich damit von der Wirklichkeit einfach abzuschneiden. Trotzdem sehe ich darin ein Risiko. Das Risiko, dass man eine falsche Vorstellung davon bekommt, wie es »eigentlich« war. Vielleicht besteht auch das Risiko, dass die Botschaft verloren geht.

Ich weiß nicht, ob das Leben die besten Geschichten erzählt. Manchmal aber scheint es mit der Literatur zumindest wetteifern zu wollen.

Es mag übrigens an der Zeit sein, sich wieder der Wirklichkeit zuzuwenden. Aber nicht Jan Lewins schwankender Wirklichkeit, sondern einer anderen Ermittlung in dem großen Polizeigebäude auf Kungsholmen, die soeben in eine kritische Phase eingetreten ist. Es handelt sich um eine Ermittlung, die später von entscheidender Bedeutung für den Mord an Katarynas Mörder ist. Ihre tatsächliche Bedeutung steht jedoch durchaus nicht fest. Außerdem wird es noch einen Monat dauern, bis man überhaupt zu ahnen beginnt, dass sie überhaupt eine Bedeutung hat.

Voruntersuchung
gegen Johan Riisto Fahlén
(den »Bordellkönig«),
wegen schwerer Kuppelei u. ä.,
Samstag, 30. September, bis
Samstag, 21. Oktober 1978

XV

In der Nacht zum Sonntag, dem 15. Oktober 1978, kann ein aufmerksamer Beobachter im Polizeigebäude eine gewisse außergewöhnliche Aktivität beobachten. Das hat nichts mit der laufenden Arbeit zu tun. Es geht hier auch nicht um wirklich große Ereignisse. *Eine gewisse außergewöhnliche Aktivität*, das ist alles.

Gegen zwei Uhr morgens – Sonntagmorgen – treffen Jarnebring und Molin ein. Sie kommen in ihren eigenen Wagen und fahren direkt in die Tiefgarage des Polizeigebäudes. Danach gehen sie in die Fahndungszentrale hoch. Gleich darauf sind noch zwei Streifenpolizisten zur Stelle – beide tragen breite afrikanische Lederhalsbänder mit Mosaikverzierung. Sie fahren zusammen in einem Streifenwagen vor und begeben sich ebenfalls sofort in die Zentrale.

Innerhalb einer Viertelstunde haben sich sieben weitere Personen im Polizeigebäude eingefunden. Es geht jetzt auf halb drei morgens zu, und der Wärter an der Garageneinfahrt am Fridhemsplan hat langsam das Gefühl, dass sich hier etwas zusammenbraut. Von den sieben zuletzt Eingetroffenen sind sechs Polizisten – vier Streifenpolizisten und zwei Ermittler mit besonderem Auftrag. Der siebte ist der Staatsanwalt. Insgesamt elf Personen, acht Mann von der Streife, zwei Sonderermittler und ein Staatsanwalt.

Keiner von ihnen steht auf dem regulären Dienstplan. Von

einer Razzia oder einer Aktion gegen einen illegalen Klub kann auch kaum die Rede sein. Dazu sind es zu wenig. Der Wärter an der Garageneinfahrt, der schon einige Jahre dort arbeitet und in seiner nächtlichen Einsamkeit Zeit genug zum Nachdenken hatte, zieht die fast korrekte Schlussfolgerung: *Hier muss es um eine größere Festnahme gehen.*

Aber es ist keine normale Festnahme. Der Staatsanwalt ist dabei, obwohl es mitten in der Nacht ist, gerade erst musste er sich ausweisen, als er an der Schranke anhielt und nicht der Staatsanwalt war, der auf dem Dienstplan stand. *Eine größere Festnahme brisanter Natur*, denkt der Wärter in seiner Bude oben auf dem Fridhemsplan. Und in allem liegt er da fast richtig.

Jarnebring und Molin gingen direkt in ihren Dienstraum. Noch war es nicht so weit, und da war das eigene Zimmer doch das Beste. Falls man im Haus bleiben musste, heißt das.

Jarnebring saß bequem zurückgelehnt in seinem Schreibtischsessel. Die Füße hatte er auf die Fensterbank gelegt, seine knochigen Hände ruhten auf seinem Knie. Auf der anderen Schreibtischseite saß Molin. Er hatte die Füße auf dem Schreibtisch. Seinen Sessel hatte er so weit zurückgeschoben, dass die Rückenlehne an die Wand stieß.

Es war kein großes Zimmer, außerdem teilten sie es sich ja. Genau gerechnet waren es zehn Quadratmeter, zweieinhalb mal vier Meter, im vierten Stock, Polizeibezirk Kronoberg. Aus irgendeinem Grund ganz hinten auf dem Gang.

Es war übrigens dasselbe Zimmer, das Jarnebring bis vergangenen Sommer mit Johansson geteilt hatte. Doch dann hatte Genosse Johansson, Kriminalinspektor Lars M. Johansson, geboren in Näsåker am Ångermanälv, bei der Streife aufgehört und war ins Personalbüro der Landespolizeileitung übergewechselt.

Jetzt saß Jarnebring hier mit Molin, seit drei Monaten sein neuer Kollege.

Alle Streifen hatten solche Zimmer, zwei Mann auf zehn Quadratmetern. Streifenpolizisten sollten in der Stadt umherstreifen und die Augen offen halten. Deshalb waren zehn Quadratmeter genug. Um die Füße auszuruhen, Telefongespräche zu führen oder die Beobachtungen zu archivieren, die man beim Umherstreifen gemacht hatte.

Auch die Einrichtung war eine logische Folge des Arbeitsauftrags. Schreibtisch mit Telefon, Schreibtischsessel, Besuchersessel, Bücherregal (wenn auch ohne Bücher), und ein grün metallener Aktenschrank.

In diesem Schrank bewahrten Jarnebring und Molin diverse, für ihre Arbeit notwendige Dinge auf, ein halbes Dutzend Akten, etliche Fotos und einen großen Karton, auf dem nur »Diverses« stand.

In diesem Karton lagen unter anderem eine Flasche Whisky (»für die süßesten Schweine in ganz Kronoberg«, von einem ihrer Lieblingsräuber), zwei Reservemagazine für Molins Dienstpistole und eine aufgerollte und ziemlich verschmutzte elastische Binde, die sie nach dem Sporttraining abwechselnd benutzten. Kurz, es handelte sich um einen stinknormalen Streifenschrank; Arbeit, vergessene Ambitionen, verlorene Hoffnung und Trost in trauter Gemeinsamkeit.

Die Zimmerwände waren grau und kahl, unterbrochen nur durch ein Plakat und einen Kalender. Über das Plakat – es hing hinter dem Schreibtischsessel – gab es nicht viel zu sagen. Molin hatte es aufgehängt, woher auch immer er es hatte. Ein Schwarzweißplakat (etwa achtzig mal fünfzig Zentimeter) mit einem blonden, lächelnden Polizisten aus den USA darauf – »The White American Cop« in dunkelblauer Uniform, die Schirmmütze kess auf die Seite gerückt und einen Revolver vom Kaliber 38 an der Hüfte. Der Polizist drückte ein lockiges kleines Negerkind an sich. Aus dem

Lächeln des Kindes zu schließen, war es ebenso begeistert wie der Polizist, sein Freund und Helfer. Der Text unter dem Bild war kurz, regte aber zum Nachdenken an: »SOME PEOPLE CALL HIM A PIG!«

Über den zweiten Wandschmuck, den Kalender, ließ sich um einiges mehr sagen. Wenn wir an Jarnebrings und Molins dienstliche Aufgaben denken und an die besondere Rolle, die Jarnebring in diesem Bericht spielt, tun wir das sogar mit Fug und Recht. Obwohl das ziemlich lange dauern kann und als Botschaft leider auch ein wenig überdeutlich ausfallen mag.

Egal. Der Kalender hing über dem Besuchersessel, und wann immer Jarnebring ihn ansah, huschte ein Schatten über sein Gesicht. Wenn man nicht wusste, warum, war das vielleicht schwer zu verstehen.

Der Kalender war von der Sorte, wie man sie an den meisten männerdominierten Arbeitsplätzen findet. Er enthielt zwölf Blätter – für jeden Monat eins –, und jedes Blatt war mit einer nackten Frau, einem kurzen Reklametext und einer Liste der Tage dieses Monats bedruckt. Frau September – die noch immer aufgeschlagen war und abgesehen von Frisur und Haarfarbe offenbar derselben Familie angehörte wie die Frauen aller anderen Monate – war seit über vier Wochen das Objekt von Jarnebrings tiefem Unwillen. Obwohl ihr das nicht anzusehen war. In glücklicher Unkenntnis der Gefühle des Betrachters stand sie vor einem Hintergrund aus gelbem Sand und blauem Meer: die Beine gespreizt, den Kopf in den Nacken geworfen, Brust und Unterleib vorgeschoben, den Mund halb offen. Die Hände stützte sie in die Hüften, und eigentlich war nicht sie an dem ganzen Ärger schuld, sondern Frau August.

Vor etwas über einem Monat war Annika, Jarnebrings Frau, auf seinem Arbeitsplatz aufgetaucht. Sie hatten sich dort verabredet, um einen Mundvoll essen zu gehen und ein paar Glas Wein zu trinken. Die Kinder waren bei Jarnebrings Schwiegereltern auf dem Land, Annika hatte frei, und Jarnebring selbst konnte um vier Uhr Feierabend machen. Dieses eine Mal schien außerdem die Sonne. Alles ließ sich also ziemlich gut an, und Jarnebring winkte seiner Frau fröhlich zu, als sie das Zimmer betrat.

»Wo hast du das denn her?« Annika sah den Kalender an.

»Werbung«, antwortete Jarnebring ausweichend. »Von der Polizeileitung.«

Das stimmte natürlich überhaupt nicht. Es handelte sich vielmehr um ein persönliches Geschenk von einem Bekannten und Spitzel, der eine Autowerkstatt (und nebenbei auch ein wenig Hehlerei) betrieb, aber Jarnebring konnte Annikas Augen schon ansehen, dass diese Erklärung noch schlechter angekommen wäre.

»Von der Polizeileitung? Was ist denn das für eine Polizeileitung?« In der Stimme lag nichts mehr von Essen und Wein.

»Ja, ja.« Jarnebring war jetzt schon ungeduldig. »Scheiß doch drauf, Wuschel. Wo wollen wir mampfen gehen?«

Aber aus diesem Essen wurde dann nichts. Stattdessen erhob sich ein Prachtstreit – geradezu ein Krieg –, der fast zwei Tage anhielt.

Zuerst hatten sie sich nur gezankt. An sich keine Katastrophe und auch nicht einzigartig, aber danach hatte eins das andere gegeben.

Nach fünf Minuten hörte sie plötzlich auf, ihn anzupöbeln. Sie saß einfach stumm da und sah ihn an. Als sie dann wieder sprach, war ihre Stimme eine andere: ruhig und entschieden.

»Verstehst du nicht? Verstehst du nicht, dass du dich und mich gleichermaßen erniedrigst?« Sie sah ihn an. »Das begreifst du offenbar nicht.«

Sie sprang auf, nahm den Kalender von der Wand und legte ihn mit der Rückseite nach oben auf den Tisch.

Und nun beging Jarnebring seinen großen Fehler. Statt den Kalender irgendwo zu verstauen und ihn am nächsten Tag wieder aufzuhängen – dieser Gedanke war ihm schon gekommen, als sie sich nur gegenseitig angefaucht hatten –, sprang er ebenfalls auf, starrte ihr stur in die Augen und sagte mit der Stimme, die er sonst für seine Kundschaft reservierte:

»Bist du denn eigentlich von allen guten Geistern gebissen?«

Danach lief er auf die andere Seite vom Schreibtisch und hängte den Kalender wieder auf. Als er sich umdrehte, sah er ihren Rücken durch die Tür verschwinden, und eine halbe Stunde später saß er in der Wollmar Yxkullsgata bei seinem alten Freund Lars M. Johansson und fluchte in sein alkoholfreies Bier. Johansson sagte nichts. Er trank einen Cocktail und wirkte überhaupt ziemlich ungerührt.

Sechs Stunden später betrat Jarnebring draußen in Jakobsberg das Reihenhaus. Es war still und dunkel, und er war ziemlich benebelt. Johansson und er hatten Bier und Schnaps getrunken. Vor allem Schnaps. Danach hatten sie Johanssons Kühlschrank geleert – alles andere als ein kulinarisches Erlebnis – und dann weiterhin Schnaps getrunken. Am Ende hatten sie sich getrennt. Er hatte das Angebot, auf dem Sofa zu schlafen, abgelehnt, und war mit dem Taxi nach Hause gefahren. Müde, wütend, alles andere als nüchtern und um fünfundsiebzig Kronen ärmer.

Jarnebring machte Licht und warf seine Jacke auf den Tisch in der Diele. Dort lag ein Briefumschlag, der jetzt zu Boden ging. Er bückte sich und hob ihn auf. Und in diesem Moment ging sein und Annikas Konflikt in eine kritische Phase über.

Es war ein ganz normaler weißer Briefumschlag. Frankiert und adressiert in Annikas ordentlicher Schrift. Die Adresse war Jarnebring bekannt: AMATEURBILDER, Fib-Aktuellt. Torsgata 21, Stockholm.

Ab und zu geschieht alles sehr schnell. Bei Jarnebring war es so, dass er innerhalb einer Sekunde stocknüchtern wurde. Ebenso lange brauchte der kalte Schweiß, um auf seinem Rücken auszubrechen. *Annika*, dachte er und riss den zugeklebten Umschlag auf.

Aber es war nicht Annika. Zwar stammte das Foto aus ihrer privaten Sammlung von Urlaubsbildern. Und viele Bilder dieser Sammlung zeigten natürlich Annika: unbekleidet an einem blauen See oder oben ohne im Boot ihrer Eltern. Bilder, die sicher unter den Lesern der Zeitschrift Zustimmung gefunden hätten. Aber keine Spur. Es war viel schlimmer. Das Bild zeigte ihn selbst, Kriminalinspektor Bo Jarnebring von der zentralen Streife, fotografiert von Annika Jarnebring.

Es war ein Farbfoto von Jarnebring an einem blauen See. Er ließ seine Muskeln spielen und hob eine Bierdose. Außerdem hatte er den Kopf in den Nacken gelegt und nicht einen Faden am Leib.

Es war eigentlich kein schlechtes Bild, unter anderem sah er nicht allzu betrunken aus, aber daran dachte er nicht, als er ins Schlafzimmer stürmte, das Licht anknipste und ihr die Decke wegzog.

Offenbar war sie noch wach gewesen. Sie fuhr hoch wie der Blitz. Blieb im Bett stehen und drohte ihm mit den Fäusten.

»Was zum Teufel!« Er brüllte. »Hast du denn völlig den Verstand verloren? Willst du mich umbringen?« Er knüllte Umschlag, Foto und Annikas Brief mit der ausgestreckten rechten Hand zusammen.

Sie sagte nichts. Ohne die Fäuste zu senken, schüttelte sie ihr Nachthemd herunter und sah ihn hasserfüllt an.

»Was erlaubst du dir eigentlich, verdammt noch mal?« Seine Stimme versagte, als er vorlas, was sie geschrieben hatte. »He, Jungs. Warum bringt ihr nie Bilder von scharfen

Typen? Hier schick ich euch meinen Verlobten. Er heißt Bosse und ist in Stockholm bei der Polizei. Tschüss, Annika.«

»Mach dir keine Sorgen. Das würden sie doch nie im Leben bringen«, sagte sie verächtlich. »Wer will schon über einem fetten Bullen mit Schlappschwanz wichsen?«

Eine halbe Stunde später stand er abermals vor Johanssons Tür in der Wollmar Yxkullsgata. Unter dem Arm trug er zwei Ordner mit Familienfotos – sicherheitshalber –, und in der Jackentasche lag der Brief.

»Ich dachte, du bist schon weg?« Johansson hielt die Tür auf. »Im Kleiderschrank sind Decken.«

Aber damit war die Sache noch nicht zu Ende. Am nächsten Nachmittag fuhr er nach Hause. Es gab ein längeres Gespräch, und als sie schlafen gingen, versprach er, dass sie am nächsten Morgen – am nächsten Morgen – des Zimmers verwiesen werden würden, Frau August und alle ihre Schwestern.

Aber dazu war es nicht gekommen. Als er sie am Tag danach im Arm hatte und dastand – er hatte eben den Kalender von der Wand genommen –, betrat Molin das Zimmer. Er schaute ihn fragend an.

»Was soll das denn?«, fragte er. »Willst du aufs Klo?«

Jarnebring machte ein verlegenes Gesicht.

»Annika war hier«, sagte er. »Und hat eine Wahnsinnsszene gemacht. Ich habe versprochen, sie wegzuschaffen.«

Molin starrte ihn an. Er trug zwar kein weißes Nachthemd, aber auch er ging jetzt in Verteidigungsstellung.

»Bist du denn von allen guten Geistern gebissen, du Arsch?«, knurrte er. »Häng die Mädels wieder hin, sonst kannst du dir einen anderen Partner suchen.«

Und da hingen sie noch immer.

Besser, man gibt sich einen Ruck, dachte Jarnebring. Er sah Molin an, der vollauf darin aufging, sich mit dem Fingernagel zwischen den Zähnen herumzubohren. *Du geiler Pavian*, dachte er hasserfüllt.

Molin musterte ihn überrascht. *Scheiße, was macht Jarnebring denn da für ein komisches Gesicht?*

»Ist es so weit? Wir sollen uns oben bei Melander blicken lassen, ja?«

Jarnebring nickte wortlos. Erhob sich und nahm die Jacke von der Rückenlehne.

XVI

»Wir sehen uns heute Nacht um halb drei bei Melander.«
Das hatte Jarnebring gesagt, als er am Samstagnachmittag seinen Rundruf bei den Kollegen gestartet hatte. Und jetzt saßen sie mitten in der Nacht bei Kriminalkommissar Gösta Melander. Zusammengequetscht in Melanders nicht gar zu großem Dienstraum.

Wer war Gösta Melander?

Anfang Dezember 1976 hatte die Polizeileitung von Stockholm ein eigenes Prostitutionskommando eingerichtet. Das geschah etwas über eine Woche, nachdem Studio S im Fernsehen eine viel beachtete Sendung über Prostitution gebracht hatte. Die Zeitungen sprangen sofort darauf an, und es war fast so wie Mitte der Sechzigerjahre, als erstmals die Drogendiskussion losgetreten worden war.

Die Leitartikler griffen tief in die Schublade mit Adjektiven, Verben und Beleidigungen. Das Fußvolk in den Redaktionen begriff sofort, worum es ging, und übertraf sich gegenseitig in der Jagd auf Schlagzeilen. Es blühten die »minderjährigen Prostituierten«, die »ausländischen Zuhälter«, und der gesamte übrige Apparat an frisch entdeckten Realitäten, Ängsten und latenten Vorurteilen.

Und von allen Seiten wurde geholfen. Von Politik, Expertentum, Kulturwelt, Frauenbewegung und allem anderen, das sich nicht so leicht abtun lässt und das in vieler Hinsicht so vieles geleistet hat. So schwer kann das Leben manchmal sein.

Die Maßnahmen fielen schlicht genug aus, ergaben aber zumindest zweierlei. Zwei überaus schwerwiegende Dinge, bei denen die Mehrheit der Leute, die den Stein ins Rollen gebracht hatten, ziemliche Skepsis empfunden haben dürften. Wenn sie Zeit zum Nachdenken gehabt und sich nicht von Anfang an auf eine bestimmte Richtung festgelegt hätten.

Das neu gebildete Prostitutionskommando bestand aus etwa dreißig Mann: einige Ermittler, die meisten von der Streife. Und es stellten sich wie gesagt zwei überaus beunruhigende Phänomene ein. Erstens die Verletzlichkeit der Polizeileitung durch die Massenmedien. Und zweitens – womöglich noch schwerwiegender – die Tendenz, soziale und menschliche Probleme durch die Einrichtung besonderer Polizeikommissionen zu lösen.

Wer war Gösta Melander?

Der Chef vons Ganze wurde Kommissar Gösta Melander. Erfahrener Betrugsermittler, fünfundfünfzig, nach polizeiinterner Beurteilung nicht sonderlich militant.

Wie alle anderen zufälligen Unternehmungen war auch jene gegen die Prostitution so nach und nach zum Erliegen gekommen. Im Sommer wurde das Kommando aufgelöst, und wenn wir bedenken, wie alles angefangen hatte, dann lag darin vielleicht die Sicherheit, die es in unserer Zeit überhaupt geben kann.

Die Prostitution erreichte zu diesem Zeitpunkt zwar ungeahnte Höhen, aber die Polizeiferien rückten näher, und es hatte keine weiteren Fernsehsendungen gegeben. Übrig blieben Melander und ein einziger Mitarbeiter.

Als nun der Mitarbeiter in Urlaub ging, um niemals mehr zurückzukehren, war nur noch Melander da. An sich war das vielleicht das Sonderbarste, schließlich war er Kommissar und hätte also eigentlich Chef sein müssen, zumal in der Urlaubszeit, aber diese Dinge wurden vom Zufall entschieden.

Melander blieb allein zurück. Während des Frühlings war er krank gewesen, hatte sich aber nicht krankschreiben lassen. Da er in mittleren Jahren war, seine Karriere hinter sich hatte, die Kinder ausgeflogen waren, seine Frau arbeitete und es keine finanziellen Schwierigkeiten gab, hatte er beantragt, auf eine halbe Stelle heruntergestuft zu werden. Ein Kommissar auf halber Stelle. Das war im Grunde fast eine Unmöglichkeit, aber jetzt bot sich die Chance: Sonderauftrag. Nämlich die rudimentären Bemühungen des Prostitutionskommandos im Winter und Frühjahr 1976/77 zu einem guten Ende zu führen.

Eine hervorragende Lösung, und alle waren zufrieden. Die Polizeileitung, Melander selbst und vielleicht sogar die Zeitungen, falls sie sich noch für die Sache interessierten, was aber nicht der Fall war. Es war etwas anderes dazwischen gekommen.

Damit war das Ganze eine nette Aufräumarbeit für den Sommer. Einige kurze Anklagen, dann zurück zur Routine. Ungefähr so hatte man sich das vorgestellt.

Aber so kam es nicht. Denn weder die Polizeileitung noch Melander selbst hatten mit dem besonderen Charakterzug gerechnet, der fast jedem Polizeikommissar von der ganz alten Schule anhaftete – die fast neurotische Genauigkeit. Es darf keine losen Enden geben. Nirgends und um keinen Preis.

Was als Aufräumarbeit geplant worden war, wurde zu etwas anderem, zu einer der ehrgeizigsten Polizeiermittlungen, die jemals im Distrikt Stockholm durchgeführt worden sind. Am Ende des Sommers, des Sommers 1977, ließ Melander mitteilen, er sei großen Dingen auf der Spur – schwerer organisierter Kuppelei. Er wollte weitermachen, jetzt aber wieder in Vollzeit, und natürlich durfte er.

Im Herbst und im Frühling wurde das Land von zwei Bordellaffären erschüttert. Als die Erschütterung verklungen war – wir haben inzwischen den Frühsommer 1978 erreicht –, meldet Melander sich abermals und will auch den Sommer über weitermachen. Die gesamte Ermittlung werde demnächst »fix und fertig« abgeschlossen sein, aber noch gebe es einige lose Enden.

Diesmal überlegt die Leitung erst einmal ausgiebig. Aber nach und nach wird ein Entschluss gefasst. Melander darf weitermachen. Und damit nicht genug. Um den guten Willen zu zeigen, stellt man ihm einen Staatsanwalt zur Seite, der die Voruntersuchung leiten soll. Und es ist nicht irgendein dahergelaufener Staatsanwalt, sondern just jener Mann, der in die beiden Kuppeleiaffären, die »sachliche Grundlage« für die Bordellskandale in Herbst, Winter und Frühjahr 1977/78, involviert gewesen war.

Im Nachhinein wirkt die Entscheidung der Polizeileitung überaus gescheit. Als sie getroffen wurde, war die Geschichte von Melanders Ermittlungen in den Redaktionen schon bekannt, und es wäre einfach der falsche Zeitpunkt gewesen, die Sache einzustellen. Außerdem wäre es dumm gewesen im Hinblick auf die gute Presse, die man nachher erhielt, und im Hinblick auf die Ergebnisse, die Melander schließlich vorlegen konnte.

Und das alles passiert, während Melander – auf seinem Segeltörn zwischen der Skylla des Misstrauens von Politikerseite und der Charybdis der wechselnden Mächte – weitermacht, als ob nichts geschehen wäre.

Für ihn gilt nur eins: die Fäden zusammenzubringen. Keine losen Enden mehr, obwohl er sich oft über seinen Freund, den Staatsanwalt, den Kopf zerbricht, denn er weiß einfach nicht, was er von ihm halten soll.

Anfang September 1978 hat Melander ein klares Bild. Ein sehr klares Bild übrigens, das durchaus nichts mit dem »Gewirr« zu tun hat, von dem die Zeitungen sprechen. Denn für Melander gibt es kein Gewirr, aus dem schlichten Grund, dass er alle losen Ende gefunden und aufgerollt hat.

Ganz unten gibt es Menschen, die Wohnungen oder Zimmer brauchen. Ganz normale Menschen, die irgendwo wohnen müssen. Oder Prostituierte, die Räumlichkeiten brauchen, um ihrem Gewerbe nachgehen zu können.

Auf der nächsten Ebene finden wir jene, die sich um die praktischen Dinge kümmern: Umzugsunternehmen, Handwerker und einfache Handlanger. Die Möbelwagen fahren, anstreichen, aus einem ehemaligen Laden eine Theke herausreißen oder eine unmoderne Wohnung in irgendeinem Abbruchhaus mit Dusche und Boiler versehen.

Dann kommen die Vermittler. Die gesamte Skala derer, die irgendetwas vermitteln. Von Miethaien mit dem Büro in der Tasche und ohne Wohnadresse bis zu Immobilienmaklern mit eigener Firma, Schild an der Tür und Anzeige in der Zeitung.

Darüber dann jene, die besitzen: Hausbesitzer. Mit Häusern, Wohnungen, Räumlichkeiten und dem Recht, darüber zu entscheiden, wer sich dort aufhalten darf.

Eine elegante pyramidenförmige Struktur aus Angebot und Nachfrage, Mitteln und Macht. Zusammengehalten, getragen und gespeist aus schwarzem Kapital.

In der Pyramide gab es viele Menschen. Das war Melander nur zu klar. Ebenso klar war er sich darüber, dass seine wichtigste Aufgabe sich auf die Prostitution richtete. Deshalb galt sein Interesse auch vor allem drei Personen in der Pyramide.

Drei Personen, die ebenfalls eine Pyramide bildeten. Unten stand der notorische alte Gauner – mit eigenem Dossier und persönlicher Erfahrung mit dem Gefängnisleben: Johan

Riisto Fahlén. Über ihm folgte ein kleinerer Hausbesitzer, M. (wie in minder), auch er eine bekannte Größe mit eigener Akte im Zentralregister der Kriminalabteilung. Oben dann stand ein größerer Hausbesitzer, S. (wie in substanziell); über den aber konnte man nur in den Zeitungen lesen.

Zwischen diesen drei Personen – Fahlén, M. und S. – hatte Melander die interessantesten Beziehungen entdeckt. Privater und sozialer ebenso wie rein geschäftlicher Natur.

Interessante Beziehungen, von denen Melander fand, es könne an der Zeit sein, sie unter vier Augen zu diskutieren.

XVII

»Tut mir leid, euch das Wochenende ruinieren zu müssen.« Melander nickte seinen Gästen zu und schien um Entschuldigung zu bitten. »Aber ich wage es einfach nicht, noch länger zu warten. Gestern am Telefon hat es sich angehört, als wollte er aufhören.«

Die anderen nickten. Seit einem guten Monat wurden die Hauptpersonen in dem »Bordellgewirr«, das sie zu klären versuchten, abgehorcht. Offenbar wurde einem von ihnen der Boden unter den Füßen zu heiß: Fahlén. An sich kein Wunder. In den vergangenen Monaten waren die drei Beteiligten ununterbrochen beschattet worden, und trotz aller Geheimhaltung war in der Szene bereits heftig die Rede davon. Außerhalb der reinen Polizeikreise.

»Wen schnappen wir uns?« Das war Jarnebring, und seine gesamte Haltung sprach von etwas anderem als von Geduld.

»Dazu komme ich dann«, schaltete der Staatsanwalt sich ein. »Ich habe beschlossen, dass wir uns mit Fahlén begnügen. Bis auf weiteres, sollte ich wohl sagen. Ja«, fügte er hinzu. »Natürlich nehmen wir auch seine Verlobte fest. Die wohnen ja zusammen.«

Es war still im Raum. Mucksmäuschenstill. Melanders Gesicht war vollkommen ausdruckslos.

Jarnebring musterte den untersetzten Staatsanwalt. Aus

seiner Miene konnte man leicht den Eindruck gewinnen, dass er viel lieber den festgenommen hätte.

»Und die ganzen anderen Scheißgauner? Die großen Gauner?«

»Wir werden zuerst Fahlén verhören.« Der Staatsanwalt wich Jarnebrings Blick aus und sah die anderen an. »Gegen die anderen liegt nicht genug vor.«

»Du scheuchst also mitten in der Nacht acht Mann hoch, um einen kleinen miesen Zuhälter hopszunehmen.« Jarnebring starrte den Staatsanwalt wütend an.

»So klein ist der nun auch wieder nicht. Wir werden außerdem eine Hausdurchsuchung vornehmen. Draußen bei ihm auf Varmdö und dann in seinem Büro in der Kommendörsgata. Und außerdem wollte ich morgen früh ein paar von den Mädels herholen. Wirklich ganz früh«, fügte er hinzu.

»Dazu sind aber keine acht Mann nötig.« Jarnebring machte nicht einmal den Versuch, seine Wut zu verbergen. »Da reichen ein Anruf und zwei Möbelpacker.«

»Jetzt beruhig dich mal«, schaltete Melander sich ein. »Wir holen uns Fahlén und seine Verlobte, und dann werden wir sehen, was aus den anderen wird.«

»Bordellkönig«, schnaubte Jarnebring. »Der Diener des Bordellkönigs.«

Aber sein Name war von nun an Bordellkönig, er stand schon in den Zeitungen des folgenden Tages, in denen über die anderen Beteiligten nur wenig zu lesen war. Das meiste tauchte aus irgendeinem Grund in den Zeitungen auf und nicht in der Voruntersuchung oder im Haftantrag des Staatsanwalts.

»Wen willst du, Jarnebring?« Melander lächelte ihn an. »Die Verlobte oder Fahlén?«

Jarnebring grinste. Und das war ja auch der Sinn der Frage gewesen.

»In welcher Verfassung willst du ihn?«

Der Staatsanwalt ließ seinen Blick nervös zwischen Jarnebring und Melander hin und her wandern.

»Sauber und unversehrt.« Melander schaute Jarnebring gelassen an. »So schnell wie möglich.«

Fünf Minuten später trennten sich ihre Wege. Jarnebring nahm Molin und drei weitere Leute mit, zwei Streifenpolizisten und den Ermittler, der Melander bei den ersten Vernehmungen geholfen hatte. *Hinaus nach Varmdö.* Vier Streifenpolizisten und Melander selbst fuhren in die Kommendörsgata zu Fahléns Büro. Es lag übrigens in einem Haus, das Fahléns Bekanntem, dem substanziellen Hausbesitzer gehörte.

Fahlén und die Verlobte festnehmen. Erledigt. Wohnung und Büro durchsuchen. Ein paar Mädels zur Vernehmung holen.

Jarnebring war enttäuscht, bitter enttäuscht. Er hatte auf etwas Größeres gehofft. Aber ihm war nun einmal Fahlén auferlegt – Johan Riisto Fahlén –, und Jarnebring fuhr wie ein Autodieb und fluchte auf dem ganzen Weg nach Varmdö.

Das große gelbe Haus ganz hinten auf der Insel lag still und stumm da, als sie ankamen. Aber sie merkten, dass jemand dort war. Die Lampe auf dem Hof brannte, und die Wagen von Fahlén und der Verlobten standen vor dem Haus. Auf besondere Diskretion wurde nicht geachtet. Es war zwar erst vier Uhr morgens, aber sie mussten nun einmal aufstehen, und Frühstück würden sie wohl in der U-Haft serviert bekommen.

Zwei Mann stellten sich auf die Rückseite. Jarnebring und Molin klopften an die Tür. Fahléns Hund – ein Schäferhund – bellte schon, als sie die Treppe vor der Haustür hochstiegen. Aber auch das spielte keine Rolle. Jarnebring fürchtete sich nicht vor Hunden und hatte sich auf diesen hier schon eingestellt. Für alle Fälle hatte er eine Spraydose mit

Tränengas in der Jackentasche. Falls Herrchen auf dumme Ideen kommen sollte, die der Hund dann auszuführen hätte.

Jarnebring war noch immer sauer. Das war zu hören, als er den Messingtürklopfer betätigte. Nicht nur die Tür erbebte, sondern die gesamte Fassade, und sofort ging im Schlafzimmer oben Licht an.

Fahlén selber kam herunter und machte auf. In Schlafrock und Schlafanzug, die Sicherheitskette vorgelegt.

»Worum geht es?«, fragte er auf der anderen Seite der Tür.

»Kriminalpolizei«, antwortete Jarnebring und hielt seinen Dienstausweis vor den Türspalt. »Mach gefälligst sofort auf.«

Das tat Fahlén. Als Jarnebring und Molin die Diele betraten, schaute er sie nur an. Ein kleiner geschmeidiger Mann von adrettem Aussehen und mit dunklen, sorgfältig gekämmten Haaren. Seine Verlobte schien ebenfalls wach zu sein. Sie stand oben auf dem Treppenabsatz und schaute die Männer an. Ohne ein Wort zu sagen.

»Rein in die Klamotten, Fahlén«, sagte Jarnebring. »Und die Gnädige kommt auch mit.« Er nickte der blonden Frau oben auf dem Treppenabsatz zu.

Fahlén sagte nichts. Stumm senkte er den Kopf und strich das Revers seines Morgenrocks glatt.

XVIII

»Sie haben den Namen Fahlén nie gehört?« Die Frau auf der anderen Seite vom Schreibtisch starrte Melander an, und der schüttelte zur Antwort den Kopf.

»Aber Sie sind doch Kommissar Melander? Der Chef dieser neuen Prostitutionspolizei, über die in den Zeitungen geschrieben wird?« Sie erhob sich halb aus ihrem Sessel und schaute sich mit ironischer Miene im Zimmer um.

»Ja«, sagte Melander. »Der bin ich. Können Sie mir nicht etwas über diesen Fahlén erzählen?«

»Was glauben Sie, was ich in den letzten Jahren gemacht habe? Ich habe tausende von Kronen für Briefporto und Anrufe bei ihren Chefs und Kollegen ausgegeben. Und was haben die getan?« Sie sah Melander verächtlich an. »Nichts.«

»Dieser Fahlén ... Sie scheinen ja allerlei über ihn zu wissen. Was ist er eigentlich für ein Mensch?«

»Hm«, schnaubte sie. »Fahlén? Das ist der ärgste Kuppler im ganzen Land, und das habe ich auch gesagt ...«

Melander hob abwehrend die Hand.

»Sagen Sie es mir.« Er lächelte sie an. »Ich bin neu hier.«

»Jaa.« Jetzt sah sie etwas weniger abweisend aus. »Wie ich schon sagte, ehe Sie mich unterbrochen haben ... er hat mindestens dreißig Bordelle unter sich, und in jedem sind zwischen zwei und fünf Frauen. Und damit macht er pro Jahr einen Umsatz von zwischen fünfzehn und dreißig Millionen.

Reinverdienst, meine ich.« Sie verstummte und sah Melander triumphierend an. *Hatte er begriffen, von welchen Summen hier die Rede war?* »Die Frauen müssen ihm pro Tag zwischen hundert und zweihundert Kronen bezahlen. Jede«, fügte sie hinzu. »Und da braucht man doch bloß rechnen.« Sie sah ihn wütend an.

Melander nickte nachdenklich.

»Können Sie mir Adressen nennen? Von diesen Wohnungen?«

Sie nickte energisch.

»Und ob ich das kann. Regeringsgata 91...« Melander schaute sie aufmunternd an. »Und Ringväg 89.« Melander nickte und machte sich auf seinem Block Notizen. »Und dann noch eine Adresse in der Katarina Banggata auf Söder... ich hab die Nummer vergessen, aber ich hab sie mir notiert.«

»Jaa?« Melander sah sie fragend an. *Zwei, möglicherweise drei*, dachte er und legte den Kugelschreiber auf den Block.

»Jaa, was?« Jetzt war sie wirklich sauer. »Ich hab ja auch noch was anderes zu tun«, fauchte sie. »Ich habe Ihnen die Adressen schon hundertmal gegeben. Fragen Sie doch diesen Faulpelz von Kollegen, den Sie da oben in der Sitte haben.«

»Ja.« Melander nickte abermals nachdenklich. »Ich habe ja begriffen, dass Sie das alles wissen, weil Sie sozusagen in der Branche sind.« Er ließ sich im Sessel zurücksinken und stützte die Hände auf die Lehnen. »Sie betreiben selber ein Massageinstitut, wenn ich das richtig begriffen habe.«

»Was hat das damit zu tun?« Sie starrte ihn wütend an. »Ist das verboten, oder was?«

Melander schüttelte abwehrend den Kopf.

»So war das nicht gemeint«, erklärte er. »Sie scheinen sehr viel zu wissen. Arbeiten Ihre Freundinnen in derselben Branche?«

»Ja.« Sie schaute ihn mit festem Blick an. »Ich hab ziemlich viel Kontakt zu den Frauen. Wir reden oft darüber. Wir halten es für einen Skandal, dass man nicht seriös arbeiten kann, ohne solche Gangster.«

»Ja.« Melander nickte betrübt. »Das ist nicht gut.«

»Hast du mal den Namen Fahlén gehört?« Melander schaute den Kollegen von der Sitte an.

»Fahlén. Ob ich den Namen Fahlén schon mal gehört habe?« Der Kollege stöhnte und fuhr sich über die Stirn. »Du brauchst mir gar nicht erst zu sagen, mit wem du geredet hast. Mich ruft sie einmal pro Tag an.«

Melander nickte verständnisvoll.

»Aber ist an der Sache was dran?«

Der Kollege zuckte mit den Schultern.

»Ich hab einen Karton mit alten Tipps, wenn dich das interessiert?« Er schaute Melander erwartungsvoll an.

Faulpelz, dachte Melander. »Verwahrst du Tipps in einem Karton?« Er nickte dem anderen freundlich zu.

»Ja Scheiße. Die müssten hier doch irgendwo liegen.« Der Kollege beugte sich vor und wühlte in einem Aktenschrank herum. »Hier«, sagte er triumphierend. »Ich habe es ja gewusst.« Er richtete sich auf und hielt Melander einen braunen, mit Zetteln voll gestopften Schuhkarton hin.

Melander nahm den Karton. Stellte ihn auf den Tisch und stocherte zögernd zwischen den Zetteln herum.

»Kannst du sagen, was das ist«, fragte er.

»Alles«, sagte der Kollege großzügig. »Tipps von den Jungs von der Streife, Tipps, die hier in der Sektion eingelaufen sind, Telefontipps, Briefe, Nuttenverhöre, die wir aus anderen Gründen durchgeführt haben. Alles Mögliche. Aber das meiste ist natürlich ziemlich alt.« Er sah Melander ein wenig verlegen an.

Natürlich ziemlich alt! Melander griff zu einem der Zettel, die er beim Sortieren rechts auf seinen Schreibtisch gelegt hatte. Er datierte vom 16. November 1969. *Sieben Jahre her,* dachte er. Ein anonymer Brief – mit der Maschine geschrieben – und zwar offenbar an den Besitzer eines Hauses in der Danderydsgata in Stockholm.

»Übersende hiermit einen Ausschnitt aus DN, der für ein Bordell wirbt, dem Sie die Räumlichkeiten vermietet haben, was für die Umgebung äußerst störend ist. Dass die Adresse jetzt schon öffentlich bekannt gegeben wird, zeigt, wie weit wir im Verständnis für diesen Dreck gekommen sind. *Ist vielleicht die Miete erhöht worden?*«

Weiter unten auf den Briefbogen hatte jemand – vermutlich der Faulpelz von der Sitte – mit Tinte »Fahlén?« geschrieben.

Melander nahm den nächsten Brief vom Stapel. Auch der war anonym und mit Maschine geschrieben, er war jedoch verhältnismäßig aktuell. Er war an die Kriminalpolizei von Stockholm gerichtet, und es war nicht länger als ein Jahr her, dass er mit dem Datumsstempel der Sitte versehen worden war. *Vielleicht auch besser so, wenn man an den Schuhkarton denkt,* dachte Melander. Die Unlust, die er schon den ganzen Vormittag empfunden hatte, ging jetzt in eine heftige Gereiztheit über. Das spürte er im Magen. Er beugte sich vor und presste den Bauch gegen die Schreibtischkante, während er las. Das verschaffte ihm ein wenig Erleichterung.

»Hab in Expressen gelesen, dass ihr Bordelle schließt. Ich wohne in so einem Bordellhaus. In der Sigtunagata 5. Mein Vermieter heißt John Fallén, aber er nennt sich Fallander, und er betreibt das Bordell hier im Haus, denn da ist er nachts immer. Meine Miete beträgt eigentlich 250, aber ich muss jeden Monat 650 bezahlen (Wucher!), und es gibt keine Wartung, aber jede Menge Kerle, die schwanzwedelnd im Treppenhaus herumlungern.«

Melander seufzte und notierte auf seinem Block – Sigtunagata 5.
Er rieb den Bauch an der Schreibtischkante und las weiter.

»Die Mieter wissen nicht, ob er Fallen oder Fallander heißt, aber man muss ja wohl feststellen können, wie er das Haus gekauft hat, denn der alte Besitzer sagt, dass seine Schwester das Haus gekauft hat, aber wenn man da anruft, dann sagt sie, dass sie nicht mal weiß, wo die Sigtunagata liegt. Er kassiert die Miete wohl unter fremdem Namen, um dafür keine Steuern bezahlen zu müssen. Fragen Sie mal hier im Haus, dann werden Sie schon sehen. Als ich eine Wohnung suchte, wurden mir von Fallin in der ganzen Stadt Mieten zu Wucherpreisen angeboten, und Strohmänner hat er offenbar auch.«

Melander schrieb eine weitere Notiz auf seinen Block. »Decknamen?« Daneben schrieb er »Strohmänner?« Und las weiter.

»Dieser Fallén hatte Wucherwohnungen in der Dalagata 42 samt Bordell
  Sigtunagata 7 und Massageinstitut
  Tegnérgata 13 und Bordell
  Hagagata 53 Bordell und schwarze Wohnungen
  Karlsbergsväg 33 (kein Bordell, seltsam?)
  Vattenledningsväg 25–27
  Vattenlägningsväg 40 Bordell und jede Menge Untervermietungen

Maria Prästgårdsgata 27 schwarze Wohnungen und Bordell
Außerdem hatte er noch viele andere Wohnungen.«

Melander ließ sich im Sessel zurücksinken. Jetzt spürte er in seinem Magen etwas anderes. Er kritzelte die Adressen auf seinen Block. *Acht*. Bisher hatte er bereits drei, möglicherweise vier. Das machte zwölf. Er rieb sich das Kinn. Nach drei Stunden Arbeit.

Zwei Stunden drauf hatte Melander den Inhalt des Schuhkartons durchgesehen. Der fand sich auf drei voll beschriebenen Seiten in seinem Block wieder. Eine Seite mit Adressen – insgesamt an die dreißig Adressen in Stockholm. Das nächste Blatt verzeichnete Namen. Verschiedene Namen, die Fahlén benutzte – falls er denn Fahlén hieß –, und Namen von Personen, die in Verbindung mit ihm genannt worden waren.

Auf dem dritten Blatt wurden die Konsequenzen aus dem Inhalt des Schuhkartons gezogen. Eine Anzahl von Punkten, die seinen Schlachtplan ergeben sollten.

(1) Fahlén
Vollständiger Name, Personenkennnummer und Adressen, derzeitige und frühere
Gibt es eine Akte über Fahlén? Registerauszüge? Seine finanzielle Situation? Zivilrechtliche Umstände? Sonstige Kontakte? Fotos?
(2) Bordelladressen
Für Adressen zurückgehen bis 69 (Anzeigen in DN, Streife), Mietverträge, Hausbesitzer, eventuelle Überlassung von Wohnungen (Wohnungsregister, Einwohnermeldeämter)
(3) Die Frauen an den Adressen
Namen, Personenkennnummern, alle Angaben, Kontakt zu Fahlén

(4) Sonstige Personen mit Verbindung zu seiner Tätigkeit
Hausbesitzer, Strohmänner, Wohnungsinhaber, Makler.
Vollständige Angaben

Dann ließ er sich im Sessel zurücksinken. Seine Magenschmerzen hatten jetzt nachgelassen. Angewidert musterte er die Papierstapel auf seinem Schreibtisch. *Faulpelz*, dachte er und wählte eine Nummer auf dem Haustelefon.

»Ja.« Das war seine Schreibkraft und sein »Mädchen für alles«. Die Frau in seinem Polizistenleben. Er hatte sie aus der Betrugssektion mitgebracht.

Das war eine Voraussetzung dafür gewesen, dass er diesen Auftrag angenommen hatte.

»Kannst du mal zu mir kommen? Und zwar sofort?«

»Sicher.« Sie klang so gelassen wie immer.

Nettes Mädchen, dachte Melander voller Wärme.

»Ich brauche so schnell wie möglich Folgendes aus dem Magazin.« Er sah die Frau in der Tür an. »Zehn Aktenordner.« Er nickte mit angewiderter Miene zu dem Stapel auf dem Schreibtisch hinüber. »Drei Kartons und fünfhundert Karteikarten.«

»Große oder kleine Kartons«, fragte die Frau.

»Drei große.« *Das gibt ganz schön viel Schreibarbeit*, dachte er.

»Groß.« Sie notierte.

»Und wenn wir dann ein Verzeichnis anlegen könnten.« Wieder nickte er zu dem Papierstapel hinüber. »Und wenn du die Streife anrufen und sie bitten könntest herzukommen. Umgehend.« Er schaute sie mit energischem Blick an. *Das war für den Moment alles*, dachte er. Wieder nickte er ihr zu.

»Da hat jemand angerufen.« Sie blieb in der Tür stehen.

»Ja?«

»Der Ombudsmann vom Mieterverband. Er hat in den

letzten Jahren eine Liste über Bordelle in Stockholm angelegt. Wem die Häuser gehören, Adressen und so. Er will mit dir reden. Er sagt, er hat an die zweihundert Adressen.«

»Was sagst du da?« Melander musterte sie beifällig. »Sag ihm, dass er sofort herkommen soll. Mit allem, was er hat. Er ist herzlich willkommen.«

»Er kann sich also die Zeit aussuchen?« Sie blickte ihn fragend an.

Melander nickte.

»Und noch eins. Kannst du das hier in alte Ordner einsortieren? Nicht in solche neuen aus Plastik. Die alten sind besser.«

»Wird gemacht«, sagte sie. »Alte Ordner.«

Und jetzt zu dir, Fahlén. Melander betrachtete den Papierstapel auf dem Schreibtisch. Jetzt nimm dich in Acht.

XIX

Im Grunde braucht man nur ein wenig Ordnungssinn. Melander betrachtete zufrieden die vielen Ordner – alle von der alten Sorte – in seinem Bücherregal. *Die Kartothek sieht auch gut aus*, dachte er. Sie stand im Regal darunter, vier prall gefüllte Kästen. Einer mit Adressen: Massageinstitute, Peepshows und das, was er als »pure Bordelle« bezeichnete. Ein weiterer Kasten für die in die Sache verwickelten Personen: Hausbesitzer, Hausverwalter, Fahlén selbst, Strohmänner und seine vielen möglichen und tatsächlichen Helfer. Dann gab es noch einen Kasten, dessen Inhalt ein wenig brisant war. Er enthielt nämlich Namen, Personenkennnummern, Adressen und andere Informationen über die Frauen, die an den im ersten Kasten gespeicherten Adressen arbeiteten.

Es war verboten, Register über Prostituierte anzulegen. Das hatte er sich besser noch mal in der juristischen Abteilung bestätigen lassen. An sich brauchte ihn das als Person Gösta Melander nicht daran zu hindern, ein solches Register zu führen, zum Beispiel in seiner Wohnung. Aber der Staatsdiener Gösta Melander, der Kriminalkommissar Gösta Melander von der Stockholmer Polizei, durfte das nicht. Schon gar nicht in seinem Dienstraum, denn da könnte es jemand »Unbefugtes« finden. Aber er brauchte es, er musste ein solches Register haben, um seine Ermittlungen durchführen zu können.

Der Leiter der juristischen Abteilung hatte sich ausführlich über diesen Sachverhalt verbreitet und zu Norstedts Sammlung von Gesetzestexten, dem Kommentar zum Datenschutzgesetz und den Vorschriften für den Schutz der Privatsphäre gegriffen. Am Ende glaubte er, eine Lösung gefunden zu haben, und Melander wurde sein Arbeitsmaterial zugestanden. Die Informationen – auch die ganz privaten –, die er brauchte, um die Voruntersuchung gegen Fahlén u. a. (Verdacht auf schwere Kuppelei u. ä.) durchführen zu können, waren als »Arbeitsmaterial« zu betrachten.

»Vielen Dank. Ganz herzlichen Dank.« Melander bedachte sein Gegenüber mit einem warmen Blick aus seinen hellen blauen Augen und kehrte dann in sein Arbeitszimmer zurück. Dort änderte er das Etikett auf dem betreffenden Karton – von »reg. prost. massinst. etc.« zu »arb. mtrl. div.« – und katalogisierte dann wie bisher nach Vornamen. Warum hätte er das auch nicht tun sollen? Die Gründe für die Voruntersuchungen und die Gesetzeslage – laut der entsprechenden Passagen – gaben ihm jedes Recht dazu.

Und der vierte Karton? Hatte auch der einen zweifelhaften Inhalt? Vermutlich nicht. Darin befand sich nämlich »Diverses«: Personen, die vielleicht Tipps geben könnten, dann bereits eingegangene Tipps, Privatadressen, Autonummern und anderes.

Aber Ordnungssinn allein war natürlich nicht genug. Melander lächelte, als er an die übertriebenen Ambitionen dachte, mit denen er an diese Ermittlung herangegangen war. Ganz zu Anfang hatte er eine vollständige Übersicht über die gesamte Branche erarbeiten wollen: *die Massageindustrie.*

Wie alt mochte diese Industrie sein? Prostitution in festen Räumlichkeiten, aber maskiert als etwas anderes: Peepshows, Massage und anderes? Dass so etwas nicht ganz neu war, hatte der Inhalt des Schuhkartons gezeigt.

Als alter Polizist machte er das einzig Vernünftige. Er wandte sich an die höchste Instanz. Seit 1965 war das die Landespolizeileitung, die zuständig war für die Polizei, und aus den Gesetzen – den Vorschriften für die Landespolizeileitung – ging unter anderem hervor, dass die Leitung den verschiedenen Dienststellen mit »Rat und Anweisungen« beiseite stehen soll.

Und ich bin bei einer der verschiedenen Dienststellen, dachte Melander. Er wählte die Nummer der Leitung, und nach einer Weile hatte er auch den betreffenden Fachmann an der Strippe. Einen ehemaligen Kriminalermittler, der für die Polizeileitung besondere Untersuchungen betreute.

Melander kannte diesen Mann sehr gut. Er war zwar für seine nicht immer konventionelle Ausdrucksweise bekannt, aber er genoss einen guten Ruf; er galt als freundlich und hilfsbereit und angenehm kompetent.

Außerdem war er mit allerlei staatlichen Untersuchungen befasst und schnappte dabei so einiges auf.

»Wie lange es hier in der Stadt schon Massageinstitute gibt?« Die Stimme ließ annehmen, dass hier eine Autorität scharf nachdachte. Das konnte er immerhin hören.

»Ja«, bestätigte Melander vorsichtig. »Hast du da irgendeine Ahnung?«

»Ahnung?« Jetzt war die Autorität verletzt. »Melander, du redest mit einem Experten. Weißt du nicht, dass ich der Sachverständige der Prostitutionsermittlung bin? Was ich über die Nuttenszene nicht weiß, kannst du nicht mal in den miesesten Pornoblättern lesen.«

»Ja«, log Melander. »Deshalb rufe ich doch an.«

»Ja, ja.« Jetzt schien er besänftigt. »Das geht zurück bis 66, 67 ungefähr. Damals fingen sie an, in den Zeitungen zu annoncieren, und die alten klassischen Fußpflegesalons ließen ihre Maske fallen und traten offener auf. Das muss die Hölle gewesen sein.« Die Stimme lachte zufrieden. »Bei all den Trotteln, die einfach nur ihre Warzen weghaben wollten.«

»Ja«, sagte Melander neutral. »Leicht war das sicher nicht.«

»Leicht«, schnaubte die Stimme. »Nein, zum Teufel. Denk an die vielen Trottel mit eingewachsenen Nägeln und Hühneraugen, denen in den Schritt gegriffen wurde. Sind bei euch denn niemals Anzeigen solcher Art eingegangen?« Jetzt fragte der Experte. Vermutlich, um seine Kenntnisse zu vertiefen.

»Nicht dass ich wüsste«, antwortete Melander wahrheitsgemäß. Er war bis 1966 in der Ausländersektion mit Visafragen beschäftigt gewesen und war ganz ehrlich.

»Also, seit 66, 67 ungefähr. Wenn von Stockholm die Rede ist, meine ich. Zwei Jahre später in den anderen Landesteilen. Das hing zusammen mit der sexuellen Befreiung und allem.« Jetzt wurde eine Vorlesung daraus.

»Hast du eine Idee, wie ich mir die Adressen dieser Institute besorgen kann?«, unterbrach Melander ihn mit einer keimenden Hoffnung im Hinterkopf.

»Ja verdammt.« Die Stimme schien ihrer Sache sicher zu sein, und Melander merkte, wie seine Hoffnung wuchs. »DN. Da gibt's die Nuttenadressen. Von denen in Stockholm und auch aus den umliegenden Orten. Bis solche Anzeigen im Februar 73 verboten wurden... als die Tageszeitungen keine unverhohlenen Nuttenannoncen mehr brachten... vorher waren die vor allem in DN. Verdammt viele Annoncen. Die Pornozeitschriften kamen erst später dazu. Nach dem Verbot.«

»Und die alten Jahrgänge werden bei DN natürlich aufbewahrt«, fragte Melander.

»Versuch's besser in der KB. Geh in die KB, die Königliche Bibliothek, meine ich, die liegt in Humlegården«, erklärte er. »Du kannst von mir grüßen, wenn man irgendwelche Fragen stellt. Sag, dass du für mich arbeitest. Sesam

Melander, sozusagen. Die haben alles auf Mikrofilm. Viel besser, als bei DN zu sitzen und in alten Bänden zu wühlen.«
»KB, Mikrofilm«, fasste Melander zusammen.
»Wie weit zurück willst du gehen?«
»Ich will alle Adressen aus den Siebzigerjahren.« Melander hörte sich stolz an, als er das sagte, es hatte ihn doch ein wenig verletzt, dass er sich vielleicht auf einen anderen würde berufen müssen.

Am anderen Ende der Leitung war es still. *Das hat gesessen*, dachte Melander.

»Die ganzen Siebzigerjahre?« Jetzt klang er beeindruckt.

Warum lacht er denn bloß so, dachte Melander, als er den Hörer auflegte.

Das hatte er am nächsten Tag begriffen. Als er in einem kleinen Zimmer im Keller der Königlichen Bibliothek saß und seinen Mikrofilm über den Bildschirm laufen ließ.

Es gab hunderte von Anzeigen. Bis zum Februar 1973 – als das verboten worden war – hatte es in DN an jedem Werktag an die hundertfünfzig Anzeigen für Massage und Ähnliches gegeben. An den Wochenenden waren es weniger – etwa fünfzig –, aber Melander ging rasch auf, dass es sich bis Februar 73 um tausende von Adressen handelte. Keine hatte nämlich lange am selben Ort gearbeitet, oft hatten sie es nur wenige Wochen ausgehalten. Das entnahm er den Adressen – wenn welche angegeben waren – und den Telefonnummern. Nur selten tauchte eine Adresse oder eine Telefonnummer über mehrere Monate hinweg auf.

Aber nach dem Februar 1973 sank das Anzeigenaufkommen sehr rasch. Es schrumpfte auf zwanzig bis dreißig pro Tag. Ungefähr diesen Umfang hatte es noch heute. Die Rubrik »Vorführung« war ebenfalls verschwunden. Jetzt war nur noch die Rede von Massage – »Gesundheits- und Körperpflege. Ausgebildete Masseuse.«

Jetzt begriff Melander. Schon nach einer Stunde machte er sich keine Notizen mehr, sondern bestellte sich Zeitungen mit jeweils einem Monat Zwischenraum.

Pornozeitschriften, dachte er. Wo sie nach dem Stopp bei den Tageszeitungen mit Annoncen angefangen haben. Wie soll ich die denn auch noch lesen? Sich einen kompletten Überblick zu verschaffen, war unmöglich. Das wusste er jetzt.

Ich muss irgendwie aussieben, dachte Melander. Nach einem praktischen System. Ein solches entwickelte er denn auch bald. Zuerst beschränkte er sich auf die aktuellen Etablissements. Die fand er in den Anzeigen der Tagespresse – zu seiner Überraschung stellte er fest, dass sogar das seriöse Svenska Dagbladet Massageanzeigen brachte –, aber noch einfacher durch die Fachpresse; Kontakt- und Sexguide, Kontaktjournal, Treff und wie sie alle hießen.

Die neuesten Anzeigen waren klar und schlicht formuliert: »MONIKA, jung, schön, temperamentvoll, mit großen Brüsten, leistet jeden Sexservice in angenehmer Umgebung.« In DN dagegen war sie zurückhaltender: »Massage in ruhiger, entspannter Umgebung.« Die Telefonnummer aber war dieselbe. Monika auch. Nur hieß sie anders. Das fand die Streife für ihn heraus.

Die Streife, ja. Eine ideale Aufgabe für die Streife. Alle Adressentipps, die einliefen, konnte die Streife kontrollieren. Wie auch alle alten Tipps, die sich als zuverlässig erwiesen. Zuerst suchten sie die angegebene Adresse auf und stellten fest, was dort vor sich ging. Klarheit darüber konnten sie sich in der Regel bereits auf der Straße verschaffen. Es reichte, im Auto zu sitzen und zuzusehen, wer bei der aktuellen Adresse ins Haus ging. Schlimmstenfalls mussten die Polizisten selber den Kunden spielen. Falls sie die Frauen, die dort arbeiteten, nicht kannten, natürlich nur.

Denn dann konnten sie ganz offen vorgehen: »Na, wie geht's denn so, Schatz?«

Die inneren Ermittlungen übernahm er selbst. In der Regel hatte er dann nur eine Telefonnummer. Teilnehmerin und Adresse bekam er von der Auskunft. Die Frauen wurden dann der Streife gemeldet. Melander kümmerte sich um die Räumlichkeiten. Er wurde ein treuer Besucher des Wohnungsregisters: Wem gehört das Haus? Wie sahen Kaufvertrag und Kaufsumme aus? Wer hatte für das Haus als Bürgschaft Geld verliehen? Dann kam das Einwohnermeldeamt an die Reihe. Wohnte in der Wohnung irgendwer? Auf wen war der Mietvertrag ausgestellt? Und wenn diese Angaben fehlten – was gar zu oft der Fall war –, dann war abermals die Streife gefragt.

Ach ja, dachte Melander, als er seine Listen von Adressen und Hausbesitzern sah. *Die sind wirklich vom Schicksal hart geschlagen.* Die vielen alten Klassiker: Nike, Mälardrott, Åkerlund und Brauner, Widerstöm, Flenshammar, Holger Jahnzon und die armen Brüder Pethrus. Um nur einige zu nennen.

Melander schüttelte sein graues Haupt. Schrieb, archivierte und schickte der Streife kleine Zettel.

»Fahlén«, schrieb er. »Ich brauch alles über *Fahlén*, Johan Riisto, geboren 15. 2. 40.« Die Personenkennnummer hatte er selbst ermittelt. Auch das hatte keinen besonderen Spürsinn erfordert. Fahlén hatte nämlich im Zentralregister einen eigenen Ordner. Er hatte sogar Mitte der Sechzigerjahre eine kürzere Haftstrafe abgesessen. Aber danach schien er sich in Luft aufgelöst zu haben.

XX

Pünktlich wie die Uhr, dachte Molin und schaute auf seine Armbanduhr. Viertel nach zwölf in der Nacht, stockfinster und nicht eine Katze unterwegs.

Er krümmte sich auf dem Rücksitz des Ford ein wenig zusammen, damit der Mann ihn nicht sehen konnte. In letzter Zeit war er wachsamer als zu Anfang. *Vielleicht ahnte er, dass etwas am Laufen war?*

Jetzt blieb er im Hauseingang stehen. Dunkler Hut und dunkelblauer Mantel, wie meistens. *Und darunter BH und Spitzenhöschen,* dachte Molin grinsend. Von dieser Angewohnheit hatten ihm einige der Frauen erzählt.

Die Straße war immer noch leer. Einige wenige Autos am Kantstein und eine Straßenlaterne, die für jeden Taschendieb die pure Freude sein musste. Trotzdem schaute er sich genau um, ehe er die Tür öffnete und im Haus verschwand.

Molin drückte auf das Walkie-Talkie, das er in der rechten Hand hielt. »Jetzt kommt er. Hörst du mich?« – »Uhu«, knarrte der Walkie-Talkie.

Jarnebring hatte einen hervorragenden Aussichtspunkt gefunden. Einen der allerbesten in seiner ganzen Zeit bei der Streife. Er stand im Treppenhaus zwei Treppen hoch. Fünfzehn Meter schräg unter ihm lag das kleine Atelier. Ein Zimmer und Küche, Erdgeschoss. Beide Fenster zum Hof.

Früher an diesem Tag hatte er die Frau, die dort arbeitete, gebeten, den Vorhang vor dem Küchenfenster zu öffnen, »damit wir vielleicht ein Foto von deinem Vermieter machen können«. Das hatte sie versprochen, und sie hatte ihr Versprechen gehalten. *Sie scheint Fahlén ja nicht gerade zu lieben*, dachte Jarnebring düster.

Als sie ging, hatte sie in der Diele das Licht brennen lassen. Das hatte sie mit Fahlén so abgemacht. Der nahm das sehr genau. Das Dielenlicht hatte zu brennen.

Aber Jarnebring wollte es dunkel. Deshalb hatte er die Birne aus der Treppenhauslampe herausgedreht.

Die Tür zwischen Küche und Diele stand halb offen, und Jarnebring sah genau, was er sehen musste: den Küchentisch vor dem Fenster, den Aschenbecher mitten auf dem Tisch und die Hunderter, die unter dem Aschenbecher lagen.

Fünf Stück sollten es sein. Die Miete für die vergangene Woche. Die für Fahlén, genauer gesagt, nicht jene, die sie dem Hausbesitzer bezahlte.

Fahlén behielt den Hut auf, als er die Küche betrat, aber immerhin besaß er die Freundlichkeit, das Deckenlicht einzuschalten.

Er blieb gleich vor der Tür stehen und schaute sich wachsam um. Dann nahm er den Hut ab und legte ihn links neben sich auf den Spülstein.

Hervorragend, dachte Jarnebring. Er hielt bereits seine NIKON mit dem Teleobjektiv hoch, und es war leicht genug, das schmale, wachsame Gesicht in den Sucher zu holen.

Tschack, tschack, tschack, machte es. Drei schöne nächtliche Bilder von Johan Riisto Fahlén in der Küche eines Ateliers in der Brännkyrkagata auf Söder.

Jetzt stand er am Küchentisch. Zog die Hunderter unter dem Aschenbecher hervor und zählte sie genau durch, ehe er sie in seiner Jackentasche verstaute.

Scheißkrämerseele. Jarnebring hatte sein Motiv noch immer im Sucher und die Kamera war ununterbrochen am Werk.

Tschack, tschack, tschack...

»Armer Tropf.« Melander schüttelte mitleidig den Kopf und hielt eine der Vergrößerungen ins Licht. »Hast du die in der Brännkyrkogata gemacht?«

Jarnebring nickte. Er saß auf dem Schreibtisch und reichte Melander die Bilder. Eins nach dem anderen, denn es waren gute Bilder, die genaues Hinsehen verdienten.

»Ich will nicht fragen, wie du das geschafft hast.« Melander lächelte Jarnebring freundlich an. »Aber ich danke dir. Ich danke dir sehr. Ich habe zwar gesagt, ich will alles über Fahlén, aber dass ich auch Illustrationen bekomme... noch dazu von seinem Arbeitsplatz!« Er musterte die Bilder auf dem Schreibtisch entzückt.

Alles über Fahlén, noch dazu mit Illustrationen. Und schnell war es außerdem gegangen.

Johan Riisto Fahlén war 1940 geboren. Eins von zwei Kindern, aufgewachsen in einer Mittelklassefamilie in Stockholm. Einer Familie, die zumindest auf dem Papier recht nett aussah.

Seiner einige Jahre jüngeren Schwester war es im Leben gut ergangen, ihm selbst nicht. Und das hatte schon früh angefangen. Die ersten Eintragungen in seiner Akte bezogen sich auf Vorkommnisse, die von der Polizei ans Jugendamt weitergereicht worden waren.

1965 war er erstmals zu Gefängnis verurteilt worden. Einige Monate für schweren Diebstahl, Hehlerei und Betrügereien. Im folgenden Jahr fiel ein weiteres Urteil. Diesmal ging es auch um Kuppelei. Seine damalige Freundin hatte ihn angezeigt. Sie war zwar einige Jahre auf den Strich gegangen – und zwar schon lange, ehe sie mit Johan Riisto zusammengezogen war –, aber sie hatte sein Gequengel um Geld satt gehabt, dazu seine vielen Drohungen und seine unbeholfenen Versuche, sie zu misshandeln. Dass er zu viel trank – noch dazu von ihrem Geld –, machte die Sache nicht besser. Deshalb zeigte sie ihn an. Sie hatte ihn satt und wollte ihn loswerden.

Zusammen mit seinen übrigen Sünden, die eher von der normalen Sorte waren, reichte das, um ihn für ein Jahr und sechs Monate hinter Gitter zu schicken.

Auf diese Weise war es dann bis 1969 weitergegangen. Danach waren neue Verbrechen ins Spiel gekommen. Miet- und Wohnungsbetrug. Fahlén verkaufte schwarze Wohnungen und vermietete selber. Leider ohne Wohnungen zu haben, deshalb die Anzeigen. Als er sich zu seinem Berufswechsel äußern sollte, war er unauffindbar. Dem Einwohnermeldeamt zufolge war er nach Westberlin übergesiedelt. Die Anzeigen gegen ihn wurden daraufhin abgeschrieben. Sie waren nicht schwerwiegend genug, um aufrecht erhalten zu werden, und seit 1970 war es still um ihn gewesen. Abgesehen von einzelnen Tipps, die in einem Schuhkarton oben in der Sitte landeten.

Das alles ergab das Bild eines typischen kleinen Gauners: ungeschickt geplante Diebstähle, dilettantische Betrügereien und frühe Alkoholprobleme. Eine Person ohne feste Adresse, auf ewiger Flucht vor dem Gerichtsvollzieher, da nie Steuern und Alimente bezahlt worden waren.

Aber um 1970 muss dann etwas passiert sein, denn nun taucht in Melanders Ordnern und Karteikarten ein ganz anderer Fahlén auf: *der Bordellkönig.*

Fahlén war niemals nach Westberlin gegangen. Das hatte Melander über Interpol und bundesdeutsche Polizei in Erfahrung bringen können.

Dem Bewohner der von Fahlén angegebenen Berliner

Adresse war dieser im Sommer 1968 bei einem einwöchigen Aufenthalt in Berlin begegnet. Ungefähr ein Jahr darauf hatte Fahlén ihm geschrieben und gefragt, ob er seine Adresse benutzen dürfe. Durfte er, und bald landeten die Inkassobriefe des Gerichtsvollziehers im Briefkasten in der Heisenbergstraße 8 c.

Der Berliner türmte sie aufeinander. Als der Turm beunruhigend groß wurde, schrieb er seinem schwedischen Bekannten und bat um Instruktionen. »Schmeiß den Scheiß weg«, war die Antwort, und das hatte er gemacht.

Fahlén wohnte noch immer in Stockholm und war aus ganz anderen Gründen aus den Polizeiregistern verschwunden. Fahlén hatte seinen alten Tätigkeitsbereich verlassen. Er bestahl andere Menschen jetzt nicht mehr direkt und betrog nicht mehr seine Bekannten. Nicht mehr auf diese alte Rosstäuschertour. Stattdessen wurde er Immobilienmakler. Zwar einer von der allerschwärzesten Sorte, aber es reichte doch aus, um dem Polizeigebäude auf Kungsholmen aus den Augen zu verschwinden.

Jetzt verkaufte Fahlén schwarze Wohnungen, andere vermietete er. Ganz echt. An ganz normale Menschen, die irgendwo wohnen mussten, und an Prostituierte, die Räumlichkeiten für ihre Tätigkeit brauchten. Und aus letzterem Teil seiner geschäftlichen Aktivitäten sollte sich ihm der Strick drehen.

Aber woher nahm er diese Wohnungen?

Melanders ausgedehnter Besuch beim Wohnungsregister hatte gute Ergebnisse erbracht. Aus irgendeinem Grund schien Fahlén freien Zugang zu vielen der Hausbesitzer zu haben, über die in Wohnraumreportagen der Hauptstadt nur allzu oft berichtet wurde – so sah das Melander, und das hatte nichts mit den Artikeln als solchen zu tun.

Dass Fahléns Tätigkeit nicht rein humanitären Motiven

entsprang, hatte er auch begriffen. 1972 hatte sich der ehemalige Kleingauner Fahlén nämlich selbst als Hausbesitzer etabliert.

Seine erste Mietwohnung hatte er von seiner Schwester kaufen und auf deren Namen eintragen lassen. Ganz offenbar hatte er so viel zu tun, dass er vergessen hatte, sie von diesem Umstand in Kenntnis zu setzen. Sie wusste auch nicht, dass die Mieten an seine eigene Postfachadresse bezahlt wurden.

Die nächste Wohnung gehörte einer Wohnungsgenossenschaft, bei der er und seine neue Verlobte Teilhaber waren. Auch dort hatte er offenbar alle Hände voll zu tun gehabt. Als er die entsprechenden Verträge unterzeichnet hatte, war nämlich glatt sein Namen unter den Tisch gefallen.

Risto Fahlman, las Melander mit hochgezogenen Augenbrauen. Er stöhnte leise, fuhr sich mit der Hand durch die Haare, drückte den Bauch gegen die Schreibtischkante und las weiter.

Ungefähr zu dem Zeitpunkt, als Fahlén Wohnungsbesitzer geworden war, hatte er gute Kontakte zu zwei seiner Kollegen aus der Branche etabliert. Beides Melander durchaus vertraute Namen.

Der eine, ein minderer Hausbesitzer, dessen Name praktischerweise mit M begann, war ihm aus seiner Zeit in der Betrugssektion bekannt. M. hatte sich 1972 als Hausbesitzer hervorgetan, und jetzt, sechs Jahre später, besaß er im Großraum Stockholm ungefähr ein Dutzend Mietshäuser.

Früher hatten er und Fahlén zusammen ein Haus besessen. Außerdem hatten sie sich gegenseitig Häuser verkauft.

Fahléns Geschäftspartner war eine fixe Größe bei den verschiedenen Mieterorganisationen und auch in der Betrugssektion; schwarze Wohnungsübertragungen, Wuchermieten, heimliche Umwandlung in Büros, illegale Untervermietung und Verwahrlosung der Häuser.

Dazu Massageinstitute, Stripteaseateliers, Spiel- und Schnapsclubs.

So gut es ging, versuchte er, seine Schwächen als Hausbesitzer durch ein kleidsames Schweigen zu kompensieren. Er war unantreffbar, kam Vorladungen nicht nach und reagierte weder auf amtliche Schreiben noch auf normale Briefe. Am Ende ließ er sich auf den Kanarischen Inseln nieder, und nicht einmal die Androhung von Zwangsvollstreckung konnte ihm eine Reaktion entlocken.

Melander seufzte und las weiter. Jetzt wurde es nämlich interessant. Interessant für die Polizei in dem Sinne, den die Zeitungen neuerdings herausschrien: Wirtschaftsvergehen.

Fahléns zweiter Kontakt war einer der allergrößten Hausbesitzer in der Stadt. Zumindest war er das bis 1972. In diesem Jahr hatte er nämlich fast alle seine Immobilien abgestoßen.

Melander kannte auch ihn sehr gut. Er hatte über ihn in den Zeitungen gelesen, und seinen Nachnamen konnte man sich leicht merken – S für substantiell.

Bis 1972 hatte S. etliche Häuser besessen. Den besseren Bestand hatte er für etliche Dutzend Millionen an die kommunale Wohnungsgenossenschaft verkauft. Die weniger attraktiven Häuser – solche, die in der Branchensprache als »Reisigbesen« bezeichnet wurden – hatte er aus irgendeinem Grund M. überlassen.

Danach hatte er sich logischerweise im Ausland »angesiedelt«, behielt aber sicherheitshalber seine Wohnung im Zentrum von Stockholm und sein Büro auf Östermalm.

Melander fand vor allem den Verkauf der Reisigbesen interessant.

Warum ausgerechnet M.? 1972 hatte der ein Jahreseinkommen von elftausend Kronen gemeldet. Weitere Einkünfte, Vermögen oder Grundbesitz hatte er angeblich nicht.

Seinen eigenen Angaben zufolge war er ein einfacher Malocher, nach Melanders Ansicht wirkte er ziemlich trübe.

Ihm hatte S. Häuser mit einem Schätzwert von mehreren Millionen verkauft. Ohne beim Verkauf auch nur eine Krone in bar zu erhalten. M. erhielt die Wohnungen und übernahm die Hypotheken. S. nahm neue Darlehen auf und ließ sie als Sicherheit für die von M. ausgestellten Wechsel stehen. Das Darlehen war sozusagen die Anzahlung auf die Häuser. Häuser gegen Darlehen mit Sicherheit durch Hypotheken auf dieselben Häuser. Nicht eine einzige Krone in bar. Das war die ganze Geschichte, und Melander fand sie ungeheuer interessant. *Aber ein dummes Geschäft war das sicher nicht.* Dass M. das Richtige getan hatte, entnahm Melander den Papierstapeln, die sich bei den Mietervereinen und bei der Kriminalpolizei angesammelt hatten. Und S. war für seine Reisigbesen wirklich gut bezahlt worden.

Es gab einen Zusammenhang zwischen Fahlén und M. Es gab einen Zusammenhang zwischen M. und S. Es gab einen Zusammenhang zwischen Fahlén und S.

Interessante Zusammenhänge, dachte Melander.

Zuerst die rein geschäftlichen Verbindungen. Ein großer Teil der Wohnungen, die Fahlén vermietet oder anderen überlassen hatte, lag in Häusern, die entweder noch S. gehörten oder die von ihm an M. verkauft worden waren. *Ein unerklärlich großer Teil.* Das konnte kein Zufall sein, fand Melander und las weiter.

Fahlén hatte ein Büro gehabt. Ein diskretes Büro in der Kommendörsgata. Ohne Schild an der Tür und dem Begriff »Büro in der Tasche« so nah, wie man ihm nur kommen konnte, wenn man trotzdem ein Dach über dem Kopf haben wollte. Und nicht irgendein Dach. Sondern ein teures Bürohaus, das *Mieterfreund S.* gehörte, wie Melander dachte, als er den Mietvertrag las, in dem S. der Firma eines gewissen J. Fallander ein Büro überließ.

Fahlén hatte ein Sommerhaus in Südschweden. Aus irgendeinem Grund war er nur für die Hälfte als Besitzer eingetragen. Die andere Hälfte gehörte S. *Ein reines Sommerhaus*, dachte Melander. Warum?

Also gab es Verbindungen zwischen den dreien – M., S. und Fahlén. Zwar überaus verwickelte, aber doch interessante. Einkünfte, Schuldverschreibungen, gemeinsame Unternehmungen und Abmachungen, Kauf und Verkauf, kreuz und quer in allen denkbaren Konstellationen.

Als Melander bei seinem Versuch, sich einen Überblick über Fahléns Geschäfte zu verschaffen, so weit gekommen war, ahnte er langsam, was Sache war. Und dass das eigentlich nicht so viel mit Fahlén zu tun hatte.

Fahlén vermietete und verkaufte Wohnungen an Prostituierte. Wenn er das Geld nicht auf einmal bekommen konnte, dann kassierte er nach und nach. Die normale Miete für die Wohnungen lag zwischen fünfzig und hundert Kronen pro Tag und pro Frau. In den Verträgen legte Fahlén eine beeindruckende Erfindungsgabe an den Tag. Vor allem wenn es um Varianten seines eigenen Namens ging. Wenn es um Geld ging, war er noch immer der Alte. Und daraus sollte sich ihm der Strick drehen.

Die Frauen redeten über ihn. Nicht alle, aber hinreichend viele.

Sie erzählten interessante Dinge. Er war Kunde bei ihnen. Er trug gern Frauenkleider. Psychologisch interessant. Für die Polizei nicht von Belang.

Sie hinterlegten die Miete im Atelier, ehe sie nach Hause gingen. Am nächsten Morgen war das Geld verschwunden. Fahlén holte es über Nacht. Eine Frau hatte einmal Überstunden gemacht und war fast mit ihm zusammengestoßen, als sie spätabends das Atelier verlassen hatte. Interessant. Für die Polizei von höchstem Belang. Vor allem wenn man Zeit und Ort kannte. Beides kannte man.

Innerhalb einer Woche wusste man alles über Fahlén. Er tauchte in der ersten Nacht wie versprochen auf. Die Polizei folgte ihm, als er zu seinen diversen Adressen fuhr, um abzukassieren. Danach folgten sie ihm nach Hause. Zu dem Haus auf Värmdö, das auf den Namen der neuen Verlobten registriert war. Wie das Auto, mit dem er fuhr. Und dann war die Sache erledigt.

Derselbe alte kleine Gauner, dachte Melander, als er die erste Aktennotiz der Streife las, und plötzlich hatte er überhaupt keine Magenschmerzen mehr.

XXI

Man braucht eigentlich nur ein wenig Genauigkeit, dachte Melander. Und Arbeit natürlich. Nicht wenig, sondern viel. Jede Menge Arbeit.

Am frühen Morgen des 1. Oktober schlugen sie zu. Nahmen Fahlén samt seiner Verlobten fest, durchsuchten die Wohnung, das Sommerhaus und das Büro. Auf diese Weise änderte die Ermittlung natürlich ihren Charakter. Aus natürlichen Gründen wurde die telefonische Überwachung eingestellt. Auch wurden Räumlichkeiten und Personen nicht mehr beschattet. Jetzt hatte man anderes zu tun.

Man musste alles beschlagnahmte Material durchgehen. Alle Blätter, Haufen, Berge von Papier. Papiere, die sich nicht in zwei Kartons unterbringen ließen wie im Fall Kataryna, sondern die in einem voll beladenen Postwagen, den man bei einer Speditionsfirma ausgeliehen hatte, auf die Wache geschafft worden waren. Papiere, die einen ganzen Raum auf dem Gang füllten, wo Melander sein Büro hatte: Wohnungsverträge, Grundbriefe, Mietverträge, mehr oder weniger mangelhafte Buchführungen und Abrechnungen, haufenweise Postanweisungen, Briefe, Quittungen, Notiz- und Adressbücher. Papiere von mehr oder weniger geschäftlichem Charakter.

Das war der erste Schritt in der neuen Arbeit. Die Papierhaufen durchgehen, sortieren, deuten und systematisieren.

Um möglicherweise den gesuchten Beweis dafür zu finden, dass Fahlén und die übrigen Betroffenen schuldig waren.

Danach mussten die Betroffenen vernommen werden. Sobald man das beschlagnahmte Material durchgesehen hatte – man durfte doch keine wesentliche Frage übersehen. Das war der nächste Schritt: die Vernehmungen.

Die Voruntersuchung, die dann schließlich beim Gericht landete – und die eine Zusammenfassung dieser und aller früheren Arbeiten enthält – bestand aus tausendundfünfzig maschinegeschriebenen A-4-Seiten. Achthundertsiebzig davon widmeten sich den Vernehmungen.

Die Verhöre mit Fahlén nehmen dreihundert Seiten ein. Die mit seinem Geschäftspartner S. knapp zwanzig. Hundertsiebzig Seiten »übrige Betroffene« – das ist die Bezeichnung, die in der Voruntersuchung verwendet wird; Hausbesitzer, Hausverwalter, Immobilienmakler und alle Arten von Helfern. Mit Fahléns zweitem engen Geschäftskontakt M. konnte keine Vernehmung stattfinden. Allen Versuchen zum Trotz war er nicht zu erreichen.

Endlich noch die Vernehmungen der Frauen, dreihundertachtzig Seiten. Insgesamt achthundertsiebzig Seiten.

Ein Teil in Form von Tonbandverhören, die meisten aber Zusammenfassungen des jeweiligen Verhörleiters, die den Betroffenen vorgelesen und von diesen abgesegnet worden waren.

Nach drei Wochen geschieht etwas, das eine Erweiterung der Voruntersuchung erfordert. Macht hundertfünfzig Seiten, obwohl es nur um zwei Personen geht: um Fahlén und um einen Direktor aus der Gebrauchtwagenbranche, Johny Dahl.

Dass die Erweiterung solche Umfänge annimmt, liegt daran, dass es nicht in erster Linie um Kuppelei geht, sondern um Mord. Den Mord an Kataryna Rosenbaum.

Obwohl Melander natürlich die Hauptlast dieser Arbeit

erspart blieb. Die wurde von der Gewaltsektion getragen, und erst als man den Fall weiterreichte, konnte Melander sich ans Werk machen und zusammenfassen, was noch übrig war.

Derselbe alte kleine Gauner, dachte Melander. Er war klein und dünn und sah jünger aus als seine achtunddreißig Jahre. Obwohl erst seit wenigen Stunden im Haus, war er bereits in seine alte Rolle zurückgefallen. Die graugrüne Tracht der Untersuchungshaft hing wie ein Sack um den mageren Leib. Er schlurfte beim Gehen mit den Füßen, er krümmte sich zusammen und der Blick, mit dem er Melander bedachte, war ausweichend und einschmeichelnd zugleich. *Der Bordellkönig.*

»Ja, ja, Fahlén.« Melander musterte ihn gelassen. »Du kannst dir vielleicht denken, warum du hier sitzt?«

Fahlén nickte stumm und starrte seine über den Knien gefalteten Hände an.

»Ich muss dich bitten zu antworten, wenn ich dich etwas frage.« Melanders Stimme wurde schärfer, und er nickte zum Tonbandgerät auf dem Tisch hinüber. *Besser, die Rollenverteilung wurde von Anfang an klargestellt.* »Das müsstest du dir jedenfalls denken können, Fahlén. Es ist ja nicht das erste Mal.«

»Dohoch.« Fahlén lächelte ihn müde an. »Ich hab schon verstanden, dass irgendwas am Laufen ist.«

»Wie gut«, sagte Melander. »Dann wollen wir zuerst die Formalitäten erledigen. Du stehst unter Verdacht auf schwere Kuppelei. Und zwar von 1969 bis heute. Der Umfang variiert.« Melander schaute von seinen Papieren hoch. »Du hast dich am unzüchtigen Lebensstil von hunderten von Frauen bereichert«, sagte er dann. »Und zwar an etwa fünfzig verschiedenen Adressen in Stockholm. Wohnungen, die du gegen Bezahlung überlässt oder für die du Miete kassierst.«

»Ja schon.« Fahlén lächelte verwirrt. »Ja, einige waren das schon. Das stimmt.«

»Vor dir auf dem Tisch liegt eine Liste mit Namen und Adressen.« Melander nickte zu den Papieren hin, die er bereitgelegt hatte. »Die kannst du dir ansehen. Morgen werden wir Untersuchungshaft für dich beantragen, und ich garantiere dir, dass wir damit durchkommen. Welchen Verteidiger sollen wir informieren?«

»Jaa.« Der andere lächelte Melander verlegen an und schielte zugleich zu der Liste auf dem Tisch. »Darüber hab ich mir noch gar keine Gedanken machen können.«

»Dann nicht«, sagte Melander rasch. »Dann sehen wir uns vielleicht die Liste an. Diese Frau, Birgitta, die ganz oben steht. Die kennst du doch, oder?«

»Jaa.« Fahlén setzte sich im Sessel auf. Er hielt die Liste mit beiden Händen und las. »Dohoch, die kenne ich.«

»Dann fangen wir mit ihr an«, entschied Melander. »Wie hast du sie kennen gelernt?«

…

»Ja, ich wollte menschlich… also Kontakt zu irgendwem. Mir ging es ziemlich schlecht, als ich rausgekommen bin. In der ersten Zeit hab ich nur gesoffen, und dann hab ich Nummern von solchen Zeitungsanzeigen angerufen, solchen Stripteaseanzeigen, meine ich, und so haben wir uns dann getroffen… Ich habe da so ein Problem, das hatte ich schon, als ich klein war. Ich weiß nicht, woran es liegt. Ich bin wohl Transvestit, so heißt das doch… ein bisschen zumindest, und das ist doch peinlich. Man soll… nicht so sein. Man muss doch ein Kerl sein und überhaupt, und das schafft man eben nicht immer, und da hat man versucht… ich bin kein Psychologe, aber man möchte seine Identität vergessen, und dann…«

»Warum hast du ihr die Räume besorgt?«

»Jaa. Wir kamen sehr gut miteinander aus, und sie konnte

verstehen ... also meine Probleme, meine ich. Ihr war gekündigt worden, und ich hatte durch meine Immobiliengeschäfte allerlei Kontakte ... da ergab sozusagen eins das andere.«

Auf diese Weise hatte es angefangen, und auf diese Weise war es weitergegangen. Ein Name nach dem anderen, eine Adresse nach der anderen. Fahlén machte keinen ernsthaften Versuch, sich dem Netz zu entziehen, das Melander um ihn herum auslegte. Er log zwar. Aber das vor allem aus alter Gewohnheit und um einen besseren Eindruck zu machen. Es war kein ernsthafter Versuch. Es reichte, dass Melander zeigte, was er wusste, und schon kam alles auf den Tisch: Frauen, Adressen, Geld, wie er an die Wohnungen gekommen war, seine Geschäftskontakte, wie er seine Tätigkeit ausgeführt hatte.
Wie war er an die Wohnungen gekommen?
Über Kontakte. Er hatte diversen Hausbesitzern schwarze Wohnungen verkauft. Den Gewinn hatte man geteilt. »Ich bekam siebentausend. Davon habe ich drei behalten und den Rest ihm gegeben.« Ab und zu hatte er sich mit Wohnungen bezahlen lassen. »Ich habe ihm fünf Wohnungen verkauft und bekam als Dank zwei andere.«
Warum hatte er Wohnungen für Prostituierte besorgt?
»Ich kannte viele, durch meine Veranlagung. Das habe ich doch schon gesagt. Ich wollte ihnen helfen.«
Warum hatte er dann Wuchermieten kassiert?
»Ich habe doch bezahlt, wenn ich zu ihnen gegangen bin.« – »Ich brauchte das Geld für meine Geschäfte, für meine Immobiliengeschäfte. Die waren ganz schön kostspielig.« – »Ich habe keine von den Frauen jemals ausgenutzt. Ich habe nur versucht, ihnen zu helfen.«

Keine jemals ausgenutzt? In dieser Frage gab es unterschiedliche Ansichten. Bei den Frauen beispielsweise.

»Erst wollte er Geld für die Miete. Jeden Monat tausend für dieses Rattenloch... ja, Sie haben sich doch sicher da umgesehen.«

»Ja.«

»Ja. Und dann wollte er von jeder von uns pro Tag fünfzig Kronen. Das machte hundert für mich und meine Kollegin. Das war das Geld, das wir jeden Freitag in der Wohnung hinterlegen sollten. Für eine Woche, meine ich.«

»Habt ihr auch für Samstag und Sonntag bezahlt?«

»Zuerst wollte er das, aber da haben wir gesagt, dass wir doch nur von Montag bis Freitag arbeiten, und dass wir es unverschämt von ihm fänden, und dann haben wir uns auf fünfhundert Kronen die Woche geeinigt.«

»Fünfhundert Kronen die Woche. »Wie lange hattet ihr die Wohnung gemietet? Für ein Jahr?«

Zunächst, ja. Aber nach ein paar Monaten haben wir dann gemerkt, dass es nicht geht. An manchen Tagen hatten wir gar keinen Kunden, aber bezahlen sollten wir trotzdem. Also haben wir mit ihm geredet und gesagt, das gehe nicht, wo wir doch keine Kunden hatten. An den richtig guten Tagen haben wir zusammen wohl sechzehnhundert verdient. Aber in der Regel hatten wir jeden Tag nur ein paar Kunden. Und dann haben wir vielleicht drei- oder vierhundert Kronen verdient.«

»Jede drei- oder vierhundert Kronen?«

»Ja, jede. Das haben wir ihm gesagt und verlangt, er sollte sich mit weniger zufrieden geben. Zweihundert pro Woche wäre okay, fanden wir, aber da hat er sich schrecklich aufgeregt. Kunden zu beschaffen wäre doch keine Kunst. Wir brauchten doch bloß auf die Straße zu gehen... ja, auf die Malmskillnadsgata. Und Kunden aufzureißen. Aber das wollten wir nicht. Deshalb hatten wir doch das Atelier. Um nicht auf den Strich zu müssen. Und dann hat er angefangen, uns zu bedrohen. Wenn wir nicht bezahlten, dann würden wir rausfliegen, und dann würden wir schon sehen. Er habe Kontakte. Und Geldeintreiber und so... und da sind wir abgehauen.«

»Ihr habt die Wohnung verlassen?«

»Ja. Nach ein paar Monaten. Als es nicht mehr ging, sind wir einfach abgehauen.«

Unterschiedliche Ansichten über Fahlén.

»Ich will mich nicht beklagen. Wir hatten eine Abmachung. Zuerst die Miete, dann siebenhundert pro Woche für mich und meine Freundin. Die Wohnung hatte eine gute Lage. Wir hatten Kunden genug. Viele alte Kunden... Stammkunden.«

»Wie lange hattet ihr die Räumlichkeiten?«

»Das weiß ich nicht mehr. Einige Monate. Jetzt haben wir sie jedenfalls nicht mehr. Das haben Sie vielleicht in der Zeitung gelesen? Der Hausbesitzer hat uns einfach auf die Straße gesetzt. Obwohl er es die ganze Zeit gewusst hat. Und da fragen wir uns doch, wo sollen wir denn hin? Soll ich etwa auf die Malmskillnadsgata gehen und von irgendeinem Blödmann umgebracht werden?«

»Es gibt doch andere Arbeit?«

»Andere Arbeit? Für mich? Welche denn?«

XXII

»Wie sieht's aus?« Der Staatsanwalt sah Melander nervös an.

Warum ist der immer so nervös? Melander ließ sich in den Sessel sinken. Legte die Papiere, die er mitgebracht hatte, ordentlich auf dem Schreibtisch des Staatsanwalts zurecht und musterte seinen Chef.

»Hervorragend.« Melander betonte das mit einem Nicken. »Ganz hervorragend.«

»Ach.« Die Korinthenaugen des Staatsanwalts irrten zwischen Melanders blauen Augen und dem Papierstapel auf dem Schreibtisch hin und her.

»Soll ich die Sache zusammenfassen?«

»Tu das.« Der Staatsanwalt ließ sich in den Sessel sinken, faltete die Hände und stützte das Kinn darauf.

»Er hat mit an die vierzig Wohnungen zu tun. Das macht etwa fünfzig Frauen. Bestimmte Teile des beschlagnahmten Materials, die Aussagen der Frauen und seine Geständnisse bestätigen das. Bei dem Geld, das er durch die Kupplertätigkeit verdient hat, handelt es sich um rund eine Million. Wahrscheinlich um viel mehr, aber die Million kann ich beweisen.«

»Er gesteht?« Der Staatsanwalt setzte sich gerade hin und stocherte zwischen den Papieren herum. Er wirkte jetzt ruhiger und versuchte sogar, Melanders Blick zu erwidern.

»Die ganze Zeit.« Melander nickte. »Er hat seit 68 mit schwarzen Wohnungen und Untervermietung zu tun. Seit 69 hat er Lokalitäten an Prostituierte vermittelt oder sie ihnen überlassen. Er war offenbar selbst ein fester Bordellkunde. Auf diese Weise sind seine ersten Kontakte zu den Frauen zustande gekommen.«

Der Staatsanwalt nickte. *Weiter.*

»Die Wohnungen hat er von einigen der übel beleumundeten Hausbesitzer, denen er Wohnungen schwarz verkauft hat. Das Geld haben sie geteilt. Ab und zu hat er auch direkt als Entgelt schwarze Wohnungen bekommen. Die hat er dann verkauft oder untervermietet.«

Der Staatsanwalt nickte ein weiteres Mal. Er wirkte jetzt weniger ruhig.

»Und dabei hat er das große Geld gescheffelt. Die Vermittlung an die Frauen scheint wirklich nur eine geringere Rolle gespielt zu haben.« Melander ließ den Staatsanwalt nicht aus den Augen. »Die Rede ist von etwa hundert Wohnungen seit 1968. Das zumindest wissen wir, und das gibt er zu. Nur ein kleiner Teil davon ist an Prostituierte gegangen. Du hast da die Liste der Vermieter.« Melander nickte zu dem Papierstapel hinüber. »Liegt oben. Vor allem zwei davon sind interessant. Über die haben wir schon früher gesprochen.«

Der Staatsanwalt griff zur Liste und las. Er sah nicht gerade glücklich aus.

»Was schlägst du vor«, fragte er dann.

»Dass ich mir den ganzen Kuchen hole. Die Wohnungsverkäufe scheinen doch den eigentlichen Kern zu bilden. Und da sind sicher allerlei Hausbesitzer in die Sache verwickelt.«

»Du willst also diese Hausbesitzer zu ihrem Anteil vernehmen?«

»Zu ihren Verbrechen, ja.« Melander unterstrich diese Aussage mit einem energischen Nicken. »Du glaubst doch wohl nicht, dass er die Wohnungen gratis bekommen hat?

Einige von denen haben ihm mehr als dreißig, vierzig Wohnungen überlassen. Er selbst sagt, sie hätten danach den Verkaufspreis geteilt.«

»Ja, ja.« Der Staatsanwalt machte ein unglückliches Gesicht. »Aber es wird große Probleme geben, wenn wir so eine Aktion starten.« Er schielte zu der Liste hinüber.

»Was denn für welche?«

»Ja, zum Ersten die Verjährungsfrist. Viele von diesen Fällen müssen doch verjährt sein, wenn es nur um schwarze Wohnungen geht. Dann hast du das Beweisproblem. Fahléns Wort gegen das dieser Leute. Und dann kriegen wir eine Ermittlung, die jedes Maß übersteigt.«

»Wir haben allerlei interessante Papiere.« Melander schaute den Staatsanwalt noch immer an. »Ich wollte mit denen sprechen, die solche Wohnungen gekauft haben.«

»Ja.« Der Staatsanwalt nickte eifrig. »Aber was beweist das? Die haben sie doch von Fahlén gekauft. Sie können ja einfach abstreiten, was Fahlén behauptet.«

»Es wäre aber den Versuch wert. Man weiß doch nie, was dabei herauskommt.«

»Ich muss mir das überlegen. Du...« Der Staatsanwalt hob bittend die Hand. »Gib mir Zeit bis morgen. Ich melde mich.«

Aber das hatte er nicht getan. Am übernächsten Tag dagegen. Da meldete er sich.

»Kannst du mal kommen«, fragte die Stimme in Melanders Telefonhörer.

Abgesehen von seinem Blick wirkte er ungewöhnlich entschieden. Er hatte sich hinter juristischer Fachliteratur verschanzt, die auf seinem Schreibtisch verteilt lag. Es fiel Melander schwer, sein Lächeln zu unterdrücken.

»Ja?« Er schaute den Leiter der Voruntersuchung an.

»Wir konzentrieren uns auf die Kuppelei und auf Fahlén.«
Der Staatsanwalt sah einen Punkt hinter Melanders Nacken an. »Das andere reicht nicht... Verjährung... Beweisprobleme und die praktischen Schwierigkeiten.«
»Aha.« Melander sah ihn noch immer an.
»Aber ich finde, dass du einige von ihnen wegen Fahlén vernehmen kannst.« Er schaute Melander unsicher an.
»Das hatte ich die ganze Zeit vor.«
»Ja. Schon. Das kann vielleicht einiges zu Fahlén ergeben, meine ich.«
Melander sprang auf.
»Danke«, sagte er. »Herzlichen Dank.«
»Was?« Der Staatsanwalt starrte ihn verwirrt an.

»Du kannst einige von ihnen wegen Fahlén vernehmen.« Diesen Rat hatte er befolgt, aber zuerst hatte er sich herausgenommen, die Sache zu verzögern, wenn auch nur, um seine quälenden Magenschmerzen zu lindern.

Fahléns Beziehungen zu M. Seinem alten Geschäftspartner, der 1972 nach oben gekommen war, als S. gerade ihn zum glücklichen Käufer der Reisigbesen ausersehen hatte. M. konnte er jedoch nicht vernehmen. Nicht einmal im Zusammenhang mit Fahlén. Wie immer war der unantreffbar, und das war ja auch der Sinn des Ganzen.

Melander schickte dem Staatsanwalt eine Kopie seines Verhörs mit Fahlén über seine Beziehungen zu M. Und zwar fünfundzwanzig Seiten, und jede Zeile war eine Freude für alle, die sich für die Verstaatlichung des Wohnungsmarktes einsetzten. Das fand sogar Melander, obwohl er jede Verstaatlichung aus Prinzip ablehnte.

Um noch mehr Salz in die Wunde zu reiben, schrieb er eine zehnseitige Aktennotiz, die er dem Protokoll beifügte. Darin bat er den Staatsanwalt um Rat in diversen komplizierten Punkten. »Sollte man nicht jemanden auf die

Kanarischen Inseln schicken und mit M. über Fahlén sprechen?« – »Wären weitere Untersuchungen über M. allgemein wünschenswert?« – »Könnte M. verbrecherischer Unternehmungen verdächtigt werden?«. »Ist dieser Fall verjährt«, und so weiter und so fort.

»Es wäre hervorragend, wenn du mir schriftliche Anweisungen geben könntest, damit ich etwas habe, woran ich mich halten kann, wenn die Presse anruft und Krach schlägt«, fügte er dann noch hinzu.

In dieser Nacht schlief er besser als seit vielen Jahren.

Am nächsten Tag überzeugte er sich davon, dass das Verhör mit Fahlén über seine Beziehungen zu M. im Voruntersuchungsprotokoll enthalten war. An gut sichtbarer Stelle.

Danach begab es sich – auch das zum ersten Mal seit vielen Jahren –, dass seine Magenschmerzen über vierundzwanzig Stunden verschwunden blieben.

Und zwar während der Stunden, die er damit verbrachte, an den Staatsanwalt zu schreiben.

»Wie ist es möglich, dass du und M. so viele Prostituierte in euren Häusern hattet, besonders auch in den Häusern, die M. von S. gekauft hat?«

»Jaa. Das ist doch wohl kein Wunder. Ich dachte, das hättest du begriffen.«

»Erzähl.«

»Nur so hat sich das gelohnt.«

»Wie das?«

»Ja. Du hast die Buden doch gesehen? Normale Menschen wollen in so was nicht wohnen. Also blieben nur Drogenlöcher und Etablissements. Nur so hat es sich gelohnt. Wir mussten doch Wechsel auslösen.«

…

»Jaa. Und dann hat er nur noch Ärger gehabt. Mit der Stadt. Du weißt doch, das Haus auf Brännkyrka?«

»Ja.«

»Ja, das sollte gepfändet werden, stand in der Zeitung, und da wollte er ... eben Ärger machen. Absichtlich. Wollte das Haus ruinieren, wenn du verstehst, was ich meine. Deshalb hat er dafür gesorgt, dass Drogensüchtige und Mädels eingezogen sind ... um das Haus verkommen zu lassen, wenn du verstehst.«

»Ich verstehe«, sagte Melander.

Aber S. konnte er vernehmen. Wenn auch nur wegen Fahlén. Zwischendurch verhörte er dann wieder Fahlén.

»Wie bist du mit S. in Kontakt gekommen?«

»Ja. Das muss 68, 69 gewesen sein. Ich habe ihm Wohnungen verkauft. Ich bekam die Wohnungen, und dann habe ich sie verkauft und mit ihm abgerechnet. Halbe-halbe sozusagen.«

»Ihr habt das Geld genau geteilt?«

»Ja.«

»Kannst du dich an diese Wohnungen erinnern?«

Melander zog die Liste hervor, die er mit Hilfe des beschlagnahmten Materials und durch eigene Ermittlungen zusammengestellt hatte. Die Liste enthielt insgesamt dreiundvierzig Wohnungen in Häusern von S., für die Fahlén entweder einen Mietvertrag gehabt hatte oder die ihm direkt überlassen worden waren.

»Mariannes Wohnung in der Norrtullsgata 45. Du hast sie ihr als Atelier vermietet.«

»Ja, die habe ich gekauft. Ich habe fünftausend dafür bezahlt. Ich hatte schon fünf als Provision ausstehen.«

...

»Valhallaväg 38?«

»Siebentausend, glaube ich. Drei durfte ich behalten.«

»Karlsbergsväg 99?«

»Ja. Die Wohnung. Drei Zimmer. Dafür hab ich dreißig

gekriegt. Zehn hab ich behalten, glaube ich. Für gute Objekte gab es weniger.«

»Stykjunkargata?«

...

»Mäster Samuelsgata?«

...

Fahlén besaß ein ausgezeichnetes Gedächtnis. Er konnte sich sogar an mehr Geschäfte erinnern, als Melander auf seiner Liste stehen hatte.

»Sie hatten allerlei Verbindungen zu Herrn Fahlén, Herr Direktor. Können Sie mir erzählen, wie das angefangen hat?«

»Ja gern.« Er nickte Melander verbindlich zu. »Es ist natürlich ganz anders, als in den Zeitungen behauptet wird. Er hat sich vor vielen Jahren an mich gewandt, weil er ein bestimmtes Haus kaufen wollte.«

»Fyrmästaren 10?«

»Fyrmästaren, ja. Stimmt. Ein älteres Haus. Danach hat er andere Häuser von mir renoviert. Zusammen mit M., dem er dann Jahre später einige Häuser verkauft hat. Es ging um Dächer, die neu gedeckt werden mussten, wenn ich mich nicht irre.«

...

»Sie haben gemeinsam ein Sommerhaus.«

»Ja, ja. Das ist ein altes Liquidationsprojekt, das wir noch immer mit uns herumschleppen. Ich habe die Hälfte als Sicherheit genommen, während er seine alten Schulden bei mir abgearbeitet hat. Aber da war der gute Fahlén ziemlich langsam.«

»Fahlén hat allerlei Prostituierte in Häusern untergebracht, die Ihnen gehören?«

»Ja. Das weiß ich jetzt auch. Das ist wirklich traurig. Wenn ich doch nur eine Ahnung gehabt hätte. Ich glaube, Sie sollten mit meinem Hausverwalter sprechen. Mit dem von damals. Der war dafür zuständig. Jetzt bedauere ich, mich nicht selbst darum gekümmert zu haben.«

»Ihr Hausverwalter? Wissen Sie, wo er wohnt?«

»Ich glaube, er ist ins Ausland verzogen, als er in Rente gegangen ist. Mein Anwalt weiß da Genaueres.«

Das Büro interessierte ihn nicht. Warum hätte er danach fragen sollen. *Wegen Fahlén*, dachte Melander.

»Ich danke Ihnen. Ich danke Ihnen ganz herzlich.« Er stand auf und nickte S. zu. »Wenn noch etwas ist, melde ich mich.«

XXIII

Für Kommissar Melander wurde der Oktober 1978 ein hektischer Monat. Er war gewaltig damit beschäftigt, alle Fäden, die er in fast anderthalb Jahren losgezupft hatte, wieder zusammenzuführen.

Außerdem hatte er einen Verdächtigen, der in U-Haft saß und mit seinen Verbrechen in Verbindung gebracht werden musste. *Fast wie am Anfang*, dachte Melander, als der Polizeichef ihm Verstärkung für seine Ermittlungen versprach.

Für Lewin dagegen war es ganz anders. Am Montag, dem 2. Oktober, wurde er aller Personen beraubt, die Kataryna Rosenbaum ermordet haben könnten; aller, bis auf einer. Diese eine Person, die in Abwesenheit zur Festnahme ausgeschrieben worden war und nach der die Polizei im In- und Ausland fahndete, war allerdings verschwunden: Direktor Johny Dahl.

Der Oktober 1978 war keine angenehme Zeit für Jan Lewin. Vor allem musste er warten. Aber nur warten, das ging auch nicht. Das gab die Personallage in der Sektion nicht her – schon gar nicht in diesem Herbst –, die Ermittler konnten sich nicht einfach mit Warten beschäftigen. Deshalb musste er den anderen und sich selbst gegenüber das Warten begründen.

Er versuchte es, indem er ein weiteres Mal – zum wievielten Mal wusste er schon gar nicht mehr –, die tausende von

Seiten der Ermittlungsprotokolle durchging. Indem er weitere Vernehmungen vornahm und Tipps verfolgte, die anfangs beiseite geschoben worden waren, weil sie als mehr oder weniger unbrauchbar gegolten hatten. Wie richtig diese Einschätzung gewesen war, sollte er bald erkennen.

In der ersten Oktoberwoche wurde Krusberg von der Sache Kataryna Rosenbaum abgezogen, um nie wieder zurückzukehren. Es hatte einen größeren Postraub gegeben, für den Krusberg nun zuständig war. Das war nur natürlich, schließlich war er bei einer Raubkommission beschäftigt und nur umständehalber für die Jagd auf Katarynas Mörder ausgeliehen worden.

In der folgenden Woche – der zweiten Oktoberwoche – verschwanden auch Andersson und Jansson (mitsamt Übergewicht, grauem Anzug und müden grauen Augen) aus der Ermittlung. Das hatte Andersson so beschlossen. In seiner Kommission stapelten sich seit einem Monat die Fälle und warteten auf die Aufklärung des Falls Kataryna, aber jetzt ließ sich nichts mehr stapeln.

Vieles war auch um einiges vielversprechender als die stockenden Ermittlungen im Fall Kataryna.

Lewin aber konnte weitermachen. Ab Montag, dem 16. Oktober, saß Lewin allein an der Sache, und auch diese Entscheidung hatte Andersson getroffen.

Warum er das gemacht hatte, wusste er selbst nicht so genau – auch Lewin hätte sich anderswo nützlicher machen können –, aber er hatte begriffen, dass Lewin eine ganz besondere Beziehung zu dieser Geschichte hatte: »Kataryna fällt in Lewins Ressort.«

Warum er das dachte, wusste er auch nicht so genau. Und er wusste auch nicht, warum er seit einigen Tagen wachsenden Unmut verspürte, was Lewins Engagement betraf.

Zuerst war er nur froh und dankbar gewesen. Zu Anfang der Ermittlungen nämlich.

Als die Technik den rechten Daumen vorgelegt und auf diese Weise die Ermittlungen gewaltig erleichtert hatte – so sah Andersson das selbst –, hatte ihn Lewins sichtliche Enttäuschung erstaunt.

Als Lewin jetzt weitermachte, als sei nichts geschehen, stellte sich bei Andersson besagter Unmut ein: *Was ist in Lewin gefahren?*

Am Montagvormittag des 16. Oktobers fasste er seinen Entschluss. *Ich muss mit ihm reden.* Er bekommt noch eine Woche. Mehr nicht. Und dann machte Andersson sich daran, seinen jüngeren Kollegen zur Vernunft zu bringen.

Dass Lewin schon seit Stunden an der Arbeit saß, war ihm sofort klar, als er das Zimmer betrat. Lewin saß in Hemdsärmeln da. Obwohl er nicht rauchte, war die Luft stickig, und der Schreibtisch war übersät mit Papieren und Ordnern. Lewin las und schrieb. Er nickte Andersson, der in der Tür stehen blieb, zerstreut zu.

»Wie geht's?«

»Geht so. Ich wollte nur ein paar Dinge überprüfen.«

Lewin sah Andersson an, und etwas in seinem Blick konnte Andersson nicht richtig deuten. Für einen kurzen Moment hatte er das Gefühl, als liege eine Bitte in diesem Blick, aber die Vorstellung war ihm so unangenehm, dass er sie sofort verdrängte.

»Lass dir Zeit.« Er nickte freundlich. »Jansson und ich kümmern uns um die laufenden Geschäfte.« Er nickte zu den Papieren hinüber. »Das ist deine Ermittlung. Gut, dass du vorbereitet bist, wenn wir uns Dahl schnappen.«

Warum habe ich das gesagt, überlegte er, als er wieder vor der Tür stand. Ich wollte ihn doch zur Vernunft bringen!

Dass mit Kriminalinspektor Jan Lewin etwas Seltsames vor sich ging, war deutlich. Andersson war der Erste, der sich über Lewins Verhalten Gedanken machte, aber an den folgenden Tagen passierten Dinge, die auch den anderen Kollegen Kopfzerbrechen bereiteten.

Zuerst wandte Lewin sich an Kommissar Melander. Das begab sich am Mittwoch, dem 18. Oktober, in der Kantine des Polizeigebäudes auf Kungsholmen. Das gekochte Fischfilet mit Kartoffeln stand vor Melander bereit – aufgrund seiner Magenprobleme traute er sich nicht an die Kochwurst mit Senfsoße heran, das eigentliche Tagesgericht, in dem seine Kollegen schwelgten –, da ließ sich Lewin neben Melander nieder.

»Wie geht es?« Das hatte Lewin gefragt.

»Na ja«, antwortete Melander abwartend. »Wird sich schon finden.« Er wusste bereits, was Lewin wollte, und er spürte es im Magen.

»Du hast nicht zufällig etwas entdeckt, das mir weiterhelfen könnte?«, fragte Lewin und musterte ihn forschend.

Melander legte Gabel und Messer hin, wischte sich sorgfältig den Mund mit seiner Papierserviette ab und sah dem jüngeren Kollegen ins Gesicht. *Das fragt er jetzt schon zum dritten Mal.* Jetzt reicht es, dachte er.

»Du, Lewin«, sagte Melander langsam. »Wenn ich etwas wüsste, würde ich dich als Allerersten darüber informieren. Meinen Ermittlungen zufolge«, er starrte Lewin noch immer an, »weist nichts darauf hin, dass Dahl etwas damit zu tun haben könnte… oder dass Fahlén irgendetwas mit Rosenbaum zu schaffen hatte. Rein gar nichts.« *Und wenn er nicht bald aufhört, dann rede ich mit Dahlgren, verdammt noch mal*, dachte Melander, griff zu Messer und Gabel und aß weiter.

Was Lewin am Mittwoch, dem 18. Oktober, in der Kantine des Polizeigebäudes getan hat, mag unschuldig genug wirken: Er hat eine durchaus begründete Frage gestellt. Aber auch wenn man wenig über Arbeitsweise und Ethos der Polizei weiß, muss man erkennen, dass er zwei der wichtigsten Ehrenregeln gebrochen hat. Er hat sich in die Ermittlungen eines Kollegen eingemischt, und er hat sich auf eine Weise eingemischt, die den Arbeitseinsatz dieses Kollegen in Zweifel zog. Eines älteren und ranghöheren Kollegen mit erheblich mehr Ermittlungserfahrung.

Auch seltsam war, was sich am folgenden Tag zutrug. Lewin tauchte in der technischen Sektion auf, um mit Bergholm zu sprechen, dem Techniker, der mit der Kataryna-Ermittlung befasst war. Nach kurzem einleitenden Geplauder kam er zur Sache. »Könnte man nicht einen Abdruck von Dahl besorgen, ohne dass man den Kerl hat?« Einen Abdruck, den Bergholm für einen Abgleich benutzen könnte. »Wie denn«, fragte Bergholm.
Lewins Vorschlag war kurios. Für jeden Menschen mit grundlegenden Kenntnissen in kriminaltechnischen Fragen und juristischer Beweisführung in Strafprozessen war der Vorschlag einfach nur zum Staunen.
»Ich dachte an sein Auto. Den Cadillac. Den die Kollegen aus Malmö gefunden haben. Es muss doch auf dem Lenkrad zum Beispiel Abdrücke geben?«
»Aber woher sollen wir denn wissen, ob die von Dahl stammen?« *Willst du mich verscheißern*, dachte Bergholm.
»Du meinst nicht, dass es den Versuch lohnt?«
»Wenn du mir auch nur einen Grund nennst, warum es den Versuch lohnen könnte, dann fahr ich verdammt noch mal selber hin und hol mir den Abdruck.« Bergholm starrte Lewin vergrätzt an.
»Na gut.« Lewin erhob sich. »Dann werde ich wohl warten müssen.«

»Was zum Teufel ist denn in Lewin gefahren?«, fragte Bergholm am selben Nachmittag, als er nach Arbeitsschluss

Dahlgren in der Garage begegnete. Dann erzählte er Dahlgren von Lewins Besuch.

»Du, Andersson. Kannst du mal kurz bei mir vorbeischauen?«

Freitag, 19. Oktober, und die Besorgnis, die Andersson seit vier Tagen erfasst hatte, sollte sich nun aus anderer Richtung bestätigen.

»Was ist denn in Lewin gefahren?« Dahlgren schaute Andersson forschend an. »Bergholm und Melander haben sich schon bei mir beschwert.«

Ich muss mit dem Knaben reden, dachte Andersson besorgt, als er Dahlgrens Zimmer verließ. So kann er nicht weitermachen.

Aber Andersson bekam Lewin den ganzen Tag lang nicht zu fassen. Lewin war in der Stadt unterwegs und ermittelte im Mord an Kataryna.

Noch immer leer. Andersson schaute in Lewins Zimmer. Und jetzt war es Zeit, das Wochenende beginnen zu lassen. *Ich mach das am Montag*, dachte er dann. Am Montag werde ich mit ihm sprechen.

Aber Andersson fand nie die Gelegenheit, Lewin ins Gewissen zu reden. Vielmehr war es Melander, der am Montag im Pausenzimmer die Sache zur Sprache brachte, nachdem er sich neben seinen jüngeren Kollegen von der Gewalt gesetzt hatte.

»Du musst entschuldigen, wenn ich am Mittwoch ein wenig sauer war, aber ich hatte einfach nicht die leiseste Ahnung.« Melander sah Lewin entschuldigend an, und der nickte stumm.

Der Grund für den plötzlichen Stimmungsumschwung war einfach genug. In der Nacht auf Samstag, den 21. Oktober, hatte man Johny Dahl festgenommen, und schon um fünf Uhr morgens hatte es auf der Hand gelegen, dass zwischen ihm und Melanders Ermittlungen zu Johan Riisto Fahlén ein enger Zusammenhang bestand.

XXIV

»Für dich. Frag ihn, ob er weiß, wie spät es ist.«

Annika versetzte Jarnebring einen Stoß in die Rippen und reichte ihm den Telefonhörer. Dann drehte sie ihm demonstrativ den Rücken zu und zog die Decke zu sich herüber.

»Hallo«, sagte Jarnebring. »Hier Jarnebring.«

Er stieg aus dem Bett, den Hörer noch immer in der Hand. Das Gespräch dauerte nur eine Minute. Fünf Minuten später war er vollständig angezogen; Jacke, Jeans, Dienstpistole und Handschellen. Außerdem hatte er Molin angerufen. Einen Molin, der vor einer Viertelstunde eingeschlafen war.

»Anziehen, Alter. Bin in zwanzig Minuten bei dir.«

...

»Bis dann, Wuschel.« Jarnebring beugte sich über Annika. »Bin in zwei Stunden wieder da.« Sie gab keine Antwort. Zog nur die Decke fester um sich herum.

Eine halbe Stunde später las er Molin vor seiner Wohnung in Midsommarkransen auf. Molin hatte rote Augen. Das lag nicht am Schlafmangel, sondern am langen feuchten Abend.

Um Punkt vier Uhr morgens – laut Festnahmeverzeichnis, das auf der Wache geführt wird und unter anderem den Zeitpunkt festhält, zu dem der Festgenommene eintrifft – erschienen Jarnebring, Molin und eine dritte Person, Dahl nämlich, im vierten Stock von Haus A im Viertel Kronoberg auf Kungsholmen.

Der Festgenommene hatte die Hände in Handschellen auf dem Rücken. Trotzdem versuchte er, Widerstand zu leisten. Unter anderem trat er nach Jarnebring und Molin. Dem wurde Einhalt geboten, indem Jarnebring den rechten Arm um Dahls Hals presste, während Molin die Beine packte.

Dahl fing an zu schreien, aber der Druck auf seinen Hals wurde härter, und es war ein fast verstummter Dahl, der in eine der Zellen auf der Wache gestoßen wurde.

Während Jarnebring noch am Tresen stand und Dahl in das Verzeichnis eintrug, blieb Molin allein im Raum mit den Zellen. Dahl schrie jetzt ununterbrochen herum. Und er schrie laut. »Bullenschweine, Ärsche!« So machte er ungefähr eine Minute weiter, und Jarnebring machte seine Einträge ins Protokoll.

Danach ging Jarnebring zu Molin in den anderen Raum, und nach einigen weiteren Minuten war von Dahl nichts mehr zu hören. Was in der Zwischenzeit passiert war, ist nicht bekannt. Jedenfalls hatte niemand etwas Besonderes gehört.

Wie die eigentliche Festnahme vor sich gegangen war, wird leider niemals vollständig ans Licht kommen. Was man mit Sicherheit weiß, ist Folgendes:

Um halb vier am Morgen des 21. Oktober wurde Johny Dahl draußen in Bandhagen in einer Wohnung im Skebokvärnsväg aufgegriffen. Die Wohnung gehörte einer von Dahls vielen Freundinnen, aber er war bei seiner Festnahme allein dort.

Die Kriminalinspektoren Jarnebring und Molin von der zentralen Ermittlung – die Polizisten, die den polizeilich gesuchten Dahl festnehmen – hatten in der Nacht auf Samstag beide frei. Seit Freitagnachmittag war keiner von ihnen im Dienst gewesen.

Die Erklärung Jarnebrings gegenüber der Sektion für Disziplinarfragen – dort wurde die Anzeige bearbeitet, die Dahl am Tag seiner Verhaftung erstattet hatte –, lautete, dass er zu Hause gegen zwei Uhr morgens einen telefonischen Tipp erhalten habe. Da er den Eindruck gehabt habe, dass höchste Eile geboten sei, hatte er die Festnahme zusammen mit dem Kollegen Molin, den er auf dem Weg abgeholt hatte, selbst durchgeführt.

Danach weichen die Aussagen um einiges voneinander ab. Jarnebring und Molin wollen unmittelbar nach drei Uhr morgens an der angegebenen Adresse eingetroffen sein. Dann, so sagen sie, hätten sie an der Wohnungstür geklingelt und Dahl selbst habe ihnen geöffnet. Auf die Aufforderung, sie zur Wache zu begleiten, habe er heftige Gegenwehr geleistet, weshalb ihm Handschellen angelegt worden seien.

Dahl seinerseits behauptet, gegen halb vier Uhr morgens in der erwähnten Wohnung von zwei Männern geweckt worden zu sein, Männern »mit überaus unheimlichem Aussehen«, die vor seinem Bett standen. Er habe sie für Einbrecher gehalten, habe versucht, sie aus der Wohnung zu vertreiben, und um Hilfe gerufen.

Die Männer hätten ihn übel misshandelt. Unter anderem habe der eine – Molin seines Erachtens – ihm das Knie in den Schritt gerammt, während der andere ihm die Arme auf den Rücken gepresst habe. Danach seien ihm Handschellen angelegt worden, und erst auf die Frage »Wo habt ihr die denn her«, hätten sie sich als Polizisten zu erkennen gegeben. Den einen habe er nun erkannt; ein Polizist, der ihn vor einigen Jahren schon einmal misshandelt habe.

Auch was die Fahrt vom Skebokvärnsväg zum Polizeigebäude betrifft, gehen die Darstellungen auseinander.

Dahl sagt, er sei von besagtem Polizisten noch weiter misshandelt worden. Sie hätten während der Fahrt nebeneinander auf dem Rücksitz gesessen.

Jarnebring und Molin schildern das so: Jarnebring sei gefahren. Molin habe mit dem Festgenommenen hinten gesessen. Dieser habe sie übel beschimpft. Nach zwanzig Minuten – als sie sich der Wache näherten – habe er sich auf Jarnebring, den Fahrer, geworfen und versucht, diesen in den Hals zu beißen. Weshalb Molin gezwungen gewesen sei, ihn an den Schultern zu packen.

Bei Eintreffen im Polizeigebäude habe der Festgenommene weiterhin wütend Widerstand geleistet und versucht, Jarnebring und Molin zu treten. Diese Aussage wird von mehreren Wachhabenden bezeugt.

Dahl dagegen behauptet, er habe nur versucht, sich zu beschützen. Er sei im Fahrstuhl auf dem Weg nach oben, dann auf der Wache und schließlich auch noch in der Zelle »grober Misshandlung« ausgesetzt gewesen.

»Der Kleinere (Molin) hat mich an den Haaren gepackt, während der andere (Jarnebring) mir das Knie in den Schritt gestoßen hat.«

Sowohl Jarnebring als auch Molin versichern, dass nichts davon passiert sei. Sie behaupten, nur mit Dahl gesprochen und ihm geraten zu haben, »sich zu beruhigen und mit dem Geschrei aufzuhören«.

Keiner der übrigen Wachhabenden auf der Wache will irgendeine Misshandlung Dahls beobachtet haben. Sie haben auch aus dem Raum mit den Zellen nichts gehört, was auf Gewaltanwendung hingedeutet hätte. Dagegen habe Dahl mehrere Minuten lang »Unflätigkeiten gebrüllt«.

Sowohl Jarnebring und Molin als auch Dahl haben Anzeige erstattet.

Die Kriminalinspektoren Jarnebring und Molin haben Dahl wegen gewaltsamen Widerstands, sowie Misshandlung von Kriminalinspektor Jarnebring angezeigt. »Mehrere kräftige Fausthiebe wurden gegen seinen Kopf gerichtet ... er wurde gegen Beine und Rumpf getreten.«

Dahl hat Jarnebring und Molin wegen Körperverletzung angezeigt. »Tritte, Schläge, Kniestöße in Unterleib und Rücken, Würgen usw.«

Jarnebring und Dahl lassen ihre Verletzungen ärztlich untersuchen. Jarnebring vom Polizeiarzt. Dahl vom diensthabenden Arzt im Arrest. Was Jarnebrings Verletzungen angeht – »Blutergüsse an Bein, Oberschenkel und auf der linken Seite, Bluterguss über der linken Augenbraue, Kratzwunde über der linken Augenbraue« –, befindet der Arzt, dass »die Beschaffenheit der Verletzungen nicht der Darstellung widerspricht, die Krinsp Jarnebring über ihre Entstehung abgegeben hat«. Was Dahl angeht, sagt der Arzt, »es kann nicht ausgeschlossen werden, dass die Verletzungen so entstanden sind, wie Dahl es behauptet«.

»Sollen wir diesen Scheißlewin anrufen?« Jarnebring sah seinen Kollegen an.

»Ja verdammt?« Molin schaute zweifelnd auf die Uhr. Es war halb fünf.

»Ja verdammt...« Jarnebring strich sich mit dem linken Handrücken über seine geschwollene Augenbraue. »Wir waren doch die ganze Nacht auf, um seinen Knaben einzusammeln.«

Molin nickte. *Ruf an.*

»Meinst du denn, er ist zu Hause?«

»Der?« Jarnebring schnaubte. »Seit dem Tod seiner Mutter war der immer zu Hause.«

Er brauchte es nur zweimal klingeln zu lassen.

»Hallo, Lewin, hab ich dich geweckt?« Jarnebring zwinkerte Molin glücklich zu. Dann summte er in den Hörer. »Du«, sagte er dann. »Steig jetzt in die Hose, lass das Mädel los und komm in den Arrest, dann kannst du Dahl guten Morgen sagen.«

Er schwieg und lauschte.

»Dahl, ja. Hörst du schlecht? Wir haben ihn vor einer Stunde festgenommen. Er sitzt im Arrest.«

...

»Hatte er ein Mädel bei sich?« Molin schaute Jarnebring neugierig an.

»Ach«, antwortete Jarnebring gereizt. Er fuhr sich mit der Hand über das Auge. *Das wurde ja wirklich scheißdick.* »Das hab ich nur aus Bock gesagt. Dieser Arsch weiß doch nicht mal, wie man wichst.«

Als Lewin im Arrest eintraf – um kurz nach fünf Uhr morgens – kehrte Jarnebring bereits zu Reihenhaus, Weib und Kind draußen in Jakobsberg zurück.

Er hatte ja gehofft, dass sie schlafen würde – wegen seines geschwollenen Auges –, tat sie aber nicht. Als er das Schlafzimmer betrat, saß sie im Bett und las. Das Auge bemerkte sie auch.

Sie sah ihn an. Legte das Buch auf den Nachttisch, stieg aus dem Bett, nahm Kissen und Decke unter den Arm und ging an ihm vorbei aus dem Zimmer.

Er brachte es nicht über sich, etwas zu sagen. Er war zu müde und fühlte sich nicht wohl. *Es musste bis morgen warten.*

Sie blieb einen Meter von der Schlafzimmertür entfernt stehen und sah ihn an.

»Ich will keine Rostflecken auf der Bettwäsche«, sagte sie. Und sah traurig aus.

Was soll das denn heißen, zum Teufel, dachte er.

»Wieso mietest du dich nicht in einer Telefonzelle ein?«

Er war zu müde zum Antworten und schaute ihr nur hinterher, als sie im Wohnzimmer verschwand und sich auf das Sofa legte.

Meine Güte, dachte Lewin, als er den blonden breitschultrigen Mann sah, der sich über den Schreibtisch beugte. Die waren also gemein zu dir.

»Ja, Dahl«, sagte er. »Ich heiße Lewin und arbeite bei der Gewaltsektion. Falls du es noch nicht wissen solltest, teile ich dir mit, dass in deiner Abwesenheit ein Haftbefehl wegen grober Kuppelei und einiger anderer Kleinigkeiten gegen dich erlassen wurde.«

Der Mann gab keine Antwort. Er saß vornübergebeugt im Sessel und stützte sich auf die Schreibtischkante. Nicht einmal sein hasserfüllter Blick wirkte sonderlich überzeugend.

»Scheißbullen«, flüsterte er. »Scheißbullen.«

»Bitte sprich lauter und in das Tonbandgerät hier.« Lewin zeigte auf das Gerät, das jetzt zwischen ihnen auf dem Tisch stand.

»Scheißbullen«, schrie er. »Scheißbullen...«

Dann brach er in hysterisches Schluchzen aus.

»Du kennst also keine Kataryna Rosenbaum?« Lewin musterte Dahl forschend. *Der braucht einen Arzt*, dachte er. Ich muss mit den Leuten im Arrest reden.

Der andere schüttelte wortlos den Kopf.

»Du hast keine Ahnung, an wen du vermietest? In der Roslagsgata 40?«

Der Mann schaute ihn überrascht an und schien etwas sagen zu wollen, überlegte es sich dann aber in letzter Sekunde anders. Er schlug vor seinem Zwerchfell die Arme übereinander und drückte sie gegen seinen Bauch.

»Du hast ihr in der Roslagsgata 40 eine Wohnung vermietet. Oder was?« *Er muss es gewesen sein*, dachte Lewin.

Der Mann schnaubte, gab aber keine Antwort.

»Aber im Vertrag hast du natürlich einen anderen Namen benutzt.« Lewin lächelte ihn ironisch an.

Jetzt schüttelte er wieder den Kopf, sagte aber etwas.

»Verzeihung«, sagte Lewin. »Das habe ich nicht gehört.«
»Ich habe nicht vermietet«, schrie er.
»Wer war es denn dann?«, fragte Lewin ironisch. »Dein Freund, der Graf?«
»Hast du noch nie den Namen Fahlén gehört?«

Der Erzähler

2

Wenn wir die beiden Ermittlungen vergleichen, die unserem Bericht zugrunde liegen, die zum Fall Kataryna Rosenbaum und jene, bei der es um den »Bordellkönig« Johan Riisto Fahlén geht, dann fallen uns vor allem die Unterschiede auf. Ich selbst habe vor allem über den Unterschied in der Stimmung der Ermittler gestaunt, im Ton, von dem ihre Arbeit geprägt war.

Die Jagd auf Katarynas Mörder ging zwar in hohem Tempo und mit großem Personaleinsatz vonstatten – zumindest in der einleitenden Phase –, aber zugleich war die Stimmung, die sich über der Arbeit ausbreitete, doch fast reflektierend, bedächtig und oft ernst. Fast keiner riss Witze – mit Ausnahme der Leihkräfte von der Streife –, und von dem sonst polizeitypisch heftigen Jargon war nur wenig zu hören.

Das müssen wir uns wirklich klarmachen. Normalerweise herrscht in Kriminalabteilungen nämlich eine unerklärlich lockere Atmosphäre. Man erzählt Witze, frotzelt herum, neckt einander in typisch männlicher Manier und feiert ab und zu regelrechte Fußball- oder Hockeyorgien. Möglicherweise eine Art Selbstschutz, die sich aus der Arbeit ergibt.

Als ich die Polizeiakten über Kataryna durchging, war ich reichlich deprimiert. Das lag nicht nur am Inhalt, sondern auch am Stil der Berichte: Ermittlerprosa. »Objektivität«.

Eine Wirklichkeit, die man in Minuten und Zentimetern zu messen versuchte.

»Die Leiche liegt nackt auf dem Obduktionstisch. Der Körper misst hundertfünfundsechzig Zentimeter mit gut entwickelten Körperöffnungen und Muskeln«, so beginnt der Gerichtsmediziner seinen Obduktionsbericht.

»Auf dem Boden liegt der Leichnam einer toten Frau. Sie liegt auf der rechten Seite, die Füße weisen zur Wohnungstür, die Knie sind bis zur Taille hochgezogen, Oberkörper und Kopf sind auf die Knie gebeugt«, schreiben die Techniker in ihrem zwanzigseitigen Protokoll über die Untersuchung des Tatorts.

»Bei den zum Mordzeitpunkt obwaltenden Wetter- und Verkehrsbedingungen kann die Busfahrt von der Haltestelle Henriksdalsring zum Slussplan zwischen sechzehn und achtzehn Minuten gedauert haben«, lautet eine Passage aus der Rekonstruktion des Weges, den der zweiundsechzigjährige Oberkellner zwischen seiner Wohnung und seinem Arbeitsplatz zurücklegen muss.

Die Vernehmungen von Zeugen und Verdächtigen werden von demselben grauen Tonfall bestimmt. Selbst wer der Polizei nur hilft – und unter keinerlei Verdacht steht – wirkt ängstlich und nervös und ab und zu sogar hysterisch. Noch schlimmer steht es aus natürlichen Gründen mit denen, die über ihr Tun und Lassen Rechenschaft ablegen müssen.

»Hier legen wir in der Vernehmung eine Pause ein«, sagte Lewin plötzlich mitten im Satz, als er den zweiundsechzigjährigen Oberkellner vernimmt, der Katarynas Leichnam gefunden hat. Der Grund für die Unterbrechung ist in der Abschrift nicht zu finden, aber man kann sehr leicht begreifen, warum Lewin das Tonbandgerät ausschaltet. Der Oberkellner ist in Tränen ausgebrochen. Und bald schluchzt er hysterisch, hat die Hände vors Gesicht geschlagen und beugt den Oberkörper über den Schreibtisch.

»Die Leiche«, »der Leichnam«, »der Körper einer Unbekannten«, »das Opfer«, »diese Rosenbaum«, »diese Frau Rosenbaum«, »Ro, die sich durch Prostitution ernährte«. Die ganze Zeit ist von Kataryna die Rede, aber irgendwie wird sie nie genannt.

»Der Kunde«, »der ehemalige Verlobte«, »die Freundin P., ebenfalls Prostituierte«, »eine unbekannte Mannsperson«, »wegen Sexualvergehen bereits vorbestraft«, und so weiter und so weiter. Hier ist nun die Rede von Katarynas Umfeld, Freunden, Bekannten, Kolleginnen, Zeugen, Verdächtigen.

Wenn wir die Ermittlungsunterlagen zum »Bordellkönig« lesen, gewinnen wir einen anderen Eindruck. Auch diese Ermittlung ist überaus umfassend – insgesamt verschlingt sie sogar noch größere Mittel als die im Fall Kataryna – und kaum hat sie den Schuhkarton bei der Sitte verlassen, wird sie mit Genauigkeit, Fleiß und Effektivität durchgeführt. Aber hier herrscht ein ganz anderer Tonfall.

»Sollten wir nicht einen Kaffee trinken«, fragt der Ermittler mitten in einem Verhör mit Fahlén, während das Tonbandgerät noch immer läuft.

»Kannst du am Montag anrufen, Liebling? Kuss, Gunilla.« Eine handschriftliche Mitteilung an Melander auf der Rückseite einer feuerroten Visitenkarte. Von einer der vielen Prostituierten, die in den Ermittlungen gegen den »Bordellkönig« vernommen wurde.

»Dieser Fahlén ist, glaube ich, so ein Transpirant.« Ein Scherz in der Aktennotiz eines Streifenpolizisten, im Zusammenhang mit der Behauptung, dass Fahlén gern Damenunterhosen und BH trägt.

Nicht dass Melander und die anderen schlampig gearbeitet hätten, das habe ich schon früher erklärt und kann es hier nur noch einmal betonen, aber bei der Ermittlung gegen Fahlén »geht es ja im Grunde doch um schlechte Moral«, um Sachverhalte, die nicht oft strafrechtlich verfolgt werden. »Organisierte Kriminalität und Wirtschaftsverbrechen sind oft eine Frage der Moral.« Kann man da nicht mit den Schultern zucken oder die Sache durch einen Witz entschärfen: »Es ist ja wohl nicht strafbar, bei der Arbeit guter Laune zu sein?«

»Nutten? Soll das ein Job für einen Kerl sein«, sagt Jarnebring spontan zu seinem Chef bei der Streife, als er erfährt, dass er dem frisch eingerichteten Prostitutionskommando zugeteilt wird.

Nur bei einer Gelegenheit ist in der Ermittlung gegen Fahlén ein schärferer Ton zu hören, und typischerweise gerade dann, als diese Ermittlung sich mit der im Mordfall Kataryna kreuzt. Sowie man sich über Fahléns Beziehung zu dem anderen Mord im Klaren war, ist alles wieder beim Alten: »Reiß dich jetzt zusammen, Fahlén. Schmollen kannst du in der Zelle.«

Die Einstellung der Polizei zu unterschiedlichen Verbrechenstypen geht auch aus den Spitz- oder Beinamen hervor, mit denen die verschiedenen Sektionen belegt werden. Die Sitte heißt »Schweinkram«, der Betrug »Jux«. Die Gewaltsektion dagegen läuft unter den Namen »Gewalt«. »Lewin, Gewalt.«

Schweinkram und Jux sind das eine. Gewalt ist etwas ganz anderes. Dieser Unterschied wird nirgendwo so deutlich wie bei einer Mordermittlung. Und dann vor allem, wenn es sich bei dem Opfer um einen Kollegen – einen anderen Polizisten – oder ein kleines Kind handelt. Denn wie die meisten anderen Männer sind auch Polizisten Arbeitskollegen und Väter.

Im Winter 1976 hatte ich Gelegenheit, die Ermittlungen im Fall eines Polizistenmordes zu beobachten. Es kam zu einer regelrechten Hetzjagd, die nach drei Tagen damit endete, dass der Mörder sich in einem der südlichen Vororte im Hauseingang erschoss.

Ich kam am frühen Morgen zur zentralen Ermittlung – aus einem ganz anderen Grund –, und die Jagd hatte soeben begonnen.

Eins fiel mir sofort auf: der totale Eifer, der dort herrschte. Alte Scherzkekse und Schulterklopfer liefen mit zusammengebissenen Zähnen und Eis in den Augen durch die Gegend.

Es war kein Hass – außer bei einigen, die das Opfer persönlich gekannt hatten –, es war »einfach scheißernst«. Das konnte man an ihren Augen sehen. Und wenn jemand einen Witz über die aktuelle Arbeit gerissen hätte, dann hätte er garantiert noch sehr lange seinen Kaffee allein trinken dürfen.

Ebenso war es bei der Ermittlung im Mord an Kataryna Rosenbaum, und es gab mehrere Gründe, warum das so war. Sie war zwar »nur eine Nutte« – und viele Polizisten haben zu Prostituierten ungefähr dieselbe Einstellung wie zu jüngeren Wiederholungstätern –, aber sie war auch eine Frau.

Eins steht fest. Wenn man rasch eine große Anzahl erwachsener Männer mit einem altmodisch ritterlichen Frauenbild zusammenrufen will, dann empfiehlt es sich, auf der nächstgelegenen Wache anzufangen.

Und sie war schließlich grausam misshandelt worden. Es hatte nicht gereicht, sie zu ermorden. Es war noch schlimmer. »Sieh bloß, was er dem armen Mädchen angetan hat«, sagte Kriminalinspektor Jansson, als er mir die Bilder von Katarynas malträtiertem Körper zeigte. Seine grauen Augen waren trauriger denn je.

Nutte, aber auch Frau. Opfer eines entsetzlichen Verbrechens. Außerdem – und das ist wohl von allem am schwersten zu erklären – gab es persönliche Verbindungen und Loyalitäten zwischen Kataryna und der Polizei.

Kataryna Rosenbaum hatte mehrere Polizisten gekannt.

Unter anderem hatte sie Bo Jarnebring gekannt, der sich an den Ermittlungen gegen ihren Mörder beteiligte. An sich handelte es sich um eine Bekanntschaft, die, um Jarnebring zu zitieren, »auf dem Dienstweg« zustande gekommen war, aber zugleich wird deutlich, dass er sie sehr schätzte. Jarnebring ist ein Mann, der anderen Menschen heftige Gefühle entgegenbringt, positive oder negative. Oft übt er einen sehr starken Einfluss auf die Personen in seiner Umgebung aus. Nicht zuletzt gilt das für seine Kollegen von der Streife.

Jarnebring hat Kataryna niemals am Tatort oder im Leichenhaus gesehen – anders als mehrere der Ermittler –, aber als er die Bilder betrachtete, überzog sich sein Hals mit roten Flecken, und er hatte dazu nur einen einzigen Kommentar:

»Aus so einem Arsch müsste man Seife kochen.«

Jan Lewins Reaktionen dagegen sind um einiges schwerer zu verstehen. Wir wissen, dass er Kataryna einmal begegnet ist, als sie noch lebte, nämlich im Zusammenhang mit der Körperverletzung, die sich drei Tage vor ihrem Tod zugetragen hatte.

Nach einstimmiger Aussage der Kollegen ist Jan Lewin, der Polizist Jan Lewin, jemand, dessen Vorgehen von Kälte, Genauigkeit und Objektivität geprägt ist. Eigenschaften, für die er in der Sektion geschätzt wird und die auch mit meiner persönlichen Erfahrung übereinstimmen. Sowohl Lewin als auch Andersson – die Kerntruppe in der Ermittlung zum Mord an Kataryna – sind nachdenkliche und ruhige Personen, die in überaus hohem Maße von ihrer Polizistenrolle geprägt sind. Viel mehr als viele andere, denen ich bei der Truppe begegnet bin.

Unter anderem zeigt sich das an ihrer Art zu reden, oft sagen sie, »der oder die Betreffende«, statt er oder sie, dann »unser geschätzter Kollege von der Streife«, wenn von Jarnebring die Rede ist, von dem ich sicher weiß, dass keiner von beiden ihn sonderlich schätzt, schon gar nicht Lewin. Oder »Herr Kriminologe«, wenn sie mit mir zu tun haben. Ich spreche von dieser scheinbar objektiven, ein wenig umständlich höflichen und manchmal ironischen Art zu reden.

Aber der Lewin, der uns in der Kataryna-Ermittlung begegnet, ist ein ganz anderer. »Er hat es zu persönlich genommen«, »er war überanstrengt«, »Lewin ist immer noch nicht mehr als ein Knabe«, das sind die Erklärungen, mit denen ich von Dahlgren und anderen versorgt wurde, wenn ich mich über Lewins starkes persönliches Engagement in der Kataryna-Ermittlung gewundert habe.

Aber reicht das?

Um fünf Uhr früh am Samstag, dem 21. Oktober, wird Johny Dahl festgenommen. Der Mann, den zu diesem Zeitpunkt alle für Katarynas Mörder halten. Aber schon vor dem Mittagessen am selben Tag ist man sich darüber im Klaren, dass sich die Sache mit allergrößter Wahrscheinlichkeit eben doch nicht so verhält.

Der Daumenabdruck stammt nicht von ihm.

»Fehlschuss«, sagt Bergholm schon um acht Uhr morgens bedauernd zu Lewin.

Dahls Beziehungen zu Kataryna sind ebenfalls anders, als man annehmen sollte. Dahl hat Kataryna nicht näher gekannt. Er hat bei der Vermietung der Wohnung in der Roslagsgata als Fahléns Strohmann fungiert. Das sagt er selbst, und Fahlén bestätigt es. Fahlén hat die Wohnung vom Hausbesitzer übernommen – der sich plötzlich nicht mehr daran erinnern kann, an Dahl vermietet zu haben – und dann Dahl gebeten, den Strohmann zu machen.

Das Geld, das sie von Kataryna erhalten haben, sechzehntausend Kronen schwarz für einen Untermietvertrag über zwei Jahre, sowie die Miete für ein Jahr, haben sie untereinander und mit dem Hausbesitzer geteilt.

Dass Dahl im Vertrag den Namen des Grafen benutzt hat, erklärt er damit, dass er selbst nicht dort auftauchen wollte. Vollkommen verständlich, bedenkt man die Umstände und die Person Dahls.

»Dann war es dieser Scheißfahlén«, sagt Lewin am Samstagvormittag düster zu den anderen. Aber so ist es dann auch wieder nicht.

Denn der Daumenabdruck stammt auch nicht von Fahlén, und außerdem hat Fahlén ein Alibi für den Vormittag, an dem Kataryna ermordet wurde. Noch dazu ein Alibi von der Polizei selber, nämlich von den beiden Streifenpolizisten, die Fahlén damals beschattet haben und beide bezeugen können, dass er sich am fraglichen Tag in seinem zweihundert Kilometer von der Roslagsgata 40 entfernt gelegenen Sommerhaus aufgehalten hat. Ein Alibi, das ihm die laufende Voruntersuchung gegen ihn verschafft.

Und nun verhält sich Lewin ausgesprochen seltsam. Er zeigt den anderen deutlich seine Enttäuschung. Einer sagt sogar, dass er verzweifelt war. Genau dieses Wort benutzt er. »Der arme Lewin war total verzweifelt.« In der Sektion sagt er, dass er sich nicht wohlfühle – »ich brüte offenbar eine Erkältung aus« –, und fährt nach Hause. Erst am Mittwoch, dem 25. Oktober, lässt er sich wieder sehen.

Als ich ihn danach frage, erinnert er sich an die Enttäuschung (»Ist doch klar, dass man da nicht gerade Hurra schreit«) und an die plötzliche Erkältung (»Hatte die schon lange in den Knochen«). Aber die Verzweiflung streitet er entschieden ab.

Aber das reicht nicht. Enttäuschung reicht nicht.

Als ich ihn frage, was er gedacht habe, als Dahl und Fahlén aus dem Kreis möglicher Täter ausschieden, sagt er spontan Folgendes (aus der Abschrift meines Tonbandinterviews):

»Ehrlich gesagt hatte ich nur einen Gedanken. Dass niemand einen ganzen Bus samt Fahrer und Fahrgästen massakrieren sollte und ich dann Kataryna ruhen lassen müsste. Das war wirklich mein einziger Gedanke.«

Enttäuschung?

Verbindungen zwischen den
Voruntersuchungen zu
Kataryna Rosenbaum und dem
»Bordellkönig« Johan Riisto Fahlén,
Samstag, 21. Oktober, bis
Samstag, 28. Oktober

XXV

Die Verbindung zwischen dem »Bordellkönig« Johan Riisto Fahlén und Kataryna Rosenbaum finden wir in den Polizeiunterlagen in Form von drei Verhören mit Fahlén, die Lewin und Melander zwischen Samstag, dem 21. Oktober, und Montag, dem 23. Oktober, durchführen. Rein praktisch läuft das so ab, dass Lewin und Melander abwechselnd als Verhörleiter beziehungsweise Beisitzer fungieren.

Insgesamt zehn Seiten Verhörprotokolle finden sich im ergänzenden Material zur Voruntersuchung, die sich nach und nach in vierzig Punkte aufgliedert – jeder Punkt eine Wohnung, die Fahlén an Prostituierte vermietet hat –, für die Anklage, die Ende November vor dem Stockholmer Landgericht erhoben wird.

Drei Verhöre von über hundert, zehn Seiten von über tausend, das ist alles. Hier liegt vermutlich die Erklärung dafür, dass zum Beispiel die Presse Fahléns Verbindung zu Kataryna glatt übersehen hat.

Die Verhöre mit Fahlén, bei denen es um seine Bekanntschaft mit Kataryna geht, sind vor allem deshalb interessant, weil sie belegen, dass sein Kontakt zu ihr im Wesentlichen von derselben Art war wie der zu anderen Prostituierten.

Das erste Verhör findet am Samstag, dem 21. Oktober, statt. Verhörleiter ist Kriminalinspektor Jan Lewin, Beisitzer Kriminalkommissar Gösta Melander. Es gibt eine schriftliche Zusammenfassung des Verhörs, die Fahlén vorgelesen und von diesem akzeptiert wurde.

In Bezug auf die Vermietung der Wohnung Roslagsgata 40, EG, an Kataryna Rosenbaum und in Bezug auf seine Kontakte zu ihr usw., gibt Fahlén Folgendes zu Protokoll:

Frau Rosenbaum, die er bereits von früher her kannte, rief ihn Ende April 1978 an. Sie erzählte, ihr und ihrer Freundin sei die Wohnung in der Dalagata gekündigt worden, weshalb sie fragen wolle, ob Fahlén für sie neue Räumlichkeiten besorgen könne, zum selben Zweck, nämlich »Striptease- und Massagetätigkeit«.

Fahlén versprach, sich zu melden, was er dann einige Wochen später auch tat. Er bot Frau Rosenbaum eine Wohnung in der Roslagsgata 40, EG, an, ein Zimmer und Küche. Diese Wohnung sollte Frau Rosenbaum zur Untermiete für mindestens zwei Jahre übernehmen können. Die Miete betrug dreihundertelf Kronen pro Monat.

Fahlén und Frau Rosenbaum einigten sich dahingehend, dass sie einen Mietvertrag jeweils für ein Jahr für den Preis von zehntausend Kronen sowie einer Monatsmiete von fünfhundert Kronen erhalten sollte. Die Miete sollte immer für ein Jahr im Voraus bezahlt werden.

Danach rief Fahlén einen alten Bekannten an, Direktor Johny Dahl, den er seit mehreren Jahren kannte, und machte mit ihm ab, dass der Vertrag mit dem Hausbesitzer auf Dahl ausgestellt werden und Dahl den Untermietvertrag mit Frau Rosenbaum unterzeichnen sollte. Das passierte dann auch, als Dahl und Frau Rosenbaum sich einige Wochen später trafen.

Als Entschädigung überließ Fahlén Dahl dreitausend von den insgesamt sechzehntausend Kronen, die er von Frau Rosenbaum erhalten hatte. Weitere fünftausend Kronen gab Fahlén dem Hausbesitzer, um sich für die Überlassung des

Untervermietungsrechts erkenntlich zu zeigen. Das jedoch mit einem Abzug auf die Miete von dreihundertelf Kronen im Monat, die Fahlén jedes Quartal im Voraus auf das Postgirokonto des Hausbesitzers einzahlte. Auf der Überweisung war als Einzahler Johny Dahl angegeben.

Wie hatte Fahlén Kataryna Rosenbaum kennen gelernt? In dem Verhör, das einen Tag später durchgeführt wurde – die Fortsetzung des ersten –, können wir unter anderem Folgendes lesen (Verhörleiter ist diesmal Melander, während Lewin als Zeuge fungiert):

»Fahlén gibt an, dass er Frau Rosenbaum irgendwann im Sommer oder Herbst 1977 kennen gelernt hat, als er zu Besuch in das Atelier kam, das sie und ihre Freundin (Anita, auch Lilian genannt) in der Dalagata teilten.

Im Herbst 1977 besuchte Fahlén das Atelier in der Dalagata fünf- oder sechsmal als Kunde. Er wurde in drei Fällen von Frau Rosenbaum und in zwei oder drei weiteren Fällen von deren Freundin Lilian (Anita) bedient.

Bei den Besuchen bei Frau Rosenbaum erhielt er eine so genannte Topmassage, zum Geschlechtsverkehr soll es jedoch nicht gekommen sein. Bei ihrer Freundin war es genauso. Fahlén berichtet weiter, dass er bei diesen Besuchen immer weibliche Kleidung getragen habe, BH, Spitzenhöschen usw. Auf Nachfrage sagt er, dass er das eben ab und zu so macht. Er trägt diese Dinge nicht offen, sondern unter seiner Herrenkleidung. Was die Entschädigung für den Service betrifft, den Frau Rosenbaum und ihre Freundin geleistet haben, sagt Fahlén, er habe ganz normal bezahlt, jedesmal fünfhundert Kronen. Fahlén fügt außerdem hinzu, er habe sich mit Frau Rosenbaum und ihrer Freundin sehr gut verstanden und sie sympathisch und zuverlässig gefunden.«

Am Montag, dem 23., wird Lewins »Wirklichkeit« zu Scherben zerschlagen. Es gibt nun in der Kataryna-Ermittlung nicht mehr einen einzigen des Mordes Verdächtigen. Dass eine solche Person aber existiert – die ihm und den Kollegen ganz und gar unbekannt ist – bleibt ihm nur zu schmerzlich bewusst. Nach dem Mittagessen verlässt er die Sektion und fährt nach Hause. Zu Andersson sagt er, dass er eine Erkältung ausbrütet und sich nicht wohlfühlt. Die wahre Erklärung ist aber vermutlich eine andere und viel einfachere. Die Hoffnung, von der er nun fast einen Monat lang gezehrt hat, ist geplatzt.

Außerdem verhält es sich so bitter, dass er selbst und sein Kollege an den Fall angesetzt sind.

»Fehlschuss, Fehlschuss«, sagt Bergholm an diesem Samstag in regelmäßigen Abständen, nachdem er Dahls und Fahléns Daumenabdrücke mit dem vom Stuhlbein verglichen hat. Danach nutzen er und Melander das Wochenende, um sich davon zu überzeugen, dass Fahlén und Dahl die Wahrheit sagen. Zumindest dieses Mal.

Fehlschuss, Fehlschuss, und da liegt sie nun, zu Fetzen geschossen. Die »Wirklichkeit«, die Lewin mühsam mit Hilfe seiner Hoffnungen zusammengestückelt hat – *mit Hilfe meiner Fantasie,* denkt er bitter – und aus Scherben, die überhaupt nicht zueinander gehörten. Es ist aber auch typisch, dass er, als er an diesem Montag nach Hause fährt, sich und die Kollegen verflucht und nicht die Lüge, von der er gelebt hat.

Was er zwischen Montagnachmittag und Mittwoch macht, ist unklar. Fest steht, dass er am frühen Nachmittag des 25. Oktober wieder in die Sektion zurückkehrt. Und dass Andersson und die anderen erstaunt registrieren, dass Lewin jetzt ganz ausgeruht und »wieder total normal« wirkt.

Plötzlich fuhr er aus dem Schlaf hoch, obwohl es mitten in der Nacht war. Mitten in einem Traum, der sich schon aus seinem Bewusstsein zurückzog. Obwohl er hörte, wie der Regen gegen das Schlafzimmerfenster schlug. Obwohl er seit über einem Tag nur ein paar Stunden geschlafen hatte.

Sein Kopf kam ihm noch immer schwer vor, als wollte die Erkältung ihn nicht loslassen, zugleich aber war er durchaus guter Stimmung. Mitten in seinem schlaftrunkenen, erkälteten Zustand entdeckte er, dass er in guter Stimmung war. Er war nicht ruhig und nicht froh, aber auf eine unerklärliche Weise in guter Stimmung. *Was hat sie noch immer gesagt*, überlegte er.

»Scherben, Splitter und Sand, fein wie Schnupftabak in der Hand.«

Wann hatte sie das gesagt? Er war noch sehr klein gewesen, das wusste er noch. Es musste in dem Sommer gewesen sein, in dem sein Vater gestorben und seine Mutter krank geworden war. Deshalb hatte er mehrere Monate bei ihr verbracht. *Wann hatte sie es gesagt?* Sicher hatte er irgendetwas zerbrochen. Ein Glas? Einen Teller? Eine Schüssel? Jetzt fiel es ihm wieder ein. Er hatte sein Milchglas zerbrochen und Angst bekommen und geweint. Aber seine Oma hatte ihn auf den Schoß genommen, ihn an sich gedrückt und den Vers aufgesagt, und danach war er ruhig und froh gewesen. Als er fragte, ob Papa und Mama ihn bald abholen würden, war es nicht schlimm, dass sie nur den Zeigefinger an die Lippen legte.

Die Milch. Lewin lächelte in der Dunkelheit vor sich hin. Die war für die Großmutter wichtig gewesen. Nicht nur, weil sie in einem Milchladen arbeitete und sie gratis bekam. In diesem Sommer wurde Milch zum wichtigsten Element ihrer Erziehungsversuche. *Trink deine Milch*, sagte sie immer wieder. Sie stellte ihm ein riesiges Glas mit gelber Haut hin und nahm dann ihm gegenüber Platz.

»Denk an Einar«, sagte sie. »Der hat die englische Krankheit gekriegt. Weil er seine Milch nicht trinken wollte.«

Sie lächelte ihn an und ließ ihr Gewicht auf den Ellbogen ruhen.

Einar war Lewins dreißig Jahre älterer Vetter. Wie auch immer jemand einen so uralten Vetter haben konnte. Außerdem hatte er im Dorf als ein wenig »anders« gegolten. *Einar, der war ein wenig anders.* Und er hatte also die engelsche Krankheit gehabt. So drückte sie das aus, und seine Beine waren eingeknickt.

»Man sieht ja nie, wo er hingeht, der Einar.«

Die Großmutter lächelte ihn an, während er vor lauter Schreck trank. Um nicht ein wenig »anders« zu werden und eingeknickte Beine zu kriegen. Damit alle sehen konnten, wo er hinging.

»Milch ist gut für die Knochen.« Sie musterte ihn mit ernster Miene. »Du musst schlingen wie ein Kalb. Das ist gut für die Lunge.« Lewin schlang wie ein Kalb.

Am Morgen, als die Zeitung in den Briefschlitz geschoben wurde, lag er noch immer im Bett und dachte nach. Erst nach einer knappen Stunde stand er auf, ging ins Badezimmer und ließ Wasser in die Wanne laufen. Er fühlte sich jetzt ganz ruhig. Ruhig und entschlossen. Als er vor dem Badezimmerspiegel stand und überlegte, ob er sich rasieren müsse, schaute er sich in die Augen und sagte laut und deutlich zu seinem Spiegelbild:

»Ja verdammt, Lewin. Was bist du für ein Scheißpolizist? Zu Hause rumsitzen und heulen, weil du einem Unschuldigen keinen Mord anhängen kannst.«

Er beschloss deshalb, nach dem Mittagessen in die Sektion zu fahren. Und sei es auch nur, um den wirklichen Täter zu finden.

Aber zuerst wollte er seinen Artikel fertig schreiben, der schon seit einem Monat herumlag. Die würden ihn dann eben in der nächsten Nummer bringen müssen.

Es gibt immerhin Scherben, dachte er, als er auf dem Weg zum Polizeigebäude auf Kungsholmen in seinem Auto saß. So fein wie Sand. *Hier kommt ein Kalb*, dachte Lewin. Ein Kalb auf der Jagd nach Sand.

XXVI

»Du siehst gut aus, Lewin.« Andersson nickte ihm zufrieden zu. »Es bringt nie was, solche Erkältungen mit sich rumzuschleppen.« Er schüttelte besorgt den Kopf.
Und ich dachte, es sei was Ernstes, dachte Andersson. Mit Lewin. Die Hoffnung der Sektion, aus der vielleicht ein neuer Otto Wendel werden konnte.
»Ich schlage vor, dass du die Rosenbaumunterlagen aufräumst. Dann sehen wir am Montag, ob Jansson und ich bei der anderen Sache Hilfe brauchen.« Andersson blickte Lewin fragend an, aber der nickte nur zustimmend. *Ruhig und gelassen kam er mir vor.*
»Klar.« Lewin sah Andersson mit energischer Miene an. »Ich nehme eine Säuberung vor.«
»Es war sicher der letzte Kunde?« Andersson schaute Lewin besorgt an, als könnte der diese Frage beantworten.
»Vielleicht wird er demnächst gestehen?« Lewin lächelte tröstend zurück. »Ich werde die Papiere sortieren. Bis Montag also.«

Sortiert hatte er dann auch. Alles, was nicht unbedingt notwendig erschien, hatte er in Kartons gepackt und ins Sektionsarchiv geschafft. Die Ordner behielt er erst mal in seinem Zimmer. Vor Weihnachten würden sie wohl alles in den Keller bringen müssen, wenn bis dahin nichts passiert war.

Mit den Aufräumarbeiten war er den ganzen Nachmittag beschäftigt. Aber danach war er fertig, und das bedeutete, dass ihm Donnerstag, Freitag und das Wochenende blieben, um ein letztes Mal energisch über den Fall Kataryna nachzudenken. Nicht weniger als vier volle Tage bis Montag, den 30. Oktober.

Als er das Licht ausknipsen und sich auf den Heimweg machen wollte, warf er einen letzten aufmunternden Blick auf den leeren Besuchersessel. *Noch haben wir eine Chance. Noch haben wir nicht aufgegeben. Du kannst dich auf mich verlassen.*

Und das konnte sie. Denn etwas über zwei Tage später – in der Nacht zum Samstag, dem 28. Oktober – bekam Lewin die Person zu fassen, die er seit Donnerstagabend, dem 14. September, suchte. Dass gerade er es war, Lewin, der diese Person fand, zeigt wohl auch, dass es auf dieser Welt trotz allem noch eine höhere Gerechtigkeit gibt. Genau eine Woche, nachdem er geglaubt hatte, die ganze Welt sei zu Scherben zerschlagen.

Es gab noch andere, die so dachten. Das sollte sich schon am Freitag, dem 3. November, deutlich bestätigen. Denn da beantragte der Staatsanwalt vor dem Stockholmer Landgericht einen Haftbefehl für einen Mann, der des Mordes oder des Totschlags an Kataryna Rosenbaum am Donnerstag, dem 14. September 1978, verdächtigt wurde.

»Hast du etwas dagegen, wenn ich mir das beschlagnahmte Material zu Fahlén ansehe?« Lewin blickte Melander fragend an.

»Glaubst du, da lässt sich was finden?« Melander drehte seinen Schreibtischsessel in Lewins Richtung, lehnte sich zurück und verschränkte die Hände im Nacken. *Lewin gibt sich nicht geschlagen*, dachte er. Dieser Knabe wird es noch weit bringen.

Lewin zuckte mit den Schultern, als wüsste er das nicht.
»Er wird Bordellkönig genannt. Und hat an sie vermietet.«
»Ja«, sagte Melander nachdenklich. »Aber mehr scheint es da nicht zu geben.«
Lewin nickte zustimmend. *Vor ein paar Tagen hast du noch geglaubt, dass es gar nichts gibt*, dachte er. Aber das sagte er nicht.
»Ich packe gerade die Unterlagen zusammen«, sagte er. »Aber ich habe Zeit bis Montag.«
»Die wirst du auch brauchen.« Melander erhob sich. »Komm mit.«

Ja, das konnte er verstehen. Sicher würde es seine Zeit brauchen. Er sah sich die Regale im Raum an. Vom Boden bis zur Decke voll gestopft mit Ordnern und kartonweise Papieren, die bei der Durchsuchung von Fahléns Wohnung, seinem Sommerhaus und seinem Büro in der Kommendörsgata beschlagnahmt worden waren. Dutzende von Kartons und Ordnern waren aufeinander gestapelt.
»Einige sind das schon.« Melander sah aus, als könnte er Gedanken lesen.
Lewin nickte nachdenklich.
»Kannst du sagen, was drin ist? Ganz kurz?«
»Da hast du Buchführung, Verträge und Untermietverträge.« Melander zeigte auf die mittlere Ordnerreihe. »Da ...«
...
»Wann wolltest du anfangen?«
»Jetzt«, sagte Lewin entschieden.

Hier wimmelt es von Banditen, dachte Lewin. Er machte es sich auf dem Stuhl gemütlich, den er ins Archiv getragen hatte, und musterte irritiert die Neonröhre unter der Decke. *Ich werde mir eine andere Lampe besorgen*, dachte er. Einfach übel, bei solchem Licht lesen zu müssen. Tatsächlich strömte ein scharfes, grelles Licht aus der Neonröhre. Ein enger Raum ohne Fenster und eine Belüftungsanlage, die unermüdlich Stunde um Stunde vor sich hinsummte, ohne jemals zu verstummen.

Anfangs – das war jetzt zehn Minuten her, er hatte auf die Uhr gesehen – hatte er die Ordner in Melanders Zimmer getragen. Er durfte dort sitzen, und es war bequemer dort und leichter zu lesen, aber er hatte es aufgegeben. Aus dem einfachen Grund, dass es zu lange dauerte, zwischen dem Archiv und Melanders Zimmer hin und her zu laufen.

Er schaffte es auch nicht, alles zu lesen. Denn dazu hätte er bis zum nächsten Sommer gebraucht. Stattdessen blätterte er durch die Unterlagen, notierte Namen und Adressen, las hier und dort einige Zeilen und hoffte, einen Zusammenhang zu finden. Aber er fand keinen. Immerhin war er, als er gegen elf Uhr abends beschloss, nach Hause zu fahren, über den Wohnungsmarkt ins Staunen geraten. *Da wimmelt es ja offenbar von Schurken*, dachte er, als er in der Tiefgarage unter dem Polizeigebäude in sein Auto stieg.

Am nächsten Tag – inzwischen war es schon Freitag – fing er um zehn Uhr morgens an. Eigentlich hatte er sehr viel früher beginnen wollen, aber als er aufwachte, sah er zu seiner Überraschung, dass der Wecker schon halb neun zeigte und dass er volle acht Stunden geschlafen hatte. Sicher weil er mit dem Träumen aufgehört hatte. Dieser Traum, der ihn wochenlang verfolgt und dazu gebracht hatte, sich im Bett hin und her zu werfen. Aber jetzt war Schluss damit. *Das kommt von der Milch*, dachte er mit zufriedenem Lächeln, als er am Küchentisch saß und sich in die Zeitung vertiefte.

Am späten Freitagabend hatte er die Ordner durch und konnte sich an den Inhalt der Kartons machen. »Diverses«

hatte Melander gesagt. *Macht nichts*, dachte er. *Die Ordner haben ja nichts gebracht.* Und doch dienten sie Melander als Fundament für seine Klageschrift. Den Rest hatte er in die Kartons gelegt, zusammen mit Dingen, die man in Ordnern nun mal nicht aufbewahren kann.

Lewin öffnete einen neuen Karton. Der enthielt Briefe, ordentlich sortiert, mit einem Blatt Papier um jedes Bündel, auf dem notiert war, worum es in den Briefen ging. Die Beschriftung hatte offenbar Melander vorgenommen. Fotokopierte A-4-Bögen mit einer gepunkteten Linie oben, die nur noch ausgefüllt werden brauchte. Unten auf dem Blatt stand krkom. G Melander/R6. *Sechs, das war die Betrugssektion.* Typisch Melander. Lewin lächelte die Regale an. Wenn schon Jux, dann richtig. Egal wohin die Leitung einen auch versetzte. Und für wie viele Jahre.

Es wurde schon spät. Halb elf Uhr abends, und es war etliche Stunden her, dass Melander zu ihm hereingeschaut und sich verabschiedet hatte. *Um diese Zeit schaltete er sicher den Fernseher ab*, spülte sein Schnapsglas aus und ging zu Bett. Lewin stocherte ziellos zwischen den Briefbündeln herum. »Private Briefe an F./nicht relevant für die Ermittlung«, »Private Briefe an die Verlobte/nicht relevant für die Ermittlung«, »Briefe von Prostituierten an F./nicht relevant für die Ermittlung«. *Deshalb liegen sie ja auch im Karton*, dachte Lewin, wie alles Bedeutungslose. Und nicht in Melanders Ordnern.

Was war das hier? »Drohbriefe an F./nicht relevant für die Ermittlung«. *Drohbriefe*, dachte Lewin. Ob das den verpassten Fernsehkrimi wiedergutmachen könnte? Den sah er sich zwar nur selten an, aber trotzdem. Außerdem waren es nicht viele Briefe. Er prüfte das Gewicht des Bündels in seiner Hand. Drei, nein, vier Stück. Drei im Umschlag. Er zog das Gummiband ab.

Alle natürlich anonym. Das waren sie immer. Er legte sie

vor sich ins Regal. Normale schlichte Umschläge, einfaches Briefpapier, kein Absender. Typisch für das Genre.

Der erste Brief war handschriftlich, mit Poststempel Stockholm Bahn und adressiert an die Wohnung auf Värmdö. Außerdem war er kurz.

»Einige von uns haben vor, dir den Schwanz abzuschneiden Fahlén. Nur damit du's weißt.«

Lewin seufzte. Steckte den Brief zurück in den Umschlag und nahm den nächsten. Auch der trug den Stempel Stockholm Bahn, war aber mit Maschine geschrieben und an Fahléns Büro in der Kommendörsgata gerichtet. Außerdem war er ein wenig länger.

Lewin las.

»Es gibt einen Ort für Herren wie dich. Den Bunker in KUMLA. Ich werde dafür sorgen, dass du dort landest. Und zwar ganz schnell.«

Den Bunker in Kumla, dachte Lewin. Da könnte man ja zustimmen. Er nahm den dritten Brief.

Adresse mit Maschine geschrieben. Värmdö. Poststempel? Lewin drehte den Umschlag hin und her, als er versuchte, den verwischten Stempel zu lesen. Stempel... *Kumlabunker*, dachte er. Wo zum Teufel...

Plötzlich sprang er auf. Er spürte, wie sein Mund ganz trocken wurde, während sein Herz sich zu überschlagen drohte.

Herrgott, dachte er. So muss es sein.

Jetzt hämmerte sein Herz wie wild – als wollte es sich aus seinem Rippengewölbe losreißen –, und er musste sich setzen, um nachdenken zu können. *Das Einzige, woran er denkt, ist, was wissen wir.* Plötzlich befand sich Lewin wieder bei der Besprechung am Montag, dem 18. September. Wie sollte er das wissen können, ohne uns zu fragen? Er starrte den zweiten Brief an, den er eben ins Regal zurückgelegt hatte. *So muss es sein*, dachte er. Ein ganz normaler

Mensch. Hat er das nicht gesagt, der Arzt? Der mit der komischen Tasche. *Ich glaube, das ist ein ganz normaler Mann.*

Zehn Minuten drauf stürzte Lewin in sein Zimmer in der Gewaltsektion. Es war ein großes Glück, dass kein Mensch im Haus war. Denn Lewin rannte – er ging nicht, er rannte – durch die Gänge. In der linken Hand hielt er einen Brief. Ganz vorn, zwischen Daumen und Zeigefinger.

Wo zum Teufel kann es sein? Er starrte wütend die Ordner in seinem Regal an. *Da.* Er riss den ersten Ordner mit Verhörprotokollen heraus, setzte sich hinter den Schreibtisch und fing mit der rechten Hand an zu blättern. *Der falsche Ordner.* Er sprang auf. Riss den nächsten Ordner aus dem Regal und war schon auf dem Rückweg zum Schreibtisch, als er innehielt, kehrtmachte und noch vier Ordner mit Verhörprotokollen aus dem Regal zog.

Im dritten Ordner wurde er fündig. Als er die betreffenden Zeilen las, war er plötzlich überzeugt. Er legte den aufgeschlagenen Ordner auf den Schreibtisch, schnappte sich die Archivschlüssel, die in seiner Schreibtischschublade lagen, und verließ das Zimmer. Nach zehn Minuten – ihm kamen sie vor wie eine Ewigkeit, und beim ersten Mal übersah er es – hatte er es gefunden. Eine durchsichtige Plastikmappe, die ein einziges Papier enthielt. Noch dazu ein ziemlich kleines Papier, vier mal acht Zentimeter, eine Visitenkarte.

Als er auf sein Zimmer zurückkam, legte er die Plastikmappe mit der Visitenkarte neben den Umschlag mit dem Drohbrief, ganz rechts lag der aufgeschlagene Ordner. Dann saß er stumm da und schaute nur. Zuerst auf den Brief, dann auf die Karte, und dann las er im Ordner. *Natürlich hatte er die Karte angefasst.* Bestimmt war er Rechtshänder. Nervös war er gewesen, seine Hände schweißnass. Nervöse Menschen mit schweißnassen Händen sind streng genommen die einzigen, die ordentliche Fingerabdrücke hinterlassen, das wusste er. *Das hatten sie ihm verdammt noch mal schon auf der Polizeischule versprochen.*

Fünf Minuten waren vergangen, aber er hatte sich noch nicht entschieden. Er schaute auf die Uhr. *Soll dieser Scheißbergholm doch denken, was er will*, dachte Lewin. Griff zu der Dienstliste mit den Privatnummern, die auf dem Schreibtisch lag, und wählte die Nummer von Bergholm. Er war schließlich der Techniker, der von Anfang an mit dem Fall zu tun gehabt hatte.

»Du gibst dich wohl nie geschlagen, was, Lewin?«
Bergholm schien eher erfreut denn verärgert, als er ihn sah, obwohl es schon halb zwölf in der Nacht war.
»Wir hatten Besuch, meine Frau und ich. Meine Schwägerin und ihr Mann.«
Lewin nickte. Das hatte er schon aus Bergholms Atem erschlossen. Und dass es sich um Verwandtschaft der Gattin handelte, hatte er dem erfreuten Lächeln entnommen.
»Die gehen einfach nicht«, sagte Bergholm. »Da hab ich mich fast gefreut, als du angerufen hast, da hatte ich doch einen Grund, mich zu verdrücken.«
Lewin nickte wortlos.
»Jaa.« Bergholm sah ihn ungeduldig an. »Wo ist dein Fleck?«
»Hier«, sagte Lewin und hielt ihm die Plastikmappe mit der Visitenkarte hin. »Kannst du die Abdrücke auf der Karte überprüfen und mit dem Stuhlbein vergleichen?«
Bergholm schüttelte überrascht den Kopf.
»Ich glaube, in der einen Ecke sitzt ein ordentlicher Daumen«, sagte Lewin daraufhin.
»Ich bin ja ohnehin schon hier.« Bergholm hörte sich nicht mehr ganz so erfreut an. *Was zum Teufel ist denn in*

Lewin gefahren, dachte er. »Ich hol nur schnell was zum Vergleichen.« Er zog einen Schlüsselbund aus der Tasche und machte sich auf den Weg zu dem grünen Aktenschrank.

Muss das wirklich so verdammt lange dauern, dachte Lewin gereizt. Jetzt beugte sich Lewin schon seit fünf Minuten über seinen Arbeitstisch. Ununterbrochen starrte er die Visitenkarte an, die in dem kleinen Lichtkegel vom Mikroskop lag. Dass es mehrere Abdrücke gab, war in dem typischen Licht der Lampe deutlich zu sehen, nachdem Bergholm sich vorher eine Weile an der Karte zu schaffen gemacht hatte.

Wirst du irgendwann mal fertig? Lewin trat von einem Fuß auf den anderen und stützte sich auf den Tisch. Bergholm starrte ins Mikroskop, schob die Visitenkarte dichter an den Vergleichsabdruck heran und summte vor sich hin. Dann schaltete er das Mikroskop aus und drehte sich mit dem Sessel zu Lewin um.

»Ja, ja«, sagte er gähnend und rieb sich die Augen mit den Fingerknöcheln. Dann sah er Lewin an. Jetzt machte er wieder einen zufriedenen Eindruck.

»Jaa«, sagte Lewin. *War es so, wenn die Zeit stillstand?*

»Da muss ich wohl gratulieren.« Bergholm verbeugte sich im Sitzen. »Das bringt dir sicher die Beförderung zum Kommissar.«

Der Erzähler

3

In der Nacht zum Samstag, dem 28. Oktober 1978, tritt Jan Lewin in die Welt der Legenden ein. In seinem Gehirn vergleicht er zwei unterschiedliche Beobachtungen miteinander. Einerseits was jemand bei einer Vernehmung gesagt hat, andererseits den Wortlaut eines anonymen Briefs.

Seine Schlussfolgerung ist einfach. Die Identität der Wortwahl weist darauf hin, dass die vernommene Person den anonymen Brief geschrieben hat. Und wenn das so ist, dann muss diese Person bei der Vernehmung gelogen und eine ganz andere Beziehung zu Kataryna gehabt haben als behauptet.

Als Lewin des »Mannes mit dem Daumen« habhaft wird, kommt er in idealer Weise dem literarischen Genre nahe, das sich mit dem Verbrechen beschäftigt: dem Kriminalroman, oder genauer gesagt, dem Polizeiroman.

Aber in der Wirklichkeit läuft es nur selten so. Die Ausnahmen – zum Beispiel Lewins Einsatz im Fall Kataryna – sind überaus selten.

Auffällig ist etwas anderes. Die extrem fortgeschrittene Technologie. Die Teamarbeit. Nicht der einsame Meisterdetektiv mit der überlegenen Menschenkenntnis. Die Technologie. Die Objektivierung von Menschen und menschlichen Handlungen. Das fällt auf.

Wenn man die Polizeiunterlagen über den Fall Kataryna

Rosenbaum durchgeht, ist man beeindruckt von der gewaltigen technologischen Genauigkeit, die dort zum Ausdruck kommt. Tausende von Seiten mit Vernehmungen, Rekonstruktionen, Umfelderfassung, Proben und Analysen.

Menschenkenntnis?

Nachdem ich diese vielen Seiten gelesen hatte, war mir noch immer nicht klar, wer sie gewesen ist. Über Kataryna Rosenbaum existiert eine Seite mit einfachen biographischen Angaben. Das ist alles. Keiner von denen, die an der Ermittlung beteiligt waren, hat den Versuch unternommen, »die Person Kataryna Rosenbaum« zu rekonstruieren. Wer war sie?

Vermitteln die Unterlagen ein falsches Bild? Wurde viel über sie gesprochen? Wurde es nur nicht zu Papier gebracht?

Kriminalinspektor Bo Jarnebring von der zentralen Streife war der Einzige, der Kataryna gekannt hatte. Wenn wir von den Stunden absehen, in denen Jan Lewin nach der Misshandlung mit ihr gesprochen hatte. Jarnebring ist auch der, den ich von allen an der Ermittlung Beteiligten am besten kenne.

»Was war Kataryna für ein Mensch?«

»Eine Nutte, ziemlich fesch. Wenn man Bräute mit dicken Möpsen toll findet, war sie Klasse. Und die Freier stehen da doch drauf.« Er grinste und schaute aus dem Fenster in seinem Zimmer.

»Wie oft bist du ihr begegnet?«

»Zwanzigmal, vielleicht dreißig.« Er überlegte, »Eher zwanzig. Von 76 an und dann noch zwei Jahre.«

»Worüber habt ihr geredet?«

»Die Nuttenszene. Da kam sie gut zurecht. Sie war mit Marek zusammen gewesen. Sie kannte sich also aus mit den Polacken. Mit der polnischen Mafia.« Jarnebring grinste wieder und sah mich an.

»Wie war sie als Mensch?«

»Du!« Jarnebring setzte sich gerade hin und richtete seinen Polizistenfinger auf mich, den rechten Zeigefinger. »Ich bin Polizist, klar. Nicht Psychologe oder Kriminologe. Sie war ein nettes Mädchen, mit dem man gut reden konnte. Sah auch gut aus. Ich kann verstehen, dass es den Onkels im Schritt gebrannt hat.«

»Aber sie muss doch irgendwas gesagt haben, das dir zu Denken gegeben hat?«

»Sprich mit Nilsson vom Ministerium. Der hat sie während der Prostitutionsermittlungen interviewt. Ich habe übrigens den Kontakt hergestellt.«

Ich nickte. Das wusste ich schon. Im Frühjahr 1977 hatte mein Kollege und, um genauer zu sein, ehemaliger Lehrer, der Dozent Lars M. Nilsson, mit Kataryna und an die fünfzig weiteren Stockholmer Prostituierten Interviews geführt. Und zwar im Rahmen einer Untersuchung, die er für die Prostitutionsermittlung vorgenommen hatte.

»Wussten die anderen Ermittler von diesem Material? Von Nilssons Interviews?«

Jarnebring schaute mich überrascht an. Fast als hätte ich ihn eines Dienstvergehens bezichtigt.

»Aber sicher doch. Hab ich doch gleich das erste Mal erzählt. Sprich mit Lewin.«

»Habt ihr über Kataryna diskutiert?«

»Du.« Jarnebring sah mich gereizt an. »Ich war mit dem äußeren Umfeld beschäftigt. Ich finde, du solltest mit Lewin reden.«

Lewin.

»Ja. Ich habe mir dieses Material angesehen. Ich fand, dass es keine Bedeutung für die Ermittlungen hatte.«

»Warum nicht?«

Lewin musterte mich verständnislos.

»Es war zu alt. War nichts von Belang drin. Nichts über mögliche Täter oder Kontakte, die uns nicht schon bekannt gewesen wären. Es war einfach reines Forschungsinteresse, wie ich das sehe. Warum wird man Prostituierte und so. Jede Menge Sexkram natürlich.« Er lächelte müde, als er das sagte.

»Habt ihr über Kataryna diskutiert. Wer sie war?«

»Na ja. Es gab keine Besprechung dazu. Natürlich hat man sich so seine Gedanken gemacht. Sprich doch mal mit Andersson. Der hat die Ermittlungen geleitet.«

Andersson.

»Kataryna? Wer sie war?« Andersson sah mich mit seinen milden Augen an, stützte die Ellbogen auf die Sessellehnen, legte die Hände aneinander und formte mit den Fingerspitzen ein Gewölbe. »Du weißt, der Täter. Dem gilt unser Interesse. Nicht so sehr dem Opfer. Bei Prostituierten ist das schwer. Die scheinen oft keine richtigen Freunde zu haben, die was erzählen können. Oder vielleicht wollen die Betreffenden das auch nicht. Kataryna hab ich wohl nie richtig zu fassen gekriegt. Aber es hat ja geklappt.« Er nickte mir aufmunternd zu. »Dieser Nilsson hat irgendwann mal ein Interview mit ihr gemacht, fällt mir gerade ein.«

Was geben Nilssons Tonbandinterviews mit Kataryna her?

Fünf Interviews von insgesamt vier Stunden. Sie wurden im Frühjahr 1977 aufgenommen. Ungefähr anderthalb Jahre vor dem Mord.

»Soziologisch« gesprochen können wir sagen, dass es sich um locker strukturierte Gespräche handelte, die Katarynas Situation zum Ausgangspunkt nahmen. Ihre Erfahrungen als Frau, als Prostituierte, ihre Beziehungen zu Männern, Kunden, Bekannten, Freunden. Die Interviews sind nur teilweise abgeschrieben.

Nilsson erklärt das damit, dass er die Interviewserie nie abgeschlossen hat. Kataryna hat das Interesse verloren und wollte nicht mehr mitmachen.

»Das kommt manchmal vor.« Nilsson nickte nachdenklich. »Die Chemie zwischen Interviewer und Opfer stimmt plötzlich nicht mehr. Vor allem wenn sie merken, dass ihnen die Interviews nicht gerade nützen werden. Sie war keine Idiotin.« Nilsson lächelte müde. »Sie hat schon durchschaut, was meine Rolle bei den Ermittlungen war.«

»Wie würdest du sie als Person einschätzen?«

Nilsson zuckte mit den Schultern.

»Eine komplexe Persönlichkeit.« Er nickte vor sich hin. »Komplex.«

»Komplex?«

»Ja. Es gab viele Katarynas. Du kannst Bänder und Abschriften gern mitnehmen. Aber ich will sie zurück.«

Die Interviews mit Kataryna sind in wichtigen Hinsichten informativ, sogar aus rein polizeilicher Perspektive bin ich dieser Meinung. Und das aus drei Gründen. Es gibt keine besseren Dokumente über sie. Einfach weil man sie reden hört. Das ist natürlich besser als eine Abschrift, ganz zu schweigen von Urteilen Dritter.

Der zweite Grund ist vielleicht interessanter. Denn Kataryna selbst gibt die beste Erklärung dafür, warum sie ermordet wurde. Das ist meine feste Überzeugung. Sie macht das anderthalb Jahre vorher, natürlich ohne irgendeine Ahnung, dass ihr das passieren wird, und ohne ihren Mörder auch nur getroffen zu haben. Ihren *mutmaßlichen* Mörder.

Drittens. Kataryna scheint die Einzige gewesen zu sein, die eine solche Tat verstanden hätte und offenbar auch bereit gewesen wäre, sie zu vergeben. Wenn ich bedenke, was passiert ist, weiß ich nicht, was ich dazu sagen soll. Ist es grotesk? Wahnsinnig? Oder weise?

Der Grund, aus dem Lewin sich nicht für das Interviewmaterial interessiert hat, ist meiner Meinung nach bei ihm selbst zu suchen. Nicht im Material. Lewin hat sich persönlich in der Ermittlung engagiert. Das steht für mich fest, auch wenn unklar bleibt, warum er das getan hat. Er selbst muss an professionelle, pragmatische Motive glauben. Schließlich soll er sich nicht in erster Linie für Kataryna interessieren. Sondern für ihren Mörder.

Als ich ihn in dieser Hinsicht bedrängte, gab er denn auch die erwartete Antwort:

»Ich hatte doch schon einen Täter. Und der kam in den Interviews nicht vor. Die wurden gemacht, ehe sie sich begegnet waren.«

Das Ermittlungsmaterial über Kataryna sagt im Grunde mehr über sie aus als über Lewin. Mitten unter Protokollen und Analysen, mitten zwischen Polizeiprosa und Ermittlerschwedisch finden wir plötzlich zwei überaus persönliche Mitteilungen.

Beide während der Wochen geschrieben, in denen Lewin seinen mutmaßlichen Täter verhört hat. Beide an Sektionschef Dahlgren gerichtet. Und im Gegensatz zu allem anderen ist ihr Inhalt aufsehenerregend: »Ich weiß nicht mehr ein noch aus. Kannst du dir diese Abschrift ansehen und sagen, was du meinst?« Und Nummer zwei: »Jetzt habe ich mich entschieden. Ich werde diese Linie weiterverfolgen, bis wir wissen, dass er es war und dass er und ich das wissen. Er scheint vor einer Wand zu stehen, und vielleicht wird er ruhiger, wenn er begreift, dass wir es wissen.«

Die erste Mitteilung datiert vom Montag, dem 13. November. Die andere vom Tag danach, Dienstag, dem 14. November.

Lewin löst seine Probleme, indem er sich hinter Routine und Technologie verkriecht und auf die Psychologie pfeift. »Ich weiß es schon. Aber wie ist es passiert?« Man muss wohl fast zu dieser Deutung kommen, wenn man sich die zweite Mitteilung an Dahlgren ansieht und seinen offenbaren Widerwillen, Katarynas Ansichten, warum ein Mann eine Prostituierte umbringen kann, ernst zu nehmen.

Technologie. Wie weit ist sie gekommen? Wie viel Menschlichkeit und wie viel Psychologie stecken im Schweden der späten Siebzigerjahre noch in einer Mordermittlung?

Der weltberühmte englische Gerichtsmediziner Keith Simpson erteilt folgenden Rat, wie man sich beim Opfer eines Gewaltverbrechens das sichert, was unter den Nägeln sitzt. Bedenkt man die Umstände, ist das vor allem bei groben sexuellen Übergriffen oder Gewalt gegen Frauen von Bedeutung.

»Wichtig ist«, sagte Simpson, »die Hände des Opfers bereits am Tatort zu sichern. Sie in eine Plastiktüte zu stecken und diese mit Klebeband zu verschließen. Wenn das Opfer im Leichenhaus eintrifft, kann man mit den Händen warten und sich auf den Körper konzentrieren.« Damit die Hände bei der Obduktion nicht stören, macht Simpson folgenden Vorschlag (Simpson, Keith: Police. The Investigation oft Violence. London, 1978): »It is not a bad practice to cut off the hands at the wrists, still in their bags, for nail scrapings to be done on a clean laboratory bench.« Es hat sich als vorteilhaft erwiesen, die Hände mitsamt den Plastiktüten vom Körper abzutrennen und die Spuren unter den Nägeln auf einer sterilen Laboroberfläche zu untersuchen.

Der Mensch als Objekt. Beschrieben als Summe anderer Objekte.

Was geschah mit Kataryna?

»Was macht ihr mit dem, was unter den Nägeln sitzt?«, fragte ich Dahlgren am Telefon. »Ich denke an die Kataryna-Ermittlung.«

»Unter den Nägeln? Damit habe ich noch nie einen Mörder überführen können. Soll die Polizei den Leichen jetzt auch noch die Nägel sauber machen?«

»Ich dachte an den Gerichtsmediziner. Das fällt doch wohl eher in sein Ressort?«

»Eine Zeit lang war das populär, aber wir wussten nicht, was wir damit machen sollen. Oft kann man nicht einmal die Blutgruppe eindeutig bestimmen. Und was ist der Beweiswert, wenn man nicht weiß, wen sie gekratzt hat?«

»Ihr habt Katarynas Nägel untersucht. Aber das hat nichts gebracht.«

»Kann ich sehr gut verstehen.« Dahlgren lachte zufrieden.

Ich berichtete Dahlgren von Simpsons Rat. Kam so etwas in Schweden vor?

»Nix. Solche Dummheiten überlassen wir den Engländern. In der ersten Sektion haben wir noch Respekt vor den Toten.«

Respekt vor den Toten. Vielleicht hatte deshalb Kataryna ihre Hände noch, als sie vom Leichenhaus zum Friedhofskrematorium im Norden von Stockholm gebracht wurde.

Aber wen man dorthin fuhr, wusste man kaum. Ein Resultat derselben Technologie, weit fortgeschritten, aber nicht vollendet.

4

Informationen über Kataryna Rosenbaum lassen sich an unterschiedlichen Stellen finden. Eine Quelle sind die Registereintragungen bei Behörden und Institutionen: Einwohnermeldeämter, Finanzämter, Ausländerbehörden und – in Katarynas Fall – nicht zuletzt die Polizei.

Informationen, die gesammelt wurden, als sie nach Schweden kam und Asyl beantragte. Als die schwedische Gesellschaft versuchte, ihr beim Aufbau einer neuen Existenz zu helfen, ihr Sprachkenntnisse, Ausbildung, Wohnung und Ähnliches zu vermitteln. Und als sie dann schließlich die schwedische Staatsbürgerschaft beantragte.

Ihr neues Leben hinterlässt natürlich neue Spuren, zum Beispiel geben ihre jährlichen Steuererklärungen Auskunft über Arbeitssituation, Zivilstatus und Einkünfte. Und in Katarynas Fall finden sich eben auch bei der Polizei Spuren.

In der Ausländerabteilung der Polizei von Trelleborg wird bei ihrem Eintreffen in Schweden die übliche Routineuntersuchung vorgenommen. Darüber gibt es vielleicht nicht so viel zu sagen. Der werden alle unterzogen, die sich in Katarynas Situation befinden, und bei ihr ist nichts anders als bei anderen.

Das ändert sich bei den Informationen, die später von der Polizei zusammengestellt werden. Die ersten stammen aus dem Jahr 1975. Kataryna hat ihren Verlobten Marek Sienkowski wegen Körperverletzung angezeigt.

Die Ermittlungen werden von der Polizei in Solna übernommen – Kataryna und ihr Verlobter sind zu diesem Zeitpunkt in Solna gemeldet – und nach und nach entsteht dort auch der Verdacht auf Kuppelei.

Kataryna ist nun wirklich in einer ernsten Notlage. Die Anzeige wird im Krankenhaus aufgenommen, wo sie insgesamt eine Woche zubringen muss, bis sie einigermaßen wieder auf den Beinen ist. Während der Voruntersuchungen erzählt sie über sich und ihr Verhältnis zu ihrem Verlobten.

Aber nach einem Monat zieht sie die Anzeige zurück, worauf die Voruntersuchungen eingestellt werden.

Im September 1978 wird sie dann ermordet, und die Polizei muss sich abermals mit Kataryna Rosenbaum befassen: wie sie gelebt hat, wie ihre Umgebung und ihre früheren Beziehungen aussahen.

Eine weitere Wissensquelle sind die Interviews, die mein Kollege im Frühjahr 1977 mit ihr gemacht hat. Die waren zwar Teil einer größeren Arbeit in staatlicher Regie – der Prostitutionsermittlung –, aber ich halte es trotzdem für gerechtfertigt, die Interviews den übrigen offiziellen Auskünften zur Seite zu stellen.

Der Zufall – in diesem Fall die Prostitutionsdebatte, die Vorgeschichte der Ermittlungen, die vorgenommenen Untersuchungen und die Tatsache, dass Kataryna bei diesen Untersuchungen eine Rolle gespielt hat – war ausschlaggebend dafür, dass sie wesentliche Teile ihres Lebens auf ihre Weise vortragen konnte. War die Darstellung parteiisch? Eine Verteidigungsrede? Ein berechtigter Angriff auf eine ungerechte Gesellschaft? Ein offizielles Dokument? Nichts von alledem und dennoch von allem ein bisschen.

Wenn wir die Quellendaten nebeneinander stellen, dann

haben wir einerseits die Grundlage für eine Art »äußere Biographie« von Katarynas Leben (verschiedene Phasen, gesehen mit »Registeraugen«), andererseits wird dieses Äußere punktuell aufgeschrieben: ihre persönlichen Ansichten, ihre Überlegungen oder Analysen zu wichtigen Erfahrungen, die sie gemacht hat.

Das Bild ist alles andere als vollständig. Über weite Strecken hinweg ist es lückenhaft oder unbefriedigend. Außerdem sind die Auskünfte oft widersprüchlich und lassen sich bisweilen überhaupt nicht miteinander in Einklang bringen. Unter anderem gilt das für die Auskünfte, die sie zu unterschiedlichen Zeitpunkten über sich selbst erteilt hat.

Kataryna Rosenbaum wurde am 20. Juni 1948 in Lodz in Polen geboren. Ihre Eltern trennten sich einige Monate vor ihrer Geburt. Sie wuchs bei der Mutter auf. Ihren Vater hat sie nach eigener Aussage nie getroffen. Ebenso wenig wie den älteren Bruder, der nach der Trennung beim Vater blieb.

Kataryna lebt bis zu ihrem achtzehnten Lebensjahr bei ihrer Mutter. Danach zieht sie von Lodz nach Warschau und arbeitet dort in einem Warenhaus.

Die Mutter ist allein stehend, aber es bestehen Unklarheiten, was ihren Beruf und ihren Nachnamen angeht. Als Kataryna 1969 nach Schweden kommt, nennt sie der Polizei in Trelleborg als einzige Verwandte ihre Mutter: Teresa Zielinska, Maschinenarbeiterin, fünfundvierzig Jahre alt, wohnhaft in Lodz. Sie gibt weiterhin an, dass ihre Mutter seit der Scheidung wieder ihren Mädchennamen trägt. Kataryna selbst heißt zu diesem Zeitpunkt ebenfalls Zielinska, Kataryna Zielinska.

Den Namen Rosenbaum nimmt Kataryna 1976 an, als sie schwedische Staatsbürgerin wird. Sie nennt sich jedoch schon seit längerem so, unter anderem bei den Vernehmungen durch die Polizei von Solna 1967: Kataryna Rosenbaum-Zielinska. Die Namensänderung wird amtlich registriert. Als Grund gibt Kataryna an, dass es sich einerseits um ihren wirklichen Namen handelt (den Mädchennamen der Mutter, unter dem sie in Polen gelebt haben), und dass andererseits ein Name wie Zielinska »in einem Land wie Schweden unpraktisch ist«.

In den Interviews meines Kollegen erzählt sie folgende Geschichte: Der Mädchenname der Mutter sei Rosenbaum, Teresa Rosenbaum. Die Mutter arbeite als Schreibkraft bei einer staatlichen Firma in Lodz. Sowohl Kataryna als auch ihre Mutter hätten unter dem Namen Zielinska gelebt: »Polen ist kein Land, in dem man freiwillig einen jüdischen Namen trägt.«

Was stimmt? Vermutlich die erste Version.

Der Name Rosenbaum? Das war aller Wahrscheinlichkeit nach der Mädchenname der Großmutter. Aufgrund der Situation Polens in den Jahren 1939 bis 1945 – und übrigens auch später – ist es jedoch sehr schwer, sich in diesem Punkt vollständige Klarheit zu verschaffen. Es spricht vieles für die Annahme, dass Kataryna aus einer ganz normalen polnischen Familie stammt und dass es eine psychologische Erklärung für ihre wiederholten Anspielungen auf ihre »jüdische« Herkunft gibt.

Kataryna trifft im September 1969 in Schweden ein, als politischer Flüchtling. Die näheren Gründe für diesen Status sind mir unbekannt. Die Unterlagen der Polizei in Trelleborg und die Kopien, die bei der Ausländerbehörde liegen, sind nämlich nicht öffentlich zugänglich.

In den Interviews gibt sie selber die erwartete Erklärung. Und die stimmt wahrscheinlich nicht. »Warum ich hergekommen bin? Das fragen Sie eine, die Rosenbaum heißt?« Mehr sagt sie über diesen Sachverhalt nicht.

Im Herbst 1969 nimmt Kataryna an Sprachkursen und an einer Berufsausbildung unter Regie der Ausländerbehörden teil. Das geschieht in zwei verschiedenen Internaten in Mittelschweden. Ihre Zeugnisse, vor allem was ihre Fähigkeit und Bereitschaft, Schwedisch zu lernen, angeht, sind sehr gut. Im Februar 1970 siedelt sie nach Västerås über, wo sie ihre kaufmännische Ausbildung beendet. Kurz darauf wird sie in dieser Stadt in einem großen Lebensmittelladen eingestellt.

Was ihre Ausbildung in Polen angeht, existieren keine klaren Auskünfte. Eigenen Angaben zufolge entspricht sie ungefähr dem schwedischen Abschluss an einem Gymnasium mit humanistisch-gesellschaftswissenschaftlichem Zweig. Bei verschiedenen Tests zeigt es sich, dass sie nur über geringe Kenntnisse in Englisch und Mathematik verfügt. Deutsch oder Russisch spricht sie überhaupt nicht. Was sie in Polen gelernt hat, wird deshalb vom Niveau her der schwedischen Grundschule gleichgesetzt.

Sie bleibt bis 1972 in Västerås. Sie wohnt mit einer Freundin – ebenfalls einer Polin – in einer kleineren Wohnung, die ihnen vom städtischen Wohnungsamt zugewiesen worden ist. Im Herbst 1972 kündigt sie diese Wohnung und geht nach Stockholm.

Ihr Leben in Stockholm wirft jede Menge Fragen auf. Es gibt keinerlei Hinweise darauf, wo sie in der ersten Zeit gewohnt hat. Erst im Januar 1973 meldet sie eine Adressenänderung. Die neue Adresse ist eine Wohnung auf Söder, Skånegata, die sie zur Untermiete bewohnt. Auskünfte über ihr Einkommen erteilt sie erst für das Jahr 1972. Deshalb wird sie auf Basis der Auskünfte ihrer Arbeitgeber in Västerås steuerlich eingestuft.

In ihrer im Februar 1974 eingereichten Steuererklärung gibt sie an, als Kassiererin in einem Sexclub in der David Bagares gata in Stockholm zu arbeiten, monatliches Einkommen zweitausendfünfhundert Kronen. Sie wohnt noch immer an derselben Adresse, in der Skånegata.

Im Jahre 1974 meldet sie sich dann um. Die neue Adresse ist eine Mietwohnung in Solna. Ihr neuer Mitbewohner ist ein Landsmann, Marek Sienkowski. Ihr Arbeitgeber ist weiterhin der Sexclub in der David Bagares gata, als Jahreseinkommen gibt sie jetzt 36 000 Kronen vor Abzug der Steuern an.

Im Spätherbst 1975 zieht sie abermals um. Sie kündigt auch ihre Arbeitsstelle. Ihre neue Adresse ist Valhallaväg, ihr neuer Arbeitgeber ein »Gesundheitsinstitut« in Vasastaden. Ihre Einkünfte sind seit 1975 mehr oder weniger unverändert. Sie pendeln zwischen dreißig- und vierzigtausend Kronen.

Ihre letzte Adresse in der Bergsgata ist nicht gemeldet. Sie hat sich im Frühjahr 1978 in eine Wohnungsgenossenschaft eingekauft. Die Kaufsumme, die bei der Genossenschaft registriert ist, beläuft sich auf hundertdreißigtausend Kronen. Der Marktwert der Wohnung dürfte doppelt so hoch sein, und die Erklärung ist vermutlich einfach: Schwarzgeld neben der offiziellen Kaufsumme. Die Kaufsumme entspricht ziemlich genau der Summe, die der Verkäufer einnehmen darf, ohne sie versteuern zu müssen. Ihrer Freundin Anita erzählt Kataryna, sie habe zweihunderttausend Kronen bezahlt, »meine gesamten Ersparnisse«.

Die schwedische Staatsangehörigkeit erhält Kataryna unmittelbar vor Weihnachten 1976. Ihr schwedischer Pass wird im Frühjahr 1976 ausgestellt.

Den schwedischen Führerschein hat sie bereits einige Jahre früher gemacht. Als Fahrzeughalterin ist sie jedoch nicht gemeldet.

Ihr einziges bekanntes Kapital – abgesehen von der Wohnung und ihren dortigen Habseligkeiten – besteht aus sechstausend Kronen auf einem Konto der SE-Bank. Sie hat monatlich kleinere Beträge eingezahlt, die erste Einzahlung erfolgte im August 1976.

So viel zu Katarynas »äußerer« Biographie. Die hauptsächlich aus den Archiven der Behörden rekonstruiert wurde.

5

In den Interviews, die mein Kollege im Frühjahr 1977 mit ihr macht, ist vor allem von zwei miteinander zusammenhängenden Dingen die Rede. Zum einen von Katarynas »Karriere« als Prostituierte. Zum anderen von ihren Beziehungen zu Männern, zu Männern ganz allgemein, zu Männern als Kunden, zu Männern, mit denen sie ein privates Verhältnis hatte.

Wie wurde Kataryna zur Prostituierten?

Ihre eigene Darstellung lässt sich folgendermaßen zusammenfassen.

Im Sommer 1973 war sie in einem polnischen Club in Stockholm, den sie besuchte, um Landsleute zu treffen, Marek begegnet. Sie verliebten sich ineinander – »zumindest habe ich mich in ihn verliebt« –, und er ging mit ihr »auf die Piste«.

Nach ihrer eigenen Aussage durchschaute sie recht schnell, womit Marek sich beschäftigte; »miese Sachen, Geschäfte, Clubs und so.«

Marek besorgte ihr den Job im Sexclub in der David Bagares gata. Er arbeitete dort zusammen mit einem Kumpel, als Rausschmeißer, Filmvorführer und sozusagen »Knabe für alles«. Er selbst bezeichnete sich als »künstlerischen Leiter«.

Anfangs arbeitete Kataryna als Kassiererin, und ihre Beziehung zu Marek war zufriedenstellend. Nach einem halben

Jahr zogen sie zusammen in eine Mietwohnung in Solna. Aber nun verschlechterte sich ihr Verhältnis rapide.

»Er war nie zu Hause. Als wir noch nicht zusammenwohnten, habe ich nicht viel darüber nachgedacht. Dann aber war das anders. Er hatte seine Geschäfte und andere Frauen und überhaupt. Solche, die im Club gearbeitet haben, und das habe ich natürlich mitgekriegt.«

Kataryna geht es immer schlechter, physisch und psychisch.

»Meine Güte, damals hab ich vielleicht zugenommen. (Lacht). So viel habe ich sonst nie gewogen. Mindestens fünfundsiebzig. Wir haben aber auch ziemlich viel gefeiert, im Club und anderswo. Die, die dort gearbeitet haben.«

Marek setzt Kataryna zusehends stärker unter Druck.

»Eines Tages kommt er also. Er war seit Tagen nicht mehr zu Hause gewesen. Und dann kommt er in den Club und will mit mir reden, aber er schimpft mich nur aus und schüttelt mich und am Ende hat er mich sogar geschlagen. Dann sagt er, er habe mit Lasse gesprochen, dem Clubbesitzer, und ich solle lieber gleich in den Keller gehen und mich für die Kundschaft ausziehen. Lasse habe ihm gesagt, ich sehe aus wie eine Sau, und er könne mich nicht mehr an der Kasse sitzen lassen, weil ich die Kunden abschreckte. Und da könne ich auch gleich in den Keller gehen und den Kunden einen runterholen helfen, wo ich schon wie eine Sau aussähe. Wir hatten ja eine Treppe tiefer die Stripteaseräume. Mehr sollte da nicht passieren, aber natürlich passierte doch immer mehr als das.«

»Und was hast du gemacht?«

»Ich wollte das nicht, aber dann fingen alle an, mich anzupöbeln. Alle im Club. Auch die Frauen. Kaum tauchte ich irgendwo auf, musste ich mir das anhören. Kataryna soll in den Keller. Die muss sich ja wohl mal bewegen. Kataryna braucht Bewegung... so ging es die ganze Zeit.«

»Und hast du gehorcht?«

»Ja, nicht sofort, aber nach einer Weile dann doch. Vor allem damit ich meine Ruhe hatte und sie aufhörten, und ich brauchte ja auch das Geld. Marek hat mir nie Geld gegeben, und die Wohnung in Solna kostete fast tausend pro Monat. Ich konnte die Hälfte von dem behalten, was die Kunden mir gegeben haben.«

»Was war das für ein Gefühl?«

»Es war widerlich. Ich habe mich geekelt. Aber damals ging es mir so schlecht, dass ich nicht darüber nachgedacht habe. Es war mir egal. Irgendwie war das nicht ich selbst. Ich hatte das Gefühl, neben mir zu stehen, während eine andere das machte.«

Was die Zeitpunkte angeht, stimmt Katarynas Darstellung in den Interviews mit dem überein, was sie 1975, nachdem sie von Marek misshandelt worden war, der Polizei in Solna gesagt hatte. Aber diese Aussage hatte sie nach einiger Zeit zurückgezogen.

Was stimmt denn nun?

Dass Kataryna im Herbst 1973 im Sexclub angefangen hat, stimmt. Dass sie – zumindest zu Beginn – als Kassiererin gearbeitet hat, stimmt vermutlich ebenfalls. Wie sie dort gelandet ist und wie sie Marek kennen gelernt hat, kann jedoch nicht stimmen.

Im Jahr 1973 – seit Anfang April – sitzt Marek in Hall eine Gefängnisstrafe ab. Zu dem Zeitpunkt, zu dem Kataryna ihn kennen gelernt haben will, hat er keinen Hafturlaub und ist auch nicht ausgebrochen. Ungefähr ein Jahr, nachdem Kataryna im Club angefangen hat, nimmt auch Marek dort seine Arbeit als »Knabe für alles« auf. Vermutlich lernen sie sich bei dieser Gelegenheit kennen, auf jeden Fall passiert es um diese Zeit, im Frühling oder Frühsommer 1974.

Ihre Darstellung der Gründe, warum sie an der Kasse aufgehört und stattdessen mit dem Striptease begonnen hat, kann dagegen durchaus zutreffen. Dass damit ihr Einstieg in die Prostitution besiegelt war, ist jedoch zweifelhaft.

Es gibt allerlei Gründe zu der Annahme, dass sie bereits in Polen als Prostituierte gearbeitet hat.

Ich glaube das vor allem aus zwei Gründen. Einerseits gibt es in den Interviews Andeutungen in diese Richtung, andererseits hat sie ihrer Freundin Anita gewisse Dinge erzählt, und mit der Freundin habe ich selbst gesprochen.

In Polen floriert die Prostitution, weil Touristen und ausländische Geschäftsleute versorgt werden müssen, dann das hochbezahlte Proletariat der ausländischen Gastarbeiter, der Techniker und Bauarbeiter, die unter anderem aus Schweden stammen.

Bemerkbar macht sich das vor allem in den Touristenhotels der größeren Städte, besonders in Warschau. Dort wimmelt es von so genannten Barflöhen, zumeist jüngeren Frauen, die männliche Gäste aus dem Ausland unterhalten.

Diese Aktivitäten spielen sich ganz offen und vermutlich unter dem wohlwollenden Blick der Behörden ab, und das führt zu einem Boom der polnischen Hotel- und Restaurantprostitution, hinter der sich ihr schwedisches Pendant etwa verstecken kann. Es gibt natürlich auch die Professionellen – Geld in die Handtasche und ab aufs Zimmer –, aber die Mehrheit der Mädchen besteht aus Gelegenheitsprostituierten oder einfach solchen, die »etwas erleben wollen«.

Sie treffen die ausländischen Männer, werden zu Essen und Schnaps eingeladen, bekommen Geschenke und Taschengeld. Je nach Bedarf kommt es durchaus vor, dass man sich die ganze Zeit um denselben Mann kümmert, so lange er vor Ort ist, und sich nach seiner Abreise einem neuen widmet.

»Warst du schon mal in Polen?«
»Ja. Mehrmals.«
»Dann weißt du doch, was in den Hotels und Bars in Warschau abgeht? Jede Menge Mädels und Ausländer, denen die Kohle locker sitzt. Die an einem Abend so viele Zloty rausschmeißen, wie du in zwei Monaten verdienst. Im kommunistischen Polen. Ich war ja noch nie in China, aber die sind doch auch kommunistisch.«

Dieser Interviewauszug verlangt eine Erklärung. Kataryna diskutiert hier mit ihrem Gesprächspartner darüber, dass es Prostitution in allen Ländern gibt, unabhängig von Wirtschaftssystem und gesellschaftlichen Verhältnissen. Der Interviewer bringt China ins Spiel, von dem »ich nicht glaube, dass es dort Prostitution gibt«, und Kataryna führt »mein kommunistisches Heimatland Polen« dagegen an.

Ähnliche Andeutungen – über Prostitution in den großen Warschauer Hotels – macht sie in den Interviews an mehreren Stellen.

Ihrer Freundin Anita gegenüber hat sie sich klarer ausgedrückt. Ob es sich um berufsbedingte Prahlerei handelte, oder ob es der Wahrheit entsprach, ist leider nicht ganz so klar.

»Was Kataryna in Polen gemacht hat? Ja, gearbeitet natürlich... wo noch, in einem Warenhaus, und als sie dann nach Warschau kam, ist sie abends ausgegangen und hat nette Typen mit Geld an Land gezogen. Damals ist sie auf die Idee gekommen. Weil die ihr erzählt haben, wie es hier aussieht... und da hat sie beschlossen, dieses Scheißland zu verlassen.«

»Wann hat sie das erzählt?«

»Immer wieder. Wenn wir hier in der Stadt in der Kneipe waren... dann hat sie mir oft erzählt, wie es in Polen war...

in Warschau. Sie hat verglichen, klar. Wie die Typen drüben waren. Dieselben Typen, aber viel cooler. Weil sie eben im Ausland waren. Weg von der Familie.«

»Dieselben Typen, aber viel cooler?«
In den Interviews mit Kataryna geht es sehr oft um ihre Beziehung zu Männern.
»Einmal bist du von Marek übel misshandelt worden. Warum hat er dich geschlagen?«
»Ach, das war typisch. Marek wollte eben hart sein. Immer war er total cool und hat mich behandelt, als wäre ich nicht gut genug für ihn. In dieser Hinsicht war er wie alle anderen. Genauso verängstigt und genauso verletzlich. Weißt du, wie man einen Mann fertig machen kann?«
»Erzähl.«
»Werd ich. Es lief nicht gut mit uns, und mir ging es sehr schlecht. Ich war ihm scheißegal, und er nahm mir mein Geld weg und war mit anderen Frauen zusammen und kam erst Wochen später wieder nach Hause, und dann sollte ich ganz normal sein, obwohl er mich geschlagen und psychisch gequält hat. Aber ich habe ihn fertig gemacht. Ich habe mit einem von seinen Kumpels geschlafen, einem Polen, der auch im Club gearbeitet hat. Als ich mit dem im Bett war, habe ich ihm erzählt, dass er viel besser wäre als Marek und dass ich bei Marek nie einen Orgasmus hätte. Bei ihm dagegen... oooh (lacht).«
»Was ist dann passiert?«
»Ja, da hat er sich über Marek lustig gemacht und es den anderen erzählt, und die haben sich auch über Marek lustig gemacht, und auf die Weise hat Marek erfahren, was ich gesagt habe, und er ist durchgedreht und hat mich geschlagen. Er kam im Club nach unten und schlug auf mich ein, aber Lasse, der Besitzer, und die anderen haben ihn rausgeworfen und gesagt, sie wollten keinen Ärger, und es wäre

ja wohl nicht meine Schuld, dass Marek impotent wäre. Sie haben zu mir gehalten. Das war das einzige Mal, dass sie auf meiner Seite waren.«

»Ich dachte, er hat dich zu Hause in eurer Wohnung misshandelt?«

»Ja. Nachts kam er dann nach Hause und war total außer sich, und er hatte die Schlüssel und hat dann auf mich eingeschlagen. Er war total außer sich…«

…

»Alle Männer sind gleich. Eifersüchtig. Wieso? Sie haben so viele Frauen, aber wenn ihre Frau mal einen anderen hat, dann stürzt für sie die Welt ein. Männer lieben nur sich selber. Oder vielleicht andere Männer.«

»Wie meinst du das?«

»Warum haben Männer Frauen? Um anderen Männern zu zeigen, wie toll sie sind. Nicht weil sie Frauen mögen. Die mögen nur sich selbst und vielleicht andere Männer. Eifersüchtig… einfach weil sie Angst vor anderen Männern haben. Davor, nicht der Beste zu sein. Wenn ein anderer besser ist, drehen sie durch. Eine Fotze, das sagt ihr doch. So nennt ihr einen Mann, der nicht gut genug ist. Ein Mann mit Eiern, das ist ein guter Mann. Ein großer Mann. Ein Mann mit großen Eiern.«

»Kannst du Männer nicht leiden?«

»Ach (lacht), ihr tut mir leid. Ihr seid so schwach. Keine Frau ist so schwach wie ein Mann. Warum seid ihr so schwach? Weil ihr nur euch selbst liebt und anderen Männern nur zeigen wollt, wie toll ihr seid, und das geht nur, wenn ihr viele Frauen habt. Und weil ihr alle gleich seid, nehmt ihr euch gegenseitig die Frauen weg, und dann werdet ihr so klein. So jämmerlich und verängstigt. Ihr tut mir Leid. So sehe ich das. Ihr armen Männer.«

»Glaubst du, dass alle Männer gleich sind?«

»Die schlimmste Sorte, das sind solche wie du. Solche, die

verstehen wollen. Die alles so gut verstehen. Die uns Frauen helfen wollen. Ich bin solchen Männern begegnet. Ich war mit so einem Mann zusammen. Der war der Schlimmste von allen. Er war schlimmer als Marek.«

»Kannst du von ihm erzählen?«

»Ja. Ich habe ihn kennen gelernt, als mit Marek Schluss war und es mir so dreckig ging. Er hat studiert und gearbeitet. Er wollte Sozialarbeiter werden. Ist doch klar... Sozialarbeiter. Er war total radikal. Er wollte mir helfen. Ich sollte Vertrauen zu ihm haben und ihm alles erzählen. Wir dürften keine Geheimnisse voreinander haben. Ich erzählte und erzählte, und er verstand alles und verzieh alles. Was auch immer ich getan hatte. Es spielte keine Rolle. Alles würde gut werden. Wenn wir nur Vertrauen zueinander hätten. Weißt du, was er getan hat?«

»Nein.«

»Ich habe ihm alles erzählt. Ich hatte Vertrauen zu ihm. Er wollte mir helfen. Aber dann habe ich herausgefunden, dass er gleichzeitig mit anderen Frauen zusammen war. Mit solchen wie ihm. Die studierten und alles wussten und alles verstanden. Und mit denen schlief er und erzählte ihnen von mir. Als wäre ich ein Ding. Ein Ding, das existierte, damit er anderen zeigen konnte, wie toll und verständnisvoll er doch war... meine Güte, was für eine Erniedrigung. Ich bin nie im Leben so erniedrigt worden. Nie... nicht von Marek... und auch von sonst keinem.«

»Jaa...«

»Aber den habe ich auch fertig gemacht... wie Marek. Ich habe gesagt, ich hätte ihn satt, weil er immer nur rede und mich sexuell nicht befriedigen könne. Dass ich nicht mehr mit ihm schlafen wollte, weil er im Bett nichts taugte... Er rief noch Monate später an und wollte sich mit mir treffen... genau wie die Freier... die miesesten Kunden. Die zu einer Prostituierten gehen und glauben, sie könnten sie befriedigen.«

»Du hast nie irgendeinen sexuellen Genuss, wenn du mit einem Kunden schläfst?«

»Meine Güte, was für eine Frage... solche, die versuchen und machen und tun und alle Tricks probieren, von denen sie gelesen haben... das sind die Schlimmsten. Die Besten sind solche, die nur an sich denken und abspritzen... das geht schnell. Die großen Liebhaber... Gott weiß, was ich alles angestellt habe, damit es schnell geht, damit ich sie loswerde. Es braucht nur ganz wenig, und schon schaffen sie es nicht. Nur ein kleiner Zweifel. Sie müssen bloß denken, ich lache über sie, und schon geht nichts mehr. Da werden sie impotent. Da können sie nicht... und da machen sie Ärger.«

»Hast du niemals irgendeinen sexuellen Genuss mit einem Mann gehabt?«

»Einige Male. Mit Marek hatte ich ein paar Mal einen Orgasmus. Mit anderen auch. Aber nur, wenn ich selbst will. Das hat nichts damit zu tun, was der Mann macht. Oder wenn ich es mir selbst mache, dann habe ich immer einen Orgasmus. Ihr Männer braucht solche wie mich. Die ein Spiel für euch spielen, damit ihr euch für große Liebhaber halten könnt. Deshalb habt ihr solche wie mich.«

»Du befriedigst also ein Bedürfnis?«

»Ja. Damit ihr Männer überlebt. Solche wie mich wird es immer geben, solange es Männer gibt. Ihr kommt ohne uns nicht zurecht. Es hat immer Herren und Dienstboten gegeben. Ich bin viel freier als eine Hausfrau. Die ist Sklavin. Ich bestimme selber. Ich bin eher Herrin als Dienerin.«

»Du glaubst nicht, dass sich das jetzt ändert? Stichwort Emanzipation und Gleichberechtigung und so? Du glaubst nicht, dass sich da einiges ändern...«

»Himmel, wie sollten Männer es denn ertragen, wenn die Frauen freier werden? Dann brauchen sie uns... solche wie mich doch noch viel mehr.«

»Steter Tropfen höhlt den Stein?«
»Himmel... glaubst du an so etwas? Lange, ehe der Stein ausgehöhlt ist, hat der Tropfen schon aufgehört zu fallen (lacht).«

»Lange, ehe der Stein ausgehöhlt ist, hat der Tropfen schon aufgehört zu fallen.«
Vor mir liegen Katarynas Fotos. Die Porträtfotos, für die sie teures Geld bezahlt hat. Katarynas Masken. Die lächelnde Kataryna mit kurz geschnittenen, zerzausten Haaren. Die nachdenkliche Kataryna mit Pagenfrisur oder langen Haaren. Offen oder hochgesteckt. Ein regelmäßiges Gesicht. Mit weichem Mund, vollen Lippen, großen schönen Augen. Rabenschwarze Haare. Sehr helle Haut. Vielleicht ein wenig zu puppenhaft niedlich. Vielleicht ein wenig zu herzförmig, das Gesicht. Schön ist sie, aber ihr Äußeres stammt aus einer anderen Zeit. Vor allem auf den schwermütigen Fotos.

Die Fotos von der Gerichtsmedizin in Solna: Kataryna liegt ausgestreckt auf dem Obduktionstisch. Ihr Körper ist klein und wohl proportioniert. Weiß und mit Neigung zum Fettansatz. Aber im September 1978 war sie nicht fett. Wohl geformt, gut gebaut. Schlanke Taille, kräftige Hüften, üppige Brüste. Starke Beine und kleine starke Füße mit hohem Spann.

Ich höre mir die Bänder an. Sie spricht gut Schwedisch, hat einen leichten Akzent. Zu Beginn jedes Gesprächs lässt sie sich Zeit und wählt ihre Worte behutsam. Wenn sie dann von ihrem Thema gefangen ist, spricht sie schnell und energisch, lacht, stöhnt. Fällt dem Interviewer ins Wort. Ich sehe sie vor mir, wie sie mit Händen und Körper spricht. Wie sie aufspielt und austeilt. Wie sie die Tempusformen durcheinander bringt und die Kontrolle über die Aussprache verliert.

In Katarynas Wohnung gab es zwei Dinge, die meiner Ansicht nach besser als alles andere zeigten, wer sie war. Zwei Dinge, die man vielleicht in einem streng orthodoxen jüdischen Haushalt findet. Und vielleicht bei einem Menschen, der versucht, eine Identität anzudeuten. Das eine war ein siebenarmiger Silberleuchter. Aber es war kein echter Leuchter, sondern eine Miniatur, vielleicht fünfzehn Zentimeter hoch, mit dreißig Zentimeter Spannbreite zwischen den äußersten Armen. Die Kerzenhalter sind so klein, dass man vermutlich nicht mal Tortenkerzen hineinstecken kann.

Das andere ist eine silberbeschlagene Ebenholztafel. Auf der Tafel befindet sich eine Inschrift in hebräischen Buchstaben. Der Text wird eingerahmt von zwei Thorarollen, die ins Holz eingeschnitzt sind. Auch das typischer Zierrat, der nicht für die religiöse Praxis geschaffen ist.

Die Preisschilder auf der Rück- bzw. Unterseite sind sorgfältig abgekratzt worden, als sollten die Gegenstände wie Erbstücke aussehen. Die Quittungen fand die Technik bei der Hausdurchsuchung. Leuchter und Tafel wurden für einen ziemlich hohen Preis zusammen gekauft: im Antiquitätenladen Åmell in der Regeringsgata, im August 1977.

Die Suche nach Identität. Was wäre natürlicher für einen Menschen von Katarynas Herkunft und Hintergrund, als sich eine jüdische Identität zuzulegen? Und wie sich diese Identität manifestiert, ist meiner Ansicht nach ebenfalls typisch für Kataryna.

Der Materialismus, der sie hergetrieben hat. Ihr graues Vaterland. Der Kohlenqualm in Lodz, die anonymen endlosen Reihen von Mietskasernen, eine Straße wie die andere.

Dann die Ausländer in den Edelbars von Warschau. Eine andere Welt und unbegrenzte Mittel. Wie die Touristen ihr Heimatland beschreiben. Der Mann aus dem Ausland, der eine Frau beeindrucken will.

Alles leicht zu verstehen. Es sind dieselben Gründe, aus denen einem kleinen Kind ein Vergnügungspark wie das Paradies auf Erden erscheint.

Aber so war es natürlich nicht. Integrationskurse und Sprachunterricht, schlecht bezahlte Arbeit und kaum Hoffnung auf mehr.

Wie soll sie sich und ihre Träume verwirklichen? Durch Materielles. Wie soll sie das erreichen? So wie in ihrem Heimatland.

Ich glaube, dass Kataryna in Schweden schon ziemlich früh zur Prostituierten wurde. Ich glaube, dass sie es schon lange vor ihrer ersten Begegnung mit Marek war. Um das materielle Glück einzufangen, das ihr eine neue Identität geben sollte.

Und am Ende wird dieser Materialismus stärker als alles andere. Die sozialen und psychischen Mauern baut sie durch ihr Gewerbe selber auf. Denn das Leben als Prostituierte hat seinen Preis. Unter anderem lässt sie sich deshalb bezahlen. Ist eine Gefangene des Materialismus.

Ein siebenarmiger Silberleuchter.

Eine Genossenschaftswohnung mitten in der Stadt.

Eine Fuchsjacke.

Teure Fotografien von sich selbst.

Und das fragst du mich? Eine, die Rosenbaum heißt...

Masken.

Voruntersuchung
über den Mord an
Kataryna Rosenbaum,
Samstag, 28. Oktober,
bis Donnerstag,
23. November 1978

XXVII

Am Samstag, dem 28. Oktober, kam neues Tempo in die Kataryna-Ermittlung. Obwohl Wochenende war, versammelte man sich bei Dahlgren – Dahlgren, Andersson, Bergholm und Lewin –, und obwohl man eigentlich frei hatte, waren die Gesichter fröhlicher als seit langem.

»Du bist ganz sicher? Es ist derselbe Abdruck?« Dahlgren blickte Bergholm fragend an.

»Absolut. Oben in der rechten Ecke der Karte sitzt ein richtig ordentlicher Daumenabdruck. Der muss ja auch verdammt geschwitzt haben?« Bergholm lächelte Lewin zu.

»Ja.« Lewin nickte zustimmend. »Er war sehr nervös.«

»Hmmm.« Dahlgren kniff sich nachdenklich mit Daumen und Zeigefinger der linken Hand in den linken Nasenflügel. »Was machen wir jetzt?«

Andersson schaute Lewin fragend an. *Das war jetzt Lewins Bier.* Obwohl ja eigentlich er der Chef war. Noch immer.

»Was meinst du, Lewin? Müssen wir noch irgendwas machen, ehe wir uns den Jungen schnappen?«

»Darüber habe ich eben nachgedacht«, antwortete Lewin nachdenklich. »In der ersten Runde hatte er ja ein Alibi. Deshalb haben wir von ihm nie Vergleichsabdrücke gemacht. Seine Finger sind nirgendwo gespeichert. Das habe ich überprüft. Wir haben sie nur auf der Visitenkarte... und auf dem

Stuhlbein natürlich.« Lewin lächelte die anderen gelassen an.

»Ja.« Dahlgren setzte sich gerade. »Das sollte ich vielleicht sagen. Du hast da ungeheuer elegante Arbeit geleistet.«

»So war das nicht gemeint. Die einzige Chance besteht darin, ihn herzuholen. Ordentliche Vergleichsabdrücke zu machen und dann einen Blick auf sein Umfeld zu werfen. Auf sein Alibi zum Beispiel. Mit dem würde ich gern ein paar Worte wechseln. Und dann müssen wir bei ihm zu Hause eine Durchsuchung vornehmen.« Lewin sah Bergholm an.

»Das wird eine Scheißarbeit.« Bergholm schüttelte sich. »Hausdurchsuchung. Und wir müssen ja wohl das Auto miteinbeziehen. Vielleicht hat er noch ein Sommerhaus. Und all seine Klamotten müssen wir untersuchen lassen... und jetzt ist Wochenende. Es wäre das Beste, wenn wir bis Montag warten könnten.«

»Besteht denn das Risiko, dass er verschwindet?« Dahlgren sah Lewin an. »Oder dass er sich etwas antut?«

»Keine Ahnung«, sagte Lewin aufrichtig. »Ich weiß nicht mal, ob er noch im Land ist. Oder ob er noch lebt. Aber das wollen wir ja wohl hoffen.«

»Sagen wir also Montag?« Dahlgren blickte die anderen fragend an. »Bergholm, wenn du für Montagmorgen die Technik bestellst. Du, Andersson, musst derweil der Ermittlungstruppe neues Leben einhauchen.«

»Ich glaube, Jansson und ich sind genug. Um Lewin zu helfen.« Andersson schielte zu Lewin hinüber. »Wenn du den Täter verhörst, können Jansson und ich die Hausdurchsuchung übernehmen und eventuell noch die übrigen Vernehmungen erledigen?« Andersson fuhr sich über das Kinn.

Lewin nickte. Das klang gut. So ungefähr hatte er sich das vorgestellt. *Seine erste richtige Mordsache.* Seine Ermittlung.

»Den Täter, ja. Oder sollte ich vielleicht sagen, der, den

wir aus triftigen Gründen dafür halten.« Dahlgren zwinkerte Lewin zu. »Bis auf weiteres jedenfalls.« Er zwinkerte noch einmal. »Wir müssen ihn ja wohl auch überwachen. Wolltest du das übernehmen?«

»Den inneren Teil mach ich selbst. Aber den äußeren...« Lewin sah skeptisch aus. »Er kennt mich doch schon. Wär besser, wir würden uns ein paar richtig feine Jungs von der Streife holen. Die ihn nicht verscheuchen, ihn aber trotzdem im Auge behalten.«

»Jarnebring und Molin?« Dahlgren trommelte mit den Fingern auf dem Telefon herum.

»Ich weiß nicht.« Lewins Stimme klang zweifelnd. »Ich möchte ihn Montag am Stück serviert bekommen.«

»Ja, die treiben es ein wenig wild, habe ich gehört.« Dahlgren lächelte ironisch. »Der gute Direktor Dahl scheint die so genannte Polizeigewalt ausgiebig genossen zu haben. Ja, ja. Ich werde mit dem Chef von der Streife reden«, entschied er. Er richtete sich auf und schaute die anderen an. »Wir schnappen ihn uns am Montagmorgen. Wenn bis dahin etwas passieren sollte, reden wir früher miteinander.«

Es wurden dann doch Jarnebring und Molin. Trotz Lewins Zweifel. Montagmorgen um halb sieben draußen in Hässelby. Nur eine halbe Stunde, nachdem sie die andere Streife vom VD 6 abgelöst hatten, die über Nacht auf ihn angesetzt war.

»Was für ein früher Arsch.« Molin nickte beifällig zu dem Mann hinüber, der gerade aus dem Haus kam. *Kräftig, über mittelgroß, kurzer brauner, sportlicher Mantel*, registrierte er. Jetzt können wir zusammen mit den anderen Kaffee trinken.

Der erste Morgenkaffee bei der Streife wurde schon um acht Uhr eingenommen, und vor allem der Montagmorgenkaffee war sehr beliebt. Das war nur natürlich, wo sich weder die Mädels noch die Kollegen in den letzten zwei

Tagen gesehen hatten. Und da gab es doch dies und jenes zu erzählen.

»Großartig«, sagte Jarnebring. *Wenn wir vorher nicht angeschossen werden, natürlich nur*, dachte er. Dann dreht Annika durch. Langsam näherte er sich dem blauen BMW, der vor dem Haus stand. Es war sein Auto, das wussten sie schon, jetzt stand er mit den Schlüsseln in der Hand daneben.

»Kaltes Blut, Molli«, Jarnebring sah seinen Kollegen an. »Dahlgren hatte schreckliche Angst, wir könnten ihn umbringen. Denk an den Meniskus.« Er grinste Molin an und riss zugleich das Lenkrad herum, sodass der Taunus mit dem rechten Kotflügel zum Bordstein zeigte. *Hier kommt er nicht mehr raus.* Klasse Karre übrigens, aber es würde wohl seine Zeit dauern, bis er wieder damit fahren könnte.

Molin war bereits aus dem Wagen gesprungen. Als Jarnebring ihn erreichte, hatte er die Hand auf der Autotür liegen und zeigte seinen Dienstausweis.

»Ich verstehe nicht, was Sie von mir wollen?« Der Mann war bleich. »Ich habe doch schon mit Ihnen geredet, damit es keine Missverständnisse gibt.«

»Das hat wohl nichts geholfen.« Jarnebring zuckte bedauernd seine breiten Schultern. »Sie müssen mit denen auf der Sektion sprechen«, unterbrach er den Mann, der gerade etwas sagen wollte. »Geben Sie mir bitte Ihre Autoschlüssel.«

Der Mann schwieg und reichte ihm die Schlüssel.

»Sie haben nichts Gefährliches bei sich?« Jarnebring hielt die Tür zum Rücksitz auf. »Wir müssen Sie leider durchsuchen. Das sind die Vorschriften. Nehmen Sie es nicht persönlich. Einfach nur Vorschriften. Und jetzt rein mit Ihnen.«

»Was erlauben Sie sich? Worum geht es denn eigentlich?« Der Mann schaute Jarnebring empört an, während Molin ihn abtastete. »Was soll das? Ich muss zur Arbeit…«

»Sie müssen mit den Kollegen sprechen.« Jarnebring griff zum Mikrofon.

»Dann muss ich erst noch telefonieren...«

»Geht nicht«, sagte Jarnebring energisch. Er drückte auf den Sprechknopf vom Mikrofon. »Wir kommen jetzt. Alles klar.« Er befestigte das Mikrofon wieder zwischen den Vordersitzen.

»Worum geht es denn eigentlich?« Der Mann auf dem Rücksitz redete sich jetzt in Rage und versuchte, Molins Hände wegzuschieben. »Was erlauben...«

»Keine Dummheiten.« Jarnebring drehte sich um und hob warnend die rechte Hand. »Ganz ruhig, sage ich. Unsere Handschellen sitzen verdammt eng. Bleiben Sie einfach still sitzen, dann wird sich alles schnell klären.«

Endlich. Lewin griff zum Telefonhörer. Es war schon neun, und er saß seit sechs Uhr hier. »Lewin.«

»Bergholm hier.«

Lewin hielt den Atem an. *Jetzt sag schon was.* Damit ich loslegen kann.

»Es ist sein Daumen. Jetzt kannst du aufatmen und den Schlips lockern.« Bergholm lachte am anderen Ende der Leitung.

»Gut«, sagte Lewin. »Fahrt ihr zu seiner Wohnung?«

»Aber sicher doch.« Bergholm klang munter und seiner Sache sicher. »Andersson, Jansson und ich. Und die halbe Technik. Du kannst ganz ruhig sein.«

Das bin ich. Ganz ruhig. Lewin nickte seinem leeren Besuchersessel zu.

Einen Monat und achtzehn Tage hatte es gedauert, aber jetzt saß er da. Lewin sah ihn über den Schreibtisch hinweg an. Er wirkte fast gelassener als beim ersten Mal. *Wenn er nur nicht so weiß im Gesicht wäre.*

»Worum geht es denn eigentlich?« Die Stimme des Mannes versagte. »Haben Sie überhaupt ein Recht dazu?« Er schloss beide Hände um die Sessellehnen. »Können Sie so einfach Fingerabdrücke nehmen? Und was wollen Sie mit meinen Schlüsseln?«

Lewin sah ihn an und hob abwehrend beide Hände.

»Warten Sie ab, wir werden das alles klären. Es geht viel schneller, wenn wir ruhig bleiben. Und wir haben das Recht, Fingerabdrücke zu nehmen«, fügte er rasch hinzu, als er sah, dass der Mann den Mund öffnete. »Und zu allem anderen auch. Das hat der Staatsanwalt entschieden. Können wir anfangen?«

Der Mann nickte stumm.

»Stig Åke Kjellberg, geboren 1935.« Lewin schaute von seinen Papieren auf. »Sie sind Bauingenieur?« Wieder nickte der Mann. »Geschieden, ein Kind. Eine Tochter, zehn Jahre?« Der Mann nickte, sagte aber nichts. »Sie wohnen in Hässelby in der Fyrspanngata…«

Lewin musterte den Mann, der im Besuchersessel auf der anderen Schreibtischseite in sich zusammengesunken war.

»Ja, Kjellberg. Ich muss Sie noch einmal nach Ihrer Beziehung zu Frau Kataryna Rosenbaum fragen. Wie Sie sicher verstehen…« Lewin fixierte das grobe Gesicht mit seinen dunklen Augen, »… kann ich nicht auf die Gründe eingehen, aus denen wir noch einmal mit Ihnen sprechen wollen. Ich kann Ihnen aber immerhin sagen, dass Informationen aufgetaucht sind, die andeuten, dass Sie bei unserem ersten Gespräch nicht die Wahrheit gesagt haben.« Lewin hob das Vernehmungsprotokoll hoch. »Das war am Donnerstag, dem 21. September.« Er sah den Mann an.

»Ich habe doch das Recht auf einen Anwalt?« Jetzt umklammerte er wieder die Armlehnen. »Das hat man doch wohl in einer solchen Situation? Auch wenn man nichts verbrochen hat?«

Lewin sah ihn an und nickte.
»Wünschen Sie jemand Bestimmtes?«

Mein übliches Glück. Bergholm sah sich im Zimmer um. Ein allein stehender Kerl und bewohnt fünf Zimmer und Küche und hat so viele Möbel wie ein älteres Paar, ehe die Kinder ausziehen und sich die Esszimmerstühle erquengeln. Er seufzte tief.
Gemütlich. Andersson nickte beifällig und ließ seinen Blick über die Zimmerwände gleiten. Wirklich gemütlich. Guter Geschmack. Aber natürlich viel zu tun. Er fischte vorsichtig einen Papierstapel aus dem untersten Fach vom Bücherregal. *Und da hat sie gelegen.*

»Ihr Freund, der Anwalt, kann erst nach der Mittagspause kommen.« Lewin sah den Mann im Sessel an. Jetzt war er wieder in sich zusammengesunken. Er wirkte bleich und verkniffen. Sein breites, schweres Gesicht war so weiß wie die Papiere auf Lewins Schreibtisch. *Weißer noch.* Lewin schielte zu den grauen Fotokopien hinüber.
»Dann warte ich, dann kann er sich um die Sache kümmern.« Der Mann starrte Lewin hasserfüllt an. *Sein Hals war von roten Flecken überzogen.* Das konnte Lewin sehen. Sein Sporthemd war am Hals offen. *Sicher teuer*, dachte Lewin.
»Könnten wir vielleicht schon einmal Ihre Aussagen vom vorigen Mal durchgehen? Nur um Missverständnisse auszuschließen? Damit das geklärt ist, wenn der Anwalt kommt.« Er versuchte, überzeugend zu wirken. *Reine Formsache.*
Der Mann schüttelte den Kopf.
»Ich glaube Ihnen nicht. Ich glaube, Sie wollen mir eine Falle stellen.«

»Warum hat er es erst in Fetzen gerissen und dann wieder zusammengeklebt?« Bergholm drehte das große Foto mehrmals um. Es war in mindestens zwanzig Stücke gerissen – einige nur wenige Zentimeter groß – und danach auf der Rückseite mit Hilfe von Klebeband wieder zusammengeklebt. Bergholm schüttelte den Kopf. »Für ihn wäre es besser gewesen, er hätte es weggeworfen.«

Andersson nahm das Foto und betrachtete es. *Die lächelnde Kataryna.* Sah aus wie eines der Fotos, die er in seinem Schreibtisch liegen hatte. Eins von denen, die sie bei der Hausdurchsuchung in der Bergsgata mitgenommen hatten.

»Vielleicht hat er es bereut?« Andersson schüttelte nachdenklich den Kopf.

XXVIII

Nach dem Mittagessen ging es besser. Die Tatsache, dass der Anwalt – offenbar ein Bekannter – dabeisaß, schien ihn zu beruhigen.

»Wie haben Sie Kataryna Rosenbaum kennen gelernt?«

»Das habe ich Ihnen schon einmal erzählt.«

Er wirkte jetzt viel sicherer. Sein Gesicht hatte wieder Farbe. Seine Stimme klang aggressiv und wachsam zugleich.

»Dann erzählen Sie es bitte noch einmal.« *Verhörstimme*, dachte Lewin. Ruhig und förmlich, nur so kann es gehen. Keine Eile, kein Grund, böse zu werden.

»Wie läuft es?« Dahlgren sah Lewin neugierig an. »Können wir schon Kuchen kaufen?«

»Das dauert noch einen Moment.« Lewin lächelte und merkte, wie müde er war. »Jetzt behauptet er, dass sie nur einige Monate miteinander zu tun hatten. Und dass im Sommer Schluss war.«

»Hm.« Dahlgren kniff sich nachdenklich in den Nasenflügel. *Ich muss mir das abgewöhnen*, dachte er und sah besorgt auf Daumen und Zeigefinger seiner linken Hand. Ist krebserregend. »Um den Kuchen kommst du aber nicht herum.« Er zwinkerte Lewin freundlich zu.

Lewin nickte. Der Kuchen hatte Tradition, und er wollte

ihn gern spendieren, wenn alles so ging, wie er sich das vorstellte.

»Mach dich nicht kaputt. Wir haben Zeit genug.« Dahlgren schüttelte nachdenklich den Kopf. »Ich habe mit dem Staatsanwalt gesprochen. Schon seltsam, wie ein Daumen die Ansichten verändern kann.«

Zeit genug? Die werden wir auch brauchen, dachte Lewin. Vor allem wenn der Anwalt nicht dabei sein kann. An diesem Tag hatte er unter Spannung gestanden wie eine Stahlfeder.

»Dann kann ich vielleicht zusammenfassen.« Lewin betrachtete seine Aufzeichnungen.

Der Mann gab keine Antwort, und als Lewin aufblickte, sah er die dunklen Augen und das schwere Gesicht. Dunkel und verschlossen, die Oberkiefer hart und energisch. *Wenn er nur nicht so blass wäre.*

»...jaa.« Lewin sah ihn an. »Sie sind sich also Anfang April zum ersten Mal begegnet. Im Restaurant Maxim in der Regeringsgata. Es war Tanzabend, und Sie waren allein dort. Frau Rosenbaum war mit einer Freundin zusammen, aber an deren Namen können Sie sich nicht erinnern.« *Anita, ja.* Mit der würde er nach der Mittagspause sprechen. »Zwei Tage später haben Sie sich wiedergesehen. Sie haben Frau Rosenbaum angerufen.« Lewin sah ihn fragend an, aber der andere saß ganz still in seinem Sessel und verzog keine Miene.

...

»Ihre letzte Begegnung fand im August statt, Mitte August?« *Noch immer keine Miene*, dachte Lewin.

»Warum darf ich keine Zeitungen lesen?« Das kam so plötzlich, dass Lewin zusammenzuckte. Der Mann starrte ihn an. »Damit Sie in aller Ruhe Ihre Lügen verbreiten können?«

»Der Staatsanwalt.« Lewin zuckte mit den Schultern. »Der

hat das so angeordnet. Wir müssen jetzt aufhören.« Lewin schaute auf die Uhr. »Mit etwas Glück bekommen Sie oben auf der Abteilung noch etwas zu essen.«

»Essen.« Der Mann spuckte das Wort aus. »Glaubst du, dass ich jetzt ans Essen denke?«

»Den habe ich nie gesehen.« Anita flüsterte, obwohl er ihr gesagt hatte, dass die Wand mit dem Einwegfenster schallisoliert war, und obwohl Kjellberg mehrere Meter von ihnen entfernt auf der anderen Seite der Fensterscheibe stand. »Er sieht unheimlich aus.« Sie packte Lewin am Arm und versuchte, ihn von der Scheibe fortzuziehen, obwohl er gesagt hatte, dass der Mann auf der anderen Seite nicht sie, sondern nur sein eigenes Spiegelbild sah. »Und der hat den Drohbrief geschrieben?« Sie flüsterte noch immer.

»Weiß nicht«, antwortete Lewin wahrheitsgemäß. »Werden wir sehen.«

Es war vermutlich nicht Kjellberg, der Anita den Drohbrief geschrieben hatte. Denn am nächsten Tag erschien auf der Sektion eine weitere Prostituierte mit einem fast gleich lautenden Brief.

Höchst wahrscheinlich derselbe Absender, abgestempelt am Vortag, am Dienstag, dem 31. Oktober.

»Der hat wohl einen Schreibschub gekriegt, als er die Abendzeitungen gelesen hat«, vermutete Dahlgren und gab Lewin den Brief zurück.

Lewin nickte zustimmend. Das konnte sehr wohl sein. Die Abendzeitungen hatten am Vortag eine große Nummer aus der Sache gemacht. »Katarynas Mörder gefasst?« Das Fragezeichen war natürlich sehr klein gewesen.

Aber den anderen Brief, den Drohbrief an Fahlén – der Lewin zu einem großen Detektiv gemacht und ihn auf eine

Höhe mit Andersson und seinem poetischen Tagebuchmörder katapultiert hatte –, den hatte er geschrieben.

Und zwar, schön blöd, auf seiner eigenen Schreibmaschine. Einer älteren Facit mit charakteristisch abgenutzten Typen. Die Technik hatte sie bei der Durchsuchung seiner Wohnung gefunden und schon ein Gutachten verfasst. Kein Problem in dieser Hinsicht. Noch weniger, da er jetzt zugegeben hatte, dass er es gewesen war.

»Dann gibt es nur noch ein paar Dinge, die ich nicht verstehe.« Lewin musterte den Mann auf der anderen Schreibtischseite forschend. »Du sagst, dass du Mitte August mit Kataryna Schluss gemacht hast, weil du ihrer satt warst. Nicht weil sie eine Prostituierte war. Das war nur so ein Verdacht. Aber du behauptest, nie in ihrem Atelier in der Roslagsgata gewesen zu sein.« Lewin schaute ihm in die Augen und wurde schärfer.

»...aber trotzdem schreibst du einen Brief an Fahlén, der mit Kataryna nur insoweit zu tun hatte, als er der Vermieter der Wohnung in der Roslagsgata war. Das war alles. Außerdem...« Lewin klang sarkastisch. »...schickst du diesen Brief vierzehn Tage... mindestens vierzehn Tage, nachdem du mit ihr Schluss gemacht hast.«

Der Mann starrte ihn an. *Hass, vielleicht auch Angst?*

»Du kannst dich nicht erinnern, wann du den Brief geschickt hast?« Lewin griff zu der Plastikmappe mit dem Drohbrief und wog sie in der Hand. »Dem Poststempel nach war das am 2. September. Knapp vierzehn Tage vor dem Mord an Kataryna.« Lewin sah ihn an.

»Ein Zuhälter.« Er beugte sich im Sessel vor und starrte Lewin an. »Nutten und Zuhälter. Macht das vielleicht einen Unterschied«, fauchte er.

»Ich habe drei Fragen, über die du nachdenken solltest«, fiel Lewin ihm ins Wort. »Erstens. Woher hattest du Fahléns Adresse? Zweitens. Wann und wie oft warst du in der Roslagsgata?« Lewin sah ihn mit ernster Miene an. »Ich weiß nämlich, dass du dort warst. Die dritte Frage.« Lewin ließ sich im Sessel zurücksinken, ohne den anderen aus den Augen zu lassen. »Die dritte Frage«, wiederholte er. »Die weißt du schon. Und ich finde, du solltest sorgfältig darüber nachdenken.«

Der Mann sagte nichts. Er sah ihn nur an.

»Wie läuft es?« Dahlgren lächelte und nickte. »Wir wüssten ja gern, was aus dem Kuchen wird.«

»Zum Wochenende vielleicht.« Lewin lächelte auch, obwohl er seine Worte sofort bereute. »Wenn wir Glück haben, zum Wochenende.« Er war müde und angespannt. Das merkte er, als er mit der Hand durch seine schütteren Haare fuhr. »Aber wir sollten wohl doch von nächster Woche ausgehen«, fügte er hinzu.

Und damit sollte Lewin Recht behalten. Denn am Freitag gab es keinen Kuchen. Dafür wurde Untersuchungshaft verhängt. Am Freitag, dem 3. November, wurde Stig Åke Kjellberg morgens vom Stockholmer Landgericht wegen des Verdachts, am Donnerstagvormittag des 14. September Kataryna Rosenbaum umgebracht zu haben, in Untersuchungshaft gesteckt.

Und auch du kriegst heute keinen Kuchen, dachte Lewin düster und musterte Kjellberg, der sich von der harten Holzbank erhob. Außerdem sehe ich dir an, dass es dir nicht gut geht.

Kjellberg wandte sich ab, als er Lewins Blick bemerkte. Er beugte sich zu seinem Anwalt hinüber und flüsterte ihm etwas zu.

Schönes Wochenende. Lewin schaute ihm hinterher, als er im Gang verschwand. Mit gesenktem Kopf und den beiden Wärtern aus der Untersuchungshaft.

XXIX

Am Montag, dem 6. November, versammelte man sich bei Dahlgren, um die Lage zu diskutieren. Dahlgren, Andersson, Bergholm, Jansson und Lewin. Mit düsteren Mienen und gerunzelter Stirn. Das Wetter vor den Fenstern des Polizeigebäudes war ebenso elend wie auf den Tag genau vor dreihundertsechsundvierzig Jahren in Sachsen-Anhalt.

»Willst du anfangen, Lewin?« Dahlgren schaute zuerst Lewin und dann Andersson an. »Keine Einwände. Bitte sehr.«

»Es geht nicht weiter.« Lewin schüttelte den Kopf. »Hat im August mit ihr Schluss gemacht. Sie seither nicht mehr gesehen. Grund? Sie hat ihn belogen, sagt er. Dass sie Prostituierte war, hat er nur vermutet.«

»Und der Brief an Fahlén?« Dahlgren trommelte gereizt mit den Fingern auf dem Schreibtisch herum.

»Ja.« Lewin lächelte ein wenig. »Das haben wir am Wochenende geklärt, Kjellberg und ich. Er ist in der Baubranche... und hat gute Kontakte zu vielen Hausbesitzern. Unter anderem zu dem des Hauses in der Roslagsgata. Dass dort ihr Atelier war, hat er im August erfahren. Als er sie danach gefragt hat, hat sie es abgestritten. Danach hat er den Hausbesitzer gefragt... zwischen Tür und Angel auf irgendeinem Fest seiner Baufirma. Und da hat er erfahren, dass

Fahlén die Wohnung gemietet hat. Ich habe mit dem Hausbesitzer gesprochen. Es scheint zu stimmen.« Lewin schüttelte verwundert den Kopf.

»Er wollte nicht wissen, warum Kjellberg das interessiert?« Dahlgren unternahm keinerlei Versuch, die Ironie zu verbergen.

»Nein. Er hat die Frage überhaupt nicht mit Kataryna in Verbindung gebracht. Kjellberg wolle wohl etwas von Fahlén, dachte er. Fahlén scheint in der Branche ein ziemlicher Begriff zu sein... in gewissen Teilen der Branche jedenfalls.« Lewin schüttelte bedauernd den Kopf. »Der Hausbesitzer hatte noch immer keine Ahnung, was in seinem Haus so vor sich ging.«

»Ach. Im Nachhinein kann man das vielleicht verstehen.« Dahlgren grinste.

»Es läuft nicht gut.« Lewin schaute die anderen mit ernster Miene an. »Ich befürchte, dass er total zusammenbricht... er isst kaum etwas, sagen sie in der U-Haft... will sich nicht bewegen. Liegt nur da und schläft. Sein Anwalt hat das schon zweimal zur Sprache gebracht...«

»Hast du was, Bergholm?« Dahlgren sah den Techniker mit den grau melierten Haaren an.

»Nicht sehr viel, nein.« Bergholm schüttelte bedauernd den Kopf. »Seine Kleider sind wohl das Interessanteste... es scheint kein Stück zu fehlen. Allerdings... er hat ja ganz schön viele. Die Analysen der Sachen, von denen wir glauben, dass er sie am Donnerstag, dem 14., anhatte, sind jetzt fertig... wurden vorgezogen.« Bergholm hielt ein Bündel Analyseberichte aus dem staatlichen gerichtschemischen Labor hoch. »Negativ... kein Blut, nichts. Hose, Schuhe, Hemd, Jackett... sie sind die halbe Garderobe durchgegangen... kann natürlich Glück sein... er muss ja nicht unbedingt was angehabt haben.«

»Glaubst du wirklich?« Jansson bedachte ihn mit einem

traurigen und zugleich skeptischen Blick. »Das sah doch aus wie im Schlachthof...«

»Wie läuft die Nachbarschaftsbefragung?«
»Schlecht, schlecht.« Andersson schaute seinen Chef bedauernd an. »Offenbar hat wirklich kein Mensch ihn gesehen. Weder in der Roslagsgata noch in der Fyrspannsgata oder bei ihr zu Hause... schon gar nicht am vierzehnten... an dem Donnerstag. Und am Montag auch nicht... drei Tage zuvor also. Wir haben ein paar Tipps bekommen.« Andersson kratzte sich am Kopf. »Die üblichen.« Er seufzte.
»Ja, ja.« Dahlgren musterte die anderen mit ernster Miene. »Bald sitzen wir dann mit einem halben Daumen und unserer Überzeugung da, ja?«
Alles schwieg.
»...ja.« Dahlgren sah Andersson an. »Wir haben noch ein großes Problem.«
»Das Alibi.« Andersson sah unglücklich aus. »Das von seinem Werkmeister. Ich werde nicht schlau aus dem Kerl.«

Andersson hatte den Werkmeister vernommen, der seinem Chef Stig Åke Kjellberg gleich nach Lewins erstem Gespräch mit diesem ein Alibi verschafft hatte. Schon am Dienstag – dem Tag nach Kjellbergs Festnahme – hatte Andersson erstmals mit ihm gesprochen.
Es war eine »gute« Vernehmung gewesen. Andersson war zufrieden. Er hatte dem Werkmeister gesagt, dass sie einen Fingerabdruck hätten. Ob er begreife, was das bedeutet? Ja, tat er. Er war unsicher geworden. Konnte er sich vielleicht im Tag vertan haben? Er wollte nach Hause gehen, sich die Sache überlegen und dann am nächsten Tag zurückkommen. Sie hatten sich in bestem Einvernehmen getrennt. Andersson war das Verständnis selbst gewesen. »Nehmen Sie sich das nicht so zu Herzen. Wir sind daran gewöhnt, dass die Leute alles

Mögliche verwechseln. Es ist ja auch nicht leicht, die Tage auseinander zu halten. Man glaubt zu wissen…« Und so weiter und so fort. Der Werkmeister war dankbar und verwirrt gewesen: »Ja verdammt, ich kapier hier überhaupt nichts mehr.«

Aber am nächsten Tag war dann Schluss mit der Harmonie.

Der Werkmeister brachte sein Auftragsbuch, seinen privaten Terminkalender und eine Menge Erinnerungen mit, die sich seit dem Vortag bei ihm eingestellt hatten.

Vor allem von Bedeutung war das Auftragsbuch.

»Es kann überhaupt keinen Zweifel geben.« Er war rot im Gesicht und alles andere als unsicher. »Schauen Sie doch mal. Hier trage ich alle Arbeiten ein. Tag für Tag, Stunde für Stunde.« Er schlug mit der Faust auf das dicke blaue Buch.

Das Auftragsbuch war überzeugend. Und ihm zufolge war der Werkmeister den ganzen Morgen im Büro seines Chefs ein und aus gegangen. Sie hatten sich zwar nicht ununterbrochen gesehen, aber doch mehrmals an diesem Vormittag.

Außerdem hatte er selbst gerechnet.

»Wissen Sie, wie lange man braucht, um von Upplands-Väsby in die Stadt und zurückzufahren?«

»Woher wissen Sie, dass er von dort losgefahren ist?«

»Weil es hier steht. Um acht Uhr morgens haben wir uns länger unterhalten. Mindestens eine Stunde. Das habe ich aufgeschrieben.« Mit einem kräftigen Zeigefinger tippte er auf das Buch.

Andersson wusste, wie lange man brauchte, um zwischen Upplands-Väsby und der Roslagsgata 40 hin- und herzufahren. Er wusste auch sonst noch sehr viel: Fyrspannsgata – Roslagsgata – Upplands-Väsby. Wozu auch immer dieses Wissen nützen sollte. Wenn stimmte, was der Werkmeister sagte. Und wie auch immer: in beiden Fällen brauchte man mindestens eine Stunde. Und musste wirklich ein schneller Mörder sein.

Sie hatten zwei Tage für die Rekonstruktion gebraucht. In dieser Zeit sollte der Werkmeister sich seine Aussage noch einmal überlegen. Aber er war bereits am Donnerstag fertig.

»Ich scheiß auf euren verdammten Fingerabdruck. Ich kann für den ganzen Donnerstagvormittag garantieren. Und ihr könnt euch darauf verlassen, dass ich das tu.«

Was er offenbar in die Tat umsetzte. Am nächsten Tag meldete sich Kjellbergs Anwalt. Er wollte wissen, was hier eigentlich los sei.

Aber das erfuhr er nicht. Denn jetzt ging es um die Glaubwürdigkeit des Zeugen. Der widmeten Andersson und Jansson das gesamte Wochenende.

Am Sonntagabend waren sie fertig.

»Ich wusste gar nicht, dass ein Mensch so durch und durch redlich sein kann, Jansson«, sagte Andersson mit seinem traurigen Blick. »Der scheint ja der wahre Heilige zu sein.«

Keine Vorstrafen. Unter den Kollegen allgemein beliebt. Verheiratet, drei Kinder, die Gattin Hausfrau. Vorbildlicher Vater, Hobbytrainer einer Juniormannschaft im Eishockey. Er kannte Kjellberg außerdem nicht näher. Sondern nur aus der Firma, wo der Werkmeister seit einem Jahr angestellt war. Kjellberg war seit zehn Jahren für die Firma tätig.

»Und wie der aussieht«, stöhnte Andersson. »Die werden vor Gericht in Tränen ausbrechen. Falls wir überhaupt so weit kommen.«

Der Werkmeister – der Zeuge – war der typische Mann der Jury. Groß und kräftig, blonde Haare, blaue Augen, die ihr Gegenüber immer ansahen. Er sprach ruhig und bedächtig. Außer wenn er böse wurde. Dann war er »redlich und auf gut Schwedisch sauer.« Andersson hatte allen Grund zum Stöhnen.

»Entweder lügt er.« Andersson sah die anderen an. »Oder er glaubt es wirklich und hat sich im Tag vertan.« Andersson war außer sich. Das kam selten vor, aber dieser Zeuge machte ihn einfach fertig.

»Es gibt noch eine dritte Möglichkeit«, wandte Jansson mit trauriger Stimme ein.

Andersson schaute ihn überrascht an. Dahlgren nickte nachdenklich, aber weder Lewin noch Bergholm verzogen eine Miene.

»Dass er die Wahrheit sagt«, erklärte Jansson niedergeschlagen.

XXX

»Warum hast du das Foto zerrissen?« Lewin hielt das zerfetzte Bild von Kataryna hoch.

Kjellberg fuhr zusammen, als sei er geschlagen worden.

»Weil sie mich belogen hat. Sie hat gelogen«, fauchte er. Seine Augen waren tiefschwarz, sein grobes Gesicht war jetzt eingefallen und von Furchen durchzogen. Er rasierte sich offenbar nicht mehr.

»Warum hast du es dann wieder zusammengeklebt?«

»Sie hat gelogen.« Plötzlich sprang er auf und schrie. »Sie hat gelogen, die verdammte Nutte. Mann, wie die mich angelogen hat!« Er ließ sich wieder in den Sessel sinken. Schlug die Hände vors Gesicht. Dann schluchzte er los. Laut und deutlich, die Hände noch immer vor das Gesicht geschlagen.

Lewin schaute auf seine Armbanduhr, kritzelte die Zeit auf seinen Block, schaltete das Tonbandgerät aus und schob das Foto wieder in seine Schreibtischschublade.

»Beruhige dich erst mal.« Er gab sich alle Mühe, seine Stimme ruhig klingen zu lassen. »Möchtest du etwas trinken? Wir machen jetzt eine Pause. Du musst dich beruhigen.« Jetzt bettelte er. *Herrgott*, dachte er. Wird das denn nie ein Ende nehmen?

»Lewin.« Der Wärter drehte sich zu ihm um.

»Ja.«

»Ich fürchte, mit Kjellberg geht es den Bach runter. Kannst du nicht mit dem Arzt reden? Der Assistent ist doch krankgeschrieben, und auf uns scheißt er.«
Lewin nickte.
»Mach ich.«
»Ja. Damit er was zur Beruhigung kriegt, der Arme.« Der Wärter schüttelte besorgt den Kopf.

Was ihn zu beruhigen schien, war sein Anwalt. Nicht die Tabletten. Die er übrigens gar nicht wollte. Am Vorabend hatte er den Plastikbecher mit den Tabletten, den sie ihm gegeben hatten, einfach weggeworfen. Aber die Anwesenheit seines Anwalts sorgte dafür, dass man doch noch mit ihm reden konnte. So einigermaßen jedenfalls.
»Du hast Kataryna deiner Mutter und deiner Tochter vorgestellt.«
Kjellberg nickte, ohne zu antworten.
»Ich muss darum bitten, dass du laut antwortest, damit wir das auf Band aufnehmen können.« Lewin versuchte, sich ruhig und überzeugend anzuhören, und sah zugleich den Anwalt an.
»Ja«, sagte Kjellberg leise. »Wir haben zusammen gegessen. Bei meiner Mutter. Lina hatte Geburtstag. Das war im Mai. Da hat sie Geburtstag.« Er saß in sich zusammengesunken da und schien vor allem mit sich selbst zu reden.
»Hast du sie geliebt?«
»Wen?« Er schaute Lewin überrascht an. »Lina?«
»Nein.« Lewin lächelte kurz. »Kataryna. Du hast sie mit nach Hause genommen. Hast du sie geliebt?«
Kjellberg nickte kurz, ohne zu antworten. Lewin brachte es nicht über sich, ihn ein weiteres Mal zu mahnen.
»Wann ist dir aufgegangen, dass sie dich anlügt? Kataryna?«
»Wir wollten heiraten.« Er sah seine Hände an. »Sie

wollte im Herbst eine Ausbildung anfangen. Als Sekretärin. Sie hatte das Schreibbüro aufgegeben. Und wartete nun auf den Beginn des Kurses.« Er verstummte. »Ich sagte, wenn sie wolle, könne sie zu Hause bleiben.« Er sah Lewin an. »Wenn man Kinder haben will und so. Eine Mutter gehört zu ihren Kindern.«

Herrgott, dachte Lewin.

»Wann ist dir aufgegangen, dass sie dich anlügt?«

»Und dann war sie eine Nutte«, sagte Kjellberg. »Eine, die man für zwei Hunderter kaufen konnte... und die habe ich Lina vorgestellt.« Jetzt weinte er, auch wenn er Lewin aus irgendeinem Grund weiterhin ansah. Er saß ganz aufrecht da und sprach leise und nachdenklich, während ihm die Tränen über die Wangen liefen.

»Wir brechen ab«, sagte Lewin und sah den Anwalt an.

»Wie lange wollen Sie noch so weitermachen, Herr Kriminalinspektor?« Der Anwalt verstaute seine Unterlagen in seiner Aktentasche und sah Lewin an. Sein Gesicht war kalt und ungerührt.

»Ich mache meine Arbeit. Sie wissen, wie das ist.«

»Ja«, sagte der Anwalt. »Das weiß ich.« Jetzt klang seine Stimme bissig. »Unter anderem weiß ich, dass mein Mandant ein Alibi hat.«

»Und wir haben einen Daumenabdruck«, erwiderte Lewin kurz. »Für den wir gerne eine Erklärung hätten.«

»Wann ist dir aufgegangen, dass sie lügt?« Lewin versuchte sich freundlich und förmlich zugleich anzuhören. Sie waren allein im Raum, und er fühlte sich elender denn je.

»Sie hat es mir erzählt.«

»Was?«

»Sie hat mir erzählt, was sie macht.« Kjellberg sah ihn an. Seine Augen waren tiefschwarz.

»Wann denn?« *Jetzt muss ich mir alle Mühe geben.* Lewin ließ sich im Sessel zurücksinken.

»Ich weiß nicht mehr... irgendwann im Sommer. Wir waren bei mir zu Hause... wir hatten zusammen gegessen. Und wollten schlafen gehen. Sie war so seltsam.« Jetzt sprach er wieder zu sich selbst. »Ich weiß nicht mehr genau...«

»Sie hat es erzählt, hast du gesagt?

»Ja. Dass sie in einer Art Institut arbeitet. Einem Massageinstitut. Sie konnte offenbar keine andere Arbeit finden...«

»Hat sie erzählt, was das bedeutet? Was sie dort macht?«

»Sie hat geweint.« Er sah Lewin an. Seine Augen waren schwarz, schwarze blanke Augen. »Sie... das mit uns könne nichts werden. Sie hat behauptet, sie liebe mich. Aber wir könnten uns nicht mehr treffen... weil sie mich liebt.«

»Und was hast du gesagt?«

»Dass ich sie auch liebe.« Er schaute Lewin verwirrt an. »Das war doch die Wahrheit. Deshalb habe ich mich doch mit ihr getroffen.«

»Wann warst du in der Roslagsgata?« *Jetzt kommt es.*

»Ich weiß nicht mehr. Sie hat gesagt, sie liebt mich, und deshalb... könne das nichts werden... wir würden uns nie wiedersehen.«

»Die Roslagsgata?« Lewins linke Hand umklammerte seine Armlehne.

»Wir könnten uns nicht wiedersehen, weil sie mich liebt.«

»Wie läuft es?« Dahlgren sah ihn an. Er wirkte nervös.

»Schon gut.« Lewin nickte. »Ich glaube, das schaffen wir. Jetzt redet er wieder.«

»Hm.« Dahlgren weigerte sich, ihn aus den Augen zu lassen. »Brauchst du Hilfe?«

»Hilfe?«

»Ja«, sagte Dahlgren mit deutlicher Stimme. »Hilfe. Du

siehst langsam aus, als ob du es wärst, der hier unter Mordverdacht steht. Nicht Kjellberg. Fahr nach Hause und schlaf dich aus.« Jetzt lächelte er ihn an. »Du willst doch wohl nicht, dass ich Ärger mit der Gewerkschaft kriege?«

Am nächsten Tag legten sie mit den Verhören eine Pause ein. Kjellberg brauchte Ruhe – soweit das in Untersuchungshaft möglich ist –, die Polizei musste die Lage besprechen. Darüber zum Beispiel, wer Kjellberg war, seine Personalien.

»Er scheint ein überaus ehrsamer Mitbürger zu sein.« Andersson sah reichlich überrascht aus, als er das sagte. »Dreiundvierzig Jahre alt, eine Tochter von zehn Jahren. Seit vier Jahren geschieden.« Andersson schaute in seine Unterlagen und rechnete nach. »Ja, etwas über drei Jahre, sehe ich hier ... gute Finanzlage. Sehr gute, sogar.« Andersson verstummte und sah die anderen an. »Hohes Gehalt und vom Vater ein kleines Vermögen geerbt ... die Mutter lebt noch. Einzige Verwandte, abgesehen von der Tochter ... einzige nahe Verwandte«, fügte er hinzu.

»Liegt irgendwas gegen ihn vor?«, fragte Dahlgren.

»Nichts. Absolut nicht vorbestraft. Nicht das kleinste Vergehen.« Andersson sah die anderen an. »Und offenbar auch keine Alkoholprobleme, wie es aussieht, fast schon Abstinenzler ... treibt ziemlich viel Sport. Ist von Beruf Bauingenieur ... wie ihr wisst. Arbeitet seit über zehn Jahren in derselben Firma. Vorher war er bei seinem Vater ... aber der Betrieb wurde nach dem Tod des Vaters aufgelöst. Der war übrigens auch Ingenieur.« Andersson blätterte in seinen Papieren. »Das ist wirklich alles sehr seltsam ... wenn wir an das Verbrechen denken, meine ich.«

»Ist es das wirklich?« Lewin sah Dahlgren hilfesuchend an. »Seine ganze Existenz muss doch in Stücke gegangen sein, als ihm aufging, mit wem er da zusammen war.«

Dahlgren nickte nachdenklich.

»Ja«, sagte er. »Wenn er ein normaler Gangster gewesen wäre, hätte er sie zuerst zusammengeschlagen und dann die Hälfte von ihrem Geld kassiert.« Er sah Andersson an. »Habt ihr mit seiner Exfrau gesprochen?«

»Nein. Hab ich noch nicht geschafft. Die war verreist. Lewin will das heute Nachmittag erledigen. Da sind wir bei ihr zu Hause verabredet.«

Dahlgren nickte.

»Bleibt einfach ganz ruhig.« Er sah noch immer Lewin an. »So was kann brisant sein. Unser Freund, der Staatsanwalt...«, er lächelte säuerlich, »... hat schon langsam Schaum vor dem Mund. Er hat natürlich den Anwalt am Hals... bald wird er den Daumen wohl abschreiben, weil das Alibi so schöne blaue Augen hat.«

»Ich brauche überhaupt nicht mit Ihnen zu reden... wenn ich das richtig verstanden habe.« Die Frau auf dem Sofa sah Lewin an.

Der Anwalt, dachte er.

»Nein.« Er schüttelte den Kopf. »Sie brauchen nicht mit mir zu reden. Niemand kann Sie dazu zwingen... ich will das nicht einmal versuchen... ich bin in der Hoffnung hergekommen, dass Sie uns helfen... Sie sind doch sicher diejenige, die ihn am besten kennt.«

»Stig?« Sie schüttelte überrascht den Kopf. »Wir sind seit mehreren Jahren geschieden.«

»Aber vorher waren Sie mehrere Jahre verheiratet.« Er sah sie an. *Kataryna*, dachte er. Die sehen sich ja vielleicht ähnlich!

»Verheiratet...« Sie machte eine resignierte Handbewegung. »Ich war sein Dienstmädchen, falls Sie das meinen.«

Lewin nickte abwartend.

»Nein«, sagte sie. Jetzt klang ihre Stimme energisch. »Ich will nicht über ihn sprechen. Außerdem habe ich diese Frau nie gesehen. Meine Tochter... Stig und meine Tochter haben sich einmal mit ihr getroffen... sie haben alle drei bei seiner Mutter gegessen.«

Lewin nickte schweigend.

»Und ich will absolut nicht, dass Sie mit ihr sprechen.« Jetzt starrte sie ihn wütend an. »Sie soll aus der Sache herausgehalten werden... sie weiß nichts. Sie ist zehn Jahre alt. Das dürfen Sie nicht... das verbiete ich.«

»Nein«, sagte Lewin. »So etwas würde ich niemals tun.« Er stand auf.

»Mama.«

Sie stand in der Tür. Ein kleines dunkles Mädchen. Und Ähnlichkeit mit ihrem Vater hatte sie auch. Dunkle Augen, lebhaft und neugierig. *Ob sie gehorcht hatte?*

»Lina.« Die Stimme der Mutter klang scharf. »Geh sofort auf dein Zimmer. Ich habe doch gesagt, dass Mama mit dem Onkel allein sein will.«

Sie ist so klein. Wie klein Zehnjährige doch sind, dachte er.

»Ooch, Mama.« Sie schaute ihre Mutter verärgert an. »Das macht doch...«

»Geh jetzt, hab ich gesagt. Geh auf dein Zimmer. Der Onkel geht jetzt auch.«

»Ich habe gehört, was du gesagt hast.« Jetzt sprach sie mit Lewin. Ihre Augen waren lebhaft und neugierig. *Und verständnisinnig.* »Ich habe Papas Freundin gesehen...«

Lewin nickte. Er sagte jedoch nichts.

»Das war doof. Die haben nur rumgeknutscht, dabei hatte ich doch Geburtstag.« Sie kicherte hingerissen.

»Raus, Lina!« Ihre Mutter war aufgesprungen und zeigte mit dem Finger auf sie. »Auf dein Zimmer. Mama kommt gleich.«

»Ja, ja. Nerv nicht rum.«

»Tut mir Leid. Aber ich kann Ihnen nicht helfen.« Sie reichte ihm die Hand. Eine schmale, kleine Hand. Ihr Händedruck war fest und entschieden.

»Ich verstehe«, sagte Lewin. »Das ist bestimmt nicht angenehm für Sie.« Jetzt sah er sie an. *Sie ist so klein.* »Und für mich auch nicht... ich hoffe, Sie verstehen das.«

Sie nickte. Öffnete die Tür und hielt sie für ihn auf.

»Glauben Sie, er kann sie ermordet haben?« *Jetzt hatte er es gesagt.*

»Stig?« Sie musterte ihn überrascht. »Ob er dahintergekommen ist, dass sie noch andere hatte?« Sie starrte ihn an. »Machen Sie Witze?«

»Hat er Sie jemals geschlagen?«

»Dazu bestand kein Grund.« Sie hielt die Tür auf. »Na dann«, sagte sie und knallte sie hinter ihm zu.

Das hier muss einfach ein Ende nehmen. Verstellte er sich, oder konnte sich ein Zustand in nur zwei Wochen dermaßen verschlechtern? Er hing ja nur noch im Sessel.

»Kjellberg«, sagte Lewin. »Wir müssen versuchen, das jetzt zu klären. Ich weiß, dass du in der Roslagsgata warst, und zwar noch im September. Das weiß ich. Kannst du mir nicht davon erzählen?«

»Sie hat mich geschlagen.« Jetzt schaute er ihn wieder an. Er schaute Lewin an, sah ihn aber nicht.

»Sie hat dich geschlagen!«

Er nickte stumm und nachdenklich.

»Sie hat mich angeschrien... und mit Gegenständen beworfen... sie wollte mich mit einem Stuhl niederschlagen...«

Jetzt kommt es. Endlich.

»Und da hast du sie erschlagen.«

»Nein.« Er schüttelte überrascht den Kopf. »Ich hab sie kaum angerührt... ich bin gegangen... sie hatte doch gelogen.«

Dahlgren las das Verhörprotokoll. Andersson schaute ihm über die Schulter und musste sich auf die Zehenspitzen stellen, um richtig sehen zu können.

»Wir können nur hoffen, dass es in die richtige Richtung geht«, sagte er und sah Lewin an. »Du kannst sie haben.« Er reichte Andersson die Abschrift. »Wenn ja, kommt es wirklich im richtigen Moment... übermorgen ist der Haftprüfungstermin.«

»Kannst du dich daran erinnern, dass du in der Roslagsgata warst?«
Er schüttelte den Kopf.
»Einmal«, sagte er. »Ich war nur einmal da. Ich wollte sie zur Vernunft bringen... sie sollte nicht mehr lügen...«
Lewin nickte.
»Weißt du noch, wann das war?«
»Nach dem Wochenende.« Er sah Lewin an. Schien in Gedanken weit weg zu sein. »Ich hatte das ganze Wochenende daran gedacht... ich habe sie angerufen, aber sie ist nicht ans Telefon gegangen... und da bin ich morgens hingefahren.«
»Erzähl jetzt, so gut du dich erinnern kannst, was dann passiert ist.« Jetzt musste er sich alle Mühe geben, ruhig zu klingen, ruhig, förmlich, überzeugend. *Jetzt musste es klappen.*
»Das habe ich doch schon gesagt.« Er schaute Lewin überrascht an. »Ich habe... das schon gesagt. Sie hat mich angeschrien... und dann hat sie mich mit Gegenständen beworfen... und dann hat sie einen Stuhl genommen und mich damit bedroht... wie ein Tier... ein Tier in einem Zirkus.«
»Und dann hast du ihr den Stuhl weggenommen?«
Er nickte.
»Und dann warst du wütend und hast zurückgeschlagen... mit dem Stuhl... auf sie eingeschlagen...«

»Nein.« Er schüttelte überrascht den Kopf. »Ich habe ihn einfach hingestellt... dann bin ich gegangen... sie hatte doch gelogen.«

Dahlgren gab ihm die letzte Abschrift zurück.
»Wir müssen eine Rekonstruktion durchführen«, entschied er. »Und zwar nach dem Haftprüfungstermin. Wenn er dann noch da ist, heißt das.« Er schaute Lewin düster an.

Beim Haftprüfungstermin ging es hoch her. Beim Haftprüfungstermin für Stig Åke Kjellberg, am Freitag, dem 17. November. Am ruhigsten wirkte Kjellberg selbst. Er war weit weg mit seinen Gedanken. Er redete nicht einmal mehr mit seinem Anwalt. Er saß einfach auf der Bank und musterte seine gefalteten Hände, die auf seinen Knien lagen. Zweimal schien er fast eingeschlafen zu sein. Sein Kopf senkte sich auf seine Brust, der Anwalt versetzte ihm einen Stoß in die Rippen, und er hob mit einem überraschten Ruck den Kopf.
Die Verhandlung führte eine Richterin, eine dunkle, robuste Frau mittleren Alters. Ihre Augen sahen fast alles. Sie hatte Kjellberg die ganze Zeit im Blick. Das war Lewin klar. Sie hatte aber auch einen gewissen Ruf. Bei der Polizei galt sie als »der einzige Kerl im Landgericht Stockholm«.
Plötzlich hatte sie die Sache satt. Anwalt und Staatsanwalt waren in Streit geraten. Niemand hatte so recht begriffen, wie das passiert war. Zuerst fielen sie sich gegenseitig ins Wort, dann versuchten sie, einander zu überschreien, und am Ende brüllte der Staatsanwalt: »Jetzt rede ich!«.
Und dann kam es. Sie schnappte sich den Hammer. Schlug auf den Tisch – in dem dunklen Saal klang das wie ein Pistolenschuss – und starrte die Männer an.
»Hört mit diesen Dummheiten auf«, fauchte sie. »Benehmt euch wie erwachsene Menschen.« Sie sah Kjellberg an. »Kjellberg.« Jetzt klang ihre Stimme sanfter. »Wie geht es Ihnen?«

»Was?« Er starrte sie überrascht an.
»Wie geht es Ihnen, Herr Kjellberg?«
»Gut«, antwortete er verdutzt. »Mir geht es gut.«
Sie nickte, sagte aber nichts.

Und dann musste er in Untersuchungshaft bleiben. Der Preis, den der Staatsanwalt dafür zahlte, war jedoch hoch. Höher hätte er gar nicht sein können.
»Die Rekonstruktionen.« Er schaute die Richterin flehend an. »Wir wollen am Wochenende Rekonstruktionen durchführen. Die sind entscheidend... möglicherweise gibt es eine Erklärung... eine für Herrn Kjellberg positive Erklärung«, fügte er hinzu.
»Wie lange werden Sie brauchen?« Sie musterte den Staatsanwalt mit ihren dunklen Augen.
Der Staatsanwalt schaute sich hilfesuchend zu Andersson und Lewin um. »Mindestens eine Woche«, flüsterte Lewin. Der Staatsanwalt nickte.
»Höchstens ein paar Tage«, sagte er und versuchte, seine Stimme überzeugend klingen zu lassen. »Höchstens ein paar Tage.«
Und damit wurde die Untersuchungshaft verlängert. Bis zum kommenden Freitag.
Als die Richterin sich erhob, sah sie Kjellberg an und nickte ihm aufmunternd zu. Dann wandte sie sich an Staatsanwalt und Anwalt.
»Ich will mit Ihnen sprechen... mit Ihnen beiden. Jetzt gleich... Sie können sitzen bleiben.« *Sitzen bleiben*, sagte sie. Nichts von »würden Sie bitte«.
Der Anwalt verzog nicht eine Miene. Der Staatsanwalt nickte nur unterwürfig. *Ein kleiner Junge von über sechzig Jahren*, dachte Lewin.

XXXI

Jetzt war er wieder da. Derselbe Traum, der ihn zu Anfang so gequält hatte, als sie auf Katarynas Leiche gestoßen waren.

Aber einige Wochen war er davon befreit gewesen. Und hatte wieder ruhig schlafen können. Ungefähr eine Woche, bevor er Kjellberg gefunden hatte, bis jetzt. Er war von dem Traum befreit gewesen und hatte nachts ruhig geschlafen.

Jetzt war der Traum wieder da. Und er konnte sich auch denken, warum. *Die Tochter*, dachte er. Die ihrem Papa so ähnlich sah. Ehe der Niedergang eingesetzt hatte natürlich. Die Erinnerungen an die Tochter, der schrittweise, aber rasche Verfall des Vaters. *Deshalb war der Traum wieder da.*

Zwei Erinnerungsbilder im selben Traum. Das eine zeigte Kataryna: Kataryna, wie sie in seinem Zimmer saß, vor allem aber Kataryna aus der Roslagsgata, am Abend des 14. September.

Das zweite Bild stammte aus seiner Kindheit. Warum, begriff er wirklich nicht.

Zwei Erinnerungsbilder, die ihn quälten. Tagsüber ging es. Dann konnte er sie durch Arbeit verdrängen. Die Arbeit diente als Sperre, als Schutzschild.

Aber nachts gelang ihm das nicht. Kaum war er eingeschlafen, schon war er wehrlos. Gegen den Traum gab es keinen Schutz, keinen gegen die Erinnerungsbilder, die sich in den Traum mischten. In denselben Traum, der ihn Nacht für Nacht quälte. Jetzt war er wieder da.

Lewin war noch ein junger Mann. Er hatte das Alter noch nicht erreicht, in dem man sich plötzlich – mit sehr großer Schärfe und Genauigkeit – an Dinge aus der frühen Kindheit erinnert.

Warum dachte er an dieses Ereignis? Und warum gerade jetzt?

Er musste noch sehr klein gewesen sein. Höchstens fünf, sechs Jahre alt. Er trug eine Synthetikhose und eine Fellmütze mit Ohrenklappen. Es war also Herbst, vielleicht später Herbst.

Seine Freunde waren auch dabei. Im gleichen Alter wie er, gekleidet wie er.

Mit einer Ausnahme. Sune. Der musste einige Jahre älter gewesen sein. *Warum hatte er mit ihnen gespielt?*

Sune hatte Pornozeitschriften – mit Bildern von dicken weißen Tanten –, und die hatte er im Fahrradschuppen versteckt.

Sune hatte einmal heimlich geraucht, und dabei hatte seine Mutter ihn überrascht. Ganz plötzlich war sie in den Schuppen gekommen, wo die Jungen im Halbkreis auf dem Boden gesessen hatten, und danach hatte Sune Prügel bezogen.

Schweigend hatten sie sich an die Wände vom Fahrradschuppen gedrückt, während Sune vertrimmt wurde. Aber er hatte kaum geweint, und als seine Mutter gegangen war, hatte er sich Rotz und Tränen abgewischt und hinter ihr hergeschrien: »Miese Kuh!«

An Sune konnte er sich erinnern. Aber nicht daran, wie er ausgesehen hatte, und auch nicht daran, warum ein viel größerer und älterer Junge mit ihnen gespielt hatte.

»Her mit der Ratte.« Sune streckte ihm die Hand entgegen.

»Das ist eine Maus.«

Er hielt sie in der Mulde seiner Hände. Die Maus war sehr klein und sehr braun, sie hatte schwarze, blanke Äuglein. Wie winzige Knöpfe. Sie war ganz still, und er spürte, wie ihr Herz hämmerte, so schnell wie sein eigenes.

Er hatte sie zuerst gesehen. Er hatte sie aufgehoben. Sie war am Rand der Rasenfläche herumgelaufen.

Jetzt kam er näher.

»Her mit der Ratte... gib mir die Ratte.«

»Du darfst ihr nichts tun.« Er streckte ihm die Hände hin.
...

»Was für eine fiese Ratte.« Sune hielt sie mit ausgestrecktem Arm am Schwanz. Die Maus piepste. Dass etwas so Kleines so laut und schrill piepsen konnte!

Plötzlich ließ Sune sie los. Mitten in die Pfütze vor seinen Füßen ließ er sie fallen, und dann trat er mit dem Absatz darauf. Sune trug schwarze Gummistiefel mit roten Absätzen.

»Du hast doch versprochen...«, schrie er.

»Richtig fies... seht mal, Jungs.« Sune zeigte auf die kleine schwarzbraune Maus. »Jetzt ist sie geplatzt... die Scheißratte ist geplatzt.«

Daran konnte er sich am besten erinnern. An einen kleinen braunen Körper in lehmigem Wasser. An graurosa Gewirr unter dem Bauch der Maus. Das Gedärm. *Hatte er das schon damals begriffen?* Danach war er weggelaufen. Die anderen hatten hinter ihm hergeschrien. Am lautesten schrie Sune. »Janne ist 'ne Ratte... Janne ist 'ne Ratte.«

Aber im Traum vermischten sich die Bilder. Plötzlich war Kataryna da. Als er losrannte, versuchte er, sie mitzuziehen, aber sie blieb stehen und sah ihn an... *Komm doch*, dachte er. Komm doch irgendwann.

XXXII

»Kann es so gewesen sein?« Dahlgren ließ Bergholm nicht aus den Augen.

»Ja.« Bergholm zuckte gereizt mit den Schultern. Sichtlich gereizt, und er versuchte nicht, das zu verstecken. »Natürlich kann es so gewesen sein. Das sag ich doch schon die ganze Zeit. Wir haben einen Daumenabdruck… und keine Filmaufnahme davon, wie er sie umgebracht hat.«

»Der kann also auf die Weise dahin gekommen sein, wie er es sagt?« Dahlgren trommelte mit den Fingern auf dem Schreibtisch herum.

»Ja sicher.« Bergholm starrte Dahlgren wütend an. »Es kann schon so gewesen sein… aber du musst wirklich entschuldigen… verdammt noch mal, ich glaube nicht, dass er sich damit zufrieden gegeben hat… dass es damit vorbei war, wie er behauptet.«

»Können wir das beweisen?« Das war der Staatsanwalt.

»Nein«, sagte Bergholm voller Überzeugung. »Wie zum Teufel sollte man so was beweisen können? Kein Mensch kann das.«

Sie hatten die Rekonstruktion in der Roslagsgata durchgeführt. Sie waren so viele, dass in der kleinen Wohnung im Erdgeschoss kaum Platz für alle war: Dahlgren, Andersson, Bergholm, Lewin, der Anwalt. Und Kjellberg. Sicherheitshalber hatten sie auch noch eine Aspi mitgebracht, die Kataryna darstellen sollte.

Die Wohnung war leer gewesen, aber die Technik hatte sie wieder eingerichtet. Wie das zu geschehen hatte, konnten sie in ihrer eigenen Tatortbeschreibung nachlesen.

Kjellberg hatte sich wie ein Schlafwandler bewegt. Der Einzige, mit dem er direkt sprach, war sein Anwalt. Alle Fragen, alle Anweisungen liefen über ihn. Kjellberg antwortete dem Anwalt, sonst keinem.

»Warst du schon einmal hier?«, fragte Lewin, als sie in die Wohnung kamen.

Kjellberg sah seinen Anwalt an.

»Das habe ich ihm schon erzählt«, sagte er. »Ich war einmal hier, um mit ihr zu reden... weil sie gelogen hatte.«

Eine Szene war zentral, entscheidend.

Die Aspi nimmt einen Stuhl. Sie hält ihn an der Rückenlehne fest und geht auf Kjellberg zu. Die Hände um die Rückenlehne, die Arme ausgestreckt, den Stuhl in Brusthöhe. Kjellberg dreht ihr die Seite zu, hebt die Arme vors Gesicht, um sich zu beschützen, sich zu wehren. Danach streckt er den rechten Arm aus und packt ein Stuhlbein – packt es ganz unten wie ein Messer und reißt ihr den Stuhl aus der Hand.

»Bitten Sie ihn, das noch einmal zu machen.« Dahlgren sah den Anwalt an, dann Bergholm, der die Unterbrechung notierte.

Dreimal musste er die Szene wiederholen. Immer endete sie auf dieselbe Weise. Kjellberg stellte den Stuhl hin. Drehte sich von ihr fort und ging auf die Tür zu.

»Na.« Der nicht besonders groß gewachsene Anwalt starrte Lewin an. »Sind Sie jetzt zufrieden, Herr Kriminalinspektor?«

Lewin nickte.

»Sehr gut«, sagte er. *Jetzt kommt es.* »Eine Vorstellung mit so guter Regie habe ich nur selten gesehen in meinem Leben. Ich gratuliere.« Der Anwalt lief rot an.

»Ich glaube, es ist an der Zeit, dass irgendwer mal einen Blick auf ihre Ermittlungsmethoden wirft, Herr Kriminalinspektor. Der Justizombudsmann zum Beispiel.«

Lewin nickte stumm.

»Tun Sie das«, sagte er. »Ich finde, Sie sollten das wirklich in die Wege leiten.« Er wandte sich um und ging. *Du Arsch*, dachte er.

»Wenn du die Wahrheit sagst ...« Lewin sah Kjellberg an. »Warum hast du uns dann die ganze Zeit angelogen? Hier steht doch kein einziges wahres Wort.« Er zeigte auf die Verhörprotokolle auf dem Schreibtisch.

»Sie war es doch, die gelogen hat«, fauchte Kjellberg. »Wenn sie nicht gelogen hätte, wäre ich niemals hier reingezogen worden ... sie hat mich belogen. Erzähl du mir was von Lügen!« Plötzlich sprang er auf, schob die Hand unter sein Hemd und riss eine zusammengefaltete Abendzeitung hervor. »Oh Scheiße, ihr lügt ja vielleicht«, schrie er. »Wollt ihr mich umbringen ... ihr lügt doch die ganze Zeit!«

»Woher hat er die Zeitung?« Der Staatsanwalt hörte sich nicht gerade fröhlich an. Er zeigte auf die Zeitung, die auf seinem Schreibtisch lag. Noch immer zusammengefaltet. Mit dem Artikel über Kjellberg ganz oben.

»Schlamperei in der U-Haft.« Lewin merkte, dass seine Brust sich ganz leer anfühlte. »Er muss sie gestern Abend eingesteckt haben. Die hatten vergessen, sie wegzuräumen.« Er schüttelte den Kopf.

»Ich kann verstehen, dass er außer sich ist.« Der Staatsanwalt faltete die Zeitung auseinander. »Hier steht alles außer sein Name.« Er starrte Lewin an. »Wie ist das nur möglich? Dass er es war... man braucht ja nicht mal zwischen den Zeilen zu lesen, um das zu kapieren.«

Lewin nickte.

»Von mir haben sie das nicht«, sagte er.

Der Staatsanwalt hob abwehrend die rechte Hand.

»Ich weiß«, fiel Lewin ihm rasch ins Wort. »Ich weiß, dass du diese Frage nicht stellen darfst, aber von mir haben sie das wirklich nicht. Wollte ich nur gesagt haben.« *Er war absolut aufrichtig und wusste, dass ihm das anzusehen war.*

»Das glaube ich auch gar nicht«, antwortete der Staatsanwalt mit versöhnlicher Stimme. »Aber gut ist es nicht... so etwas darf er nicht ausgesetzt werden.«

»Ja, ja, Lewin.« Dahlgren stand in der Tür und sah ihn an. »Den Kuchen müssen wir wohl auf ein andermal verschieben. Du hast doch gehört, was mit Kjellberg passiert ist?«

»Ja«, antwortete Lewin. »Die U-Haft hat vorhin angerufen. Er ist in die Psychiatrie gebracht worden.«

Am Nachmittag ging er zum Oberarzt der Station, auf die Kjellberg gebracht worden war. Dass der die Polizei nicht schätzte, begriff Lewin recht bald.

»Man kann sich ja wirklich fragen, was ihr da oben eigentlich treibt.« Er sah Lewin an und zog seinen weißen Kittel glatt.

»Wir haben den Arzt in der Untersuchungshaft befragt. Fast jeden Tag.«

»Dann muss ich mit dem sprechen«, entschied der Oberarzt. »Und nicht mit euch.«

»Kann man mit ihm reden? Mit Kjellberg?« Lewin sah den Arzt an.

»Mit Kjellberg? Sie wollen mit ihm sprechen?« Der Arzt schnaubte. »Er leidet unter einer akuten Psychose. Er hätte

schon vor vierzehn Tagen hergebracht werden müssen...
mindestens. Sie wollen mit ihm sprechen?« Er schüttelte
mitleidig den Kopf. »Wollen Sie ihn eigentlich umbringen?«

Am Tag darauf war Schluss. Der Staatsanwalt zog den
Schlussstrich.
 Zuerst bestellte er sie auf sein Zimmer. Allesamt: Dahlgren, Andersson, Jansson und Lewin.
 »Ich habe entschieden, dass Kjellberg auf freien Fuß gesetzt wird.« Er lächelte ironisch. »Da kann er im Krankenhaus wohl die Station wechseln.«
 »Er war es aber.« Erst, als er das gesagt hatte, hörte Lewin, wie still es im Zimmer war.
 »Kann schon sein.« Der Staatsanwalt sah Lewin an, und sein langer magerer Körper wirkte überhaupt nicht mehr gebeugt. »Aber ich habe nicht vor, eine dreißigjährige Karriere als Staatsanwalt damit zu beenden, dass ich mich am Landgericht Stockholm zum Gespött mache. Das können andere tun.« Er sah einen nach dem anderen an. »Einmal reicht... das war am Freitag. Wenn den Herren etwas Neues einfallen sollte...« Er stand auf und sah sie noch immer an, »...das für eine Anklage reicht... dann können Sie ja von sich hören lassen.«

Etwas Neues, dachte er, als er auf den Fahrstuhl wartete.
Was sollte das schon sein?

Der Erzähler

6

»Wer Kataryna ermordet hat?« Andersson schaute mich überrascht an. »Hast du nicht gesagt, dass du die Ermittlungsunterlagen gelesen hast?«
»Der Fall gilt als nicht aufgeklärt.«
»Ja, ja, das schon.« Andersson schob seinen Sessel zurück und verschränkte die Hände im Nacken. »Aber ich glaube, das solltest du nicht so eng sehen.« Er lächelte mich freundlich an. »Nein, nein. Sicher war es der gute Kjellberg... der Kataryna umgebracht hat.«
»Warum glaubst du das?«
Jetzt war Andersson wieder überrascht.
»Es gibt jede Menge Hinweise darauf. Der Daumenabdruck ist ein überaus gravierendes Indiz. Dann sein Brief an Fahlén. Bei seiner ersten Vernehmung durch Lewin hat er sich mit identischen Worten ausgedrückt. Ich weiß nicht...« Andersson schaute mich neugierig an. »Ich weiß nicht, ob ich das erzählt habe... aber ich hatte einmal einen ähnlichen Fall.«
»Der poetische Tagebuchmörder.«
»Ach.« Andersson lachte zufrieden. »Du kennst die Geschichte.«
»Die Tatsache, dass Kjellberg den Brief an Fahlén geschrieben hat, muss doch nicht bedeuten, dass er sie ermordet hat.«

»Na ja.« Andersson setzt sich gerade. »An und für sich nicht. Aber du musst doch wohl zugeben, dass er in diese Richtung zeigt... der Brief, meine ich. Aber noch wichtiger ist natürlich der Daumen.« Andersson kniff die Augen zusammen. *Der Daumen.*

»Er kann aber Daumenabdruck und Brief erklären.«

»Das schon. Aber du musst doch wohl zugeben, dass seine Erklärung nicht gerade überzeugend klingt.«

»Sie hat dem Staatsanwalt ausgereicht, um keine Anklage zu erheben.«

Andersson seufzte.

»Ja. Das lag am Zeugen... am Alibi, das alles durcheinander gebracht hat.«

»Die Erklärungen, die er selber abgegeben hat, waren also nicht von Bedeutung?«

Zwischen Anderssons Augenbrauen tauchte eine gereizte Furche auf.

»Die Erklärungen waren fast zu gut. Ich glaube, er hatte Hilfe.«

»Von seinem Anwalt?«

»So etwas darf man als Polizist nicht sagen.« Jetzt lächelte Andersson wieder. »Was glaubst denn du selbst?«

»Kjellberg hat Kataryna umgebracht.« Lewin schaute mich voller Überzeugung an. »Und ich bilde mir ein, dir das schon einmal gesagt zu haben... oder sogar mehrmals.«

»Und sein Alibi? Der Zeuge? Und seine Darstellung, wie der Daumenabdruck auf das Stuhlbein geraten ist?«

»Ich glaube, der Zeuge hat gelogen.« Lewin sah noch immer überzeugt aus. »Warum, weiß ich nicht. Wenn ich es nur wüsste, dann...«

»Die Rekonstruktion?«

»Jaa.« Lewin schaute mir in die Augen. »Dabei hat sein Anwalt ihm geholfen.«

»Darf ich das schreiben?«

Lewin zuckte mit den Schultern.

»Woher sollte der Anwalt wissen, wie es passiert ist? Ihr hattet es ihm doch nicht gesagt.«

Lewin musterte mich aufmerksam.

»Das nicht. Aber aus irgendeinem Grund wussten sehr viele davon. Unter anderem die Presse.«

»Kjellberg ist dein Mann?«

»Unbedingt.«

»Darf ich dir eine persönliche Frage stellen?«

»Bitte sehr.« Lewin lächelte mich müde an. Ließ sich im Sessel zurücksinken. *Los geht's.*

»Warum hast du dich in der Kataryna-Ermittlung persönlich engagiert?«

»Weil es meine Ermittlung war... ich habe den Fall aufgeklärt.« Er schaute an die Wand, als er das sagte.

»Ich denke an dein Engagement zu Beginn.«

»Du...« Er sah mich an. Jetzt war er gereizt. Sichtlich gereizt. »Ich weiß nicht, was du glaubst... ich verstehe nicht, was du meinst. Ehrlich gesagt... ich finde, wir haben jetzt genug über diesen Fall geredet.« Er beugte sich vor und stützte sich mit dem Ellbogen auf den Schreibtisch. »Es war ein schweres Verbrechen... Mord. Du hast sie selbst gesehen. Natürlich habe ich getan, was ich konnte. Das machen wir bei der Polizei halt so... ich zumindest. Was glaubst denn du selbst?« Er war immer noch gereizt. Er setzte sich gerade hin und schaute mir in die Augen. »Du musst doch auch eine Meinung haben? Also sprich. Wer hat Kataryna Rosenbaum ermordet?«

»Wer hat Kataryna Rosenbaum ermordet?« Ich hatte den Block auf den Knien liegen, und Dahlgren saß zwei Meter von mir entfernt. Verschanzt hinter seinem breiten Schreibtisch mit Kaffeetasse und Zigarette.

»Du lässt nicht locker.« Dahlgren lächelte, rieb sich mit dem Zeigefinger über die Nasenwurzel und streifte die Asche von seiner Zigarette. »Jaa... wenn ich das wüsste.«
»Du hast keine Ahnung?«
»Na ja.« Dahlgren sah mich an. Er lächelte noch immer. »Ich würde schon auf Lewins Mann setzen.«
»Kjellberg?«
Dahlgren nickte.
»Aber natürlich nicht mein gesamtes Vermögen.« Er lachte leise.
»Und das Alibi? Und Kjellbergs Erklärung für den Daumenabdruck?«
»Ja. Das Alibi. Ja.« Dahlgren schob sich die Brille auf die Stirn. »Davon gibt es immer viele bei solchen Ermittlungen. Und die eigene Darstellung, ja... ja, ja.«
»Der Anwalt?«
»Das habe ich nicht gesagt. Hätte ich das sagen sollen?« Dahlgren machte ein unschuldiges Gesicht und schaute sich im Zimmer um. »Nicht doch.« Jetzt musterte er mich mit ernster Miene. »Ich glaube, es war so. Es *kann* so gewesen sein. Kjellberg hat viel in Kataryna investiert. Er war verliebt in sie. Hat sie seiner Mutter und seiner Tochter vorgestellt. Wollte sie heiraten, der gute Kjellberg. Und als ihm dann aufgeht, dass er sich mit einer Prostituierten verlobt hat... ja, da bricht für Herrn Kjellberg die ganze Welt zusammen.«
»Und da bringt er sie um?«
»Wahrscheinlich. Aber sicher bin ich nicht.« Dahlgren schüttelte den Kopf. »Es kann auch so sein, wie das Alibi und er selber behaupten. Bei der Kataryna-Ermittlung hat es doch von Widerlingen nur so gewimmelt.«
»An wen denkst du jetzt?«
»An Sienkowski... und an diesen Dahl. Der eine hat nichts darüber gesagt, was er so getrieben hat... und um das so ge-

nannte Alibi von Herrn Dahl würde ich nicht viel geben. Jaa...« Dahlgren dachte nach. Er ließ seine Blicke suchend über die Decke wandern. »Und es waren einfach so viele seltsame Gestalten im Spiel... erinnerst du dich an diesen Trottel mit den Schnittchen... und an den Frührentner. Und an unseren alten Bekannten... der nur zum Pipimachen in der Roslagsgata 40 war.« Dahlgren lachte.

»Aber trotzdem setzt du auf Kjellberg?«

»Ja. Obwohl...« Dahlgren drohte mir mit dem Finger. »Ich an deiner Stelle würde das nicht allzu ernst nehmen. Es sind schon seltsamere Dinge passiert. Vielleicht war es ja doch der letzte Kunde.« Er rieb sich das Kinn. »Und so einen haben wir ja nie erwischt... was glaubst denn du selbst?«

»Kataryna. Das war eine traurige Geschichte.« Jansson schüttelte traurig den Kopf. »Aber man kann ja eigentlich nur hoffen, dass er es war... sonst ist wohl auch hier in der Sektion ein Mord begangen worden.« Er schüttelte noch immer den Kopf.

»Du meinst Kjellberg.«

»Ja. Diesen Kjellberg. Ihren Verlobten... aber ich glaube, die waren gar nicht verlobt.«

»Du scheinst ja nicht zu glauben, dass er es war.«

Jansson blickte mich aus seinen traurigen grauen Augen an.

»Neihein... ehrlich gesagt, bin ich durchaus nicht sicher, dass er es war. Und ein Alibi hatte er doch auch.« Er schüttelte den Kopf.

»Der Daumenabdruck, der Brief. Dass er mehrmals gelogen hat?«

»Jaa. Dass sie alle lügen, wissen wir doch. Ganz unschuldige Menschen lügen uns was vor. Vielleicht hatte er Angst vor dem Skandal... hat so lange wie möglich versucht, nicht mit ihr in Verbindung gebracht zu werden. Für den Daumenabdruck hat er meiner Meinung nach eine brauchbare Erklärung... aber ich weiß nicht.«

»Aber wer war es dann, was glaubst du?«

»Ja.« Jansson musterte mich forschend. »In der Kataryna-Ermittlung hat es einfach nie eine richtige Ordnung gegeben, finde ich... die sind doch nur hin und her geeiert. Zuerst war da dieser Pole... und dann dieser Dahl. Und als sie dann diesen armen Kjellgren gefunden hatten...«

»Kjellberg.«

»Ja, Kjellberg. Da ist Lewin einfach durchgedreht.« Jansson schüttelte den Kopf. »Als er dann freigelassen wurde... vom Staatsanwalt... haben sie nichts mehr unternommen... aber sie sagen, der Fall... sei... ungelöst. Aber nicht...«

»Jaa...«

»...und einen letzten Kunden haben wir nie erwischt. Obwohl wir wissen, dass der es fast immer war... der letzte Kunde... wenn es um Prostituierte geht. Was glaubst denn du selbst... der letzte Kunde.«

»Kataryna.« Krusberg musterte mich ironisch. »Frau Kataryna Rosenbaum.«

»Ja.«

»Ja. Über Lewin kann man sagen, was man will... aber ein schlechter Polizist ist er nicht. Obwohl er aussieht wie Stan Laurel.«

»Wie meinst du das?«

»Jaa. Er hat die Todesstrafe wieder eingeführt. Wenn auch für Unschuldige...«

»...du meinst also, dass Kjellberg unschuldig war?«

»Korrekt. Das meine ich.« Krusberg schaute mich verschwörerisch an. »Aber ich muss ja zugeben, dass der Kerl ein verdammtes Pech hatte. Zuerst auf eine Nutte abfahren... und dann wird sie umgebracht.«

»Warum hältst du ihn für unschuldig?«

»Das Alibi. Ich habe es gelesen ... aus purem Interesse ... war ja von dem Fall abgezogen. Wegen eines Raubüberfalls ...« Krusberg lächelte ironisch. »Auf jeden Fall habe ich die Vernehmungsprotokolle gelesen, in denen es um das Alibi ging. Und ich glaube einfach nicht, dass er gelogen hat.«

»Der Daumenabdruck?«

»Ich finde, dass Kjellberg den sehr überzeugend erklärt hat.« Krusberg nickte, um seinen Worten Nachdruck zu verleihen.

»Er hat die ganze Zeit gelogen.«

»Er hatte natürlich Angst vor einem Skandal. So sind sie eben. Sie bilden sich ein, verhindern zu können, dass sie in etwas hineingezogen werden ... und deswegen lügen sie ... und wenn wir dann fragen ... lügen sie noch viel mehr. Weil sie von Anfang an gelogen haben, auch wenn das gar nicht nötig gewesen wäre. Lustig war das bestimmt nicht. Erst auf eine Nutte reinzufallen ... in die er sich bis über beide Ohren verliebt ... und ihr dann auf die Schliche zu kommen ... und prompt lässt sie sich ermorden.«

»Hast du irgendeine Vorstellung, wer es gewesen sein könnte?«

»Nix. Aber natürlich ... wenn ich die Wahl habe.« Abermals lächelte Krusberg. Das gleiche ironische Lächeln. »Dann nehme ich Sienkowski. Den würde ich gern für alle Ewigkeit in Kumla sehen. Was glaubst denn du selbst?«

Was ich selbst glaube?

Im Juli 1764 wurde eine anonyme Schrift veröffentlicht – die Originalversion umfasste knapp sechzig Seiten –, die den Titel trug: »Dei delitti e delle pene«. Über Verbrechen und Strafen.

Der Autor war ein sechsundzwanzigjähriger italienischer Adeliger, Cesare Beccaria Bonesana, geboren, aufgewachsen und wohnhaft in Mailand.

Beccarias Arbeit erweckt gewaltiges Aufsehen. Schon 1807 gibt es an die dreißig italienische und mindestens sieben ausländische Ausgaben. Beccaria gehört zu den bedeutendsten Kulturpersönlichkeiten des späten achtzehnten Jahrhunderts. Er wird bei Hofe empfangen. Die Aristokratie liegt ihm zu Füßen.

Und mit Fug und Recht, wenn wir den Historikern Glauben schenken dürfen. Ihnen zufolge hat Beccaria auf die Entwicklung der modernen europäischen Justiz einen größeren Einfluss ausgeübt als irgendjemand sonst.

Am größten war dieser Einfluss übrigens in Schweden – »Beccarias zweite Heimat«, wie die italienischen Juristen höflich behaupten.

Ich weiß nicht, ob das stimmt – ob Beccaria wirklich so großen Einfluss hatte –, aber manchmal halte ich es für möglich. Wenn ich den umstrittenen Vorschlag zu einem neuen schwedischen Strafsystem lese zum Beispiel, den der Rat für Verbrechensprävention 1977 vorgelegt hat. Dort spricht Beccaria direkt und zwischen allen Zeilen zu uns. Cesare Beccaria Bonesana.

Um die Radikalität seiner Aussagen zu verstehen, dürfen wir auf keinen Fall die Zeit und die gesellschaftlichen Umstände vergessen. 1764, das Italien des achtzehnten Jahrhunderts. Man kann das leicht übersehen. Unter anderem weil seine Sprache zeitlos ist, überaus frisch, knapp und doch klar. Zugleich bildhaft, mitreißend.

Und was sagt er also?

Fort mit Folter und allen Druckmitteln beim Verhör. Das ist pure Barbarei und bedroht jeglichen Rechtsstaat – »ist wider die göttliche Gerechtigkeit«.

Keine Strafe, die nicht im Gesetz vorgesehen ist. Macht

die Gesetze klar und übersichtlich. Verbrechen müssen verhindert werden. Darum geht es. Strafen sind nur als Methode zur Verbrechensprävention akzeptabel. Und wenn man die Gesetze schlicht und verständlich macht, wenn sie für alle Menschen gleichermaßen gelten, unabhängig von Geburt und Klasse, dann können wir Verbrechen am besten verhindern.

Die Strafe soll im Verhältnis zu dem Schaden stehen, der durch das Verbrechen verursacht wird. Je stärker das Verbrechen die Gesellschaft und die Existenz und Wohlfahrt der Individuen bedroht, umso schwerer wiegt es. Das einzig wahre Maß für ein Verbrechen ist, inwieweit es der Gesellschaft schadet – »*la vera misura dei delitti, cioè il danno della società*«.

Bei der Strafbemessung darf es niemals darum gehen, »ein fühlendes Wesen zu quälen oder zu betrüben, und die Strafe kann das bereits vergangene Verbrechen auch nicht rückgängig machen… Sie kann nur den Grund haben, den Verbrecher daran zu hindern, seinen Mitmenschen abermals Schaden zuzufügen. Deshalb muss die Strafe so gewählt werden, dass sie die dauerhafteste Wirkung auf die Gemüter der Menschen und die am wenigsten belastende für den Körper des Verbrechers ausübt.«

Vor mir liegt eine Zeichnung – ein Porträt von Beccaria im Alter von achtundzwanzig Jahren. Ich habe mir auch ein Bild von ihm als Person gemacht.

Die Zeichnung zeigt einen Mann mit fülligem Gesicht und sensiblen Zügen. Die Nase ist edel geschwungen, das Kinn klein, aber wohl geformt. Sein Blick weilt irgendwo in der Ferne. So stelle ich mir einen empfindsamen und gelehrten Aristokraten vor.

Seine Freunde beschreiben ihn als zurückhaltend und fast phlegmatisch. Immer musste er angetrieben, musste er von seinem Wert, seinen Fähigkeiten überzeugt werden.

Ohne ausschweifend zu sein, soll er die Güter des Lebens durchaus zu schätzen gewusst haben. Was durch sein Porträt nicht widerlegt wird.

Vor allem fällt mir seine Empfindsamkeit auf. In dem, was er schreibt, und in der Art, wie er argumentiert. Das zeigt sich vor allem zwischen den Zeilen.

»Weiche und empfindsame Menschen«, »Menschen, die verstehen«, »mit Achtung vor anderen«, »die dem Frieden huldigen«.

An einer Stelle ruft er aus: »Wenn die Tyrannen dem Lesen ebenso viel Zeit widmeten wie dem Quälen und Unterdrücken anderer, dann hätte ich wirklich allen Grund zur Furcht.« Ich glaube, man sollte auch seinen Mut nicht unterschätzen.

1766 weilt er in Paris. Die Kulturaristokratie huldigt ihm. Beccaria ist die zentrale Gestalt. Er selbst ist müde, traurig und fühlt sich einsam. Er schreibt an seine Gattin. »Kannst du nicht sagen, dass deine Gesundheit sehr zu wünschen übrig lässt, damit ich einen Grund habe, diese Stadt zu verlassen. Meine Geliebte... Cara Mia...«

Ein Mann, der dem Streit aus dem Weg geht. Dem Streit, der nicht den Prinzipien gilt und nicht mit der Feder geführt werden kann.

Ich sehe ihn im Winter 1763/64 vor mir – in seinem Schreibgemach im Palast seiner Familie an der Via Brera. Gänsekiel, Tintenfass, Sandstreuer, Stapel von Papier und Büchern. Vielleicht auch eine Karaffe Marsala in Reichweite. Ein kleiner untersetzter Mann, der für seine Prinzipien ins Feld zieht. Bewaffnet mit einer angenagten Gänsefeder. Aus irgendeinem Grund bilde ich mir ein, dass es in jenem Winter ebenso viel geregnet hat wie im Herbst 1978 in Stockholm.

Was hätte Beccaria gedacht, wenn er 1978 dort gewesen wäre? Wie hätte er sich verhalten – gegenüber dem Mord an Kataryna, dem »Bordellkönig« Fahlén, dem Wohnungssumpf, der Gesellschaft überhaupt.

Ich bin von zwei Dingen felsenfest überzeugt. Er hätte zur Feder gegriffen, aber nicht, um einen Roman zu schreiben – zu lang, viel zu umständlich –, und sich in die Diskussion gestürzt. Ich glaube, er hätte am allerwenigsten – wenn überhaupt – darüber geschrieben, inwieweit Stig Åke Kjellberg durch eigenes »Mitwirken« Kataryna Rosenbaum ums Leben gebracht hat.

Ein kleiner untersetzter Mann im Kampf für ein Prinzip – »La vera misura dei delitti, cioè il danno della società...«

Voruntersuchung im Mordfall Kataryna Rosenbaum, Samstag, 30. Dezember 1978

XXXIII

Doch, es war das Telefon. Zunächst hatte er es für einen neuen Traum gehalten – wie so oft war er erst gegen Morgen eingeschlafen –, aber jetzt drang die Wirklichkeit in sein Bewusstsein. *Bestimmt schon das fünfte Klingeln.*

»Lewin.« Er schaute auf den Wecker neben dem Bett. Halb sechs. Die Digitalziffern leuchteten ihm rot entgegen im dunklen Schlafzimmer.

Es war der Diensthabende von der Wache.

»Tut mir Leid, dass ich dich wecken muss. Aber ich habe mit Dahlgren gesprochen. Und der hat mich an dich verwiesen. Es geht um Kjellberg...«

Kjellberg. Er hatte es sofort im Magen gespürt, als er zum Hörer gegriffen hatte. Nicht dass er begriff, wie das möglich war, aber so war es gewesen.

»Ja. Jaa.«

Lewin hörte zu, der andere redete. Aber das half nichts. Jetzt spürte er es auch in der Brust. *Wie ein großes Loch.*

»Ich fahre hin.« Lewin unterbrach den anderen mitten im Satz.

»Wenn du kannst, ja. Hast du schon aus dem Fenster geschaut?«

Es hatte die ganze Nacht geschneit. Das wusste er. Den ganzen Abend hatte es heftig geschneit. Als er schlafen gegangen war, hatte es noch immer geschneit, und danach hatten sich alle halbe Stunde die Räumfahrzeuge durch seinen Halbschlaf geschrappt.

»Warte, ich seh mal nach.« Lewin legte den Hörer auf die Bettdecke. Stand auf und zog die Jalousie hoch. Obwohl die ganze Nacht geräumt worden war, hatte man doch nur eine schmale Rinne mitten auf der Straße freilegen können. Sein Auto war dicht zugeschneit. Er konnte nicht einmal sehen, welches überhaupt seins war. Drei weiche weiße Hügel dort, wo sich wohl der Bordstein befand. Einer davon war seiner. Er drehte sich um, streckte den Arm aus und griff zum Hörer.

»Kannst du jemanden schicken? Ich bin total eingeschneit. Das ist wirklich übel.« Mit dem letzten Satz war wohl nicht der Schnee gemeint. Sondern das Loch in seiner Brust.

»Er wird in einer Viertelstunde bei dir sein. Du musst nach ihm Ausschau halten.«

In einer Viertelstunde. Er hatte sich gerade erst angezogen und sich aus dem Kühlschrank ein Glas Apfelsinensaft geholt. *Den Mantel anziehen?* Er ging zum Fenster und schaute hinunter auf die Straße. Ja. Er war schon da. Mitten in der Rinne, die noch immer schwarze Ränder hatte, von dem Bus, den er vor zwei Minuten unten gehört hatte. Jetzt schalteten sie das Blaulicht ein, um die Autos zu warnen, die sich in der Gegenrichtung den Hang hochkämpften.

Lewin ging hinaus in die Diele. Zog seinen Wintermantel an und setzte die Mütze mit den Ohrenklappen auf, die er zweieinhalb Jahre zuvor gekauft hatte. Er hatte damals beim Landeskriminalamt gearbeitet und war zu seiner ersten Mordermittlung nach Moskosel geschickt worden. *Im September.* Aber als sie damals von Stockholm losgefahren waren, hatte es fünfzehn Grad gehabt.

»Heute Nacht bedeutet es kein gnädiges Schicksal, ein Mensch zu sein.« Der Kollege, der neben dem Fahrer saß, streckte den Arm nach hinten und hielt die Tür auf, damit Lewin einsteigen konnte. »Wie sieht es aus?«

»Ja danke.« Lewin nickte und zog die Mütze ab. *Warum hatte er die Ohrenklappen runtergeklappt?* Es waren doch nur fünfzehn Meter zum Auto gewesen. Die mussten ihn für verrückt halten. Gleichzeitig lugte er verstohlen zu dem Schäferhund hinüber, der sich in seinem Rücken auf die Beine erhoben hatte. Der Hund stand in seinem engen Käfig ganz hinten im Kombi und fixierte Lewin mit seinen gelben Augen. *Gelbe Augen mit schwarzen Punkten.*

»Keine Sorge.« Der Kollege auf dem Vordersitz nickte Lewin zu. »Jumbo riecht einen Kollegen auf zweihundert Meter Entfernung. Aber, aber, alter Jumbokumpel.« Er nickte dem Hund zu.

Es stimmte offenbar. Denn der Hund gähnte, legte sich auf den Boden und rollte sich zu einem gelbschwarzen Haufen zusammen.

»Wir waren die Einzigen, die sie schicken konnten«, erklärte der Fahrer, während er sich den Vartaväg hinabarbeitete. »Wir mussten losfahren, weil sie Hilfe brauchten, um für die Räumfahrzeuge Platz zu schaffen. Vor einer Stunde haben sie Klarabergsleden gesperrt.«

»Ach.« *Was hätte er auch sonst sagen sollen?* Über das Loch in seiner Brust konnte er schließlich nicht reden.

Die Fyrspannsgata draußen in Vällingby. Sie brauchten fast eine Dreiviertelstunde für den Weg.

»Heute Nacht ist es wirklich nicht leicht.« Der Kollege vor der Wohnungstür hob zwei Finger an seine Schiffermütze. »Hallo, Lewin.« Er schien sich über Lewins Anblick zu freuen. »Wie läuft es denn so?«

Sie waren zusammen zur Schule gegangen. Lewin hatte den anderen nie leiden können, und obwohl sie im selben Polizeidistrikt Dienst taten, mochte er sich nicht daran erinnern, dass sie einander von früher kannten. *Aber jetzt natürlich.* Jetzt war es ja ganz logisch, so wie er sich fühlte.

»Ach, es geht.« Lewin nickte. Die Mütze hatte er in der Hand behalten, seit er vor einer Viertelstunde ins Auto gestiegen war. Sie war zu groß, um sie in die Manteltasche zu stecken. Und den Geruch hatte er schon im Treppenhaus wahrgenommen.

»Kopf hoch und Füße unten, was?« Der Kollege in der Tür grinste. »Oh Scheiße. Den da drinnen solltest du mal sehen. Huh.« Er zuckte mit den Schultern.

Was haben die nur für eine Fantasie. Lewin sah Kjellberg an. Der hatte sich im Kleiderschrank aufgehängt. Um die richtige Höhe zu erreichen, hatte er zunächst unten das Schuhfach herausgebrochen. Das Brecheisen lag noch immer auf dem Boden. Danach hatte er drei dicke Bretter – wo immer er die herhaben mochte – auf die Metallstange gelegt, an der die Kleiderbügel hingen.

Die Plastikwäscheleine hatte er fünfmal um die Stange und die Bretter gewickelt, damit die sich nicht bewegten; der Knoten saß ganz oben. Danach hatte er sich an kurzer Schnur erhängt.

Den Stuhl hatte er weggetreten. Vermutlich hatte er seine Entscheidung noch bereut. Aber da war es zu spät gewesen. Seine linke Hand hatte er an den Hals gehoben, zwei Finger klemmten zwischen Schlinge und Haut. Seine Zehenspitzen waren nur wenige Zentimeter vom rettenden Boden entfernt. Aber diesmal waren die wenigen Zentimeter genug, und offenbar hing er schon ziemlich lange da.

Der Hals. Giraffenhals. Hieß das nicht so? Sein Gesicht war schwarz und fast auf doppelte Größe angeschwollen. Seine Zunge hing zwischen den dicken schwarzen Lippen und lief ebenfalls schwarz an. Die dichten schwarzen Haare sträubten sich. Aber es war Kjellberg. Das konnte er sehen.

»Ja. Verdammt.« Der Kollege von der Wache nahm Lewin am Arm, zog ihn aus dem Schlafzimmer und schloss die Tür, ließ Kjellberg dahinter zurück. »Wir setzen uns dahin.« Er zeigte auf das Wohnzimmer. »Ich atme hier schon seit zwei Stunden durch den Mund.« Sein müdes Gesicht verzog sich zu einer Grimasse, und er fuhr sich mit der Hand durch die Haare.

Im Wohnzimmer war es etwas besser. Ungefähr wie in der Diele.

»Eine schreckliche Geschichte.« Der Kollege sah ihn aus rot unterlaufenen Augen an. »Willst du hören?«

Lewin nickte, sah ihn aber nicht an. Er fingerte an der Mütze auf seinen Knien herum.

»Ich habe vorhin mit seiner Exfrau gesprochen. Und mit der Klinik. Die haben ihn wohl zwei Tage vor Heiligabend entlassen.« Der Kollege seufzte tief. »In der Klinik hat er einen guten Eindruck gemacht.«

»Ja«, sagte Lewin. *Weiter.*

»Zuerst hat er offenbar seine alte Mutter besucht. Ihr hat er gesagt, er wolle über Weihnachten verreisen. Schon am 23. Um etwas anderes zu sehen und sich auszuruhen.«

Lewin nickte. *Loch in der Brust.*

»...aber dann ist er wohl doch nicht gefahren. Am Vormittag des Heiligen Abends ist er bei seiner Exfrau aufgekreuzt. Wollte die Weihnachtsgeschenke für seine Tochter abgeben. Die Frau hatte den Eindruck, dass er angetrunken war. Und die Tochter wollte nicht mit ihm sprechen... das ist einfach übel.« Der Kollege sah Lewin an. »Jaa. Sie wollte einfach nicht mit ihm reden. Sie ist zehn, die Tochter.«

Lewin nickte. Das wusste er. Ein kleines, dunkles Mädchen mit munteren Augen. Und großer Ähnlichkeit mit dem Papa. Mit dem Papa, mit dem sie sich nicht mehr zu treffen wagte. *Weil in der Schule über ihn geredet wurde?*

»Jaa. Dann ist er losgefahren. Nach ungefähr einer Stunde... als sie und die Tochter und der neue Mann essen wollen, hören sie die Klappe am Briefschlitz. Die Frau sieht nach. Kjellberg... er hat ein Päckchen durch den Briefschlitz gestopft. Es war offenbar total zerknickt... enthielt ein Puzzlespiel. Als sie aufmachte, war er bereits verschwunden.«

Weiter. Lewin sah ihn an und nickte. Er musste versuchen, sich zu sammeln. Das hier geht nicht.

»Ja... vermutlich ist er dann geradewegs nach Hause gefahren und hat sich erhängt. Die Nachbarn haben heute Nacht angerufen. Sie sind spät nach Hause gekommen. Und sie sagen, dass sie diesen Geruch schon vorgestern bemerkt haben.«

»War die Technik schon da?« Lewin drehte die Mütze zwischen seinen Händen.

»Ja. Die sind vor einer Stunde wieder weg. Deshalb haben wir dich angerufen. Einer von denen war während der Katarynageschichte hier und hat ihn erkannt.«

Lewin nickte.

»Ja, es ist bestimmt Selbstmord.« Der Kollege schüttelte nachdenklich den Kopf. »Er hat einen Brief hinterlassen... für seine Tochter. Adressatin ist seine Tochter.«

Er öffnete einen Umschlag, der auf dem Couchtisch lag, und zog eine durchsichtige Plastikmappe heraus. Darin befanden sich ein schlichter weißer Briefumschlag mit dem Namen der Tochter und eine weiße Briefkarte von der Größe des Umschlags.

Lewin nahm die Mappe in die Hand und hielt sie hoch.

»Ich weiß nicht...« Der Kollege blickte ihn fragend an. »Das muss man doch als eine Art Geständnis werten?«

Ein einziges Wort. Mitten auf der Karte, geschrieben in großen deutlichen Blockbuchstaben.

»Verzeih.«

Lewin legte die Mappe auf den Tisch. *Geständnis?*

Oder einfach nur Verzeih? Weil in der Schule geredet wurde?

Das Loch in der Brust. Er stand vom Sofa auf und drehte sich zu seinem Kollegen um.

»Oh verdammt, was hat man doch für einen Scheißjob.« Auch der Kollege war aufgestanden und klang plötzlich wütend. »Was für ein Scheißjob«, sagte er noch einmal mit Nachdruck.

»Bis demnächst.« Lewin nickte. »Du schickst die Papiere rüber?« Er nickte erneut.

Der uniformierte Kollege stand noch immer in der Haustür. Vermutlich wegen des Geruchs. *Einen anderen Grund gab es bestimmt nicht, um ihn aus der Wohnung fernzuhalten.*

Lewin nickte kurz und verließ das Haus.

»Gutes Neues, Lewin.« Der andere hob die Hand zum Gruß.

»Was?« Lewin fuhr herum und starrte ihn an.

»Jaa.« Der Kollege lächelte unsicher. Er begriff nicht. »Jaa... morgen sehen wir uns doch wahrscheinlich nicht.« Er tippte sich mit zwei Fingern an die Mütze. »Gutes neues Jahr.«

ZUSAMMENFASSUNG

Im Laufe des Winters 1978/79 kommen die juristischen Untersuchungen der Ereignisse, die diesem Bericht zugrunde liegen, an ein Ende.

Am Freitag, dem 19. Januar, beschließt Kommissar Dahlgren, die Kataryna-Ermittlung zu den Akten zu legen. In seinem Bericht steht als Grund: »Keine Ermittlungsresultate.«

Der Mord an Kataryna Rosenbaum gilt also weiterhin als nicht aufgeklärt. Alle Unterlagen werden bis auf weiteres im Archiv der Kriminalabteilung in der Kungsholmsgata gelagert.

Im Rahmen dieser Ermittlungen laufen beim Justizombudsmann drei Anzeigen ein. Von Stig Åke Kjellbergs Anwalt gegen Kriminalinspektor Jan Lewin wegen angeblicher Übergriffe während der Verhöre mit seinem Mandanten.

Gegen den Sektionschef, Kriminalkommissar Gustav Dahlgren, von zwei Privatpersonen. Beide Anzeigen beruhen auf Informationen, die Ende Januar in einer Zeitung veröffentlicht werden und sich auf angebliche Missstände während der Kataryna-Ermittlung beziehen.

Der Justizombudsmann weist diese Anzeigen samt und sonders zurück: »Obgleich es zwischen dem Leiter der Voruntersuchung und den ermittelnden Polizeibeamten offenbar gewisse Kontaktschwierigkeiten gegeben hat, halte ich diese nicht für so schwerwiegend, dass sie über jene Maßnahmen hinaus, die bereits im Zusammenhang mit dieser Untersuchung durchgeführt worden sind, weitere Maßnahmen erfordern.« Dieser Beschluss wird am Mittwoch, dem 24. Mai 1979, zu den Akten gelegt.

Am Samstag, dem 21. Oktober 1978, werden zwei verschiedene Voruntersuchungen gegen Direktor Johny Rickard Dahl eingeleitet. Und zwar wegen einer Anzeige der Kriminalinspektoren Jarnebring und Molin wegen »Körperverletzung u. ä.«. Und wegen des Verdachts auf schwere Kuppelei: die Vermietung einer Wohnung an Kataryna Rosenbaum sowie eine neunzehnjährige finnische Staatsbürgerin, die in Stockholm als Prostituierte lebt.

Die erste Anzeige weist der Staatsanwalt am Montag, dem 20. November 1978, zurück: »Vergehen nicht nachgewiesen.«

Der anderen ergeht es zwei Tage später ebenso: »Vergehen nicht nachgewiesen.«

Die Vermietung an Kataryna Rosenbaum wird als einer von vierzig Punkten in die Anklage gegen Johan Riisto Fahlén einfließen.

Was Dahls Beziehungen zu der jungen Finnin angeht, hat sich »keine überzeugende Klarheit gewinnen lassen, da sie sich trotz wiederholter Vorladungen nicht zur Vernehmung eingefunden hat. Die Voruntersuchung wird deshalb eingestellt«.

Die Anzeige, die Dahl gegen die Kriminalinspektoren Jarnebring und Molin einreicht – »Körperverletzung« – wird am Mittwoch, dem 8. November 1978, abgeschrieben. Der Staatsanwalt »betrachtet das Geschehene nicht als Vergehen«.

Die Voruntersuchung in der Sache Johan Riisto Fahlén führt zu Anzeigen gegen zwei Personen: Fahlén selbst und einen seiner Helfer.

Im Dezember 1978 wird Letzterer vom Landgericht Stockholm wegen Beihilfe zu schwerer Kuppelei zu acht Monaten Gefängnis verurteilt.

Seine Beihilfe besteht »unter anderem darin, dass er Fahlén bei der Bereitstellung von zur Prostitution genutzten Wohnungen geholfen hat. Des Weiteren hat er in Fahléns Auftrag bei etlichen Prostituierten Gelder für die Benutzung dieser Lokalitäten einkassiert. Endlich hat er Fahlén bei der Vermittlung solcher Lokalitäten geholfen«. Gegen dieses Urteil wird keine Berufung eingelegt, weshalb es am Donnerstag, dem 28. Dezember 1978, in Kraft tritt.

Am Donnerstag, dem 15. März 1979, weist das Höchste Gericht Johan Riisto Fahléns Revisionsantrag zurück. Damit tritt das vom Hauptgericht Svea im Februar desselben Jahres gegen Fahlén verhängte Urteil in Kraft. Fünf Jahre Gefängnis wegen schwerer Kuppelei sowie eine Geldstrafe von fünfhunderttausend Kronen, »die Ausbeute von Fahléns verbrecherischer Tätigkeit«.

Darüber hinaus kommt es zu keiner Anklage. Die Voruntersuchung ist abgeschlossen. Der Fall ist geklärt.

Natürlich gibt es Stimmen.

…aber Sie glauben doch nicht, dass man einer Frau, die man umbringen will, Schnittchen mitbringt? Eine ganz normale Nutte. Die haben nur rumgeknutscht, dabei hatte ich doch Geburtstag. Man muss doch ein Kerl sein und überhaupt, und das schafft man eben nicht immer. Ich glaube, Sie sollten mit meinem Hausverwalter sprechen… der war dafür zuständig. Und da hab ich ihr den Kram in die Fotze gestopft. Deshalb hat er dafür gesorgt, dass Drogensüchtige und Mädels eingezogen sind... um das Haus verkommen zu lassen, wenn du verstehst. Mir war das doch egal. Irgendwie war das nicht ich selbst. Damals ist sie auf die Idee gekommen. Und da hat sie beschlossen, dieses Scheißland zu verlassen. Verzeih...

Lange, ehe der Stein ausgehöhlt ist, hat der Tropfen schon aufgehört zu fallen.

Aus Freude am Lesen